# Das Böse in dir

Die Autorin

Linda Ladd ist die erfolgreiche Autorin nervenaufreibender Psychothriller. Seit 1984 hat sie 21 Romane veröffentlicht, die Gesamtauflage ihrer Titel umfasst mehr als drei Millionen Exemplare. Linda Ladd hat zwei erwachsene Kinder und lebt mit ihrem Mann in Missouri.
Mehr über die Autorin erfahren Sie unter www.lindaladd.com.

LINDA LADD

# Das Böse in dir

Thriller

Aus dem Amerikanischen von Karin Dufner

Weltbild

Die amerikanische Originalausgabe erschien 2009 unter dem Titel
*Enter Evil* bei Pinnacle Books, New York.

Besuchen Sie uns im Internet:
*www.weltbild.de*


Dieses Werk wurde vermittelt durch die Literarische Agentur
Thomas Schlück GmbH, 30827 Garbsen
Übersetzung: Karin Dufner
Projektleitung: usb bücherbüro, Friedberg/Bay
Umschlaggestaltung: *zeichenpool, München
Umschlagmotiv: www.shutterstock.com (© CHRISTOPHE ROLLAND),
Getty Images, München (© Image Source)
Satz: avak Publikationsdesign, München
Druck und Bindung: CPI Moravia Books s.r.o., Pohorelice
Printed in the EU
ISBN 978-3-86365-293-7

2016 2015 2014 2013
Die letzte Jahreszahl gibt die aktuelle Ausgabe an.

# *Prolog*

### *Mein Name ist Trouble*

Der Junge war ein Problemkind. Obwohl viele vermuteten, dass er eine sadistische Ader hatte, erwähnten es natürlich niemand den Eltern gegenüber, weil er doch meistens einen so reizenden und liebevollen Eindruck machte. Allerdings hatte er auch eine andere Seite, die sich hin und wieder zeigte, etwas Beunruhigendes, das niemand so richtig in Worte fassen konnte. Die Tragödie war praktisch vorprogrammiert, auch wenn das noch keiner der Anwesenden bei der großen Familienfeier wusste. Nicht einmal der Junge selbst.

Was den Sohn anging, ertappte er sich manchmal, wenn auch nicht oft, dabei, dass er wirklich schreckliche Dinge tat, die er weder verstand noch erklären konnte, wenn er sich nach dem Grund fragte. Doch heute war alles gut, und es war noch nichts Komisches passiert. Eigentlich fühlte er sich im Moment ziemlich sorgenfrei und hatte einen Riesenspaß mit seinen Cousins und Cousinen. Es war ein heißer Sommer; eine gewaltige Hitzewelle hatte die Gegend voll im Griff. Überall wehten amerikanische Flaggen, und die Leute taten furchtbar patriotisch. Am Fahnenmast hinten auf der Terrasse flatterte eine große amerikanische Flagge aus Nylon. Außerdem hatte seine Mom winzige amerikanische Fähnchen in ihre von gelben Ringelblumen und roten Petunien strotzenden Blumentöpfe und auch sonst überallhin gesteckt. Dann hatte sie rot-weiß-blaue Bommel an den Rand der Veranda und den Picknicktisch auf dem Rasen gehängt, und dazu noch einige mehr an die Regenrinne des Poolhauses. Seine Mom liebte Feiertage.

Der schwülheiße Nachmittag sorgte dafür, dass den Menschen schon nach wenigen Minuten im Freien der Schweiß den Nacken hinunterrann. Die Sonne brannte vom Himmel, bis alle krebsrot waren. Der Beton rings um den Pool war kochend heiß. Doch das war dem Jungen egal. Er war sehr gerne draußen, und der Sommer war seine liebste Jahreszeit. Außerdem sollte heute Abend das lange herbeigesehnte Ereignis stattfinden. Seine Baseballmannschaft würde gegen den Tabellenführer der Amateurliga antreten.

Ja, er und seine Bearcats würden um sieben mit den Wildcats zusammentreffen und um den großen Messingpokal mit der Figur eines Schlagmanns auf dem Deckel kämpfen. Seine Mannschaft würde den Gegner plattmachen, denn er selbst würde werfen, und schließlich galt er als der beste Werfer in der gesamten Liga. Das sagten alle, sogar Mr Manning, der Trainer der gegnerischen Mannschaft. Der Erste zu sein, war dem Jungen das Wichtigste auf der Welt, und meistens schaffte er es auch bei allem, was er anfasste. Hinzu kam, dass seine Tanten, Onkel und Cousins auf der Tribüne sitzen und mit eigenen Augen sehen würden, wie schnell seine Bälle flogen und wie weit er sie schlagen konnte, sodass sie oft sogar bis über den Zaun am linken Spielfeldrand flogen. Ja, er war gut, wirklich gut, und er konnte es kaum erwarten, dass die Leute ihm auf den Rücken klopften und ihn dafür lobten, wie toll er gewesen war, so wie immer nach einem Spiel. Denn er war etwas Besonderes. Das bemerkte man schon auf den ersten Blick.

Doch im Moment waren die Staffelrennen und Tauchwettbewerbe im Pool noch viel besser. Natürlich hatte er jedes Mal gewonnen, und nur das zählte. Zu gewinnen. Immer und überall. Stets der Sieger zu sein und im Rampenlicht zu stehen. Nicht, dass er ein schlechter Verlierer gewesen wäre. Falls ihn jemand zufällig doch geschlagen hatte, schüttelte er dem Gewinner immer die Hand. Allerdings tat er das nicht gern, aber niemand merkte ihm die rasende Wut an, die dann in seiner Brust tobte.

Im Moment war er im Pool. Es war viel zu heiß, um herauszuklettern und zum Abendessen Shorts und ein Hemd anzuziehen. Schwimmen war seine Lieblingsbeschäftigung, wenn er nicht gerade Training hatte, und er verbrachte zu Hause seine ganze Zeit im Pool. Er war der beste Sportler unter seinen Brüdern, Schwestern und Cousins und konnte schwimmen wie ein Fisch. Das beteuerte sein Dad gegenüber allen Leuten. Er mochte es, wenn sein Dad und seine Mom gar nicht mehr damit aufhören konnten, ihn zu loben, was sie häufig taten. Er war ganz klar ihr Lieblingskind, daran bestand kein Zweifel.

Seine Mom wiederholte ständig, dass er der Beste und der Klügste war und dass sie ihn sogar lieber hatte als all ihre anderen Kinder. Dann strahlte er übers ganze Gesicht, denn sie hatte einfach recht. Es stimmte eindeutig. Mom und Dad flüsterten ihm diese Dinge ins Ohr, ganz leise, damit seine Geschwister es nicht hörten, zu heulen anfingen oder neidisch wurden. Besonders stolz war seine Mom auf seine Schulnoten. Wenn sie am Elternsprechtag am Schuljahresende vom Termin mit seinem Beratungslehrer zurückkam, verkündete sie meist, er habe im Intelligenztest im Frühjahr wieder einmal als Genie abgeschnitten. Er hatte längst begriffen, dass er klüger als alle anderen war, ja sogar als sie, doch sie freute sich wirklich. Sie sagte, mit einem scharfen Verstand wie seinem könne er später als Erwachsener alles tun und werden, was er wolle.

Seine jüngeren Geschwister waren eigentlich in Ordnung, vor allem Lyla. Sie war erst vier und hatte wunderschöne lange blonde Haare. Sie reichten ihr bis über die Taille und kringelten sich, genau wie seine eigenen, zu dicken blonden Locken, die in der Sonne leuchteten wie goldenes Feuer. Sie war seine absolute Lieblingsschwester, und er hatte eine ganze Menge Schwestern. Aus irgendeinem Grund war er einfach gern mit ihr zusammen, vor allem, weil sie immer so niedlich kicherte. Die anderen waren meistens auch okay, aber eben nicht wie Lyla. Er liebte sie so sehr, sogar mehr als seine Mom und sein Dad sie liebten. Manchmal war das Gefühl so gewaltig, dass es sich in seiner Brust ausdehnte, bis es wehtat und ihm die Tränen in die Augen traten. Normalerweise passierte das, wenn er daran dachte, wie süß sie war und wie sehr sie ihn bewunderte. Er war ihr Superheld, und das gefiel ihm. Auf den Bildern, die sie im Kindergarten malte, stellte sie ihn immer mit einem roten Umhang dar, als ob er Supermann gewesen wäre. Außerdem trug ihr Supermann stets den Anfangsbuchstaben seines Namens auf der Brust.

Es wurde spät, beinahe Essenszeit. Die Verwandten seines Dad hatten Unmengen leckeres Essen zum jährlichen Picknick mitgebracht. Inzwischen waren die anderen Kinder nicht mehr im Pool, sondern spielten mit ihren Dads und Onkeln Waffleball oder tollten mit den Hunden im Garten herum. Seine Familie hatte drei Hunde: Cocoa, Puffs und Cheerio. Zurzeit hatte Cheerio, der kleine Beagle, sechs winzige neugeborene Welpen. Nun waren die meisten Kinder drinnen im Garderobenraum und beobachteten, wie die Welpen in einem Pappkarton herumwuselten, den seine Mom mit einer alten rotweißen Steppdecke als Hundebett hergerichtet hatte.

Eigentlich schaute der Junge auch gerne den Welpen zu, aber im Moment war er froh, einfach nur mit Lyla allein zu sein. Er hatte sowieso genug davon, mit Basketbällen nach dem schwimmenden Korb zu werfen. Er traf fast nie daneben, und seine Cousins waren deshalb keine ernst zu nehmenden Gegner. Jetzt konnten er und Lyla ungestört nach den funkelnden neuen Pennys tauchen, die sein Dad im Pool versenkt hatte. Sie schwamm wie ein kleiner Fisch. Genau wie er. Das hatte er ihr selbst beigebracht, als sie knapp zwei Jahre alt gewesen war, und darauf geachtet, dass sie auch alles richtig machte. Nur für den Fall, dass sie je in den Pool stürzte oder einen Bauchkrampf bekam und er nicht in der Nähe war, um sie zu retten.

»Komm, Lyla, wir gehen ins Tiefe. Ich halte dich fest, damit dein Kopf nicht untertaucht.«

Lyla, die sich am seichten Ende an die oberste Sprosse der Leiter klammerte, stieß sich ab und paddelte auf ihn zu. Für so ein kleines Mädchen war sie wirklich brav. Außerdem lachte sie immer so laut und lustig. Jetzt auch wieder, als sie ihn erreichte und ihm so fest die Arme um den Hals schlang, dass er fast erstickte. Aber er lachte nur. Er spürte gerne ihre pummeligen Ärmchen um sich. Er schob sie nach hinten auf seinen Rücken und fing an, mit vollendet ausgeführten Zügen ins Tiefe zu schwimmen. Schließlich besaß er ein Zeugnis, das ihn als Jugend-Rettungsschwimmer auswies, und wusste deshalb ganz genau, was er tat. Er war der jüngste Teilnehmer im Rettungsschwimmerlehrgang beim Roten Kreuz und außerdem der beste Schwimmer mit der höchsten Punktzahl gewesen. Als er das dicke, verdrehte weiße Tau erreichte, das den Nichtschwimmer- vom Schwimmerbereich trennte, hielt er sich mit beiden Händen fest und spähte durch die dichten roten Rosenbüsche, um festzustellen, ob die Erwachsenen sie beobachteten.

Sein Dad war damit beschäftigt, auf seinem schicken neuen Grill Hamburger und Riesenhotdogs mit Käse zu braten. Der Grill war grün und hatte die Form eines großen Eis. Seine Mom hatte ihn in einem Spezialgeschäft gekauft und seinem Dad zum Geburtstag geschenkt. Er benutzte ihn sehr gern. Sein Dad hatte sechs Brüder, und jeder von ihnen hatte mehrere Kinder, weshalb im Garten eine ziemliche Menschenmenge herumwimmelte. Seine Onkel standen herum, tranken Bier und hörten seinem Dad zu, der ihnen erklärte, was für tolle Sachen man mit dem neuen Grill machen konnte. Er hatte eine hohe weiße Kochmütze auf dem Kopf und trug dazu eine Schürze mit der Aufschrift EMERIL, FRISS ODER STIRB. Doch keiner der Erwachsenen sah ihnen beim Schwimmen im Pool zu. Der Junge war froh, denn seine Eltern mochten es nicht, wenn er Lyla mit ins Tiefe nahm. Aber sie hatte großen Spaß daran, und deshalb war es ihr Geheimnis. Außerdem passte er immer gut auf und hielt sie ordentlich fest.

Er hob das Tau über ihre Köpfe und trat Wasser, damit ihre Gesichter nicht untertauchten. Dann legte er Lylas Finger um das Tau und vergewisserte sich, dass sie sich auch richtig festklammerte. »Okay, also gut, Lyla. Du hältst dich jetzt ganz doll fest, verstanden? Ganz fest, hörst du? Du weißt ja, wie es funktioniert. Lass auf gar keinen Fall los, okay?«

»Ich will nach den Pennys tauchen!«, rief Lyla und lächelte dann das breite Lächeln, das alle so liebten. Sie war einfach das Niedlichste, was es je gegeben hatte. Ihre riesigen blauen Augen hatten dieselbe Farbe wie der Himmel über ihren Köpfen, aber ihr Wimpern waren sehr lang und dunkel, obwohl sie blonde Haare hatte, was eigentlich seltsam war. Er liebte sie wirklich sehr. Mehr als fast alles auf der Welt, sogar mehr als einige seiner kleineren Pokale. Ihr Haar war ganz nass und wirkte dadurch dunkler. Es umfloss ihre Schultern auf der Wasseroberfläche wie ein glatter, schimmernder Umhang.

»Okay, Lyla, ich tauche jetzt als Erster. Siehst du die vielen Pennys da unten? Nicht strampeln, sonst wühlst du das Wasser auf und man erkennt sie nicht. Dad hat sie heute Morgen reingeworfen und gesagt, wir Kinder kriegen einen Dollar für jeden, den wir hochholen. Eigentlich findet das erst heute Abend nach dem Essen statt, aber wir können einen Vorsprung gewinnen.«

»Ich will einen Dollar! Ich will einen Dollar!« Lyla hielt sich zwar brav fest, rief aber ziemlich laut, sodass er wieder einen Blick in Richtung Terrasse warf. Doch niemand achtete auf sie. Sie vertrauten ihm sowieso, wenn er mit seinen jüngeren Geschwistern im Pool war, und nannten ihn manchmal sogar ihren kleinen privaten Rettungsschwimmer. Das hatte er sehr gern, denn er fühlte sich dann erwachsen. Und nun hatte er sogar ein offizielles Zeugnis, so gut war er.

»Okay, Lyla, ich nehme dich mit runter, aber du musst mir beim Wassertreten helfen, weißt du noch? Und wenn dir die Luft ausgeht, ziehst du mich an den Haaren, dann schwimme ich so schnell ich kann wieder nach oben, okay?!«

»Komm, wir schwimmen ganz runter. Ich will, ich will!«

Es brachte den Jungen zum Lachen, wie aufgeregt seine Schwester war und wie niedlich sich dabei ihre Stimme überschlug. Sie wollte immer mit ihm zusammen sein. Jeden Tag.

Den ganzen Tag. Und normalerweise hatte er auch nichts dagegen, nur, wenn seine Kumpel vorbeikamen und ihn abholten, um vor Kevins Haus am Ende der Straße Inliner zu fahren. In diesem Fall konnte Lyla wirklich lästig sein. Seine Mom musste sie festhalten, damit sie im Haus blieb, anstatt ihm nachzulaufen, weil sie sich sonst womöglich im Wald am Straßenrand verirrt hätte. Und dann weinte und tobte sie, bis er nicht mehr zu sehen war.

»Gut, bist du bereit, Lyla? Du musst jetzt ganz lange die Luft anhalten, und wenn du nach oben willst, brauchst du nur an meinen Haaren zu ziehen, okay? Aber nicht zu fest, okay?«

»Okay! Komm, wir tauchen runter und holen uns die Dollars. Ich will eine neue Barbie!«

Wieder musste er lachen. »Da unten sind keine Dollars, Dummerchen, nur Pennys. Dad gibt uns richtige Dollars, wenn wir die Pennys hochholen.«

»Dann kaufe ich uns Lutscher. Die mit dem leckeren Kaugummi in der Mitte. Ich will einen roten.«

»Die Lutscher heißen Tootsie Roll Pops. Okay, bist du bereit? Tief Luft holen, und dann geht's los.«

Er vergewisserte sich, dass sie ordentlich Luft holte und sie auch anhielt. Denn manchmal vergaß sie es und fing an zu husten, was ihm ziemliche Angst machte. Doch dieses Mal klappte alles, und sie tauchten zusammen zum Beckengrund. Lyla klammerte sich an seine Schultern. Aber ihre Augen waren geöffnet, und er konnte durch die gelbe Schwimmbrille auf seiner Nase deutlich ihr Gesicht sehen. Die Pennys hatten sich überall auf dem Boden verteilt, doch die meisten sammelten sich rings um die Absaugpumpe, weshalb er darauf zusteuerte. Beim Aufheben musste er ständig Lylas langes Haar beiseite schieben, weil es sich vor seine Schwimmbrille legte und ihm die Sicht auf die Pennys versperrte. Lyla hatte drei ergattert, und er schnappte sich so schnell wie möglich fünf weitere, weil ihm allmählich die Luft ausging. Als ihr Haar in Richtung Ansaugpumpe wehte, strich er es zurück, denn seine Mom hatte alle davor gewarnt, was geschah, wenn sich Haare in der Poolpumpe verfingen.

Plötzlich hatte er eine Idee. Er nahm das Haarbüschel in seiner Hand und wickelte es um den Rand der Pumpe. Lyla grapschte noch immer nach Pennys, doch im nächsten Moment drehte sie sich zu ihm um und zupfte ihn am Haar. Er verharrte einen Moment. Dann ließ er sie los und schoss an die Oberfläche. Nach Luft schnappend, tauchte er auf. Die Erwachsenen hatten sich alle um den Picknicktisch geschart oder schleppten Platten mit Essen aus der Küche nach draußen. Kein Mensch kümmerte sich um ihn.

Also tauchte er wieder nach unten und hielt sich am Ansaugstutzen fest, um nicht nach oben getrieben zu werden. Lyla wehrte sich inzwischen aus Leibeskräften. Sie hatte ihre hübschen großen Augen weit aufgerissen und machte ein absolut panisches Gesicht. Sie griff nach ihm und zerrte kräftig an seinen Haaren, ihr Signal zum Auftauchen. Er klammerte sich fest, so lange er konnte, und wartete darauf, dass ihr die Luft ausging. Wenig später gab Lyla auf und ließ ihn los. Er beobachtete, wie sie den Mund öffnete. Dann schluckte sie Wasser. Im nächsten Moment quollen ihr Bläschen aus Mund und Nase, sie strampelte nicht mehr, sondern ertrank direkt vor seinen Augen. Schließlich starrte sie ihn aus ihren riesengroßen blauen Augen an, voller Überraschung, weil er ihr das angetan hatte. Und dann rührte sie sich nicht mehr. Sie war tot. Eine lange Haarsträhne klemmte am Rohr fest, der Rest ihres hübschen Haares wehte nach ihrem Kampf, sich zu befreien, lose in der Strömung. Ganz langsam hoben sich ihre Füße, und schließlich schwebte sie kopfüber im Wasser. Er fand, dass sie wunderschön und friedlich aussah, wie sie da schwamm. Tot und für immer fort.

Als er selbst keine Luft mehr bekam, tauchte er wieder auf und atmete tief durch. Er schwamm noch einige Mal nach unten, um sie zu betrachten, denn aus irgendeinem Grund gefiel ihm der Anblick. Dabei fragte er sich, warum er so etwas

Schreckliches getan hatte. Er konnte es wirklich nicht sagen. Er liebte sie doch. Er würde sie sehr vermissen. Andererseits hatte er ja noch jede Menge anderer Brüder und Schwestern und Cousins, mit denen er sich die Zeit vertreiben konnte. Also würde es ohne sie schon nicht so schlimm werden. Allerdings würden Mom und Dad sehr traurig sein. Schließlich war sie ihr Baby.

Ach, immerhin war er ja ihr Lieblingskind. Deshalb würden sie schon darüber hinwegkommen, auch wenn sie ihm die Schuld geben würden. Aber das würden sie vermutlich gar nicht tun. Wahrscheinlich würden sie ihn bemitleiden, weil er dabei gewesen war und mit angesehen hatte, wie sie sich am Beckengrund verfing und ihre kleine Lunge sich mit Wasser füllte. Nun, da es vorbei war, fand er es ziemlich scheußlich. Er war froh, dass seine Mom es nicht hatte miterleben müssen.

Nachdem er es satt hatte zuzuschauen, wie Lyla auf dem Kopf stand, schwamm er unter Wasser zur nächsten Leiter und kletterte hinaus. Er konnte sie noch auf dem Grund des Beckens erkennen und hätte sie gern noch eine Weile schweben lassen, doch er wusste, dass er keine Zeit mehr verlieren durfte.

»Mommmmmmmmmmmmmm! Dadddddddddddd! Lylas Haare sind an der Pumpe hängen geblieben! Hilfe! Mom, Mom, beeil dich! Ich kann sie nicht losmachen!«

Im ersten Moment erstarrten die Erwachsenen rings um den Tisch. Dann ließen sie alles stehen und liegen und rannten zum Pool. Die Männer, alle auf einmal und auch seine Mutter, machten einen Kopfsprung ins Wasser. Einige seiner Tanten eilten auf ihn zu, drückten ihn an sich und pressten sein Gesicht fest gegen ihre T-Shirts mit der amerikanischen Flagge, um ihm die Szene zu ersparen. Er fand das einen feinen Zug von ihnen. Also fing er an, so laut wie möglich zu schluchzen. Er hatte schon früh die Erfahrung gemacht, dass er jederzeit wie auf Knopfdruck in Tränen ausbrechen konnte. Er konnte das Weinen sogar nach Bedarf abstufen, ohne dass je ein Mensch Verdacht schöpfte. Außerdem sah er dabei wirklich mitleiderregend aus. Das hatte er oft genug vor dem Spiegel geübt. Seine Mutter fiel stets darauf herein, sein Dad ebenfalls, auch wenn es bei ihm manchmal ein wenig länger dauerte.

Die Männer im Wasser kamen immer wieder keuchend nach oben und tauchten erneut, um Lylas Haar zu befreien. Währenddessen schrien und weinten die Frauen und riefen immer wieder »oh, Gott«, sogar die, die ihn eigentlich hätten trösten sollen. Ein paar seiner Tanten hasteten zurück ins Haus, damit die anderen Kinder nicht herauskamen und die tote, ertrunkene Lyla sahen. Währenddessen schluchzte und weinte er immer weiter. Diesmal war sogar er selbst davon beeindruckt, welche gewaltigen Tränenströme ihm die Wangen hinunterliefen.

Doch dann geschah etwas sehr Merkwürdiges: Die Krokodilstränen verwandelten sich plötzlich in echte. Denn er hatte Lyla wirklich geliebt! So sehr! Sie war der Mensch gewesen, den er auf der ganzen weiten Welt am meisten lieb gehabt hatte. Und nun war sie ertrunken und lag, schlaff und tot, auf dem Beton am anderen Beckenrand, während sein jüngster Onkel, der als Sanitäter im Krankenwagen mitfuhr, auf ihre kleine Brust drückte, und sein Dad weinend Luft in ihren Mund pustete. Doch es war zu spät. Viel zu spät. Sie war mausetot. Er schluchzte lauter. Er würde sie so vermissen. Und außerdem würde er jetzt heute Abend nicht gegen die Wildcats antreten können! Niemand aus der Familie würde zum Spiel gehen, um ihn anzufeuern. Warum hatte er nur ihre Haare an das Rohr knoten müssen? Es war einfach unfair!

# *Eins*

Also, ich heiße Claire Morgan und bin Detective bei der Mordkommission des Canton County Sheriff's Department, hier am idyllischen Lake of the Ozark's mitten im Missouri. Derzeit beobachte ich verdeckt den Schauplatz einer möglichen Drogenübergabe, eine malerische Bucht, umgeben von den schönsten bewaldeten grünen Hügeln, die man sich nur vorstellen kann. Leider wird der Frieden ein wenig von etwa fünfzig umherwimmelnden Booten, beladen mit halb nackten College-Studentinnen und ihren liebeskranken Freunden gestört. Außerdem treibt sich ein buntes Völkchen, zum Großteil bestehend aus minderjährigen Jugendlichen, ebenfalls in der heißen Sommersonne herum, trinkt Alkohol, flirtet und legt sich mächtig ins Zeug, um den nächsten gut aussehenden Vertreter des anderen Geschlechts anzulocken. Ja, die Partybucht, der angesagte Treffpunkt an einem heißen Sommertag. Da gibt es viel zu sehen, das können Sie mir glauben, und einiges davon fällt eindeutig in die Kategorie »nicht jugendfrei«.

Während ich hier auf dem Bauch im Bug von Nicholas Blacks blitzblankem, luxuriösem Cobalt 360 liege und das Teleobjektiv einer hoch auflösenden Digitalkamera auf das ferne Ufer gegenüber richte, bekomme ich mehr als genug angetrunkene Teenager im Sexrausch zu Gesicht. Währenddessen thront mein Schatz, der bereits erwähnte Mr Black, der außerdem ein stinkreicher Seelenklempner ist und Stars und andere Promis betreut, hinter mir auf dem Kapitänssitz und textet irgendjemanden, der vermutlich aus seiner schicken Londoner Praxis anruft, mit Psychomüll zu. Ganz bestimmt läuft irgendwo auf dem Piccadilly Circus ein durchgedrehter Brite in einer Zwangsjacke herum.

Es ist Ende August. Der See ist dunkel olivgrün, und kein Lufthauch bewegt die wie Glas schimmernde Wasserfläche. Totenstill, wie es so schön heißt. Nicht, dass ich im Moment ans Sterben denken möchte. In letzter Zeit bin ich Gevatter Tod so oft knapp von der Schippe gesprungen, dass sich der Sensenmann meinen Namen inzwischen vermutlich in die Handfläche tätowiert hat, um ihn nicht ständig nachschlagen zu müssen. Nein, an meinen letzten Fall will ich mich ganz sicher nicht erinnern. Und offen gestanden auch nicht an den vorletzten.

Also wende ich meine Aufmerksamkeit meinem Partner zu. Budweiser D. Davis ist ein attraktiver Mann mit Südstaatenakzent und grauen Augen und kommt aus Atlanta. Abkürzung Bud. Er versteckt sich in einem Geißblattdickicht am Ufer. Ganz sicher genießt er den Duft und das Summen der Hummeln, während er das wilde Treiben um uns herum mit einer Videokamera aufnimmt, in der Hoffnung, dass wir eines Tages die Gelegenheit erhalten werden, den belastenden Film einem Richter und den Geschworenen vorzuführen.

Obwohl Bud ein Großmeister des Charmes ist, hält er sich in letzter Zeit bedeckt, seit Brianna, seine Freundin, bei unserem letzten Fall ziemliche Schwierigkeiten hatte. Jetzt ist sie, niemand weiß für wie lange, nach Europa, genauer gesagt nach Rom, gezogen, um sich von ihren Verletzungen und dem schweren psychischen Trauma zu erholen. Angesichts der Umstände schlägt sie sich ziemlich wacker, und Bud glaubt, dass sie bald zurückkommen wird, damit sie einen Neuanfang wagen können.

Offen gestanden habe ich da meine Zweifel, aber wer weiß? Meine Welt ist wild und gefährlich, wodurch leider auch manchmal meine Freunde in Mitleidenschaft gezogen werden. Einige von uns haben Briannas unschöne Erlebnisse geteilt und lecken auch noch ihre Wunden. Anfangs hat Bud sich ihre Abreise sehr zu Herzen genommen und kämpft manchmal noch immer mit Trauer, Schuldgefühlen und Depressionen, aber er rappelt sich langsam wieder auf. Woher ich das weiß? Er gafft wieder attraktiven Frauen nach, reißt schlechte Witze und zitiert Sätze aus einem Buch, das ich ihm geschenkt habe, wobei Letzteres ziemlich nervtötend ist. Allerdings auch ein klares Zeichen dafür, dass es ihm besser geht. Außerdem hat er wieder Appetit.

»Schon Bösewichte erwischt?«

Das war Black, der inzwischen nicht mehr am Telefon hängt. Aber, glauben Sie mir, gleich klingelt es wieder. Warten Sie nur drei Minuten. Schließlich ist er ein wichtiger Mann, der Fünfsternehotels aufkauft, teure Psychokliniken besitzt und Ratgeber schreibt, die es stets auf die Bestsellerliste schaffen. Außerdem ist er ein fantastischer Liebhaber und sieht mit seinem schwarzen Haar und den Augen, blauer als der Himmel über Montana, einfach hinreißend aus. Und ob Sie es glauben oder nicht, er fährt tatsächlich einen Humvee und hat mitten auf dem See ein Motorboot liegen, das so luxuriös ausgestattet ist, dass es einen eigenen Artikel in der Juliausgabe von *Jachten, die nur Onassis sich leisten könnte* verdient hätte. Als wahrer Fan von Dashiel Hammett hat er sie *Maltese Falcon* genannt. Wahrscheinlich ist das auch der Grund, warum er so viel Zeit mit mir verbringt, denn schließlich bin ich eine mit allen Wassern gewaschene Mordermittlerin. Jedenfalls bin ich gern mit ihm zusammen, und umgekehrt, sodass es zwischen uns schon seit einer Weile läuft. Ja, finanziell und was unsere Herkunft angeht, trennen uns Welten. Doch zumindest sprechen wir kaum noch darüber, wie wir uns kennengelernt haben, nämlich als er mein Hauptverdächtiger in einem Mordfall war und ich ihn, komme, was da wolle, unbedingt schnappen wollte.

»Wir wollen niemanden festnehmen, Black«, erwiderte ich. »Sondern die Leute nur beobachten und feststellen, was sie hier so treiben. Bis jetzt habe ich jede Menge betrunkener College-Studenten gesehen, die laute Musik hören und rumknutschen. Allerdings noch keinen Fall von Drogenhandel. Das hier erinnert eher an die Frühjahrsferien auf den South Padre Islands, kombiniert mit *Girls Gone Wild.*«

Black schaute sich in alle Richtungen um, zweifellos nach den wild gewordenen Mädchen. »Wie lange dauert das hier noch? Allmählich kriege ich Hunger.«

»Habe ich in der Kombüse nicht gerade einen Riesenkühlschrank gesehen? Überquellend von deinen liebsten Luxusdelikatessen? Mach dir doch ein Kaviarbrot, damit du mir nicht umkippst, bis wir hier fertig sind.«

Black ließ seine gesamten sonnengebräunten muskulösen einsfünfundneunzig neben mir nieder. Heute dient er mir als Tarnung. Wir waren nämlich auch nichts weiter als ein betrunkenes Paar, das in der Partybucht laute Musik hörte und rumknutschte. Das Problem ist nur, dass Black sein topmodernes Satellitenradio auf einen Rhythm-and-Blues-Sender eingestellt hatte. Ich wage zu behaupten, dass wir die einzigen jungen Leute waren, die die Bucht heute mit »Piece of Man« von Koko Taylor beschallten.

Ansonsten spielte Black seine Rolle ausgezeichnet. Mit einer Hand trank er einen Schluck aus seiner eisgekühlten Flasche Dixie Lager, das er in Wagenladungen aus seiner Heimatstadt New Orleans herankarren ließ, und mit der anderen begrapschte er meine nackte Haut. Als er die Massage lange genug unterbrach, um mir ein kaltes Wild Cherry Pepsi in einem beschlagenen Kristallglas zu reichen, kam ich zu dem Schluss, dass dieser Mann offenbar meine Schwächen kannte. Es fehlten nur noch die gefrorenen Snickers-Riegel, die für mich normalerweise mit zum Programm gehören, vorzugsweise in der Mini-Version.

Er lehnte sich zurück, stützte den Kopf an ein dunkelblaues Polster und rückte die Fliegerbrille zurück, die er gekauft hatte, als er zuletzt beim Skifahren in St. Moritz gesehen wurde. Nicht von mir. Ich war noch nie dort. Aber ich bin sicher, dass er auf den berühmten schneebedeckten Pisten beobachtet worden ist. Er schloss die Augen. »Tut mir leid, ich habe vergessen, deine Snickers zu bestellen«, sagte er.

Verstehen Sie jetzt, was ich meine? Der Mann ist einfach

unwiderstehlich. Er trug eine schwarze Badehose und sonst nichts. Also löste ich den Blick lang genug vom Sucher meiner Kamera, um die sonnengebräunte Haut und den hübsch geformten Waschbrettbauch zu bewundern. Gut, ich bin im Dienst, doch deshalb noch lange nicht bewusstlos oder gelähmt. Ich würde mich zwar nicht mehr lange gedulden müssen, aber kurz hinzuschauen, konnte ja als kleiner Zeitvertreib nicht schaden.

»Wie ich annehme, gibt es Probleme im Buckingham Palace«, meinte ich.

Black machte zwar die Augen nicht auf, lächelte jedoch, sodass es nur so von Grübchen wimmelte. Eins sage ich Ihnen, das Lächeln dieses Mannes bringt meine Magengrube zum Erbeben – ganz zu schweigen von anderen intimen Stellen. »Sie haben Schwierigkeiten mit einem Patienten. Er ist gerade aus einem ziemlich üblen Albtraum aufgewacht und schreit Zeter und Mordio.«

»Ach, ja? Das kann ich nachvollziehen.«

»Stimmt, nur dass du normalerweise mich in deinem Bett hast und ich dich beruhigen kann. Dieser Typ hingegen steht auf und greift die nächstbeste Frau an.«

»Ich habe tiefstes Verständnis.«

Dass er in meinem Bett lag, war richtig. Allerdings waren wir in letzter Zeit öfter in seinem nach Maß gefertigten, ergonomisch geformten, luxuriösen Riesenbett aufgewacht. Damit meine ich ein wahres Monsterbett in seiner Ferienanlage am See, die den Namen Cedar Bend Lodge trägt. Dort übernachten wir, wenn Black zu Hause ist und nicht, wie meistens, in wichtiger Mission in der Weltgeschichte herumgondelt. Offen gestanden bin ich froh, ihn in meiner Nähe zu haben, wenn ich zitternd und durchgeschwitzt aufwache. Sonst könnte ich nämlich auch aufstehen und die nächstbeste Frau angreifen. Die beiden Pistolen unter unseren Kopfkissen wirken ebenfalls ziemlich beruhigend. Ja, unser Bett ist ein wahrer Schießstand und allzeit bereit. Vorsicht ist die Mutter der Porzellankiste, wie ich immer zu sagen pflege. Deshalb lagen meine große 9-Millimeter Glock und mein .38er Revolver mit dem kurzen Lauf auch jetzt neben mir auf dem Deck, nur wenige Zentimeter von meiner linken Hand entfernt. Am liebsten hätte ich sie mir über dem Bikini umgeschnallt, doch das hätte beim Sonnenbad seltsame Flecken gegeben und außerdem den Argwohn der mutmaßlichen Drogendealer erregt.

Also machte ich mich wieder an die Arbeit und wandte mich den zahlreichen potenziellen Drogenkonsumenten zu, die rings um uns herum die verschiedensten Alkoholika in sich hineinschütteten und einen unbeschreiblichen Radau veranstalteten. »Bleib unten, Black, und setz die Mütze auf. Du bist hier am See bekannt wie ein bunter Hund. Wenn einer der Typen dich bemerkt, verrätst du mich.«

Ungerührt hob Black den Kopf und stülpte sich die schwarze Mikrofaserkappe über. Das goldene Logo der New Orleans Saints darauf fing an zu leuchten, wenn man auf einen kleinen Hebel drückte. Bud hatte ihm die Mütze zum Dank für einen gewaltigen Gefallen vor einigen Monaten geschenkt, bei dem es um Leben oder Tod gegangen war. »Dich erkennen sie schneller als mich, Claire«, erwiderte er. »Schließlich bist du diejenige, deren Foto immer wieder in die Zeitung kommt, weil du die bösen Buben hoppsnimmst.«

»Und aus genau diesem Grund verstecke ich mich hinter dem Geländer hier, und zwar mit einem praktischen Mützenschirm über dem Gesicht.«

»Bis auf den Mützenschirm hast du ja nicht viel an. Vielleicht solltest du dich besser aus Gründen der Sittsamkeit verstecken.«

Ach, herrje, jetzt musste Black den eifersüchtigen Lover rauskehren. Ich fand die Bemerkung zwar nicht so begeisternd, aber da er in dieser Hinsicht sonst recht zurückhaltend war, richtete ich meine Kamera wieder auf die Stelle, wo Bud mit der behördeneigenen Videokamera die Stellung hielt. Er kauerte noch immer im Gebüsch, und wenn ich es nicht gewusst hätte, hätte ich ihn niemals bemerkt. Ich hoffte nur, dass er nicht mit Giftefeu in Kontakt kam. Dagegen war er nämlich stark allergisch, sah ihn jedoch immer zu spät. Dann beschloss ich, mich mit Blacks Spruch wegen meiner Bekleidung zu befassen. »Wenn ich mich recht entsinne, Black, hast du mir diesen knappen Bikini vor einiger Zeit selbst gekauft und darauf bestanden, dass ich ihn Tag und Nacht trage.«

»Das war an meinem Privatstrand auf Bermuda, und außerdem hattest du Gipsverbände an Armen und Beinen. Hier draußen, wo Hunderte von Männern Ausschau nach visuellen Stimuli halten, ist es etwas anderes.«

Wieder Psychogequatsche. Ich spürte, wie seine Hand genüsslich meinen Rücken hinunter und in mein kaum vorhandenes Bikinihöschen wanderte, offenbar ebenfalls auf der Suche nach Stimuli, die sie verdammt schnell fand. Nach zwei angenehmen Minuten schob ich die Hand weg, allerdings nicht ganz freiwillig. »Später, Black. Ich bin im Dienst, schon vergessen?«

Sein Aufseufzen klang zwar leicht verärgert und beinahe wie ein Murren, doch er machte es sich ohne weitere Missfallenskundgebung neben mir bequem. »Du holst dir einen Sonnenbrand. Ich creme dich ein. Deine Haut ist zu hell, um so lange in der Sonne zu bleiben.«

»Schluss damit, Black. Ich bin doch schon ganz glitschig. Amüsieren können wir uns, nachdem Bud und ich mit dem Überwachungseinsatz fertig sind.«

Diesmal murmelte Black einen leisen Fluch in dem Cajun-Dialekt seiner in New Orleans verbrachten Jugend. Er benutzte ihn nicht häufig, doch er rutschte ihm hin und wieder heraus, wenn er verärgert war. Dann stand er auf und kehrte zu dem kleinen schattigen Viereck unter dem schwarzen Sonnensegel zurück, das über dem Pilotensitz hing. Als eines seiner drei Mobiltelefone leise zirpte, ging er damit die Treppe hinunter in die Kombüse, zweifellos auf der Suche nach Beluga-Kaviar und einem Stück Baguette, um sich damit zu stärken, während er einer einer weiteren Schilderung bizarrer britischer Träume lauschte.

Da ich mich nun richtig auf meinen Auftrag konzentrieren konnte, nahm ich eines der Boote ins Visier, das mir ein wenig verdächtiger erschien als die anderen. An Deck lungerten drei weiße Männer herum, zwei junge und ein älterer, womit ich Ende zwanzig/Anfang dreißig meine. Alle trugen knielange Badeshorts und weite weiße T-Shirts, auf deren Vorderseite die amerikanische Flagge prangte. Auch ihre Baseballkappen wurden vom Sternenbanner geziert. Ich hätte Drogendealer nicht für so patriotisch gehalten. Aber vielleicht war das ja das Erkennungszeichen für ihre zugedröhnte Kundschaft.

Die drei tranken Budweiser und begafften die halb nackten Frauen, die sich am felsigen Ufer und in den umliegenden Booten präsentierten. Das Boot der Männer war ein schlankes schwarzweißes Tahoe Q8i mit dem neuesten Außenbordmotor von MerCruiser, schnell genug, um den meisten Polizeibooten davonzufahren, aber keine Konkurrenz für Blacks Cobalt. Das Boot trieb neben einer Flotte von etwa zwanzig weiteren, die mitten in der Bucht aneinander gebunden waren. College-Studenten, zu Hause über die Sommerferien und auf der Suche nach Spaß, alias Anzeigen wegen Erregung öffentlichen Ärgernisses. Unsere Verdächtigen hatten ihr Boot nicht an die anderen gekoppelt, wahrscheinlich, damit sie sich rasch aus dem Staub machen konnten, nur für den Fall, dass Polizisten wie ich und Bud sich in der Nähe herumtreiben und beobachten sollten, wenn sie eine Tüte Crack hervorzauberten, um leicht geschürzte Schönheiten an Bord zu locken. Natürlich funktionierte das auch mit Bier und war vermutlich bereits geschehen. Ich machte fünf oder sechs Fotos und zoomte ihre Gesichter und die geschmacklosen Tätowierungen näher heran, die patriotische Adler und nackte Frauen mit zuckenden Blitzen in der Hand darstellten. Einer hatte den Namen des Bootes eintätowiert. *Siren's Call* – der Ruf der Sirene – wie passend.

Danach lockerte ich meine verspannten Schultermuskeln, bewegte sie ein bisschen, holte tief Luft und kauerte mich in den winzigen Schatten der Reling, wo ich ausgezeichnete Sicht hatte. Dann richtete ich die Kamera auf das andere Ende der Flotte. Ein vollbusiges halb nacktes Mädchen führte auf dem Bug ihres Bootes einen aufreizenden Tanz auf. Sie trug hohe rote Cowboystiefel mit schwarzen Fransen und einen gewaltigen roten Cowboyhut, dessen schwarzes ledernes Hutband etwa die Größe ihres Bikinihöschens hatte. Noch während ich zusah, riss sie sich das Oberteil vom Leibe und schwenkte es wie in einem Westernporno. Offenbar hatte sie ihr Lasso zu Hause vergessen.

Zunächst zögerte ich, sie zu fotografieren, tat es dann aber doch, nur für alle Fälle. Dabei fragte ich mich, was diese Mädchen nur zu so etwas trieb. Abgesehen davon, dass sie sturzbetrunken war, vermutlich des Rätsels Lösung, war Erregung öffentlichen Ärgernisses das einzige, was sie sich zuschulden kommen ließ. Allerdings wäre ich aufgeflogen, wenn ich sie deshalb festgenommen hätte, weshalb ich duldete, dass sie weiter ihre Auslage zur Schau stellte. Und das tat sie auch, mit großer Hingabe und voller Stolz auf ihre wippenden Brüste.

Es wunderte mich ein wenig, dass der junge Mann bei ihr im Boot, offenbar ihr Freund, seine eigene Freundin sogar noch zu diesem Verhalten anstachelte. Er schien genauso viel Gefallen an ihren Verrenkungen zu finden wie alle anderen. Vielleicht war er ja auch nur ihr Bruder. Ich wage zu behaupten, dass Black nicht so seelenruhig zugeschaut hätte, wenn ich auf den Gedanken gekommen wäre, eine Oben-ohne-Show hinzulegen. Nicht, wenn ich die kleinen Eifersuchtsanfälle in Betracht zog, die ihn gelegentlich überkamen. Von allen Seiten hörte ich das Johlen von Männern, das Tuten von Bootssirenen und die üblichen »Ausziehen«-Rufe. Ach, herrje, das Mädchen war sicher eine der leicht geschürzten Kellnerinnen, wie sie die Restaurantkette Hooters beschäftigte – wenn nicht, hätte sie schleunigst dort anheuern sollen. Bud hatte die ganze Szene bestimmt auf Film gebannt, um sie für die Nachwelt festzuhalten oder sie sich im Revier zusammen mit den anderen Jungs anzuschauen. Vermutlich Letzteres.

Ich setzte meine Überwachung unbeeindruckt vom Umfang ihrer Brustimplantate fort. Inzwischen versank die Sonne langsam hinter den Baumwipfeln und bereitete sich auf die Nachruhe vor, während der Mond sich anschickte, ihre Arbeit zu übernehmen. Allerdings war ich überzeugt, dass die Party auf dem Wasser bis in die frühen Morgenstunden andauern würde. Vielleicht würde sich die Zusammensetzung der Flotte verändern. Einige Jugendliche würden ihre Boote losmachen und eilig davonfahren, weil sie um eine bestimmte Zeit bei Mom und Dad auf der Matte stehen mussten. Doch an ihrer Stelle würden andere kommen, um mitzufeiern. Ja, in der Partybucht ging es jetzt erst richtig los, und je später es wurde, umso betrunkener und lauter würde es werden. Deshalb setzte der Sheriff hier den ganzen Sommer lang jede Nacht verdeckte Ermittler ein. Nur gut, dass das nicht zu meinen Aufgaben gehörte. Ich schiebe lieber am Nachmittag Dienst.

Eine Weile beobachtete ich, in der Hoffnung, Zeugin einer Drogenübergabe zu werden, die zwei Country-and-Western-Kneipen, die sich an der Bucht niedergelassen hatten. Die beiden Lokale, Manny's und das Kangeroo Trapeze, standen Seite an Seite, und ich bin sicher, dass dort mehr Bier verkauft wurde als im Busch-Stadion während der World Series. Da es zunehmend dunkler wurde und nicht danach aussah, dass wir Glück bei der Verbrecherjagd haben würden, setzte ich mich auf und leerte den Rest meines Wild Cherry Pepsi. Es schmeckte süß und rann mir angenehm kalt die ausgetrocknete Kehle hinunter. Obwohl der Tag fast zu Ende war, war es noch immer schwül. Außerdem hatte Black recht behalten. Meine ganze Rückseite war verbrannt von der Sonne. Das würde heute Nacht im Bett ein Spaß werden. Offenbar würden wir phantasievoll sein müssen. Ich wünschte mir nichts sehnlicher als für heute Schluss zu machen und vom Heck ins Wasser zu springen, um meine knallrote Haut zu kühlen.

Kurz dehnte ich meine verkrampften Nackenmuskeln. Inzwischen hatte das Boot mit den drei weißen Männern das barbusige gestiefelte Cowgirl an Bord genommen. Anscheinend hatten die Jungs Geschmack. Sie hatten das Boot direkt vor Bud ans Ufer gezogen und verstauten ihre Ausrüstung, um an Land und zu Fuß zur nächsten Kneipe zu gehen. Das Mädchen war noch immer oben ohne, obwohl sie das sicher nicht nötig gehabt hätte. Außerdem war das riesige Tattoo des Logos von *Dog der Kopfgeldjäger* auf ihrer rechten Brust wirklich elegant. Als ich die Kamera in Richtung Bud schwenkte, bemerkte ich, dass er ohne Deckung und die Videokamera in der Hand dastand. Wahrscheinlich war die Versuchung, sich eine Nahaufnahme der Tätowierung zu sichern, einfach zu groß gewesen.

Verdammt, man brauchte kein Genie zu sein, um zu erkennen, dass er das Trio vom Gebüsch aus filmte, und sich auch den Grund zu denken – und Genies waren diese drei Typen sicher nicht. Außerdem würden sie bestimmt nicht davor zurückschrecken, Bud mit ihrem mit amerikanischen Flaggen verzierten Baseballschläger ordentlich zu vermöbeln, weil er ihre scharfe Braut angaffte. Also beschloss ich, Bud wieder einmal den Hintern zu retten. Da hierfür eine kleine Ablenkung angesagt war, sprang ich auf und stellte auf Blacks Radio einen plärrenden Rocksender ein. Dann betätigte ich ein paarmal die Sirene des Cobalt, um mir ihre ungeteilte Aufmerksamkeit zu sichern. Als sich die drei Typen und der größte Fan des Dog-Tattos zu mir umdrehten und mich anstarrten, sprang ich auf den Bug und setzte zu einer ziemlich ungeschickten breitbeinigen Version von Tina Turners »Rollin' on the River« an.

Ich bin zwar nicht gerade ein Tanzstar, hatte aber genug nackte Haut vorzuweisen, um mein unschönes Herumgehampel wettzumachen. Außerdem wirkte die große, von einem Hieb mit einem Beil zurückgebliebene Narbe, die meine Schulter ziert, aus dieser Entfernung nicht ganz so abstoßend. Zum Glück verharrten die drei Witzfiguren wie angewurzelt am Ufer und glotzten. Ich wackelte so verführerisch wie möglich mit den Hüften und tat, als würde ich gleich nach dem Beispiel meiner Vorgängerin das Oberteil ausziehen. Von den umliegenden Booten war lautes Johlen zu hören. Also machte ich noch ein Weilchen weiter, warf die Beine hoch und stolzierte hin und her, wie ich es bei einem Mädchen in der Mustang Ranch in einer Fernsehdokumentation gesehen hatte. Dabei kam ich mir ziemlich dämlich vor.

»Was zum Teufel tust du da?«

Das war Black, der, mit finsterer Miene und das Telefon noch am Ohr, zu mir heraufschaute.

Ein Blick zum Ufer sagte mir, dass Bud inzwischen keine Gefahr mehr drohte. Ich hörte auf und sprang herunter. »Reg dich nicht gleich so auf. Ich musste die Typen da drüben ablenken, weil Bud sich verraten hatte.«

»Wo hast du denn das gelernt? Und was genau sollte das eigentlich sein?«

»So schlecht war ich nun auch wieder nicht.«

»Doch, warst du. Erinnerst du dich an die Folge von *Seinfeld,* in der Elaine versucht zu tanzen? Genauso hast du ausgesehen.«

Oh, das war nun wirklich ein Schlag unter die Gürtellinie, den er sich hätte sparen können. Gut, ich wusste, dass Tanzen nicht unbedingt meine Stärke war. Aber sie hatten wenigstens nicht mitgekriegt, dass Bud sie filmte, und nur darauf kam es an. Ich blickte den vieren nach, bis sie im Kangaroo Trapeze verschwunden waren. Damit war unser Überwachungsauftrag abgeschlossen; nun war unser Kollege zuständig, der verdeckt am Tresen lauerte. Außerdem hatte meine kleine Tanzeinlage sowieso zu viel Aufmerksamkeit erregt. Zeit, die Zelte abzubrechen. Schichtende.

Black musterte mich noch immer. »Es war zwar ziemlich schauderhaft, Claire, aber es hat mich trotzdem angemacht.«

»Also war es doch nicht so übel, was?«

»Dazu gehört nicht viel, wenn es um dich geht. Sogar eine solche Darbietung ist erotisch.«

Ich lächelte. Er auch. Meine Augen fingen an zu leuchten. Seine ebenfalls. Und im nächsten Moment begann mein Telefon, den »Mexican Hat Dance« zu dudeln. Ich lächelte noch breiter. Er verzog das Gesicht. Vermutlich ahnte er, dass seine romantischen Absichten gleich durchkreuzt werden würden.

Laut Display war Bud am Apparat. Also nahm ich das Gespräch rasch an. »Bud, was sollte der Schwachsinn eben? Beinahe hätten sie dich erwischt.«

Buds Gelächter hallte mir im Ohr. »Ich habe gesehen, wie du mit dem Arsch wackelst. Cool, ich wusste gar nicht, dass du so was draufhast. Ich habe alles auf Film. Die Jungs im Revier werden begeistert sein.«

»Ich habe mich in aller Öffentlichkeit zum Narren gemacht, damit du keine Abreibung beziehst, Bud. Bitte zwing mich nie wieder zu so einer Geschmacklosigkeit. Warum bist du eigentlich aus dem Gebüsch gekommen, verdammt?«

»Da war eine Schlange. Ich dachte, ich verdrücke mich lieber.«

Nun, das erklärte eine ganze Menge. Bud war erst vor kurzem mit einem gefährlichen Vertreter dieser Gattung aneinandergeraten. Ein Wunder, dass er nicht panisch die Flucht ergriffen hatte. Vermutlich war das barbusige Cowgirl nicht ganz unschuldig daran.

»Du hast mich ein bisschen an Elaine aus *Seinfeld* erinnert«, fuhr Bud fort.

Ich verzog das Gesicht. Offenbar musste ich mir die Folge anschauen, um festzustellen, wovon die beiden redeten. »So schlecht war ich nun auch wieder nicht.«

Bud fing wieder an zu lachen, wurde dann jedoch schlagartig ernst. »Da kommt gerade ein Anruf von der Zentrale rein. Moment mal«, sagte er.

Er schaltete auf die andere Leitung. Kurz darauf meldete er sich wieder. »Wir haben eine Leiche. Jemand hat einen Selbstmord an der Grand Glaize Bridge gemeldet.«

»Ist die Wasserschutzpolizei schon da?«

Black fluchte leise vor sich hin. Er kannte das schon aus Erfahrung. Doch ich war bereit für einen neuen Fall, und außerdem schossen Selbstmörder normalerweise nicht zurück. Aber wer konnte das wissen? In Anbetracht unserer letzten Fälle war es gar nicht so unwahrscheinlich, dass dieser hier eine Ausnahme machte.

»Schon, doch der Typ ist nicht gesprungen. Sie haben ihn an der Brücke baumelnd aufgefunden.«

»Willst du mich veräppeln? Er hat sich erhängt anstatt runterzuspringen?«

»Yes.«

»Das ist ja eine ganz neue Methode.«

»Wer hat sich erhängt?«, fragte Black.

Ich antwortete nicht. »Hat das Opfer auch einen Namen, Bud?«

»Bis jetzt noch nicht. Sie haben die Brücke gesperrt und warten jetzt auf uns.«

»Wo bist du?«

»Unterwegs zum Bronco.«

»Wir treffen dich dort.« Ich sah Black fragend an. Er nickte. Inzwischen schien er neugierig geworden zu sein. Ein eindringliches Funkeln stand in seinen blauen Augen, genau wie bei mir. Das ist auch eine unserer Gemeinsamkeiten.

»Der Letzte gibt eine Runde Krispie Kremes aus, Schoko mit gehackten Nüssen.«

Das klang schon eher wie mein alter Bud. Essen im Kopf, Ehrgeiz im Blut und Doughnutgeruch im Atem.

»Wir werden dich in unserer Bugwelle zurücklassen, Bud.«

Bud legte auf. Zweifellos trat er bereits das Gaspedal durch. Wenn wir Glück hatten, würde er vielleicht auf dem Weg zum anderen Seeufer in einen Stau geraten.

Ich sah Black an. »Wir haben einen Selbstmord auf der Brücke, und ich muss sofort hin. Kommst du mit?«

»Worauf du dich verlassen kannst.«

Manchmal hatte Black mehr Spaß an meinem Job als ich selbst. Vermutlich kann es manchmal recht langweilig sein, ständig Leuten zuzuhören, die auf einer Couch herumliegen und über ihre Probleme jammern.

Während Black das PS-starke Cobalt geschickt aus der Bucht lenkte und Vollgas gab, zog ich hastig Jeans und ein schwarzes T-Shirt über den Bikini, schnürte meine Nikes zu, schnallte beide Waffen um und hängte mir die Kette mit meiner Dienstmarke um den Hals. Nun fühlte ich mich wieder wie ein vollständiger Mensch. Ich stellte mich neben ihn auf die Brücke und genoss die Geschwindigkeit, den Wind in meinem kurzen, von der Sonne gebleichten Haar und den wunderschönen rotvioletten Sonnenuntergang. Er malte über den Bäumen am Horizont Wirbel in den Himmel, die an ein expressionistisches Gemälde erinnerten. Mit überhöhter Geschwindigkeit rasten wir über den See, aber das ist eben typisch Black mit seinen großen, teuren Spielzeugen.

Ja, ich würde die Fahrt auskosten, solange ich konnte. Denn es würde sicher kein Vergnügen werden, einen Selbstmörder vom Seil zu schneiden und einer Familie mitzuteilen, dass ein geliebter Angehöriger fort war. Für immer. In einem Sekundenbruchteil. Auf Niemehrwiedersehen. Nein, so etwas stand eindeutig nicht auf der Liste meiner zehn Lieblingsbeschäftigungen.

# *Zwei*

Einige Minuten später hatten wir den Kanal erreicht und brausten auf die Grand Glaize Bridge zu, die den Highway 54 über den gleichnamigen Nebenarm des Sees und Osage Beach leitet. Es ist eine der dicht befahrendsten Gebiete im Landkreis. Zahlreiche Boote voller neugieriger Sonntagsausflügler waren uns zuvorgekommen, trieben nun am Rand des abgeriegelten Bereichs und versuchten festzustellen, was die Polizei da machte. Die Wasserschutzpolizei hatte bereits die Stelle direkt unter der Brücke sowie eine Zone von jeweils dreißig Metern an jedem Ufer abgesperrt. Dennoch drängten sich die Schaulustigen so nah wie möglich heran; ihre Boote tanzten in den Bugwellen der eintreffenden Polizeifahrzeuge. Die untergehende Sonne spiegelte sich in mindestens zwanzig Ferngläsern und ließ sie aufleuchten wie die Augen einer Katze in einer dunklen Seitengasse.

Während wir uns langsam der Sandbank unter den Brückenpfeilern näherten, klapperte ein Kollege von der Wasserschutzpolizei einen Gaffer nach dem anderen ab, um die Party zu beenden. Zum Glück war noch kein einziger Reporter in Sicht, doch die würden nicht lange auf sich warten lassen. Black schaltete den Motor ab und ließ das Cobalt auf die Sandbank gleiten. Als das Boot endlich zum Stehen kam, kletterte ich von Bord, sprang herunter und spähte die Böschung hinauf, wo sich einige Mitarbeiter des Sheriffs um eine ziemlich weit von uns entfernte Betonstrebe versammelt hatten. Ich sah, wie der Körper des Toten in der steifen Brise baumelte, die inzwischen über dem Wasser aufgekommen war.

»Du wartest besser hier, bis ich die Lage sondiert habe«, sagte ich.

Black protestierte nicht. Er nahm auf dem Kapitänssitz Platz und öffnete noch eine Flasche Dixie. Weil er geschäftlich so viele Eisen im Feuer hatte, fand er nicht oft die Zeit, so wie heute einfach einen ganzen Tag mit mir auf seinem Boot herumzuhängen. Er hatte zwar ständig das Telefon am Ohr, doch ich glaube, dass er es trotzdem als Auszeit empfand.

Ich kletterte um einige große Kalksteinfelsen herum und machte mich an den steilen Aufstieg zum Schauplatz des Selbstmordes. Inzwischen konnte ich oben Bud erkennen, der die Brücke hinunter spähte. Er war auch ziemlich schnell hier gewesen. Nun winkte er mir zu, wies auf den Toten und verschwand aus meinem Blickfeld. Wir haben in Canton County immer wieder mit Leuten zu tun, die Selbstmord begehen, indem sie von einer Brücke springen. Allerdings war es noch nie vorgekommen, dass sich jemand unten an einer aufgehängt hatte. Zumindest nicht, seit ich bei der Polizei war. Aber offenbar gibt es immer ein erstes Mal. Das hatte ich auf die harte Tour gelernt.

Connie O'Hara, außer mir die einzige Frau unter den Kollegen, war schon vor mir hier gewesen. Sie war klein, blond, konnte unverschämt gut mit einem Gewehr umgehen und hatte einen neugeborenen kleinen Jungen namens Tucker zu Hause. Außerdem war sie eine gute Polizistin, die pflichtbewusst und nach Vorschrift arbeitete und sich von nichts aus der Ruhe bringen ließ. Ich mochte sie. Als ich mich näherte, nickte sie mir zu. »Kommt Bud auch?«

»Er ist noch dort oben.« Wir blickten beide gut fünfzehn Meter in die Höhe. »Haben wir schon einen Namen, Connie?«

Sie schüttelte den Kopf. »Es hat noch niemand die Leiche angefasst. Aber offenbar hängt er schon mindestens seit dem Mittag dort, vielleicht sogar länger. Die Leichenstarre ist voll ausgebildet. Da er sich genau dort unten aufgehängt hat, ist er vom Highway aus kaum zu sehen. Auch vom Wasser aus hat ihn niemand gemeldet, ob du es glaubst oder nicht.«

Ich schaute die Böschung hinunter, wo Black am Ufer in

seinem Cobalt saß. Er telefonierte zwar schon wieder, beobachtete mich jedoch durch sein starkes Fernglas. Ich wandte mich wieder an O'Hara. »Ein komischer Ort für einen Selbstmord, findest du nicht?«

Sie zuckte mit den Schultern. »Ja, irgendwie schon. Warum ist er nicht einfach gesprungen? Dann hätte er es hinter sich gehabt. Einen Sprung aus dieser Höhe überlebt man nicht, und außerdem wäre es viel schneller gegangen.«

Wir schätzten beide die Entfernung ab, und ich fragte mich, wie es sich wohl anfühlen mochte, so tief zu fallen und dann auf eine betonharte Wasserfläche zu prallen. Nicht sehr angenehm. Wahrscheinlich würde man sich zumindest jede Menge Knochen brechen.

»Hat jemand Buckeye Boyd verständigt?«

»Wir wollten warten, bis du hier bist, ehe wir die Rechtsmedizin anrufen. Soll ich das jetzt erledigen?«

»Ja, tu das. Sag ihm, wir hätten hier eine Leiche, und frag ihn, wie schnell er zur Brücke kommen kann. Hast du seine Nummer?«

Connie nickte. »Wird gemacht.«

Während sie die fast senkrechte Böschung hinaufkletterte, kam Bud zwischen den Felsen hindurch auf mich zu geschliddert. Er hielt sich an den Büschen fest und geriet im Geröll immer wieder ins Rutschen. Ja, er ist ein bisschen tollpatschig. Ich verzog das Gesicht und ging ein paar Meter, um den Toten besser betrachten zu können. Der Mann baumelte an einer Querstrebe aus Beton, so weit seitlich unter der Brücke, dass er mehr über dem Boden als über dem Wasser hing. Wie es aussah, schwebten seine Füße höchstens anderthalb Meter über der steilen Böschung. Vorsichtig arbeitete ich mich die gefährliche Steigung entlang voran, bis ich genau unter dem Toten stand. Das Seil um seinen Hals war an einem Betonsims über ihm befestigt. Offenbar hatte er es gut angebunden, war aufgestanden, hatte sich die Schlinge umgelegt und war in die Hölle gesprungen. Sicher hatte es ihm sofort das Genick gebrochen.

»Was ist los, Claire? Ich habe gerade gehört, wie Connie mit Buck telefoniert.«

Das war Bud. Er hatte mich fast erreicht, legte die letzten Meter im Laufschritt zurück und kam dicht vor mir zum Stehen. Nachdem er das Opfer gemustert hatte, stieß er einen leisen lang gezogenen Pfiff aus. »Mann, warum will jemand so enden?«

»Wer weiß? Seine Frau hat ihn verlassen, er hat sein ganzes Geld verspielt, er war einsam. Vermutlich einer der üblichen Gründe. Du kannst es dir aussuchen. Vielleicht hat er uns ja einen Brief hinterlassen, in dem er uns alles höflich und Schwarz auf Weiß erklärt. Das wäre doch ein feiner Zug von ihm, meinst du nicht?«

»Der ist ja fast noch ein Kind. Ziemlich jung, um sich vom Acker zu machen. Anfang zwanzig, allerhöchstens fünfundzwanzig.«

Wir traten näher heran, um die hängende Leiche in Augenschein zu nehmen. Dabei versuchte ich, nicht auf sein blau angelaufenes Gesicht zu achten. Die Totenstarre war nicht zu übersehen; die Leiche war so steif wie eine Schaufensterpuppe. Der Mann trug marineblaue Dockers und ein gelbes Polohemd, beides ordentlich und sauber mit Bügelfalten an Ärmeln und Hosenbeinen. An seinem rechten Ohr erkannte ich einen Ohrring, einen großen Diamantstecker, der immer wieder aufblitzte, als die Leiche im böigen Wind hin und her schwankte. Etwa zwei Meter unter ihm lag ein Mobiltelefon auf dem Boden.

»Er hat sein Telefon fallen gelassen. Siehst du, da drüben auf den Felsen?«

»Vielleicht ein Abschiedsanruf. Das könnte hilfreich sein.«

»Am besten lassen wir es liegen, bis die Spurensicherung hier ist. Es könnte uns verraten, wer die nächsten Angehörigen sind.«

»Der Junge scheint aus guten Verhältnissen zu kommen. Die Klamotten sind nagelneu und außerdem frisch gebügelt. Das Hemd ist offenbar von Ralph Lauren. Und die Armbanduhr sieht aus wie eine Rolex.«

»Und die Turnschuhe haben keinen Kratzer und sind so weiß wie an dem Tag, an dem er sie gekauft hat. Die Sohlen sind kaum abgenutzt«, fügte ich hinzu. »Handwerker ist der bestimmt nicht.«

»Vielleicht ist er ja Student an der Missouri State University in Springfield und extra hergekommen, um Schluss zu machen, damit uns heute Abend nicht langweilig wird.«

»Glück muss der Mensch haben. Was ist denn das an seinen Armen?«

»Anscheinend Armbänder. Sind das blaue und weiße Perlen? Mann, ich wette, das sind zwanzig pro Arm.«

»Warum denn das? Hast du je einen Menschen mit so vielen Armbändern gesehen?«

»Auf gar keinen Fall. Armbänder wie die sind mir überhaupt noch nie untergekommen.«

Als mein Telefon sein Lied anstimmte, riss ich es vom Gürtel und erkannte Blacks Namen auf dem Display. Ich nahm den Anruf an und spähte zu ihm hinunter. Inzwischen stand er im Heck des Bootes und beobachtete mich wieder mit seinem starken Fernglass, sodass ich mich fühlte wie eine Amöbe unter dem Mikroskop.

»Hast du das Opfer schon identifiziert?«, erkundigte er sich.

»Nein, wir warten darauf, dass Buck das Seil durchschneidet und die Leiche runterholt.«

»Ich bin ziemlich sicher, dass ich ihn kenne.«

Zugegeben, das traf mich wie ein Schlag in die Magengrube. »Woher willst du das wissen? Kannst du ihn denn so gut sehen?«

»Ja, ich habe sein Gesicht deutlich im Blick. Armer Junge. Er sieht genauso aus wie ein junger Mann, den ich vor einigen Jahren in Behandlung hatte. Wenn ich richtig liege, heißt er Michael Murphy ist ist inzwischen einundzwanzig oder zweiundzwanzig Jahre alt.«

»Michael Murphy? Warum kommt mir der Name so bekannt vor?«

»Vielleicht deshalb, weil sein Vater Joseph Murphy ist, einer der wichtigsten politischen Berater des Gouverneurs. Er ist ständig in den Nachrichten. Liebt die Kameras. Möglicherweise erinnerst du dich noch, dass er den letzten Wahlkampf von Gouverneur Stanton geleitet hat, den, in dem er haushoch gewonnen hat, schon vergessen? Und noch etwas: Die Familie Murphy ist vom alten Geldadel. Ihnen gehört der Großteil der Innenstadt von Jefferson City, und auch in Kansas City und hier am See besitzen sie jede Menge Immobilien. Daher kenne ich sie. Wir waren gemeinsam an einigen Investitionsprojekten beteiligt.«

»Ach, *der* Joseph Murphy. Ein hohes Tier in der Politik, was? Hat er vielleicht Dreck am Stecken? Ist ja spitze.«

»Es wird so einiges gemunkelt, doch ich habe nie etwas Ungesetzliches bemerkt. Die Presse hasst ihn wie die Pest und umgekehrt, weshalb sie es sicher sofort an die große Glocke hängen werden. Ich hielt es nur für besser, dich zu warnen.«

»Super, das sind ja tolle Nachrichten, Black. Bud wird Luftsprünge machen.« Mein sarkastischer Tonfall entging Bud nicht – nach all den Jahren als mein Partner hatte er ein Ohr dafür. »Black sagt, unser Toter wäre Michael Murphy, Sohn des großen Joseph Murphy, der beste Kumpel des Gouverneurs.«

»Der Geldsack aus Jeff City? Der, der immer im Fernsehen ist? Auf mich wirkt er wie ein richtiger Schmierlappen.«

Ich nickte. »Laut Black ist das hier ziemlich sicher sein Sohn.« Ich wandte mich wieder an Black. »Besteht wirklich kein Zweifel, Black? Willst du ihn dir nicht aus der Nähe anschauen?«

»Du hast das Fernglas doch selbst schon benutzt, Claire. Es ist, als würde ich dicht daneben stehen. Das ist Mikey, darauf würde ich alles verwetten.«

»Mikey?«

»So wollte er genannt werden. Hat sogar darauf bestanden. Seine Familie hat ihn auch so angesprochen.«

»Weißt du seine Adresse noch?«

»Die kann ich dir gleich besorgen. Soll ich Miki mobil anrufen, damit sie sie für dich heraussucht?«

»Ja, wir müssen so schnell wie möglich seine Familie verständigen. Ist er verheiratet?«

»Nicht, als ich ihn behandelt habe. Seine Freundin hatte ihn damals verlassen, und er ist darüber depressiv geworden. Deshalb war er bei mir. Doch ich habe ihn an einen Kollegen überwiesen.«

»Warum?«

»Seine Eltern haben mich darum gebeten. Sie wollten, dass er in Jeff City in einer auf Jugendliche spezialisierten Klinik therapiert wird. Sie kannten einen der Ärzte.«

»Wie hieß der?«

»Martin Young. Er ist fest angestellter Psychiater dort. Der Name der Klinik ist Oak Haven. Es ist eine Art altmodisches Sanatorium für junge Leute. Sie behandeln hauptsächlich Jugendliche mit Depressionen und Angststörungen, insbesondere solche, die einen Selbstmordversuch hinter sich haben, oder wenn Suizidgefahr besteht. Es ist eine stationäre Einrichtung mit intensiven Therapiesitzungen und außerdem Unterricht, damit die Patienten während ihres Aufenthalts schulisch nicht ins Hintertreffen geraten. Die Klinik hat einen guten Ruf. Ziemlich teuer zwar, aber auch recht erfolgreich, soweit ich gehört habe.«

»In diesem Fall kann man wohl nicht von Erfolg sprechen. Gut, wir überprüfen das. Hier kommen Buck und die Jungs. Fahr schon mal nach Hause und iss etwas. Ich rufe dich später an. Bud und ich müssen die Familie benachrichtigen. Wann fliegst du nach New York?«

»Morgen kurz vor zwölf. Ich bleibe noch ein bisschen hier und mache mich dann auf den Weg. Melde dich, wenn ich dich nachher abholen soll.«

»Wird gemacht.«

Einen Moment herrschte Schweigen. »Es ist wirklich jammerschade, Claire«, sagte Black schließlich. »Ich dachte wirklich, dass Dr. Young ihm helfen kann, seine Probleme zu lösen.«

»Ja, er war viel zu jung, um zu sterben. Bis später.«

»Und immer schön den Kopf unten halten, Baby. Ruf mich bloß nicht wieder aus dem Krankenhaus an.«

Blacks Methode, mich zu bitten, vorsichtig zu sein. »Gut. Bis später also.«

Ich klappte das Telefon zu und wartete, bis Buckeye Boyd das unwegsame Gelände überwunden und uns erreicht hatte. Sein buschiges weißes Haar stand ihm zu Berge, vermutlich, weil der Wind es gezaust hatte. Doch sein Bart und Schnurrbart waren schwarz und wie immer ordentlich gestutzt. Er hinkte noch, weil er beim letzten Wettangeln auf einem glitschigen Bootssteg ausgerutscht war. Obwohl er den ersten Platz gemacht und den Pokal zu seinen vielen anderen gestellt hatte, bewegte er sich nun schon seit Wochen mühsam vorwärts. Ein missmutiger Ausdruck malte sich auf seinem Gesicht, sicher nicht nur wegen des steilen Abhangs, sondern auch, da er nun *American Idol* oder *Survivor* verpassen würde. Er war nämlich ein begeisterter Fan von Reality-Shows. Connie folgte ihm auf den Fersen.

Shaggy kam gleich hinter ihm. Er schleppte seinen Alukoffer und hinkte ebenfalls, denn er war vor einigen Monaten in dieselbe Bredouille geraten wie Buds Freundin und hatte sich dabei ziemlich schwere Schussverletzungen eingefangen. Doch inzwischen war er fast wieder der alte. Er hatte einige leichtfertige Entscheidungen gefällt und teuer dafür bezahlt. Seitdem hatte er sich verändert und war nicht mehr der ausgeflippte, lässige Pseudo-Beachboy von früher. Zumindest war er noch nicht zu seinen alten Gewohnheiten zurückgekehrt. Ich hoffte, dass er sich eines Tages wieder erholen würde. Obwohl er mich mit seinem vertrauten Grinsen bedachte, das ich auch erwiderte, wollte sich der verängstigte Ausdruck in seinen Augen einfach nicht legen. Wahrscheinlich würde das noch eine Weile dauern.

Offen gestanden fragte ich mich mittlerweile, ob sich dieser Ausdruck allmählich zu unser aller Markenzeichen entwickelte. Zumindest bei den Leuten, die zu viel Zeit in meiner Gesellschaft verbrachten. Vielleicht war ich mit dem Tod und der

Zerstörung, mit denen mich mein Beruf ständig konfrontierte, inzwischen ja überfordert. Ob es besser für mich war, wenn ich mich erst mal von der Mordkommission verabschiedete, Streifenpolizistin wurde und Verkehrsrowdys Strafzettel aufbrummte? Aber ich wusste, dass ich das nicht lange aushalten würde. Die Jagd lag mir nun einmal im Blut. Mörder aufzuspüren, war mein Leben, und es bereitete mir Genugtuung, sie hinter Gitter zu bringen, wenn sie nicht zuvor die Radieschen von unten betrachteten.

Bud und ich machten wortlos Platz, als sich die Spurensicherungsexperten einer nach dem anderen zu uns gesellten. Wir sahen zu, wie Vicky, die Polizeifotografin, schnell und tüchtig wie immer, aus allen Winkeln ihre Pflicht tat. Dabei wurde kaum gesprochen. Möglicherweise hatten wir es ja langsam satt, tote Menschen zu bergen und ihre Einzelteile zu beschriften. Auch wenn wir es hier nicht mit Mord, sondern mit Selbstmord zu tun hatten, ging es uns nah, wie jung das Opfer noch war.

Nachdem der Tote vom Seil abgeschnitten auf dem Boden lag, durchsuchte Buckeye seine konservative Kleidung und entdeckte in der vorderen Hosentasche einen gültigen Führerschein und einen kleinen Schlüsselring mit drei Schlüsseln, zwei davon ordentlich mit weißem Klebeband versehen und beschriftet: Auto und Eingangstür. Der dritte trug keine Aufschrift. Außerdem waren weder Brieftasche noch Abschiedsbrief oder Geld vorhanden, nichts, nur leere Taschen, Führerschein und Schlüssel. Das einzig Seltsame waren die Armbänder. Sie bestanden aus blauen und weißen Glasperlen, einige mit einem schwarzen Punkt in der Mitte, der fast wie ein Auge aussah. Die Perlen waren auf Gummibänder gefädelt, die man sich über die Hände streifte. Ich zählte insgesamt sechsundzwanzig, dreizehn an jedem Arm. Die Zahl konnte kein Zufall sein.

Buck überprüfte den Führerschein und hielt ihn mit zwei behandschuhten Fingern hoch. »Der Mann heißt Michael Murphy. Zweiundzwanzig Jahre alt. Das Foto passt. Die persönlichen Daten auch.«

»Also hatte Black recht«, merkte ich an.

»Das Telefon ist nagelneu«, fuhr Buck fort. »Keine eingehenden oder ausgehenden Anrufe. Es ist ein Kartentelefon. Mal schauen, ob wir Fingerabdrücke finden.«

»Gut.«

»Warum hat der Junge wohl keinen Abschiedsbrief hinterlassen?«, fragte Bud.

»Vielleicht hat er nicht damit gerechnet, dass ihn jemand findet. Das könnte der Grund gewesen sein, warum er hierher unter die Brücke gekommen ist. Möglicherweise liegt der Brief ja bei ihm zu Hause.«

»Wer hat ihn denn gefunden?«, erkundigte ich mich bei Connie O'Hara.

»Einige Jugendliche, die dort drüben auf dem Spielfeld Basketball gespielt haben.« Sie wies auf einen kleinen Park rechts von uns. Das Basketballfeld war von einem vier Meter hohen Zaun umgeben. »Sie haben den Ball hin und her gespielt, bis er durch eine Lücke im Zaun geflogen und hier runtergerollt ist. Als einer der Jungen im Gebüsch auf dem Abhang danach gesucht hat, hat er das Opfer da oben hängen sehen. Natürlich haben sie einen Heidenschreck gekriegt. Also sind sie zum Applebee's gleich am Ende der Straße gerannt, wo eine ihrer Mütter arbeitet. Die hat dann die Polizei angerufen.«

»Okay, Buck, dann gib uns Bescheid, wenn du fertig bist. Bud und ich müssen uns bei dem Jungen zu Hause umschauen. Hoffentlich gibt es dort einen Abschiedsbrief.«

Ich hörte, wie unter mir das Cobalt ansprang, winkte Black zu und blickte ihm nach, als er das Boot vom Ufer weg rangierte und in Richtung Cedar Bend Lodge davonbrauste. Dann machte ich kehrt und folgte Bud den Hügel hinauf zu seinem Bronco. Ich freute mich nicht sehr darauf, den Eltern des Jungen mitteilen zu müssen, was ihr Sohn an diesem wunderschönen Sommertag getan hatte.

Wie sich herausstellte, betrieb Michael Murphy, Sohn des großen Machers im Kapitol, eine Pizzeria namens Mikey's Place in Osage Beach am Highway 54. Das Lokal befand sich in einer Ladenzeile namens Stonecrest Shopping Center, und wir nahmen an, dass er in der Wohnung darüber lebte. Bud stoppte den Wagen direkt vor dem Eingang der Pizzeria. Ein paar Türen weiter befand sich der Stonecrest Book and Toy Store. Ich kannte ein paar der Verkäuferinnen, weil ich Geschenke für Bud und Black dort gekauft hatte. Wir würden mit ihnen sprechen und sie fragen müssen, was sie über Mikey Murphy wussten. In der Mitte des Parkplatzes stand eine Starbucks-Filiale, die in uns beiden Gelüste nach Milchkaffee und Zimtbrötchen auslöste. Doch wir beschlossen, uns das zu verkneifen, bis wir die Todesnachricht losgeworden waren. Das einzige Problem war, dass wir danach vermutlich nichts mehr herunterbringen würden. Meine ganz eigene Methode, Diät zu halten.

Der Schlüssel mit der Aufschrift »Eingangstür« passte zur Tür der Pizzeria. Vermutlich war er gekennzeichnet worden, um uns die Arbeit zu erleichtern. Obwohl das Lokal geschlossen und menschenleer war, klopften wir einige Male an, nur für den Fall, dass er eine Freundin oder einen Mitbewohner hatte, die oben schliefen oder in der Küche Pizzateig kneteten. Auf dem Highway 54 vor der Ladenzeile herrschte immer noch starker Verkehr. Wir warteten einige Minuten, wobei ich hoffte, dass wir drinnen niemanden antreffen würden, dem wir die Hiobsbotschaft überbringen mussten. Das Benachrichtigen von Angehörigen war nicht gerade meine Stärke. Ich hasste es wie die Pest. Lieber hätte ich zehn Wurzelbehandlungen am Stück über mich ergehen lassen. Wirklich.

»Es muss jemand da sein«, stellte Bud fest. »Ich rieche, dass jemand kocht. Grillfleisch vielleicht?«

Offenbar würde mein Wunsch nicht in Erfüllung gehen. »Schon, aber das hier ist eine Pizzeria, und hier auf diesem Schild im Fenster steht klar und deutlich ›geschlossen‹.«

»Das heißt nicht, dass niemand da ist, der vielleicht gerade das Abendessen für unseren armen Jungen kocht. Vielleicht ist es ja ein Dampfgarer. Wir gehen jetzt rein.«

Bud schob die Tür auf, und wir betraten das dunkle Restaurant. Vorsichtig natürlich, wir waren ja nicht von gestern. Ich zog keine meiner beiden Pistolen, weil ich Gefahr weder witterte noch erwartete. Zumindest nicht, bis mein sechster Sinn zum Leben erwachte, mir einen Schubs in den Rücken versetzte und etwas wie *»hau ab, so schnell du kannst«* raunte. Deshalb beschloss ich, gleich auf der Schwelle stehen zu bleiben und zur Waffe zu greifen. Bud folgte meinem Beispiel. Schließlich sind wir ein Team. Dann sahen wir uns beide um, und Bud rief vorsichtig »Hallo«.

Drinnen war es dämmrig. Das Restaurant war nicht groß, doch vermutlich nett und gemütlich, wenn es geöffnet hatte. Die zahlreichen Tische waren mit rotweiß karierten Plastiktischdecken versehen, wie man es in Amerika beim Italiener erwartet, die Bänke entlang der Wände rot gepolstert. Auf jedem Tisch standen Körbe mit ebenfalls rotweiß karierten Servietten und Krüge mit roten Seidengeranien. Weiße Kerzen steckten in mit Wachs betropften leeren Chiantiflaschen. Im hinteren Teil des Raums befand sich ein langer Tresen mit vielen Neonreklamen, die für Busch, Bud Light und Coors warben. Allerdings war es totenstill – bis auf ein leises und stetes elektronisches Piepen aus einem Hinterzimmer.

»Hörst du das, Bud?«

»Das Gepiepe? Ja.«

»Was ist das?«

»Keine Ahnung. Aber es kommt von hinter der schwarzen Schwingtür. Eine Zeitschaltuhr in der Küche?«

Wir gingen zur Schwingtür rechts vom Tresen, die vermutlich in die Küche führte. Plötzlich wurde ich wieder von einem warnenden Schauder überlaufen und wartete einen Moment, während er mir den Rücken hinaufkroch, bis sich mein Genick steif und eiskalt anfühlte. Inzwischen war der Geruch nach Bratfleisch stärker. Ich sah Bud an. Er nickte. Die Waffen im Anschlag, traten wir in die Küche, als wäre sie Daniels Löwengrube. Sie war so groß wie der Gastraum und frei von Bedrohungen.

Das Lämpchen am Ofen blinkte rot und piepste in regelmäßigen Abständen. Auf dem großen Küchenblock mit der schwarzen Granitplatte in der Mitte des Raums lag ein großes Herdgitter aus Metall. Ich umrundete den Küchenblock und bückte mich, um durch die Glastür des riesigen Pizzaofens zu spähen.

Es drehte mir den Magen um, und Galle stieg mir in der Kehle hoch. Entsetzt wich ich zurück und traute meinen Augen nicht. »Oh, mein Gott, Bud, sag, dass das nicht wahr ist.«

»Was?«, fragte Bud. »Lass mich mal sehen.«

»Schau rein und erklär mir, was das ist.«

Bud kam auf die andere Seite des Küchenblocks, schaute aber nicht, sondern streckte die Hand nach dem Griff der Herdklappe aus und riss sie auf. Ein Albtraum. Von Grauen erfüllt starrten wir auf den Inhalt des Pizzaofens. Jemand hatte eine Leiche hineingestopft. Eine Frau, zierlich, nackt und zusammengekrümmt. Der Ofen war auf niedrige Temperatur eingestellt, und nach dem Aussehen der Leiche zu urteilen, briet sie schon eine geraume Weile. Ihre Haut war braun und verkrustet, und ich konnte ihr versengtes langes dunkles Haar riechen.

»Schalt den Ofen aus, Bud, schalt ihn aus. Schnell. Oh, mein Gott! Mir wird schlecht!«

Bud knallte die Tür zu und drehte den Schalter um. Dann eilten wir beide nach draußen, nur weg von dem Gestank und dem grausigen Anblick, mit zitternden Händen und von Übelkeit ergriffen. An der frischen Luft angekommen, beugte ich mich vor, stützte die Hände auf die Knie und holte tief Luft, um den Brechreiz zu unterdrücken, der das Cherry Pepsi in meinem Magen hin und her schwappen ließ. Oh, Gott, ich würde mich gleich übergeben müssen. Eigentlich war ich widerwärtige Anblicke am Tatort ja gewöhnt, doch das hier war der Gipfel des Grauens. Unfassbar. Bud ging ein paar Schritte, blieb zehn Meter entfernt von mir stehen, fuhr sich mit den Händen übers Gesicht und räusperte sich immer wieder. Dann kehrte er zu mir zurück und lief auf und ab, als helfe ihm die Bewegung, den grausigen Fund besser zu verarbeiten. Er schüttelte den Kopf und stemmte die Hände in die Hüften. »Wer, glaubst du, ist das da drin?«

Als ich mit den Fingern die Lippen rieb, hatte ich fast noch den Geruch der gebratenen Frau auf der Zunge. Ich schluckte und rang um Beherrschung, was mir zunehmend schwer fiel. »Keine Ahnung«, erwiderte ich schließlich. »Wie kann man das einem anderen Menschen antun? Ihn in den Ofen stecken und rösten? Mein Gott, wer macht so etwas?«

»Irgendein krankes Psychoschwein vermutlich«, antwortete Bud. »Ich rufe Buck an. Er muss herkommen und sie rausholen. Ich ertrage die Vorstellung nicht, dass sie da langsam gegrillt wird.«

Da wir nun wussten, woher der Geruch kam, war er nicht mehr auszuhalten. Wir wichen von der Tür zurück, und ich wartete, während Bud das Flatterband aus dem Bronco holte. Wir spannten es vor die Tür, ohne ein Wort zu wechseln. Keine zehn Pferde hätten uns dazu gebracht, das Lokal wieder zu betreten.

»Wir sollten uns die Wohnung anschauen«, meinte ich schließlich. »Vielleicht ist dort noch jemand, ein anderes Opfer. Oder jemand, der noch lebt.«

Bud warf mir einen Blick zu, als hätte ich vorgeschlagen, reinzugehen und eine Pizza zu bestellen. Er wollte die Leiche nicht mehr sehen. Und ich ganz bestimmt auch nicht. Wahrscheinlich würde ich außerdem niemals wieder in einem Restaurant essen wollen, jedenfalls nicht in einer Pizzeria. Aber wir mussten die Wohnung im ersten Stock unter die Lupe nehmen. Und nur der Himmel wusste, was uns dort erwartete.

## *Mein Name ist Trouble*

Seine Eltern brauchten eine Ewigkeit, um Lylas Tod zu verkraften. Viel zu lange, wie der Junge sich ärgerlich sagte. Mein Gott, was sollte denn das ganze Geheule, Gejammer und Getrauere, als wollten sie gar nicht mehr damit aufhören? Er versuchte, seine Eltern von Lylas Tod abzulenken, indem er wie ein Wilder Medaillen und Pokale sammelte, aber nein, nichts da. Immer hieß es nur, die arme Lyla. Die arme Lyla, die so jung gestorben war, arme Lyla, arme Lyla, arme Lyla. Er hätte kotzen können.

Die Zeit verging, genauer genommen, sie schleppte sich dahin, und irgendwann bekam seine Mom wieder ein Baby, ein kleines Mädchen, das sie Destiny nannten. Schicksal. Er fand diesen dämlichen Namen ziemlich übertrieben, aber, meinetwegen, sie glaubten eben wirklich, der liebe Gott hätte ihnen eine neue kleine Tochter geschenkt, als Entschuldigung, weil er ihnen Lyla genommen hatte. Seine Eltern waren manchmal echt naiv.

Hin und wieder fragte er sich ernsthaft, woher er seinen Verstand hatte. Seine Eltern waren beide dumm wie Bohnenstroh. Mein Gott, er kam bei ihnen mit allem durch, sogar mit dem Mord an seiner Schwester. Nicht, dass er die Sache zwingend als Mord betrachtete; sie hatte eben jung sterben müssen, mehr war nicht dabei. Es gab keinen richtigen Grund, Pech halt. Vorsehung. Er war nur das Werkzeug gewesen. Manchmal geschahen nun einmal unerklärliche Dinge. Dennoch war er viel klüger als der Rest seiner Familie. Außerdem war es so leicht, sie auszutricksen. Schließlich vergötterten sie ihn ja, und zwar aus gutem Grund.

Im nächsten Sommer dann beschloss sein Dad, mit der ganzen Familie den Urlaub in Arizona zu verbringen. Leider hatten sie den Pool nach Lylas Tod mit Erde zugeschüttet und nie wieder ein Familiengrillfest im Garten veranstaltet. Er fand das ein wenig übertrieben, aber was sollte er tun? Schließlich war er noch minderjährig und musste sich von ihnen herumkommandieren lassen. Die Fahrt nach Westen verlief ziemlich ereignislos und langweilig. Sie hatten den großen Dodge-Kombi seiner Mom genommen, damit alle Kinder sich anschnallen konnten. Inzwischen war sie, was die Sicherheit ihrer Kinder anging, nämlich richtiggehend paranoid. Die Kleinen jammerten ständig, doch ihn störte es nicht sehr. Er hatte ja seinen Ohrhörer und einen iPod und sich Hunderte von Stücken heruntergeladen, die er mochte. Also konnte er die ganze Zeit Musik hören.

Der Junge liebte Musik. Am besten gefiel ihm eine Rockband aus Deutschland, und zwar wegen ihrer düsteren, gruseligen Texte. Das war genau sein Stil. Außerdem las er viel. Er interessierte sich für Erdkunde und erfuhr gern etwas über andere Länder und Kulturen und dafür, wie die Menschen dort lebten. Er lernte überhaupt gern etwas Neues. Sein Dad sagte, er habe ein fotografisches Gedächtnis, und damit hatte er voll und ganz recht. Der Junge musste etwas nur ein einziges Mal lesen, damit es sich für immer in sein Gedächtnis einbrannte. Dann konnte er es beinahe wörtlich zitieren. In Sachen Klugheit konnte ihm keiner ein X für ein U vormachen.

Heute stand ein Ausflug in den Grand Canyon auf dem Programm, weil sein Dad und seine Mom Freude am Wandern und an der idyllischen Landschaft hatten. Der Junge war sehr beeindruckt. Sein Dad hatte Fahrkarten für einen coolen altmodischen Zug besorgt, der sie von ihrem Hotel in Phoenix bis in den Grand Canyon brachte. Das Hotel selbst war alt und schick und hieß The Biltmore. Im Moment stapften sie mit einigen anderen Leuten einen der steilen, staubigen Wege im Canyon hinunter. Es war wirklich ein toller Anblick, die vielen senkrecht abfallenden Felswände und schroffen Klippen, die in der hellen Sonne leuchteten und wunderschöne Querstreifen in den verschiedensten Rot-, Gelb- und Kupfertönen hatten. Ganz, ganz unten am Boden der Schlucht, konnte er den Colorado River erkennen, der im Sonnenlicht funkelte wie ein silbernes Band. Er fand es großartig hier. Seine Eltern hatten sich ausnahmsweise einen echt tollen Urlaubsort ausgesucht.

Aufmerksam lauschte er dem Fremdenführer, als dieser von der Geschichte des Grand Canyon erzählte. Allerdings blieb er mit seiner Mutter ein Stück hinter der Gruppe zurück, denn er machte sich ein wenig Sorgen um ihre Gesundheit. Eigentlich war sie ziemlich sportlich, vermutlich hatte er das von ihr, war aber nach der Geburt vor wenigen Monaten noch ein wenig geschwächt und musste häufig stehen bleiben, um sich auszuruhen. Da er befürchtete, sie könnte schlappmachen und sie zu einer vorzeitigen Umkehr zwingen, beschloss er, ihr zu helfen.

»Hey, Mom, soll ich Destiny ein Stück tragen? Ich merke dir an, dass du müde bist. Sie ist bestimmt schwer.«

»Schon gut, Schatz. Ich trage sie gern. Ich brauche nur eine kleine Pause.«

Seine Mom setzte sich in den Schatten eines struppigen kleinen Nadelbaums, der seitlich aus der Felswand wuchs. Sein Dad war bereits zehn oder fünfzehn Meter weiter den gewundenen Pfad hinuntergegangen, der gefährlich nah an der Felskante verlief. Der Sohn rief ihm nach.

»Hey, Dad, Mom muss sich kurz hinsetzen und ausruhen. Wir kommen gleich.«

»Alles in Ordnung, Schatz?«, erwiderte sein Vater.

»Bestens. Geht nur weiter. Aber pass auf, dass die Kinder vom Geländer wegbleiben.«

Der Junge nahm eine Flasche Ozarka-Wasser aus dem Rucksack und reichte sie seiner Mutter. Während sie die Flasche öffnete und sie ziemlich schnell etwa zur Hälfte austrank, stand er da und blickte über den gewaltigen, von Wind und Wasser in den Stein gegrabenen Canyon hinaus, voller Staunen darüber, wie tief und wie wunderschön er war. Es raubte ihm fast den Atem. Seine Mutter stellte die Flasche weg und säuselte das Baby an, das wie immer schrie und zappelte.

»Danke, dass du gewartet hast, Liebling. Du warst mir in diesem Urlaub wirklich eine große Hilfe«, sagte sie.

»Ja, schon gut«, erwiderte er.

Sie fingen beide an zu lachen, und dann lächelte sie ihm liebevoll zu. Er beobachtete sie, während sie sich mit dem quengelnden Baby beschäftigte. Sie trug das Kind in einer Stoffschlinge dicht vor der Brust. Es schien zu schwitzen, und ihr ging es offenbar nicht anders. Ihr Gesicht war von der Hitze und der anstrengenden Wanderung in ihrem geschwächten Zustand gerötet. Außerdem hatte sie in der Nacht kaum geschlafen, weil das Baby Koliken hatte, und nun waren ihre Augen blutunterlaufen vor Übermüdung. Neugeborene waren wirklich eine Landplage.

»Gib sie mir, Mom, ich halte sie einen Moment. Du schwitzt ja total.«

»Sie hat nur Hunger. Siehst du Leute kommen?«

Er warf einen Blick auf den Pfad hinter ihnen. »Nein, wir sind die letzten. Die nächste Gruppe ist erst in einer Dreiviertelstunde hier.«

»Dann stille ich sie jetzt, wenn ich schon einmal sitze. So ist sie auf dem Rückweg wenigstens ruhig.«

»Okay.«

Der Sohn sah zu, wie sie ihre ärmellose weiße Bluse und ihren Spezial-BH öffnete und dem Baby die Brust in den Mund steckte. Das Kind schnappte nach der Brustwarze und fing wie wild zu saugen an. Angewidert wandte er sich ab. Es war so ekelhaft, dass ihm ganz flau im Magen wurde. Er konnte nicht begreifen, warum seine Mom so etwas tat, und noch dazu in aller Öffentlichkeit und am helllichten Tag. Wieder schaute er in beide Richtungen, erleichtert, dass niemand in Sicht war. Dann setzte er sich hin, betrachtete das Panorama und wünschte, sie würde endlich mit dieser fiesen Stillerei aufhören.

»Geh nicht zu nah an die Kante, Schatz«, sagte seine Mom.

»Ich passe schon auf.«

»Macht dir der Urlaub Spaß?«, fragte seine Mom, die noch immer im Schatten des kleinen Baumes saß und Destiny stillte.

»Na klar.«

»Du wirkst in letzter Zeit so bedrückt. Seit ein paar Tagen bist du ziemlich ruhig.«

»Ich höre nur meine Musik.«

»Was hörst du denn so?«

»Marilyn Manson. Den finde ich spitze. Heute habe ich ihn auch gehört.«

»Ich bin froh, dass wir dir den iPod gekauft haben. Du scheinst ihn ja häufig zu benutzen.«

»Ja.«

Der Sohn sah seine Mutter an. »Komm, Mom, lass sie mich für eine Weile halten. Ich möchte es wirklich gern. Das Ding, das du da umhast, ist bestimmt sehr warm. Du schwitzt sicher.«

Seine Mom lachte wieder auf. »Stimmt. Sie fühlt sich an, als hätte ich eine kleine Heizung dabei.«

Er ging zu ihr hinüber und wartete, bis sie die Schlinge über den Kopf gezogen hatte. Dann nahm er das winzige Baby und hielt es in einem Arm. Es war etwa so groß wie ein Bernhardinerwelpe und wog vermutlich noch keine sechs Kilo. Inzwischen hatte Destiny sich beruhigt und sah ihn aus dunkelblauen Augen unbewegt an.

Während seine Mutter sich an den Felsen lehnte und die Augen schloss, betrachtete er das Gesicht des Babys. Destiny sah Lyla nicht sehr ähnlich, aber er fand sie trotzdem recht niedlich. Sie hatte dunklere Haare, doch das war noch nicht richtig festzustellen, weil für ihn alle Babys einander ähnelten. Bis jetzt hatte er kaum auf sie geachtet. Eigentlich war sie ja zu nichts zu gebrauchen, obwohl es spannend war, wie Menschen einfach so aus kleinen Klümpchen entstanden und irgendwann so groß, stark und sportlich wurden wie er.

Inzwischen döste seine Mom vor sich hin. Also hatte Destiny sie wirklich angestrengt. Er ging zur Felskante und schaute auf das prächtige, in die Erde gefurchte Loch hinein. Dann hielt er das Baby hoch, damit es die hübschen Farben bewundern konnte. »Schau mal, Destiny, das ist der Grand Canyon. Siehst du das winzig kleine Band da unten. Das ist der Fluss, der ihn gegraben hat. Das hat Millionen von Jahren gedauert.«

Das Baby gurgelte ein bisschen und ruderte mit den winzigen Ärmchen. Er warf einen Blick auf seine Mom. Inzwischen lag sie auf dem Boden und bedeckte die Augen mit dem Unterarm. Wem wollte sie etwas vormachen? Sie war total übermüdet. Noch ein Baby zu kriegen, hatte ihr offenbar den Rest gegeben. Plötzlich hatte er den Einfall, das strampelnde Baby übers Geländer zu halten, um festzustellen, ob es wusste, dass es Angst haben musste. Doch das Baby verharrte nur in seiner Hand und schaute sich um. Es beruhigte sich sogar ein wenig. Offenbar war es ein ziemlich dummes kleines Ding. Wenn er nur eine Sekunde locker ließ, würde es schnurstracks in die Tiefe stürzen. Weil es so klein war, konnte er es vermutlich sogar gezielt über die Kante schleudern wie einen perfekt geworfenen Football. Mann, bis nach unten waren es schätzungsweise siebzig Meter. Wahrscheinlich würde es schon beim ersten Aufprall gegen die scharfkantigen Felsen sterben.

»Oh, mein Gott, was tust du da?«

Inzwischen war seine Mom wach. Sie sprang auf und stürzte auf ihn zu. Er brachte das Baby in Sicherheit und reichte es ihr, froh, es los zu sein. Seine Mom griff danach und sah ihn entsetzt an.

»Bist du wahnsinnig? Was hast du dir dabei gedacht? Du hättest sie fallen lassen können!«

Er fand, dass seine Mom ein wenig überreagierte, doch schließlich war sie die Mutter und wusste nicht, wie fest sein Griff um das Baby gewesen war. Er hätte noch zehn oder fünfzehn Minuten länger durchgehalten, bevor er hätte loslassen müssen. So stark war sein Bizeps vom vielen Gewichtheben.

Seine Mom war noch immer stinksauer. »Wie kannst du nur so einen Mist machen? Bist du vollkommen verrückt geworden?«

Nun, diese Anspielung auf seinen Geisteszustand gefiel ihm gar nicht. »So tief ist es doch nicht, Mom. Genau unter dieser Kante ist ein kleines Sims, auf dem sie gelandet wäre, wenn ich sie fallen gelassen hätte. Aber das habe ich ja nicht, richtig?«

»Jetzt werd bloß nicht frech, junger Mann. Du hast gerade etwas sehr Dummes und Verantwortungsloses angerichtet. Ich fasse es nicht. Das werde ich deinem Dad erzählen, du wirst schon sehen!«

Sie war so aufgebracht, dass sie das Baby beinahe selbst fallen gelassen hätte. Die Decke des Kindes rutschte aus der Trageschlinge und landete im Dreck. Als seine Mom sich, Destiny im Arm, danach bückte, riss er ihr das Baby aus dem Arm und versetzte ihr mit der Handfläche einen kräftigen Stoß vor die Brust. Sie kippte rückwärts über die Felskante. Ihre Miene war so voller Erstaunen über das, was er getan hatte, dass sie sich überhaupt nicht wehrte. Sie schrie nur kurz auf und purzelte dann wie ein Stein durch die Luft.

Wenig später prallte sie gegen den ersten Felsvorsprung, rutschte ab und stürzte wie eine Lumpenpuppe kopfüber etwa die Hälfte der Schlucht hinunter, bis sie auf einem schmalen Sims landete. Inzwischen schrie das Baby, und er wiegte es sanft in den Armen. Im ersten Moment hätte er das Kind am liebsten hinterher geworfen, und er setzte schon zu der Bewegung an, kam dann jedoch zu dem Schluss, dass das seltsam ausgesehen hätte. Er kannte die Folgen von CSI im Fernsehen, in denen die Spurensicherungsexperten sagen konnten, ob eine Mutter ihr Kind beim Sturz im Arm gehabt hatte. Das merkte man offenbar daran, wie weit entfernt voneinander die Leichen lagen. Also war es wohl das Beste, wenn er Destiny am Leben ließ und allen erzählte, dass er sie gerettet hatte, obwohl seine Mutter sie hatte mit in den Tod nehmen wollen. Ja, das klang gut. So, als ob sie freiwillig gesprungen wäre, um Selbstmord zu begehen. Dann würde er als echter Held dastehen.

Ein wenig verspätet sah er sich um, voller Angst, jemand könnte ihn von der oberen Kurve im Pfad unbemerkt beobachtet haben. Doch da war niemand. Manchmal hatte er einfach Glück. Als er wieder die Klippe hinunterspähte, stellte er fest, dass seine Mom sich noch immer nicht bewegt hatte. Arme und Beine waren seltsam verdreht, und außerdem war sie voller Blut. Alles war still. Also war sie offenbar wirklich tot. Kurz überlegte er und fragte sich, ob er es vielleicht nicht hätte tun sollen. Immerhin war sie seine Mutter. Aber, na und?, dachte er sich im nächsten Moment. Sie hätte nicht damit drohen dürfen, ihn bei seinem Dad zu verpetzen. Schließlich hatte er keine

Lust auf Hausarrest, weil er Destiny über den Abgrund gehalten hatte. Nicht, wenn die Baseball-Meisterschaft anfing, sobald sie wieder zu Hause waren.

Sein Vater hatte schließlich genug Kinder. Und außerdem hatte er ja Destiny für ihn gerettet. Sein Dad würde, so viel Geld, wie er hatte, problemlos eine neue Frau finden. Vielleicht eine jüngere und hübschere. Hinzu kam, dass eine solche Tragödie ihn und seinen Dad sicher enger zusammenschweißen würde. Also war es das Beste für alle Beteiligten, mit Ausnahme seiner Mom natürlich. Doch nun war sie wenigstens bei Lyla im Himmel. So, wie sie sich seit ihrem Tod aufführte, gefiel ihr diese Lösung sicher ohnehin besser.

Während er noch eine Weile allein verharrte, überlegte er, wie er sich diesmal wohl am besten herausreden sollte. Er beschloss, allen zu erzählen, sie habe versucht, das Baby zu töten, worauf er ihr Destiny gerade noch rechtzeitig entrissen habe. Danach sei sie in ihrer Verzweiflung gesprungen und habe Selbstmord begangen, ohne dass er sie daran habe hindern können. Schließlich wusste er, was eine Wochenbettdepression war, und er hatte belauscht, wie ihr Dad sie fragte, ob sie vielleicht darunter litte, als sie oben im Schlafzimmer einen hysterischen Weinkrampf gehabt hatte. Sie hatte geantwortet, sie habe an Lyla gedacht. Aber, na und, das würde wunderbar klappen. Wer würde ihn schon des Mordes an seiner eigenen Mutter verdächtigen?

Und so presste er die entsprechende Tränenmenge hervor, rannte den Pfad hinunter und rief panisch nach seinem Dad.

# *Drei*

Okay, Bud, wir überprüfen jetzt Mikeys Wohnung. Also los, bringen wir es hinter uns.«

Bud wirkte, gelinde gesagt, wenig begeistert, und auch ich zerrte nicht gerade an der Leine, um endlich das Haus betreten und die Treppe hinaufgehen zu dürfen. Äh, nein, wirklich nicht. Doch wir mussten nach oben, um uns zu vergewissern, dass kein weiteres Opfer tiefgefroren im Eisschrank steckte, in einem Dampfgarer oder einem anderen Gerät vor sich hin brutzelte oder sich sonst etwas ähnlich Abstoßendes abspielte. Oder ist Ihnen der Name Jeffrey Dahmer kein Begriff?

Also zogen wir Latexhandschuhe und Überschuhe an, kehrten in die stille Pizzeria zurück und entdeckten auch die Treppe, die vom hinteren Teil des Restaurants in den ersten Stock führte. Die untere Tür war nicht abgeschlossen und stand offen, was ich als gutes Zeichen wertete. Niemand war eingesperrt, niemand wollte nicht gefunden werden, und niemand versteckte sich mit einer Machete im Schrank. Hoffte ich wenigstens.

»Ich gehe vor«, sagte Bud.

Wahrscheinlich juckte es ihn in den Fingern, den Menschen über den Haufen zu schießen, der diese Tat auf dem Gewissen hatte, doch ich widersprach ihm nicht. Stattdessen folgte ich ihm auf den Fersen, als er langsam die schmale Treppe zur oberen Tür hinaufschlich. Sie war zu, aber ebenfalls nicht abgeschlossen. Da wir keine Lust hatten, auch zur überbackenen Vorspeise eines Psychokillers zu werden, zogen wir beide die Waffen.

Bud trat aufrecht, ich tief geduckt, durch einen klimpernden und klirrenden Vorhang aus roten und blauen orientalischen

Perlen, der vom Türrahmen baumelte. Es klang wie in einem Karton rappelnde Skorpione, ein Geräusch, das ich tatsächlich aus Erfahrung kenne. Außerdem hallte es derart laut, dass jeder hier herumlungernde Serienkiller nun sicher von unserer Anwesenheit wusste. Zum Glück war die Wohnung so still und menschenleer wie das Restaurant darunter. Mikeys Wohnzimmer lag in Dunkelheit. Ich erkannte eine Tischlampe in der Düsternis, ging hinüber, schaltete sie an – und stand in Shangri-La.

»Offenbar war unser kleiner Mikey unter seinen Musterschülerklamotten ein heimlicher Chinese«, meinte Bud. »Keine Ahnung, wie ich darauf komme, nur so eine Idee von mir.«

Ich musste ihm zustimmen, denn das Zimmer sah aus wie eine Mischung aus dem chinesischen Pavillon im Epcot Center und Scheherazades Harem. Die Wände waren mit chinaroter Seide behangen. Überall standen schwarz emaillierte niedrige, mit kunstvollen Schnitzereien verzierte Tische herum. Ein durchdringender Duft, Räucherstäbchen, um genau zu sein, lag in der Luft und überdeckte beinahe, allerdings nicht ganz, den widerlichen Geruch von gebratenem Menschenfleisch, der aus der Küche hinaufstieg. Vielleicht kamen die aufdringlich süßlichen Schwaden ja aus Mikey Murphys riesigem Räucherstäbchenhalter, wo etwa ein Dutzend dieser Stäbchen in unterschiedlichen Winkeln aus weißem Sand ragten. Einige waren etwa zur Hälfte heruntergebrannt und qualmten noch. Das Ding erinnerte an eine blutrote orientalische Urne, war etwa so groß wie eine kleine Mikrowelle und stand im Kamin. Daneben bemerkte ich einen sogar noch größeren und auf Hochglanz polierten schwarzen Buddha. Die üppigen roten, mit einem komplizierten schwarzen Muster bedeckten Seidenbahnen, die um den Kamin drapiert waren, verwandelten ihn in einen Altar und machten ihn zum klaren Mittelpunkt des Raums.

»Das ist Sandelholz«, stellte Bud fest.

»Woher weißt du das? Steht irgendwo in den Wäldern von Georgia eine Pagode?«

»Ich bin mal mit einer Philippinin gegangen. Die hat auch immer so gerochen. Ihre Wohnung ebenfalls. Sie sagte, es sei ein Aphrodisiakum.«

Ach, das war mir neu. »Echt?«

»Hat sie wenigstens behauptet. Bei mir hat es gewirkt, das kannst du mir glauben. Wollen wir uns mal umschauen?«

»Klar.«

Wie immer teilten wir uns auf und pirschten uns an gegenüberliegenden Wänden entlang in Richtung Nebenzimmer. Er nahm den Flur, der weiter in die Wohnung hineinführte, ich ging ins Esszimmer. Beide Räume waren sauber, und als Bud meldete, dass keine Gefahr drohte, steckte ich die Glock ins Schulterhalfter und nahm das Zimmer in Augenschein. Michael Murphy hatte ein hübsches kleines Esszimmer. Die gleichen roten Seidenwände, keine Fenster, jedoch ein großer schwarzer Lacktisch und ein Geschirrschrank, in dem, hinter Glastüren und auf einem geflochtenen Tablett, ein blauweißes orientalisches Teeservice stand. Auf dem Tisch lagen Tischläufer aus Bambus; es waren insgesamt vier, komplett mit Gedecken, bestehend aus schwarzen quadratischen Tellern und Essstäbchen. In der Mitte prangte eine echte Orchidee, in voller Blüte und gut gepflegt.

Überall wimmelte es von Buddhas in verschiedener Größe, die einen wohlgenährten und zufriedenen Eindruck machten. Ein Wandbehang aus besonders schöner mitternachtsblauer Seide, der Buddha vor einem See mit schneebedeckten Gipfeln im Hintergrund zeigte, nahm fast die ganze Wand am Ende des Tisches ein. Die zahlreichen Amulette, die in Abständen von etwa einem Meter zwanzig in parallelen Reihen ebenfalls an den Wänden hingen, wollten nicht ganz dazu passen. Sie bestanden aus den gleichen blauweißen Perlen mit schwarzen Punkten wie die vielen Armbänder an Mikey Murphys toten, steifen Armen.

Ich nahm eines von der Wand und begutachtete die kunstvolle Arbeit.

»Offenbar hat sich in der Küche etwas ziemlich Scheußliches abgespielt«, sagte Bud von der Schwelle aus.

»Hast du noch eine Leiche gefunden?«

»Nein, aber irgendwas ist hier passiert, da bin ich sicher. Komm und schau es dir an.«

Ich hielt das Amulett hoch. »Wirf erst mal einen Blick darauf, Bud«, erwiderte ich. »Kommt dir das bekannt vor?«

Bud nahm es mir aus der Hand. »Wofür hältst du das? Einen Talisman? Vielleicht war der Typ ja abergläubisch und dachte, dass ihm jemand an den Kragen will.«

»Ach ja? Allmählich kriege ich den Verdacht, dass er dazu guten Grund gehabt haben könnte. Sieh nur, die Dinger hängen überall.«

»Möglicherweise ging es ihm ja auch um das Gegenteil. Es könnten Unglücksbringer sein, die das Gute abwehren. Klingt logisch, wenn man bedenkt, was sich im Umfeld dieses Spinners so getan hat.«

»Aber warum so viele? Sie sind überall. Bestimmt fünfzig Stück oder mehr. Das ist doch Overkill, oder?« Ich zuckte zusammen, als mir meine Wortwahl bewusst wurde. »Overkill« war ziemlich beschönigend, wenn man das Schicksal des armen Mädchens im Erdgeschoss bedachte.

Bud zuckte mit den Schultern. »Komm, ich will, dass du dir die Küche des Typen ansiehst.«

»Oh, Gott, der Herd ist doch nicht etwa an?«

»Komm einfach mit und schau selbst.«

Wieder ging ich durch eine schwarze Schwingtür und blickte mich um. Die Küche war sauber und modern ausgestattet, allerdings völlig durchwühlt. Töpfe und Pfannen aus Edelstahl waren wild durcheinandergeworfen. Die Klappe des Backrohrs stand offen, doch zum Glück war nichts darin. Auch die meisten Schranktüren waren geöffnet und der gesamte Inhalt lag auf den Arbeitsflächen, als habe jemand die Schränke geschrubbt. Der ebenfalls offene Kühlschrank war proppenvoll mit den verschiedensten Lebensmitteln, nicht unbedingt ein Hinweis auf einen geplanten Selbstmord. Der große Strahler, der einen weißen Buddhabrunnen mitten auf dem Küchenblock beschien, ließ die Szene noch merkwürdiger wirken. Das leise Blubbern und Plätschern war das einzige Geräusch in der sonst stillen Wohnung. Außerdem entdeckte ich noch mehr Bambus, bestickte Wandbehänge aus Seide und viele, viele seltsame, auf silberne Schnüre aufgefädelte Glücksbringer aus blauweißen Perlen, die an den Griffen der Schranktüren baumelten. Allerdings waren keine Dampfgarer, Schnellkochtöpfe oder Suppenkessel mit köchelnden Leichenteilen darin in Sicht. Gott – oder in diesem Fall eher Buddha – war eben doch gnädig.

»Das sieht ja hier aus, als hätte eine Bombe eingeschlagen«, stellte Bud fest.

»Oder es hat jemand etwas gesucht.«

Bud nickte. »Es gibt nur ein Schlafzimmer. Hier entlang.«

Ich wurde den Gedanken nicht los, dass jeden Moment ein böser Mandarin-Krieger in einem langen scharlachroten Gewand hinter der nächsten Ecke hervorspringen, sich mit einem Krummschwert auf uns stürzen und anschließend über die Wipfel der Bäume entschweben könnte, schon allein deshalb, weil Bud und mir in letzter Zeit ähnliche Dinge passiert sind. Doch ich hatte weder ein flaues Gefühl im Magen, noch waren meine Nerven bis zum Zerreißen gespannt. Und was noch wichtiger war: Mein Finger zuckte nicht am Abzug. Trotzdem behielt ich die Hand auf der Glock, nur für den Fall, dass mein sechster Sinn gerade Pause machte, verstehen Sie? Oder dass Charlie Chan plötzlich auf der Bildfläche erschien.

Wir betraten das gleichermaßen verwüstete Schlafzimmer. Ich betrachtete das große runde Bett, dessen dicke schwarze Überdecke auf den Boden geworfen worden war. In die Mitte war ein riesiges chinesisches Symbol aufgestickt, das ganz sicher etwas Unanständiges bedeutete. Die rote Satinbettwäsche war ebenso heruntergerissen, und im ganzen Zimmer lagen viele – und ich meine, wirklich viele – mit Quasten versehene Kissen aus Samt und Seide herum. Ich fragte mich, wo der Typ in Lake of the Ozarks wohl diese riesigen, runden Bettlaken aus rotem Satin auftrieb. Andererseits war sein Vater angeblich so reich wie Oprah, weshalb er sie vielleicht unter dem Weihnachtsbaum vorgefunden hatte. Möglicherweise kaufte er sie ja auch in der buddhistischen Version von Bed Bath & Beyond. Oder Oprah hatte sie ihm im Rahmen ihrer Show mit dem Titel »Meine liebsten Dinge« geschenkt.

»Meinst du, der hat wirklich genug Kissen?«, meinte Bud.

Ich warf noch einen Blick auf das Bett. »Ich schätze, es sind höchstens dreißig bis vierzig. Allerdings habe ich nur die auf dem Bett gezählt. Dort auf dem Boden liegen noch mal etwa zwanzig für Notfälle.«

»Ich habe den Verdacht, dass seine Übernachtungsgäste am nächsten Morgen nicht mehr gehen dürfen. Wenigstens nicht in einem Stück«, entgegnete Bud.

Ich zwang mich zu einem Lächeln, was mir jedoch nicht ganz gelang. So sehr wir uns auch bemühen mochten, würden wir es nicht schaffen, der Situation eine humorvolle Seite abzugewinnen. Dazu war das Verbrechen einfach zu grausig. Ich bezweifelte, dass ich in nächster Zeit überhaupt wieder lachen würde. Nicht, dass ich das ohnehin sehr häufig tat. Als ich hörte, dass draußen ein Auto stoppte, und kurz darauf Wagentüren ins Schloss fielen, ging ich zum Schlafzimmerfenster, öffnete den seidenen Vorhang und stellte fest, dass Buckeye Boyd und sein Team ins Gebäude eilten.

»Buck ist da.«

»Sehr gut, dann können die ja das Mädchen aus dem Ofen holen.«

»Okay, dann schauen wir uns weiter um, ob wir noch etwas finden.«

Der Kleiderschrank war nicht eingebaut, sondern ein altmodisches, frei stehendes Modell. Als ich ihn öffnete, stieß ich auf die Herrenkleidung, vieles davon von der Stange gerissen, aber alles im Musterschülerstil und ordentlich gebügelt. Kein schwarzer Seidenkimono von Marco Polo in Sicht. Auch keine

Seidenhüte mit Bommeln oder Woks, doch letztere bewahrte er vermutlich ohnehin in der Küche auf.

Währenddessen durchsuchte Bud die Kommode, konnte allerdings nichts Interessantes entdecken. Ich kramte ein wenig in den offen stehenden Schubladen eines Schreibtischs mit einem großen runden Spiegel herum, an dem vier Glücksbringer aus blauweißen Perlen hingen. Unzählige weitere waren an den Wänden befestigt. Der gute Mann musste ein ernsthaftes Problem gehabt haben, darauf wäre ich jede Wette eingegangen.

»Anscheinend war Mikey viel daran gelegen, sein Zuhause zu schützen, falls die Dinger da überhaupt diesem Zweck dienen. Er hätte ein Bewachungsunternehmen anheuern sollen. Weniger gruselig«, stellte ich fest.

»Vielleicht wollte er ja auch die Geister seiner Opfer in Schach halten und hat deshalb für jeden, den er ins Jenseits befördert hat, so ein Ding aufgehängt.«

»Was für ein aufmunternder Gedanke, Bud. Als Mädchen, das er gerade abgeschleppt hat, würde ich ›Psycho‹ denken, sobald ich den ersten Schritt durch den klappernden Perlenvorhang gemacht hätte.«

»Ja, aber du bist auch nicht high, vermutlich im Gegensatz zu seinen Opfern. Schau dir das an«, entgegnete Bud.

Ich drehte mich um. Bud hielt einen vier Liter fassenden Gefrierbeutel hoch, der ein feines weißes Pulver enthielt. »Wenn er so einen großen Vorrat im Haus hatte, hat er bestimmt gedealt.«

»Wo hast du das Zeug gefunden?«

»In dem großen roten Ingwertopf.«

»Was ist ein Ingwertopf?« Er zeigte darauf. »Woher weißt du, was das für ein Ding ist?«, fragte ich.

»Meine Mom hat in ihrem Porzellanmalkurs einen für mich gemacht«, antwortete Bud. »Ich bewahre meine Patronen darin auf. Auf Ingwer stehe ich nicht so.«

»Meine Munition liegt in einer Schale aus Walnussholz auf dem Nachttisch.«

»Dann hast du sie ja immer parat.« Bud griff wieder in den Topf. »Ach, herrje, was hat unser Mikey denn sonst noch versteckt? Viele kleine Beutelchen, um Portiönchen abzupacken. Offenbar haben wir es hier mit einer Drogensache zu tun, Claire.«

»Macht ganz den Eindruck. Doch warum haben die Leute, die seine Bude durchwühlt haben, die Drogen nicht mitgenommen? Man muss doch davon ausgehen, dass sie hinter dem Stoff her waren.«

»Gute Frage«, erwiderte Bud.

Aus unerklärlichen Gründen interessierte ich mich viel mehr für die Amulette, wenn es denn welche waren. Ich hatte nämlich die Vermutung, dass sie in dieser Sache eine wichtige Rolle spielten. Als ich den Perlentalisman in meiner Hand hin und her wendete, konnte ich keinen Hinweis auf einen Hersteller entdecken, doch ich gab nicht so schnell auf. Stattdessen drehte ich einen ziemlich großen um, der an der Wand über dem Bett hing, und, voilà, schon wurde ich fündig.

»Das Ding kommt aus Branson.«

»Das soll wohl ein Scherz sein. Im guten alten Branson, Missouri, soll es jemanden geben, der chinesische Armbänder herstellt? Das höre ich zum ersten Mal.«

»Weißt du vielleicht, ob es dort einen Headshop oder einen Eso-Laden gibt? Wahrscheinlich wurden die Sachen dort gekauft.«

Bud lachte auf.

»Wie bist du denn drauf? Ich glaube nicht, dass Bransons Entertainer-Szene davon begeistert wäre. Ganz zu schweigen von den Busladungen von Rentnern. In der Innenstadt von Springfield findest du so etwas vielleicht, da gibt es in letzter Zeit immer mehr Aussteiger.«

»Am besten schlagen wir im Telefonbuch nach. Die Headshops in Springfield auch. Vermutlich war der Typ Stammkunde, ganz gleich, wo. Möglicherweise kann der Verkäufer uns ja auch erklären, wozu er so viele gebraucht hat.«

»Wahrscheinlich hat er den Laden ganz allein am Leben gehalten.«

Während Bud nach unten ging, um Vicky zu holen, damit sie fotografierte, kramte ich noch ein wenig in Mikey Murphys Schreibtisch herum, wobei ich mir Mühe gab, nichts durcheinanderzubringen. Er war ebenfalls schwarz lackiert und ein sehr schönes und meiner Vermutung nach ausgesprochen teures Stück. Unter der Schreibtischplatte gab es ein Geheimfach. Das wusste ich, weil Black in seinem Haus in Bermuda einen ganz ähnlichen Schreibtisch hatte. Ich fand den Riegel, schob ihn zurück, und, siehe da, auf dem Grunde des Faches, lagen, mit der Vorderseite nach unten, ein paar Fotos.

»Aha, hier sind Bilder. Vielleicht ist ja unser Opfer drauf.«

»Bingo«, sagte Bud, der gerade mit Vicky im Schlepptau zurückkehrte.

»Ich fange im Wohnzimmer an«, verkündete sie.

Wir nickten, betrachteten aber bereits das Foto. Es stellte ein junges Mädchen dar, das uns unschuldig entgegen lächelte. »Das könnte das Mädchen von unten sein«, meinte ich.

»Jedenfalls hat sie lange schwarze Haare wie das Opfer.«

»Eine Asiatin.«

»Würde zu Mikey Murphys Geschmack passen.«

»Okay. Sie hat ein Sweatshirt mit dem Aufdruck der Missouri State University an«, stellte Bud fest. »Vielleicht studiert sie ja dort. Wenn ja, erfahren wir den Namen in der Studentenkanzlei.«

»Hat studiert, meinst du wohl.«

»Ja. Obwohl sie fürs College fast zu jung aussieht. Außerdem ist sie zierlich wie das Opfer.«

»Sie könnte es sein. Das sagt mir wenigstens mein Bauch.«

»Wirklich hübsch. Ein Jammer, dass sie Mikey Murphy in die Arme gelaufen ist.«

»Falls er unser Täter ist.«

»Glaubst du, es könnte jemand anders gewesen sein?«

»Ich weiß nicht. Mir kommt die ganze Sache irgendwie komisch vor. Er wollte, dass wir ihn finden und uns hier umschauen. Herrje, er hat uns ja beinahe eine Wegbeschreibung hinterlassen. Oder der wahre Täter wollte, dass wir ihn finden und für den Mörder halten. Damit wir von einem Mord mit anschließendem Selbstmord ausgehen. Es könnte ihn ja jemand umgelegt und dann alles so inszeniert haben, als wäre Mikey es selbst gewesen.«

Bud schien nicht überzeugt. »Könnte natürlich sein. Aber wenn du mich fragst, ist es ziemlich unwahrscheinlich.«

»Wir werden es rauskriegen. Sollen die Kollegen die Wohnung unter die Lupe nehmen. Wir klappern unterdessen die Läden hier ab und erkundigen uns, ob jemand etwas gehört oder gesehen hat.«

»Sehr gut. Ich muss nämlich dringend raus aus der Bude. Ich finde es richtig unheimlich hier.«

Unten hatte Vicky das Opfer bereits fotografiert, und Buck und seine Leute sicherten die Spuren in der Küche. Das Mädchen lag noch im Ofen, weil es abkühlen musste, bevor es auf eine Bahre gelegt werden konnte. Zu meiner Überraschung war mein Chef, Sheriff Charlie Ramsay, höchstpersönlich erschienen. Er stand auf der anderen Seite des Küchenblocks, dem Opfer gegenüber.

»Was ist nur aus dieser Welt geworden?«, seufzte Charlie.

Ich zuckte mit den Schultern. Die Frage war erstens rein rhetorisch und überstieg zweitens mein Verständnis.

»Sind Sie absolut sicher, dass der Selbstmörder von der Brücke Joseph Murphys Junge ist, Claire?«

Das gefiel mir gar nicht. Charlie ist mit dem Guru des Gouverneurs per Du. Außerdem hat er, politisch und anderweitig, in Jefferson City gute Beziehungen. Also konnte der Fall ziemlich heikel werden und mir unnötig die Arbeit erschweren.

»Ja, Sir, wir glauben schon. Zufällig war Black dabei, als der Anruf kam. Er hat das Opfer sofort als ehemaligen Patienten erkannt. Buck hat den Führerschein des Toten vor Ort an der Leiche sichergestellt. Die Fotos scheinen übereinzustimmen.

Buck hat die offizielle Identifizierung durchgeführt, und wir wollten gerade die Angehörigen verständigen.«

»Nein, das muss ich selbst übernehmen. Joseph Murphy ist ein alter Freund. Auch wenn wir politisch nicht immer einer Meinung waren, bin ich ihm das schuldig. Ich fahre heute Abend hin und überbringe ihm die Hiobsbotschaft. Sie und Bud können ihn morgen befragen. Vermutlich werden Sie auch mit den anderen Familienmitgliedern sprechen wollen. Joseph hat mehrere Kinder.«

»Ja, Sir. So haben wir die Zeit, die Leute zu vernehmen, die hier in der Gegend arbeiten. Vielleicht wissen sie ja ewas über die Opfer.«

Bud und ich wechselten einen Blick. Wir waren beide heilfroh, nicht diejenigen sein zu müssen, die Mom und Dad mitteilten, dass sich ihr Leben für immer verändert hatte. Für gewöhnlich war das nämlich unsere Aufgabe, und, glauben Sie mir, das ist wirklich kein Honigschlecken. Deshalb drückten wir uns vor dieser unangenehmen Pflicht so oft wir konnten.

Charlie musterte mich eindringlich. Es war eine Angewohnheit von ihm, mich nicht einfach nur anzuschauen wie andere Leute, sondern mein Gesicht, ja, die Tiefen meiner Seele zu erforschen. »Wurde das Verbrennungsopfer schon identifiziert?«

Er schaute nicht in die entsprechende Richtung. Doch ich warf einen Blick auf den Pizzaofen, wo inzwischen einige Spurensicherungsexperten mit Schutzhandschuhen aus Silberfolie damit beschäftigt waren, die Leiche zu bergen. Wer, wenn nicht Mikey, hatte dem armen Mädchen so etwas angetan? Ich würde es beweisen und den widerlichen Perversling zur Strecke bringen. Der Mensch, der diesen Mord begangen hatte, hatte sein Recht verwirkt, mit uns anderen auf diesem Erdboden zu wandeln.

»Wir haben oben ein Foto von einer jungen Asiatin gefunden. Kein Name, aber sie könnte das Opfer sein. Sie hat ein Sweatshirt von der Missouri State University an. Vielleicht hilft uns das ja weiter.«

»Unternehmen Sie nichts, bevor Buck die Identität zweifelsfrei bestimmt hat.«

»Ja, Sir.«

»So ein Wahnsinn. Joseph und Mary Fern werden völlig fertig sein. Verflixt und zugenäht, ich habe es wirklich satt, dass diese Psychopathen meine Wähler umlegen.«

Ach ja, *verflixt* ist auch eine von Charlies in der Baptistenkirche der Südstaaten verhafteten Beschönigungen eigentlich gotteslästerlicher Kraftausdrücke, was mich manchmal zum Schmunzeln bringt. Doch es steht mir nicht an, über die Schimpfwörter meiner Mitmenschen zu richten.

»Okay, dann ziehen Sie beide jetzt los und hören sich in dieser Ladenzeile um. Ich will wissen, wer das war, damit er entweder den Rest seines Lebens im Gefängnis verbringt oder die Todesspritze kriegt. Was, ist mir egal.«

»Ja, Sir«, antworteten Bud und ich zusammen, allerdings nicht ganz im Chor, sondern ein wenig versetzt.

Mehr als erleichtert, machten wir uns aus dem Staub. Ich, für meinen Teil, hatte beschlossen, nie wieder eine Pizza zu essen, nicht einmal eine echte in Italien, falls Black mich je zu einer Sightseeingtour nach Rom entführen sollte, was er mir immer wieder androhte. Nach dem heutigen Tag jedoch nahm der Gedanke Gestalt an, dass es vielleicht gar keine so schlechte Idee war, diesem Land für eine Weile den Rücken zu kehren.

## *Vier*

Draußen marschierte Bud den Gehweg entlang zum östlichen Ende der Ladenzeile, während ich die entgegengesetzte Richtung einschlug. Mein Ziel war Stonecrest Book and Toy, mein liebster Buchladen am See. Als ich hereinkam, erkannte ich Sarah, eine der Geschäftsführerinnen, die gerade einen Stapel Astrologiebücher abkassierte. Die Kundin war eine Jugendliche von etwa fünfzehn oder sechzehn Jahren und trug ein abgeschnittenes T-Shirt, das kaum ihre Brüste bedeckte. Offenbar war ihr Idol Britney Spears, keine sehr gute Idee, denn ihre Shorts erfüllten zwar ihren Zweck, allerdings nur, wenn man sie mit viel Wohlwollen betrachtete.

»Hallo, Sarah.«

Sarah blickte auf und lächelte mir rasch zu. Sie war eine attraktive Rothaarige und außerdem sehr nett und hatte sich selbst übertroffen, um mir bei der Beantwortung der Frage zu helfen, was ich dem schwerreichen Nicholas Black zu Weihnachten schenken sollte. Also mochte ich sie wirklich. Sie hatte mich auch bei der Auswahl eines Buches für Bud beraten. Eine ihrer ehemaligen Kolleginnen namens Sherry handelte inzwischen mit wirklich tollem Schmuck, eine Marke, die Lia Sophia hieß. Heute hatte Sarah ein wunderschönes filigranes Kreuz mit Kristallen an einem dünnen braunen Lederband um den Hals. Vielleicht sollte ich Black einen kleinen Tipp in Sachen Lia Sophia für meinen Geburtstag geben. Nicht, dass ich je Schmuck trug, bis auf die Medaille mit dem heiligen Michael, die er mir vor langer Zeit geschenkt hat. Die habe ich inzwischen immer bei mir, weil der heilige Michael der Schutzpatron der Polizisten ist und vermutlich Glück bringt, was ich, wie ich inzwischen glaube, jeden Tag tonnenweise brauche. Gut, ich gebe es zu, ich werde allmählich abergläubisch, ganz zu schweigen von paranoid. Doch wer nur einmal einen Monat lang mein Leben geführt hat, würde sich auch mit allem bewaffnen, was ihm in die Hände fällt.

Endlich war Sarah mit dem Britney-Klon fertig und hatte Zeit für mich. »Wie hat Ihrem Partner denn das Buch über die Herkunft von Sprichwörtern gefallen?«

»Er fand es prima. Seitdem redet er über nichts anderes mehr. Und Black hat sich auch sehr über das individuell gebundene Buch über die Bayous von Louisiana gefreut. Der Buchbinder, den Sie mir empfohlen haben, war spitze. Black hatte so etwas noch nicht, was bei ihm das Schwierige ist, denn er besitzt alles in milliardenfacher Ausführung.«

Sie grinste breit. »Die Probleme hätte ich auch gern mal.«

»Ja, ganz Ihrer Ansicht.«

»Und was führt Sie heute zu mir? Hat Dr. Black bald Geburtstag?«

»Das dauert noch ein paar Monate. Aber dann stehe ich sofort bei Ihnen auf der Matte. Also halten Sie die Augen nach etwas offen, das ihm gefallen könnte. Leider bin ich heute dienstlich hier. Haben Sie einen Moment Zeit, um ein paar Fragen zu beantworten?«

Überrascht schaute Sarah sich im Laden um. Ein einsamer Kunde stöberte in der vor Kurzem erweiterten antiquarischen Abteilung. Er trug eine hellbraune Hose und ein rotes Hemd mit Kragen und betrachtete gerade einen dicken Wälzer mit dem Titel *Napoleon und Josephine.* Bestimmt ein Romantiker.

»Bis wir zumachen, ist sicher nicht mehr viel los. Was gibt es denn?«, erwiderte Sarah.

»Kennen Sie zufällig einen Mann namens Michael Murphy? Seine Freunde nennen ihn Mikey.«

»Der Typ von der Pizzeria ein paar Türen weiter? Klar, den seh ich immer wieder mal. Er war auch schon öfter hier und hat ein paar New-Age-Bücher gekauft. Außerdem interessiert er sich für den Orient. Offenbar liest er gerne solche Sachen. Er mag auch indische Musik, Sie wissen schon, Flöten und so. Und er trägt viel Perlenschmuck. Aber ich kann nicht behaupten, dass ich ihn besser kenne. Warum? Was ist denn mit ihm los?«

Sarahs einziger Kunde saß inzwischen an einem der Tische und blätterte in seinem französischen Liebesroman, weshalb ich die Stimme senkte. »In seinem Lokal ist ein Verbrechen geschehen. Mehr darf ich dazu leider nicht sagen, tut mir leid.«

Ihre Neugier wich einem ängstlichen Blick. »Oh, nein, hat es hier einen Einbruch gegeben?«, flüsterte sie. »Ich hatte in letzter Zeit so ein komisches Gefühl.«

Ich merkte auf. »Komisches Gefühl? Warum? Haben Sie etwas Seltsames beobachtet?«

»Äh, ich weiß nicht so recht. So ein Gefühl eben. Vielleicht deshalb, weil ich spätabends oft allein den Laden abschließe. Manchmal macht es mir ein bisschen Angst, wenn ich nach neun hier die Einzige bin. Wahrscheinlich ist das übertrieben, denn schließlich kommt jeden Abend ein Wachmann und kontrolliert alle Läden. Carman fürchtet sich auch, wenn sie zusperren muss.«

Carman war die andere Inhaberin, eine sympathische Frau mit braunen Locken und einer freundlichen Art. Die beiden würden einen ziemlichen Schreck bekommen, wenn sie erfuhren, dass Mikey womöglich nur wenige Meter den Gehweg hinunter seine Freundin als gut durchgebratenes Filet Mignon zubereitet hatte. »Ich darf jetzt noch nicht über Einzelheiten sprechen. Was können Sie mir sonst über Michael Murphy erzählen?«

Sarah schüttelte den Kopf, betastete nervös das Kreuz an ihrem Hals und sah den Mann im roten Hemd an, als könne er jeden Moment herumwirbeln und uns mit der Pistole bedrohen. Ich machte ihr keinen Vorwurf daraus. Schließlich ging es mir genauso. Ich war nur besser daran gewöhnt.

»Nicht viel«, antwortete sie. »Er schien recht nett zu sein. Vielleicht ein bisschen exzentrisch. Ich weiß nur, dass er eine ganze Reihe von Freundinnen hatte und dass die Mädchen hier sagten, einige von ihnen hätten recht nuttig ausgesehen. Einmal hat er Carman angebaggert, als er hier war. Doch sie hatte kein Interesse.«

Carmans Glück, denn vielleicht war sie ja nur noch am Leben, weil sie vernünftig genug gewesen war, ihn abzuwimmeln. »Was hat sie auf den Gedanken gebracht, er könnte mit Nutten zu tun haben?«

»Hauptsächlich ihre Kleidung. Ungefähr so wie meine letzte Kundin, nur schlimmer. Sie haben doch bestimmt den schwarzen Tanga des Mädchens unter den Shorts gesehen, als sie sich umgedreht hat. Heutzutage laufen die Jugendlichen halb nackt rum.« Sie lächelte zwar, aber ihr Blick blieb ernst.

Leider hatte ich erwähnten Tanga tatsächlich gesehen, allerdings versucht, den abstoßenden Anblick auszublenden. Ich hatte beinahe den Eindruck, dass junge Mädchen sich inzwischen nuttiger kleideten als die Nutten selbst, sodass man sie kaum noch auseinanderhalten konnte. Nur Bud gelang es zumeist, er hatte dafür wirklich einen Riecher. Das wichtigste Unterscheidungsmerkmal zwischen den beiden Gruppen war, dass die Nutten an Straßenecken herumlungerten, während die Jugendlichen iPod-Stöpsel in den Ohren hatten.

»Sie haben Perlenschmuck erwähnt«, sagte ich. »Können Sie den näher beschreiben?«

»Wenn ich mich recht entsinne, trug er Armbänder aus blauen und weißen Perlen. Das ist mir deshalb aufgefallen, weil es so viele auf einmal waren. Das fand ich ziemlich seltsam, vor allem bei einem Typen wie ihm.«

»Wissen Sie, was die Armbänder zu bedeuten haben? Oder vielleicht, woher er sie hat? Warum er sie anhatte?«

»Nein, ich habe es nur bemerkt, weil er fünf oder sechs an jedem Handgelenk trug. Wahrscheinlich hat es mit seinem Interesse an Esoterik zu tun. Aber bis jetzt habe ich das sonst noch bei niemandem gesehen.«

»Wie läuft denn seine Pizzeria? Machen sie gute Umsätze?«

»O ja. Ich hole mir normalerweise dort mein Mittagessen und stelle mir an der Salatbar einen Salat zusammen. Doch ich nehme ihn meistens mit und esse mit Carman im Hinterzimmer. Allerdings sehe ich Mikey nur selten draußen bei den Gästen. Ich glaube, er ist für die Küche zuständig.«

Ja, das konnte man laut sagen. Gut durchgebraten. »Also ist das Restaurant gut besucht. Droht, soweit Sie wissen, keine Insolvenz oder andere finanzielle Schwierigkeiten?«

»O nein, die Geschäfte laufen glänzend. Insbesondere mittags. Die Leute, die in der Umgebung arbeiten, essen entweder dort oder im Steak and Shake, ein paar Straßen weiter. Aber auch abends hat Mikey genug Gäste. Viele Geburtstagsfeiern für Kinder und so. Die Pizza ist gut, zumindest besser als bei den Ketten, finde ich. Chicago-Stil, also die dicke, mit vielen verschiedenen Belägen. Die Salatbar ist auch ausgezeichnet sortiert, alles ist immer frisch. Am Samstagabend ist am meisten los. Manchmal gibt es eine Warteschlange, und die Gäste sitzen draußen auf den Bänken. Am Sonntag ist geschlossen, ein wenig ungewöhnlich heutzutage.«

»Was ist mit Angestellten? Kennen Sie die persönlich?«

»Nur ein paar. Samstags beschäftigt er einige Schüler als Aushilfen. Vielleicht weiß Carman ja, wie sie heißen.«

»Ich nehme an, dass Carman nicht hier ist.« Sarah schüttelte den Kopf. »Könnten Sie sie bitten, mich anzurufen?«, fragte ich. »Und mir zu sagen, ob sie einen der Mitarbeiter beim Namen kennt? Wissen Sie sonst noch etwas, Sarah?«

»Nun, eine der Kellnerinnen dort könnte seine Freundin sein. Sie war einmal mit ihm hier, wenn ich mich recht entsinne. Sie hatte eine Jacke von der Missouri State University an. Vielleicht studiert sie ja da. Am Wochenende im Sommer, wenn die Touristen hier sind, kommen viele Studenten her, um in den Restaurants zu jobben. Entweder wegen der Trinkgelder oder einfach nur so zum Spaß.«

»Und Sie erinnern sich nicht an Namen von Mädchen, mit denen er gegangen ist? Haben Sie je eine Asiatin gesehen?«

»Ja, nämlich die von der Missouri State, die ich gerade erwähnt habe. Die sah asiatisch aus.« Sie runzelte die Stirn. »Ja, und wenn ich es mir genauer überlege, war da noch eine, die ständig mit Mikey zusammen war. Ein hübsches kleines Ding, aus China oder so.«

»Wissen Sie den Namen?«

Sarah schüttelte den Kopf. »Sie war vor kurzer Zeit hier und hat ein paar Liebesromane gekauft. Sie kommt immer freitags, wenn sie ihr Gehalt kriegt. Am liebsten mag sie historische Romane, die in England spielen. Mit Rittern und adeligen Damen, Sie kennen das ja.«

»Okay. Wahrscheinlich können Sie mir nicht sagen, wo sie wohnt, oder?«

»Leider nein. Sie bezahlt immer bar, und wir sprechen nie über persönliche Dinge. Nur über die verschiedenen Romanautorinnen und welche ihr am besten gefällt. Solche Themen eben.«

»Gut, Sarah, ich bedanke mich für Ihre Hilfe. Ich muss Sie darum bitten, dass dieses Gespräch unter uns bleibt. Wir untersuchen gerade den Tatort, und die Spurensicherung ist vermutlich bis spät in die Nacht beschäftigt. Wenn Ihnen noch etwas einfällt, rufen Sie mich an, einverstanden?«

»Klar. Ach, herrje, das ist ja richtig gruselig. Dieser Mikey war zwar ein bisschen komisch, aber eigentlich recht nett. Hoffentlich ist nichts Schlimmes passiert.«

Wenn sie nur geahnt hätte, doch ich würde ihr die grausigen Details nicht verraten. Am liebsten hätte ich sie sogar selbst vergessen. Im nächsten Moment läutete mein Telefon. Also bedankte ich mich bei ihr, winkte ihr zum Abschied zu und ging.

»Bist du bald fertig?«, fragte Black.

Als ich nur auflachte, verstand er sofort. »Wie lange noch?«

»Vielleicht die ganze Nacht.«

»Soll das ein Scherz sein?«

»Schön wär's.«

»Außerdem machst du so ein finsteres Gesicht.«

Ich blieb stehen und ließ den Blick über den Parkplatz schweifen. Es dauerte nicht lange, bis ich seinen riesigen schwarzsilbernen Humvee entdeckt hatte, der unter einer Straßenlaterne stand. Er betätigte mackerhaft die Lichthupe. Nachdem ich kurz zur Pizzeria und dem Transporter der Spurensicherung hinübergeschaut hatte, die ein Stück den Gehweg hinunter parkten, machte ich erleichtert auf dem Absatz kehrt, nahm einen kleinen Umweg zu seinem gewaltigen Panzer, stieg ein und schloss die Tür. Sofort stieg mir ein wundervoller Duft in die Nase. Black war frisch geduscht, trug eine Khakihose und ein schwarzes Leinenhemd und roch fantastisch.

»Ich habe dir etwas zu essen mitgebracht. Ich habe schon gegessen, aber ich dachte, du könntest vielleicht Hunger haben.«

»Ich werde nie wieder etwas essen. Soll ich dir sagen, was wir in dieser Pizzeria vorgefunden haben?«

»Ich habe Buck und seine Leute gesehen. Glaubt ihr, dass Mikey ermordet worden ist? War da ein Abschiedsbrief?«

»Kein Brief. Doch er hat uns seine Freundin im eingeschalteten Backofen hinterlassen.«

Black verzog das Gesicht. Er sah sogar dann gut aus, auch wenn er es nur selten tat. Bis jetzt kamen wir großartig miteinander klar. »Hoffentlich meinst du das nicht wörtlich?« Er lächelte ein wenig verunsichert. Er kannte mich inzwischen gut genug, um zu wissen, dass in meinem näheren Umfeld ständig schreckliche Dinge geschahen. Sogar abstoßende, bei denen es einem den Magen umdrehte.

»Leider stimmt es. Bud und ich haben sie gefunden. Es war kein Spaß, das kannst du mir glauben.« Wieder hatte ich die verkohlte, qualmende Leiche vor Augen und beschloss, auf den leckeren Imbiss zu verzichten, den sein Koch auf seine Anweisung hin für mich zubereitet hatte.

»Das darf doch nicht wahr sein!«, rief Black.

»Ist es aber.«

»Willst du allen Ernstes behaupten, dass Mikey Murphy seine Freundin da drüben im Restaurant in den Ofen gesteckt und ihn eingeschaltet hat?«

»Genau so ist es unserer Ansicht nach passiert. Vermutlich kurz bevor er vor der Brücke gestolpert ist und sich erhängt hat, was übrigens auch ein gutes Motiv gewesen wäre, Selbstmord zu begehen, sobald er ein Seil gefunden hatte, das dick genug war. Ich hätte auch Probleme mit dem Weiterleben, wenn ich jemandem so etwas Grausiges angetan hätte.«

»Heilige Maria, Mutter Gottes«, sagte Black, der brave katholische Junge aus den Bayous. Er starrte mich entgeistert an, als traue er seinen Ohren nicht. »Ich habe Mikey einige Zeit behandelt. Deshalb kann ich mir einfach nicht vorstellen, dass er auch nur im Entferntesten zu so etwas fähig wäre«, protestierte er. »Er war schüchtern und zurückhaltend und hatte, soweit ich es beurteilen konnte, keine gewalttätigen Neigungen. Gut, er hatte jede Menge Probleme, hauptsächlich mit Drogen. Grund dafür waren vermutlich Unsicherheit, geringes Selbstbewusstsein und vielleicht sogar ein bisschen Paranoia. Aber dass er so etwas Krankes getan haben soll, halte ich für unwahrscheinlich.«

»Ich würde das bei den meisten Leuten auch für unwahrscheinlich halten. Dazu muss man wohl ein ganz besonderer Mensch sein.«

»Hast du seinen Dad benachrichtigt?«

»Das wollte Charlie übernehmen. Dafür werde ich ihm ewig dankbar sein. Er kennt den Typen persönlich.«

»Glaubst du, er hätte etwas dagegen, wenn ich mir den Tatort im Restaurant mal anschaue?«

»Das willst du nicht, vertrau mir.«

»Gehst du jetzt wieder hin?«

»Ja, wir haben noch gar nicht richtig angefangen.«

»Ich fasse auch nichts an. Charlie hat mir bei deinen Fällen in der Vergangenheit gewissermaßen eine Blankovollmacht gegeben. Vielleicht kann ich ja helfen. Schließlich war ich einmal Mikeys Arzt.«

Ich seufzte. Aber er hatte recht. Charlie hat sich schon immer für Blacks persönliche Einschätzung derjenigen unter meinen Fällen interessiert, die Züge von Psycho/Sado/Einfach-nur-fies aufwiesen. Vermutlich, weil unsere Behörde auf diese Weise kostenlos in den Genuss einer Expertenmeinung kam. Also nickte ich und stieg aus dem Humvee. Inzwischen sah ich, wie Bud unter den Straßenlaternen auf dem Fußweg auf uns zukam. Wir gingen ihm entgegen und trafen hinter Bucks Transporter mit ihm zusammen.

»Charlie hat gerade angerufen. Joseph Murphy und seine Familie sind gerade auf dem Rückflug aus England und befinden sich irgendwo über dem Atlantik. Sie haben Urlaub in London gemacht. Also bleibt es doch an uns hängen, ihnen die Nachricht zu überbringen. Charlie muss morgen nämlich in aller Früh nach Washington und kann deshalb nicht vor Ort sein.«

»Spitze. Wir sind echte Glückspilze. Sonst noch was gefunden?«

»Nicht viel. Alle, die in den umliegenden Läden arbeiten, kennen Murphy natürlich. Doch keiner hatte privat etwas mit ihm zu tun. Sie halten ihn für einen sympathischen schrägen Vogel, der eine fantastische Pizza macht, insbesondere die mit dem Namen Mikey's Special.«

Oh ja, hinter dieser Bemerkung verbarg sich ein grausamer Scherz, doch wir konnten beide nicht darüber lachen. »Bei mir war es das Gleiche. Sarah vom Buchladen Stonecrest Book and Toy wusste, dass er mehrere asiatische Freundinnen hatte, kannte aber keine Namen. Offenbar war er bei den Mädchen sehr beliebt.«

»Und was jetzt?«

»Wir gehen wieder rein und schauen uns noch einmal um. Vielleicht hat Buck ja etwas Wichtiges entdeckt.«

Wir drei betraten das Lokal. Keiner merkte etwas zu dem widerwärtigen Geruch nach verbranntem Menschenfleisch an, der noch immer in der Luft hing. Die Spurensicherungsexperten waren zu sehr mit dem Abnehmen von Fingerabdrücken, dem Filmen und dem Fotografieren beschäftigt, um uns zu bemerken. Zum Glück war die Leiche längst fort und verpackt zum Transporter der Rechtsmedizin gebracht worden. Das war eine Autopsie, auf die ich mich ganz und gar nicht freute. Nicht, dass ich das je tat.

Im nächsten Moment nahm Buck uns zur Kenntnis und wies sofort mit dem Zeigefinger hinter uns auf die Decke. Wir alle drehten uns in die angegebene Richtung. »Vicky hat beim Filmen eine gut versteckte Überwachungskamera entdeckt. Vielleicht solltet ihr nachschauen, ob ihr oben Monitore findet. Hier unten sind keine. Wir haben bereits gesucht. Mit ein bisschen Glück stoßt ihr ja auf Liveaufnahmen von der Ermordung des armen Mädchens.«

Das war offenbar die gute Nachricht. Als ich in die Ecke hinaufspähte, konnte ich nichts feststellen. Das Ding war wirklich gut versteckt. Warum sollte jemand heimlich eine Videokamera in einer Restaurantküche installieren? Damit die Köche keinen Pizzateig stibitzten? »Hast du oben irgendwelche Monitore bemerkt?«, fragte ich Bud.

»Natürlich nicht. Aber ich habe auch nicht darauf geachtet«, entgegnete er.

»Wahrscheinlich sind sie in einem Küchenschrank oder Wandschrank versteckt«, stürzte sich Black ins Getümmel. »Das mache ich in einigen meiner Häuser.«

»Dann könnten wir ja noch eine Chance haben, Jungs«, erwiderte ich.

Wir eilten wieder nach oben, wo wir erkannten, dass die Überwachungsmonitore tatsächlich gut getarnt waren. Wir brauchten etwa zehn Minuten, um sie zu finden. Wie sich herausstellte, standen sie hinter dem riesigen mitternachtsblauen Wandbehang im Esszimmer. Ich hatte ihn sehr bewundert, wäre jedoch nie darauf gekommen, dass sich ein Geheimnis dahinter verbergen könnte. Doch er verdeckte eine Tür, die in einen etwa vierzehn Quadratmeter großen begehbaren Wandschrank führte. Dort entdeckten wir nicht nur die Kamera, die auf Küchenblock und Öfen gerichtet war, sondern noch fünf weitere, alle auf dem neuesten Stand der Technik und voll funktionsfähig.

Kamera eins hatte die Kasse am Ende des Mahagonitresens im Bild, Nummer zwei zeigte das Treppenhaus von oben. Alle anderen überwachten das Gebäude von außen, zwei die Eingangstür und den Parkplatz, zwei weitere die Hintertür und die Gasse hinter dem Haus. Da Bud und ich keine einzige davon bemerkt hatten, waren sie offenbar sehr geschickt angebracht. Meiner Ansicht nach verfehlten sie auf diese Weise ihren Zweck, wie zum Beispiel den, Kriminelle abzuschrecken, die Mikey draußen auflauerten, bis er mit den Tageseinnahmen erschien. Offenbar hatte Mikey seine Gründe dafür gehabt.

»Hallelujah, Gott ist groß«, sagte Bud. »Jetzt kriegen wir diesen Typen dran.«

»Der einzige Nachteil ist, dass wir mit ansehen müssen, wie das Mädchen in den Ofen gesteckt wird«, wandte ich ein. Wir blickten einander an. Offenbar behagte diese Vorstellung keinem von uns. Wenn ich ehrlich war, freute ich mich darauf wie auf eine Kugel im Kopf.

### *Mein Name ist Trouble*

Natürlich kauften ihm alle die Mitleidstour ab. Er war wirklich ein genialer Schauspieler. Sie waren ja so froh, dass er es geschafft hatte, die Ermordung der armen kleinen Destiny durch ihre eigene Mutter zu verhindern. Die Menschen waren wirklich schrecklich leichtgläubig, insbesondere seine eigenen Verwandten. Andererseits hatte er auch alle Register gezogen. Jede Menge vorgetäuschte Kotzanfälle im Bad. Hysterische Weinkrämpfe und sogar ein paar Klagelaute, geschickt platziert, nachdem er Zeuge einer arabischen Beerdigung geworden war, bei der schwarz gekleidete Frauen schrille Geräusche ausstießen, die einem nach etwa zwei Minuten wirklich auf den Wecker fielen.

Außerdem schloss er sich immer wieder eine Weile in sein Zimmer ein und weigerte sich, seinen Dad hereinzulassen, wenn der nach ihm schauen wollte. Er ging auch nicht zur Beerdigung, denn schließlich wollte er nicht wissen, wie zerbeult und zerschlagen seine Mom nach dem Sturz über die Felsen aussah. In den folgenden Wochen tat er hin und wieder so, als sei er nachts aufgewacht, und rief dann im Flur nach seiner Mutter, und zwar so laut, dass sein Vater es hörte und glaubte, er litte vor Trauer an Albträumen. So verstörend das auf seine kleineren Geschwister wirken mochte, überzeugte es seinen Dad davon, dass er wirklich litt und dass er gerade dabei war ein wenig durchzudrehen. Immerhin hatte er mit ansehen müssen, wie seine eigene Mutter Selbstmord begangen und versucht hatte, ihr eigenes Baby umzubringen. Je länger er später darüber nachdachte, desto mehr wuchs seine Gewissheit, dass seine Mom es auch ohne seine Hilfe früher oder später ohnehin getan hätte. Schließlich hatte sie wirklich diese komische Wochenbettdepression gehabt und war seit Lylas Tod tief in ihrem Innersten unglücklich, weil sie ohne sie weiterleben musste. Für Mom war es das Beste so, und für ihn ebenfalls. Eigentlich für die ganze Familie.

Momentan hatte er, als zusätzlicher Kick sozusagen, sogar dafür gesorgt, dass er ins Krankenhaus eingeliefert wurde. Er hatte schlau einen Selbstmordversuch vorgetäuscht und sich die Pulsadern aufgeschlitzt, um alle in dem Glauben zu bestärken, dass er nur ein Opfer und derjenige war, der den Tod von Mom und Lyla hatte mit ansehen müssen. Und in gewisser Hinsicht stimmte das ja auch. Allerdings hatte er es geschickt angefangen und im Internet recherchiert, wie er die Schnitte anbringen musste. Und er hatte darauf geachtet, dass es nur oberflächliche Kratzer waren, die sämtliche Venen und Arterien verfehlten. Es hatte nicht sehr wehgetan. Dafür war der Erfolg bei seinem Dad nicht mit Gold aufzuwiegen. Das Internet war eine geniale Erfindung.

Im Moment lag er in einem Einzelzimmer der psychiatrischen Abteilung des städtischen Krankenhauses, lehnte sich lächelnd zurück und verschränkte die Hände hinter dem Kopf. Sein letzter Trick war wirklich ein schwerer Schlag für seinen Dad gewesen. Er war beinahe ausgeflippt. Jetzt starb er fast vor Sorge und war absolut ratlos. Außerdem war er selbst depressiv und hatte große Angst, sein Sohn könnte sich etwas antun, während alle noch um seine Mom trauerten.

Hinzu kam, dass es seinen Dad mächtig stresste, sich darüber hinaus noch um ein Neugeborenes kümmern zu müssen. Schließlich hatte er wenigstens davon die Finger gelassen und Destiny zu einer seiner Schwägerinnen gebracht, bis sich die Lage zu Hause wieder beruhigte. Die anderen Kinder hatten nach dem Zwischenfall im Grand Canyon nur noch die zweite Geige hinter dem Jungen und Destiny gespielt, genauso wie es sein sollte. Jetzt war er ganz obenauf. Sein Dad würde ihm jeden Wunsch von den Augen ablesen, wirklich jeden. Das mit dem Selbstmord war einfach eine brillante Idee gewesen. Wahrscheinlich würde er noch jahrelang davon zehren können. Die Leute waren eben dämlich.

Und dann auch noch die Schwestern hier, Mann, die waren echt scharf, wenigstens ein paar von ihnen. Insbesondere die eine mit den dicken Titten und den langen dunkelroten Haaren, die sie zu einem Knoten aufgesteckt trug. Allmählich kam er in ein Alter, in dem ihm auffiel, wie sich die Brüste der Schwestern unter den pastellfarbenen Kitteln abzeichneten. Oder wie die Beine von Frauen, die Röcke anhatten, unter dem Stoff verschwanden, bis sie irgendwo an einer geheimen weiblichen Körperstelle endeten. Und alle hatten solches Mitleid mit ihm. Sie verwöhnten ihn und drückten ihn an sich, wenn er weinte. Es war absolut spitze.

Als er die Stimme seines Dad draußen auf dem Flur hörte, nahm er die Ohrstöpsel des iPod ab, versteckte das Gerät unter dem Kopfkissen und setzte seine Leichenbittermiene auf, ach, er konnte ja so kläglich und traurig schauen. Sein Dad musste dann normalerweise auch weinen. Der Trick funktionierte immer. Schließlich wollte er Aufmerksamkeit und Anteilnahme, und davon bekam er jetzt mehr als genug.

Sein Dad stand dicht vor der Tür und sprach mit einem der Ärzte. Er sah zum Fürchten aus. Dunkle Augenringe, blasse, schlaffe Haut und neue Falten im Gesicht, die vorher nicht da gewesen waren. Der Sohn beschloss, ihn ein bisschen aufzumuntern. »Hallo Dad«, sagte er deshalb, als sein Vater ins Zimmer kam. »Schön, dass du da bist. Ich vermisse dich und meine Geschwister.«

»Wie fühlst du dich, Sohn?«

»Okay, glaube ich. Ein wenig besser.«

Sein Dad nahm einen Stuhl und zog ihn ans Bett. Dann griff er nach der Hand seines Sohnes und berührte vorsichtig mit dem Finger den weißen Verband an seinem rechten Handgelenk. »Ich mache mir solche Sorgen um dich«, begann er. »Gott steh mir bei, ich fasse es einfach nicht, dass du versucht hast … dir wehzutun. Vergiss nicht, wie viel es gibt, für das es sich zu leben lohnt. Du bist etwas Besonderes, mein Sohn. Du hast noch eine große Zukunft vor dir. Daran musst du immer denken.«

Der Junge senkte die Stimme und bemühte sich um einen niedergeschlagenen Tonfall. »Ich sehe nur ständig Mom vor mir … wie sie fällt …« Er hielt inne, als könne er nicht weitersprechen, und erschauderte theatralisch. Als sein Dad ihm die Hand tätschelte, sprach er weiter. »Ich konnte es nicht verhindern, Dad. Ich habe es versucht, aber es ging nicht.«

»Das weiß ich, mein Sohn. Alle wissen das. Und wir wissen auch, dass du Destiny gerettet hast. Mach dir keine Vorwürfe wegen dem, was Mom getan hat. Ich hätte nicht weitergehen und dich und Mom zurücklassen dürfen. Oh, mein Gott, und das, nachdem du die arme kleine Lyla gefunden hast. Aber du hast das Baby gerettet, und dafür sind wir dir sehr dankbar. Gott sei Dank.«

»Ja, Destiny wäre jetzt auch tot, wenn ich nicht bei Mom gewartet hätte.«

Sie senkten beide den Blick, der Sohn in gespielter Trauer. Allerdings war er klug und aufmerksam und ahnte, dass sein Dad zögerte. Irgendetwas war hier im Busch, und zwar offenbar etwas Wichtiges. Er wartete ab und fragte sich, was es wohl sein mochte.

Schließlich räusperte sich sein Dad. »Ich habe mit deinen Ärzten geredet, mein Sohn«, meinte er schließlich leise.

»Ja?«

»Sie sind sehr gut, weißt du. Und sie sagen, du müsstest eine Therapie machen, um mit deinen Erlebnissen zurechtzukommen. Du müsstest deine Trauer und den Verlust und das, was du dir antun wolltest, verarbeiten.«

Da der Junge mit so etwas gerechnet hatte, nickte er. »Okay, ich brauche nur etwas Zeit, um mich daran zu gewöhnen, dass Mom nicht mehr da ist. Sie fehlt mir so. Ich vermisse es, mit ihr zu sprechen.« Er presste ein paar Tränen heraus und wischte sie unter großem Tamtam mit dem Saum des gestärkten weißen Krankenhauslakens weg.

»Wein doch nicht, mein Junge. Es gibt da eine Klinik für Jugendliche in deinem Alter. Oak Haven. Die Ärzte wollen dich für eine Weile dorthin schicken, damit du dich mit Profis aussprechen kannst. Dann ist dein Leben bald wieder so wie früher.«

O nein, damit, dass sie ihn in die Klapse steckten, hatte er nicht gerechnet. »Für wie lange?«

»Das wissen sie nicht. Nicht lange, das verspreche ich dir. Das würde ich nicht aushalten. Doch ich finde es eine gute Idee, und es wird dir helfen, also werde ich meine Zustimmung geben. Sie sagen, es sei nur in deinem Interesse, und das ist für mich das Wichtigste. Im Moment wäre es nicht gut für dich, nach Hause zu kommen, denn deine Brüder und Schwestern sind noch sehr durcheinander.«

»Aber ich will nach Hause, Dad.«

»Ich weiß, doch ich muss auf die Ärzte hören. Schließlich verstehen sie etwas von ihrem Beruf. Es ist ja nur vorübergehend, Ehrenwort. Es ist eine stationäre Therapieeinrichtung, wo du auch weiter Schulstunden bekommst, damit du deinen Abschluss nicht versäumst. Es wird dir helfen, alles zu verkraften, was du durchgemacht hast.«

Inzwischen liefen seinem Dad wieder Tränen über die Wangen. Der Junge wünschte, er würde sich zusammenreißen, anstatt hier herumzuheulen. Er war doch ein Mann, verdammt, und hätte ruhig ein bisschen mehr Mumm zeigen können. Viele Männer verloren Frau und Tochter. In letzter Zeit sah sein Dad wirklich alt aus. Außerdem rasierte er sich nicht mehr täglich, und seine Barthaare wurden allmählich weiß. Er machte den Eindruck, als würde er gleich einen Herzinfarkt kriegen.

»Okay, Dad, wenn du möchtest, dass ich dorthin gehe, tue ich es. Mach dir keine Sorgen um mich. Du hast genug um die Ohren.«

Erleichterung malte sich auf dem Gesicht seines Vaters. Herrje, er war ja so leicht durchschaubar. Allerdings wollte ihm das Lächeln nicht so recht gelingen. »In Oak Haven gibt es einen guten Fitnessraum, Tennisplätze, ein Schwimmbad und auch noch andere Freizeitmöglichkeiten«, sagte er. »Sicher gefällt es dir dort. Und die anderen Jugendlichen sind alle in deinem Alter.«

»Klingt gut.«

Offen gestanden tat es das wirklich; jedenfalls um einiges besser als zu Hause herumzuhängen, wo die anderen ständig herumquengelten, weil sie keine Mom mehr hatten, die sie abends ins Bett brachte. Vielleicht gab es in diesem Laden ja scharfe Mädchen, noch schärfer als die rothaarige Schwester, die ihn so gerne tröstete. Er wollte mit einem Mädchen Sex haben. Das hatte er noch nie getan und sich damit Zeit gelassen. Nun aber würde er einen Weg finden, und eine Psychoklinik schien ihm genau der richtige Ort dafür zu sein, ein Büffet toller Bräute, unter denen er nur auszusuchen brauchte.

»Oak Haven ist nicht weit weg von zu Hause«, fügte sein Dad hinzu. »Also können wir dich oft besuchen.«

»Wann muss ich hin?«

»Sobald deine Verletzungen geheilt sind und du entlassen wirst. Ich fahre dich selbst.« Er legte die Hand auf die seines Sohnes. »Ich werde dich vermissen, doch es ist die beste Lösung, da bin ich ganz sicher.«

Das war es bestimmt. Vielleicht würde er endlich wieder ein bisschen Spaß haben. In seiner Familie wollte niemand mehr etwas Lustiges unternehmen, seit seine Mom ihn dazu gezwungen hatte, sie umzubringen.

# *Fünf*

Okay, ich habe die Bänder zurückgespult. Ich bin bereit«, verkündete Bud.

Ich sah ihn an. »Das wird sicher kein Vergnügen.«

Black lehnte schweigend an der Wand hinter Buds Bürostuhl. Er wusste, wie man sich unsichtbar machte. Vielleicht hatte er sich diesen Platz aber auch nur deshalb ausgesucht, damit er die Augen schließen konnte und nicht beobachten musste, wie das arme Mädchen geröstet wurde. Ob ich es auch damit versuchen sollte? Damit, dass ich die Augen schloss? Ich wünschte, das wäre möglich gewesen.

»Dann beginnen wir mit der Kamera in der Küche«, sagte ich. »Fang am frühen Morgen an und spul dann vor, bis du etwas findest.«

Bud hatte viel Erfahrung in diesen Dingen. Nun drückte er einen roten Knopf auf der Konsole, und schon wurden wir Zeugen eines Tags im Leben einer geschlossenen Pizzeria im Schnelldurchlauf. Das Band hatte keine Tonspur, und wir sahen zu, wie die Stunden verflogen. Es geschah überhaupt nichts – zumindest nicht bis zur Mittagszeit.

»Hier haben wir sie!«, rief Bud aus.

Er betätigte einen anderen Knopf, sodass der Film nun in Normalgeschwindigkeit ablief.

Ich beobachtete, wie das Mädchen im Blickfeld der Kamera am Fuße der Treppe erschien. Woher sie kam, konnte ich nicht feststellen, vermutlich von oben, aber es war nicht mit Sicherheit zu erkennen. Sie war sehr zierlich, wahrscheinlich nur knapp über einsfünfzig groß, wenn nicht sogar kleiner. Außerdem war sie splitternackt und barfuß. Das rabenschwarze Haar reichte ihr bis zur Taille und bedeckte ihre bloßen Brüste. Sie machte ein paar Schritte auf den Küchenblock zu, blieb stehen und starrte geradeaus. Offenbar sah sie nichts Bestimmtes an, sondern blickte einfach ins Leere. Dann setzte sie sich wieder in Bewegung wie eine Schlafwandlerin und verharrte neben dem Spülbecken. Ihr Gesicht konnten wir bis jetzt noch nicht klar erkennen – außerdem wäre eine Standaufnahme aus einem Video ohnehin nicht zur Identifizierung zugelassen worden –, doch sie schien asiatischer Herkunft zu sein. Wir schauten zu, während sie einen Hängeschrank über der Spüle öffnete und ein klares Glas herausnahm. Ihre Bewegungen waren langsam und wirkten gezielt.

»Eindeutig unter Drogeneinfluss.« Das war Black. Er hatte recht.

Das Mädchen füllte das Glas mit Leitungswasser. Als sie die linke Handfläche öffnete, kam etwas Weißes in Sicht – Tabletten vielleicht. Sie steckte alle auf einmal in den Mund, trank von dem Wasser und schluckte sie, begleitet von einer ruckartigen Kopfbewegung nach hinten. Danach stellte sie das Glas ganz vorsichtig in die obere Etage der Spülmaschine und klappte sie zu. Anschließend stand sie einige Minuten da und starrte wieder geradeaus auf die Backsteinwand. Die flachen Hände hatte sie auf die Arbeitsfläche gestützt.

»Wir müssen Buck bitten, das Trinkglas auf Fingerabdrücke zu testen. Und warum tut sie das? Seht ihr, wie sie die Hände auf die Fläche presst?«

Bud zuckte mit den Schultern. »Glaubt ihr, sie wartet auf jemanden?«, fragte er.

»Nackt?«

Wieder ein Achselzucken von Bud. Black beugte sich wortlos vor und beobachtete aufmerksam den Bildschirm.

Nachdem die junge Frau gute fünf Minuten vor sich hingeträumt hatte, erwachte sie wieder zum Leben. Plötzlich machte sie ein paar Schritte nach rechts und nahm ein Mobiltelefon von der schwarzen Granitplatte, so als hätte sie es läuten gehört. Sie hielt es ans Ohr und lauschte einen Moment, sagte aber nichts. Kurz darauf drehte sie sich zu dem großen, in die Wand eingelassenen Ofen um. Ich schluckte, denn ich wusste genau, was jetzt geschehen würde. Sie machte die Tür auf und entfernte den großen Bratrost, den sie dort auf die Arbeitsfläche legte, wo ich ihn vorgefunden hatte. Dann kletterte sie, das Telefon noch immer am Ohr, gelenkig ins Backrohr und war nicht mehr zu sehen.

»Oh, mein Gott, sie tut es selbst?«, sagte Bud.

Black und ich antworteten nicht, sondern sahen nur mit entsetzt aufgerissenen Augen zu. Denn genau das tat unser Opfer. Sie rollte sich zu der eigentlich menschenunmöglichen Körperhaltung zusammen, in der wir sie entdeckt hatten, und zog die Klappe zu.

»Wenn der Ofen heiß gewesen wäre, hätte sie das nicht gekonnt, ganz gleich, wie stark sie unter Drogen stand«, stellte Black fest. »Also ist der Ofen noch nicht an. Schaut, das Licht brennt nicht. Er ist kalt, und sie hat ihn vor dem Hineinkettern auch nicht eingeschaltet.«

Bud schüttelte den Kopf. »Warum, um Himmels willen, sollte sie überhaupt da reinklettern?«

»Vielleicht ist sie es ja, die Selbstmord begangen hat«, schlug ich vor. »Sie könnte sich umgebracht haben, Mikey kam nach Hause, fand sie, ist durchgedreht und hat sich vor Verzweiflung an der Brücke erhängt.«

Niemand erwiderte etwas. Also warteten wir darauf, ob sie wieder herauskommen oder den Ofen einschalten würde. Aber nichts geschah. Niemand erschien, und das Mädchen lag einfach im kalten Ofen, soweit wir es erkennen konnten reglos und möglicherweise sogar schlafend.

»Spul vor«, meinte ich. Eigentlich hatte ich nur wenig Lust, mir das grausige Verbrechen bis zum Ende anzusehen, doch wir hatten keine andere Wahl. Also biss ich die Zähne zusammen.

Der Film lief weiter, doch niemand betrat die Küche, bis mir schließlich erschrocken klar wurde, was da passierte. »Moment, halt den Film an, Bud.«

Bud drückte auf den Knopf. »Jetzt verstehe ich«, sagte Black. »Schaut, jetzt leuchtet das Lämpchen am Ofen. Es ist eine Zeitschaltuhr. Jemand hat sie so eingestellt, dass sie ansprang, nachdem das Opfer im Ofen war.«

»Natürlich«, stimmte ich zu. »Bei unserer Ankunft fing er gerade an zu piepsen. Spul zurück und schau, wann sie eingeschaltet wurde.«

Wir entdeckten die Einstellung, in der das Lämpchen plötzlich aufblinkte. 13:30, verkündete die Digitalanzeige.

Mein Magen machte einen gewaltigen Satz nach vorne. Mir wurde übel. »Mein Gott, wie konnte sie da drin bleiben, als es heiß wurde?«

»Entweder hat sie so viele Tabletten genommen, dass sie fest genug schlief, um nicht davon aufzuwachen«, erklärte Black. »Oder die Dosis war tödlich und sie lebte bereits nicht mehr, als der Ofen ansprang.«

»Mein Gott, hoffentlich war sie schon tot«, antwortete Bud.

»Buckeye wird uns sagen, woran sie gestorben ist«, entgegnete ich. »Lass den Film ein Stück weiterlaufen, Bud. Wollen wir doch mal schauen, ob noch jemand aufkreuzt.«

Schweigend sahen wir den restlichen Film bis zu der Stelle an, als Bud und ich mit gezogenen Pistolen auf dem Bildschirm erschienen und die Küche untersuchten. Bud öffnete die Ofenklappe, und dann wichen wir beide zurück. Der Ausdruck auf unseren Gesichtern war beängstigend. Dann verschwanden wir so schnell wie möglich aus der Küche, und ich wurde wieder von einem Fluchtbedürfnis ergriffen. Es war so grausig und widerwärtig, dass ich es mit dem Verstand kaum erfassen konnte. Noch immer wollte es mir nicht in den Kopf, dass es wirklich geschehen war. Von so einem Fall hatte ich nie zuvor gehört, und mir waren schon viele ziemlich scheußliche Dinge zu Ohren gekommen.

»Gut, und wer hat jetzt die Zeitschaltuhr eingestellt?«, fragte ich.

»Das Mädchen?«, meinte Bud.

»Also hat sie Schlaftabletten oder eine Überdosis genommen und ist dann in einen Ofen gestiegen, um sich selbst zu braten«, ließ sich Black vernehmen. »Das ist doch Schwachsinn. Kein Mensch würde so etwas tun.«

Manchmal bringt Black die Dinge auf den Punkt. »Ja, ganz meine Ansicht. Ich glaube auch nicht, dass sie den Mut dazu gehabt hätte. Jemand anderer hat die Zeitschaltuhr eingestellt.«

»Kein Mensch, der noch bei Verstand ist, würde einfach in einen Ofen klettern. Als sie es getan hat, war sie hellwach.«

»Aber vielleicht war sie nicht bei klarem Verstand«, wandte ich ein. »Sie könnte auch Selbstmordabsichten gehabt haben.«

»Ich bin absolut sicher, dass keine Frau freiwillig auf diese Weise Selbstmord begehen würde«, beharrte Black. »Das ist völlig ausgeschlossen.«

Bud stand auf. »Das ist Mist, Nick, ein Mann auch nicht. So was ist einfach nur durchgeknallt.«

Black sah mich an. »Sie machte fast den Eindruck, als wäre sie hypnotisiert worden.«

Ich dachte darüber nach. Es klang plausibel.

»Da muss jemand aber ein verdammt guter Hypnotiseur sein, um ein hübsches junges Mädchen dazu zu kriegen, in einem Ofen ein Nickerchen zu halten, von dem es nicht mehr aufwacht.«

»Lasst uns die anderen Bänder anschauen«, meinte ich. »Mich interessiert, wer heute sonst noch dort war. Vielleicht haben wir den Mörder ja auf Video.«

Wir standen da und beobachteten, wie Bud die Aufnahmen aus den anderen Kameras abspielte, in der Hoffnung herauszufinden, wer die Zeitschaltuhr programmiert hatte und wann. Allerdings waren wir nicht in einem Disney-Film, sodass unser Wunsch nicht in Erfüllung ging. Niemand erschien. Keine Menschenseele. Nichts. Also Essig. Wir spulten die Bänder ein Stück weiter zurück. Die Gäste am Vorabend schienen alle in Ordnung zu sein. Familien mit Kindern, die zwischen ihren Tischen und den Videospielen in der Ecke hin und her liefen.

Junge Pärchen, die nebeneinander auf der Bank saßen und nach Knoblauch riechende Küsse tauschten. Und ein paar Einzelpersonen, die sich allein eine einsame Salamipizza genehmigten.

»Bud, wir müssen jeden einzelnen Mitarbeiter und außerdem alle befragen, die wir anhand der Bänder identifizieren können.«

»Das habe ich fast befürchtet.«

Das Mädchen war noch einige Male auf dem Band zu sehen. Am gestrigen Abend war sie spät, also kurz vor Mitternacht, erschienen. Doch soweit wir feststellen konnten, hatte Mikey Murphy das Restaurant weder gestern noch heute betreten. Denn wenn er die ganze Zeit oben gewesen wäre, hätte er wie ein Gespenst aus dem Fenster fliegen müssen, um nicht ins Visier der vielen Überwachungskameras rings ums Gebäude zu geraten.

Als die Spurensicherung endlich unten fertig war, war es weit nach drei Uhr morgens. Black und ich gingen durch die Vordertür hinaus, wo der Geruch des Opfers, eine beißende und abscheuliche Erinnerung an das heutige Ereignis, noch schwer in der Luft lag. Da ich todmüde war, bat ich Black, nach Hause zu fahren. Im Moment riss mich mein Leben nicht unbedingt vom Hocker.

Leider würde der morgige Tag nicht besser werden. Black musste noch immer zu seinem Seminar in New York, was hieß, dass ich allein mit meiner Glock und meinen schauerlichen Pizzaalbträumen à la Rachael Rays Kochstudio zurückbleiben würde. Erschwerend kam hinzu, dass für mich und Bud morgen eine Fahrt nach Jefferson City anstand, um Michael Murphys Familie mitzuteilen, dass sich ihr Sohn nicht mehr unter den Lebenden befand.

# *Sechs*

Am frühen nächsten Morgen verbrachte ich noch eine Weile im Bett, um mich leidenschaftlich und erotisch von Black zu verabschieden, vermutlich das Highlight meines heutigen Tages. Nachdem wir uns unter der Dusche gegenseitig mit Irish Spring eingeschäumt und anderen Vergnügungen gefrönt hatten, machte sich Black gegen acht Uhr auf den Weg, um nach seinen Patienten in Cedar Bend zu sehen, bevor er in seinem privaten Learjet nach New York flog. Ich setzte mich ganz prosaisch in meinen schwarzen Explorer und holte Bud zu unserem unerfreulichen Ausflug nach Jefferson City ab.

Und los ging es, um der Familie Murphy unsere Aufwartung zu machen, was nicht unbedingt Gefühle aus der Kategorie himmelhoch jauchzende Vorfreude in uns auslöste. Da weder wir noch Charlie unseren Besuch telefonisch angekündigt hatten, ahnten die Murphys noch nicht, dass ihre Welt in etwa einer Stunde von einer urknallartigen Explosion erschüttert werden würde. Charlie hatte mir die Nummer zwar gegeben, doch eine Hiobsbotschaft wie diese überbrachte man nicht telefonisch.

Allerdings wollte ich gerne feststellen, ob sie bereits von ihrer Europareise zurückgekehrt waren. Also wählte ich Joseph Murphys Privatnummer und erfuhr von einer Haushälterin von der Sorte *»Ich-bin-etwas-Besseres-als-du-auch-wenn-ich-andere-Leute-bedienen-muss«*, Mr und Mrs Murphy seien zwar inzwischen aus London eingetroffen, hielten sich derzeit jedoch nicht in der Villa auf und könnten keine Besucher empfangen. Ach, herrje, sogar eine Villa. Weiterhin teilte uns die ebenso unsichtbare wie unsympathische Haushaltshilfe nach einigen offiziellen Aufforderungen, alias Androhung einer Festnahme, mit, sie hätten auf dem Transatlantikflug geschlafen und Joseph Murphy am Flugplatz abgesetzt, von wo aus ihn eine Limousine zu einem tête-a-tête mit dem Gouverneur in den Regierungssitz gefahren habe. Frau und Töchter hätten mit der Privatmaschine noch einen kleinen Abstecher zum Plaza in Kansas City gemacht, um in letzter Minute noch einige Einkäufe für die in diesem Sommer anstehenden Bälle zu tätigen, würden jedoch bald zurückkehren. Die Oberen Zehntausend führten zugegebenermaßen ein hartes Leben voller Entbehrungen. Offenbar war das Angebot des Londoner Einzelhandels für den Geschmack der Murphys nicht teuer genug.

Ich bedankte mich bei der Haushälterin, der ich bereits in Anlehnung an den Film *The Transformers* spontan den Spitznamen Beeotch verpasst hatte, klappte das Telefon zu und wandte mich an Bud. »Fahr zum Kapitol. Da hält sich Daddy Joe gerade auf.«

»Vielleicht lernen wir ja den Oberboss kennen.«

»Womit du vermutlich Gouverneur Stanton meinst.«

»Ja, und möglicherweise erinnert er sich irgendwann an uns und verleiht uns irgendeinen Orden für besondere Verdienste, weil wir einen wichtigen Fall geknackt haben.«

»Klar, dass passiert todsicher. Wahrscheinlich hält er uns nicht einmal für würdig, seine Fußböden zu scheuern, wenn er so ist wie die meisten Politiker, denen ich bis jetzt begegnet bin. Oder die Haushälterin der Murphys.«

»Ich wette, dass Nick diesen Murphy kennt, oder? Wahrscheinlich sind sie die besten Kumpel. Mann, vielleicht treffen sie sich ja sogar und reden darüber, wer von ihnen mehr Kohle hat und so.«

Ich sah Bud an. »Ich dachte, du magst Black.«

»Tu ich auch. Außerdem bin ich ihm für seine Hilfe eine Menge schuldig. Doch du musst zugeben, dass er in ziemlich illustren Kreisen verkehrt.«

Ja, zugegeben, in illustren Kreisen fühlte er sich wie ein Fisch im Wasser, was allerdings nicht für seine Familie galt. Deren

Kreise erinnerten eher an das Jagdrevier der Corleones, Sopranos und Capones, natürlich alles streng geheim, damit Black seine vielen Promipatienten und Gouverneursfreunde nicht verlor. Selbstverständlich bewegte er selbst sich nicht in diesem Umfeld, denn zu meinem Glück war er der Inbegriff von Ehrlichkeit. Nur, dass ich leider immer wieder über seine tollen Freunde stolperte, was mir die Arbeit erschwerte, ein Umstand, den ich als ausgesprochen ärgerlich empfand. Gut, das hatte auch schon zu gelegentlichen Spannungen zwischen Black und mir geführt. Doch Hormone und gesunder Menschenverstand hatten uns, zumindest bis jetzt, geholfen, diese Klippen zu umschiffen.

Bud warf mir einen Blick zu. »Ach, komm schon, Claire, jetzt werd nicht gleich sauer. Ich mag Nick. Vielleicht bin ich ja nur eifersüchtig, weil du ständig mit ihm zusammengluckst. Früher sind wir zusammen zum Schießstand gegangen und haben danach bei Pizza Hut Käsebrot gegessen und krügeweise Bier getrunken. Und jetzt bin ich einfach weg vom Fenster.«

»Ich verbringe mehr Zeit mit dir als mit ihm. Das kommt dir nur so vor und liegt daran, dass die Zeit mit mir vergeht wie im Fluge, weil ich so pflegeleicht bin.«

Diese Bemerkung brachte mir höhnisches Gelächter ein. »Ja, schon gut. Aber da du gut schießt und mich nach dem Schlangenbiss rechtzeitig ins Krankenhaus gebracht hast, schaffe ich dich besser nicht ab.«

Das Missouri State Capitol steht hoch am Ufer des Missouri River und ist mehr oder weniger eine Kopie des Kapitols in Washington, nur in einem kleineren Maßstab. Viele Treppen, viele Touristen mit klickenden Digitalkameras, viele Schüler auf Klassenfahrt und viele wichtigtuerisch herumstolzierende Leute. Letztere sind am schwersten zu ertragen.

»Mist, das sind ja mindestens hundert Stufen«, schimpfte Bud. »Lass uns einen Eingang im Erdgeschoss suchen.«

Ich stimmte zu, da ich keine große Lust hatte, den Mount Everest oder seinen steinernen Bruder zu erklimmen. Also schlenderten wir zu der einen Seite der gewaltigen Treppe und bewunderten die hohen Bäume, die grünen Rasenflächen und die von blühenden Ringelblumen und violetten und roten Petunien strotzenden Blumenbeete. Schließlich entdeckten wir einen Eingang ohne Stufen, vor dem es nur so von Verwaltungsangestellten wimmelte. Die meisten waren Frauen, alle in schwarzen Kostümen, weißen Blusen und Schuhen mit Blockabsätzen. Offenbar gab es in diesem Bundesstaat ein Gesetz, das dezente Bekleidung vorschrieb. Außerdem hatten sie offenbar Erfahrung mit der hohen Treppe vor dem Gebäude und mieden sie wie der Teufel das Weihwasser.

Drinnen zeigten wir einem Wachmann unsere Dienstmarken und fragten nach dem Weg zum Büro des Gouverneurs. Der Mann war jung und gepflegt und kam, wenn mich nicht alles täuschte, direkt von der Polizeischule der Highway Patrol. Er erklärte uns, wo wir hinmussten. »Sie können es nicht verfehlen«, fügte er aufmunternd hinzu.

»Kennen Sie einen Mann namens Joseph Murphy?«

»Ja, Ma'am.«

*Wenn du erreichen willst, dass ich mich alt fühle, hast du es hiermit geschafft, mein Junge.* Ich hielt Ausschau nach Flaum an seinem Kinn. »Hat sich Mr Murphy heute bei Ihnen angemeldet?«

»Ja, Ma'am. Vor etwa einer Stunde.«

»Okay, vielen Dank.«

»Haben Sie hier einen Aufzug, Mann?«, fragte Bud. Er war kein Freund von überflüssiger körperlicher Ertüchtigung, auch wenn er anderthalb Kilometer in fünf Minuten laufen konnte, wenn es sein musste. Zum Beispiel, als er von einem Spinner mit einem Hackebeil verfolgt worden war. Lachen Sie nicht. So etwas kann vorkommen. Ich werde unter derartigen Umständen ebenfalls schneller.

Der lächelnde junge Mann wies uns den Weg zum Aufzug, wo wir mit weiteren in schwarze Kostüme gewandeten Frauen, die wie Sekretärinnen aussahen, nach oben fuhren. Allerdings wiesen ihre Namensschilder sie als Verwaltungsassistentinnen aus. Offenbar war das Wort »Sekretärin« in Jefferson City nicht mehr in Mode. Die meisten hatten identische Styroporbecher von Starbucks in der Hand, und der Duft nach Milchkaffee mit Vanillearoma ließ mir das Wasser im Munde zusammenlaufen. Ich musste mich beherrschen, um nicht nach dem nächstbesten Becher zu greifen, meine Polizeimarke zu zücken und den Inhalt hinunterzustürzen, bevor ihn mir jemand entreißen konnte. Offenbar litt ich an Koffein-Entzug.

»Ich habe Hunger«, sagte Bud, als wir in den beeindruckenden mit Marmor ausgekleideten Flur hinaustraten.

»Vielleicht können wir ja ein Doughnut von dem Typen schnorren«, erwiderte ich. Dabei beobachtete ich die um uns herumwimmelnden Menschen, die alle sehr schnell und zielstrebig irgendwohin unterwegs zu sein schienen. Alle trugen eine bemüht selbstgewisse Miene zur Schau und nahmen sich offenbar ausgesprochen wichtig. In Großbuchstaben. Noch mehr Klon-Assistentinnen, die zumindest freundlich grüßten, und dazu viele Männer, die entweder einen gehetzten oder einen blasierten Eindruck machten. Manchmal auch beides gleichzeitig. Das waren vermutlich die Abgeordneten selbst, auch wenn ich ein paar aus meinem eigenen Bezirk kenne, die eigentlich gar nicht so übel sind. Die von der gehetzten Sorte waren so mit Katzbuckeln beschäftigt, dass sie ständig rückwärts zusammenstießen.

Vor der Tür des Gouverneurs wachte ein weiterer Securitymann. Wir blieben höflich stehen und zeigten höflich unsere Dienstmarken vor, die er ebenso höflich kontrollierte. Dabei musterte er uns, als könnten wir im nächsten Moment aus einem *Mission-Impossible*-Film hervorspringen, uns die Gummimasken vom Gesicht reißen und uns in Osama bin Laden oder Tom Cruise beim Herumspringen auf Oprah Winfreys Couch verwandeln, ehe er die Chance hatte, auch nur einen Schuss abzufeuern.

»Okay, Detectives, was kann ich für Sie tun?«

»Wir müssen mit Joseph Murphy sprechen. Man hat uns unten gesagt, er sei heute Morgen zu einer Besprechung mit dem Gouverneur hier erschienen.«

»Stimmt, er ist seit ungefähr fünfundsechzig Minuten hier.«

Das also verstand er unter *ungefähr*. Ich fragte mich, wie dann wohl *genau* bei ihm aussah. Der Wachmann sprach weiter und kratzte sich dabei an seiner ordentlich gestutzten braunen Kotelette. Er trug einen militärischen Kurzhaarschnitt. Seine Augen hatten dieselbe Farbe wie der Milchkaffee mit Vanillegeschmack, nach dem ich gierte. Außerdem war er in Uniform und hielt seine Mütze in der Hand. Ich fragte mich, ob er draußen in der Hitze damit nicht wegschmolz.

»Da müssen Sie mit Debbie Winters sprechen. Das ist die persönliche Assistentin des Gouverneurs.«

Debbie Winters saß im gewaltigen Vorzimmer des Gouverneurs an einem riesigen Schreibtisch, der sie sogar noch kleiner wirken ließ, als sie ohnehin schon war. Sie war eine attraktive zierliche Blondine mit großen blauen Augen, was Bud offenbar nicht entging. Er lächelte. Sie lächelte. Ich lächelte. Offenbar wurde das hier erwartet.

»Kann ich Ihnen helfen?«, wandte sie sich an Bud. Ich war anscheinend vergessen. Wie meistens, wenn Bud und ich mit einer Frau zu tun hatten. Da meine Aufgabe nur darin zu bestehen schien, ihm dabei zu helfen, die Damenwelt zu becircen, überließ ich ihm das Reden.

Bud machte einen Schritt auf sie zu und musterte sie eindringlich. Sie war auch in teures Schwarz gewandet, diesmal war es ein Hosenanzug mit einem weißen T-Shirt darunter, der diskrete Eleganz verströmte. »Ja, Ma'am, das können Sie wirklich«, erwiderte Bud schließlich.

Die beiden strahlten einander an, bis die weißen Zähne nur so blitzten, sodass ich mich allmählich fragte, welche Art von Hilfe sie meinten.

»Debbie, richtig?«, erkundigte sich Bud.

»Ja, stimmt. Und Sie sind?«

Wieder ein reizendes Lächeln. Gleich würden sie das Datum für die Hochzeit festlegen.

»Ich heiße Bud Davis. Ich bin Detective in Canton County am See.«

»Ach, wirklich? Meine Mom, Dorothy, hat dort gewohnt, ganz in der Nähe von Ha Ha Tonka. Es hat ihr wirklich gut gefallen, und mir auch.«

»Ein Traum«, stimmte Bud zu. Doch wir beide wussten, wovon er sprach, und es ging nicht ums Seepanorama.

Ich beschloss, sie bei ihrem bedeutungsvollen Vorspiel zu stören, bevor es richtig zur Sache ging. »Wir sind hier, um mit Mr Murphy zu sprechen. Es ist dringend.« Ich hielt meine Dienstmarke hoch, damit sie merkte, dass ich es ernst meinte.

»Und Sie sind?«

»Detective Claire Morgan. Ist Mr Murphy da?«

Debbie warf einen raschen Blick auf meine Marke. Doch offenbar gefiel ihr die von Bud besser – wie auch einige andere Dinge, die er sonst noch vorzuweisen hatte. Aber im nächsten Moment hatte sie ihre aufgewühlten Hormone wieder im Griff. »Er ist in einer Sitzung mit dem Gouverneur und hat gebeten, nur gestört zu werden, wenn es dringend ist.«

Hatte ich das nicht gerade gesagt? »Es ist nicht nur dringend, sondern *sehr* dringend, Ma'am.« Manchmal nützt es bei störrischen Hüterinnen gewisser Türen ja, bestimmte Adverbien einzustreuen.

»Offen gestanden, Debbie, geht es um Leben oder Tod.« Typisch Bud. Ein sorgenvoller Ausdruck malte sich auf seinem ebenmäßigen Gesicht, und er zog der hübschen Deb zuliebe eine große Show ab.

»Oh, in diesem Fall rufe ich gleich an.« Sie griff zum Hörer, zögerte kurz und legte wieder auf. Dann sah sie Bud an. »Vielleicht gehe ich besser selbst rein. Die Sitzung ist wirklich wichtig.«

Mühsam löste sie den Blick von Buds albernem Grinsen. Meine Miene schien sie weniger zu beeindrucken. »Könnten

Sie mir vielleicht erklären, worum es geht? Er wird mich ganz sicher danach fragen, er hat es nicht gern, wenn man ihn stört.«

Nun richteten sich ihre blauen Augen auf mich, ganz von Frau zu Frau, und ich entnahm ihnen laut und deutlich eine Botschaft: »Joseph Murphy kann ein richtiges Arschloch sein, und er wird mich in Grund und Boden stampfen, wenn ich ihn ohne sehr triftigen Grund aus einer wichtigen Sitzung mit dem Gouverneur hole.« Wie Sie sehen, bin ich ausgesprochen gut darin, die weibliche Geheimsprache der Blicke zu entschlüsseln.

»Wir übernehmen die volle Verantwortung, Ms Winters. Glauben Sie mir, er wird Ihnen keine Schwierigkeiten machen, wenn er hört, was wir ihm zu sagen haben. Wir müssen ihn wirklich so schnell wie möglich sprechen. Es ist eine persönliche Angelegenheit.«

»Ich verstehe.« Ihr Gesichtsausdruck verriet mir, dass sie mir zwar in Ansätzen glaubte, sich aber meiner Motive nicht sicher war. Wieder sah sie Bud an. Er nickte bestätigend, worauf sich ihre Schultern lockerten. »Brauchen Sie einen privaten Konferenzraum, wo sie ungestört mit ihm reden können?«

»Ja, Ma'am, das wäre eine sehr gute Idee.«

Debbie Winters lächelte Bud an. Sie hatte, wie ich zugeben musste, wirklich ein sehr hübsches Lächeln. Dann stand sie auf und schritt über den üppigen violett-roten Perserteppich ins Allerheiligste. Vermutlich brannten drinnen weiße Kerzen auf einem Altar in der Form des Staates Missouri. Bud beobachtete jede ihrer Bewegungen, bis die Tür leise hinter ihr ins Schloss gefallen war. Ich überließ ihn seinem Sehnen und sprach ihn erst an, als die Tür klickte und seine Augen nicht mehr glasig waren. Offenbar gefiel sie ihm wirklich.

»Gut, Bud. Das wird jetzt schwierig. Also überlass mir das Reden. Ich habe so einen Verdacht, dass der Typ ein echter Unsympath ist.«

Er merkte auf. »Was bringt dich denn auf den Gedanken?«

Verstehen Sie jetzt, was ich meine? Männern fehlt einfach

die kleine Antenne, die Frauen beim Umgang mit ihren Geschlechtsgenossinnen haben. Die blauäugige Debbie hatte mir eine Warnung zukommen lassen, und zwar eine mit dem Wortlaut: *JM mit Glacéhandschuhen anfassen, dann passiert niemandem etwas.* Das hatte ich deutlich gehört, und normalerweise nehme ich Botschaften wie diese ernst, bleibe brav stehen und schaue in beide Richtungen wie an einem Bahnübergang.

»Nur so eine Vermutung, Bud.«

Debbie kehrte mit Zornesröte im Gesicht zurück. Offenbar hatte sie sich schon im Voraus eine Standpauke eingefangen. Sie tat mir leid. »Folgen Sie mir, Detectives«, sagte sie.

Bud gehorchte mit feierlicher Miene, ich trottete hinter ihm her. Sie führte uns einen langen Flur hinunter, um die Ecke und dann über die Brücke zu Großmutters Häuschen. Vielleicht war Mikeys Dad Joseph ja der große böse Wolf. An einer hohen Tür aus Mahagoni blieb sie stehen und öffnete sie. Dahinter befand sich ein verhältnismäßig großer Raum mit einem langen, glänzenden Konferenztisch, ebenfalls aus Mahagoni. Der Tisch war mit einer Glasplatte versehen, und vor jedem der dreißig schwarzen Bürostühle aus Leder lagen ein kleiner Notizblock und Stifte. Die Wände waren in einem hellen Pfirsichton gestrichen, an der einen hingen zwei Plasmabildschirme mit einer Diagonale von fünfzig Zoll. Die andere Wand wurde von den Porträts früherer blasierter Politiker geziert. Obwohl die rotbraunen Vorhänge fest geschlossen waren, vermutete ich dank meiner geografischen Kenntnisse, dass der Raum Blick auf die Ostseite des Geländes hatte.

»Offenbar ist das der Pausenraum, wo alle Verwaltungsassistentinnen sich *Reich und schön* anschauen«, meinte ich zu Bud, nachdem Debbie eilig zu ihren Pflichten an der Wachstation zurückgekehrt war.

»Oder wo sie aushecken, wie sie uns zu Tode besteuern«, erwiderte Bud. »Ich hasse Steuern wie die Pest.« Bud hatte beim letzten Steuerbescheid nachzahlen müssen und es noch immer nicht verwunden.

»Du hättest mit deiner Steuererklärung zu Coffman and Company in Springfield gehen sollen, wie ich es dir gesagt habe. Ich habe diesmal sogar Geld zurückgekriegt. Black hat mir die Kanzlei empfohlen. Natürlich war bei ihm auch alles in Butter.«

»Nächstes Jahr mache ich das, ich schwöre. Ich werde die Unterlagen selbst hinbringen und sie auf Händen und Knien anflehen, mich als Klienten zu nehmen.«

»Das müsste genügen.«

Unsere spannende Steuerdebatte wurde dadurch unterbrochen, dass sich hinter uns die Tür zum Flur öffnete. Wir drehten uns beide um, um festzustellen, wer uns da Hallo sagen wollte. Der Mann, der hereinkam, war hoch gewachsen, dunkelhaarig, ja, sogar respekteinflößend. Nachdem er uns, wie ich feststellen muss, ziemlich streng gemustert hatte, schloss er die Tür. Dann sah er uns wieder finster an, und zwar die ganze Zeit, während er den Raum durchquerte. *Ja, schon verstanden. Du bist sauer. Wir haben es gewagt, einen wichtigen Mann zu stören, und werden nun mit verschärft unfreundlichem Blicken und hochgezogenen Augenbrauen bestraft.*

»Ich bin Joseph Murphy. Wie kann ich Ihnen helfen, Detectives? Da ich momentan sehr beschäftigt bin, kann ich Ihnen nicht viel meiner Zeit opfern.«

Das mochte durchaus sein, doch wenn mich nicht alles täuschte, würde ihm dieser Spruch ziemlich bald im Hals stecken bleiben. »Ich bin Detective Claire Morgan vom Sheriff's Department in Canton County, und das ist mein Partner Detective Bud Davis.«

»Wer Sie sind, weiß ich von Ms Winters.« Mr Murphy schüttelte uns nicht die Hand. Im nächsten Moment hielt er inne. Ja, natürlich, er hatte unsere Namen erkannt. Für einen arroganten Mistkerl war er ziemlich leicht durchschaubar. Er sah mich an. »Sie sind doch die Polizistin von drunten am See, die es immer wieder schafft, dem Tod von der Schippe zu springen?«

Nun, so kann man es auch ausdrücken. Natürlich ist das

nicht meine bevorzugte Personenbeschreibung, aber Schwamm drüber. Auch wenn er die Lage recht gut zusammengefasst hatte, teilte ich bereits Debbies stillschweigende Einschätzung dieses Witzbolds. Wenn Bud und ich uns auf einer traurigen Mission wie dieser befanden, bemühten wir uns so lange wie möglich um eine entspannte Atmosphäre, um nicht daran denken zu müssen, was uns bei der Begegnung mit den Eltern eines Mordopfers bevorstand. Doch nun waren wir hier, und ganz gleich, ob wir diesen Mann nun mochten oder nicht, war der Zeitpunkt gekommen, ernst zu werden und den nötigen Respekt an den Tag zu legen.

»Mr Murphy, vielleicht sollten Sie sich besser setzen. Ich fürchte, wir haben sehr schlechte Nachrichten.«

»Oh, mein Gott, ist etwas mit Mary Fern? Ist ihr etwas zugestoßen?«

Vermutlich war das der Name seiner bedauernswerten Gattin. »Es geht um Ihren Sohn Michael, Sir.«

»Mikey?« Seine besorgte Miene wurde rasch von Zorn abgelöst, so rasch, dass ich kaum noch mithalten konnte. »Was hat er denn jetzt schon wieder angestellt, verdammt?«

Eigentlich wollte er es nicht wirklich wissen. Er wollte auch nicht den erbosten Vater spielen. Nur, dass er das noch nicht ahnte.

»Warum setzen Sie sich nicht, Mr Murphy?«, schlug Bud vor.

»Ich will mich aber nicht setzen, verdammte Scheiße. Warum ist Mikey diesmal verhaftet worden? Los, raus mit der Sprache. Ich sagte doch schon, dass ich sehr beschäftigt bin.«

Oh, jetzt auch noch das böse S-Wort, und das in den geheiligten Hallen des Kapitols. Kurz starrte ich ihn entgeistert an. »Ihr Sohn ist tot, Mr Murphy«, sagte ich dann. »Wir haben ihn gestern Abend in Osage Beach an einem Brückenpfeiler hängend aufgefunden. Bis jetzt müssen wir davon ausgehen, dass er sich das Leben genommen hat. Es tut mir sehr leid.«

Murphy erwiderte erst eine, dann zwei Sekunden meinen Blick und sah dann Bud an, der nickte. Murphy schüttelte langsam den Kopf. »Was reden Sie da? Mikey ist nicht tot. Nein, ich glaube Ihnen kein Wort.«

»Mir ist klar, dass es ein ziemlicher Schock sein muss, Sir«, erwiderte ich. »Bitte setzen Sie sich. Dann erzählen wir Ihnen, was wir über den Tod Ihres Sohnes wissen.«

»Mikey ist nicht tot. Er kann nicht tot sein.«

Bud und ich betrachteten ihn. Wir hatten diese Prozedur schon öfter hinter uns gebracht, als uns lieb war. Schweigend beobachteten wir, wie sich die schreckliche Erkenntnis und Entsetzen in seinen dunklen Augen malten. Beim Anblick des tiefen Schmerzes in seinem faltigen und stark sonnengebräunten Gesicht zuckte ich zusammen. Wie gut erinnerte ich mich noch an den Tag, die Stunde, den schwersten Moment meines ganzen Lebens, als ich in einer Notaufnahme in Los Angeles gestanden hatte. Gerade hatte man mir eine ähnliche Nachricht überbracht, die meinen kleinen Sohn Zachary betraf. Ich schluckte, spürte, wie sich meine Bauchmuskeln verkrampften, und drängte die Trauer gewaltsam zurück, ganz tief in eine muffige, düstere Ecke meines Verstandes, wo ich sie wegsperrte, wie ich es im Laufe der Jahre gelernt hatte. Ich wusste genau, was Joseph Murphy empfand, wollte jedoch weder daran denken, noch es wieder durchleben.

Ich sah zu, wie er auf dem ebenfalls teuren Orientteppich, diesmal blau, tannengrün und ockerfarben gemustert, neben dem Tisch auf die Knie fiel. Blasiertheit und Arroganz waren auf einmal fort, entwichen wie die Luft aus einer Luftmatratze mit Loch. Es war der größte Verlust im Leben, ein Schrecken, der niemals endet. Ein Stöhnen stieg tief aus seiner Kehle auf, ein schreckliches Würgen, worauf Bud mir einen ratlosen Blick zuwarf. Ich hatte keine Ahnung, was wir tun sollten. Allerdings machte keiner von uns Anstalten, ihn zu berühren oder ihm tröstend die Hand auf die Schulter zu legen, wie wir es manchmal in anderen Fällen taten.

»Oh, mein Gott, mein Gott, mein Gott«, schluchzte Murphy. Inzwischen war seine Stimme lauter, auch wenn man ihn kaum noch verstehen konnte. Und im nächsten Moment brach er verzweifelt in Tränen aus. Seine herrische Fassade war in sich zusammengestürzt, sein Verstand von der Wucht des Undenkbaren aus der Bahn geworfen. Das wusste ich, das wusste ich nur zu gut.

»Bitte nehmen Sie Platz, Mr Murphy«, sagte ich. »Ich kann mir vorstellen, wie schrecklich es für Sie sein muss.«

Offenbar hatte Murphy mich verstanden, denn es gelang ihm, sich auf den nächstbesten Stuhl zu hieven. Er verschränkte die Arme auf dem Tisch, ließ den Kopf darauf sinken und weinte wie ein vernachlässigtes Baby. Verlegen warteten wir darauf, dass er sich wieder beruhigte.

Allerdings kam Murphy nicht so schnell über den Schock hinweg, und er lebte seine Trauer in voller Lautstärke aus.

»Was halten Sie davon, wenn ich Ihnen ein Glas Wasser oder einen Kaffee hole, Sir?«, schlug Bud nach etwa zehn Minuten ruhig vor. »Vielleicht hilft das ja ein bisschen.«

Murphy blickte auf. Inzwischen war sein Gesicht blass und fleckig. Wieder schüttelte er ein paarmal den Kopf. Sein akkurat gestutztes hellbraunes Haar saß nun nicht mehr makellos. Die Brille mit Goldrand lag achtlos auf dem Tisch. Sein Leben war zerstört. Endlich wischte er sich mit dem gestärkten weißen Taschentuch aus der Brusttasche seines marineblauen Anzugs das nasse Gesicht ab. »O Gott, nein, sagten Sie, es sei Selbstmord? Mikey hat Selbstmord begangen? O Gott.«

»Es scheint sich so zu verhalten, Sir. Allerdings haben wir gerade erst mit den Ermittlungen begonnen. Es besteht auch die Möglichkeit, dass sich der Tod Ihres Sohnes als Tötungsdelikt erweist. Einzelheiten können wir Ihnen jedoch erst mitteilen, wenn alle Beweise sichergestellt und von der Rechtsmedizin ausgewertet wurden, was in diesen Minuten geschieht.«

Murphy holte einige Male tief Luft, aber es schien nicht viel zu nützen. Seine Hände zitterten, sein Körper auf dem Stuhl wirkte zusammengesackt, und er rang weiter um Fassung. »O mein Gott, das ist unmöglich. Das kann nicht sein.«

Wir alle drehten uns um, als sich eine Tür am anderen Ende des Raums öffnete und der ehrenwerte Gouverneur Edward Stanton höchstpersönlich erschien. Er war ein würdig aussehender Herr Anfang fünfzig, der die letzte Wahl mit erdrutschartigen siebzig Prozent der Stimmen gewonnen hatte. Ich hatte ihn nicht gewählt, weil er mir zu schmierig und selbstgerecht war. Bud auch nicht, aber der hatte die Wahl schlichtweg verschwitzt.

Stanton war laut Black, der ihn angeblich persönlich kannte, der Inbegriff eines Politikers. Heute trug er einen grauen Nadelstreifenanzug, ein weißes Hemd und die obligatorische amerikanische Flagge am Revers, wie Barack Obama es sich auch zähneknirschend angewöhnt hatte. Seine Augen waren kohlschwarz und funkelten eindringlich. Sein Haar wurde an den Schläfen grau. Vielleicht ließ er es ja auch bei einem teuren Friseur bleichen, um älter und weiser zu wirken. Allerdings konnte mein Eindruck von ihm auch Ergebnis meines ausgeprägten und tief sitzenden Argwohns und/oder Widerwillens gegenüber allen Politikern sein, ganz gleich welcher Couleur.

Eddie-Boy zeigte im Fernsehen stets ein strahlendes freundliches Lächeln, doch jetzt lächelte er nicht. Hoch gewachsen, schlank und sehr sportlich für sein Alter, marschierte er durch den Raum auf uns zu. Ich hätte jede Wette abgeschlossen, dass er Golf spielte und ansonsten in seinem Ferienhaus in Vermont Dinge wie Langlauf trieb. Sein Blick galt einzig seinem erschütterten Berater. »Joseph? Was ist? Was zum Teufel ist hier los?«

Murphy rang dem großen Boss zuliebe um Beherrschung. Als ihm das nicht gelang, sah er mich aus tränenfeuchten traurigen Augen an. Ich verstand die Botschaft.

Ich ergriff das Wort. »Gouverneur Stanton, Mr Murphy hat gerade eine sehr schlechte private Nachricht erhalten.«

»Und Sie sind?«

Aha, nun wusste ich, woher Debbie Winters den Spruch hatte. »Wir sind Detectives aus Canton County in Lake of the Ozarks. Ich heiße Claire Morgan, und das ist Bud Davis.«

»Sie sind also Nick Blacks Mädchen.«

Mist, das gefiel mir überhaupt nicht. Ich war nicht das Mädchen von irgendjemandem. Genau genommen war ich überhaupt kein Mädchen, sondern eine Frau und darüber hinaus Polizistin. Außerdem hatte der Satz bei ihm etwas Herablassendes. Ein Blick verriet mir, dass Murphy wieder in Tränen ausgebrochen war. Da Bud schwieg, musste ich wohl oder übel ran, und zwar trotz dieser ziemlich beleidigenden und sexistischen Bemerkung. »Mr Murphys Sohn Michael Murphy wurde an der Grand Glaize Bridge in Osage Beach tot aufgefunden«, erklärte ich. »Offenbar handelt es sich um Selbstmord.«

Der Gouverneur fuhr zurück. »Oh, mein Gott. Joseph, das tut mir so leid.«

In den nächsten Minuten machte der Gouverneur ganz den Eindruck eines netten Kerls. Zumindest hatte er keine Probleme damit, einen trauernden Mitarbeiter anzufassen, und legte seinem Freund den Arm um die bebenden Schultern. »Oh, Joseph, das ist ja entsetzlich.«

Ja, das brachte es ziemlich treffend auf den Punkt.

»Sie müssen sofort nach Hause fahren, um bei Ihrer Familie zu sein. Wir kommen hier schon zurecht, keine Sorge. Weiß Mary Fern schon Bescheid?«

Murphy stöhnte nur etwas und sah wieder mich an. Allmählich fühlte ich mich wie die Puppe eines Bauchredners.

»Mr Murphys Haushälterin hat uns mitgeteilt, seine Frau sei zum Einkaufen nach Kansas City geflogen. Sie wird jeden Moment zurückerwartet. Wenn Sie möchten, können wir sie anrufen, Mr Murphy. Doch ich dachte, Sie wollten Ihre Familie lieber selbst informieren.«

»Ja, o ja, vielen Dank, Detective, das werde ich. Ich muss wohl. O Gott, ich muss es ihr selbst sagen.«

»Joseph, hören Sie«, mischte sich der Gouverneur ein. »Sie müssen jetzt sofort nach Hause. Ich lasse meine Limousine vorfahren. Vielleicht können die Officers Sie ja begleiten?« Er sah mich, um Bestätigung heischend, an.

»Ja, Sir. Das tun wir gern. Doch ich fürchte, wir müssen beiden Eltern ein paar Fragen stellen.«

Der Gouverneur verzog zwar unwillig das Gesicht, verbot es aber nicht. Sein Glück.

»Ja, ja, ich nehme die Limousine. Ich brauche einen Moment allein, um mich wieder zu fassen, bevor ich meiner Familie gegenübertrete. Oh, wie soll ich es ihr nur erklären? Und den Kindern? Alle werden zu Hause sein. Oh, mein Gott, ich kann ihnen doch nicht sagen, dass Mikey tot ist. Das werden sie nicht verkraften.« Seine Stimme war lauter und lauter und dabei merklich schriller geworden und verebbte schließlich in einem hilflosen Aufstöhnen.

Endlich fand Bud die Sprache wieder. »Wir begleiten Sie gerne nach Hause, Sir. Und wir bringen es Ihrer Frau bei, wenn Sie sich nicht dazu in der Lage fühlen. Tut mir leid, Sir, aber wir werden auch ihr einige Fragen stellen müssen. Natürlich erst, wenn Sie sich wieder gefangen haben.«

»O ja, bitte helfen Sie mir. Ich weiß nicht, was sie sonst tut.«

Anscheinend war Joseph Murphy doch nicht das befehlsgewohnte Alphamännchen, für das ihn alle hielten, denn im Moment zeigte er sich nicht gerade von seiner mutigsten Seite. Aber wer konnte es ihm zum Vorwurf machen? Schließlich hatte er gerade seinen Sohn verloren. Das Loch in seinem Herzen würde sich nie wieder schließen und ihn für den Rest seines Lebens, tief und klaffend, begleiten.

Gouverneur Stanton wandte sich wieder an uns. Er war eine Führungspersönlichkeit. Selbst ich spürte seine Präsenz, und dabei hatte ich ihn nicht einmal gewählt. »Ja, Officers, seien Sie bitte so gut und sorgen Sie dafür, dass Joseph wohlbehalten nach Hause kommt. Ich wäre Ihnen sehr dankbar.« Er wandte den Blick von Bud ab und sah mir unverwandt in die Augen. »Joseph ist nicht er selbst.«

Ach nein, Sherlock, dachte ich. »Ja, Sir«, lautete meine Antwort.

Wir wandten uns zum Gehen. Der Gouverneur begleitete

uns, ganz höflicher Gentleman, zur Tür. »In den letzten Jahren hatte er große Schwierigkeiten wegen Mikey. Er ist ein guter Mensch, doch er steht derzeit unter großem Druck. Bei ihm hängt alles am seidenen Faden.«

Ich fand das Sprachbild in Anbetracht der Umstände nicht sehr passend, doch andererseits ahnte Gouveneur Stanton ja noch nicht, dass Mikey am Ende eines Seils baumelnd aufgefunden worden war. Und wenn der Gouverneur und Joseph erst erfuhren, was ihr kleiner Mikey für uns im Backrohr hinterlassen hatte, würden sie erst recht anfangen, an der Welt zu zweifeln.

## *Mein Name ist Trouble*

Wie sich herausstellte, war es in der Klapse recht nett. Die Klinik lag draußen im Wald, also mitten in der Einöde, umgeben von sanft geschwungenen grünen Wiesen und dicht belaubten Gruppen von Zedern, Tannen und gewaltigen amerikanischen Weißeichen und Eichen. Auch was die Sportmöglichkeiten für die Patienten anging, hatte sein Dad recht gehabt. Den Jugendlichen stand beinahe jede Sportart und Freizeitaktivität zur Verfügung. Bald würde er als der beste Sportler in dem verdammten Laden gelten. Und es würde sicher nicht lange dauern, bis ihn alle anderen bewunderten und seine Freunde würden sein wollen. Es war ihm nie schwergefallen, seine Mitmenschen nach seiner Pfeife tanzen zu lassen. Nein, er war ein wahrer Meister der Manipulation und hatte Spaß daran, ihnen alle möglichen Dinge einzureden. Und dann hatte er auch noch das Riesenglück gehabt, das absolute Idealopfer vorzufinden, und zwar in Gestalt seines neuen Zimmergenossen, ein magerer Junge, der aussah, wie aus dem Film *Die Rache der Eierköpfe* entstiegen.

»Ach, hallo«, sagte sein Mitbewohner. Er lag rücklings und auf einige rotweiß gestreifte Kissen gestützt auf dem Bett, setzte sich nicht auf, sondern drehte nur den Kopf in Richtung des Neuankömmlings.

»Hallo«, erwiderte der Junge. Höflich und mit der typischen Verlegenheit zweier wildfremder Menschen, die plötzlich zum Zusammenleben vergattert worden sind, stellten sie sich mit einem schüchternen Grinsen einander vor.

»Das ist mein echter Name«, fügte sein Zimmergenosse hinzu. »Aber alle hier nennen mich Buddy. Viele hier haben falsche Namen, weil wir nicht wollen, dass jemand weiß, wer wir wirklich sind.«

Das kam dem Jungen komisch vor. War es denn nicht Ziel der Ärzte, jeden dazu zu bringen, in seiner eigenen Haut zu leben? »Echt? Das ist aber ganz schön schräg«, antwortete er. »Doch wenn du willst, nenne ich dich eben Buddy.«

Der Junge schaute sich um und betrachtete das Bett gegenüber von Buddys. Es war ein verhältnismäßig großes Zimmer, wenn auch kleiner als seines zu Hause. Überall hingen dämliche Motivationssprüche in Bilderrahmen herum. HARTE ARBEIT LOHNT SICH, hieß es da zum Beispiel. Klar, dachte der Junge, solange man sie von anderen Leuten erledigen ließ. ERFOLG IST 10 % INSPIRATION und 90 % TRANSPIRATION, lautete der Spruch über der Tür. Bis jetzt hatte der Junge stets den Eindruck gehabt, dass genau das Gegenteil zutraf.

»Warum bist du hier drin?«, fragte Buddy und fügte im nächsten Moment rasch hinzu: »Du brauchst es mir nicht zu sagen, wenn du nicht möchtest.«

»Schon gut. Schließlich ist allgemein bekannt, dass meine Familie glaubt, dass ich durchgeknallt bin und mich früher oder später umbringen werde, wenn die Docs meinen Kopf nicht in Ordnung kriegen.«

»Ach, das kenne ich, klingt genau wie bei mir.«

»Ich habe gesehen, wie meine Mom Selbstmord begangen hat«, sprach der Junge weiter, neugierig, ob Buddy schockiert reagieren würde. Er beobachtete sein Gegenüber aufmerksam, um festzustellen, welche Gefühle seine Bemerkung wohl ausgelöst hatte. Doch da waren keine. Oder er konnte sie zumindest nicht wahrnehmen.

»Mann, das ist hart«, entgegnete Buddy nach einer Weile feierlich. »Ich wette, das war ganz schön brutal für dich.«

Der Junge nickte. »Ja, es war schlimm. Sie ist von einem Bergpfad gesprungen und vor meinen Augen gestorben. Beinahe hätte sie noch meine kleine Schwester mitgenommen.«

Buddy verzog entsetzt das Gesicht. »Voll krass, Mann.«

»Ja, aber ich habe es geschafft, das Baby zu retten. Mom hatte es in einer Trageschlinge, doch ich habe es gerade noch rausziehen können, bevor sie gesprungen ist. Das Baby ist erst ein paar Monate alt, und sie hat es noch gestillt. Jetzt kriegt es das Fläschchen. Meine Tante kümmert sich darum.«

»Du hast offenbar keine Probleme, darüber zu reden.«

»Nein. Und du?«

»Ich glaube schon. Das ist bei den meisten hier drin so.«

»Aber du musst mir erzählen, warum du hier bist. Das habe ich schließlich auch getan.«

»Meine Schwester ist vor ein paar Jahren gestorben. Jetzt muss ich dauernd daran denken. Ständig denke ich daran, wie sie bei der Beerdigung steif und weiß in der kleinen Kiste lag.«

»Was war denn mit ihr?«

»Ich will nicht mehr darüber sprechen.«

»Okay, schon gut. Ich wollte nur nett sein.«

Im nächsten Moment drehte Buddy sich zur Wand um und zeigte seinem neuen Mitbewohner die kalte Schulter. Also fing der Junge an, seine Sachen auszupacken und sie in den Schubladen unter seinem Bett zu verstauen. Er hätte lieber das andere Bett gehabt, weil es auf ein Fenster zeigte, vor dem einige dicke Baumäste zu sehen waren. Der Baum stand so nah am Gebäude, dass er vielleicht eine prima Möglichkeit bot, sich nötigenfalls unbemerkt zu verdrücken. Doch das war nicht weiter schlimm. Vermutlich würde er Buddy bald überredet haben, sein Bett aufzugeben. Buddy schien ein Waschlappen und Feigling zu sein. Jetzt weinte er sogar und versuchte, es zu verheimlichen, indem er in sein Kissen hineinschluchzte. Herrje, was für ein Weichei. Und dabei hatte er ihm noch nicht einmal erzählt, woran seine Schwester gestorben war. Manche Leute hatten einfach kein Rückgrat. Der Junge fragte sich, was wohl hinter dem Tod von Buddys Schwester steckte. Es musste ziemlich horrormäßig gewesen sein, sogar noch schlimmer als Lylas Schicksal. Er konnte es kaum erwarten, alles zu erfahren. Vielleicht würde ja in den bescheuerten Gruppentherapiesitzungen, an denen sie teilnehmen mussten, etwas ans Licht kommen.

»Hey, Buddy. Ich habe eine Schachtel Schoko-Kirschen da. Magst du welche?«

Der Junge wartete ab. Er wusste, dass Buddy zugreifen würde. Er hatte nämlich einen kleinen Bauchansatz. Deshalb war er bereits zu dem Schluss gekommen, dass der Weg zu Buddys Herzen durch seinen Magen führte, und es dauerte keine zwei Minuten, bis sich seine Theorie bestätigte.

Buddy wälzte sich herum, legte sich auf die Seite und blickte den Jungen an. Seine Augen waren feucht und gerötet. »Ich steh total auf die Dinger.«

»Ich auch. Hier, nimm eins, dann fühlst du dich gleich besser. Nimm so viel, wie du willst, Buddy. Mein Dad schickt mir sofort Nachschub, wenn ich ihn darum bitte. Er hat ein echt schlechtes Gewissen, weil ich meine Mom sterben gesehen habe und so. Also bekomme ich von ihm, was ich will.«

»Mein Dad sagt nur, dass ich mit dem Rumspinnen aufhören und endlich wieder normal werden soll.«

Der Junge ging zu Buddys Bett hinüber und hielt ihm die Süßigkeiten hin. »Hier, Buddy, bedien dich.«

Buddy pflückte drei aus den Vertiefungen in der Plastikfolie, die ein Herumrollen der Kirschen verhinderten.

»Offenbar kommst du mit deinem Dad nicht gut klar, was, Buddy?«

»Nein. Er will, dass ich Football und Baseball spiele, und so. Aber mir macht das Orchester mehr Spaß. Ich spiele Rührtrommel, und zwar ziemlich gut. Aber er hat gedroht, alle würden Orchesterschwuchtel zu mir sagen, wenn ich da mitmache.«

»Und hast du es trotzdem gemacht?«

Buddy nickte. Dabei kaute er auf einer Schoko-Kirsche herum, als hätte er noch nie etwas so Leckeres gegessen. »Ja, ich bin sofort in die erste Besetzung gekommen, obwohl da noch ältere Kids waren. Unser Dirigent findet, dass ich wirklich gut bin. Er sagt, ich beherrsche die Kadenzen perfekt.«

»Und haben die anderen dich Orchesterschwuchtel genannt, wie dein Dad gedroht hat?«

»Ja.«

Er lachte über Buddys Gesichtsausdruck. Buddy wirkte ein wenig überrascht, fing dann aber auch unsicher zu grinsen an.

»Zerbrich dir nicht den Kopf über die Idioten zu Hause, Buddy. Wenn du weiterübst, kannst du irgendwann so berühmt werden wie Ringo Starr von den Beatles. Und was wird aus diesen bescheuerten Football-Spielern? Nichts. Nur dicke, fette Ex-Sportler und Verlierer, die nichts anderes können, als andere Leute herumzuschubsen, wenn der Schiedsrichter pfeift.«

Buddy setzte sich auf. Sein Lächeln war zwar noch zögerlich, wirkte aber sehr zufrieden. »Ja, das gleiche habe ich mir auch immer über die doofen Sportlertypen gedacht.«

»Hast du deinem Dad das erklärt?«

»Nein. Der hört mir sowieso nicht zu. Er war damals in unserer Highschool ein großer Star und hat viele Punkte gemacht.«

»Und was tut er heute?«

»Er ist Mechaniker in der Shell-Tankstelle bei uns zu Hause.«

»Ha, ein Mechaniker also. Wette, der wurde noch nie in die *Jay-Lenno-Show* eingeladen, oder?«

Buddy lachte. »Nein. Manchmal singt er Karaoke in einer Kneipe in der Fifth Street, aber er klingt miserabel. Sein Lieblingslied ist ›Born to Be Wild‹. Er hatte nicht einmal die Kohle, um mich hierher zu schicken. Oma musste bezahlen.«

»Verstehst du, was ich meine? Niemand wird sich an einen Typen wie ihn erinnern. Aber nimm einen echt guten Musiker wie dich. Du kannst überall auftreten und berühmt werden. Die Leute werden Eintritt bezahlen, um dich trommeln zu hören.«

»Genau davon träume ich, ja.«

»Weißt du was, Buddy? Ich helfe dir. Mein Dad hat gute Beziehungen. Vielleicht kann ich dir eine Auftrittsmöglichkeit bei einer richtigen Band besorgen, wenn du ein bisschen älter bist.«

»Denkst du, das klappt wirklich?«

»Klar klappt das. Halt dich einfach an mich, Buddy, dann werden wir zusammen weit rumkommen. Wenn wir erst aus diesem Laden hier raus sind, können wir viel Spaß haben.«

Buddy steckte noch eine Schoko-Kirsche in den Mund und kaute kräftig. Doch da er dabei breit grinste, rann ihm ein wenig Cremefüllung aus dem Mund und das Kinn hinunter. Immer noch lächelnd, leckte er sie ab.

Ja, dachte der Junge. Wenn alle hier so leicht rumzukriegen waren, würde es ihm sehr gefallen.

Ein paar Stunden später gingen die beiden Zimmergenossen einen langen, mit Teppichboden belegten Flur hinunter.

»Ist das mit der Therapie sehr schlimm?«, fragte er Buddy.

»Nein, eigentlich nicht«, antwortete Buddy. »Die Docs beobachten einen, als wäre man eine tickende Zeitbombe, aber sonst passiert hier nicht viel.«

»So wie einen brennenden Chinaböller am 4. Juli, was?«

»Ja, genau so behandeln sie uns. Wenn sie das tun, schaue ich einfach weg und halte den Mund. Ich traue denen nicht. Bestimmt erzählen die alles, was ich sage, meinem Dad weiter.«

»Vielleicht solltest du reden. Einfach aussprechen, was dir so einfällt. Dann geht es dir möglicherweise besser. Ich glaube, so werde ich es machen.«

»Ich rede nicht gerne vor vielen Leuten.« An einer dunkelgrünen Tür blieb Buddy stehen und klopfte an, anstatt einfach hineinzugehen. »Eintreten!«, rief eine Stimme von innen.

Der Junge fand es ziemlich komisch, so etwas zu rufen und nicht etwa »herein« zu sagen oder aufzustehen und die Tür zu öffnen. Buddy hielt sie ihm auf und ließ ihm den Vortritt. Die ganze Therapiegruppe war bereits da und saß auf schwarzen Metallstühlen im Kreis. Als der Junge rasch nachzählte, stellte er fest, dass es zwölf Jugendliche waren, acht Mädchen und vier Jungen. Sofort hielt er Ausschau nach der Hübschesten.

»Ach, da seid ihr ja, Jungs. Vermutlich hat Buddy dich schon ein wenig herumgeführt«, wandte sich der Arzt an ihn und erhob sich. Er war viel jünger, als der Junge erwartet hatte. Und auch viel jünger als die Ärzte im Krankenhaus, die ihn hierher geschickt hatten. Er trug ein weißes T-Shirt, Jeans und eine große schwarze Sonnenbrille und sah aus wie ein alter Knacker der einen auf jung macht. Doch den Jungen konnte er damit keine Sekunde täuschen. Er stellte sich vor und machte den Jungen dann mit der übrigen Gruppe bekannt.

»Nehmt Platz, Jungs. Wir fangen gerade mit dem Stuhlkreis an. Jeder soll erzählen, wie er sich heute Morgen beim Aufwachen gefühlt hat. Also das erste, was ihm so durch den Kopf gegangen ist. Nur so zum Spaß.«

*Ja, schon gut,* dachte der Junge, *nur zum Spaß. Hält der Typ uns für bescheuert?* Er setzte sich neben eine attraktive Asiatin, bei Weitem das hübscheste Mädchen und außerdem unbeschreiblich zierlich. Er fand sie scharf und konnte sich gut vorstellen, mit ihr Sex zu haben. Außerdem fragte er sich, ob sie noch Jungfrau war und ob es wohl schwierig sein würde, ihr an die Wäsche zu gehen. Der bloße Gedanke erregte ihn ein wenig, und er lächelte ihr zu.

Sie hatte sehr lange schwarze Haare, die sie hinter die Ohren zurückgeschoben trug. Die Augen hielt sie zwar gesenkt, doch sie beobachtete ihn aus dem Augenwinkel durch lange schwarze Wimpern. Bekleidet war sie mit weißen Shorts, die dicht oberhalb des Knies endeten, und ihm gefiel die Farbe ihrer Beine. Außerdem hatte sie weiße Sandalen mit einer glänzenden Silberborte an. Ihre Zehennägel waren schwarz lackiert. Ihre Fingernägel auch.

Die Mitglieder der Runde erstatteten einer nach dem anderen Bericht. Die meisten sagten, sie hätten beim Aufwachen gar nichts empfunden. Einige meinten, sie wären zum Denken viel zu verschlafen gewesen. Der Junge hätte beinahe laut gelacht, weil diese Übung des Seelenklempners sich derart als Pleite entpuppte. Sollte das etwa eine Therapie sein? Bei Mr Cool wirkte sie jedenfalls nicht. Also beschloss er, ein bisschen Leben in die Bude zu bringen.

Als er an der Reihe war, sah der Arzt ihn freundlich an und legte ihm sogar die Hand auf die Schulter, damit er sich willkommen und gut aufgehoben fühlte. »Und was ist mit dir? Übrigens ist hier niemand gezwungen, seinen echten Namen zu verwenden, wenn er das nicht möchte. Die Entscheidung liegt ganz bei dir. Wir schützen hier die Privatsphäre unserer Patienten so gut wie möglich. Natürlich kannst du ihn uns auch sagen, wenn du willst. Oder du erfindest einfach einen, falls du dich damit wohler fühlst. Das ist deine Sache.«

»Gut, okay. Mein Name ist Trouble, weil ich schon immer Ärger gemacht habe. Aber ihr könnt mich einfach Tee nennen.«

Totenstille. Der Junge hatte geglaubt, dass ihm das ein paar Lacher einbringen würde. Doch niemand lächelte auch nur. Mein Gott, was für ein Haufen Vollpfosten.

»Dann also Trouble, Abkürzung Tee. Hoffentlich ist der Name bei dir nicht Programm.«

Wieder keine Reaktion. Offenbar fand die Gruppe den Arzt auch nicht komisch.

»Was hast du heute Morgen gefühlt, als du die Augen aufgemacht hast, Tee?«

Offenbar musste er schärfere Geschütze auffahren, um diese Leute endlich aus der Reserve zu locken. »Nun, Doc, als ich heute Morgen aufgewacht bin, habe ich als erstes den Kopf meiner Mom vor Augen gehabt, wie er aufgeplatzt unten am

Abhang auf den Felsen lag. Er sah aus wie eine Melone, die auf der Straße vom Lastwagen gefallen ist.«

Schweigen.

Der Arzt schlug die Beine übereinander. »Aha«, entgegnete er wie aus der Pistole geschossen. »Das war sicher sehr schmerzlich für dich, so früh am Morgen.«

»Ja, das war es. Ich habe sogar Lust bekommen, noch einen Selbstmordversuch zu unternehmen. Wissen Sie, ich habe da so ein kleines Taschenmesser. Also habe ich es rausgeholt und die Klinge hier gegen mein Handgelenk gehalten.« Er zeigte mit dem Finger auf die Stelle. »Sehen Sie, da wo es vom letzten Mal noch nicht richtig abgeheilt ist. Doch mein Dad kam rein und hat mich rechtzeitig daran gehindert. Schade, sonst würde ich jetzt im Leichenschauhaus liegen anstatt hier große Reden schwingen zu müssen.«

Im ersten Moment sagte niemand ein Wort. Doch dann ergriff ein großer, schlaksiger Junge das Wort, auf dessen T-Shirt die Punkband Good Charlotte prangte. »Schwachsinn«, meinte er. »Du willst mit deiner dämlichen Lügengeschichte nur im Mittelpunkt stehen.«

»Genau«, stimmte die scharfe Asiatin neben ihm zu. »Du hältst dich wohl für einen ganz tollen Hecht.«

»Was hast du denn gedacht?«, entgegnete Tee.

Das brachte ihm ein wenig Gekicher aus der Runde ein. Er grinste. Offenbar würde er doch ein paar von ihnen auf seine Seite ziehen können. Allerdings – Überraschung! – entpuppte sich seine Stippvisite in der Klapse als unerwartete Herausforderung. Anscheinend gab es hier noch andere Jugendliche, die nicht auf den Kopf gefallen waren. Sie waren zu klug, um mit der Herde mitzulaufen und zu Schulbällen oder ins Kino gehen, im Auto herumfahren oder sonst irgendwelchen Mist machen zu wollen. Vielleicht würde er sogar jemanden hier sympathisch finden. Das wäre eine Premiere gewesen. Doch womöglich war ein Psycho eben des anderen bester Freund. Das würde er bald sehen.

»Möchte sonst noch jemand etwas zu Tees Beitrag sagen?«, meinte der Arzt. »Bitte nennt eure Namen, damit Tee sich besser an euch erinnert.«

»Klar«, erwiderte ein Junge, der angezogen war wie ein Spießer und ein weißes Hemd mit geknöpftem Kragen und eine schwarze Stoffhose trug. Er sah aus, als käme er gerade von einer Beerdigung und hätte nur das Sakko ausgezogen. »Ich heiße Moses und denke, dass Tee zu Gott finden sollte, damit er es nicht mehr nötig hat, uns mit seinen albernen und unreifen Lügen zu beeindrucken.«

Tee musterte Moses. »Weshalb bist du hier? Weil du versucht hast, Weihwasser zu teilen?«

Das löste allgemeines Gelächter aus, und der Spießer, alias Moses, entgegnete: »Das ist überhaupt nicht komisch, sondern Gotteslästerung.« Dann sah er sich um Zustimmung heischend um, bekam aber keine. Die anderen Jugendlichen starrten Tee nur an, wirkten jedoch interessiert. Vermutlich hatte die Gruppe schon seit Monaten nicht mehr so etwas Aufregendes erlebt.

»Spielt hier jemand Basketball?«, erkundigte sich Tee und betrachtete seine Mitpatienten.

»Ich«, sagte das kleine Porzellanpüppchen neben ihm. Einige andere bejahten ebenfalls.

»Du bist zu klein, um gut zu sein«, verkündete Tee.

»Schon mal was von der Drei-Punkte-Linie gehört?«

»Ich habe in jeder Mannschaft, in der ich gespielt habe, die meisten Punkte gemacht.«

»Ich auch.«

Tee musterte sie mit neuem Respekt. Ja, er würde sie durchvögeln. Und wenn sie nicht wollte, würde er sie eben zwingen. Er war groß und stark genug, um es ihr selbst gegen ihren Willen zu besorgen.

»Weißt du, Tee, das ist gar keine so schlechte Idee. Vielleicht gründen wir ja eine kleine Mannschaft«, schlug der Arzt vor. »Nur zum Spaß. Die Sporthalle ist jeden Abend offen. Bewegung wird der Gruppe guttun.«

»Du bist ein toter Mann, Mr Tee«, sagte das Mädchen.

Der Spruch mit Mr Tee schmeckte ihm gar nicht, denn er hatte Wiederholungen von *Das A-Team* gesehen. Doch das kecke Mädchen gefiel ihm. »Du bist zu hübsch für eine Basketballerin«, erwiderte er und schenkte ihr sein charmantestes Lächeln.

»Und du bist blöd und beschränkt«, gab sie mit einem verächtlichen Blick zurück.

»Was habe ich denn Falsches gesagt?«

»Du bist einfach nur ein Vollidiot. Bitte setz dich nicht mehr neben mich. Du kotzt mich an.«

»Lotus, sei freundlich«, unterbrach der Arzt. »Tee ist neu bei uns. Wir sollten ihn willkommen heißen und dafür sorgen, dass er sich hier wohlfühlt.«

»Ach, ja? Vielleicht schenke ich ihm als Willkommensgeschenk in der Klapse ja ein größeres, schärferes Messer.«

Tee fand sie immer anziehender. Sehr sogar. Er konnte es kaum erwarten, sie festzuhalten und sie mit Gewalt zu nehmen.

## *Sieben*

»Na, schau mal einer an, Claire. Offenbar wohnt unser lieber Mr Murphy in einer Kopie vom Weißen Haus.«

Ich musste Buds Urteil über das Anwesen – oder die Villa, wenn man Haushälterinnen-Sprech bevorzugte – voll und ganz zustimmen. Wir folgten der schwarzen Limousine des Gouverneurs durch ein verschnörkeltes, von Spitzen gekröntes schmiedeeisernes Tor, das entweder vom Haus aus oder mit den Fernbedienungen der Familienmitglieder geöffnet werden musste, und fuhren eine geschwungene, schwarz geteerte Auffahrt entlang. Links von uns auf einem Hügel erhob sich die Residenz der Murphys, alias Schloss Versailles, aus einem perfekt gepflegten jadegrünen Rasen. Oh, ja, der alte Joseph und seine Sippe erstickten im Geld, daran bestand kein Zweifel.

»Meinst du, die lassen uns ohne einen dämlichen Frack überhaupt rein?«, fragte Bud. »Die Bude sieht aus, als könnte sie Nick Black gehören«, fügte er hinzu.

»Er ist zwar reich, aber er protzt nicht damit. Außerdem bewohnt er hauptsächlich die Penthäuser in seinen Hotels.«

»Ach, der Arme muss sich mit dem Penthaus begnügen.«

Da Bud mich nur auf den Arm nehmen wollte, ließ ich ihn gewähren.

»Das sieht mir nicht nach der Familie eines Selbstmörders aus, der seine Freundin in den Backofen steckt.«

Meine Bemerkung hing zwischen uns in der Luft. Wir konnten beide nicht darüber grinsen. Nein, ich hatte sogar noch den Geruch nach verbranntem Fleisch in der Nase, den ich unbedingt aus meinem Gedächtnis vertreiben musste. Wieder einmal beschloss ich, nie mehr einen Braten zuzubereiten, ganz gleich welcher Art, nicht, dass ich das je getan hatte. Ich fragte mich, was für ein Wahnsinniger nur zu einer derart unmenschlichen Tat fähig war. Oder war es ein schrecklicher Unfall gewesen? Das arme Mädchen dröhnt sich mit Drogen zu, klettert aus unbekannten Gründen ins Backrohr, und jemand hat versehentlich die Zeitschaltuhr angelassen. Was für ein Pech auch. Nur, dass mir mein Riecher etwas anderes sagte. Völlig ausgeschlossen. Aber was hatte sie, verdammt noch mal, in diesem Ofen gewollt? Vermutlich war sie so hackedicht gewesen, dass sie nicht mehr gewusst hatte, was sie tat. Das war die einzige Erklärung, die mir dazu einfiel. Mit Ausnahme von Blacks Hypnose-Theorie, die ich ein bisschen an den Haaren herbeigezogen fand.

Die auf Hochglanz polierte Limousine kam vor dem Haus unter einer gewaltigen Säulenhalle zum Stehen. Das riesige Gebäude, hoppla, nein, die Mutter aller Villen, war wirklich ein beeindruckender Anblick. Roter Backstein mit makellos weißen Kanten. Architektur im Kolonialstil, wie sie auch am Boston Commons hätte stehen können. Am südlichen Ende befand sich ein verglastes Atrium, am nördlichen eine von Fliegengitter geschützte Veranda. Etwa fünfzig Fenster zeigten auf den riesigen Brunnen inmitten der runden Auffahrt, die zu der massiven doppelflügligen Eingangstür führte.

Am anderen Ende der geschwungenen Rasenfläche konnte ich den schlammigen Missouri River erkennen, der sich gurgelnd seinem Treffpunkt mit dem mächtigen Mississippi entgegenschlängelte. In einem Wettlauf der Geldsäcke hätte Murphy vermutlich sogar Black ins Schwitzen gebracht.

Wir beobachteten, wie der livrierte Chauffeur aus dem Wagen sprang und um das Fahrzeug herumhastete, um die rückwärtige Tür zu öffnen. Murphy quälte sich aus dem Wagen und warf einen Blick auf meinen Explorer, der hinter der Limousine stand.

»Tja, Bud«, meinte ich, »eines kann ich dir verraten. Ich würde lieber Säure trinken, als dieses Haus zu betreten.«

»Dito, ganz deiner Ansicht«, erwiderte Bud. Er späte hinüber zu dem Hirsch, der plötzlich am Waldrand aufgetaucht war. Hoffentlich würde er uns nicht angreifen. Das hätte an diesem Vormittag gerade noch gefehlt.

»Findest du es auch so seltsam, dass er uns gebeten hat, mitzukommen und ihm zu helfen, es seiner Frau zu sagen?«

»Ja, der Gedanke ist mir auch schon gekommen.«

»Man möchte doch meinen, dass er das selbst und unter vier Augen erledigen möchte. Im Schlafzimmer hinter verschlossener Tür oder so, damit sie ein wenig Zeit hat, sich wieder zu fangen, bevor sie mit der Polizei spricht.«

»Schon, aber die Menschen sind nun mal verschieden. Dass er ziemlich leicht die Fassung verliert, haben wir ja mitgekriegt, und das war kein Theater. Die Sache mit seinem Sohn macht ihn wirklich fertig, daran besteht kein Zweifel. Am besten bringen wir ihn jetzt ins Haus. Ohne uns wird er sich nämlich keinen Meter von dieser Tür wegbewegen.«

Während wir widerwillig ausstiegen, brauste die Limousine des Gouverneurs mit ihrem leise und teuer schnurrenden Motor und ihrer Hochglanzpolitur davon. Joseph Murphy stand auf der Schwelle seines Hauses wie bestellt und nicht abgeholt. Sein Gesicht wirkte schlaff und niedergeschlagen, und seine Augen waren blutunterlaufen. Er sah aus, als wäre sein Leben vorbei. Als wir ihn erreicht hatten, drehte er sich wortlos um und ging die halbrunde Backsteintreppe hinauf zur Tür. Wir folgten ebenso schweigend. Über der Tür befand sich ein gewaltiges Oberlicht aus Buntglas, vermutlich vor hundert Jahren bei Tiffany's hergestellt und aus Tara oder einer anderen Bilderbuchplantage nach Missouri geschafft. Die Tür war tatsächlich scharlachrot lackiert und nicht abgeschlossen, sodass der Hausherr, seine Polizeieskorte im Schlepptau, eintrat, ohne den riesigen Türklopfer aus Messing in Form einer Krone zu benutzen.

Drinnen wurden wir von absoluter Totenstille empfangen. Die Vorhalle hatte mindestens die Größe eines Mausoleums. Vermutlich hätte ich hier drinnen jodeln können wie Heidis Alpöhi, bis der gewaltige Kristalllüster vibrierte. Nirgendwo war ein arroganter Butler in Sicht. Auch keine zickigen Haushälterinnen. Wahrscheinlich bemannten sie irgendwo die Telefone, um Anrufer abzukanzeln. Allerdings entdeckte ich jede Menge großer, wunderschön verzierter chinesischer Vasen und vergoldeter Barockspiegel. Am Fuß der langen, geschwungenen Treppe standen einige mit weinrotem Samt gepolsterte Stühle und ein passendes kleines Sofa mit Knöpfen. Nicht schlecht für unseren guten alten Angeberstaat. Black würde sich sicher dafür interessieren. Allerdings war die Atmosphäre hier eiskalt, einsam und verlassen. Vielleicht brauchte Murphy uns ja, damit wir ihm Gesellschaft leisteten und menschliche Wärme verbreiteten.

»Mary Fern ist sicher im Familienwohnzimmer. Sie fühlt sich wohler dort.«

Inzwischen klang Murphys Stimme leise und monoton, und er sprach so wenig wie möglich. Also hefteten wir uns weiter an seine Fersen und gingen einige Flure entlang, wo sich gewaltige Doppeltüren auf beiden Seiten in prunkvolle Zimmer öffneten. Niemand sagte ein Wort, und bis auf das Hallen unserer Schritte war im Haus kein Geräusch zu hören. Wir hätten in dem Gedicht »Die Nacht als der Nikolaus kam« sein können, nur ohne Maus.

Am hintersten Ende der Villa stießen wir endlich auf ein geräumiges Zimmer, das sage und schreibe einen bewohnten Eindruck machte. Zumindest stand auf einem gläsernen Beistelltischchen ein beschlagenes Glas und hinterließ, nicht zu fassen, einen Ring auf der Platte. Allerdings handelte es sich um einen teuren Kelch aus Waterford-Kristall, war also wenigstens stilecht. Waterford erkenne ich deshalb, weil Black in seinem Penthouse einige Stücke hat. Ich selbst besaß so etwas ganz sicher nicht. Ich benutze zu Hause leere Marmeladengläser, und zwar welche mit Disney-Motiven. Einmal hatte ich eines mit Trauben drauf, weil Smucker's Traubengelee darin gewesen war, das ich am liebsten mag.

Und, siehe da, es saß wirklich eine Frau allein an der Theke aus beigem Marmor vor einer verspiegelten Wand. Am Ende eines angrenzenden breiten Flurs mit Parkettboden konnte ich eine ebenso riesige mit Chrom und schwarzen Flächen ausgestattete Küche erkennen. Die Böden bestanden alle aus einem auf Hochglanz polierten Holz, das beinahe schwarz wirkte. Allein schon wegen der Raumhöhe hätte es mich nicht gewundert, wenn der Basketballer Shaq mit seinen zweisechzehn und seiner Mannschaft hier lebte.

Wir drei verharrten, noch immer schweigend, auf der Schwelle. Murphy sah mich an wie ein hilfloses Kleinkind, das sich verlaufen hat, was seinen derzeitigen Zustand recht gut beschrieb. Offenbar hatte es ihm die Sprache verschlagen. Da Bud mich ebenfalls betrachtete, war das anscheinend mein Stichwort, den Stein ins Rollen zu bringen. »Mrs Murphy?«, begann ich.

Die Frau fuhr herum und warf uns einen übertrieben erschrockenen Blick zu. Sie war mittleren Alters, zwischen Ende dreißig und Anfang vierzig, schlank, sonnengebräunt und hübsch und mit einer schwarzweiß gestreiften Caprihose und einer makellos sauberen weißen ärmellosen Bluse bekleidet. Ich bin zwar keine Spezialistin für teure Mode, doch meiner Ansicht nach handelte es sich bei dem Stoff um hochwertiges Leinen. Sofort stand sie auf und kam uns entgegen. Ihre Bewegungen waren anmutig. Sie hatte aschblondes, vom Fachmann coloriertes Haar mit Strähnchen. Vermutlich überlegte sie schon, wie sie ihrem Mann am besten die Hölle heißmachen sollte, weil er unangemeldete Besucher anschleppte, überdies in Jeans und T-Shirt.

»Entschuldige, Joseph, ich habe dich nicht kommen gehört.« Sie musterte mich und Bud eingehend und mit unverhohlener Neugier. Dann wandte sie sich mit leicht fragender Miene wieder an ihren Mann. »Schatz, du bist ja schon so früh zu Hause. Ist etwas passiert?«

Kurz starrte Joseph Murphy sie entgeistert an. Dann brach er in Tränen aus. Seine Frau merkte schlagartig auf.

Sie eilte auf ihn zu und legte ihm die Hand auf den Arm. »Was ist? Sag es mir. Bist du krank?«

Joseph packte sie an den Oberarmen, schob sie ein Stück weg und schaute ihr ins erschrockene Gesicht. Dann verlor er vollends die Fassung und lehnte schluchzend den Kopf an ihre Schulter. Verdattert und hilfesuchend sah sie uns an. »Was ist los, Joseph?«, wiederholte sie dabei unablässig. »Was ist los? Was ist passiert?«

Obwohl ich eigentlich keine große Lust hatte, ihr die Hiobsbotschaft zu überbringen, sagte ich schließlich mein Sprüchlein auf. »Ich fürchte, wir haben sehr schlechte Nachrichten, Mrs Murphy. Ich denke, Sie sollten sich setzen.«

»O mein Gott, was ist denn? Ist einem der Kinder etwas zugestoßen?«

Ich nickte. »Leider ja, Ma'am«, erwiderte ich sanft. »Bitte setzen Sie sich aufs Sofa. Dann erzähle ich Ihnen, was geschehen ist.«

Die sichtlich verängstigte Mary Fern Murphy führte Joseph zu einem der langen weißen Sofas, und die beiden ließen sich, dicht nebeneinander, darauf nieder. Allerdings war sie nun mit ihrer Geduld am Ende und wollte alles hören. »Also gut, das dauert jetzt schon lange genug. Ich möchte genau wissen, weshalb mein Mann derart außer sich ist. Bitte sagen Sie es mir, und zwar sofort.«

Und so schenkte ich ihr reinen Wein ein. »Ihr Sohn wurde gestern Abend tot in Lake of the Ozarks gefunden. Nach derzeitigem Erkenntnisstand hat er sich unter der Grand Glaize Bridge aufgehängt. Es tut mir sehr leid, Mrs Murphy.«

Ihre Augen weiteten sich. Sie blinzelte, schloss sie dann kurz, riss sie dann wieder auf und starrte mich an. Inzwischen achtete sie nicht mehr auf ihren Mann, der sich laut schluchzend an ihre Schulter lehnte. Im nächsten Moment schien sie sich zu beruhigen, denn ein gelassener Ausdruck malte sich auf ihrem Gesicht. »Welcher Sohn?«, fragte sie.

Aus irgendeinem Grund wunderte mich das, doch die Antwort blieb mir erspart, denn ihr Mann ergriff endlich das Wort. »Es ist Mikey, o Gott, Mary Fern, er hat es schließlich doch getan. Er hat sich umgebracht«, stieß er mühsam hervor.

Bud und ich sahen zu, wie ihr Gesicht die Farbe von kalter Asche annahm, so als sei ihr das Blut mit einem Schlag in die Füße gesackt. Aber sie weinte nicht und tätschelte ihrem Mann stattdessen tröstend den Rücken. Doch ihre Augen, ein sehr ungewöhnliches, strahlendes Grün, das vermutlich von Designer-Kontaktlinsen stammte, blieben auf mich gerichtet. »War er allein?«

Nun, das war eine wirklich unerwartete, ja, sogar eigenartige Frage. Ich merkte Buds Miene an, dass er das genauso empfand.

»Ja, Ma'am, soweit wir wissen.«

Für einen Sekundenbruchteil huschte etwas über Mary Fern Murphys Gesicht, das ich nur als abgrundtiefe Erleichterung beschreiben kann. »Ich hatte schon befürchtet, er hätte sich mit einer Freundin zum Selbstmord verabredet«, erklärte sie. »Das hat er schon früher versucht. Einmal, soweit wir wissen.«

»Er hat es schon einmal versucht?«, wiederholte Bud.

»Richtig. Damals zusammen mit seiner Freundin.«

Ach, herrje. »Mrs Murphy, wir müssen Sie dringend befragen«, antwortete ich. »Fühlen Sie sich heute dazu in der Lage? Sie müssen uns etwas über die früheren Selbstmordversuche erzählen. Und es gibt noch einige andere Punkte, die wir in Erfahrung bringen müssen, um weiter ermitteln zu können.«

Mary Fern hatte noch immer keine einzige Träne vergossen. Wahrscheinlich weinte ihr Mann genug für alle beide. »Ich wäre gern einen Moment allein mit meinem Mann, bevor wir uns mit Ihnen zusammensetzen«, entgegnete sie höflich. »Wäre das gestattet?«

Gestattet? Das klang eher wie aus dem Munde eines Verdächtigen. »Natürlich, Ma'am. Lassen Sie sich so viel Zeit, wie Sie brauchen.«

»Vielen Dank. Warum gehen Sie beide nicht in die Küche

und warten dort auf uns? Nehmen Sie sich etwas zu trinken, wenn Sie möchten. Im Kühlschrank sind Limonade und Cola, und unter der Glasglocke auf dem Küchenblock stehen Kekse. Hier, den Flur entlang.« Noch immer trockenen Auges und ruhig, zeigte sie in die entsprechende Richtung.

Offenbar hatte Mary Fern die Rolle der Gastgeberin so verinnerlicht, dass sie sie selbst dann durchhielt, wenn sie unter Schock stand oder ein totes Kind betrauerte. Wir verdrückten uns in die große, helle, geräumige Küche, ganz in Schwarzweiß gehalten und mit einem Herd, um den Paula Deen die Murphys beneidet hätte. Rechts von uns war durch eine lange unterteilte Fensterfläche ein nierenförmiger Swimmingpool mit einem falschen Wasserfall aus Stein, zahlreichen Pflanzen und einigen als Felsenteiche getarnten Whirlpools zu erkennen. Etwa sechs oder acht Kinder unterschiedlichen Alters tobten darin herum oder sonnten sich. Vermutlich der restliche Nachwuchs der Murphys.

Bud senkte die Stimme. »Hat sie es wirklich so tapfer aufgenommen, oder bilde ich mir das nur ein?«

»Ganz deiner Ansicht.«

»Ob sie eine stählerne Magnolie ist, wie wir sie unten im Süden haben?«

»Wie im Film?«

»Ja. Ich wette, sie führt hier das Regiment wie Schwester Ratched in *Einer flog über das Kuckucksnest.«*

»Wahrscheinlich *ist* sie Schwester Ratched.« Ich beschloss, ein wenig großzügiger zu sein. »Oder sie steht einfach unter Schock und braucht Zeit allein mit ihrem Mann, um ihn zu trösten.«

»Das hat er dringend nötig.« Bud sah sich in der noblen Küche um. »Was hältst du von einer Pepsi? Ich kann es kaum erwarten, diesen doppeltürigen Eisschrank aufzumachen. In dieser Größe kenne ich sie nur aus Restaurants.«

Ja, Bud bezeichnet diese Geräte noch immer als Eisschrank. Genau wie meine Tante Helen. Allerdings rief seine Bemerkung einige grausige Erinnerungen an Mikeys Küche des Schreckens wach. Ich folgte ihm über die glänzenden schwarzweißen Fliesen zum Monsterkühlschrank, wo er beide Türen öffnete, zwei Dosen Pepsi herausnahm und mir eine reichte.

Ich riss die Dose auf und schaute durch das Fenster hinaus zum Pool. Er lag inmitten einer ebenfalls makellos gepflegten Rasenfläche und wurde von zahlreichen gepolsterten Gartenstühlen und Sonnenliegen umringt. Am anderen Ende stand ein Poolhaus mit rotweiß gestreiften Markisen. Die Kinder hatten da draußen eine Menge Spaß und schienen sich auch gut zu verstehen. Wie hatte Mikey Murphy hier hineingepasst? Was zum Teufel stimmte nicht mit seiner Mom? Ich hatte den Verdacht, dass wir es nicht mit der Bilderbuchfamilie von Bill Cosby, alias Huxtable, zu tun hatten.

»Okay, Officers, könnten Sie bitte wieder hereinkommen? Wir wären jetzt bereit, Ihre Fragen zu beantworten. Bringen Sie Ihre Getränke ruhig mit.«

Mom war zurück. Kühl und gelassen. Trockenen Auges. Respekt. Sie hatte nur ganze zehn Minuten gebraucht, um sich von dem Schrecken zu erholen. Irgendetwas stimmte da nicht, darauf wäre ich jede Wette eingegangen.

Die beschlagenen Pepsidosen in der Hand, folgten wir ihr zurück ins Wohnzimmer, wo sich ihr Mann während unserer Abwesenheit bemerkenswert gefangen hatte. Er wirkte zwar noch etwas derangiert, doch zumindest hatte das Heulen und Zähneklappern aufgehört. Außerdem schwieg er. Vermutlich hatte er seine Instruktionen.

Mrs Murphy setzte sich neben ihn und bedeutete uns, auf dem identischen schneeweißen Sofa gegenüber Platz zu nehmen. Wir gehorchten. Als ich Bud mit meinem berühmten *Übernimm-Du-Mal*-Blick bedachte, tat er genau das.

»Ich bin Detective Bud Davis, Ma'am, und das hier ist meine Partnerin Claire Morgan.«

»Claire Morgan? Der Name kommt mir bekannt vor. Sind Sie dem Gouverneur zugeteilt?«

»Nein, Ma'am. Wir sind beide beim Sheriff's Department von Canton County. Ich bin sicher, dass wir uns noch nie begegnet sind«, erwiderte ich, weil ich weder über mich noch über die elenden Zeitungsartikel reden wollte, die offenbar so großen Anklang gefunden hatten.

»Nein, vermutlich nicht.« *Schließlich gehören Sie ja zum Dienstpersonal,* beendete ich in Gedanken den Satz. Sie wandte sich wieder an Bud. Inzwischen waren ihre Hände in die ihres Mannes verschränkt, und sie tätschelte seinen linken Handrücken. Seine Hände zitterten. Ihre nicht. »Sie sagen, Mikey hätte sich erhängt. Sind Sie absolut sicher, dass es sich um Selbstmord handelt?«

Diese Frau steckte voller Überraschungen und war anscheinend immer für eine unerwartete Bemerkung gut, wenn sie nicht gerade Gastgeberin im Weißen Haus spielte. *Trauernde Mutter schlägt wieder zu und stürzt Polizei in Verwirrung.*

»Wie meine Partnerin bereits erklärt hat, macht es derzeit diesen Eindruck. Es könnte sich aber genauso gut als Tötungsdelikt erweisen. Wir wissen mehr, wenn wir die Ergebnisse der gerichtsmedizinischen Untersuchung haben.«

»Ich würde von einem Tötungsdelikt ausgehen«, erwiderte Mikeys Mom ruhig. »Er hatte nicht den Mumm, es selbst zu tun, sonst wäre es schon vor langer Zeit geschehen. Er hat es ja bereits öfter versucht.«

Ihr Mann erstarrte und brach wieder in Tränen aus. Die Mutter des Jahres tröstete ihn, so gut sie konnte.

»Ich fürchte, da wäre noch etwas«, begann ich. »Wir haben eine zweite Leiche gefunden, allerdings nicht an der Brücke bei ihrem Sohn, sondern in seiner Pizzeria. Es ist eine junge Frau, die wir noch nicht identifizieren konnten.«

»O mein Gott«, rief die Bilderbuchmutter aus. »Das habe ich beinahe befürchtet.«

»Wissen Sie, wer dieses zweite Opfer sein könnte?«

Dad blickte auf, aber Mom kam ihm zuvor. »Glauben Sie also, dass diese Frau ermordet wurde?«

»Das ist möglich«, antwortete ich, die Untertreibung des Jahrtausends.

»Wie wurde sie getötet? Können Sie uns das sagen?«

»Das wissen wir noch nicht genau. Auch das wird die rechtsmedizinische Untersuchung zeigen.«

»Ich verstehe.«

»Können Sie uns irgendetwas über die Freundinnen Ihres Sohnes erzählen?«, fragte Bud. »Hatte er eine feste Beziehung?«

Dad rang nach Worten. »Nicht, dass wir wüssten«, erwiderte er mit schwacher Stimme. »Wir haben Mikey nämlich seit etwa sechs Monaten nicht gesehen.«

»Mikey hatte viele Freundinnen, eine nach der anderen. Viele waren nichts weiter als Huren und in diesem Hause nicht willkommen«, verkündete Mom.

Gut, schon kapiert, Toleranz zu heucheln ist wohl nicht Ihre Sache, gnädige Frau. »Können Sie uns vielleicht Namen nennen? Es ist wichtig, dass wir die Tote so schnell wie möglich identifizieren und die Angehörigen benachrichtigen.«

»Verlangen Sie etwa von uns, dass wir ins Leichenschauhaus fahren und uns die Leiche ansehen?« Natürlich kam diese Frage von der Dame mit dem Eiswasser in den Adern.

»Nein, Ma'am, das ist nicht möglich«, antwortete Bud.

»Was soll das heißen?«

Ich wollte mich nicht auf dieses Gespräch einlassen und hatte ohnehin beschlossen, die Einzelheiten nicht publik zu machen. Die Pressemeute würde sich darauf stürzen wie die Horde ausgehungerter Geier, die sie auch war. Aber über diesen Tatort sollte sie nichts erfahren, nicht in einer Million Jahren. Der Polizeichef würde einige Telefonate tätigen.

»Wir dürfen keine Details unseres Falles preisgeben, Ma'am. Allerdings müssen wir wissen, mit wem Ihr Sohn Umgang hatte, das heißt, seine männlichen Freunde ebenso wie seine Freundinnen. Haben Sie uns vielleicht etwas mitzuteilen?«

Dad richtete sich auf. Er wirkte beinahe redselig. »Ich glaube, er traf sich mit einem Mädchen, das die Missouri

State in Springfield besucht hat. Doch ihren Namen kenne ich nicht.«

»Woher weißt du das, Joseph?« Das gefiel Mom offenbar gar nicht.

»Er hat mich vor drei oder vier Monaten in meinem Büro im Kapitol angerufen.«

»Was wollte er?«

»Nur Hallo sagen und mir alles Gute zum Geburtstag wünschen, Mary Fern. Herrgott, unser Sohn ist tot. Ist das bei dir noch nicht angekommen?«

Amen, Joseph, aber sie verstand anscheinend wirklich nicht. Denn sie bedachte ihren vorlauten Ehemann nur mit einem strafenden Blick und wandte sich dann an mich. »Joseph ist nicht er selbst.«

Ach, wirklich? In letzter Zeit stellten alle Dinge fest, die offensichtlich waren.

»Vermutlich halten Sie mich jetzt für kalt und gefühllos«, meinte sie zu mir.

»Nein, Ma'am, ganz und gar nicht.« Lügen haben kurze Beine.

»Doch, das tun Sie, aber Sie ahnen ja nicht, was wir mit diesem Jungen durchgemacht haben. Wir haben alles, wirklich alles, versucht, damit er von den Drogen und den zwielichtigen Gestalten in dieser Szene loskommt. Immer vergeblich. Er ist einfach ein fauler Apfel. Den Ausdruck kennen Sie sicher. Ein fauler Apfel.«

»Was hat er denn genommen, Ma'am?«

»Meth. Natürlich auch andere Drogen, doch Meth war sein Untergang. Er war bei einem Psychiater nach dem anderen, aber keiner konnte zu ihm durchdringen.«

Endlich redeten wir Tacheles. »War er in letzter Zeit in psychiatrischer Behandlung?«

»Ja«, antwortete Dad. »Er war in ambulanter Therapie in Oak Haven, das ist eine Klinik hier in Jefferson City. Martin Young ist der Leiter. Er wirkt wahre Wunder bei Jugendlichen.«

Das deckte sich mit dem, was Black mir erzählt hatte. »Natürlich müssen wir mit den Ärzten Ihres Sohnes reden. Vielleicht kennen die ja das weibliche Opfer.«

»Das Mädchen, mit dem er sich traf, war Asiatin«, fuhr Dad fort. »Chinesin, glaube ich. Oder Koreanerin. Das hat Mikey am Telefon erzählt. Er sagte, sie sei sehr zierlich, sogar viel kleiner als er, und er ist nicht sehr groß.«

»Hat er sonst noch etwas gesagt, an das Sie sich erinnern können, Mr Murphy?«

»Ich glaube, er sagte, dass sie sehr langes Haar hätte, bis hinunter zu den Knien, wenn ich mich recht entsinne. Sie brächte ihm Mandarin bei. Bevor er aufgelegt hat, hat er sich auf Chinesisch verabschiedet. Ich habe das Wort nicht behalten.«

»Ich bezweifle, dass unsere anderen Kinder irgendwelche Informationen für Sie haben«, ergänzte die Supermom. »Ich sah es nicht gern, wenn sie mit ihm sprachen, weil er so einen schlechten Einfluss auf sie hatte. Aber manchmal haben sie nicht gehorcht und ihn trotzdem besucht. Sie haben sich in seiner kleinen Pizzeria herumgetrieben. Und zwar immer wieder, obwohl sie dafür von mir Hausarrest bekamen.«

»Wir würden trotzdem gern mit ihnen reden, wenn das möglich ist.«

Mom protestierte. »Dann müssen Sie noch einmal wiederkommen. Sie werden es nicht so gefasst aufnehmen wie ich.«

*Das würde niemand, gnädige Frau, nicht einmal ein Wildfremder, der noch nie von Mikey Murphy gehört hat.*

»Gut, wir rufen zuerst an, um sicherzugehen, dass der Zeitpunkt passt. Danke für Ihre Hilfe. Und noch einmal herzliches Beileid.«

»Danke, dass Sie hier waren«, erwiderte Mary Fern. Kennen Sie den Ausdruck *hölzern?* Dieses Wort beschrieb ihr Verhalten ziemlich treffend. Joseph starrte uns nur an. Seine Augen waren gerötet, seine Miene strahlte tiefste Niedergeschlagenheit aus.

Sobald wir draußen auf der Vortreppe standen, fiel die Tür hinter uns mit Nachdruck ins Schloss. »Hoffentlich hat meine

Momma mich mehr lieb als diese Frau ihre Kinder«, sagte Bud. »Verglichen mit dieser Mary Fern ist ein Eiswürfel warm und kuschelig.«

»Ganz deiner Ansicht. Kein Wunder, dass der Junge selbstmordgefährdet war.«

»Lass uns abhauen.«

Diesen Gefallen tat ich ihm gern. Die Murphys waren mir beide nicht sehr sympathisch, und außerdem hatte ich den Verdacht, dass Mary Fern Murphy hinter ihrer eiskalten Fassade einiges zu verbergen hatte. Doch ich würde nachbohren, bis ich dem Geheimnis auf den Grund kam, und wenn ich den Eispanzer mit einem Flammenwerfer abschmelzen musste.

# *Acht*

Die Oak Haven Clinic lag in einem dichten Waldstück am Stadtrand von Jefferson City, ziemlich abgelegen, recht exklusiv und, ja, die meisten Bäume waren Eichen. Vermutlich daher der Name. Wahrscheinlich war es nicht leicht, Nachbarn zu finden, die eine Horde psychisch labiler, selbstmordgefährdeter Jugendlicher nebenan wohnen haben wollten. Nicht weiter verwunderlich. Natürlich war der allgemeine Eindruck sehr teuer und elegant, so als wolle man beim reichen Söhnchen, seinem noch reicheren Dad und der reichen Zicke Eindruck schinden, die sich Mutter schimpfte und ihre Kinder durch eine Mischung aus Geld, Vernachlässigung und grenzenloses Verwöhnen erst hierher gebracht hatte. Nicht, dass ich etwas gegen Besserverdienende hätte. Black habe ich schließlich auch gern.

Eine niedrige Mauer aus braunen, von strömendem Wasser blank gespülten Steinen säumte einige Kilometer lang die geteerte Straße und bildete die Grenze des Klinikgeländes. Wahrscheinlich führten alle Bäche in der Gegend inzwischen Niedrigwasser und flossen still und leise im schlammigen Bachbett dahin, anstatt gurgelnd über hübsche Felsen zu plätschern. Nach einer Weile erreichten wir den Eingang, oh, mein Gott, was für ein imposanter Anblick. Ein gewaltiges Messingschild, so groß wie zwei Haustüren, verkündete in einer manierierten Schnörkelschrift, dass wir hier in Oak Haven waren. Vermutlich wurden von uns Danksagungen und eine tiefe Verbeugung erwartet. Da die Fanfarenklänge ausblieben, fuhren Bud und ich ohne weitere Vorkommnisse oder Kniefälle vor den Göttern der Seelenklempnerei durch das Himmelstor. Wir folgten der zweispurigen Teerstraße durch eine fußballplatzgroße, mit hohem Gras bewachsene Wiese. Vielleicht war es ja auch nur Unkraut, das sich da in der kräftigen Brise wiegte und grüngolden funkelte, wenn sich das Sonnenlicht in den wogenden Wellen brach. Fünf Minuten später standen wir auf dem Parkplatz, der nur so von BMWs, Cadillacs, Lexuses und Lincolns wimmelte. Allerdings war kein einziger echter Humvee in Sicht. Schließlich war Black nicht hier.

Die Oak Haven Clinic war längst nicht so groß, wie ich gedacht hatte, und erinnerte mich mit ihren vielen Nebengebäuden eher an eine von Quäkern geführte Milchfarm aus dem achtzehnten Jahrhundert. Die Gebäude sahen alle exakt gleich aus: zweistöckig, mit gebleichten Fichtenbrettern verkleidet, identische Sprossenfenster und rote Ziegeldächer. Vor dem Hauptgebäude befand sich ein riesiger Blumengarten mit einem vier Meter hohen Springbrunnen in der Form zweier ineinander verschlungener Fische. Ich wäre jede Wette eingegangen, dass es sich um das Sternzeichen des Bildhauers handelte. Ich fragte mich, was diese beiden freundlichen Schuppentiere in einer Einrichtung wie dieser wohl für eine Bedeutung hatten. Das Einzige, was mir dazu einfiel, waren die in Zeitungspapier eingewickelten Fische, die Tony Soprano und seinesgleichen ihren Opfern als dringende Warnung hinterließen. Vielleicht sollten Bud und ich ja darauf hören. Oder wenigstens als Glücksbringer ein paar Pennys in den Brunnen werfen.

»Ich wette, es kostet eine Stange Geld, vor diesen Herrschaften seine Seele entblößen zu dürfen«, meinte Bud, während ich in eine Parklücke vor dem Hauptgebäude einbog und den Motor abschaltete.

»Na, da kannst du Gift drauf nehmen. Doch für die geistig angeschlagene Jugend unserer Elite ist schließlich nichts zu teuer.«

»Du meinst wohl durchgeknallte Teenies.«

»So ungefähr. Außerdem ist das hier eine stationäre Einrichtung. Das heißt, alle lieben Kleinen wohnen zusammen wie in einer großen, glücklichen Psychofamilie.«

»Das muss ja ein Riesenspaß sein. Ich wette, die Patienten hier haben es besser als Mary Ferns Kinder. Bei der Alten kriegen sie wahrscheinlich Glasscherben zum Abendessen.« Bud hatte Moms Reaktion auf das Ableben des armen Mikey noch immer nicht verarbeitet. Ich auch nicht. Verglichen mit ihr erinnert die böse Königin in *Dornröschen* an Mutter Teresa.

»Wenn ich eine Vermutung wagen müsste, würde ich sagen, dass die Frau eine Schraube locker hat. Ob Black sie gut genug kennt, um sie einschätzen zu können? Ich frage ihn, sobald er aus New York zurück ist.«

Nachdem ich den Zündschlüssel abgezogen hatte, saßen wir eine Weile schweigend da und ließen das Klinikgelände auf uns wirken. Die vier Gebäude, die wir im Blick hatten, waren mit überdachten Gängen verbunden. In einiger Entfernung erkannten wir eine große Sporthalle und eine Anlage, die offenbar Schwimmbad und Tennisplätze enthielt.

»Also gut, Claire, am besten fangen wir hier gar nicht erst an, um den heißen Brei herumzureden«, schlug Bud vor. »Wir knöpfen uns Mikeys Doc so richtig vor. Das übernimmst du, weil du dieses Psychogequatsche wahrscheinlich inzwischen gut draufhast. Schließlich treibst du dich ständig mit einem gewissen Jemand rum.«

»Vielen Dank. Aber Black spricht mit mir nicht über seine Patienten. Du weißt schon, dieser lästige Datenschutz. Er ist einfach viel zu anständig.«

»Ja? Dazu gibt es doch richterliche Anordnungen. Wollen wir hoffen, dass dieser Typ mitteilungsfreudiger ist.«

»Vermutlich. Wenn er die Sache mit dem Ofen hört.« Allerdings war das ein sehr ernüchternder Gedanke.

Wir stiegen aus und gingen über den geteerten Vorplatz zum Haupteingang. Auch er war, vermutlich wegen des Kommens und Gehens von Krankenwagen und Leuten in Zwangsjacken, mit einem Vordach versehen. Außerdem war es so totenstill, als säßen alle Jugendlichen in ihren Gummizellen, während die Seelenklempner im Pausenraum Zigarren rauchten, Martinis tranken und sich wie die Schüler von Sigmund Freud fühlten. Die Türflügel waren in einem seltsamen Chartreuseton gestrichen und bestanden aus Metall. Kein sehr einladender Anblick. Gleich rechts von der Tür war eine Glocke angebracht, und ein Stück darüber an der Wand hing ein Schild mit der Aufschrift BITTE LÄUTEN. Ich fand das zwar ziemlich daneben, aber andererseits – vielleicht war man hier ja an Eltern gewöhnt, die das Läuten sonst ihren Dienstmädchen und/oder Lakaien überließen. Da eine Überwachungskamera auf uns gerichtet war, hob Bud den Kopf, fletschte breit lächelnd die Zähne und winkte freundlich. Ich winkte ebenfalls, und zwar mit meiner Dienstmarke, um der Sache Dringlichkeit zu verleihen und sie auf dem richtigen Fuß zu beginnen.

Zwei Sekunden später öffnete eine ältere Frau, die ihr baiserweißes Haar wie in den Siebzigern zu engen Löckchen aufgedreht hatte, schwungvoll die Tür. Sie trug einen grün und marineblau karierten Blazer und einen langen schwarzen Rock. Wir hatten zwar heißen Sommer, aber das Leben ist nun mal kein Ponyhof. Und, ja, sie machte in ihren Wintersachen wirklich einen recht dämlichen Eindruck. Ganz zu schweigen davon, dass sie sich totschwitzen musste. Während Bud mir noch einen fragenden Blick zuwarf, spürten wir die eiskalte Luft, die uns aus der Tür entgegen wehte, und verstanden die Nöte der Armen. Offenbar stammten die Patienten hier allesamt aus der Antarktis. Entweder das, oder sie hielten Pinguine als Haustiere.

Die Frau hatte große, dunkelbraune, ungewöhnlich ausdrucksvolle Augen. Wangen und Stirn ihres faltigen Gesichts waren von tiefen Furchen durchzogen. Sie lächelte weder noch sagte sie, Oak Haven freue sich sehr, uns begrüßen zu dürfen. »Kann ich Ihnen behilflich sein?«, lauteten stattdessen ihre einzigen Worte.

»Ja, Ma'am, das können Sie wirklich«, erwiderte Bud und schenkte ihr sein erprobtes Lächeln. Offenbar war er sich seines Erfolges sicher, doch sie starrte ihn nur an wie einen Nebendarsteller in der *Jerry Springer Show.* Es war klar, dass sie nicht annähernd so hingerissen von ihm war wie Debbie Winters. Doch das machte nichts, sie war ohnehin nicht sein Typ.

Ich kam zu dem Schluss, dass die Dame meine Aufgabe war. Nachdem ich ihrem Namensschild entnommen hatte, dass sie Mrs Mary Macy hieß, hielt ich ein paar Höflichkeitsfloskeln für angebracht. »Mrs Macy? Wie geht es Ihnen? Mein Name ist Claire Morgan, und das ist mein Partner Bud Davis. Wir sind Detectives vom Sheriff's Department in Canton.«

»Das habe ich bereits aus der Dienstmarke geschlossen, die sie an die Überwachungskamera gehalten haben, junge Frau.«

Nun, Mary Macy hatte wohl keinen Sinn für gute Manieren. »Ja, Ma'am. Wir sind hier, um Befragungen wegen eines Tötungsdelikts durchzuführen.«

Mary Macy trug eine von diesen kleinen schwarzen Halbschalenbrillen, die vorne auf ihrer Nasenspitze saß. Und es war eine beachtliche Nase. Nun musterte sie uns mit ziemlich wenig Begeisterung oder Respekt über den Rand dieser Brille hinweg, die sie offenbar gar nicht brauchte. In einer Hand hatte sie ein Buch, einen Liebesroman mit einem heldenhaften Indianer auf dem Einband, der aussah wie Arnold Schwarzenegger in der Saunaszene in *Red Heat.* Nur, dass der Mann auf dem Cover einen braunen Lederriemen um die Stirn trug, allerdings ohne Feder. Zu seinen Füßen wand sich eine leicht geschürzte Gefangene. *Der wilde Mann,* lautete der Titel. Offen gestanden handelte es sich um einen Roman, der es in sich hatte, wenn man Westernpornos mochte. Mrs Macy knickte gemächlich eine Seite ein und klappte das Buch zu. Hoffentlich war es kein Büchereibuch, sonst würde sie mächtig Ärger kriegen.

»Ich kann mich nicht daran erinnern, Ihre Namen heute in meinem Terminkalender gelesen zu haben.«

»Wir brauchen keinen dummen Termin«, erwiderte Bud und lachte auf. Sie nicht. »Das ist aus dem Film *Is' was, Sheriff?*. Erinnern Sie sich, das sagt der Böse«, erklärte er.

»Ich fürchte, den kenne ich nicht.«

Ich war nicht so charmant wie Bud. »Polizisten brauchen keine Termine, Mrs Macy«, mischte ich mich ein. »Wir sind bewaffnet und können uns den Weg nötigenfalls freischießen.«

Ich lächelte. Bud auch. Zu meiner Überraschung lachte Mrs Macy laut auf.

»Tja, ich hoffe, dass Sie heute nicht vorhaben, hier herumzuballern.«

Das Eis war gebrochen oder hatte zumindest leichte Risse bekommen. »Wir werden versuchen, uns zurückzuhalten, Ma'am. Solange Sie mit uns kooperieren.«

»Sie sind mir aber eine, Detective Morgan«, sagte Mrs Macy.

Ich war mir da nicht so sicher, weshalb Bud an meiner Statt antwortete. »So lustig ist sie nicht immer. Manchmal kann sie einem ganz schön auf den Arsch gehen.«

»Keine Kraftausdrücke, junger Mann«, entgegnete Mrs Macy, allerdings mit einem freundlichen Blick.

»Ja, Ma'am«, meinte ich. »Und da wir einander nun kennen und uns vertragen, würden wir gern Dr. Martin Young sehen. Ist er zu sprechen?«

Mrs Macy machte Platz, damit wir ihr eiskaltes Iglu betreten konnten. Kein Wunder, dass sie einen scharfen Roman las, um sich einzuheizen. Ich fing sofort zu zittern an und sehnte mich nach meinem pelzgefütterten Polizeiparka. Sie führte uns über einen mit beeindruckend weinroten und hellgelben Fliesen gekachelten Boden zu ihrem Schreibtisch, einem großen, geschwungenen aus braunem Holz mit einer teuren Marmorplatte darauf. Auf einem Regal stand eine Telefonanlage, allerdings blinkte kein Lämpchen. Vermutlich schliefen alle noch. Sonst befand sich nicht viel auf der Schreibtischplatte. Nur ein schwarzer Feinschreiber von Pilot und eine mit roten und gelben Rosen gemusterte Kaffeetasse, die sich auf einer winzigen elektrischen Heizplatte um Wärme bemühte.

Die störrische Mary öffnete eine der unteren Schreibtischschubladen und nahm ein anderes Buch heraus. Dann lächelte sie uns wieder zu, diesmal plötzlich ganz freundlich und ein wenig verlegen. Sie senkte die Stimme. »Wissen Sie was? Ich habe eine Schwäche für Detectives. Ich finde sie einfach hinreißend.«

Das war ein ziemlich gutes Kompliment. Bud und ich waren damit zufrieden.

Sie schwenkte das zweite Buch. »Das hier ist ein Kriminalroman. Einer von der Art, in der das Liebesleben des Detectives mit grausamen, blutigen, schrecklichen Morden verknüpft wird.«

Das hörte sich irgendwie bekannt an. »Ja, Ma'am, das liest sich bestimmt spannend.«

Mary drehte das Buch um und zeigte mir den Einband. Das Bild stellte eine nackte Frau dar, die eindeutig mausetot aussah. Allerdings nicht so tot wie unsere kleine Asiatin.

»Sagten Sie nicht gerade, dass Dr. Young heute da ist?«, erkundigte sich Bud, der endlich Nägel mit Köpfen machen wollte.

»Ja, Detective, das ist er. Er kommt jeden Tag her, um seine Gruppentherapiesitzung abzuhalten. Sie sollte in diesen Minuten zu Ende sein.« Sie schaute auf ihre Armbanduhr, die aus Silberfiligran bestand und ein Zifferblatt von der Größe eines Zehncentstücks hatte. Nun wusste ich, wozu sie die Brille brauchte. »Tja, in zehn Minuten ist Schluss. Möchten Sie lieber hier an der Rezeption oder in seinem Büro warten?«

Oh, Mann, was würden wir dafür geben, ungestört in seinen persönlichen Sachen wühlen zu können. »Das Büro geht in Ordnung. Wir haben es nicht eilig. Wir können warten.«

Mary Macy lächelte uns an. Jetzt waren wir schließlich ihre hinreißenden Detective-Freunde. Raschen Schrittes ging sie voraus und einen hellgelb gestrichenen, mit den gleichen glänzenden italienischen Fliesen gekachelten Flur entlang, an dessen Ende wir das Gebäude durch eine Schleuse verließen. Wir setzten unseren Weg auf einem der überdachten Gänge fort, wo zum Dach passende Begonien und roter Salbei in Hängetöpfen wuchsen. Mary plauderte mit Bud über Ermittlungsarbeiten, ein Thema, in dem sie erstaunlich gut bewandert war, und fügte hinzu, sie habe stets bereut, nicht die Polizeilaufbahn eingeschlagen zu haben, anstatt die Sekretärinnenschule zu besuchen. Als Bud erwiderte, es sei nie zu spät, um seine Träume wahr werden zu lassen, versetzte Mary ihm lachend einen Klaps auf den Arm. »Ach, die Jugend«, meinte sie dazu.

Als wir das nächste Gebäude erreichten, tippte sie mit dem Zeigefinger einen Code ein und begleitete uns hinein. Es war totenstill hier. An den meisten Türen hingen große und wirklich nicht zu übersehende Schilder mit der Aufschrift SITZUNG: BITTE NICHT STÖREN!!!

»Hier wären wir. Dr. Youngs Büro«, verkündete Möchtegerndetective Macy. Ich hatte die neue Serie bei NBC schon deutlich vor Augen: *Cagney und Macy, Die späten Jahre.*

»Danke, Ma'am«, sagte Bud. »Wir freuen uns schon darauf, Sie eines Tages in unseren Reihen begrüßen zu können.«

»Ach, was sind Sie doch für ein kleiner Schmeichler.«

Nun, der kleine Schmeichler hatte diesmal ein wenig länger gebraucht, um sie dazu zu bringen, dass sie ihm aus der Hand fraß. Doch zumindest war sein guter Ruf wiederhergestellt, denn es würde nie jemandem gelingen, seinen Rekord bei der Damenwelt zu brechen.

»Sie sollten der Held in dem Buch sein, das ich gerade lese«, meinte Mrs Macy, die inzwischen wirklich aus ihrem Schneckenhaus kam.

Als Bud grinste, gab Mrs Macy tatsächlich ein leises, trillerndes Kichern von sich. Ich bin sicher, dass dieses Geräusch in ihrem Indianerroman als Zwitschern bezeichnet wurde. Ach, herrje, Buds Charme ist wirklich sein Gewicht in Gold wert. Debbie Winters musste auf der Hut sein, denn die achtzigjährige Konkurrenz war durchaus ernst zu nehmen.

Dr. Youngs Büro erinnerte an eine Studie in gepflegter Unordnung. Es sah aus, als hätte er in der Bibliothek einer psychiatrischen Klinik einen staubigen Wälzer mit einer Daguerreotypie ausgegraben, auf der Sigmund Freud, umgeben von

Bücherregalen, an seinem Schreibtisch sitzt. Als ich Ausschau noch dem obligatorischen Porträt des Vaters der modernen Psychiatrie hielt, entdeckte ich es auf einem Regal neben der Tür. Offenbar handelte es sich um eine Voraussetzung, wenn man seinen Abschluss als Psychiater machen wollte. Ganz zu schweigen von den Rorschach-Bildern. Allerdings war keines davon in Sicht. Offenbar war Young kein Anhänger der guten alten Tintenklecks-Therapie.

Nachdem Mrs Macy mit einem letzten Lächeln in Richtung Bud verschwunden war, sah er mich an. »Ich weiß nicht, wie es bei dir ist, aber ich habe das kaum zu unterdrückende Bedürfnis, mich auf diese Couch sinken zu lassen und dir meine Lebensgeschichte zu erzählen«, sagte er.

»Die Mühe kannst du dir sparen. Ich habe sie bereits gehört. Zwei Mal.«

Grinsend versenkte Bud seine hünenhafte Gestalt stattdessen in einem großen braunen Ledersessel vor dem auf Hochglanz polierten Schreibtisch. Gegenüber stand eine Couch mit einem Bezug aus beigem und braunem Chenille. Ich suchte mir einen Platz, von dem aus ich das Fenster gut im Blick hatte. Plötzlich strömten Gruppen junger Leute aus dem Gebäude neben uns. Sie lachten und redeten durcheinander wie ganz normale Jugendliche und waren schätzungsweise zwischen zwölf und zwanzig Jahren alt.

Ich stand auf und streckte die Arme aus, um meinen Nacken zu entspannen. »Ob Dr. Young wohl jedes Wort seiner Patienten auf Video aufnimmt? Ich glaube, Black tut das.«

»Ja, vielleicht können wir uns für diese Bänder ja einen richterlichen Beschluss besorgen und Mikey dabei ertappen, wie er beschreibt, dass er Phantasien davon hat, Mädchen in den Ofen zu stecken.«

Ich hatte den Verdacht, dass Young lieber in Buds tiefem gemütlichem Sessel saß als auf seinem Schreibtischstuhl. Und wahrscheinlich forderte er seine Patienten auf, in den beiden Sesseln direkt vor ihm Platz zu nehmen. Laut Black, eindeutig ein Fachmann in diesen Dingen, mussten die Patienten sich heutzutage nicht mehr auf eine Couch legen. Offenbar war es aus der Mode gekommen oder in zu vielen schlechten Filmen verrissen worden. Ich ging durch das Zimmer zu dem bis zur Decke reichenden Bücherregal an der Wand gegenüber der Couch. Es quoll über von Büchen, die in allen erdenklichen Winkeln in die Regale gestapelt waren. Hier und da hingen auch ein paar gerahmte Bilder. Außerdem gab es jede Menge Zeitschriften wie Psychology Today.

Langsam fuhr ich mit den Fingerspitzen die Buchrücken in Sitzhöhe entlang, die auf die beige gestreifte Couch zeigten. Ich brauchte nicht lange, um das falsche, halb versteckt hinter einem Philodendron aus Seide, zu finden, holte es vorsichtig heraus, klappte das Scharnier auf und entdeckte darin ein Schätzchen von einem kleinen digitalen Camcorder. Da das kleine rote Lämpchen nicht blinkte, waren wir nicht aufgenommen worden. Allerdings hatte Martin Young auch nicht mit unserem Besuch gerechnet. Ich hatte nämlich den Verdacht, dass er jeden filmte, der sein Büro betrat, Therapiesitzungen und auch sonst, einschließlich uns.

»Bingo, Bud.«

Bud schlug die Augen auf. »Was?«

Ich zeigte ihm die Kamera, klappte den Deckel wieder ordentlich zu und stellte das Buch zurück an seinen Platz. Dann schob ich mich an dem großen, unordentlichen Schreibtisch vorbei, der vor der Fensterscheibe stand. »Black hat einen Einschaltknopf unter dem Schreibtisch. Dieser Typ sicher auch.«

Ich bückte mich und suchte die eine Seite der mittleren Schreibtischschublade ab und – voilà! –, da hatten wir ihn schon. Offenbar gingen Spitzenpsychiater alle nach dem gleichen Muster vor. Im nächsten Moment hörte ich, wie sich die Tür öffnete, und richtete mich schnell auf. Allerdings nicht schnell genug.

Der Mann auf der Schwelle blieb stehen, als überrasche es ihn, dass es sich zwei Detectives in seinem Büro gemütlich gemacht hatten. Nicht zu fassen. Young war ein attraktiver, hoch gewachsener Mann von mindestens einsachtzig, schlank und gepflegt, und sah genauso aus, wie man sich einen Seelenklempner vorstellt. Sein blondes Haar trug er zu einem beinahe militärischen Kurzhaarschnitt gestutzt, und seine eindringlichen dunkelblauen Augen schienen mich zu durchbohren. Er war mit einem grauen Baumwollpulli mit einem weißen Hemd darunter, anthrazitfarbenen Dockers, dunklen Socken und schwarzen Mokassins mit hübschen kleinen Bommeln bekleidet. Offenbar hatte auch er seine Erfahrungen mit den arktischen Temperaturen in Oak Haven. Eine Schildpattbrille mit quadratischen Gläsern hing an einer roten Kordel um seinen Hals. Sein Kinn wies die tiefste Spalte auf, die ich je gesehen hatte – Aaron Eckhart und Kirk Douglas natürlich nicht mitgezählt. Herrje, in einem Hohlraum von dieser Größe fingen sich vermutlich die Flusen. Da er ein Mann war, richtete sich seine Aufmerksamkeit sofort auf mich, nicht auf Bud. »Haben Sie was fallengelassen, Miss?«

»Mein Schnürsenkel war offen«, erwiderte ich, obwohl mir sein beißender Sarkasmus natürlich nicht entgangen war. Er grinste, wie um zu zeigen, dass er meine Lüge sehr wohl durchschaut hatte, worauf ich lächelte, als sei mir das piepegal.

»Da es sich hier um mein Büro handelt, nehme ich an, dass Sie wissen, wer ich bin. Allerdings kann ich das umgekehrt von mir nicht behaupten.«

Bud erhob sich, ganz der höfliche Detective, und ich, der zwielichtige, umrundete den Schreibtisch. »Ms Macy war so nett, uns hier im Warmen warten zu lassen«, entgegnete er.

Dr. Young fand das weder komisch, noch schien er Ms Macys Entscheidung gutzuheißen. Er betrachtete uns nur eine Weile. »Ich verstehe«, sagte er schließlich. »Und darf ich fragen, was Sie zu mir führt?«

»Natürlich«, antwortete ich. »Wir sind Detectives aus Canton County und wollten uns nach einem Ihrer Patienten erkundigen.«

»Ach, ja? Könnte ich vielleicht einen Ausweis sehen?«

Mann, der nahm es aber ganz schön genau. Insbesondere, wenn man bedachte, dass wir beide unsere Dienstmarken gut sichtbar um den Hals hängen hatten. Meiner Ansicht nach hätte er nur seine Brille aufzusetzen brauchen, anstatt sie weiter an dieser albernen und nicht sehr männlich wirkenden Kordel baumeln zu lassen. Dennoch hielten wir gleichzeitig unsere offiziellen Visitenkarten hoch, um zu zeigen, dass wir für denselben Sheriff arbeiteten.

»Es wäre nett, wenn Sie vorher angerufen hätten, um mir Gelegenheit zu geben, mich vorzubereiten.«

»Glauben Sie, dass für ein Gespräch mit der Polizei Vorbereitungen nötig sind?«, gab ich zurück.

Unsere Blicke trafen sich. Inzwischen musterte er mich prüfend, und ich hatte den Verdacht, dass er nicht mit dem Gedanken spielte, mir einen Orden wegen guter Führung zu verleihen. Dann schenkte er mir ein sehr freundliches Lächeln, wobei er Zähne zeigte, die so weiß und regelmäßig waren wie die der Nachrichtensprecherinnen im Fernsehen – der Nachrichtenbarbies, wie ich sie nannte. Im nächsten Moment lachte er laut auf, als hätte ich einen besonders guten Witz gerissen. Bud und ich starrten ihn an. An unseren Zwerchfellen regte sich nichts, obwohl wir beide nah und fern für unseren Humor bekannt sind. Anscheinend saß ich auf der Leitung.

»Verzeihung, dass ich so gereizt bin. Ich habe gerade eine unangenehme Sitzung hinter mir und lasse es offenbar gerade an Ihnen aus. Sie kennen das ja, projizierte Aggression und so. Bitte setzen Sie sich, Detectives.«

Gereizt traf den Nagel auf den Kopf. Ich benutze diesen Ausdruck zwar nicht häufig, doch im Augenblick beschrieb er meine Stimmung recht gut. Bud und ich nahmen wieder unsere Plätze ein und beobachteten, wie der Doc den Schreibtisch umrundete. Dabei warf er, wie mir auffiel, einen kurzen Blick auf meine Schuhe, vermutlich um Ausschau nach kürzlich gebundenen Schnürsenkeln zu halten. Zum Glück trug ich meine schwarz-orangefarbenen Basketballstiefel von Nike, weshalb die Schnürsenkelgeschichte glaubhaft klang.

»Möchten Sie eine Cola? Kaffee? Sonst etwas?«

»Nein, danke«, erwiderte ich. »Ich trinke nicht.«

Anstatt meine komödiantische Ader gebührend zu würdigen, ging Dr. Young zu einem kleinen, in einem niedrigen Schrank aus Eichenholz verborgenen Kühlschrank und holte eine Dose Cherry Coke für Bud und eine Flasche Ozarka-Wasser, die beliebteste Marke in den Ozarks, für sich selbst heraus. »Sind Sie sicher?«, fragte er mich.

»Haben Sie einen heißen Kakao da?«

»Ich fürchte nicht, Detective. Falls Sie wirklich so frieren, kann ich Ihnen einen Pullover von mir leihen.«

Ein Schicksal, schlimmer als der Tod. Ich stehe nun wirklich nicht auf Rautenmuster im Stil der Vierziger. Also wies ich den Pullover zurück, überlegte es mir jedoch anders und nahm die Wasserflasche an. Während er sie zutage förderte, vergewisserte ich mich, dass sich niemand an Buds Coke zu schaffen gemacht hatte. Ich misstraute diesem Kerl bereits, obwohl ich ihn erst seit wenigen Minuten kannte. Natürlich ging es mir bei den meisten Leuten so. Nachdem der gute Doktor Bud die Cola und mir das Wasser gereicht hatte, setzte er sich hinter seinen Schreibtisch. Bud riss die Dose auf. »Also gut, was kann ich für Sie tun, Officers?«

»Soweit uns bekannt ist, haben Sie einen Patienten namens Michael Murphy behandelt.«

»Das stimmt. Steckt er in irgendwelchen Schwierigkeiten?«

Ja, das konnte man laut sagen. »Ja, Sir, er wurde gestern Abend erhängt an einem Brückenpfeiler aufgefunden. Er ist tot. Offenbar Selbstmord.«

Kurz verschluckte er sich an seinem naturbelassenen Ozarka-Wasser. »Wollen Sie mich auf den Arm nehmen?«

Das klang nicht unbedingt nach Psycho-Jargon. Aber schließlich hatten wir ihn gerade mit einer Tsunamiwelle überrannt. Zumindest machte es den Anschein.

»Ich fürchte, über derartige Dinge scherzen wir nicht. Tut mir leid, dass ich Ihnen diese schlechte Nachricht überbringen muss.«

Dr. Young stand auf und straffte die Schultern, als müsse er um Fassung ringen. Er kehrte uns den Rücken zu, starrte hinaus auf den Rasen und wandte sich nach einer Weile wieder um. »Ich kann Ihnen bestätigen, dass ich ihn behandelt habe«, meinte er. »Doch leider darf ich nicht weiter ins Detail gehen. Sicher ist Ihnen klar, dass mir das wegen des Patientengeheimnisses rechtlich nicht möglich ist.«

»Ihr Patient ist tot, Doctor, und liegt gerade bei uns im Leichenschauhaus. Vielleicht ist er ermordet worden, und womöglich hat er sogar selbst einen Mord begangen. Wir brauchen Ihre Hilfe, um das herauszufinden.«

»Was soll das heißen, er könnte einen Mord begangen haben?«

»Es gibt ein zweites Opfer, eine Frau, die bis jetzt noch nicht identifiziert werden konnte. Wir hoffen, dass Sie sie vielleicht kennen. Ihre Familie muss verständigt werden.«

»Gehen Sie ernsthaft davon aus, dass Mikey diese Frau getötet hat?«

»Ja, sehr ernsthaft. Allerdings sind wir noch nicht sicher. Ich halte es jedoch für denkbar. Aber wir stehen noch ganz am Anfang unserer Ermittlungen. Deshalb sind wir auf Ihre Mitarbeit dringend angewiesen. Michael Murphy ist tot, was Sie von der Pflicht befreit, das Patientengeheimnis zu wahren. Sollten Sie sich dennoch weigern, werden wir uns eine richterliche Anordnung besorgen, um Ihre Patientenkartei zu beschlagnahmen. Das heißt, Sie müssen sie uns so oder so übergeben. Die Entscheidung liegt ganz bei Ihnen, Doctor.«

»Tut mir leid, ich würde gerne helfen, doch ich versuche, die Privatsphäre meiner Patienten so lange wie möglich zu schützen. Vielleicht möchte seine Familie nicht, dass seine persönlichen Daten an die Öffentlichkeit kommen. Haben Sie überhaupt schon mit seiner Familie gesprochen?«

»Ja, die Angehörigen wurden auf dem üblichen Wege verständigt. Wir waren heute Vormittag dort.«

»Wie haben sie es aufgenommen?«

»Natürlich waren die Eltern erschüttert. Zumindest einer von ihnen.«

»Hat Mary Fern gefasst reagiert?«

»Ja, Sir, das hat sie. Kennen Sie die Murphys gut, Doctor?«

»Ja, das könnte man so sagen. Mikey ist mein Cousin.«

Nun, das war ja wirklich interessant. Mom und Dad hatten die Verwandtschaft mit keiner Silbe erwähnt. Warum nur?

Bud ergriff das Wort. Wie immer warfen wir uns die Bälle zu. Ich nützte die Gelegenheit, um den Schraubverschluss meiner Wasserflasche daraufhin zu überprüfen, ob sie noch original verschlossen war, öffnete sie dann und trank einen Schluck. Man kann nie vorsichtig genug sein. Ich stellte fest, dass ich wirklich Durst hatte.

»Sie haben einen Familienangehörigen behandelt?«, wunderte sich Bud. »Ich dachte, so etwas wäre in Pyschologenkreisen nicht gut angesehen.«

Black hatte vor langer Zeit seine eigene Nichte behandelt – ganz zu schweigen von mir. Doch ich hatte Lust, diesen Kerl ein bisschen zu ärgern.

»Bitte beantworten Sie die Frage, Dr. Young«, beharrte ich deshalb.

Dr. Young wandte sich zu mir um und fixierte mich eine oder zwei Sekunden lang mit seinem Blick. »Ach, wissen Sie, ich glaube, ich habe vorhin Ihre Namen nicht ganz verstanden.«

»Ich heiße Claire Morgan, er ist Bud Davis.«

Der Anflug eines Lächelns. »Ja, von Ihnen habe ich schon gehört, und jetzt ist mir auch klar, woher Sie mir so bekannt vorkommen. Nick Black ist ein alter Freund und Kollege. Ich habe einige Kongresse besucht, bei denen er Vorträge gehalten hat. Sehr aufschlussreich. Er ist wirklich brillant.«

»Ja, er hat Ihren Namen erwähnt und sich erinnert, dass er Mikey an diese Klinik überwiesen hat. Ist das korrekt?«

»Ja, hat er, doch das lag daran, dass Mikeys Eltern eine Behandlung durch mich wünschten. Ihnen war es wichtig, dass seine Probleme in der Familie blieben, wenn Sie verstehen, was ich meine. Sicher können Sie sich denken, dass sie wegen Josephs Kontakten in die höchsten Regierungskreise unter allen Umständen vermeiden wollten, dass etwas an die Öffentlichkeit kommt.«

»Ja, diesen scharfsinnigen Einfall hatten wir auch schon«, entgegnete Bud.

Ich hörte doch tatsächlich Sarkasmus aus dieser Bemerkung heraus. Ehrenwort.

»Ich habe so einen Eindruck, dass Sie das Bedürfnis nach Schutz der Privatsphäre ablehnen«, sagte Dr. Young zu Bud.

Nun war ich an der Reihe. »Ganz und gar nicht, Doctor. Hätten Sie jetzt vielleicht Zeit, mit uns zu sprechen?«

»Ich beantworte natürlich alle Fragen, zu denen ich mich im Rahmen der gesetzlichen Regelungen für meinen Berufsstand äußern darf. Allerdings ist das, wie ich Sie warnen muss, nicht viel. Auf Einzelheiten, was Mikeys Zustand betrifft, werde ich ganz sicher nicht eingehen.«

»Warum erzählen Sie uns nicht einfach so viel, wie Sie können. Und dann wenden wir uns schnurstracks an einen Richter und besorgen uns eine Anordnung für den Rest«, schlug Bud vor.

Manchmal kann Bud sich gebärden wie die Axt im Walde. Nicht so sehr wie ich natürlich, aber meistens reicht es aus. Dass er Young nicht ausstehen konnte, war unverkennbar. Doch das mochte auch daran liegen, dass Young seine Brille an einer mädchenhaften roten Kordel um den Hals trug.

Dr. Youngs Mundwinkel zogen sich zwar ein kleines bisschen nach oben, doch seine Augen funkelten weiter kalt und gleichmütig blau. Er lächelte überhaupt sehr viel. Man konnte es beinahe als herablassend bezeichnen. Vielleicht wäre es eine gute Idee, seine Vergangenheit unter die Lupe zu nehmen. Wir saßen in unheilverkündendem Schweigen da, während er an seiner Wasserflasche nippte. Vermutlich legte er sich gerade nach Psychojargon klingende Worte zurecht, die einfach nur »nein« bedeuteten.

»Mikey kam vor knapp zwei Jahren zu mir, wenn ich mich recht entsinne. Er lebte eine Weile hier in der Klinik. Nachdem wir ihn medikamentös richtig eingestellt hatten, fühlte er sich allmählich besser. Er verließ uns wieder und kehrte in seine Wohnung in Osage Beach zurück. Soweit ich informiert bin, geht es ihm gut.«

»Gut würde ich das nicht unbedingt nennen, wenn man seinen Selbstmord in Betracht zieht«, wandte ich ein.

»Sie halten es also für Selbstmord?«

»Es macht jedenfalls diesen Eindruck. Doch der kann zuweilen trügen. Das kennen Sie sicher aus beruflicher Erfahrung.«

»Hat er einen Abschiedsbrief hinterlassen?«, fragte der Arzt.

»Nein. War Michael Murphy selbstmordgefährdet, als er bei Ihnen in Behandlung war?«

»Diese Information darf ich nicht preisgeben.«

»Mikey ist tot, Sir. Wir versuchen herauszufinden, ob er einem Mord zum Opfer gefallen ist. Sie sind sein Cousin. Also machen Sie es uns doch nicht so schwer.«

»Ich muss mich an meine Standesregeln halten. Sicher würde Dr. Black bei einem seiner Patienten genauso verfahren.«

Das würde er bestimmt, aber, na und? »Gibt es sonst noch etwas, das Sie uns erzählen können?«

»Mag sein, sofern wir keine Dinge behandeln müssen, die er mir im Rahmen der Therapie anvertraut hat.«

»Wann ist Michael zum ersten Mal hier behandelt worden?«

»Ich glaube, vor etwa fünf Jahren.«

»Vor der Überweisung durch Nicholas Black?«

»Richtig. Er hatte im Laufe der Zeit eine Reihe von Problemen.«

»Könnten Sie diese Probleme allgemein umreißen?«

Young antwortete nicht sofort. »Seine Eltern haben sich mit mir in Verbindung gesetzt. Sie waren in Sorge, weil er einige persönliche Schwierigkeiten hatte. Die eine Sache war die Trennung von seiner Freundin, die andere Drogenmissbrauch. Sie dachten, dass ich als sein Cousin ihn vielleicht besser verstehen und behandeln könnte als ein anderer Arzt. Das erwies sich als richtig. Schon nach kurzer Zeit fühlte er sich viel besser.«

»Hatte er je eine Rückfall, sodass er wieder aufgenommen werden musste?«

»Ja. Woher wissen Sie das?« Anscheinend war Young klar, dass ich nicht darauf antworten würde, denn er sprach weiter. »Sein Zustand verschlechterte sich, als er die verschriebenen Medikamente absetzte. Er wurde stationär aufgenommen, blieb eine Weile und erholte sich wirklich, nachdem er an meiner Gruppentherapie teilgenommen hatte.«

»War er damals selbstmordgefährdet?«

»Ich hoffe, Sie verstehen, dass ich darauf nicht eingehen kann.«

»Ich verstehe nur, dass Sie uns unnötige Umstände machen. Wir bekommen die Unterlagen ohnehin. Wenn Sie mauern, verschwenden Sie nur unsere Zeit.«

Bud übernahm. »Wann wurde er beim zweiten Mal entlassen?«

»Letzte Woche.«

»Letzte Woche? Und seitdem haben Sie weder mit ihm gesprochen noch ihn gesehen?«

»Nein.«

»Haben Sie nicht von ihm gehört?«

»Nein. Er hat sich darauf gefreut, nach Hause und in seine Pizzeria zurückzukehren. Er hing sehr an diesem Lokal.«

»Sein Tod scheint Sie nicht sehr zu berühren, Doctor. Und dabei sind Sie doch sein Cousin«, merkte ich an.

»Ich bin erschüttert. Aber ich habe durch meine Arbeit mit problembeladenen Menschen gelernt, meine Gefühle nicht zu zeigen. Sie können mir glauben, dass mir das mit Mikey sehr leidtut. Er war ein lieber Junge.«

Ich förderte den Plastikbeutel mit Michael Murphys blauem

Glasperlenarmband und die mit dem nicht identifizierten Schlüssel zutage und reichte sie Young, der sie nickend betrachtete. »Ja, ich habe ihn diese Dinger tragen sehen. Er hatte viele davon, hat mir aber nie verraten, was dahintersteckte. Er hat sogar einige meiner anderen Patienten in seiner Therapiegruppe dazu gebracht, sie zu verwenden. Keine Ahnung, was das für ein Schlüssel ist.«

»Und niemand hat Ihnen erklärt, was das für Armbänder sind? Was sie zu bedeuten haben?«

»Nein, doch ich kann auch nicht behaupten, dass ich mich ausführlich danach erkundigt hätte. So laufen meine Sitzungen nicht ab.«

»Oh? Und wie laufen sie dann ab?«

»Nach einer allgemein üblichen Methode. Ziemlich so, wie Ihr Dr. Black vermutlich auch vorgeht.«

Ich hasse es, wenn die Leute ihn als meinen Dr. Black bezeichnen, so sehr es auch zutreffen mochte. »Ich glaube, mein Dr. Black bevorzugt Einzelsitzungen.«

»Ja, jeder Psychiater hat seine Vorlieben. Ich habe festgestellt, dass die Jugendlichen, mit denen ich arbeite, besser auf eine Gruppe von Gleichaltrigen ansprechen. Sie vertrauen ihnen viel schneller als mir. Ich beobachte sie und mische mich ein, wenn ich es für nötig halte, nachzuhaken oder das Gespräch zu lenken.«

»Haben auch andere Ihrer Kollegen hier Michael Murphy behandelt?«

»Ja, einige meiner Kollegen haben mich gelegentlich vertreten, doch das kommt selten vor. Ich wohne in der Nähe und bemühe mich, stets für meine Patienten da zu sein.«

Ich stand auf und schlenderte lässig im Zimmer herum, während er redete. In Wirklichkeit jedoch wollte ich feststellen, ob es ihm gelungen war, unbemerkt von mir die Kamera einzuschalten. Obwohl ich nicht nah genug herankam und das rote Lämpchen hinter der Grünpflanze deshalb kaum auszumachen war, blinkte es eindeutig. Also hatte er es tatsächlich geschafft, ohne dass ich es mitgekriegt hatte. Aber welchen Grund mochte er haben, unsere Befragung aufzuzeichnen?

Ich trat einen Schritt beiseite. »Filmen Sie Ihre Sitzungen, Doctor?«, fragte ich.

»Gewöhnlich schon.«

»Und aus welchem Grund?«

»Manchmal sehe ich sie mir gern noch einmal an, um festzustellen, ob ich vielleicht eine Nuance oder einen Hinweis verpasst habe. Das hat sich in der Therapie als sehr hilfreich erwiesen.«

Zeit, ihn bei einer Lüge zu ertappen. »Filmen Sie je Sitzungen, die hier in diesem Büro stattfinden?«

»Hin und wieder. Allerdings führe ich normalerweise hier keine Sitzungen durch. In diesem Raum denke ich und erledige den Formalkram. Mein Rückzugsort, wenn man so sagen will.«

»Werden wir jetzt zufällig gefilmt?«

Bud starrte mich verdattert an. Dr. Young wirkte einfach nur amüsiert. Offenbar bin ich als Polizistin wirklich eine Stimmungskanone. »Nein, obwohl das vielleicht eine gute Idee wäre. Ich habe nämlich festgestellt, dass Sie einige meiner eigenen Techniken verwenden, um Antworten zu bekommen.«

»Ach, wirklich?«

»Ist es vielleicht möglich, dass Sie uns die Einrichtung zeigen?«, fragte Bud. »Und uns ein paar Ihrer Patienten vorstellen, damit wir Mikeys Freunde befragen können?«

»Das könnte gehen, allerdings nur mit ihrem schriftlichen Einverständnis. Ich müsste sie selbst unter vier Augen darum bitten und mich dann wieder bei Ihnen melden.«

»Das wäre sehr hilfreich, Dr. Young«, erwiderte ich. Sehen Sie, wie nett ich sein kann, wenn die Leute kooperieren?«

Dr. Young grinste wie ein Honigkuchenpferd, weil wir jetzt beide »guter Polizist« spielten. »Wenn Sie möchten, würde ich Sie gerne gleich jetzt herumführen. Meine nächste Sitzung beginnt erst in etwa zwanzig Minuten. Vielleicht kann ich Sie ja mit einigen meiner Patienten bekannt machen, natürlich nur mit ihrem Einverständnis. Sozusagen, um den Weg für Ihre Befragungen zu ebnen. Es könnte sein, dass ein paar von ihnen heute mit Ihnen sprechen wollen.«

Oh, Mann, inzwischen überschlug sich der Doc beinahe vor Hilfsbereitschaft, was meinen Argwohn weckte. Das heißt nicht, dass ich ein übertrieben misstrauischer Mensch bin, der nichts und niemandem vertraut. »Okay, das wäre prima, Doctor.«

Während er voranging, wechselten Bud und ich einen unserer *Was-führt-er-im-Schilde?*-Blicke. Dennoch folgten wir dem aus heiterem Himmel so kooperativen Doctor nach draußen und den Flur entlang. Diesmal wimmelte es von Jugendlichen, die uns betrachteten, als wären wir alte Leute, die nicht hierher gehörten, was kein sehr angenehmes Gefühl ist. Doch keiner von ihnen schwenkte ein Messer, hatte eine komische Mütze auf oder sabberte. Es hatte auch keiner blauweiße Armbänder am Handgelenk.

»Hier finden unsere Gruppensitzungen statt.«

Dr. Young öffnete eine Tür. Einige seiner Patienten waren schon da, tranken Cola und Diet Dr. Pepper aus der Dose, ruhten sich auf den Sofas aus oder standen im Raum herum. Zwei oder drei Jugendliche trugen Kopfhörer und achteten weder auf uns noch auf die restliche Umgebung. Zwei weitere hatten sich abgesondert und schienen auch keine Lust auf Gesellschaft zu haben. Als einer der jungen Männer uns bemerkte, kam er lächelnd auf uns zu, als seien wir seine besten Freunde und zu seiner Geburtstagsfeier eingeladen.

»Guten Morgen, Pete«, begrüßte ihn Dr. Young. »Wie geht es dir?«

»Gut. Viel besser.«

»Schön, dass du es zur Sitzung geschafft hast. Fühlst du dich wieder wohl?«

»O ja. Es war nur wieder diese Migräne.«

»Ist Pete einer Ihrer Patienten?«, fragte ich den Arzt.

»Ja, das war ich einmal«, antwortete Happy Pete fröhlich. »Doch heute helfe ich ihm. Ich bin der Neue hier.«

»Herzlichen Glückwunsch«, sagte Bud. Er grinste zwar ebenfalls freundlich, doch ich kannte diesen Ausdruck. Er traute diesem Typen nicht über den Weg. Zu breites Grinsen, zu vergnügt, zu leutselig.

»Ja, das ist Pete Parsons, der ganze Arbeit für uns leistet.«

»Sind Sie hier, um jemanden während der Therapie zu beobachten?«, erkundigte sich Happy Pete bei uns.

»Nein«, entgegnete ich. »Wir sind Detectives und möchten mit Leuten sprechen, die Mikey Murphy gekannt haben.«

»Gekannt haben? Was soll das heißen?«

Ich warf dem Doctor einen Blick zu und überließ es ihm, die kleine Formalität zu regeln. Young senkte die Stimme und setzte eine ernste Miene auf. »Mikey wurde tot aufgefunden, Pete. Möglicherweise Selbstmord, aber man ist noch nicht sicher, ob es sich nicht doch um Mord handelt.«

Petes lächelndes Gesicht nahm den Farbton von Vanilleeiscreme an. Sein Entsetzen wirkte nicht gespielt. »Nein, nein, unmöglich. Das kann nicht wahr sein.«

Wir alle nickten ernst.

»Mein Gott, er war so ein netter Junge. Ich dachte, wir hätten ihn wieder hingekriegt.«

»Offenbar nicht«, entgegnete Bud.

Oh, Bud, heute nahm er wirklich kein Blatt vor den Mund. Ach, herrje. Außerdem schien er eine tief sitzende Abneigung gegen den armen Pete entwickelt zu haben. Also würde ich die Rolle der Guten übernehmen müssen.

»Herzliches Beileid, Pete. Waren Sie eng mit Mikey befreundet?«

»O ja, wir waren sogar vor ein paar Jahren zusammen in einer Therapiegruppe, als ich noch Patient war. Wir haben uns dort kennengelernt.«

Das deckte sich mit Youngs Schilderung des Zeitablaufs.

Ich wandte mich an Pete. »Was halten Sie davon, kurz mit

uns zu sprechen, während Dr. Young die Gruppe über Mikeys Tod informiert? Vielleicht können Sie ja einige unserer Fragen beantworten.«

»Ja, tu das ruhig, Pete«, meinte Dr. Young. »Ich komme schon allein mit der Gruppe zurecht.« Nun, hoffentlich, dachte ich. Young wandte sich wieder an mich. »Ich schaue, ob einige der Jugendlichen mit Ihnen reden wollen. Aber seien Sie taktvoll. Manche von ihnen sind noch sehr labil.«

»Das kriege ich hin.« Zugegebenermaßen nicht sehr gut, aber ich schaffe es, wenn es absolut nötig ist und wenn es um junge Menschen geht.

Ich drehte mich wieder zu Pete um. »Können wir irgendwo ungestört und unter vier Augen reden?«

»Ist es möglich, dass wir uns ins Beobachtungszimmer setzen, Doc?«

»Klar, aber pass auf, dass der Ton zum Sitzungszimmer abgeschaltet ist.«

»Wird gemacht.«

Pete brachte uns nach nebenan in einen behördengrau gestrichenen kleinen Raum, der mit Wildledersesseln in einem dunkleren Grauton und einem Teppich in einem noch dunkleren Grau ausgestattet war. Allem Anschein nach sollte das Beobachtungszimmer keine fröhliche Atmosphäre verbreiten, so viel stand fest. Hier saßen Leute und sahen den Verrückten beim Plaudern zu. Also vergesst das Osterglockengelb und das Tulpenrot. Grau, grau, grau. Mann, ich hatte jetzt schon Depressionen.

Pete setzte sich und wies auf zwei identische Drehstühle. Allerdings blieb sein Blick auf die Szene gerichtet, die sich im Nebenraum abspielte. Bud und ich nahmen Platz und schauten ebenfalls gebannt zu. Der Doctor wies die Jugendlichen an, sich in einem Halbkreis niederzulassen. Seine Miene war ernst, seine Körpersprache entspannt. Er wusste, wie man Hiobsbotschaften überbrachte. Wir drei schauten schweigend hin, denn es war verdammt offensichtlich, dass der arme Pete es kaum erwarten konnte, wie seine Schützlinge wegen der schlechten Nachricht die Fassung verloren. Leider jedoch war der genaue Zeitpunkt, an dem er es ihnen eröffnete, nur schwer auszumachen, denn es erfolgte keine Reaktion. Acht Jugendliche saßen da und starren ihn an. Also gut. Der Gipfel der Gelassenheit. Vielleicht waren sie ja auch hirntot.

»Es scheint sie nicht aus der Ruhe zu bringen«, merkte Bud an.

»Die Gruppe geht nicht gern aus sich heraus«, entgegnete Pete.

Ach, wirklich, Pete? Ich hätte es eher als Apathie bezeichnet. Sie wirkten wie junge, schlampig gekleidete Schaufensterpuppen in einer Gap-Filiale. Nur, dass sie jede Menge Piercings zur Schau trugen. Vermutlich waren auch noch zahlreiche unsichtbare vorhanden.

»Wir werden schon noch zu ihren Gefühlen vordringen. Das ist ein schrittweiser Prozess. Dr. Young geht sehr gut mit ihnen um.«

Okay, was mich betraf, war die Gruselshow nun zu Ende. »Wie gut kannten Sie den Verstorbenen, Pete?«

»Während seiner Zeit hier war er einer meiner besten Freunde. Danach haben wir uns kaum noch gesehen. Ich habe hier gewohnt, wissen Sie, so als eine Art Hausvater.« Er grinste. Ach, herrje, die Mitarbeiter von Oak Haven waren wirklich Sympathieträger. Das Problem war nur, dass ich sie ganz und gar nicht sympathisch fand, doch das war ja nichts Neues. Ich konnte nämlich die meisten Menschen auf Anhieb nicht ausstehen. Da es bei Bud genau umgekehrt ablief, ergänzten wir einander wunderbar.

Bud starrte den jungen Mann nur wortlos an, weshalb offenbar wieder ich am Zug war. »Könnten Sie mir beschreiben, was für ein Mensch er war?«

Pete strotzte anscheinend selbst im düsteren Tal des Todes noch vor lächelnder Zuversicht. »Oh, er war wundervoll. Ein positiver Mensch, immer ein Scherz auf den Lippen. Außerdem sehr klug, würde ich sagen. Ständig fiel ihm eine schlagfertige Bemerkung ein, mit der er alle zum Lachen brachte.«

Ich dachte an das bläulich angelaufene Gesicht von Mikey, der einen halben Tag lang mit einem Strick um den Hals in der sengenden Hitze gehangen hatte, und dann an seine Freundin im Ofen. Positiv, klug oder schlagfertig waren nicht unbedingt die ersten Adjektive, die mir dazu einfielen.

»Ich verstehe. Können Sie mir sagen, weshalb er damals behandelt wurde?«

»Ich denke, das geht in Ordnung, schließlich lebt er ja nicht mehr. Oder soll ich den Doctor fragen?« Er warf einen Blick in den Sitzungsraum, wo Dr. Young ein sehr ernstes Psychiatergesicht machte, und beugte sich dann zu mir hinüber. Ein eindringlicher Ausdruck stand in seinen jungen haselnussbraunen Augen. Er senkte die Stimme. »Er hatte nach dem Tod eines Familienmitglieds Selbstmordgedanken. Offen gestanden waren wir alle hier, weil wir auf die eine oder andere Weise an Selbstmord gedacht hatten. Genauso wie die Jugendlichen da drin.« Er zeigte auf den einseitigen Spiegel.

»Oh. Und jetzt geht es Ihnen anscheinend viel besser.« Ich lächelte. Ha, ha, du wirst dich in absehbarer Zukunft nicht mit einem Strick oder einer Kugel ins Jenseits befördern, richtig?

»Ja, mir geht es gut. Danke für die Frage. Ich hatte Schwierigkeiten zu Hause, weil meine Mom einen neuen Mann hatte. Doch inzwischen hat sie ihn endlich in die Wüste geschickt, weil sie dahintergekommen ist, dass er es mit der Nachbarin getrieben und mich verprügelt hat. Ich wünschte, bei allen diesen Jugendlichen lägen die Dinge so einfach.«

»Ich auch. Hat Mikey viel über sein Privatleben gesprochen?«

»Ja, manchmal schon. Das war, als wir das Zimmer geteilt haben. Doch meistens war er ziemlich verschlossen. Er behandelte alles wie einen Scherz und hat seine Trauer mit Gelächter getarnt.«

»Ich verstehe.«

»Und noch etwas: Er ging lieber zu Dr. Collins in die Einzeltherapie. Da die Gruppensitzungen bei Marty Pflicht waren, ging er auch dorthin. Aber mit Boyce verstand er sich ganz besonders gut. Keine Ahnung, warum, aber er mochte ihn lieber als Marty, obwohl die beiden Cousins sind.« Er zuckte leicht ratlos mit den Schultern.

Von diesem anderen Arzt hörte ich zum ersten Mal. »Und wer ist Dr. Collins?«

»Ein neuer Arzt hier. Er kam vor ein paar Jahren, also ist er doch nicht mehr ganz so neu. Und er ist gut. Er hatte viel Erfolg mit den Jugendlichen da draußen.« Er lächelte, als freue er sich darüber.

»Und mit Vornamen heißt er Boyce?«, fragte Bud.

»Ja, Sir.«

»Ist er heute da?«

»Nein, Sir. Er ist mit einem neuen Buch auf Lesereise. Er schreibt über Jugendliche und Gruppentherapie, hält Vorträge überall im Land und und außerdem Signierstunden.«

»Wo ist er jetzt?«

»In Memphis, doch in den nächsten Tagen wird er in Branson erwartet.«

»Glauben Sie, wir können ein Exemplar des Buches bekommen?«

»Na klar. Ich habe eins hier, das ich Ihnen leihen kann. Ich gebe es Ihnen, bevor Sie gehen. Natürlich kriegen Sie es auch bei den großen Buchhandelsketten. Aber ich warne Sie, es ist ziemlich speziell.«

Ja, ich wusste, was er damit meinte, nämlich, dass Black es vielleicht kaufen würde. Doch sonst würde sich kein Mensch, der noch bei Verstand war, durch diesen trockenen Wälzer quälen.

»Was meinen Sie mit speziell?«, erkundigte sich Bud.

»Das habe ich erst auch nicht verstanden, ich musste nachfragen. Es heißt, dass es irgendwie nur gewisse Leute anspricht.«

»Tja, um das zu kapieren, braucht man kein Genie zu sein. Wer liest schon freiwillig Psycho-Fachbücher?«, meinte Bud.

»Glauben Sie, Sie könnten ihn bitten, mich anzurufen?«, schlug ich vor, holte meine Visitenkarte heraus und reichte sie ihm. »Wir müssen so schnell wie möglich einen Termin mit ihm vereinbaren.«

»Klar. Er ist ein unkomplizierter Mensch.«

»Okay, können Sie uns mehr über Michael erzählen? Irgendetwas, das ich nicht gefragt habe, das aber trotzdem wichtig sein könnte?«

Pete überlegte eine Weile und trank einen Schluck von seiner Cola. »Nun, er hatte starke Kopfschmerzen und außerdem Träume. Richtig scheußliche, gruselige Träume.«

Das wurde hier ja von Minute zu Minute freudianischer. Black wäre begeistert gewesen. »Meinen Sie Albträume?« Mit diesem Thema kannte ich mich sehr gut aus. O ja.

»Ja, ich erinnere mich, dass er nachts schreiend aus dem Bett gesprungen ist. Und dann hat er alles ganz schnell beiseitegeschoben und sich entschuldigt.« Offenbar beunruhigt von dem Gedanken, schüttelte er den Kopf.

»Hat er Ihnen diese Albträume je geschildert?«

»Nicht wirklich. Ich glaube, es ging um den Tod. Er hat gesehen, wie seine Mutter gestorben ist, glaube ich. Oder ein anderes Familienmitglied.«

»O Gott«, sagte Bud.

Recht hatte er. »Und wie ist sie gestorben?«

»Eine Art Sturz oder so. Nein, oder ein Autounfall. Tut mir leid, ich weiß es nicht mehr genau.«

»Also ist Mary Fern Murphy nicht seine leibliche Mutter?«

»Nein. Sie und sein Dad haben lange nach dem Tod seiner wirklichen Mutter geheiratet. Einige ihrer Kinder sind seine Stiefgeschwister. Sicher kann Dr. Collins Ihnen mehr sagen, wenn Sie ihn erreichen. Sie waren ziemlich gute Freunde. Wenigstens sah es so aus.«

»Okay. Sonst noch etwas, Pete?«

»Tja, er stand auf asiatische Sachen. Sie wissen schon, Räucherstäbchen und Buddha und so. Und auf asiatische Mädchen. Er ging am liebsten mit Asiatinnen. Wahrscheinlich deshalb, weil sie alle kleiner sind als er. Er ist für einen Typen ziemlich kurz geraten.«

»Kennen Sie irgendwelche Namen?«

»Nein. Aber ich habe ihn mit der einen oder anderen gesehen.«

»Also mehr als einer?«

»Ja. Aber sie waren alle zierlich und hatten lange schwarze Haare.«

Ich zeigte ihm Armband und Schlüssel. »Wissen Sie etwas darüber?«

»Ich weiß nur, dass Mikey total abergläubisch und paranoid wurde und seine ganze Wohnung mit dem Zeug zugehängt hat. Er hat die Dinger auch getragen.«

»Und woher hatte er sie?«, erkundigte sich Bud.

»Äh, das hat er mir nie erzählt. Und ich bin nie darauf gekommen nachzufragen. Wahrscheinlich aus so einem Esoladen, nehme ich an. Der Schlüssel passt, soweit ich feststellen kann, zu keiner Tür hier.«

»Okay, Sie waren uns eine große Hilfe, Pete.«

»Hey, kein Problem. Ich finde es nur total schlimm, was mit Mikey passiert ist. Ich dachte echt, dass er es auf die Reihe kriegt. Kaum zu glauben, dass er es wirklich getan hat. Wir haben hier eine ziemlich hohe Überlebensrate.«

Wie erfreulich. »Und was ist mit den Fehlschlägen? Das heißt, wenn ein Patient trotz aller Anstrengungen Selbstmord begeht?«

Pete senkte den Kopf und machte ein ernstes Gesicht. »Das passiert öfter, als uns lieb ist. Im Laufe der Jahre gab es einige, die wir nicht erreichen konnten, ganz gleich, wie sehr wir es auch versucht haben. Es macht mich traurig, an sie zu denken.«

»Sind es viele?«

»Kommt drauf an, wie man es betrachtet. Auf die Statistiken habe ich keinen Zugriff. Also kann ich nur über die reden, mit denen ich gearbeitet habe. Und es waren zu viele.«

»Glauben Sie, dass Dr. Young uns eine Liste der verstorbenen Patienten geben würde?«

»Wahrscheinlich nicht. Aber Sie können ihn ja fragen.« Wieder blickte er in den Therapieraum. »Soll ich ehrlich sein? Mich wundert, dass er Sie überhaupt mit jemandem reden lässt. Normalerweise gibt er grundsätzlich keine Unterlagen frei. Er achtet sehr auf die Privatsphäre seiner Patienten.«

»Wir sind eben nicht irgendjemand«, entgegnete Bud. »Wir haben richterliche Anordnungen, die ihn bei der Entscheidungsfindung unterstützen.«

»Ja«, sagte Pete.

Schweigend und in Gedanken versunken, saßen wir drei eine Weile da. Meine Gedanken waren ziemlich düster, weshalb ich versuchte, mich auf die Aufklärung des Falls anstatt auf die Opfer zu konzentrieren. Inzwischen waren Bud und Pete die besten Freunde und tauschten Marathonanekdoten aus.

»Sind Sie je einen Marathon gelaufen, Detective?«, fragte mich Pete.

»Nein, wenn ich schnell zweiundvierzig Kilometer zurücklegen muss, nehme ich das Auto.«

Pete lachte über meine schlagfertige Antwort. »Sie sollten es mal damit versuchen. Es ist ein tolles Gefühl wenn man läuft und läuft, bis man völlig fertig ist, und dann trotzdem weiterläuft. Es geht um die Leistung, darum, sagen zu können, dass man es geschafft hat.«

»Ich bin lieber stolz darauf, einen schwierigen Fall aufgeklärt und einen Verbrecher hinter Gitter gebracht zu haben. Außerdem kriege ich so leicht Wasserblasen.«

Pete zwinkerte mir belustigt zu. In diesem Moment stimmte mein Telefon den »Mexican Hat Dance« an. Es war Charlie, der wissen wollte, ob wir die Eltern bereits benachrichtigt und wie sie es aufgenommen hatten. Als ich die zweite Frage mit »nicht so gut«, beantwortete, forderte er uns auf, ins Revier zu fahren und die Berichte zu schreiben, die er bei seiner Rückkehr am morgigen Vormittag vorzufinden wünschte. Ich verzog das Gesicht. »Ja, Sir, kein Problem«, entgegnete ich.

»Wir müssen mit den Jugendlichen sprechen, die bereit dazu sind«, wandte ich mich an Pete. »Danke für Ihre Hilfe. Vielleicht müssen wir noch mal mit Ihnen reden. Einverstanden?«

»Gerne.«

»Könnten Sie Dr. Collins ausrichten, dass ich mich bei ihm melden und einen Gesprächstermin vereinbaren werde?«

»Ja, Ma'am, wird erledigt. Und viel Glück. Hoffentlich finden Sie heraus, warum Mikey das getan hat. Ich kann es noch immer nicht fassen.«

»Was halten Sie davon, sich zu erkundigen, ob jemand von den Jugendlichen jetzt sofort mit uns reden will?«, meinte ich. Dabei sah ich mich im Zimmer um und überlegte, ob in den Wänden womöglich Mikrofone oder Kameras versteckt waren. Da ich das stark vermutete, fügte ich hinzu: »Können wir uns vielleicht draußen unterhalten? Das Wetter ist wunderschön.«

»Okay. Ich kümmere mich um die Patienten. Draußen unter den Bäumen stehen ein paar Picknicktische, wenn Sie die Gespräche lieber draußen führen möchten. Allerdings ist es ziemlich heiß. Soll ich Ihnen ein paar Wasserflaschen bringen?«

Die warfen hier mit den Wasserflaschen nur so um sich. Ob sie Ozarka-Aktien besaßen? »Okay, super, Pete. Klingt gut.«

Auf dem Weg nach draußen läutete Buds Telefon. Er warf einen Blick aufs Display. »Es ist Brianna aus Rom«, verkündete er. »Stört es dich, wenn ich rangehe?«

Ich lächelte. »Grüß sie ganz lieb von mir. Ich warte an den Picknicktischen, ob jemand aufkreuzt. Wir treffen uns dann am Auto.«

Bud nahm das Gespräch rasch an und steuerte auf die Vorderseite des Klinikgebäudes zu. Während ich zu den Picknicktischen schlenderte, sah ich mich nach dem Gebäude um, wo die armen, selbstmordgefährdeten Jugendlichen sich alles von der Seele redeten. Dabei fragte ich mich, wie viele von ihnen in einem Jahr wohl nicht mehr am Leben sein würden.

Bald brach der Abend des Basketballtrainings an. Viele Teilnehmer erschienen, was Tee sehr freute. Vor allem, dass die kleine Asiatin namens Lotus auch dabei war. Sie kam zu spät hereingeschlurft und hielt sich stets mitten in einer Gruppe weiterer Asiatinnen, von denen zwei wirklich hübsch waren. Sogar noch hübscher als sie. Allerdings fiel ihm auf, dass Lotus ihn nicht aus den Augen ließ. Sie versuchte zwar, es zu verbergen, und zwar sogar recht geschickt, doch hin und wieder trafen sich ihre Blicke trotzdem. Dann wandte sie sich immer mit einer zornigen Bewegung ab, als hasse sie ihn wie die Pest, nur dass das bei scharfen Bräuten – zumindest seiner eingeschränkten Erfahrung nach – normalerweise genau das Gegenteil bedeutete.

Außerdem stellte er bei dieser Gelegenheit fest, dass ziemlich viele Asiaten in Oak Haven in Behandlung waren, und er fragte sich nach dem Grund. Missouri war, soweit er wusste, nicht unbedingt für seinen hohen asiatischen Bevölkerungsanteil bekannt. Einer der Asiaten war der Betreuer und nicht viel älter als die Patienten. Er hieß Yang Wei und fügte ganz offen hinzu, dass das sein wirklicher Name sei. Yang Wei hatte sich, im Gegensatz zu fast allen anderen in der Klinik, die ein Alias benutzten, keinen Decknamen ausgesucht. Etwas daran, dass er das offenbar nicht für nötig hielt, weckte Tees Neugier, und es interessierte ihn, warum die übrigen Jugendlichen wohl in der Psychiatrie gelandet waren. Insbesondere die kleine Lotus, nicht dass das eine große Rolle gespielt hätte. Er würde sie so richtig durchvögeln, auch wenn sie nicht mehr alle Tassen im Schrank hatte.

Als sich alle versammelt und sich mit ein paar Testwürfen aufgewärmt hatten, gab Yang Wei den Ball an Tee weiter und sagte, sie würden sich zu Anfang einen Partner suchen und jeder gegen jeden spielen. Anschließend würden sie Mannschaften zusammenstellen. Tee grinste in sich hinein. Yang Wei mochte lang und mager sein, ahnte aber nichts von Tees Fähigkeiten in sämtlichen Sportarten, von seiner unglaublichen Koordination zwischen Hand und Auge und von den vielen Pokalen, die er allein im Basketball gewonnen hatte.

Natürlich machte Tee ihn zur Schnecke, aber es war ganz schön knapp. Yang Wei war nämlich ziemlich gut. Danach kam er auf Tee zu. »Du bist echt eine Kanone, Kleiner. Schnell wie der Blitz«, sagte er.

»Ja, das ist mein Spitzname auf dem Platz. Blitz.«

»Ist Tee dein wirklicher Name?«

»Nope. Den behalte ich für mich. Du erfährst ihn früh genug, wenn wir zusammen in der Nationalliga spielen.«

»Was hältst du von einer Cola?«

»Klar.«

Sie saßen zusammen auf der Zuschauertribüne und beobachteten die anderen beim Spielen. Inzwischen trat Lotus gegen Horse an. Dass mit der Drei-Punkte-Linie war nicht übertrieben gewesen. Er sah zu, wie sie sechs Bälle am Stück im Korb versenkte, wobei sie kaum das Netz streifte. Doch am spannendsten fand er, wie ihr bei jedem Wurf das kurze Oberteil hochrutschte, sodass ihre straffe Taille in Sicht kam. Wahrscheinlich stemmte sie Gewichte, um solche Bauchmuskeln zu bekommen. Mann, ihr Waschbrettbauch war beinahe so gut definiert wie seiner.

Yang Wei öffnete seine Coladose und behielt dabei die anderen im Auge. »Und wie gefällt es dir in unserer glücklichen kleinen Gemeinschaft Oak Haven?«, fragte er.

»So übel ist es nicht. Ich habe es mir schlimmer vorgestellt.«

Yang Wei grinste. »Wenigstens bist du ehrlich.«

Tee stellte fest, dass Yan Weis Englisch perfekt war. Er klang wie ein ganz normaler Amerikaner. Ob er wohl in den USA geboren war? Doch Tee hakte nicht weiter nach. »Ja, normalerweise nehme ich kein Blatt vor den Mund«, erwiderte er stattdessen.

»Du bist in meine Therapiegruppe eingeteilt. Nicht immer, aber hin und wieder, der Abwechslung halber.«

»Okay. Bist du gut in diesem Analysemist?«

»Du bist ganz schön direkt, Tee, mein Junge. Aber um deine Frage zu beantworten: Ich bin sehr gut. Mein Ziel ist, dass die Sitzungen euch Spaß machen sollen. Nun, eben nicht so anstrengend wie die anderen.«

»Aber du bist noch kein Doc?«

»Nope. Doch ich arbeite hart daran. Lange dauert es nicht mehr.«

»Bist du Amerikaner chinesischer Abstammung oder kommst du direkt aus China?«

»Ich bin in China geboren.« Sie beobachteten, wie Lotus wieder einen perfekten Korb warf. »Aber ich bin zusammen mit Lotus abgehauen. Sie ist meine kleine Schwester.«

»Echt? Das wusste ich gar nicht.« Außerdem könnte es die Sache für mich verkomplizieren, fügte Tee in Gedanken hinzu.

»Ja, wir waren wegen eines internationalen Basketballwettkampfs in St. Louis und haben es geschafft, unseren Bewachern zu entwischen.«

Nun, das war wirklich interessant. Andererseits wusste er, dass Yang Wei nicht ohne Hintergedanken freundliche Konversation mit ihm betrieb. Er versuchte, Tees Vertrauen zu gewinnen, damit dieser später mehr aus sich herausging. Allerdings hatte Yang Wei bereits den Fehler gemacht, Tees Intelligenz zu unterschätzen, doch das war eher ein Vorteil. »Haben sie versucht, euch wieder einzufangen?«, erkundigte er sich.

»Falls ja, haben sie uns noch nicht gefunden.«

»Und wie seid ihr hier mitten in der Provinz gelandet?«

»Lotus konnte sich einfach nicht damit abfinden, dass sie ihre Heimat nie wiedersehen wird. Anfangs hatte sie große emotionale Probleme damit, und so schlugen uns die Leute, die uns Asyl gegeben haben, vor, sie solle sich doch hier behandeln lassen. Dann haben sie mir eine Anstellung in der Klinik besorgt, damit wir zusammenbleiben konnten. Das war vor einigen Jahren. Seitdem werden auch andere Flüchtlinge hierher geschickt, um Druck abzubauen und sich in der neuen Kultur einzugewöhnen. Viele von uns entwickeln eine Paranoia, weil die Regierung Leute losschickt, um uns zu suchen. Lotus lebt in ständiger Angst vor einem Mordanschlag. Sie hat für die chinesische Olympiamannschaft trainert. Basketball der Frauen, eine der beiden Aufbauspielerinnen. Eine steile Karriere. Warte nur, bis du einen Tempogegenstoß von ihr siehst.

»Wow, das ist ja eine ganz tolle Sache, Yang Wei. Außerdem finde ich sie wunderschön. Ich habe auch ein paar Schwestern, aber die sehen alle zum Kotzen aus.«

Yang Wei nickte lachend. »Ja, sie ist wirklich wunderschön. Doch sie hat auch viele Probleme. Allmählich wird es besser. Die Ärzte gehen sehr gut mit ihr um.«

»Du auch?«

»Ich bin kein Arzt, aber ich habe einen Draht zu ihr. Sie und eine Halbschwester sind das Einzige, was ich noch habe. Unsere restliche Familie sitzt in Shanghai fest.«

Eine Weile herrschte Schweigen. »Ich habe deine Akte gelesen«, sagte Yang Wei schließlich. »Mann, du hast ja einiges hinter dir.«

Zunächst antwortete Tee nicht, beschloss aber dann, das Spiel mitzumachen. Da es ein Leichtes für ihn sein würde, von hier zu verschwinden, wenn der richtige Zeitpunkt gekommen war, war es vielleicht ratsam, gleich zu Anfang den Grundstein für seine wundersame Heilung zu legen. »Ja, mein Dad macht sich große Sorgen um mich. Er hält mich für selbstmordgefährdet und so. Doch das stimmt nicht mehr.«

»Wenn ich mich richtig erinnere, hast du einige Mitglieder deiner Familie sterben gesehen. Das muss ziemlich hart gewesen sein.«

»Ja. Ich konnte meine Mom nicht aufhalten, obwohl ich es versucht habe.«

»Mist. Denkst du oft daran?«

Aha, sagte ich Tee. Schon kapiert. Yang Weis Aufgabe war es, ihn in einer unverfänglichen Situation zum Reden zu bringen, wenn er nicht auf der Hut war, um herauszufinden, was er spontan so von sich geben würde. Diese Seelenklempner waren wirklich leicht durchschaubar.

»Ich will nicht darüber reden«, erwiderte er.

»Okay, klar. Vielleicht ein andermal.«

»Ja, vielleicht. Oh, da ist ja mein Mitbewohner. Wir sehen uns später.«

Yang Wei nickte. Tee kletterte von der Tribüne und schlenderte davon. Ach, herrje, für wen hielten die ihn denn? Für eine Art Vollidiot? Es würde ein Heidenspaß werden, sie an der Nase herumzuführen. Ein intellektueller Wettstreit, den er genießen würde. Doch jetzt musste er erst einmal Lotus allein abfangen.

Drei Abende später war es so weit. Allmählich verhielt sie sich ihm gegenüber ein wenig freundlicher. Das hieß, zumindest beschimpfte sie ihn nicht mehr. Als er sie eines Abends an einem Picknicktisch unter den Bäumen vor ihren Schulbüchern sitzen sah, beschloss er, Buddy loszuwerden, der ihm inwischen überallhin folgte wie ein bescheuerter Schiffshalterfisch, der an einem Hai schmarotzt. Es dämmerte, und Tee wies Buddy an, zurück in ihr Zimmer zu gehen und nachzuschauen, ob jemand angerufen habe. Noch nie hatte Tee einen Menschen erlebt, der sich so leicht manipulieren ließ wie Buddy. Allerdings waren eigentlich alle, die er kannte, leicht zu manipulieren. Man brauchte nur zu wissen, auf welche Knöpfe man drücken musste.

Er schlenderte wie zufällig zu dem Tisch hinüber und setzte sich Lotus gegenüber. »Hey, Kleine, hast du je Mondscheintennis gespielt?«

»Was?« Sie klang herablassend und bedachte ihn mit einem kühlen Blick.

»Mondscheintennis. Das ist ein Spaß. Man schlägt den Ball in der Dunkelheit hin und her und sieht ihn erst, wenn er beinahe den Schläger berührt. Eine gute Übung für die Augen-Hand-Koordination.«

»Wahrscheinlich würde ich dich sowieso schlagen, wenn ich will. So wie in jeder anderen Sportart auch.«

Das Mädchen liebte Herausforderungen, das war die Methode, sie dranzukriegen. Außerdem fand sie ihn sympathischer, als sie verriet. Das lag daran, dass er so gut aussah und die Mädchen anzog wie geschmolzene Schokoeiscreme die Fliegen.

Sie zögerte. »Ich habe keine Zeit.«

»Ach, komm schon, es ist ein Spaß. Du kannst ja noch später weiterbüffeln.«

Endlich biss sie an und klappte das Buch zu. »Okay, aber mach dein Testament, Mr Tee.«

»Die Schläger und die Bälle werden da drüben in einem Schuppen aufbewahrt. Ich habe gefragt.«

Der Tennisplatz befand sich zwar am anderen Ende der Sporthalle, doch die meisten Patienten durften sich auf dem Klinikgelände frei bewegen. Es brannte kein Licht. Allerdings hatte Tee bereits herausgefunden, dass es am Laternenmast einen Knopf zum Einschalten gab. Auch der Schuppen war beleuchtet. Tee öffnete die Tür, machte Licht und holte zwei Schläger und eine Plastikröhre voller neuer gelber Tennisbälle.

»Es ist schon fast dunkel genug. Wir wollen noch ein paar Minuten warten, dann wird es schwieriger.«

»Okay, gib mir den Wilson, mit dem spiele ich besser.«

»Also kannst du Tennisspielen?«

»Natürlich, du Blödmann. Glaubst du, ich hätte die Wette angenommen, wenn ich dich nicht besiegen könnte?«

»Du bist ziemlich gerissen, Lotus.«

»Danke, das war wahrscheinlich ein Kompliment.«

»Ich mag deinen Bruder.«

»Er ist in Ordnung.«

»Vermisst du China?«

»Bist du neugierig?«

»Ja, ziemlich.«

Sie schenkte ihm ein kurzes Lächeln, das jedoch rasch wieder verflog. »Dann also los. Ich muss vor dem Unterricht morgen noch das Kapitel zu Ende lesen. Wir schreiben eine Prüfung, und ich kriege immer eine Eins.«

Also schalteten sie die Platzbeleuchtung aus und spielten einen harten, schnellen Ballwechsel. Sie war wirklich gut. Als der beinahe volle Mond aufging, war es gerade noch hell genug, um den Ball etwa einen Meter fünfzig vom Schläger entfernt zu sehen. Es machte wirklich Spaß, vor allem wenn sie ausholten und daneben trafen. Sogar Lotus lachte einige Male.

»Gut, du hast gewonnen!«, rief er schließlich. »Ich bin total erledigt.«

Natürlich hatte er sie gewinnen lassen, weil das nur zu seinem Vorteil war. Wenn er gewollt hätte, hätte er sie vom Platz fegen können.

»Das habe ich dir doch gleich gesagt«, antwortete sie und gab ihm den Schläger zurück.

Der richtige Moment war da, und er verschwendete keine Sekunde davon. Immerhin konnte jederzeit einer der Betreuer argwöhnisch werden und sich auf die Suche nach ihnen machen. Also hielt er ihr mit einer plötzlichen Bewegung den Mund zu und schlang ihr den anderen Arm um die Taille. Dann zerrte er sie in den Schuppen und trat die Tür mit dem Fuß zu. Da kein Licht brannte, konnte er ihren ängstlichen Gesichtsausdruck leider nicht sehen. Für eine so zierliche Person wehrte sie sich ziemlich heftig, und sie war stärker, als er erwartet hatte. Allerdings war sie ihm hoffnungslos unterlegen.

»Sei einfach still und genieß es«, flüsterte er ihr ins Ohr, legte sich auf sie und drückte sie mit dem Gewicht seines Körpers zu Boden. Als sie sich unter ihm wand, löste das ein prickelndes Gefühl in ihm aus, das direkt in seinen Schwanz schoss und ihn hart werden ließ. Keuchend rieb er mit der Hand über ihre Brüste und schob sie unter ihr T-Shirt.

Lotus sträubte sich zwar noch wilder, doch seine Hand auf ihrem Mund hinderte sie am Schreien. Als sie einfach nicht aufhörte, Widerstand zu leisten, hielt er ihr auch noch die Nase zu, bis sie keine Luft mehr bekam.

»Pass auf, Lotus. Wir werden es so oder so tun, kapiert? Entspann dich einfach, dann wirst du genauso viel Spaß haben wie ich. Wenn nicht, tut es weh.«

Daraufhin erstarrte das Mädchen, und die erstickten Schreie und das Gezappel hörten auf. Er riss ihr die Shorts herunter und fummelte an ihrer Unterhose. Sie rührte sich nicht. Also machte er weiter, nahm sie sich, und spürte, wie all die seit ihrer ersten Begegnung aufgestaute Spannung sich auf wundervolle Weise entlud. Anschließend wurde ihm klar, dass er nun keine Jungfrau mehr war. Außerdem war sie auch keine gewesen. Nachdem er fertig war, zog er seinen Reißverschluss zu und wich zurück. Sie bewegte sich noch immer nicht, sondern lag einfach nur reglos, stumm und mit geschlossenen Augen da wie eine Tote.

»Komm schon, Lotus, so schlimm war es nun auch wieder nicht, oder?«

Sie schwieg und war so starr, dass er schon befürchtete, sie könnte gestorben sein. Doch als er die Hand auf ihre nackte Brust legte, spürte er, dass sie ganz normal atmete.

»Okay, das wars für heute. Sprich mit niemandem darüber, verstanden? Sonst bringe ich dich um. Ich habe ein Messer in meinem Zimmer, und ich werde es tun. Und dann lasse ich alles so aussehen, als ob es diese chinesischen Ninjas gewesen wären, oder wie diese Typen sonst heißen, die nach dir suchen.«

Endlich zeigte Lotus eine Reaktion: Sie fing an zu zittern wie Espenlaub.

»Und Yang Wei bringe ich auch um«, fügte er sicherheitshalber hinzu. »Und zwar, wenn er es am wenigsten erwartet. Alle werden es für einen Unfall halten.«

Daraufhin schlug Lotus die Augen auf und starrte ihn an. Im Mondlicht, das durch einen Ritz im Dach hereinfiel, konnte er ihre Augen sehen. Er legte ihr beide Hände um den Hals und drückte ein bisschen zu, allerdings nicht zu fest.

»Wirst du es jemandem sagen?«

Als sie den Kopf schüttelte, wälzte er sich von ihr herunter, stand auf und blickte auf sie hinab. »Gut. Vielleicht habe ich in den nächsten Tagen noch einmal Lust darauf. Und du wirst tun, was ich von dir verlange, verstanden?«

Sie nickte wortlos, rappelte sich mühsam auf, rückte ihre Kleider zurecht und ging davon, ohne zu rennen.

Tee war sehr zufrieden mit sich. Sie hatte es besser weggesteckt als erwartet. Vielleicht war es ja doch nicht so schlimm für sie gewesen. Es war angenehm, eine willige Partnerin für die Befriedigung seiner gerade erst entdeckten sexuellen Bedürfnisse zu haben. Außerdem würde sie sich nun, nachdem sie Sex gehabt hatten, ihm gegenüber nicht mehr so aggressiv und dominant verhalten. Vielleicht hatte sie ja endlich begriffen, wer von ihnen beiden hier der Boss war. Und er selbst war jetzt ein Mann, der mit einer hübschen Frau Sex gehabt hatte. Nein, so übel war dieser Laden wirklich nicht. Er passte wunderbar hierher.

# *Neun*

Als ich draußen in der frischen Luft saß, wo die Sonne durch die ausladenden Äste einiger riesiger Eichen strömte und mir eine feuchtheiße Brise das Haar vom Nacken wehte, sehnte ich mich nach dem kühlen, dunklen Flur, den ich gerade verlassen hatte. Ein Stück weiter auf dem Rasen sah ich Bud, der telefonierend an einem Baum lehnte. Immer wieder stieg mir Rosenduft in die Nase, vermutlich weil Hunderte von ihnen an einem etwa zwei Meter entfernten Rankgerüst wuchsen. Außerdem gab es rings um die Picknicktische Unmengen von Blumenbeeten, Hängetöpfen und Pflanzkübeln, weshalb sich würzige Aromen und Blütengeruch mischten. Ich hoffte nur, dass ich nicht allergisch war.

Da ich sogar im Schatten heftig schwitzte, war ich erleichtert, als Happy Pete, eine eiskalte Flasche Ozarka-Wasser in der einen und Boyce Collins' Buch in der anderen Hand, auf mich zukam. »Bitte sehr, Detective Morgan. Kann ich sonst noch etwas für Sie tun?«

»Nein, danke, alles bestens.«

»Also gut. Ich muss mich sputen. Ich komme zu spät zu einer Sitzung.«

»Danke, Pete.«

Während er sich trollte, schnupperte ich die schwer in der Luft liegenden Blumendüfte, öffnete die Flasche, trank etwas von dem eiskalten Wasser und blätterte Collins' Buch durch, in dem es um Leuchtkästen, Schallwellen und Hypnose ging. Da mich das Fachchinesisch ziemlich langweilte, griff ich zum Telefon, um Black anzurufen. Wahrscheinlich würde er mir alles in höchstens zwei Minuten erklären und mich von meinen Qualen erlösen können.

Gut, inzwischen wurden die Gerüche, die auf mich einstürmten, aufdringlich, um nicht zu sagen brechreizerzeugend. Allmählich fragte ich mich, ob ich mich womöglich einer experimentellen Aromatherapie für die armen gefährdeten Teenies aussetzte, die hier herumlungerten, vermutlich ebenfalls, ohne Verdacht zu schöpfen. Hoffentlich atmete ich dabei keine wirksamen Substanzen oder gar Allergene ein. Während das Telefon durchläutete, ließ ich den Blick über die Rasenfläche schweifen und hielt Ausschau nach versteckten Wanzen oder auf mich gerichtete Überwachungskameras. In diesem Laden gab es mehr Kameras als in einer Reality-Show auf CBS, mit Ausnahme von *Big Brother* vielleicht. Langsam bezweifelte ich, dass man es hier mit der Privatsphäre der Patienten so genau nahm.

Endlich ging Black ans Telefon. »Hallo, Liebling«, meldete er sich. »Lässt man dich nicht weg? Und da ich dich kenne, meine ich das wörtlich.«

»Was soll das heißen?«

»Wir waren zu einem späten Frühstück bei mir verabredet, bevor ich losmuss. Schon vergessen?«

Mist. »O ja, tut mir leid, da ist etwas dazwischengekommen.«

»Ich habe versucht, dich zu erreichen, aber du hast nicht abgenommen.«

»Ich war in Jefferson City, um den Eltern die Nachricht zu überbringen, und konnte deshalb nicht rangehen. Ich wollte dich so bald wie möglich anrufen.«

»Darf ich es wagen, dich zu fragen, wo du bist?«

»Oak Haven Clinic. Ich schnuppere gerade an Millionen von Zinnien.«

»Ernsthaft?«

»Die Klinik oder die Blumen?«

»Komm schon, Claire.«

»Wir haben heute Morgen Dr. Young befragt. Jetzt befassen wir uns mit einigen der Patienten. Wo bist du?«

»Irgendwo über Ohio.«

»Oh, ach übrigens, was weißt du über Leuchtkästen, Schallwellen und dieses Hypnotherapiezeug, mit dem Boyce Collins herumspielt?«

»Nicht viel. Das ist alles hoch experimentell. Ich habe einige Artikel darüber in psychiatrischen Fachzeitschriften gelesen. Er hat gerade ein Buch darüber herausgebracht.«

»Ja, ich habe es gerade in der Hand. Was meinst du? Funktioniert das?«

»Vielleicht. Manchmal erzielt er ziemlich gute Resultate. Er ist jung und klug und mächtig auf Zack. Aber offen gestanden klingt das für mich wie ein Gimmick, um seine Bücher zu verkaufen und berühmt zu werden. Soweit ich im Bilde bin, hat Young auch seine Finger im Spiel. Die beiden schwören auf diese Methode.«

»Hey, vielleicht lasse ich Young es mal bei mir ausprobieren. Nur, um zu schauen, was passiert.«

Schweigen. Einen Moment lang. Allerdings erspürte ich schon den ersten Anflug von Missfallen. »Mit solchen Vorschlägen solltest du vorsichtig sein, Claire.«

Eigentlich war das nur ein Scherz gewesen, einer meiner seltenen und kläglichen Versuche, Heiterkeit hervorzurufen. Ich hätte nicht mit einer so ernsten Reaktion gerechnet. »Warum? Könnte er mein Gehirn in ein Marshmallow verwandeln?«

Blacks Reaktion fiel empört aus. »Sofern ich noch auf dem neuesten Stand sein sollte, bin ich dein Arzt, und ich will nicht, dass jemand anderer an deinem Kopf herumfuhrwerkt. Oder an deinem Körper.«

Ich sage doch schon immer, dass dieser Mann nur an das eine denkt. »Keine Sorge. Vertrau mir, niemand außer dir wird an meinem Kopf herumfuhrwerken. Ein Mensch, der noch bei klarem Verstand ist, wird sich eine derart gewaltige Aufgabe auch nicht aufladen.« Witz Nummer zwei. Ich war offenbar in besonders fröhlicher Stimmung.

»Ich hoffe, du hast die Anspielung auf deinen Körper aus keinem besonderen Grund überhört.«

»Du bist, was meinen Körper angeht, so schrecklich besitzergreifend.«

»Verdammt richtig.«

Wir lachten beide, leise, aber es schwangen viele Wiedersehensverheißungen darin mit.

»Keine Sorge, mein Körper ist intakt und unberührt«, erwiderte ich.

»Erledige einfach deinen Auftrag und fahr vorsichtig. Vielleicht schaffe ich es ja, meine Besprechungen in New York abzukürzen, was heißt, dass ich morgen zurückkomme, und dann habe ich Ablenkung bitter nötig.«

»Okay, die Verabredung steht. Ich kann eine schreckliche Ablenkung sein, wenn ich möchte. Verlass dich drauf.«

Eine Minute später beendeten wir das Telefonat, denn ich sah, dass Patientin numero uno aus der Tür des nächstgelegenen Wohnheims trat und direkt auf mich zukam. Sie war jung und hübsch, lächelte übers ganze Gesicht und hatte pechschwarzes, schulterlanges Haar, das ihr in Ponyfransen über die Stirn fiel. Die Haarspitzen ware nach innen geföhnt. Als sie sich mit raschen Schritten über den Rasen näherte, schätzte ich sie auf etwa fünfzehn. Sie trug lange khakifarbene Wandershorts und ein ziegelrotes gerüschtes Oberteil, dessen Vorderseite von in Form eines Diamanten angeordneten hellbraunen Perlen geziert wurde. Auch an ihren Flipflops prangten zahlreiche bunt funkelnde Steine und Pailletten, und außerdem hatte sie mindestens drei Zehenringe an jedem Fuß, in denen sich beim Gehen das Sonnenlicht brach. Sie war so dünn, dass man ihre Knochen sah. Ich hatte so einen Verdacht, warum sie hier war. Magersucht oder Bulimie, wollen wir wetten?

»Sind Sie ein echter Detective?«, erkundigte sie sich und setzte sich mir gegenüber auf die Bank. Sie sah aus wie ein verhungertes Waisenkind, und ich bedauerte, dass ich keinen Snickersriegel oder Kräcker in Tierform dabeihatte, um sie damit zu füttern. Ihre Wangen wiesen jede Menge Sommersprossen auf, ihre Lippen waren neonrosa geschminkt.

»Ja, ich arbeite beim Sheriff von Canton County in Lake of the Ozarks. Mein Name ist Claire Morgan.«

»Ja? Ich heiße Cleo. Das ist echt cool, dass Sie bei der Polizei sind und so. Ich schaue oft fern.« Sie nickte, als hätte sie gerade eine Bemerkung von größerer Tragweite gemacht.

Nachdem ich eine Weile überlegt hatte, gab ich den Versuch auf, eine logische Verbindung herstellen zu wollen. »Ach, wirklich?«

»Ja, ich finde dieses megacoole Mädchen in NCIS echt toll. Die, die sich so mit Computern auskennt. Den Namen habe ich vergessen, aber sie ist voll gut drauf. Und wie sie rumläuft, sieht spitze aus. Die Stiefel und die Pferdeschwänze und so. Manchmal hat sie auch eine Frisur wie Cleopatra. Das war eine ägyptische Königin. Ich habe ein Bild von ihr in meinem Geschichtsbuch gesehen. Deshalb will ich, dass alle Cleo zu mir sagen, während ich hier bin.« Ein feierlicher Ausdruck malte sich auf Cleos Elfengesicht, als handle es sich bei Cleopatras Haartracht um ein sehr bedeutsames Thema.

Ich begutachtete ihren ägyptischen Schopf mit der gebührenden Hochachtung und wechselte dann das Thema. »Also benutzt ihr während eures Aufenthalts hier andere Namen?«

»Ja.«

»Warum das?«

»Die Ärzte stellen es uns frei. Wir können unsere echten Namen verwenden, wenn wir wollen, oder uns einen Nickname aussuchen, um unerkannt zu bleiben. Außerdem ist ein Name wie Cleo irgendwie cool. Ich finde das Mädchen aus NCIS wirklich spitze. Sie auch?«

»Ich glaube, die Sendung kenne ich nicht. Ich habe nicht viel Zeit zum Fernsehen. Dazu bin ich viel zu sehr mit der Verbrecherjagd beschäftigt.« Ich grinste. Ms Cool und die Superpolizistin.

»Hier gibt es nicht viel mehr zu tun, als im Aufenthaltsraum vor dem Fernseher abzuhängen, wenn man keine Lust auf Tischtennis oder Dame hat.«

»Habe ich vorhin nicht einen Tennisplatz und einen Pool gesehen?«

»Schon, aber ich kann weder schwimmen noch Tennis spielen.«

Gut, jetzt aber Schluss mit dem höflichen Geplauder. »Es freut mich, dass du mit mir über Michael Murphy reden möchtest.«

Ihre Züge entgleisten, ein freier Fall in Richtung Angst. »Oh, mein Gott, ich finde es schlimm, dass er tot ist. Er sollte nicht tot sein. Das ist wirklich zum Kotzen.«

Ich nickte. Es war wirklich zum Kotzen. Er hätte nicht tot sein, sondern Pizzateig kneten sollen. Und das Mädchen aus dem Ofen hätte an einem Tisch sitzen sollen, um ihm dabei zuzuschauen. Die beiden waren viel zu jung zum Sterben, insbesondere durch ihre eigene Hand. Außerdem war ich noch nicht überzeugt, dass sie es wirklich selbst getan hatten. Ein bohrender Zweifel ließ mich nicht los und weckte in mir den Verdacht, dass im Staate Oak Haven eindeutig etwas faul war. »Kanntest du ihn gut?«

»Ein bisschen. Ich fand ihn ziemlich niedlich für einen älteren Typen. Er stand auf ausländische Mädchen. Japanerinnen und Chinesinnen und so.«

»Waren hier viele Asiatinnen?«

»Ja, mehr als man in einem solchen Laden erwarten würde. Sie sind alle sehr klein und zierlich. Ich glaube, deshalb fand er sie gut. Ich bin zu groß für ihn, eins achtundsechzig. Sie sind sogar noch größer, richtig? Wie hat er es denn gemacht, Ma'am? Sich umgebracht, meine ich. Dürfen Sie mir das erzählen?«

»Ich fürchte nicht.« Ihr Interesse an der Todesursache beunruhigte mich. Ihr Blick war, eindringlich und unverwandt, auf mich gerichtet; vielleicht schwang auch ein Hauch von Furcht mit. Ihre Augenfarbe erinnerte an nassen Sand in Miami Beach. Sie gierte nach den grausigen Einzelheiten. Auch das gefiel mir nicht. »Okay, Cleo, weißt du vielleicht, wie Mikeys Freundinnen heißen oder wo sie wohnen und so?«

»Ja, aber die Namen sind so schwer auszusprechen. Bestimmt schreiben Sie sie falsch.«

Offenbar hatte Cleo wirklich eine Liebe zum Detail. »Schon gut. Ich schreibe sie einfach phonetisch.«

»Phonetisch?« Sie vergaß ihre Angst lang genug, um erleichtert aufzulachen. »Gut, also eines der Mädchen hieß Khur-Vay, KHUR, Bindestrich, VAI. Sie tat mir wirklich leid, weil sie das Sorgerecht für ihr Kind verloren hatte. Als sie hier war, hat sie die ganze Zeit nur geweint. Manchmal habe ich sie mitten in der Nacht in ihrem Zimmer weinen gehört, wenn ich aufgestanden bin, um aufs Klo zu gehen. Sie stand wegen Selbstmordgefahr unter Beobachtung.«

Zachs glücklich lächelndes Gesichtchen erschien vor meinem geistigen Auge. Seine kleine rote Badehose, das blonde Haar, die sonnengebräunte Haut. Um eine professionelle Haltung bemüht, schob ich das Bild gewaltsam beiseite. Ich war wütend auf mich selbst, weil ich an ihn gedacht hatte. Ich musste ihn unbedingt wieder tief in meinem Innersten verschließen, damit der Schmerz sich legte. »Fällt dir sonst noch jemand ein?«

»Li war diejenige, die Mikey am liebsten mochte. Sie haben Händchen gehalten und sind zusammen weggegangen, Sie wissen schon, zwischen die Bäume, um rumzuknutschen. Davor war da ein Mädchen namens Sing. Auch um sie hat er sich sehr gekümmert, aber es war schwer, an sie heranzukommen. Während sie hier war, hat sie zwei Selbstmordversuche gemacht. Einmal hat sie sich die Pulsadern aufgeschnitten und einmal wollte sie sich an diesem Baum hier aufhängen.«

Mein Blick folgte ihrem ausgestreckten Finger zu einem stabilen Ast ausgerechnet der ausladenden Eiche, unter der wir saßen. Meiner Ansicht nach hätte man die Bewohner hier eindeutig besser beaufsichtigen müssen.

»Ich habe es auch versucht«, fuhr Cleo fort. »Aber ich habe nicht tief genug geschnitten.« Beinahe stolz hielt sie mir ihre beiden Handgelenke hin, die ich entsetzt musterte. Über beide verliefen dünne horizontale Narben.

»Das tut mir leid, Cleo.«

Sie lächelte und machte ein Gesicht, als sei sie etwa zehn Jahre alt. »Schon in Ordnung. Inzwischen geht es mir viel besser. Die Docs haben mir sehr geholfen. Meine Mom hat sich umgebracht, deshalb habe ich es auch versucht. Mein Dad ist auf Drogen. Zum Glück sitzt er jetzt im Knast. Ja, sie hat sich in der Garage ins Auto gesetzt und es mit Kohlenmonoxid gemacht. Das war die richtige Methode. Es tut nicht weh, und sie hat nicht gelitten, sondern ist einfach eingeschlafen.«

Okay, jetzt bin ich aber wirklich beeindruckt. Hör schon endlich auf. »Es freut mich, dass es dir besser geht, Cleo. Ich habe den Eindruck, dass du ein nettes Mädchen bist, das jeden Grund hat, um weiterzuleben.«

»Ja, das weiß ich mittlerweile auch. Pete, den kennen Sie ja schon, oder? Der hat mir sehr geholfen. Wissen Sie, er vermittelt mir Selbstbewusstsein und sagt, ich könnte alles tun, was ich will. Ich müsste nur meine Medikamente nehmen und auf die Docs hören, dann wäre ich im Nu wieder draußen. Der Typ ist echt toll.«

Happy Pete, der edle Ritter. Gott sei Dank, denn dieses Mädchen brauchte eindeutig einen Retter. »Gut, es freut mich, dass du auf dem richtigen Weg bist. Hat Michael je einen Selbstmordversuch unternommen, während er hier war?«

Sie schüttelte den Kopf. »Er war hier, weil seine Eltern ihn für selbstmordgefährdet gehalten haben. Er hat seine Mom gehasst. Zu mir hat er gemeint, er würde sie so hassen, dass er sie umbringen könnte.«

Nun, dafür hatte ich Verständnis, wenn das, was sie zu Bud und mir gesagt hatte, tatsächlich ein Hinweis auf ihren Umgang mit ihm war. »Was ist mit Pete? Soweit ich weiß, war er früher auch mal Patient hier?«

»Ja, das ist allgemein bekannt. Doch das war lange vor meiner Zeit. Ich habe aufgeschnappt, dass er jede Menge Probleme in der Familie gehabt hat. Dann ist er ausgeflippt und hat sich selbst die Schuld gegeben. So etwas in dieser Richtung eben.

Aber inzwischen ist er spitze drauf.« In ihren Augen loderte Bewunderung.

Oho, dachte ich. Diese kleine Schwärmerei verhieß nichts Gutes. »Kannst du mir sonst noch etwas über Michael erzählen, das mir vielleicht weiterhilft?«

Sie schüttelte den Kopf und nestelte an einem hellbraunen Jadering an ihrem rechten Zeigefinger herum. »Nur, dass er abergläubisch war. Er hat Unmengen von Armbändern gegen den bösen Blick getragen und Leute kommen lassen, die sein Zimmer mit brennendem Salbei ausgeräuchert haben, so wie früher die Indianer. Pete ist zum Teil Apache, wussten Sie das? Sein Großvater war ein echter Schamane.«

»Nein.« Ich glaubte es auch nicht. »Kanntest du diese Li sehr gut?«

»Nein. Sie war zwar nett, aber ziemlich abweisend. Die meiste Zeit ist sie mit Mikey abgehangen. Oder mit Pete.«

»Hatte sie eine romantische Beziehung mit Pete?«

»Meinen Sie, ob zwischen den beiden was gelaufen ist?«

Ich nickte.

»Wahrscheinlich nicht. Ich glaube, er wollte ihr nur helfen. Mit ihr reden, wenn es ihr schlecht ging.«

»Weißt du, was sie für ein Problem hatte?«

»Sie fand es schlimm, dass sie nach China zurückgeschickt werden sollte. Sie sagte, dort gibt es gar nichts, was Spaß macht, und jeder mischt sich in das Leben des anderen ein.«

»Also hattest du doch ein paar private Gespräche mit ihr?«

»Nein. Das hat sie uns alles in der Gruppentherapie erzählt. Im Stuhlkreis sollen wir über persönliche Sachen reden. Am Anfang ist es ziemlich hart, etwas zuzugeben, das eigentlich niemanden was angeht. Aber nach einer Weile wurde es ganz leicht, miteinander zu sprechen. Wenn einer erst mal angefangen hat, machen die anderen auch auf. Irgendwie war es richtig cool, wie das geklappt hat.«

»Ich verstehe.« Leider tat ich das wirklich. Nach dem Tod meines Sohnes in L. A. hatte ich einige Gruppentherapiesitzungen über mich ergehen lassen, allerdings nicht lange, weil ich bald aus dem dortigen Polizeidienst ausgeschieden und nach Missouri gezogen war. Allerdings kann ich nicht behaupten, dass ich jemals aufgemacht hätte. Nicht damals oder sonst irgendwo, nicht einmal Black gegenüber, wenn er den Seelenklempner mimt.

»Gut, Cleo, vielen Dank. Ich gebe dir meine Visitenkarte mit meiner Mobilfunknummer darauf. Du kannst mich anrufen, wenn dir noch etwas einfällt oder wenn du Hilfe brauchst.«

Cleo nahm die Karte, studierte sie und sah mich an. »Danke. Das ist echt nett von Ihnen. Sie sind cool.«

Während ich ihr nachblickte, fragte ich mich, wie es wohl war, in einer solchen Einrichtung zu leben, und ob es den Ärzten wirklich gelang, das Chaos in den Köpfen dieser Jugendlichen in Ordnung zu bringen. Sobald das Mädchen im Gebäude verschwunden war, gesellte sich der nächste Jugendliche zu mir, ein Junge namens Roy Sutter, vierzehn, pickelig und schüchtern, aber ohne Scheu, seinen echten Namen zu nennen. Er hatte hellbraunes, langes, glattes Haar, das er in der Mitte gescheitelt trug, und in beiden Ohren dünne goldene Ohrringe. Der Junge war sehr nett und nervös und erzählte mir, er möge Modellflugzeuge und sei in große Schwierigkeiten geraten, weil er Leim und Sprühlack geschnüffelt habe.

»Das ist ein übles Zeug«, stellte ich fest.

»Ja, Ma'am. Der Arzt sagt, damit hätte ich mich umbringen oder meine Gehirnzellen verschmoren können. Wir haben uns einmal einen Film über einen Typen angeschaut, der in St. Louis in einem Pappkarton auf der Straße lebt. Er hatte Sprühlack geschnüffelt, bis der Großteil seines Gehirns zerstört war. Beim Interview vor der Kamera hatte er einen großen silbernen Lackrand um Mund und Nase. Da habe ich beschlossen, Schluss mit diesem Zeug zu machen. Ein für allemal.«

Der Junge war höflich mit einem großen H. »Gratuliere, Roy.«

Wir lächelten einander zu. Der Junge war mir sympathisch.

Er machte einen harmlosen und netten Eindruck. Am liebsten hätte ich ihn mit zu einem Spiel der Cardinals genommen und ihm eine Baseballkappe und ein Stadion-Hotdog gekauft. Oder etwas ähnlich Leckeres.

»Vielleicht werde ich auch mal Polizist wie Sie«, sagte er und senkte dann den Blick, als sei ihm das peinlich.

»Eine gute Idee. Schau, dass du gute Noten schreibst, und lass das Schnüffeln sein. Dann kannst du eines Tages an die Polizeiakademie.«

Er nickte grinsend.

»Gefällt es dir hier, Roy?«

»Ja, Ma'am. Es ist angenehm ruhig.«

»Magst du die Ärzte?«

»Ja, Ma'am. Ich arbeite mit Dr. Young und Dr. Collins. Und inzwischen auch mit Pete.«

»Hast du schon einmal eine dieser Therapien mit Leuchtkästen und Schallwellen ausprobiert?«

»Ja, Ma'am. Das ist total cool. Wie in einem Kaleidoskop.«

»Bist du hypnotisiert worden?«

»Ja, Ma'am. Angeblich bin ich ein guter Kandidat, weil ich mich schnell fallen lasse. Sie sagen, einige von uns sind Naturtalente. Mikey zum Beispiel. Der arme Mikey. Ich war wirklich überrascht, das zu hören. Es hieß doch, er sei wieder ganz gesund, als er hier weg ist. Aber offenbar hat er sie irgendwie getäuscht.«

»Hat Mikey also auch die Lichter und Pfeifen benutzt?«

»Ja, Ma'am. Und die Kopfhörer auch.«

Ich machte mir ein paar Notizen, in denen es hauptsächlich darum ging, dass Boyce Collins mir seine Gerätschaften vorführen und mir genau erklären musste, wie sie funktionierten. »Hat die Behandlung dir geholfen?«

»Ja, Ma'am. Ich habe mich nach dem vierten oder fünften Mal wie ein anderer Mensch gefühlt. Ich wollte keinen Leim mehr schnüffeln und auch nicht mehr trinken. Außerdem habe ich angefangen, zu lernen und im Unterricht und in der Gruppentherapie aufzupassen. Das ist spitze. Ich bin wirklich stolz auf Dr. Collins, weil er so eine gute Idee gehabt hat.«

Ich stellte ihm noch einige Fragen und erfuhr, dass Li, Sing und die meisten anderen Mitglieder seiner Gruppe derselben experimentellen Behandlung unterzogen worden waren. O ja, dieser Punkt stand inzwischen ganz oben auf meiner Prioritätenliste, weil ich einen Zusammenhang witterte. Ich wusste nur noch nicht, wo er lag. Doch eines stand fest: An diesem Fall war alles, aber auch alles faul.

# Zehn

Den nächsten Tag verbrachten Bud und ich zum Großteil im Büro. Wir erörterten den Fall, betrachteten Tatortfotos und besprachen, welche richterlichen Anordnungen wir beantragen sollten, und zwar hauptsächlich deshalb, weil Charlie uns im Nacken saß und endlich eine vollständige Akte auf seinem Schreibtisch sehen wollte. Er drängte darauf, dass wir den Fall Mikey Murphy aufklärten, und zwar am besten noch vorgestern. Bud begann, Informationen über das Mädchen herauszusuchen, das vermutlich an der Missouri State in Michigan studiert hatte, während ich meine Berichte tippte und sie in Charlies Posteingang legte. Dann versuchte ich, Boyce Collins zu erreichen, um einen Termin zu vereinbaren. Aber er saß noch im Flieger und ging nicht ans Telefon.

Nach einigen weiteren erfolglosen Anläufen, gab ich es auf, brachte meinen Schreibtisch in Ordnung und machte mich auf den Weg zu Harve Lester. Da Black noch in New York war, war ich allein und hatte Zeit für einen gemütlichen Plausch mit meinem alten Freund Harve. Vor einigen Jahren war er mein Mentor und Partner bei der Polizei von Los Angeles gewesen. Wir waren zusammen in eine brenzlige Situation geraten, und seitdem kann er seine Beine nicht mehr gebrauchen. Er sitzt im Rollstuhl, und ich mache mir deshalb Vorwürfe. Doch er ist kein Opfer, weder jetzt noch damals. Ja, er ist ein Original. Inzwischen ist er mein Nachbar und der beste Freund, den ich auf der Welt habe. Ich liebe ihn.

Harve ist Mitte fünfzig und hat kurzes graues Haar und einen durchtrainierten Oberkörper. Außerdem ist er ein Computergenie, arbeitet sehr lukrativ mit Recherchefirmen zusammen und betätigt sich unter anderem auch als Headhunter. In letzter Zeit habe ich mir angewöhnt, meinen kleinen Hund, einen kecken französischen Pudel names Jules Verne, bei ihm in Pflege zu geben, während ich Jagd auf blutrünstige Serienkiller mache. Harve freut sich über die Gesellschaft, und das Gefühl beruht eindeutig auf Gegenseitigkeit. Jeden Morgen fängt Jules an, wie wild mit seinem lockigen Stummelschwänzchen zu wedeln, sobald Harves Haus in Sicht kommt. Harve erwartet uns normalerweise auf der Veranda. Eins sage ich Ihnen, mein Hund könnte auch einen Terroristen um den Finger wickeln.

Als ich gegen halb sieben eintraf, saß Harve nicht über die Tastatur gebeugt in seinem zum Büro umgebauten lichtdurchfluteten Wintergarten, sondern in seinem Elektrorollstuhl am Bootssteg, wo er in einer gewaltigen, mit Propangas betriebenen Pfanne Fisch briet. Er macht den leckersten Bratfisch nördlich von Key West. Neben ihm auf dem Boden saß, beinahe in Habachtstellung, Jules Verne und spielte den Küchenhelfer. Ihm fehlten nur noch die Kochmütze und eine Schürze mit der Aufschrift Ooh lala. Vermutlich hoffte er nur, dass Harve eines der knusprig panierten Fischfilets, oder noch besser, ein frittiertes Maisbrotbällchen, hinunterfiel. Ich wurde das Gefühl nicht los, dass Jules für Harve in letzter Zeit ein treuerer Angelfreund war als ich.

Ich stieg aus meinem Explorer und ging den Weg zu Harves Bootssteg hinunter. Der Duft des bratenden Barsches sorgte dafür, dass sich mir vor Verzückung der Magen zusammenzog. Ich liebe frittierten Fisch, lecker, braun und knackig. Harve brät seinen Fisch in Erdnussöl und wirft außerdem in dicke Stifte geschnittene Kartoffeln und rohe Zwiebeln ins brutzelnde Fett. Zum Schluss kommt dann noch mein und Jules' Lieblingsessen dazu, goldgelbe Maisbrotbällchen, die nach Zwiebeln schmecken. In Harves Haushalt ist Fett kein Tabu. In dieser Hinsicht ist er altmodisch. Ja, er frittiert am liebsten alles, tunkt es anschließend in Mayonnaise und frittiert es danach noch einmal, insbesondere seit er Paula Deens Kochsendung in Food Network gesehen hat. Nicht, dass er ihre Rezepte nötig hätte. Ich glaube, tief in seinem Innersten ist er in sie verliebt.

Das große blaue Cobalt 360, das Nicholas Black ihm vor einiger Zeit geschenkt hat, tanzte auf dem Wasser und stieß immer wieder an die am Steg befestigten Autoreifen. Ich bin stets auf der Hut vor lästigen und aufdringlichen Reportern, wahrscheinlich weil sie mir schon den Großteil meines Lebens auf den Fersen sind, insbesondere in den letzten Jahren, seit ich mit Black zusammen bin. Deshalb beäugte ich das gut ausgestattete schwarzrote Motorboot, das langsam unsere kleine Bucht überquerte, mit ziemlichem Argwohn. Der Skipper saß am Bug, der erhöhte Anglersitz am Heck war unbemannt. Da ich kein auf mich und Harve gerichtetes Kameraobjektiv oder Fernglas aufblitzen sah, achtete ich nicht weiter darauf und machte einen Schritt auf die erhöhten Bohlen von Harves Bootssteg. Er war neuer und besser in Schuss als meiner. Schon gut, ich bin eben viel beschäftigt.

Als Harve das Knarzen der Bretter unter meinen Nikes hörte, blickte er auf. »Hallo, Claire, wurde langsam Zeit, dass du wieder mal hier aufkreuzt.«

Jules Verne überschlug sich beinahe vor Begeisterung über meine Ankunft, fuhr zusammen, als wäre er mit der Nase in eine Steckdose geraten, und stürmte auf mich zu wie ein kleiner tanzender Derwisch mit Fell, der sich fürs Geradeauslaufen entschieden hat. Im nächsten Moment sprang er mich aus etwa anderthalb Metern Entfernung an, prallte jedoch trotzdem mit so viel Schwung gegen meine Brust, dass ich rückwärts taumelte. Für einen Zwergpudel war er ein beachtlicher Leichtathlet. Vielleicht sollte ich ihn bei einer dieser Hundeshows anmelden, in denen die Vierbeiner erst einen Sprint mit hundert Sachen hinlegen und anschließend einem Ball hinterher in einen Pool springen. Ach, was, für ihn käme vermutlich die Seine in Frage.

Black hat mir den Hund letztes Jahr zu Weihnachten aus Paris mitgebracht. Inzwischen waren die kleinen Puschel an

Schwanz und Pfoten zu einem weichen weißen Lockenfell herausgewachsen, das ich fast jeden Abend bürsten musste. Nicht, dass ich den Hund verwöhnte. Manchmal hatte er sogar Kletten im Pelz. Allerdings hat sich Jules als guter Freund und treuer Bettgefährte entpuppt, der mich wärmt, wenn Black, so wie jetzt, in wichtiger Mission unterwegs ist.

»Ich weiß, tut mir leid, Harve, aber Charlie ist und bleibt ein Sklaventreiber.«

Ich setzte mich neben ihn und drückte den Hund an mich, der mir so lange Hals und Kinn ableckte, bis ich ihn wieder losließ. Dann rannte er eine Weile auf dem Steg hin und her, als wolle er sein Revier markieren, und plumpste schließlich erschöpft keuchend neben mir auf den Boden. Ich schöpfte Wasser mit der Hand, das er gierig schlürfte, wobei er klang wie ein Schwein am Trog. Nicht, dass ich im Alltag häufig Kontakt mit Schweinen am Trog gehabt hätte.

»Das riecht ja lecker, Harve«, sagte ich.

»Du musst bleiben und mir helfen, den vielen Fisch aufzuessen. Ich habe heute Morgen jede Menge erwischt.«

»Abgemacht. Gibt es auch frittierte Makkaroni mit Käse?«

»Natürlich. Die Speisekarte ändert sich nie, das weißt du doch. Du warst lange weg. Neuer Fall?«

»Ja. Und diesmal eine echt schräge Kiste.«

Harve hörte auf, Barschfilets in Maismehl zu wälzen, und wischte sich die Hände an der Schürze ab. Es war eine lange weiße, die auch die Brust bedeckte und in roten aufgestickten Buchstaben die Inschrift *Paula Deen and Sons* trug. Ob ich ihm ein Kochbuch von Paula Deen zum Geburtstag schenken sollte? Möglicherweise sogar ein signiertes Exemplar? »Sehr üble Sache?«, fragte er.

»O ja, übler als übel. Ein Doppelmord, um genau zu sein. Zumindest nehme ich das an. In einem Fall könnte es sich um Selbstmord handeln, aber ich gehe jede Wette ein, dass es keiner ist.«

»Mann, so etwas passiert heutzutage offenbar in Wellen.«

Ich nickte. »Fast wie damals in L. A.«

»L. A. ist in Sachen Mordzahlen wohl nicht zu schlagen.«

»Aber für dieses Provinznest am See hatten wir in letzter Zeit viel zu viele.«

»Kann sein, ich weiß nicht. Allerdings scheinen hier alle möglichen seltsamen Verbrechen und scheußlichen Morde zu passieren. Mein Gott, es kommt ja jeden Abend in den Nachrichten. Die Leute drehen durch, bringen Frau und Kinder um und fahren dann zur Arbeit, um ihren Chef und die Kollegen zu massakrieren. Auch in den Schulen, mein Gott, sind die jetzt alle verrückt geworden? Wohin man auch schaut, nichts als Durchgeknallte.« Er griff nach dem nächsten dicken Filet, zog es sorgfältig durch das Maismehl und ließ es dann in das siedende Öl gleiten. »Willst du mir mehr erzählen?«

Ich schilderte ihm die Einzelheiten. Wenn es jemals einen guten Ermittler gegeben hat, dann Harve. Er war der beste Detective, dem ich je begegnet war, und ich kannte eine ganze Menge. Doch selbst ihn schienen unser Freund Mikey und die Spielchen, die er in seiner Pizzeria trieb, ein wenig aus dem Konzept zu bringen.

»Und ihr habt das Mädchen noch immer nicht identifiziert?«

»Nein. Aber wir haben von den Eltern einen Hinweis auf eine von Mikeys Exfreundinnen. Offenbar ist es dasselbe Mädchen. Wir halten das Opfer für eine Asiatin. Bud geht der Sache gerade nach. Angeblich hat sie an der Missouri State studiert. Er soll aber verschiedene asiatische Freundinnen gehabt haben. Also könnte es auch eine der anderen sein.«

»Offenbar ist der Täter auch einer von diesen Spinnern.«

Ich nickte, obwohl ich fand, dass das noch milde ausgedrückt war. Der Kerl verdiente eine weitaus weniger wohlwollende Bezeichnung. Ich stützte mich auf die Handflächen und sah zu, wie Jules Verne bettelnd Männchen machte. Ich hatte gar nicht gewusst, dass er das konnte. Andererseits war Harve ein viel besserer Koch als ich. Jedenfalls bettelte Jules nie, wenn ich meine Special K Frühstücksriegel aß. Als Harve dem Hund ein abgekühltes Stück Fisch zuwarf, schnupperte Jules argwöhnisch daran. Vermutlich war er nicht sicher, ob es seinen kulinarischen Ansprüchen genügte, und wartete auf einen Klecks Hollandaise.

Ja klar, der Hund stammt aus Paris und war es sicher gewöhnt, in feinen Restaurants kochbuchgerecht angerichtete Schnecken zu verspeisen. Black hatte die Dinger einmal in einem der schicken Lokale bestellt, in das er mich während unseres Aufenthalts auf Bermuda geschleppt hatte. So weltmännisch es auch sein mag, solche Sachen zu mögen, mir war jedenfalls beim bloßen Anblick übel geworden, insbesondere als er eines dieser Dinger tatsächlich in den Mund steckte. Aber ich bin und bleibe eben eine langweilige, alte Polizistin ohne auch nur eine Spur von internationalem Flair. Also orderte ich langweiliges gedünstetes Huhn mit langweiligem weißem Reis und langweiligem Salat, damit ich auch sah, was ich da aß, und nicht verhungerte, ohne dem überkandidelten Küchenchef Gelegenheit zu geben, daran herumzudoktern. Allerdings konnte er trotzdem die Finger nicht davon lassen und dekorierte meinen Kopfsalat mit winzigen Sardellen, also widerlichen fischigen Dingern, die fast so eklig sind wie Schnecken. Wahrscheinlich hätte ich sie herauspflücken und für Harves Köderdose aufbewahren sollen. Wenn es ums Essen geht, bin ich nicht sehr experimentierfreudig. Dass der Salat auf einem eisgekühlten Kristallteller serviert wurde, fand ich dennoch ziemlich lässig.

»Warst du heute allein draußen auf dem See?« Ich war froh, dass er das nun konnte. Blacks Boot war komplett behindertengerecht ausgestattet, auch wenn ich Harve niemals dieser Kategorie zugerechnet hätte.

»Nein, Joe McKay und Lizzie haben auf dem Weg zu dir bei mir reingeschaut, und ich habe sie gefragt, ob sie mitkommen wollen. Wir hatten eine Menge Spaß. Das kleine Mädchen ist ein Schatz und fängt inzwischen endlich zu sprechen an.« Harve warf mir einen Blick zu. »Offenbar ist Black wieder mal unterwegs. Sonst wärst du nicht hier.«

»Ach, komm schon, Harve. Er ist für ein paar Tage in New York und im Ritz oder in einer ähnlichen miesen Absteige untergekrochen. Mann, ich kann dir gar nicht sagen, wie ich mich auf den Fisch freue. Ich habe schon seit Ewigkeiten nicht mehr bei dir Fisch gegessen.«

»Mit dir und Black ist doch alles in Ordnung, oder?«

Lassen Sie mich eines klarstellen: Alle Anwohner des Sees verfolgen die Romanze zwischen mir und Black mit Argusaugen. Keine Ahnung, warum. Vermutlich schließen sie schon Wetten ab, wann Black endlich zu Naomi Watts oder Gisele Bundchen überläuft. »Ja, wir schlagen uns weiterhin wacker. Ein bisschen schwer zu glauben, dass ich es tatsächlich so lange mit jemandem aushalte.«

Harve zuckte mit den Schultern. »Er ist nicht irgendjemand, sondern tut dir gut, Claire. Und du ihm auch. Das hört sich nach einer Erfolgskombi an. Ich bin glücklich, wenn du glücklich bist.«

Ich fragte mich, ob ich Black wirklich guttat. Und ob ich glücklich war. Fast hatte ich diesen Eindruck, was mich wirklich erschreckte, denn eigentlich war ich nicht ans Glücklichsein gewöhnt. Ich hatte absolut nichts mit Happy Pete aus Oak Haven gemeinsam. Jedenfalls habe ich fast den Eindruck, dass ich am meisten von Blacks und meiner Beziehungskiste profitiere. Und ich muss zugeben, dass ich auf den Typen stehe. Ich wünschte mir sogar, er wäre nicht ausgerechnet jetzt verreist gewesen. Das riesengroße schwarze Bett mit den Seidenlaken, das er mir auch letztes Jahr zu Weihnachten geschenkt hatte, würde ohne ihn heute Nacht ziemlich kalt und leer sein. Aber schließlich hatte ich ja Jules Verne und zwei todbringende Waffen, um mich zu wärmen. Also war es nicht ganz so schlimm, wenigstens vorübergehend.

Als das ohrenbetäubende Dröhnen eines großen Motorrades über die Bucht hallte, drehten Harve und ich uns gleichzeitig um und blickten den Kiesweg entlang. Ich wusste, wer es war, noch ehe Joe McCay aus der Richtung meines Häuschens am

Ende der Straße in Sicht kam. Er hatte seine kleine Tochter bei sich, ein Kind, das in einen meiner letzten Fälle verwickelt gewesen war. Einen ausgesprochen grausigen Fall, und die Kleine hatte sich noch immer nicht davon erholt. Weder emotional, zwischenmenschlich noch in irgendeiner anderen Weise. Allerdings musste ich McKay zugutehalten, dass er sich die größte Mühe gab. Er ging so vorsichtig wie möglich mit ihr um und war außerdem so vernünftig gewesen, Blacks professionelle Hilfe in Anspruch zu nehmen. Und der war, wie immer sozial eingestellt, bereit gewesen, das Mädchen kostenlos zu behandeln. Dennoch sprach die Kleine weiterhin fast kein Wort. Aber wer konnte ihr einen Vorwurf daraus machen, nachdem sie, wie wir auch, in einer feuchtkalten Höhle mit einigen Psychopathen zusammengesperrt gewesen war und einen Albtraum durchlebt hatte. Es wunderte mich eher, dass es mir nach dieser Erfahrung nicht auch die Sprache verschlagen hatte.

»Du hast gar nicht erwähnt, dass Joe zum Essen kommt«, sagte ich, während Joe seine riesige Harley Davidson am Ende von Harves Gehweg zum Stehen brachte.

»Klar. Er und die Kleine haben mir beim Angeln geholfen. Also war es doch das Mindeste, ihn zu bitten, mir auch beim Aufessen zu helfen. Er ist nur nach Hause gefahren, um einen Apfelkuchen zu backen.«

Ich konnte mir ein Auflachen nicht verkneifen. »McKay bäckt Kuchen?«

Meine Überraschung schien wiederum Harve zu überraschen. »Ja, er hat gesagt, er könne sehr gut Kuchen backen.«

»Selten so gelacht. Ich wette, er hat ihn bei Kroger's gekauft und in eine Kuchenform gesteckt.«

»Das werden wir ja beim Anschneiden merken. Ich erkenne einen Kuchen von Kroger's auf Anhieb. Wenn ich mich recht entsinne, gibt es die immer bei dir.«

Ich lachte zwar wieder, fand jedoch, dass Kuchen von Kroger's voll in Ordnung waren. Außerdem konnte ich mir nicht vorstellen, dass McKay, der böse Bube mit Sex-Appeal, irgendetwas buk, geschweige denn etwas so typisch Amerikanisches wie Apfelkuchen. Er war ein richtiger Draufgängertyp mit so viel erotischer Ausstrahlung, dass er Black in der Kategorie »kann sich kaum vor Verehrerinnen retten« beinahe Konkurrenz machte. Dass er wirklich ein Freund war, hatte ich auf die harte Tour herausgefunden, ein Typ, mit dem man Pferde stehlen konnte. Hinzu kam, dass er seine Tochter abgöttisch liebte. Das war das Einzige, was ich mit absoluter Sicherheit über ihn wusste, und ich hatte deshalb Hochachtung vor ihm.

»Aber, aber, die sexy Polizistin leistet uns beim Abendessen Gesellschaft. Meine Gebete wurden endlich erhört. Lieber Gott, ich danke dir.«

McKays dunkle Stimme erklang direkt hinter mir. Als ich mich umdrehte, grinste er mich an, wodurch seine beeindruckenden Grübchen tiefer wurden. Natürlich nicht so tief und beeindruckend wie die von Black. Tja, wissen Sie, ich habe nun mal eine Schwäche für Männer mit Grübchen, dagegen bin ich machtlos. Je mehr Grübchen, desto besser gefallen sie mir. McKay trug sein langes, von der Sonne aufgehelltes, blondes Haar in einem tief angesetzten Pferdeschwanz, und ich stellte fest, dass dieser kürzer war als gewöhnlich. Er war tatsächlich beim Friseur gewesen. Er hielt Elizabeth an der Hand.

Als ich sie ansah, starrte sie mir ins Gesicht, ohne auch nur die Spur eines Lächelns oder eine sonstige Regung zu zeigen. Dann richteten sich ihre großen kornblumenblauen Augen auf Jules Verne, den ich an seinem mit Edelsteinen besetzten Halsband, ebenfalls aus Paris, festhielt. Ich ließ den Hund los. Als er auf Elizabeth zulief und an ihren Beinen hochsprang, verzog sie ihren ernsten Mund zu einem breiten, wunderschönen Lächeln und kniete sich hin, um ihn zu streicheln. Zum ersten Mal sah ich, dass sie lächelte oder uns einen Einblick in ihre gequälten Gefühle gestattete. McKay sah mich an, nickte und lächelte. »Lizzie geht es von Tag zu Tag besser. Es gibt Anzeichen dafür, dass sie langsam aus ihrem Tief auftaucht. Offenbar habe ich das deiner besseren Hälfte, dem Wunderdoktor, zu verdanken.«

»Das habe ich auch bemerkt. Wie schön.«

Ich beobachtete, wie das Kind meinen Hund umarmte. Jules Verne sonnte sich in der Aufmerksamkeit des kleinen Mädchens, wedelte mit dem Schwanz wie ein Wilder und wälzte sich auf den Rücken, damit sie ihn am Bauch kraulen konnte, etwas, das er regelmäßig auch von mir verlangte. Selbst Jules Verne war damals mit einem gewissen Schwarzen Mann in Konflikt geraten, war jedoch hart im Nehmen wie ein Rottweiler und deshalb viel schneller wieder auf die Beine gekommen als Elizabeth. Doch sogar er wachte manchmal jaulend und wimmernd auf, und ich konnte mir gut vorstellen, wovon er geträumt hatte.

»Vielleicht solltest du ihr einen Hund schenken, McKay. Ich habe so ein Gefühl, dass sie Hunde mag.«

»Das tun wir, darauf kannst du dich verlassen. Bis dahin dachte ich, wir kommen ab und zu vorbei, damit sie mit dem kleinen Lockenköpfchen spielen kann. Ich hätte auch nichts dagegen, hin und wieder mal mit deinem zu spielen.«

Wieder trafen sich unsere Blicke. Seine sexuelle Anspielung war mir nicht entgangen. Er baggerte mich an, seit wir uns während meines letzten Falls begegnet waren, hätte mich aber niemals belästigt oder bedrängt. Allerdings wurde er in letzter Zeit sehr erfinderisch darin, Gründe zu suchen, um bei mir vorbeizuschauen oder sich mit meinen Freunden zu treffen, damit wir uns zwangsläufig begegneten. Ich fühlte mich ein wenig geschmeichelt. McKay war ein verdammt attraktiver Mann. Doch ich hatte ihm unmissverständlich klargemacht, dass ich mit Black zusammen war, und das öfter, als ich zählen konnte. McKay hatte sich als guter Freund erwiesen, und obwohl ich es nur ungern zugab, genoss ich seine Gesellschaft und mochte seine gedehnte Sprechweise, kein weicher Georgia-Akzent wie der von Bud, sondern einer, der mit seinen abgerundeten Os nach North Carolina klang. Außerdem riss er gerne Witze, und, ob Sie es glauben oder nicht, ich fand ihn sogar komisch. Und das, obwohl ich eigentlich chronisch humorlos bin.

»Wie ich dir schon öfter gesagt habe, McKay, kannst du gerne an meinem Bootssteg angeln, schwimmen, mit meinem Hund spielen oder was sonst nötig ist, um Elizabeth aufzumuntern. Aber geh nicht zu weit.«

»Das ist wirklich nett von dir, ich werde darauf zurückkommen. Nur, dass du in letzter Zeit nie mehr zu Hause zu sein scheinst. Bist du bei deinem Seelenklempner eingezogen?«

»Und warum interessiert dich das so brennend?«

»Du weißt doch, wie viel du mir bedeutest.«

»Gut. Und um deine neugierige Frage zu beantworten: Wir sind in letzter Zeit meistens bei ihm. Aber ich wohne noch in meinem Haus.«

McKay lächelte, als freue er sich über die zweite Auskunft. »Hoffentlich hast du auch ordentlich Hunger mitgebracht, Joe«, meinte Harve. »Wir haben genug Fisch für eine Armee gefangen.«

»Und ich habe, wie versprochen, einen Nachtisch dabei. Im Kochen bin ich zwar eine Niete, doch beim Backen macht mir keiner was vor.« Er hielt eine große braune Papiertüte hoch und balancierte sie auf der Handfläche.

»Irre ich mich, oder ist das eine Tüte von Kroger's?«, merkte ich an.

»Jetzt hast du mich aber wirklich gekränkt, Claire. Das Backen habe ich von meiner Momma gelernt. Sie hat den besten Kuchenteig westlich von Tokio gemacht.«

»Nun, ich freue mich schon darauf, ihn zu probieren.«

»Ich habe gleich zwei gebacken, damit du einen mit nach Hause nehmen und mit deinem Seelenklempner teilen kannst. Weißt du, nur so als Dankeschön, weil du uns an deinem Steg angeln lässt und weil er Elizabeth kostenlos behandelt.«

»Ich brate noch rasch den restlichen Barsch und tropfe ihn auf Küchenpapier ab. Anschließend kommen noch die Maisbrotbällchen in die Pfanne, und dann wären wir so weit.«

»Darf ich dich etwas fragen, Harve?« Ich holte die Asservatentütchen mit Mikeys Armband und dem Schlüssel aus der Tasche. »Hast du die schon mal gesehen?«

Harvey nahm die Tütchen und musterte sie. »Nein, hab ich nicht. Aber ich wette, ich kann im Netz etwas über diese Armbänder finden.«

Joe McKay griff nach den Tütchen. »Darf ich mal? Hat das etwas mit einem Fall zu tun?«

Ich nickte, allerdings ohne ihm Einzelheiten zu verraten. Nicht, dass ich ihm nicht traute. Allerdings ging dieses Vertrauen nicht so weit, dass ich mit ihm einen Fall erörtert hätte, wie ich es mit Harve tat.

»Soll ich mal schauen, ob ich dazu eine Eingebung habe?«

Ach ja, das habe ich ganz vergessen. McKay, der böse Bube, war zudem angeblich ein Medium. Zumindest glaubte er fest daran und hatte diese Fähigkeit auch schon mehr als einmal unter Beweis gestellt. Ich fand das, gelinde gesagt, faszinierend. Manchmal schob ich es ein wenig vor mir her, bis ich ihn bat, meine Beweisstücke zur Hand zu nehmen und seine magische innere Stimme anzurufen, und zwar aus Furcht vor dem, was er sehen könnte. Denn wenn ich der Star einer seiner kleinen Visionen war, hielt die nähere Zukunft normalerweise nichts Gutes für meine Gesundheit bereit.

»Klar, mach nur.« Ich klang weniger begeistert, als angebracht gewesen wäre, doch ich stand unter Anspannung, und die Sache mit dem Ofen steckte mir noch in den Knochen.

»Bist du einverstanden, wenn ich das Armband aus der Tüte hole, damit ich es wirklich spüren kann?«

»Klar, es ist schon auf Fingerabdrücke untersucht worden.«

Während er das Armband mit der Faust umfasste, beobachtete ich aufmerksam sein Gesicht. Nach ein oder zwei Sekunden nahm er es in die andere Hand. Er schloss die Augen und fing an, eine der blauen Perlen zwischen Daumen und Zeigefinger zu rollen. Ich wartete, Harve auch, denn er war vermutlich ebenso neugierig wie ich. Ich muss zugeben, dass es ziemlich aufregend ist, ein echtes, lebendiges Medium zu kennen, auch wenn dieses schon ziemlich viele üble Situationen vorhergesehen hat, und zwar mit mir in der Hauptrolle. Doch Vorsicht ist die Mutter der Porzellankiste, so lautete inzwischen mein Motto. Hin und wieder gab er mir eben einen Tipp, was ich tun oder worum ich lieber einen Bogen machen sollte.

McKay schlug die Augen auf. »Ich empfange nichts. Lass mich mal etwas anderes ausprobieren.«

Als er nach meiner Hand griff, deutete ich das im ersten Moment als einen seiner üblichen Annäherungsversuche, doch schon nach einer knappen Minute schüttelte er den Kopf. »Nichts, tut mir leid, Claire. Manchmal passiert das eben.«

Ich war gleichzeitig erleichert und enttäuscht. »Schon gut. Ich weiß, dass du nicht John Edward bist.«

»Hey, Mann, ich bin mindestens so gut wie er, vielleicht sogar besser. Nur, dass er eben diese tolle Show hat.«

»Das wäre doch ein toller Plan für die Zukunft. Eine echte Live-Sendung im Fernsehen, in der du ungelöste Fälle aufklärst. Dann wärst du ein großer Star und würdest jede Menge Kohle verdienen.«

»Komm mit runter, Joe, und hilf mir, das Boot festzumachen. Heute Nacht soll es einen Sturm geben«, sagte Harve.

»Okay, klar. Claire, kannst du Lizzie im Auge behalten? Es dauert nicht lang.«

Ich erstarrte. Ich wollte Elizabeth nicht im Auge behalten, ja, nicht einmal mit ihr allein gelassen werden. Es tat zu weh. Ich hatte meinen Sohn verloren, als er etwa zwei gewesen war, also ungefähr so alt wie Elizabeth heute. Er war in derselben Nacht gestorben, in der eine Kugel Harves Rückenmark durchtrennt und seine Karriere beendet hatte. Und an beiden Tragödien trug ich die Schuld. Ich drängte das Grauen in einen düsteren Winkel zurück. McKay und Harve gingen doch nur runter zum Wasser, also keine zwei Meter weit. Elizabeth spielte mit meinem Hund. Wie schwierig konnte es also sein?

»Okay. Offenbar hat sie viel Spaß mit Jules Verne.«

Ich machte es mir auf einem Gartenstuhl mit grünweiß gestreiften Polstern nahe der Stelle gemütlich, wo Elizabeth auf den Bohlen saß. Jules rieb sich an ihr und bettelte um Aufmerksamkeit. Das Kind lächelte zwar nicht, hatte aber wenigstens nicht mehr diesen schrecklichen, starren Augenausdruck. Gott sei Dank. Ich selbst hatte diesen Ausdruck schon häufig genug gezeigt, und er war nicht so leicht loszuwerden. Das wusste ich aus Erfahrung.

Wenig später aßen wir auf dem Steg zu Abend. Der Sommerabend dämmerte blaugrau, und das schrille Zirpen von Tausenden von Insekten war zu hören. Das Plätschern des Sees an den Pfosten lullte uns ein und vermittelte uns ein trügerisches Gefühl der Sicherheit, während die Wipfel der Hickorys und Ahornbäume über uns raschelnd Geheimnisse raunten. Am anderen Seeufer sah ich Blitze, die die dunklen Wolken über den violetten Bergen in der Ferne erhellten. Die Luft roch nach Regen, Ozon und den Fischgedärmen, die Harve noch vergraben musste.

Da Harve einige Räucherspiralen aufgestellt hatte, um die blutrünstigen Moskitos zu vertreiben, und der auffrischende Wind die Bestien zusätzlich in Schach hielt, konnten wir draußen sitzen bleiben, anstatt uns auf die von Fliegengittern geschützte kleine Veranda zu flüchten. Ich beobachtete, dass Elizabeth den Großteil des Essens auf ihrem rot karierten Pappteller an Jules verfütterte, der sich gebärdete, als hätte er von mir in den letzten beiden Jahren keinen einzigen Bissen bekommen. Nach einer Weile zogen wir auf die in einem Kreis aufgestellten Polstersessel um, unterhielten uns und sahen zu, wie das Gewitter über dem See näher rückte. Ich war überrascht, als Elizabeth gähnte, zu meinem Sessel kam und auf meinen Schoß kletterte. Ungeschickt und verlegen hielt ich sie fest und versuchte, nicht an Zach zu denken, als sie ihren warmen kleinen Körper an mich schmiegte. Im nächsten Moment schaute sie zu mir hoch. Ihre kleinen Augenbrauen waren erstaunt hochgezogen. »Zach?«, flüsterte sie klar und deutlich.

Es verschlug mir den Atem, und ich war vor Schreck wie erstarrt. Doch dann erschlafften ihre Muskeln, ihr fielen die Augen zu, und kurz darauf war sie eingeschlafen. Ich wagte kaum zu atmen, immer noch unter Schock, weil sie den Namen meines Sohnes ausgesprochen hatte, und zitterte am ganzen Leibe. Als ich sie betrachtete, sah sie zur Abwechslung sehr friedlich aus, und ich schickte ein Stoßgebet zum Himmel, dass sie wenigstens in dieser Nacht keine Albträume haben würde.

Als Harves Telefon läutete, fuhr er mit dem Rollstuhl ins Haus. Joe setzte sich in den Sessel neben mich und musterte lächelnd seine Tochter. »Sie mag dich, Claire. So etwas tut sie sonst nur bei mir, sonst bei niemandem. Nicht einmal bei Harve, obwohl sie ihn liebt.«

Mir fiel nur meine übliche Antwort ein, wenn wir über Elizabeth sprachen. »Ich habe keinen Draht zu Kindern.« Aber dann musste ich ihm die Frage einfach stellen. »Lizzie hat etwas zu mir gesagt, für das ich keine Erklärung habe.«

»Was denn? Sie redet ja nicht viel.«

»Sie hat ›Zach‹ gesagt. Das war der Name meines Sohnes.«

McKay starrte mich kurz an. Dann blickte er durch das große Fenster ins Haus, wo Harve telefonierend am Schreibtisch saß. »Ich weiß von deinem Sohn, Claire. Harve hat es mir erzählt. Es tut mir wirklich leid, dass dir so etwas passiert ist.«

O Gott, er sollte damit aufhören. Ich wollte nicht über Zach sprechen. »Hat sie vielleicht etwas mitgehört?«

»Nein.« Er zögerte. »Ich glaube, dass sie etwas von meinen Fähigkeiten geerbt hat. Ich habe Anzeichen dafür beobachtet, dass sie ein Medium sein könnte. Wahrscheinlich hat sie deinen Schmerz gespürt, weil du an ihn gedacht hast, während du sie auf dem Schoß hattest. Das geschieht bei mir auch manchmal.« Er geriet ins Stocken. »Als ich vorhin deine Hand gehalten habe, habe ich ihn auch gesehen. Ein kleiner Junge, blonde Locken, blaue Augen, sehr große Augen. Und er war dir sehr ähnlich und hat immer am liebsten Vollgas gegeben. Ich habe es nicht erwähnt, weil ich dir nicht wehtun wollte.«

Ich schluckte, rutschte in meinem Sessel herum und schaute hinaus aufs Wasser. Über dieses Thema sprach ich nie, nicht einmal mit Black, obwohl der sich redlich Mühe gab, mir zu helfen, meine Trauer zu verarbeiten. Also würde ich auch jetzt nicht damit anfangen, insbesondere nicht mit McKay, auch wenn ich wusste, dass er mich nur trösten wollte. Es war schlimm genug, Elizabeths weichen kleinen Körper an meinem zu spüren. Sie fühlte sich genauso an wie Zach in der Nacht, in der ich ihn im Arm gehalten hatte, bis sich seine großen blauen Augen zum allerletzten Mal schlossen und er für immer aus meinem Leben verschwand. Ein rasender Schmerz kochte ungefiltert in mir hoch, dass es mir das Herz zu verbrennen drohte.

»Entschuldige, Claire. Ich merke dir an, dass es dir nicht gut geht.«

Ich konnte nicht antworten. Was sollte ich dazu auch sagen? Zum Glück verstand McKay und wechselte das Thema.

»Vielleicht könnten wir ja öfter etwas zu dritt unternehmen, Claire. Nur, damit Lizzie sich daran gewöhnt, dass eine Frau dabei ist. Ihre Mom war nicht unbedingt ein gutes Vorbild. Sie braucht eine Frau, der sie vertrauen kann.«

»Ach, mach mal einen Punkt, McKay, bei dir stehen die Frauen doch Schlange. Wozu also auch noch ich?«

McKay erwiderte nichts. Obwohl der Donner grollte, als schüttle jemand eine Aluminiumplatte, rührte Elizabeth sich nicht. McKay trank einen Schluck Bud Light. »In meinem Leben gibt es keine Frau. Ich verbringe meine Zeit damit, Lizzie aus dieser Sache herauszuhelfen. Die Therapie nützt etwas, aber sie wird noch eine Weile brauchen. Dass sie sich so an dich kuschelt, ist ein Zeichen dafür, dass sie Fortschritte macht. Danke, dass du sie im Arm gehalten hast.«

»Kein Problem.« Ja, schon gut.

Schweigen entstand. Die Sterne gingen, einer nach dem anderen, auf. Wir beobachteten, wie der Regen weit draußen vor der Mündung der Bucht das Wasser peitschte, und warteten darauf, dass Harve zurückkam. Inzwischen tippte er auf seinem

Computer herum und beantwortete vermutlich die Fragen eines seiner Kunden. Nachdem wir eine Weile wortlos den Zikaden, dem leisen Klang von Harves Stimme und dem unermüdlichen Rauschen der Bäume gelauscht hatten, wurde McKay mitteilungsbedürftig.

»Weißt du was?«

»Was?«

»Ich überlege mir, ob ich nach Springfield ziehen und dort mein eigenes Geschäft eröffnen soll.«

»Echt? Was für ein Geschäft?«

»Wahrscheinlich lachst du mich jetzt aus.«

»Wahrscheinlich.«

»Letzte Woche bin ich durch Springfield gefahren und in der Altstadt, in der Walnut Street, auf ein leeres viktorianisches Haus gestoßen. Ein riesiger alter Kasten. Und da habe ich mir gesagt, dass sich dort doch gut wohnen ließe. Also werde ich vermutlich ein Gebot abgeben. Gut, der bauliche Zustand ist ziemlich miserabel, aber ich bin handwerklich geschickt, und wenn ich es streiche und herrichte, sieht es bestimmt spitze aus.«

»Wirklich? Ist es nicht ein bisschen groß für dich und Lizzie?«

»Genau das ist ja der springende Punkt. Ich hatte die Idee, eine Pension aufzumachen. Meine Kochkünste genügen für ein Frühstück mit Eiern und Speck oder so. Außerdem ist gleich in der Nähe eine wirklich gute Kindertagesstätte. Ich könnte auch ein Kindermädchen einstellen, wenn ich eines finde, mit dem Lizzie klarkommt.«

»Dann habe ich ja zwei Freunde in der Hotelbranche.« Ich trank einen Schluck Bier und stellte fest, dass es warm und ungenießbar war. Für mich gibt es nichts Schlimmeres als warmes Bier. Ich stellte die Flasche weg.

McKay kicherte leise. Er hatte ein sympathisches, offenes Lachen. »Die Cedar Bend Lodge spielt eindeutig in einer anderen Liga. Im Moment ist das Haus noch ziemlich heruntergekommen, und ich werde viel Arbeit hineinstecken müssen. Doch es ist eine Arbeit, die mir Spaß macht. Lackierst du gerne?«

»Aha, jetzt schlägt die Stunde der Wahrheit. Du versuchst es mit dem guten alten Tom-Sawyer-Trick.«

»Hey, ich brauche eben Hilfe. Ich werde jeden anflehen, den ich in die Finger kriege.«

Inzwischen war McKay ernst geworden. »Klar helfe ich dir, wenn ich kann«, erwiderte ich deshalb. »Woher hast du denn das Geld dafür?«

»Ich habe meine Pension vom Militär und während meiner Dienstzeit ein wenig auf die hohe Kante gelegt. Außerdem habe ich etwas von meinen Eltern geerbt.«

»Offenbar hast du dir alles genau überlegt. Sehr gut.«

»Jetzt fehlt mir nur noch die richtige Frau, mit der ich das alles teilen kann.«

Mist. Bis jetzt hatte doch alles geklappt wie am Schnürchen. Eine kuschelige platonische Freundschaft. Aber nun betrachtete er mich wieder, wie er es ab und zu tat – feierlich, schmachtend und romantisch. Das hatte mir gerade noch gefehlt. »Für einen Romeo wie dich dürfte das doch kein Problem sein. Sollen Black und ich dich mit einer seiner hinreißenden Mitarbeiterinnen verkuppeln? Er hat Horden von ihnen.«

»Ich will es mit dir teilen, Claire.«

Verdammt, der Mann saß wirklich hartnäckig auf der Leitung. »Ich glaube, das hatten wir schon mal, McKay. Vielleicht nicht so im Detail, doch es hat sich nichts geändert.«

»Ich denke, dass du nicht zu Black und seiner Art zu leben passt. Auf lange Sicht wird er dich nicht glücklich machen. Versteh mich nicht falsch, ich mag ihn. Er ist nur einfach nicht cool genug für dich.«

Seine Selbstgewissheit brachte mich zum Lachen. »Und du bist es offenbar?«

»Verdammt richtig.«

Wieder fing ich zu lachen an. Und er auch. Die meiste Zeit

über vertrugen wir uns. Ich mochte ihn. Wir hätten zusammen ein Bier trinken gehen und einen draufmachen können, wenn es Black nicht gegeben hätte. Aber es gab Black. Er spielte eine WICHTIGE Rolle in meinem Leben. Thema erledigt.

»Ich habe eine Idee, McKay. Warum veranstaltest du in deiner Pension keine Hokuspokus-Vorstellungen, Seancen im Salon vor dem Abendessen? Du könntest deinen Gästen die Hand halten und ihre Gedanken lesen. Bestimmt wärst du sofort ausgebucht.«

McKay ließ sich nicht auf meine Hänselei ein und lächelte nur. »Genau das hatte ich vor. Offenbar bist du Hellseherin.«

Ich tat, als nähme ich ihn ernst. »Ich glaube dir kein Wort.«

»Oh, doch. Ich habe von einem Typen gehört, der an der Ostküste etwas Ähnliches versucht. In Rhode Island oder so. Er verdient sich dumm und dämlich. Warum sollte es bei mir nicht auch klappen?«

»Dann musst du aber mehr Erfolg haben als vorhin mit meinem Armband.«

»Lass es mich in ein paar Tagen noch einmal versuchen. Du warst einfach zu nah und hast zu gut gerochen. Wie soll ich da meine hellseherischen Kräfte einsetzen?«

»Das sind nur Irish Spring und Waffenöl.«

»Meine beiden Lieblingsdüfte, insbesondere an einer scharfen Frau.«

Einen kurzen sehr innigen Moment lang trafen sich unsere Blicke, weshalb es ein wahres Glück war, dass in der nächsten Sekunde mein Telefon läutete. Elizabeth fuhr hoch und rieb sich die Augen, während ich das Telefon vom Gürtel nahm und das Display studierte. »Das ist Bud. Ich muss rangehen.«

Ich setzte Elizabeth auf den Boden, stand auf und trat von der Veranda. »Ja, Bud? Was ist?«, meldete ich mich.

»An der Missouri State in Springfield wird eine Studentin asiatischer Abstammung vermisst. Hast du Lust, heute Abend ihr Zimmer im Wohnheim unter die Lupe zu nehmen? Die Polizei von Springfield hat ihr Okay gegeben, nachdem ich von dem möglichen Doppelmord und dem nicht identifizierten Opfer erzählt habe.«

»Wo bist du? Ich hole dich ab.«

»Hat Black nichts dagegen?«

Ich verzog das Gesicht. Ständig bohrten alle in meinem Liebesleben herum. Allmählich wurde es langweilig. »Black ist noch in New York. Wo bist du?«

»Bin gerade nach Hause gekommen. Lass mich nur rasch etwas essen, dann kann es losgehen.«

»Ich bin gleich bei dir. Harve hat eine Tonne frittierten Barsch und Maisbrotbällchen übrig. Ich bringe dir ein Proviantpaket mit, nur Geduld.«

»Hey, Claire, weißt du eigentlich, warum diese Maisbrotbällchen *hush puppies* heißen?«

»Ist das auch aus dem Buch, das ich dir geschenkt habe?«

»Ja. Sie heißen deshalb so, weil die Rebellen, wenn sie merkten, dass die Yankees zu nahe kamen, ihren Hunden die Dinger zugeworfen haben, *hush puppies,* ruhig, Hunde, damit sie nicht bellten.«

»Das klingt frei erfunden.«

»Nein, es ist aus dem Buch, und das Buch hat immer recht.«

»Danke für die Erleuchtung. Ich bin in zehn Minuten da.«

Wir beendeten das Telefonat, und ich kehrte zur Veranda zurück. McKay saß auf Harves riesigem Schaukelstuhl und wiegte Elizabeth in den Schlaf. »Du musst weg, richtig?«, fragte er. »Die Pflicht ruft.«

»Genau. Richte Harve aus, dass Bud und ich einen Einsatz haben. Glaubst du, er hat etwas dagegen, wenn ich Bud die Reste mitbringe?«

»Nein. Und vergiss den Kuchen nicht, den ich für dich gebacken habe.«

»Den hast du nicht selbst gebacken.«

»Oh, doch, das habe ich. Das Geheimnis besteht darin, ihn in einer braunen Papiertüte von Kroger zu garen. Auf diese Weise bräunt er gleichmäßig, und der Saft tropft nicht das ganze Backrohr voll. Meine Mom hatte lauter solche Tricks auf Lager.«

»Danke. Ich gebe dir Bescheid, wie er war.« Ich nahm Fisch und Kuchen und steuerte auf die Tür zu. Als McKay mir etwas nachrief, drehte ich mich noch einmal um.

»Hey, Claire, sag Bud Hallo von mir.« Er hörte auf zu schaukeln und warf mir einen ernsten Blick zu. »Und pass gut auf dich auf, Detective. Ich hab zu Hause nämlich noch einen Malerpinsel, auf dem dein Name steht.«

Sein freches Grinsen war eine Herausforderung. Doch ich verabschiedete mich nur und schob die Fliegengittertür auf. Während ich zu meinem Explorer ging, öffnete der Himmel seine Schleusen. Ja, Joe McKay war schwer in Ordnung. Er stand nur leider auf die falsche Frau.

## *Mein Name ist Trouble*

Tee schreckte hoch. Anfangs wusste er nicht, wo er war oder was da gerade geschah. Im nächsten Moment jedoch erkannte er die Geräusche. Es waren Schreie, schrille, verängstigte Schreie. Noch immer verwirrt und schlaftrunken, sprang er aus dem Bett. Auch Buddy war aufgestanden. Die beiden starrten einander kurz an und stürmten dann auf den Flur hinaus. Das Tohuwabohu spielte sich links von ihnen ab, wo der Korridor eine Kurve zur Mädchentoilette beschrieb.

Die Nachtschwestern hasteten auf die Quelle der Schreie zu, und überall auf dem Flur öffneten die anderen Jugendlichen ihre Zimmertüren. Einige Patienten waren bereits draußen und standen in Pyjama oder Unterwäsche herum. Tee steuerte auf das Durcheinander zu, Buddy folgte ihm auf den Fersen. Zu seiner Überraschung versuchte niemand, ihn aufzuhalten oder auch nur auszubremsen.

Schauplatz der Aufregung war das Mädchenbad. Tee schob sich an einigen anderen vorbei und trat in den großen Raum.

Hier gab es acht Waschbecken, über denen ein langer Spiegel hing, und zehn oder zwölf Toilettenkabinen. Außerdem waren da noch drei abschließbare Räume mit Wannen, in denen die Mädchen Schaumbäder nehmen konnten.

Tee drängte sich an einem jungen Pfleger im weißen Kittel vorbei, der an der Wand lehnte. Sein Mund stand offen, und er starrte entsetzt hin. Tee wurde klar, dass die Schreie gar nicht von einem Mädchen kamen, sondern von seinem neuen Freund Yang Wei.

Als Tee endlich in die Badekabine spähen konnte, schnappte er wegen des vielen Blutes erschrocken nach Luft. Mann, da war ja alles voller Blut. Das Badewasser war scharlachrot verfärbt. Es schwappte über den Rand der weißen Wanne und strömte die Seiten hinunter auf den schwarzweiß gefliesten Fußboden. Ein widerwärtiger Anblick.

Noch mehr überraschte ihn, dass es Lotus war, die da im roten Wasser in der Wanne lag. Yang Wei rastete förmlich aus, hielt ihr den Kopf über Wasser und versuchte, die klaffenden Wunden an ihren Handgelenken zusammenzudrücken, die so tief waren, dass ihre Hände schlaff herabhingen. Doch es war viel zu spät, um die Blutungen zu stoppen. Yang Weis kleine Schwester war mausetot. Ihr Gesicht war so weiß wie die Wand hinter ihr; ihre Augen standen offen und starrten Yang Wei an. Tee hätte nie gedacht, dass ein so zierliches Mädchen so stark bluten konnte. Ach du Scheiße!

Einer der Ärzte erschien, schob Tee beiseite und warf einen Blick auf den mit Blut bespritzten Raum. »Holen Sie einen Krankenwagen! Sofort!«, schrie er die Schwestern an. »Yang Wei, mach Platz und lass mich schauen, was ich tun kann«, sagte er dann.

Yang Wei gehorchte. Sein weißes Hemd war mit scharlachroten Flecken bedeckt, sein ungläubiger Blick aus glasigen Augen kaum zu ertragen. Als eine Schwester Tee am Arm nahm und aus dem Raum zog, gehorchte er widerspruchslos. Er hatte genug gesehen. »Du brauchst hier nicht dabei zu sein. Geh zurück in dein Zimmer. Der Arzt ist jetzt bei ihr. Er kümmert sich um alles«, meinte sie.

Wohl eher nicht, dachte Tee. Denn der Arzt war viel zu spät dran, um noch etwas tun zu können. Widerstrebend folgte er der Anweisung. Allerdings verstand er die Welt nicht mehr. Warum hatte die blöde Kuh sich bloß die Pulsadern aufgeschnitten? Das mit ihnen beiden vorhin im Schuppen war doch wirklich nicht so schlimm gewesen. Ach, herrje, so was nannte man wohl eine Überreaktion. Und dabei wusste er genau, dass sie genauso viel Spaß gehabt hatte wie er. Jetzt konnte er nur noch hoffen, dass da nirgendwo ein Abschiedsbrief war, in dem sie ihn belastete. Dieser Gedanke sorgte dafür, dass Angst in ihm aufstieg, und er kam zu dem Schluss, dass es in seinem besten Interesse lag, das herauszufinden. Und zwar schnell.

Tee wusste, wo Lotus' Zimmer war, denn das hatte er schon am Tag ihrer ersten Begegnung in Erfahrung gebracht. Sie hatte inzwischen ein Einzelzimmer, weil ihre Mitbewohnerin vor Kurzem entlassen worden war. Eigentlich hatte er vorgehabt, dort mit ihr zu schlafen, ein Gedanke, den er rasch wieder verworfen hatte. Man brauchte sich nur anzuschauen, welche Folgen ein einziger Schrei gehabt hatte, als die Schwester die Leiche fand. Während Tee so unauffällig wie möglich sein Ziel ansteuerte, wurden die anderen zurück in ihre Zimmer getrieben und erhielten Befehl, dort zu bleiben. In der Ferne hörte er bereits das Schrillen einer Sirene, das sich stetig näherte.

Tee schlüpfte ins Zimmer, fand die Sachen, die sie auf dem Tennisplatz getragen hatte, verstreut auf dem Boden und stopfte sie rasch unter sein Pyjamaoberteil. Er war zwar kein Fachmann für Spurensicherung, hatte aber in Sendungen wie The First 48 auf A&E von DNA und Vergewaltigungs-Testsets gehört. Niemand durfte wissen, dass er zuletzt mit ihr zusammen gewesen war. Das kam überhaupt nicht in Frage. Als er sich nach einem Abschiedsbrief umsah, fand er einen auf ihrem Kissen und steckte ihn zu den schmutzigen Kleidern.

Dann wartete er ab, bis einige Sanitäter mit einem Rollwagen den Flur entlangeilten, und nutzte das dadurch entstehende Durcheinander, um unbemerkt in seinem Zimmer zu verschwinden. Da von Buddy jede Spur fehlte, entfaltete Tee Lotus' Abschiedsbrief und las ihn lautlos:

*Lebt wohl. Es hört einfach nicht auf. Niemals. Ich halte es nicht mehr aus. Yang Wei, ich liebe Dich, und es tut mir leid.*

Mehr stand nicht auf dem Zettel, und es war viel zu vage, um Schlüsse daraus zu ziehen. Tee ging wieder zur Tür und traf Buddy ein paar Meter weiter auf dem Flur. Er heulte wie ein Schlosshund. »Sie ist tot. Tot. Sie können sie nicht wiederbeleben.«

Tee begleitete Buddy zurück in ihr Zimmer und sah zu, wie er aufs Bett fiel und weinte, als hätte er gerade eine beste Freundin verloren. Dieser Junge war ein schrecklicher Waschlappen. Das Mädchen hatte die Entscheidung selbst gefällt. Niemand anderer. Also war es ganz allein ihre Schuld. Ganz sicher nicht die von Tee. Er würde sich wegen einer Sache, die sie sich selbst angetan hatte, kein schlechtes Gewissen einreden.

In den nächsten Wochen spielte Tee den Klinikalltag mit und achtete darauf, sich bei allen beliebt zu machen, damit ja niemand den Verdacht bekam, er könnte in Lotus' Selbstmord verwickelt sein. Es war wirklich total einfach, auch wenn ihn Lotus' Tod manchmal beschäftigte. Yang Wei war verschwunden, kam nicht zurück, und niemand wusste, wo er steckte. Die überstürzte Tat des Mädchens faszinierte Tee immer mehr. Nun war er an einem echten Selbstmord beteiligt, keinem, den er hatte erfinden müssen, um die von ihm verursachten »Unfälle« in seiner Familie zu tarnen.

Er kam zu dem Schluss, dass nur ein gründlicher Blick in ihre Krankenakte ihm verraten würde, was die dumme Pute dazu getrieben hatte, sich das Leben zu nehmen, und schmiedete entsprechende Pläne. Inzwischen fraß Buddy ihm aus der Hand. Buddy liebte Tee so abgöttisch, dass einem davon fast schlecht werden konnte, und überschlug sich fast vor Begeisterung, weil er nicht nur der Zimmergenosse, sondern auch noch der ständige Begleiter des beliebtesten Jungen in der Klinik war. Wenn Tee Buddy anwies, den Mund zu halten, tat er das widerspruchslos, was die Dinge sehr vereinfachte.

Und so trafen sie eine Vereinbarung. Buddy würde Schmiere stehen und hatte die Aufgabe, die Schwestern abzulenken, während Tee sich in den Bürotrakt schlich. Insbesondere auf die eine namens Maggie musste man aufpassen, denn sie hasste Tee seit dem ersten Tag. Dieser Teil des Plans klappte wie am Schnürchen, und Tee pirschte sich zu den Büros der Ärzte. So spät in der Nacht war der Teil der Klinik dunkel mit Ausnahme einer Nachtbeleuchtung an den Sockelleisten der Flure, die im Brandfall den Fluchtweg anzeigte. Tee huschte weiter und rüttelte an sämtlichen Türen, bis er das Büro seines eigenen Therapeuten erreicht hatte. Das Knacken von Schlössern hatte er schon vor langer Zeit gelernt, denn er war neugierig auf die Geheimisse seiner Mom gewesen, die ihr Tagebuch in einer abgeschlossenen Schublade aufbewahrt hatte. Auf diese Weise hatte er viele nützliche Informationen bekommen und außerdem das Testament seines Vaters gefunden. Er war ein wenig enttäuscht gewesen zu lesen, dass das beträchtliche Vermögen der Familie zu gleichen Teilen an alle Kinder fallen sollte. Das stank zum Himmel und war ein schwerer Schlag für Tee. Schließlich war er, Tee, der Lieblingssohn, weshalb ihm eigentlich alles zustand. Vielleicht würde das eines Tages ja auch geschehen.

Endlich rasteten die Stifte ein. Tee schlich ins Büro und sah sich um. Es war dunkel, und die schwache Nachtbeleuchtung an der Ecke des Gebäudes malte gedrungene Schatten. Er hatte beobachtet, dass sein Arzt die Akten in einem verschlossenen Schrank, versteckt unter einem der Bücherregale, aufbewahrte. Tee richtete seine Taschenlampe auf das Schloss. Es ließ sich sogar noch leichter öffnen als die Tür. Er fand Lotus' Akte unter ihrem falschen Namen eingeordnet, setzte sich auf den Boden hinter ein Ledersofa und schlug sie auf.

Er ließ sich Zeit, sie mit großem Interesse durchzulesen, und war bald mit ihrer Krankengeschichte vertraut. Außerdem erfuhr er, dass sie in China von ihrem eigenen Dad missbraucht worden war, und zwar so gewaltsam, dass sie eine Unterleibsverletzung erlitten hatte und nie Kinder hätte bekommen können. Das zweite Mal war sie während ihrer Reise mit der Olympiamannschaft vergewaltigt worden, diesmal von ihrem Trainer, dem sie vertraut hatte. Ach, herrje, die Kleine hatte Vergewaltiger wohl magisch angezogen. Obwohl er sie ja nicht im eigentlichen Sinne vergewaltigt hatte. Sie hatte sich doch nicht gewehrt, richtig? Sondern einfach nur dagelegen, als hätte sie insgeheim Spaß daran, wolle es aber nicht zugeben. Natürlich hatte sie Spaß gehabt. Bei welchem Mädchen wäre es nicht so gewesen? Schließlich bestätigten ihm ja alle immer wieder, wie gut er aussah.

Nachdem er die letzte Seite gelesen hatte, klappte er die Akte zu und schaltete die Taschenlampe aus. Da lag also das Problem. Lotus war ihr Leben lang von Vergewaltigern traumatisiert worden, und dass er sie genommen hatte, hatte ihr den Rest gegeben. Vermutlich hatte sie ihn in ihrem Zustand mit einem der wirklichen Vergewaltiger verwechselt. Mann. Er spürte, wie ein glühend heißes Machtgefühl in ihm aufstieg. Es war eine berauschende Erkenntnis.

Besaß er womöglich die Fähigkeit, auch jeden anderen x-beliebigen Jugendlichen hier in den Selbstmord zu treiben? Wie praktisch, falls ihm jemand auf die Nerven gehen oder sonstige Schwierigkeiten machen sollte. Oh, Mann, das war ja die absolute Härte. Er konnte beeinflussen, was sie taten und ob sie gesund wurden. Oder, noch besser, dass sie nicht gesund wurden. Und das alles, ohne sich die Hände schmutzig zu machen, sie mit den Haaren an einer Poolpumpe festzubinden oder sie von einer Felswand zu stoßen. Unfassbare Möglichkeiten taten sich vor ihm auf.

Voller Begeisterung schaltete er die Taschenlampe wieder ein und griff nach Buddys Akte. Aha. Buddy litt an Paranoia und hatte Angst, dass alle hinter ihm her waren. Nun, das war wirklich verdammt interessant. Außerdem ließ sich ein psychisches Problem wie dieses unglaublich leicht provozieren. Tee schmunzelte in sich hinein. Er hatte den Eindruck, dass er hier noch eine Menge lernen würde. Es würde ein Riesenspaß werden, mit diesen Spinnern ein paar Spielchen zu veranstalten.

Neugierig geworden, nahm er sich die Zeit, die Akten einiger anderer Jugendlicher zu lesen. Nur sicherheitshalber. Mann, was für eine Horde kranker Loser. Nicht zu glauben, welche Schäden er ihren zarten Seelen würde zufügen können. Außerdem wurden die meisten hier wegen Selbstmordgefahr behandelt. Wahrscheinlich würde er es schaffen, dass sie alle über den Jordan gingen, ohne dass ihm je ein Mensch auf die Schliche kam. Der Gedanke, wie leicht es sein würde, brachte ihn zum Kichern. Rasch schaltete er die Taschenlampe ab und kehrte leise zurück in sein Zimmer.

## *Elf*

Die Missouri State University befindet sich mitten im Stadtzentrum von Springfield, Missouri. Es ist eine schöne Universität in einer schönen Stadt und wird von etwa zehntausend Studenten besucht. Buds Verbindungsmann bei der hiesigen Polizei, ein alter Freund namens Dak, teilte uns mit, das vermisste Mädchen habe im Hammons House gewohnt. Wie schon auf dem ganzen Hinweg regnete es in Strömen. Wir hielten auf der anderen Seite der Harrison Street, gegenüber des achtstöckigen Wohnheims, warteten einige Autos ab und hasteten dann durch Wolkenbruch und Nebel zur Tür.

Bei unserem Sprint kamen wir an etwa zwanzig Studentinnen in ultraknappen Shorts und ärmellosen Tops vorbei. Bud, ein Lüstling, der keine Unterschiede macht, beäugte eine nach der anderen und gab vermutlich jeder zehn Punkte in seinem treuen schwarzen Notizbuch. Deshalb bekam er auch mehr Regenwasser ab als ich, da ich wie ein geölter Blitz in die Vorhalle rannte. Offen gestanden hätten die Mädchen hier vermutlich von jedem Gaffer zehn Punkte gekriegt. Wo stecken denn bloß ihre männlichen Mitstudenten? Hatten die keine Augen im Kopf?

Kaum im Gebäude angekommen, erhielt ich die Antwort auf meine Frage. Auf dem Flachbildschirm lief ein Baseballspiel mit den Cardinals, eine Liveübertragung aus Atlanta. Wir hatten auf der Hinfahrt im Autoradio gehört, dass das Spiel wegen des Regens verspätet anfangen würde, während Bud Fisch, Maisbrotbällchen und Apfelkuchen verschlang. Inzwischen hatte sich das Wetter offenbar gebessert. Horden von Collegejungs – oder sollte ich junge Männer sagen? –, die hier Sommerkurse besuchten, saßen herum, tranken Cola und taten sich an scharf gewürzten Chickenwings und Peperonipizza gütlich. Wahrscheinlich würden sich ihre Freundinnen bis zur neunten Inning gedulden müssen. Ich wischte mir mit dem Ärmel das Regenwasser aus dem Gesicht; mit Schirmen habe ich noch nie viel am Hut gehabt. Dann steuerten wir auf den Empfang zu und zeigten unsere Dienstmarken vor, worauf die junge Frau hinter der Theke vor Angst fast in Ohnmacht fiel.

»Hey, Sie stecken nicht in Schwierigkeiten, Miss«, versicherte ihr Bud. »Zumindest noch nicht.«

Sehr beruhigend.

»Wir sind wegen der vermissten Studentin hier«, ergänzte ich. »Die Polizei von Springfield hat uns gestattet, ihr Zimmer zu betreten und uns umzuschauen. Eigentlich wollten sie uns telefonisch ankündigen.«

»O ja, das haben sie. Ein echt süßer Typ names Dak sagte, ich solle alles tun, was Sie wollen. Die arme Li. Keine Ahnung, was mit ihr passiert ist, aber ich wette, es ist nichts Gutes.«

Wenn Li wirklich unser Mädchen war, war es eindeutig nicht gut. »Sie heißt also Li? Wie ist denn ihr Nachname?«

»Li He. Aber ich glaube, in China sagt man es andersherum.«

Li He, das klang wie ein leises Kichern. »Können Sie lang genug von hier weg, um uns nach oben zu begleiten?«

»Klar, im Hinterzimmer sitzt eine Kollegin, die für mich einspringen kann. Oder ich gebe Ihnen einfach einen Schlüssel zu Lis Wohnung, damit sie einen Blick hineinwerfen können. Allerdings leben ihre Mitbewohnerinnen noch dort. Deshalb sollten Sie besser anklopfen.«

»Okay, wir nehmen den Schlüssel und lassen Sie Ihre Arbeit machen. Danke für Ihre Hilfe.«

Sie reichte Bud den Schlüssel, weil er ein scharfer Typ war. Vermutlich lag es den Mädchen im Blut, ihm spontan Schlüssel auszuhändigen. Doch in diesem Fall brach er wirklich alle Rekorde. Ich musste an Debbie Winters denken. Gerade waren wir auf dem Weg zu den Aufzügen, als im Fernsehen jemand einen Homerun schlug. »Warte einen Moment«, sagte Bud.

»Ich will nur schauen, ob es die Braves oder die Cardinals waren. Bitte, lieber Gott, lass es die Braves gewesen sein.«

»Ach, herrje, Bud. Sieh dir nachher die Wiederholung auf SportsCenter an. Es ist schon spät.«

Mein Einwand konnte ihn nicht überzeugen, und so lehnte ich mich an die Wand neben dem Aufzug, während er in den Aufenthaltsraum eilte, um den Punktestand zu überprüfen. Als wahrer Sohn Atlantas strahlte er übers ganze Gesicht, und auch sein Freudenschrei sprach Bände. Da sich zuvor kein Chor johlender Jungmännerstimmen erhoben hatte, hätte ich ihm gleich sagen können, dass die Punkte nicht an die Cardinals gegangen waren. Umso besser hörte ich die Schmähungen, die Bud nachgerufen wurden. Aber zum Glück war er ja bewaffnet.

»In dieser Gegend zu den Braves zu halten, könnte deiner Gesundheit schaden«, meinte ich, als er wieder bei mir angelangt war. »Das solltest du eigentlich wissen.«

»Ja, ja, schon gut. Ich dachte schon, die springen mir gleich an die Gurgel. Doch ich habe mit den Kollegen eine Menge Kohle auf dieses Spiel gewettet. Diesmal gewinne ich, warts nur ab.«

»Was ist für dich eine Menge?«

»Ein Zwanziger.«

Wir fuhren in einem von Handabdrücken übersäten Edelstahlaufzug nach oben. Das Mädchen, mit dem wir die Kabine teilten, wurde von einer derart dichten Parfümwolke umwabert, dass ich Lust auf das Ausrotten von Fliederbüschen bekam. Sie hatte einen ovalen Weidenkorb mit ordentlich gefalteten Kleidungsstücken bei sich. Offenbar hatte hier eine Mutter ihrer Tochter Manieren beigebracht. Die meisten von uns hatten damals ihre dreckigen Sachen in großen, miefigen Reisetaschen bis zum nächsten Heimaturlaub gesammelt. So viel wusste ich noch von meinen kurzen Collegetagen an der LSU, nicht dass ich je ein richtiges Zuhause gehabt hätte, wo ich die Wäsche hätte abwerfen können. Den Großteil meiner Semesterferien verbrachte ich allein im Studentenwohnheim oder mit einigen Austauschstudenten aus Simbabwe oder Kenia. Doch das war um einiges besser als der Versuch, die Feiertagstrübnis bei meinen Pflegeeltern lebend zu überstehen.

Li He wohnte im zweiten Stock, ganz am Ende des Flurs. Es war totenstill, da die Mädchen unterwegs waren, um ihre leicht bekleideten Körper auszuführen, während die Jungens johlten und den Fernseher oder Bud anbrüllten. Nur aus einem Zimmer, an dem wir vorbeikamen, dröhnte laute Musik auf den Korridor hinaus. John Mayer, glaube ich. Was war nur aus den Ruhezeiten geworden? Vermutlich gab es sie nicht mehr. Ein Stück Geschichte. Inzwischen ging niemand mehr ans College, um richtig zu studieren. Vielleicht waren iPods ja auch heimliche Aliens und hatten den Campus übernommen.

Wohnung 315 zeigte auf die Straße, die hinter dem Wohnheim verlief. Ich konnte einen Blick auf den Hammonds Tower im Zentrum von Springfield erhaschen, der sich in all seiner schwarzfenstrigen Pracht über die Stadt erhob. Ich hatte schon immer gefunden, dass er aussah, wie ein böser Monolith aus einem Science-Fiction-Film. Und zwar wie einer von der Sorte, die sich des Verstandes der Menschen bemächtigen, wenn sie seine glatten, dunklen Wände berühren. Vielleicht tat er das ja wirklich, wer weiß? Ich hatte gehört, dass es in der obersten Etage ein superexklusives Restaurant gab, wo sich die High Society an der Salatbar labte. Angeblich kam man nur mit einem besonderen Schlüssel hinein. Noch überkandidelter ging es wohl nicht. Bestimmt standen dort auch die fiesen Schnecken auf der Speisekarte.

Bud klopfte mit dem Fingerknöchel an die Tür und pustete dann in seine Handfläche. »Riecht mein Atem eigentlich nach Zwiebeln?«, fragte er. »Harve hat Tonnen davon in seine Maisbällchen getan.«

»Wer, glaubst du, macht dir gleich die Tür auf? Charlize Theron?«

»Schön wärs.« Bud kramte ein Päckchen Juicy-Fruit-Kaugummi, sein liebstes Mittel gegen Mundgeruch, hervor, faltete einen Streifen zusammen und steckte ihn in den Mund. Das Papier verstaute er mit den restlichen Kaugummis in der Tasche seiner Jeans.

Als nach etwa fünf Minuten noch immer niemand erschien, klopfte ich wieder an, diesmal laut genug, um die Toten aufzuwecken. Kein guter Vergleich, sorry. Wir hatten zwar einen Schlüssel, wollten aber nicht in eine nicht jugendfreie Situation hineinplatzen. Auf einem College-Campus musste man immer mit dem Schlimmsten rechnen.

Während Bud sich an die Tür lehnte, betrachtete ich das Poster, das mit Reißzwecken an der Tür gegenüber befestigt war. Es war Brad Pitt in seinem kurzen Lendenschurz/Röckchen als Achilles in *Troja.* Offenbar wohnten hier Mädchen. Ich musste zugeben, dass er echt scharf aussah. »Brad Pitt ist aus Springfield, wusstest du das, Bud?«, sagte ich.

»Ja, hab ich irgendwo gehört. Wäre doch nett, wenn er mal mit Angelina herkommen würde. Oder noch besser, an den See. Dann könnten wir sie wegen Erregung öffentlichen Ärgernisses oder Überfahrens einer roten Ampel mit dem Kinderwagen verhaften und auf dem Revier in die Mangel nehmen. Ich knöpfe mir Angelina vor, du kannst Pitt haben. Meiner Ansicht nach wird seine Optik stark überbewertet.«

»Schon gut. Erzähl das irgendeiner x-beliebigen Frau auf der Straße. Dann wirst du erst richtig Prügel beziehen.«

»Sie wurden schon in Springfield gesichtet. Es wäre also möglich.«

»Träum weiter. Inzwischen haben sie viel zu viele Kinder, um öffentliches Ärgernis zu erregen, außer durch ausuferndes Babygeschrei.«

»John Goodman soll ja auch von hier sein. Du weißt schon, der Ehemann in *Roseanne.* Stimmt das?«

»Nein, der ist aus St. Louis, glaube ich«, widersprach ich. »Aber jemand hat mir erzählt, er habe mit einem Football-Stipendium hier studiert.«

»Weißt du was? Jenna Fischer, das Mädchen, das die Pam in

*Das Büro* spielt, ist auch aus Missouri. Ihre Eltern oder irgendwelche anderen Verwandten sollen in der Gegend von Camdenton wohnen.«

»Was ist *Das Büro?«*

»Siehst du denn nie fern, Claire?«

»Manchmal schaue ich mir *Dr. Phil* an, aber nur, wenn mir absolut langweilig ist.«

Da ich genug von unserer Version von *Inside Edition* hatte, klopfte ich noch einmal an. Wenn wir so weitermachten, würden wir gleich bei den Filmkritiken sein. Ich hatte noch kaum die Faust von der Tür genommen, als diese aufgerissen wurde. Ein Mädchen stand vor uns. In Unterwäsche. Und zwar in einem dieser knappen Exemplare, bei denen beide Teile aus einem einzigen Taschentuch geschneidert zu sein scheinen. Bud merkte sofort auf. Vielleicht war der Juicy Fruit ja doch nicht verschwendet.

»Sie beide sind bestimmt Bullen.«

Ja, diese Begrüßung ernten wir häufig, wenn wir mit großen, glänzenden Dienstmarken um den Hals Besuche machen. Wie kommen die Leute denn nur darauf? »Ja, Ma'am. Ich bin Detective Morgan und das ist Detective Davis. Wir sind hier, um uns Li Hes Zimmer anzusehen. Stören wir vielleicht?« Wie Bud warf ich einen vielsagenden Blick auf das Nichts, mit dem sie bekleidet war.

Offenbar hatte sie eine lange Leitung. »Ja, irgendwie schon, aber das macht nichts. Sie können sich Lis Zimmer ja ohne mich anschauen. Ich habe altgriechische Geschichte gelernt und bin dabei eingeschlafen. Meine andere Mitbewohnerin ist nicht da. Mel ist nach Hause gefahren, weil ihre Cousine heiratet.«

»Also gut.«

Da das Mädchen sich nicht von der Stelle rührte, griff ich zum Wink mit dem Zaunpfahl. »Dürfen wir reinkommen? Jetzt?«

»Ja, meinetwegen.« Sie machte Platz.

»Und Sie heißen?«, fragte Bud, wobei er verstohlen ihre Figur musterte, während ich mich im Wohnzimmer umsah.

»Delia.« Bud und ich warteten mit angehaltenem Atem auf den Nachnamen, worauf sie einen tiefen Seufzer, gefolgt von einem Gähnen, ausstieß. »Winston«, sagte sie. »Delia Winston. Ich bin im ersten Semester, Li war im zweiten.«

Bud kam mir zuvor. »*War?*«

»Ja. Ich gehe davon aus, dass jemand sie entführt und ermordet hat. Warum sollte sie sonst die Abschlussprüfung in Psychologie verpassen?«

Ich starrte sie entgeistert an. »Nun, dafür könnte es auch andere Gründe geben.«

»Ja? Welche denn?«

»Sie könnte einen Unfall gehabt haben und bewusstlos im Krankenhaus liegen. Oder sie ist mit einem Freund abgehauen, ohne es jemandem zu erzählen.«

»Das hat die Polizei schon alles überprüft. Ich sage, dass sie tot ist. Wahrscheinlich umgelegt von irgendeinem Psychokiller, der sie irgendwo im Wald verscharrt hat, wo sie nie jemand finden wird, wenn nicht zufällig ein Jäger mit seinem Hund über das Loch stolpert.«

Ach, herrje. Wahrscheinlich studierte die Kleine im Hauptfach Kriminologie oder forensische Psychiatrie. Vielleicht war sie ja auch ein Lehrbuchbeispiel für Letzteres. Dann bemerkte ich ein aufgeschlagenes Buch von Stephen King auf dem Sofa und war mir nicht mehr so sicher.

»Wir hoffen, dass sie einfach nur mit ihrem Freund durchgebrannt ist, wie Detective Morgan gerade sagte. Oder etwas in dieser Art.«

»Tja, das hoffe ich auch. Echt«, erwiderte Delia.

»Ja, echt.« Ich zog das Wort sarkastisch in die Länge, so wie sie vorhin, doch sie lächelte nur und schien zufrieden, dass wir einer Meinung waren.

»Könnten wir jetzt einen Blick in ihr Zimmer werfen?«, fragte Bud.

»Meinetwegen. Allerdings hat der andere Polizist schon ziemlich gründlich dort herumgesucht. Also werden Sie nichts neues finden. Der Typ war richtig scharf. Er hieß Dak.«

»Es wird nicht lange dauern, Delia«, antwortete ich. »Außerdem würden wir gerne mit Ihnen sprechen, wenn Sie richtig wach sind und einen Morgenmantel angezogen haben.« Klarer konnte man sich doch nicht ausdrücken. Aus ihrem leichten Erröten schloss ich, dass bei ihr endlich der Groschen gefallen war: Sie war halb nackt, und das noch in Gegenwart von wildfremden Menschen.

»Ihr Zimmer ist gleich da drüben, das letzte. Meins ist am anderen Ende, und Mel hat das in der Mitte.«

»Danke, Delia. Sie waren uns eine große Hilfe.«

Delia nickte, als sei sie aufrichtig davon überzeugt. Dann rauschte sie zum Sofa hinüber, sofern diese Fortbewegungsform unbekleidet überhaupt möglich war, legte sich auf den Rücken und griff zu ihrem Roman. Zum Teufel mit den alten Griechen, Odysseus und seiner tragischen Lebensgeschichte, Achilles und dem ganzen anderen Mist. Lieber zurück zu den Vampiren und/oder funkenden Mobiltelefonen. Doch als Bud und ich Schutzhandschuhe anzogen und in unsere schicken Überschuhe aus Papier schlüpften, merkte Delia auf und spähte über den Rand ihres Wälzers hinweg. »Das machen sie in *CSI New York* auch immer.«

»Ja, daher haben wir es ja«, entgegnete Bud.

»Echt, ich lerne auch sehr viel aus dieser Sendung. Sie können mich Dee nennen.«

»Danke, Dee. Das bedeutet uns sehr viel«, erwiderte ich.

Während Bud mich kopfschüttelnd angrinste, blätterte Dee zur nächsten Seite um und zwirbelte eine Haarsträhne um den Finger, ohne etwas davon zu bemerken. Ich nahm mir vor, bei der Durchsuchung Ausschau nach ihrem Morgenmantel zu halten. Ein Badehandtuch hätte es vermutlich auch getan. Oder ein Waschlappen.

Wir öffneten Li Hes Zimmertür, traten ein und machten sie

wieder hinter uns zu. Schließlich wollten wir uns keiner überflüssigen Kritik unserer Durchsuchungstechniken aussetzen, die vermutlich vor den Augen der Pseudodetectives/Schauspieler in *CSI* mit ihrer Jahresgage von sieben Millionen Dollar keine Gnade finden würden. Vielleicht sollten wir sie uns wirklich zum Beispiel nehmen. Etwa, indem wir ihnen abschauten, wie man nie in die Schusslinie gerät und trotzdem mit dem Ablesen harter Bullensprüchen aus einem Drehbuch Kohle scheffelte.

»Li war eine sehr ordentliche junge Frau«, stellte Bud fest. Es war klar, dass ihm das als erstes auffiel, denn er ist der größte Ordnungsfanatiker des Universums. »Das ist immer ein Zeichen für eine gefestigte Moral.«

»Was ist dann mit Zwangsneurotikern? Die sind doch alle irgendwie durchgeknallt.«

»Nicht alle.«

Ich ließ den Blick durch das hübsche, aufgeräumte Zimmer mit seinen fein säuberlich geschichteten Büchern und Papieren schweifen. Das Bett war sorgfältig gemacht, die rosa und weiß gepunktete Überdecke glatt gestrichen und an den Ecken festgesteckt wie beim Militär. »Hoffentlich ist dieses Mädchen nicht unser Opfer«, sagte ich. Im nächsten Moment fragte ich mich, warum ich das Bedürfnis gehabt hatte, das laut auszusprechen. Ganz gleich, wen es auch getroffen haben mochte, war es eine schreckliche Tragödie. »Welche Informationen hat dir die hiesige Polizei zu dem Fall gegeben?«

»Sie studiert im zweiten Semester hier an der MSU und kommt aus Branson. Ihre Eltern arbeiten dort als Artisten, die Truppe nennt sich Beijing Acrobatic Troupe. Ich weiß noch nicht viel über den Verein, nur dass er ausschließlich aus chinesischen Staatsbürgern besteht. Ihre Eltern sind außer sich vor Sorge. Sie sprechen kaum Englisch. Dak und seine Leute haben beide befragt. Nach Aussage der Eltern ist sie noch nie einfach verschwunden oder sonst in Schwierigkeiten geraten und hat ihnen auch niemals Grund zur Sorge gegeben. Laut Polizei ist sie absolut sauber, keine Drogen, keine Prostitution, nichts. Gute Noten, nichts als Einsen. Schließt leicht Freundschaften. Alle mochten sie. Du kennst solche Mädchen ja.«

Offen gestanden kannte ich nicht viele solcher Mädchen, da man ihnen in meinem Beruf nur selten begegnet. Dort trifft man eher die, die auf die schiefe Bahn geraten sind. »Nur, dass sie sich mit Mikey eingelassen hat. Falls das so ist. Wir wollen sehen, was wir über sie herausfinden können.«

Das Badezimmer in der Wohnung wurde von allen drei Mädchen benutzt. Ich steuerte auf das Waschbecken und den Frisiertisch in der Ecke von Li Hes Zimmer zu. Die Haarbürste, die ich suchte, lag offen und ordentlich aufgereiht neben einem passenden rosafarbenen Kamm und einem Handspiegel. Ich nahm die Bürste mit behandschuhten Fingern, stellte fest, dass sie ziemlich sauber war, und entdeckte zu meiner Freude einige lange schwarze Haare, die sich in den Borsten verfangen hatten. »Wir haben eine Haarbürste, Bud. Vielleicht kann Buck das Opfer ja anhand der DNA identifizieren.«

»Spitze. Und hier ist ein Foto von ihr. Mann, was für eine Schande. Schau, wie klein und zierlich sie war. Sie ist Kunstturnerin.«

Bud reichte mir ein Farbfoto, das Li He in einem engen rotbraun und weiß gemusterten Turnanzug mit dem Emblem der MSU Bears auf der Brust zeigte. Ich griff nach einem anderen gerahmten Foto, einer Nahaufnahme von Li, Delia und einem zierlichen Mädchen, das einige Jahre älter als die anderen zu sein schien. Auch sie war offenbar asiatischer Abstammung. Mel, die Cousine der Braut, wie ich vermutete. Die drei saßen zusammen an einem Tisch, der offenbar in einer Pizzeria stand, aller Wahrscheinlichkeit nach der von Mikey, alias »Tatort«. Die drei lachten vergnügt und hatten die Arme umeinander gelegt. Zweifellos eine Erinnerung an glücklichere Zeiten. Ich hatte mich noch nicht entschieden, ob Delia heute nur unter Schock stand oder eine eiskalte Soziopathin war. Vielleicht war Mel ja nur nach Hause gefahren, um Delias gedrückter Stimmung, ihren düsteren Vorhersagen und ihrer Textilfeindlichkeit zu entrinnen. Falls Li wirklich unser Opfer war, würde Delia allerdings diesmal leider recht behalten.

»Sie hat die gleiche Figur wie unser Opfer und die gleiche Haarlänge«, stellte ich fest. »Mein Bauch sagt mir, dass es dieselbe Frau ist.«

Ich schnüffelte weiter im Zimmer herum. Alles, worauf mein Blick fiel, war unnatürlich ordentlich. Eine Weile kramte ich in den Papieren auf ihrem Schreibtisch herum. Ihr Stundenplan hing an einer gelben Pinnwand über den Lehrbüchern. In dem Regal über dem Schreibtisch standen weitere dicke Fachbücher. Physiologie, Psychologie der abnormen Persönlichkeiten, Physik und noch vieles andere mehr. Nur ein dünnes blaues Buch, eine Anleitung für das Golfspiel, schien nicht ganz hierher zu passen. Aber andererseits spielten Ärzte doch am Wochenende immer Golf, richtig? Mit Ausnahme von Black. Der spielte am Wochenende mit mir. Ein wahrer Glücksfall.

Ich umfasste einen Knauf und zog die lange, schmale Schreibtischschublade heraus. Alles lag an seinem Platz. Gummibänder, Büroklammern, Bonbons Marke Ice Breakers – zwei Dosen, beides Spearmint-Geschmack – und ein kleines Taschenadressbuch. Ich blätterte zum Buchstaben M. Mikey Murphy, die Adresse von Mikeys Pizzeria in Osage Beach und eine Telefonnummer, versehen mit einem Sternchen und der Anmerkung »scharfer Typ« in Klammern.

»Sie kannte ihn, Bud. Er hat ihr gefallen. Das steht hier in ihrer eigenen Handschrift. Schwarz auf Weiß.«

Bud kam zum Schreibtisch hinüber, nahm das Buch und fing an, darin herumzublättern. »Ja, Dak sagte, dieses Buch könnte uns weiterhelfen. Sie hat einen großen Freundeskreis. Dee, unser Dummerchen da draußen, ist übrigens aus Independence, Missouri.«

»Was ist mit Mel? Hast du ihren Namen gefunden? Mit der müssen wir nämlich auch reden.«

»Melanie Baxter? Hier haben wir sie. Sie wohnt in Fenton,

das ist ein Vorort von St. Louis. Und dreimal darfst du raten. Schau mal, Claire, hier steht auch die Nummer unserer kleinen Psychoklinik. Offenbar war sie früher Patientin in Oak Haven. Und wenn nicht, hat sie mehrere Male dort angerufen.«

»Vielleicht, während Mikey dort stationär behandelt wurde. Möglicherweise lief ja schon damals was zwischen den beiden.«

»Könnte sein. Alles ist möglich.«

»Wir müssen Buckeye die Haarbürste bringen und dafür sorgen, dass er Dampf macht. Wenn Li He unser Opfer ist, müssen die Eltern verständigt werden. Je früher, desto besser.«

Mein Mobilfon stimmte seine fröhliche mexikanische Weise an, worauf ich es vom Gürtel nahm und Blacks supergeheime Privatnummer auf dem Display erkannte. Ich war eine große Anhängerin der Rufnummernerkennung. Nun waren Anrufe keine Überraschungskekse mehr, und ich musste nicht mit Leuten reden, auf die ich keine Lust hatte. Rasch nahm ich das Gespräch an.

»Wo bist du?«, fragte ich.

»Und wo bist du?«

»Mit Bud in einem Wohnheimzimmer an der Missouri State.«

»Du überraschst mich immer wieder.«

»Ich glaube, wir haben unser Opfer gefunden. Das Mädchen wird seit einigen Tagen vermisst. Wir gehen davon aus, dass die DNA mit der des Mädchens im Ofen identisch ist.«

»Gut. Ich bin noch in der Luft, etwa fünfundsiebzig Kilometer vom See entfernt. Soll ich landen und dich abholen?«

»Hast du deine Reise abgekürzt?«

»Nach meinem Vortrag ist mir langweilig geworden. Und hier bin ich.«

»Ich muss Buck ein Beweisstück bringen. Morgen muss ich wieder zurück nach Branson fahren, um mit den Eltern zu reden.« Wie immer unterbrach mich Bud, indem er mit den Händen fuchtelte. »Moment mal, Black.« Ich hielt die Hand übers Telefon, nur für den Fall, dass er eine peinliche Bemerkung über Black und mich machen würde. »Was ist? Ich telefoniere«, sagte ich.

»Ich liefere die Bürste bei Buck ab. Dann kannst du die Nacht irgendwo hier mit Black verbringen und morgen mit den Eltern sprechen. Mit dieser Methode sparst du dir die Hinundherfahrerei. Vielleicht hat Buck die Ergebnisse ja bis morgen Mittag. Dann kannst du die Eltern benachrichtigen, wenn du ohnehin schon in Branson bist.«

»Ich Glückskind. Du willst dich nur drücken.«

»Da kann ich dir nicht widersprechen.«

»Ich denke, das müsste klappen, auch wenn ich nicht glaube, dass Buck genug Zeit für den Haarvergleich haben wird. Ich frage Black, was er davon hält.« Ich hob das Telefon wieder ans Ohr. »Hast du Lust, mit mir in Branson zu übernachten und mich morgen zu dem Gespräch mit den Eltern des Mädchens zu fahren?«

»Ich habe gehofft, dass du so etwas vorschlagen würdest. Insbesondere den ersten Teil.«

Ich lächelte, denn ich hatte ihn auch vermisst. »Hast du am Vormittag keine wichtigen Sitzungen?«

»Nichts, was sich nicht verschieben ließe. Ist Jules Verne bei Harve?«

»Ja. Offenbar fehlt dir der Hund mehr als ich.«

»Nun, er leckt mir das Gesicht ab. Und andere Stellen.«

»Ich etwa nicht?«

Als Black auflachte, klang es unverschämt sexy. »Schau, was du mit mir machst. Wo soll ich dich abholen?«

»Vermutlich landest du am besten auf dem Flughafen Springfield-Branson. Wir müssen ein Auto mieten. Oder wir übernachten in Springfield und fahren morgen nach Branson. Es ist schon spät, und die Fahrt dauert nur eine halbe Stunde.«

»Gut. Dann soll Bud dich am Flughafen absetzen. Aber am General Aviation Complex neben dem Terminal. Ich bin in zwanzig Minuten da.«

Ich klappte das Telefon zu. »Okay, Bud, wir haben etwa zehn

Minuten, um Dummerchen Dee da draußen zu befragen. Dann kannst du mich zum Flughafen bringen und mit meinem Auto nach Hause fahren. Ich hole es morgen ab, wenn ich zurück bin.«

Bud nickte. »Mann, das mit Li He geht mir genauso nah wie dir. Sie hat so etwas an sich. Hoffentlich ist sie nicht unser Opfer. Sie sieht viel zu jung und unschuldig aus, um so zu sterben.«

»Ja.« Allerdings sagte mir mein Bauch, dass sie es war. Nun brauchten wir nur noch den Grund herauszufinden. Und welches Ungeheuer fähig war, ein armes, harmloses neunzehnjähriges Mädchen bei lebendigem Leibe zu braten.

## *Mein Name ist Trouble*

Nach Lotus' Selbstmord tat Tee sein Bestes, um genauso erschüttert zu wirken wie die anderen Jugendlichen in seiner Gruppe. Doch obwohl er eine preisverdächtige Vorstellung hinlegte, empfand er nicht die Spur von Reue. Es war reine Dummheit von ihr gewesen, sich umzubringen, nur weil er es mit ihr getrieben hatte. Auch wenn sie beim ersten Mal keinen Spaß gehabt haben sollte, hätte sie nach einer Weile schon gelernt, es zu genießen. Aber er machte das Trauerspiel mit, weil es ihm in der Klinik gefiel. Sogar um einiges besser als zu Hause bei seinen jammernden und winselnden Geschwistern, die ständig herumheulten, weil sie keine Mom mehr hatten.

Wie sich herausstellte, waren es die Gruppentherapiesitzungen, auf die er sich inzwischen am meisten freute. Tag für Tag erfuhr er mehr private Details über die anderen Jugendlichen und lernte, wie er sie am besten für seine Zwecke einspannen konnte. Sie waren alle angeschlagen und balancierten am Rand des Abgrunds. Ein kleiner Schubs würde genügen, um sie endgültig in die Verzweiflung zu stürzen. Außerdem schaute er ganz genau hin und prägte sich ein, wie diese angeblichen Spitzenpsychiater mit ihren Patienten arbeiteten – insbesondere die Techniken, die sie anwendeten, um zu den armen Geschöpfen durchzudringen und ihnen zu helfen. Die Typen hatten den absoluten Traumjob: Sie beeinflussten das Denken anderer Leute. Tee war begeistert. Darin war er schon als kleiner Junge gut gewesen. Die Vorstellung, damit auch noch die dicke Kohle zu verdienen, war sehr verführerisch.

Einen Arzt gab es hier, den er am liebsten hatte. Er war schon älter und Asiat, genauer gesagt, Chinese wie Yang Wei. Wie Tee herausfand, hatte die Klinik unter anderem ihm die vielen chinesischen Patienten zu verdanken. Es stellte sich heraus, dass der Doc ein chinesischer Dissident war, und in den Einzelsitzungen erzählte er Tee oft von seinem Leben in China und wie sehr er seine Familie vermisste. Doch was Tee noch viel mehr interessierte, waren seine Schilderungen, die Chinesen hätten sich zu Meistern in der Kunst der Gehirnwäsche entwickelt und benutzten ihre eigenen Bürger, vor allem Sträflinge und Abweichler, für Experimente à la Frankenstein. Der Arzt war vor dem Regime geflohen und hatte in den Vereinigten Staaten politisches Asyl bekommen. Allerdings hatte man ihn vor seiner Ausreise gezwungen, an vielen dieser geheimen psychologischen Versuche mitzuwirken.

Fasziniert hatte Tee begonnen, dieses Thema im Internet zu recherchieren, und er stieß auf alle möglichen Treffer. Offen gestanden bewunderte er die chinesische Regierung und ihre Vorgehensweise. Er fing an, sich bei den Asiaten im Haus einzuschmeicheln und viel Zeit mit ihnen zu verbringen. Außerdem waren da zwei Mädchen, die ihn mochten und sich offenbar nicht daran stießen, dass er mit ihnen beiden vögelte. So unglaublich es auch klingen mochte, waren sie zwar psychisch labil, aber dennoch die besten Freundinnen. Außerdem brachte der Arzt ihm Mandarin bei, eine Sprache, die er bald liebte.

Alles klappte so wunderbar, dass er beschloss, Psychiatrie zu studieren, wenn er später einmal aufs College ging. Eine weitere Möglichkeit war, im Hauptfach Sinologie zu belegen und sich an einer Universität in China einzuschreiben. Sein Arzt kannte dort Leute, und in den Beziehungen zwischen China und den USA kehrte allmählich Tauwetter ein. Da Tee die Sprache schon ziemlich gut beherrschte, würde es ein Kinderspiel sein.

Ja, er hatte große Pläne für die Zukunft, und er machte sich mit Feuereifer an die Umsetzung. Sein Dad freute sich, weil er inzwischen so glücklich wirkte. Und seinen Ärzten ging es ebenso. Er büffelte wie ein Wilder für den Highschoolabschluss, und dank seiner hohen Intelligenz fiel es ihm nicht schwer, in allen Fächern zu den ersten zu gehören. Außerdem versuchte er, die Ärzte zu überreden, ihm eine Assistentenstelle hier in der Klinik zu geben, damit er seine privaten Experimente mit den anderen Jugendlichen fortsetzen konnte. Darin wurde er immer besser. Eigentlich war es nicht viel schwieriger, als einer Horde von Riesenbabys die Lutscher wegzunehmen.

Da Buddy, sein Mitbewohner, ohnehin schon durchgeknallt war, war nicht viel nötig, um ihn noch mehr in diese Richtung zu treiben. Da Buddy sich vor seinem eigenen Schatten fürchtete, peinigte Tee ihn regelmäßig, indem er ihm Zweifel und Ängste einredete. Wie zum Beispiel jetzt, während Buddy gerade im Bett lag und ein Buch über Entführungen durch Außerirdische las.

»Weißt du was, Buddy? Ich glaube, dass Entführungen wie die in deinem Buch tatsächlich stattfinden. Ich bin ziemlich sicher, dass ich so etwas schon selbst gesehen habe.«

Buddy fuhr hoch. Es malte sich bereits Todesangst in seinem Gesicht. »Selbst gesehen? Du willst mich doch verarschen.«

Tee schüttelte den Kopf. »Nein. Ich habe sie hier bei uns beobachtet. Sie kommen nachts, wenn alle schlafen. Kennst du den Film *Unheimliche Begegnung der dritten Art,* den mit dem Raumschiff, das laute Geräusche macht?«

»Ja, den hab ich vor langer Zeit gesehen, als ich noch klein war.«

»Erinnerst du dich noch an die Szene, in der sie das kleine

Kind des blonden Mädchens holen? Das Licht ist total hell und leuchtet durch die Ritzen im Haus, und alles wackelt, bis sie die absolute Panik kriegt.«

Inzwischen machte Buddy ein eindeutig beklommenes Gesicht und starrte durch das Fenster hinaus in die Dunkelheit. »Ja, das war wirklich gruselig.«

»Und genau das gleiche habe ich vor etwa einer Woche gesehen. Hier in der Klinik.«

Buddy grinste schüchtern. »Erzähl keinen Schwachsinn. Du lügst, Tee. Lass den Mist.«

Tee zuckte mit den Schultern. »Okay, wenn du das meinst, vergiss es einfach. Ich hätte mir denken können, dass du mir nicht glaubst. Ich wollte dich nur warnen.«

Tee wandte sich wieder seinem Computerbildschirm zu, ohne auf seinen Mitbewohner zu achten. Allerdings dauerte es nicht lange, bis Buddy anbiss. Tee hatte es gleich gewusst.

»Und wo willst du sie gesehen haben?«

»Drüben am Tennisplatz.« Tee drehte seinen Stuhl wieder herum und starrte Buddy mit inzwischen ernster Miene ins Gesicht. »Ich hatte wirklich eine Scheißangst, Buddy. Deshalb habe ich es niemandem erzählt. Ich bin einfach nur zurück ins Bett und habe die Decke über den Kopf gezogen. Aber es war kein Traum, sondern echt.«

Anscheinend erleichtert, weil er nicht der Einzige war, der sich fürchtete, schwang Buddy die Beine über die Bettkante und stützte die Hände auf die Knie. Er trug eine schwarzrot karierte Boxershorts und ein weißes T-Shirt. »Warum hast du sie überhaupt gesehen? Bist du einfach aufgewacht? Oder war da ein Geräusch oder so wie im Film?«

»Ich weiß nicht mehr genau, wie es passiert ist. Ich habe nur die Augen aufgemacht, und da war dieses komische Licht, genau über deinem Bett. Ich habe dich angeschaut, aber du hast mir den Rücken zugekehrt, und ich habe dich schnarchen gehört.«

Inzwischen hatte Buddy die Augen so weit aufgerissen, dass Tee beinahe laut losgelacht hätte. »Was hast du gemacht?«

»Ich bin aufgestanden und zum Fenster geschlichen.« Er zeigte auf das Fenster neben Buddys Bett. »Und da habe ich zwischen den Bäumen am Tennisplatz ein riesiges weißes Leuchten bemerkt. Ich bin beinahe ausgeflippt, Buddy, und habe mich ganz schnell wieder ins Bett geflüchtet. Ich hatte total Angst. Am nächsten Morgen bin ich hingegangen, um nachzuschauen, was es gewesen sein könnte, aber da war nichts. Also habe ich ein paar Sachen zum Thema Außerirdische gelesen. Und weißt du was?«

»Was?«

»Angeblich fangen die Entführungen genauso an. Sie kommen mitten in der Nacht, wenn alle schlafen, und leuchten die Gegend mit ihren superstarken Laserstrahlen ab. Und dann wählen sie die Versuchspersonen aus, die sie in ihrem Raumschiff mitnehmen wollen, um an ihnen herumzuexperimentieren.«

»Verdammter Mist. Glaubst du, die wollen mit einem von uns Jugendlichen hier in der Klinik ihre Versuche machen?«

»Ja, das glaube ich. Allerdings werden wir uns an nichts erinnern, selbst falls sie sich dich oder mich aussuchen. Sie haben nämlich so ein Gehirnwäscheding, das dafür sorgt, dass man alles vergisst, was sie mit einem anstellen, wenn sie einen erst einmal haben. Vielleicht sind wir ja sogar schon entführt worden und wissen es gar nicht.«

Buddy fing leicht zu zittern an. Tee betrachtete Buddys Hände. Inzwischen hatte er sie ineinander gekrampft, um das Beben zu unterdrücken. Manchmal tat er das in der Gruppentherapie, wenn er über seine Ängste reden musste. Seine Krankenakte ging sehr ausführlich auf seine Kindheit ein. Zum Beispiel stand darin, sein Dad habe sich gruselige Halloweenmasken aufgesetzt und sich angeschlichen, um ihn zu Tode zu erschrecken, als er noch ein kleiner Junge gewesen war. Manchmal hatte er die Maske sogar getragen, wenn er den schlafenden Buddy aus dem Bett gezerrt hatte, um ihn mit einer Fliegenklatsche zu verprügeln. Seitdem fürchtete der arme Buddy sich vor seinem eigenen Schatten. So wie jetzt – er zitterte wirklich wie Espenlaub.

»Aber, Buddy, beruhig dich. Vielleicht haben sie sich in dieser Nacht ja auch jemand anderen ausgesucht. Möglicherweise sogar einen von den Seelenklempnern. Ach, was hältst du von dieser Idee? Es könnte ja sein, dass einer unserer Ärzte ein Außerirdischer ist. Oder sie kommen sogar alle von einem anderen Planeten. Wenn dein Doc mit dir Hypnotherapie macht, nimmt er dich womöglich mit in sein Raumschiff und steckt dir Kanülen in alle Körperöffnungen. Das würde mich nicht wundern.«

Mehr war nicht nötig gewesen. Seit diesem Abend stand Buddy Todesängste aus und konnte nachts nicht schlafen. Der arme Irre dachte nur noch an kleine graue Männchen, die ihn holen wollten. Er war so nervös, dass Tee einen hysterischen Anfall auslösen konnte, indem er hinter ihm ein schweres Buch fallen ließ. Eine Weile fand Tee das sehr amüsant. Doch dann fing Buddy an, ihm auf Schritt und Tritt zu folgen, weil er von ihm beschützt werden wollte. Bald entwickelte sich das zu einem wirklichen Ärgernis, insbesondere wenn Tee mit einer seiner Freundinnen verabredet war.

# *Zwölf*

Ich lümmelte in einem zartbitterschokoladefarbenen Ledersessel im Wartebereich des General Aviation Complex herum, als ich das dumpfe Dröhnen eines herannahenden Flugzeugs hörte. Eigentlich hatte ich mit Blacks Learjet gerechnet, doch das Geräusch klang verdächtig nach seinem Bell 430 Helikopter. Das Geräusch des Rotors war bereits wahrzunehmen, noch ehe der Hubschrauber selbst in Sicht kam. Also trat ich vor das Terminal und spähte hinauf in den dunklen Himmel. Die Nacht war bewölkt, es nieselte, und der heiße Asphalt verströmte einen feuchten, dunstigen Geruch. Allerdings war das Wetter nicht so schlecht, dass es zur Verspätung von Flügen geführt hätte. Die Landungslichter beleuchteten Start- und Landebahnen, die in der Finsternis verschwanden. Der hell strahlende Tower stand ein gutes Stück rechts von mir. Die dicht befahrenen Straßen von Springfield reflektierten sich geheimnisvoll rosafarben in den tief hängenden Wolken. Ein himmelweiter Unterschied zu dem tintenschwarzen, ruhigen Himmel über meinem Haus am See.

Plötzlich kam der Helikopter in Sicht. Mein Herz führte einen kleinen Freudentanz auf, der mir ziemlich peinlich war. Ich stand da und beobachtete, wie der Pilot den vibrierenden Hubschrauber etwa dreißig Meter entfernt von mir auf dem Asphalt aufsetzte. Als er mich heranwinkte, lief ich ihm entgegen. Kalte Regentropfen durchnässten mein Haar, bis der Luftstrom der Rotoren den Regen von mir weg und in alle Richtungen pusteten. Ich riss die Tür auf und stellte fest, dass Black seinen Luxushelikopter heute selbst flog. Nachdem ich eingestiegen war, gab ich ihm den mitgebrachten großen Styroporbecher mit Kaffee.

»Ein kleines Geschenk für dich«, rief ich. »Du wirst es brauchen, wenn du die Nacht durchhalten willst.«

»Oh, mein Gott, was noch?« Black griff nach dem Kaffee und trank einen großen Schluck, als hätte er ihn bitter nötig gehabt. Allerdings nahm er weder den Kopfhörer ab, noch schaltete er die Rotoren ab. Funkelnde Regentropfen benetzten die Frontscheibe und spiegelten sich in seinem Gesicht. Seine Augen leuchteten so blau, dass ich manchmal kaum fassen konnte, dass sie echt und keine schicken neonbunten Kontaktlinsen waren.

Ich setzte den Kopfhörer auf, den er mir reichte. »Eigentlich nichts«, erwiderte ich. »Ich wollte nur, dass du bei Kräften bleibst, damit du mir heute im Bett nicht schlappmachst.«

Black grinste mir kurz zu. »Außer dir brauche ich dazu nichts, glaube mir.« Er wandte sich wieder seinen Steuerhebeln zu und ging mit dem Fluglotsen den üblichen Ablauf durch.

Ein kleiner Schauder durchlief meine intimeren Körperteile, und ich konnte nicht anders, als Black zuzustimmen. Ich war diesem Mann verfallen, so viel stand fest. Außerdem hatte ich ihn sehr vermisst, und dabei waren es doch nur ein paar Tage gewesen. Ach herrje. Unsere Telefonate waren eben kein Ersatz für seine nächtliche Anwesenheit in meinem Bett, an das ich mich gewöhnt hatte. Wahrscheinlich ziemlich unklug von mir. Bis jetzt waren die Menschen in meinem Leben nie lange geblieben, und Black und ich waren nun schon seit einer Weile zusammen. Wer weiß, vielleicht stand das Ende ja kurz bevor. Nicht, dass mir hier jemand eine pessimistische Grundhaltung unterstellt.

»Warum der Hubschrauber? Ich dachte, du nimmst den Jet.«

»Ich habs mir anders überlegt und meinen Piloten am See landen lassen. So können wir zum Taney County Airport bei Branson fliegen.«

»Da sparen wir uns Fahrzeit.«

»Ich habe dir etwas aus New York mitgebracht«, meinte Black und sah mich an, während er auf die Starterlaubnis wartete. »Es liegt genau hinter dir. Nimm es und schau, ob es dir gefällt.«

Ich drehte mich im Sitz um, griff nach den Henkeln einer dunkelblauen Geschenktüte und öffnete sie. Unter einer Schicht hellgelben Seidenpapiers entdeckte ich eine große rote Handtasche, die offenbar aus Alligatorenleder bestand. Wahrscheinlich hatte Black sie wegen seiner Herkunft aus den Bayous von Louisiana ausgesucht. Oder er hatte einen Abstecher nach LaFourche Parish gemacht und selbst eines der riesigen Reptile geschossen, um mir zu dem richtigen Gepäckstück zu verhelfen.

»Wow, eine große rote Alligatorentasche.«

Black fing zu lachen an. »Es ist Krokodilleder. Du wolltest doch etwas, um deine Ersatzmagazine spazieren zu tragen, richtig? Schnall dich an, es geht los.«

Ich tat es, wir starteten und entfernten uns rasch von den Terminals. Sobald wir hoch über den wunderhübsch funkelnden Lichtern der Stadt, aber unter der drückenden Wolkendecke, flogen, meinte Black: »Die Tasche ist von Hermès. Aus der Grace-Kelly-Linie. Für dieses Modell gibt es eine Warteliste, aber ich habe meine Beziehungen spielen lassen. Ich habe sie dir besorgt, weil ich finde, dass du aussiehst, wie Grace Kelly, als sie noch jung war und Filme gedreht hat. Da ist ein Foto von ihr dabei. Schau es dir an.«

Ich erinnerte mich dunkel an Grace Kelly. Allerdings war ich keine Cineastin. Ich wusste nur, dass sie im wirklichen Leben eine Prinzessin gewesen und in ihrem Sarg wie eine Braut ausgesehen hatte, was ein wenig makaber war, weshalb ich es Black gegenüber nicht erwähnte. Ich hielt das kleine Foto an das Licht der Instrumententafel. »Ich sehe ihr überhaupt nicht ähnlich.«

Black bedachte mich mit einem kritischen Blick. »Das ist keine Beleidigung, Claire. Sie war eine wunderschöne Frau.«

»Ich erkenne trotzdem keine Ähnlichkeit.«

»Mach die Tasche auf, Claire.«

Als ich es tat, entdeckte ich darin ein neues Gürtelhalfter für meine Glock 9 Millimeter, eingefettet und einsatzbereit. Am Rand war es mit schicken Stickereien versehen und ich hoffte nur, dass es nicht mein Name war. Oder noch schlimmer: meine Initialen, verschlungen mit denen von Black. Black liebte es, alles mit einem Monogramm zu versehen. »Gut, Black, endlich etwas Nützliches. Ist das Ding auch von Hermès?«

»Die sind noch nicht in der Waffenbranche«, erwiderte Black grinsend. »Aber, glaube mir, das ist das beste Leder der Welt. Ich dachte, du könntest deine Waffe zur Abwechslung mal am Gürtel tragen.«

»Danke. Ich finde es wunderschön. Die Tasche ist auch toll. Da kann ich ja Jules Verne reinsetzen, wenn ich ihn zu Harve bringe.«

»Das müsste klappen. Allerdings bieten sie inzwischen auch Designer-Tiertransportbehälter an, falls du einen möchtest.« Ich fand das ziemlich albern und lauschte eine Weile, während Black mit jemandem am Funk Pilotenchinesisch sprach. »Wir können uns in Taney ein Auto mieten und in die Stadt fahren«, sagte er kurz darauf zu mir.

»Du bist einfach eine Wucht, Black. Wirklich praktisch, jemanden wie dich zu kennen.«

»Ich habe außerdem Booker damit beauftragt, etwas über diesen Psychiater mit dem Buch herauszufinden, der dich interessiert. Dr. Collins. Ich bin ihm zwar schon begegnet, kenne ihn aber nicht gut. Und rate mal, was ich in Erfahrung gebracht habe. Er veranstaltet gerade ein Seminar im Chateau on the Lake in Branson. Ich dachte, du möchtest vielleicht dort übernachten und versuchen, mit ihm ins Gespräch zu kommen. Also habe ich die Präsidentensuite für uns reserviert.«

John Booker war ein alter Kumpel von Black aus Armyzeiten und ein mit allen Wassern gewaschener Privatdetektiv. »In der Klinik haben sie mir erzählt, dass er in nächster Zeit in Branson sein wird. Doch das ist wirklich ein riesiger Glückszufall, ein echter Durchbruch. Aber schließlich weiß ich, dass es eben so etwas wie schicksalhafte Bestimmung gibt. Und ich sage es noch einmal: Black es ist wirklich praktisch, jemanden wie dich zu kennen.«

»Stets zu Diensten.«

»Danke, ebenfalls.«

»Ich werde darauf zurückkommen, Grace.«

Ich schmunzelte. Doch bald würden wir landen, und ich überlegte, wie wir weiter vorgehen sollten. Eigentlich wollte ich erst mit den Eltern des Mädchens sprechen, wenn ich absolut sicher sein konnte, dass sie auch wirklich unser Opfer war. Aber, verdammt, vielleicht würde ich nicht darum herumkommen. Hoffentlich würde Buck die Haarprobe bis zum Vormittag verglichen haben, damit ich das Gespräch und die Benachrichtigung hinter mich bringen und am Abend wieder zu Hause am See sein konnte. Nicht, dass ich etwas dagegen gehabt hätte, eine oder zwei Nächte mit Black in einer der luxuriösesten Ferienanlagen von Branson zu verbringen. Ich musste einräumen, dass es Schlimmeres gab.

Black hatte einen eleganten schwarzen Lincoln für uns vorfahren lassen. Er setzte sich ans Steuer, und los ging es zu Chateau on the Lake, Luxusresort, Wellnesshotel und Tagungszentrum. Ich hatte zwar schon von dem eleganten Etablissement mit Blick auf den Table Rock Lake gehört, jedoch noch nie einen Fuß in das Gebäude oder auch nur auf das Grundstück gesetzt. Das Hotel war im Stil eines europäischen Schlosses erbaut, hatte etwa zehn Stockwerke, war hell erleuchtet und mit Unmengen von Swimmingpools ausgestattet. Die Klientel war gehoben. Etwa eine Viertelstunde später bogen wir rechts in eine steile Auffahrt ein, umrundeten eine von plätschernden Wasserfällen und Hängepflanzen strotzende Kurve und erreichten den runden Vorplatz. An der Tür nahmen drei livrierte Portiers Habachtstellung ein und begrüßten uns mit einem breiten Lächeln. Sie prügelten sich beinahe darum, mir die Tür aufzuhalten, offenbar hatten sie gewittert, dass Black großzügig Trinkgelder verteilte. Allerdings waren sie freundlich, wirkten jedoch ein wenig enttäuscht, weil Black nur einen Lederrucksack bei sich hatte, den er selbst schulterte. Wie ich ihn kannte, war er vermutlich voller Geld.

Wir schoben uns durch einige luxuriöse Kristallglastüren und schauten uns um. »Ist dieser Laden keine gefährliche Konkurrenz für die Cedar Bend Lodge?«, fragte ich.

»Schon, aber der Inhaber ist ein Freund von mir. Also sind wir eben Mitbewerber. Ich habe versucht, ihm das Hotel abzukaufen, aber er beißt nicht an.« Black grinste zwar, doch ich war nicht sicher, ob das als Scherz gemeint war. Er liebte seine Hotels abgöttisch.

Als ich mich umsah, war ich zugegebenermaßen beeindruckt. Rechts von mir standen einige ausladende Möbelstücke, zum Großteil mit Leder oder Samt bezogen. Am anderen Ende des Raums erkannte ich einen Kamin, vor dem Tische und Stühle angeordnet waren, und einen Marmortresen. Während Black nach rechts zur Rezeption schlenderte, ging ich weiter in die Vorhalle hinein.

Gut, der Laden war wirklich eine Wucht. Rechts von mir befand sich ein kleiner Laden für exklusives Golfzubehör. Allerdings war es der Innenhof, der meinen Blick – und vermutlich auch den der anderen Gäste – am meisten anzog. Ganz unten erhob sich ein riesiger Baum; drei gläserne Aufzüge sausten stetig auf und nieder. Der Baum war zwar künstlich, doch das erkannte man nur, wenn man ganz genau hinschaute. Daneben sah ich ein gemütlich wirkendes kleines Café, weitere Wasserfälle und üppiges Grün. Außerdem einige drei Meter hohe Vogelkäfige, die Wellensittiche beherbergten. Fast so beeindruckend wie die Deko beim Outdoor-Ausstatter Bass Pro Shop, aber nicht ganz. Einige Vögel zwitscherten einander zu. Vermutlich schmiedeten sie Ausbruchspläne, um nach Brasilien zu fliegen, wo sie eigentlich hingehörten. Ich stand am Geländer und blickte die zehn Stockwerke hinauf; jede Etage war mit von Efeu überquellenden Blumenkästen geschmückt.

»Was hältst du von dem Laden?«, fragte Black, der hinter

mich getreten war. Da ich wusste, worauf er hinauswollte, tat ich ihm den Gefallen.

»Er kann Cedar Bend nicht das Wasser reichen«, erwiderte ich, ganz die diplomatische Freundin. Offen gestanden gefiel mir Cedar Bend wirklich besser, vielleicht deshalb, weil Black dort wohnte. Allerdings war dieses Hotel eine ernst zu nehmende Konkurrenz.

»Stimmt, aber das Chateau ist auch nicht übel. Auch wenn man hier nicht so ungestört ist wie in der Lodge.«

Ich fragte mich, ob hier ebenfalls ein Prominentenmord stattgefunden hatte. Doch schließlich war das nicht seine Schuld gewesen, und ich hatte den Fall aufgeklärt, also Schwamm drüber.

»Es gibt hier ein ausgezeichnetes Restaurant.« Er wies auf eine stilvolle Tür rechts von uns.

»Oh, das sieht ja fast so schick aus wie bei dir. Vielleicht gibt es dort ja die leckeren Schnecken, die du so magst.«

»Die können wir ja ausprobieren«, erwiderte Black. »Doch während wir hier sind, werden wir den Zimmerservice kommen lassen. Vorausgesetzt, dass wir überhaupt Zeit zum Essen haben.«

Das klang wie Musik in meinen Ohren. Nicht, dass ich ungesellig gewesen wäre, gut, in manchen Situationen schon. Mein Magen brachte knurrend sein Missfallen darüber zum Ausdruck, dass er einem Menschen wie mir gehörte, der ständig die Mahlzeiten ausfallen ließ. Vielleicht hätte ich mir etwas von Harves frittiertem Fisch sichern sollen, den Bud auf der Fahrt vom See in die Stadt in exakt einer Minute vertilgt hatte.

»Bevor wir nach oben fahren, sollten wir nachschauen, ob Collins Seminar noch läuft«, schlug ich vor, ohne auf meine Magengeräusche zu achten. »Auf dem Schild dort auf der Staffelei steht, dass es heute Abend im Heidelberg Room stattfindet.«

»Wenn es denn unbedingt sein muss. Ich habe den gestrigen Abend und den Großteil des heutigen Tages bei solchen Vorträgen verbracht.«

Wir machten kehrt und gingen an dem mit einem Geländer gesicherten Atrium vorbei. Außerdem an der Chateau Boutique, nur für den Fall, dass ich Lust bekommen sollte, Tausende von Dollar für eine Short oder ein Paillettenoberteil auszugeben, was ganz sicher nicht geschehen würde. Schließlich kamen wir in ein riesiges und nicht minder luxuriöses Tagungszentrum mit unzähligen Türen, auf denen protzige Namen wie *Versailles, Windsor* und *Madrid* prangten. Die gewaltigen Kronleuchter waren offenbar französischer Landhausstil und erinnerten an auf dem Kopf stehende Zirkuszelte.

Wie sich herausstellte, lief Collins' Seminar noch, näherte sich allerdings, sehr zu Blacks Erleichterung, seinem Ende. Wir schlüpften durch eine Seitentür in den riesigen Konferenzsaal und setzten uns an einen Tisch mit blütenweißem Tischtuch, der mit teuren Kristallkelchen und Tellern für zehn Personen eingedeckt war. Ein Jammer, dass sich nichts Essbares auf den Tellern befand. Hinter unserem Tisch prangte ein gewaltiges, etwa sieben Meter hohes und fast ebenso breites Wandgemälde. Es stellte ein Schloss an einem Gewässer dar.

»Alle Konferenzräume sind mit Kopien von Bildern europäischer Schlösser ausgestattet«, erklärte Black. »Das hier ist das Chateau de Chillon in der Schweiz. Du weißt schon, wie in dem Epos von Lord Byron, *Der Gefangene von Chillon.*«

»Das habe ich mir fast gedacht«, erwiderte ich, um ihm eine Freude zu machen. Allerdings galt meine Aufmerksamkeit eher Collins, der auf einem Podium vor einer großen Leinwand stand und eine PowerPoint-Präsentation hielt. Da das Licht der vier großen Zelt-Kronleuchter, identisch mit denen im Flur, gedämpft worden war, nahm niemand von unserer Besser-spät-als-nie-Ankunft Notiz. Ich beugte mich vor und setzte eine Miene auf, als hätte ich zumindest einen Hauch von Interesse an Psychiatrie. In Wirklichkeit aber wollte ich mir ein Bild von dem Mann machen, der da im Scheinwerferlicht über die Hypnose schwadronierte.

Der gute Doktor war schätzungsweise Anfang dreißig, vielleicht sogar erst Ende zwanzig. Er trug einen marineblauen Blazer und eine Khakihose und schien unter seinem weißen Hemd und der roten Krawatte durchtrainert und muskulös zu sein, als triebe er viel Sport. Außerdem war er sehr sonnengebräunt, was sein von der Sonne ausgebleichtes braunes Haar heller wirken ließ. Ich hatte ihn mir viel älter vorgestellt. Allerdings hatte ich, bevor ich Black kennenlernte, ohnehin gedacht, dass alle Seelenklempner weiße Bärte hatten und aussahen wie Sigmund Freud. Collins' Vortrag behandelte sein Spezialgebiet, also Hypnotherapie zur Behandlung von suizidaler Psychose, was meiner Ansicht nach ziemlich gut zu unserem Thema passte. Nur, dass es nicht unbedingt leicht verdauliche Kost war.

Black lehnte sich mit verschränkten Armen zurück. Er wirkte interessierter als ich, was jedoch kein Wunder war. Schließlich war er vom Fach und informierte sich regelmäßig über solchen Hokuspokus, der angeblich die Seele heilte. Ich hingegen geriet beim Zuhören vor Langeweile allmählich in einen tranceähnlichen Zustand, denn das Referat war viel zu fachspezifisch und befasste sich darüber hinaus mit Dingen, die mir ganz sicher gegen den Strich gegangen wären, wenn ich sie denn verstanden hätte. Außerdem zog sich der Vortrag eine Ewigkeit hin. Ich beugte mich zu Blacks Ohr hinüber. »Weiß er überhaupt, wovon er redet?«

»O ja. Er ist ziemlich gut. Ich habe von seinem neuen Buch gehört, es aber noch nicht gelesen. Bevor wir gehen, bitte ich ihn, ein Exemplar für dich zu signieren. Sein Spezialgebiet sind depressive, selbstmordgefährdete Jugendliche.«

»Mann, wie aufmunternd. Der Typ ist sicher eine Stimmungskanone.«

»Es ist eben sein Fachgebiet. Was soll ich mehr dazu sagen?«

»Wie lange dauert es wohl noch?«

Black zog den Jackenärmel zurück und warf einen Blick auf seine goldene Rolex. »Um neun sollte Schluss sein. Also noch zehn Minuten.«

»Okay. Wenn er endlich den Mund hält, gehen wir hin, sprechen ihn an, besorgen uns das Buch, falls es nicht das ist, was ich sowieso schon habe, und vereinbaren einen Termin. Ansonsten besteht die Gefahr, dass er mich abwimmelt.«

»Bitte sag jetzt nicht, dass du sofort mit ihm reden willst.«

»Nein, ich möchte das Gespräch als Gelegenheit nutzen, noch einmal nach Oak Haven zu fahren, ein wenig dort herumzuschnüffeln und ein paar mehr von Mikey Murphys Freunden aus der Therapiegruppe zu befragen. Ich habe so ein Gefühl, dass irgendein Ereignis dort Mikey dazu gebracht hat, sich an der Brücke aufzuhängen. Vielleicht hat dieser Vorfall ja auch jemand anderem einen Grund gegeben, ihm die Arbeit abzunehmen.«

Einige Damen am Tisch direkt vor uns drehten sich kaum merklich nach uns um. Offenbar wollten sie uns darauf hinweisen, dass es unhöflich, ja, sogar ungezogen von uns war, so laut über an Brücken baumelnde Menschen zu sprechen. Ich nickte ihnen freundlich zu, stellte die Erörterung von Gruselthemen ein und lauschte, während der Doktor sich dem Ende seiner Präsentation näherte. Zugegebenermaßen war er ein guter Redner. Er hatte eine sanfte Bassstimme, nahm Blickkontakt mit dem Publikum auf und verhielt sich locker und selbstbewusst, wenn auch ein wenig wichtigtuerisch. Allerdings hielt ich ihn trotzdem für einen schrecklichen Langweiler. Ich fragte mich, wie er wohl in Einzelgesprächen mit seinen Klienten auftrat. Sorgte er wie Black dafür, dass sie seinem Charme erlagen – natürlich meine ich das nicht wörtlich, obwohl er es in meinem Fall geschafft hatte. Oder war Collins eher der väterliche Typ beziehungsweise der anteilnehmende und beschützende große Bruder.

Endlich war sein Vortrag aus. Die Lichter gingen an, und die Menschen strömten nach vorne und umringten ihn, als hätte er gerade ein Allheilmittel gegen den Krebs entdeckt. Black und ich schlängelten uns durch die Massen, die, vermutlich ebenfalls vom Hunger getrieben, den Ausgängen zustrebten, und arbeiteten uns zum Podium vor, wo Collins seinen Verehrern die Hand schüttelte. Als er aufblickte und Black erkannte, der mit seinen einsfünfundneunzig die meisten Anwesenden überragte, winkte er ihm zu. Er schien aufrichtig erfreut zu sein, einen so geschätzten Kollegen hier begrüßen zu können, entschuldigte sich bei der kleinen Traube lächelnder Gratulanten und kam auf uns zu. Ich fragte mich, ob er immer noch so zufrieden grinsen würde, wenn er erst einmal meine Dienstmarke bemerkte.

»Boyce, wie schön, Sie zu sehen«, sagte Black und hielt ihm die Hand hin.

»Ja, wirklich, Nick. Wann sind wir uns zuletzt begegnet? War es letztes Jahr in San Francisco?«

»Vermutlich, Boyce. Ich möchte Sie gerne mit Claire Morgan bekannt machen. Sie ist Detective beim Canton County Sheriff's Department drüben am See.«

Ich war froh, dass er nicht »meine Freundin« oder, noch schlimmer, »meine Lebenspartnerin« gesagt hatte. Dr. Collins lächelte mir zu. Seine großen braunen Augen mit den langen Wimpern blickten sehr warm und freundlich drein. Allerdings kam ich nicht umhin, einen verblassenden Bluterguss an seinem rechten Auge zu bemerken. Wo mochte ein geschniegelter Doc wie er wohl ein blaues Auge herhaben? Im nächsten Moment stellte ich fest, dass in seinem Kopf etwas Klick machte, als er meinen Namen hörte. Das geschah in letzter Zeit ständig. Wahrscheinlich würde ich mir eine gute Verkleidung zulegen müssen. »Oh, am See. Dort wurde doch Mikey Murphy gefunden. Marty hat mich von der Klinik aus angerufen und mir gesagt, dass Sie einen Gesprächstermin mit mir vereinbaren wollten. Sind Sie deshalb hier?«

*Ja, Sir, ganz richtig,* sagte ich mir aus irgendeinem Grund. »Würde es Ihnen passen, Sir, sich jetzt ein paar Minuten mit mir zusammenzusetzen?«

Black verzog das Gesicht und wirkte nicht sonderlich begeistert. Doch ich strafte seinen Unmut mit Nichtachtung. Der Fall kam zuerst, das wusste er, und ich konnte es kaum erwarten, mir diesen teflonbeschichteten Typen vorzuknöpfen. Der Kerl war so aalglatt, dass ihm die Kleider vor dem Schlafengehen vermutlich ohne eigenes Zutun vom Leibe rutschten.

»Nun, es tut mir schrecklich leid, aber das müssen wir verschieben. Der Zeitpunkt ist gerade sehr ungünstig. Natürlich möchte ich Ihnen helfen, aber ich muss in neunzig Minuten in Springfield sein, um meinen Flieger nach Nashville zu erwischen, und ich bin sowieso schon spät dran. Doch ich spreche gerne mit Ihnen über den Fall. Mikey war so ein sympathischer junger Mann. Ich war erschüttert, als ich hörte, was geschehen ist.«

»Wie haben Sie davon erfahren?«

»Die Klinik hat mich angerufen. Marty. Er sagte, Sie seien dort gewesen, um verschiedene Leute zu befragen, und müssten mit mir sprechen. Er meinte, Sie würden telefonisch einen Termin vereinbaren.«

»Richtig. Es ist sehr wichtig für mich, mit Ihnen zu reden. Vielleicht können wir das mit dem Termin jetzt erledigen?«

»Natürlich, wenn Sie möchten. Er hat mir berichtet, Sie hätten bereits einige Patienten befragt. Mikey war bei allen Jugendlichen sehr beliebt. Mit wem haben Sie denn gesprochen?«

»Bis jetzt nur mit Cleo und Roy, aber ich muss noch einmal hin. Hätten Sie in naher Zukunft vielleicht einen Termin frei, der uns beiden passt?« *Freundliche, zuvorkommende Polizistin schleimt sich bei Zielperson ein.*

»Klar, aber ich müsste zuerst in meinen Kalender schauen. Was halten Sie davon, dass ich Sie anrufe? Hoffentlich waren die Mitarbeiter kooperativ. Es ist wirklich eine schreckliche Tragödie. Sicher sind seine Eltern außer sich.«

Nun, Mom hatte nicht unbedingt bittere Tränen vergossen. »Ja, es ist traurig, aber wir werden bald herausgefunden haben, wer es war.«

Collins lächelte zu mir hinunter. Er war auch ziemlich groß, und ich bin immerhin einsfünfundsiebzig. »Ihr Selbstbewusstsein gefällt mir, Detective.«

»Danke.« Allerdings bezweifelte ich, dass er das auch so meinte. Ich überlegte immer noch, ob dieser Typ echt war, hatte mir jedoch noch kein abschließendes Bild gemacht. Ich würde ihn mir allein vorknöpfen und ihm ein wenig zusetzen müssen, was ein Spaß werden würde – zumindest für mich. »Wann hätten Sie denn Zeit, Doctor? Ich kann wieder nach Jefferson City kommen, sobald Sie mir ein Datum nennen. Ich hoffe, Ihnen ist klar, wie dringend die Angelegenheit ist.«

»Ja, das verstehe ich sehr wohl. Heute Nacht verbringe ich in Nashville und muss anschließend wegen einer Signierstunde nach Memphis. Doch danach können Sie mich im Büro erreichen. Dann nehme ich mir die Zeit, so lange mit Ihnen zu sprechen, wie Sie möchten.« Er kramte eine weiße Visitenkarte aus der Innentasche seiner Jacke. »Hier ist meine Karte. Sie können Mary, meine Empfangssekretärin, anrufen, um sich einen Termin geben zu lassen. Natürlich können Sie auch warten und mit mir ein Datum vereinbaren, das uns beiden passt.«

Ich nahm die Karte. Dr. Collins schien ein freundlicher Zeitgenosse zu sein. Doch andererseits hatte ich ihn bis jetzt auch mit Glacéhandschuhen angefasst. Ich war gespannt, wie er reagieren würde, wenn ich erst die Boxhandschuhe rausholte. Beim bloßen Gedanken lief mir das Wasser im Munde zusammen. Es gab doch nichts Schöneres als einen ruhigen und, ach, so gelassenen Seelenklempner ins Stottern zu bringen und ihn ein wenig zu verwirren. Hin und wieder versuchte ich das auch bei Black, doch der blieb für gewöhnlich kaltblütig und sorgte dafür, dass ich mir albern vorkam. Ich hatte so eine Ahnung, dass dieser Typ hier nicht so viel Glück haben würde.

»Ich stelle fest, dass Sie da ein blaues Auge haben, Dr. Collins. Eine kleine Schlägerei mit einem Patienten vielleicht?«

Collins lachte auf und schien nicht im Mindesten gekränkt. »Sie hätten das Ding erst vor einer Woche sehen sollen.«

So schnell würde er mir nicht davonkommen. »Was ist denn passiert?«

»Ich habe bei einem Football-Spiel mit den Jugendlichen einen Ellbogen ins Auge gekriegt. Ein Unfall. Aber es hat mörderisch wehgetan.«

»Versuchen Sie es mit Hamamelis. Das nehme ich immer bei Beulen.«

Dr. Collins lächelte zwar, hatte aber offenbar genug von mir, denn er wandte sich zu Black um und achtete nicht mehr auf mich. Allerdings war er so gütig, ein Buch für uns zu signieren. Es war ein anderes als das, was ich bereits hatte. Sein Foto prangte auf dem Einband. Anschließend führten die beiden noch ein angeregtes Gespräch über psychosomatische Krankheiten, das so spannend war, dass mir beinahe die Augen zufielen. Black ist zwar ein wundervoller Mann, doch Seelenklempnersprech ist etwa so aufregend wie Farbe beim Trocknen zuzuschauen. Deshalb beobachtete ich Collins' Gesicht, während er redete. Obwohl er den Eindruck eines offenen Menschen machte, traute ich ihm nicht über den Weg. Immer wieder warf er mir Blicke zu und lächelte grundlos, was in mir Beklommenheit, ja, sogar Argwohn auslöste. Ich glaubte nicht, dass er mit mir flirten wollte, nicht in Gegenwart von Black. Vielleicht lag es also nur daran, dass ich ein Stück frittierten Barsch zwischen den Schneidezähnen hatte.

Kurz darauf verabschiedete Collins sich hastig von uns, und zwar mit gutem Grund. Sobald in den Theatern die Abendvorstellungen endeten, war auf Bransons Straßen die Hölle los. Wenn er seinen Flieger noch erwischte, hatte er wirklich Glück gehabt.

»Du hättest ihm anbieten sollen, ihn mit dem Hubschrauber zum Flughafen zu bringen«, meinte ich zu Black, während wir in einen der stromlinienförmigen, blitzblanken Aufzüge stiegen und uns lautlos in die oberste Etage tragen ließen.

»Ich habe Besseres zu tun, als diesen Kerl herumzuchauffieren.«

Das klang sehr vielversprechend. Und sobald die Tür der VIP-Präsidentensuite im Penthouse hinter uns ins Schloss fiel, zeigte er mir, welche besseren Dinge ihm im Einzelnen vorschwebten. Black schlüpfte aus seiner dünnen schwarzen Jacke, zog mir die Sweatjacke aus, nahm mir das Schulterhalfter ab und streifte mir das Polohemd über den Kopf, als hätte er jede Menge Übung darin. Die er auch hatte.

»Nicht so hastig, mein Junge. Wir haben die ganze Nacht.«

»Du hättest mir den Kaffee nicht geben sollen. Jetzt bin ich nicht mehr zu halten.«

Das brachte mich ebenso zum Schmunzeln wie die Art, in der er mich in Sekundenschnelle von meinem BH befreite. Ich half ihm, die niedliche kleine .38er mit dem verkürzten Lauf von meinem linken Knöchel unter der ausgestellten Jeans zu entfernen, was ihn immer anmacht. Dann streifte ich die Turnschuhe ab, während er dastand und sich das schwarze Polohemd über den Kopf zog. Ich weidete mich am Anblick seiner gewölbten, harten, sonnengebräunten Muskeln, bis er sich auf mich stürzte und es zur Sache ging.

»Moment«, stieß ich hervor und hielt mit beiden Händen seinen Mund von mir fern. »Du musst mir alles erzählen, was du über Boyce Collins weißt.«

»Schon gut«, erwiderte Black. Dann schlossen sich seine Lippen um meine rechte Brustwarze, und ich schlug sämtliche Vernunft in den Wind, um mich ganz und gar erotischen Vergnügungen und Spielen hinzugeben. Nichts und niemand konnte unseren Wiedersehensfeiern das Wasser reichen. Und was noch besser war: Ich wusste, dass ich mich auf eine ganze lange Nacht im Chateau on the Lake freuen konnte. In einem schlittenförmigen Bett zwischen teuren, raschelnden mit tausend Fäden gewebten Laken. Natürlich waren Blacks Laken zu Hause mit doppelt so vielen Fäden gewebt und außerdem in Ägypten mit der Hand genäht. Ja, so traurig es sein mag, werde ich allmählich von Black infiziert und kenne mich mit Stoffqualitäten und ähnlichen Nichtigkeiten aus.

# *Dreizehn*

Am nächsten Morgen gegen neun saßen Black und ich auf einem winzigen Balkon, der kaum Platz für unsere beiden Stühle und ein Tischchen bot, und blickten zehn Stockwerke hinunter in die Tiefe, wo sich ein strahlend blauer Pool, ein Whirlpool, zwei Tennisplätze und ein Kinderspielplatz befanden. Die Aussicht, ein wundervolles Einhundertachtzig-Grad-Panorama des Table Rock Lake, war noch beeindruckender. Ich beobachtete einige Schnellboote, die im blauen Wasser weiße Bugwellen hinter sich herzogen. Allerdings war mir mein eigener See lieber. Der Lake of the Ozarks ist für mich das Allergrößte, auch wenn die drei Seen rund um Branson – Table Rock, Taneycomo und der unglaublich klare Bull Shoals – nicht zu verachten sind. In Missouri gibt es einige traumhafte Seen, daran ist nicht zu rütteln.

Ein leckeres Frühstück, bestehend aus vorgeschnittenen Orangen, Erdbeeren, Kiwis und frischer Ananas, war auf einem großen weißen Teller angerichtet. Daneben auf der Glasplatte des Tisches zwischen uns lagen knusprige Croissants, mit Pecannüssen bestreute Schoko-Doughnuts (die hatte Black eigens für mich bestellt) und riesige frisch gebackene Bagel. Dazu gab es noch ein appetitliches Arrangement aus Käseteilchen, Zimtrollen, Mürbeteigtaschen mit Kirschfüllung und winzige Blaubeerpfannkuchen mit der speziellen Mangosauce des Küchenchefs.

Black war schon mit dem Essen fertig und arbeitete an einem Vortrag, den er bei seinem nächsten Seminar in einigen Wochen in Houston halten wollte. Er war lässig mit Jeans und einem dunkelblauen Polohemd bekleidet. Auf Letzterem prangte das Logo von Cedar Bend, ein kleiner Seitenhieb gegen das luxuriöse Chateau on the Lake, in dem wir uns jetzt vergnügten. Während er sich handschriftliche Notizen auf einem gelben Schreibblock machte, beobachtete ich eine Weile, wie seine kräftigen gebräunten Finger den geschmackvollen goldenen Füllhalter umfassten. Und dann sprach ich spontan etwas aus, das mich sogar selbst überraschte.

»Gestern Abend ist etwas Unerwartetes passiert.«

Black schaute nicht auf, sondern schrieb weiter. »Hmmm, was denn?«

Ich zögerte eine Weile. »Bevor ich mit Bud nach Springfield gefahren bin, habe ich bei Harve zu Abend gegessen«, sagte ich.

»Schön. Wie geht es Harve?«, erwiderte er, noch immer in seine Arbeit vertieft.

»Gut. Ich habe mich gefreut, ihn zu sehen.« Ich zögerte. »Joe McKay war auch da.«

Endlich hielt Black inne und sah mich an. Oh, ja, hin und wieder konnte er das mit der Eifersucht einfach nicht lassen. Natürlich war sie völlig unbegründet, insbesondere wenn es um Joe McKay ging.

»Joe war da?«

»Ja.«

»Und du hast erwähnt, es sei etwas Unerwartetes passiert?«

»Ja. Ich hatte es nicht geplant, es ist einfach so geschehen. Und nun weiß ich nicht, was ich davon halten soll.«

»Und? Jetzt spann mich nicht auf die Folter, Claire. Was zum Teufel hast du mit McKay getrieben?« Inzwischen hatte ich Blacks volle Aufmerksamkeit. Er legte den Stift weg, lehnte sich mit verschränkten Armen zurück und blickte mich erwartungsvoll an. Genial, wie ich nun einmal bin, wusste ich genau, was er dachte.

»Ich habe Lizzie eine Weile auf dem Schoß gehalten.«

Im ersten Moment wirkte er überrascht, doch dieser Ausdruck wurde rasch von Erleichterung abgelöst. Dann lächelte er. Ihm war bekannt, wie schwer ich seit Zacks Tod die Gegenwart kleiner Kinder ertrug, und er hatte versucht, mir darüber hinwegzuhelfen. Bis jetzt nicht sehr erfolgreich.

»Gut, das ist wirklich sehr gut, Claire. War es ihre Idee oder deine?«, fragte er.

»Ihre. Sie ist einfach zu mir gekommen und mir auf den Schoß geklettert.«

»Und es hat dir nichts ausgemacht?«

»Anfangs war ich nur erstaunt, dass sie es überhaupt getan hat. Und dann, nein, und das war das Unerwartete. Ich weiß nicht. Wahrscheinlich meine ich damit, dass es nicht so schlimm war, wie ich glaubte.«

Er nickte, immer noch lächelnd, und wirkte sehr zufrieden. »Das ist ein Durchbruch für dich.«

Auf diesen Gedanken war ich auch schon gekommen. Seit Zacharys Tod war allein der Gedanke, ein Baby oder Kleinkind zu berühren, die pure Folter für mich, weil in solchen Situationen alles wieder auf mich einstürmte. Dann durchlebte ich noch einmal die schreckliche Nacht, in der ich für immer das Kostbarste auf dieser Welt verloren hatte.

»Möchtest du darüber reden?«

»Nein. Ich wollte es nur rasch erwähnen.« Da ich mich plötzlich albern, rührselig und bedürftig fühlte, zuckte ich mit den Schultern. »Ich hatte nicht damit gerechnet, und als es passierte, hat es mich ein wenig aus dem Konzept gebracht. Keine Ahnung, warum. Ich wollte es dir einfach erzählen.«

»Das freut mich. Wenn du jemals über Zach sprechen möchtest, brauchst du es nur zu sagen. Ich bin für dich da, Claire, das weißt du.«

Es wurde mir zu eng. Ich wollte nicht über meinen toten Sohn reden und bereute schon, das Thema angeschnitten zu haben. Ich wollte auch nicht erwähnen, dass die kleine Lizzie aus heiterem Himmel Zachs Namen ausgesprochen hat. Also wechselte ich zu einem unverfänglicheren Thema. »Gib mir mal die Zeitung und lass mich schauen, ob wir uns eine Vorstellung dieser Akrobaten aus Peking ansehen können, während wir hier sind. Ich möchte mir gern ein Bild von Li Hes Eltern machen, bevor ich sie befrage.«

Black griff nach der Zeitung und reichte sie mir. Ich blätterte die Seiten nacheinander durch, in der Hoffnung, sie auf der Bühne sehen zu können, ehe ich sie vernahm. Schwachsinn, ich schob nur eine sehr unangenehme Aufgabe vor mir her. Bucks Büro hatte sich noch nicht wegen der Haaranalyse gemeldet. Doch wenn ich es mir genauer überlegte, war es vielleicht besser, wenn ich sie traf, solange sie noch nichts von der Hiobsbotschaft ahnten – nur für den Fall, dass sich das Mädchen im Ofen tatsächlich als Li He entpuppte.

Möglicherweise geschahen ja doch noch Wunder, und das Mädchen war mit einem geheimnisvollen College-Romeo in ein romantisches Abenteuer aufgebrochen. Nun saßen die beiden Turteltäubchen wie Black und ich in irgendeinem Hotel und genossen die gemeinsame Zeit. Ich kann solche gelegentlichen kleinen Auszeiten nur empfehlen, insbesondere wenn man gerade mitten in schwierigen Ermittlungen steckt. Nicht, dass ich mir häufig eine Auszeit gönne. Außerdem wäre ich ohne die Befragungen, die ich durchführen musste, gar nicht hier gewesen. Jedenfalls fühlte ich mich an diesem Morgen wundervoll, wohlig und ausgeruht und strotzte vor Tatendrang. Black erging es offenbar genauso, wenn man seinem zufriedenen *Ich-Tarzan-Du-Jane-McKay-Hat-Ausgespielt-*Blick glauben konnte. Vermutlich hätte ich mich von seiner besitzergreifenden Art geschmeichelt fühlen sollen, solange er mich nur nicht herumkommandierte, was er ja auch nicht tat.

Er trank einen Schluck Kaffee und betrachtete mich über den Rand seiner teuren weißen Chateau-Tasse hinweg. »Es gefällt mir, wenn du mir zur Abwechslung mal am Frühstückstisch gegenübersitzt. Unbewaffnet und unter dem Frotteebademantel splitternackt. Der optimale Start in den Tag.«

»Mir hat er auch gefallen, aber eins kannst du mir glauben: Sobald wir dieses Zimmer verlassen, trage ich die Waffen wieder an der Frau.«

»Wie schön, Schatz, wenn es dich nur glücklich macht«, erwiderte Black, grinste jedoch dabei, als er mir die Zeitung abnahm und sofort den Veranstaltungskalender fand. Er liest öfter Zeitung als ich und weiß deshalb, wo er suchen muss. »Die chinesischen Akrobaten treten um drei auf. Also können wir uns einen schönen Vormittag gönnen, uns das Mittagessen aufs Zimmer kommen lassen und uns dann die Vorstellung ansehen. Ich rufe die Rezeption an, damit sie uns Karten für die erste Reihe reservieren.« Mir gefiel der Vorschlag, der es mir außerdem ermöglichte, das Gespräch mit den Eltern hinauszuschieben. Und so gingen wir hinein und ins Bett und hatten jede Menge Spaß.

Später, nach dem Mittagessen, zog ich die Sachen – saubere Jeans und ein dunkelgrünes T-Shirt mit Remington-Logo auf der Tasche – an, die ich in einem Lederrucksack in Blacks Hubschrauber aufbewahre, nur für den Fall, dass er mich überraschend irgendwohin entführt. Wir ließen den gemieteten Lincoln vorfahren und machten uns auf den Weg zur Amüsiermeile von Branson, Missouri. Draußen war es vierzig Grad heiß und teuflisch schwül, und ich wünschte, ich hätte Shorts anstelle der Jeans an Bord gehabt.

Überall, ja, wirklich überall, wohin das Auge blickte, wimmelte es von Touristen. Sie hasteten über die belebten Straßen oder standen Schlange vor den zahlreichen Theatern. Viele Familien mit Kindern im Grundschulalter, Rentner und verliebte junge Pärchen, die Händchen hielten, sich küssten – und noch mehr. Am liebsten hätte ich ihnen geraten, sich an uns ein Beispiel und ein Zimmer zu nehmen. Black quälte sich durch den Verkehr und murmelte Beschimpfungen auf Cajun, als der Mensch im Auto vor uns die grüne Ampel verpasste, weil er gerade in einer Broschüre las. Das Theater, das wir suchten, war nicht weit vom Chateau entfernt, was wir allerdings nicht wussten, weshalb wir uns wegen Blacks angeblicher Abkürzung kilometerlang durch den Stau kämpften. Kein Wunder, dass er einen Humvee fuhr und sich ansonsten meistens in einer Limousine chauffieren ließ.

Da der Parkplatz vor dem großen weißen Theater, in dem die

Beijing Acrobatic Troupe auftrat, brechend voll war, wunderte es mich, wie Black in letzter Minute Karten für die erste Reihe hatte ergattern können. Allerdings hatte Black so seine Methoden, zu kriegen, was er wollte, weshalb ich mir die Frage sparte. Jedenfalls schien die Truppe ausgesprochen beliebt zu sein.

Wir hasteten durch die sengende Sonne zur Eingangstür, um uns vor dem grellen Schein in den Schatten zu flüchten. Eine doppelflüglige, von zwei großen, furchterregenden Hunden aus Stein flankierte Tür führte uns ins zum Glück wohltuend klimatisierte Innere des Gebäudes. Das Foyer war die Miniaturversion eines prunkvollen chinesischen Palasts in der Verbotenen Stadt oder an einem ähnlich geheimnisvollen und prächtigen Ort, allerdings mit Kasse, einem kleinen Souvenirladen in der Ecke und kräftigem Popcorngeruch in der Luft. Vor der Vorstellung bummelten wir ein wenig umher und bewunderten die gewaltigen, wasserballgroßen roten Laternen, die an der Decke hingen, die zahlreichen roten, schwarzen und weißen orientalischen Masken an den Wänden, die mit aufgemalten Drachen verzierten Elfenbeinfächer, den übrigen Nippes und den kleinen singenden Felsen, der eine staunende Zuschauermenge anzog. Offen gestanden war es ziemlich beeindruckend. Das fand sogar ich.

Black ging los und kaufte mir ein kleines Jadearmband, an dem eine winzige chinesische Münze hing. Es kostete 18,85 Dollar und brachte angeblich Glück. Genau das, was ich brauchte. Black hatte die Angewohnheit, mir Glücksbringer zu schenken, und zwar mit gutem Grund. Ein Jammer nur, dass sie normalerweise nicht wirkten.

Das Armband erinnerte mich an die des armen Mikey. Doch als ich das Perlenarmband vom Tatort aus meiner fantastischen und heiß begehrten roten Grace-Kelly-Krokotasche von Hermès angelte und es der lächelnden Asiatin mittleren Alters hinter der Theke zeigte, schüttelte sie den Kopf und teilte mir in gebrochenem, kaum verständlichem Englisch mit, dass sie so etwas nicht führte. Allerdings war ich nicht sicher, ob sie meine

Frage oder ich ihre Antwort auch richtig verstanden hatte. Leider sprach Black auch nicht fließend Mandarin, weshalb er mir keine Hilfe war.

Wir durchquerten das Foyer und betrachteten die Wand voller großer Farbfotos, die berühmte Sehenswürdigkeiten in China darstellten. Die Chinesische Mauer, die Verbotene Stadt und, erstaunlicherweise, den Platz des Himmlischen Friedens, was ich nicht unbedingt für einen gelungenen Werbeschachzug hielt.

»Weißt du was? Vielleicht würde ich gern einmal nach China fahren, um mir das alles anzuschauen«, meinte ich zu Black.

»Ich kümmere mich darum. Im Herbst ist es hübsch dort«, erwiderte er.

Ach, herrje, ich brauchte nicht einmal mit den Fingern zu schnippen. Mannomann, Dr. Nicholas Black war wirklich eine gute Partie. »Ich nehme an, du warst schon mal da.«

»Ja, einige Male. Ich hatte geschäftlich in Peking zu tun und war als Redner zu ein paar Kongressen eingeladen. Außerdem wollte ich unbedingt über die Chinesische Mauer gehen.«

»Und ist es wirklich so toll?«

»Darauf kannst du wetten. Der Anblick ist erstaunlich. Es ist ein wunderschönes Land und wird dir gefallen. Allerdings darfst du dort deine Waffen nicht tragen. Die Gesetze sind streng.«

»Dann streich den Ausflug. Ich habe Feinde auf der ganzen Welt. China ist da vermutlich keine Ausnahme.« Eigentlich sollte das ein Scherz sein, aber wer weiß? Das Unheil scheint seine Mittel und Wege zu haben, mich aufzuspüren.

»Ich bezweifle, dass du weltweit auf der Hut sein musst. Doch dass du genug Schwierigkeiten hattest, steht fest. Es hat zum letzten Mal gegongt. Lass uns unsere Plätze suchen.«

Und, ja, wirklich, wir saßen nicht nur in der ersten Reihe, sondern auch noch genau in der Mitte. Blacks Fähigkeit, das Unmögliche möglich zu machen, war einfach erstaunlich und ausgesprochen praktisch in den Varietés von Branson, ganz zu schweigen von großen Hotelbetten. Die Vorstellung der Beijing Acrobatic Troupe begann mit viel Geräusch und Musik und etwa zwanzig hübschen jungen Asiatinnen, die Teller auf langen Stangen rotieren ließen. Das ganze fand im Schein von bunten Laternen statt, die im abgedunkelten Theater wundervoll zur Geltung kamen. Die Mädchen trugen verschiedene Schattierungen von Gelb, Rosa und Violett, und ihrer Darbietung folgte pausenlos ein erstaunliches Kunststück nach dem anderen. Es war, wie ich zugeben muss, eine unterhaltsame Vorstellung, voller atemberaubender Akrobatik, mystischer Musik und geschmeidiger orientalischer Tänze. Es gab sogar ein paar Zaubertricks, ein wundervolles Luftballett und spielerische Tänze. Jede Showeinlage war rasant und spannend. Und habe ich schon die Artisten in ihren gelben Trikots erwähnt, die sieben Meter hohe menschliche Türme bauten? Auch die Broschüren waren nicht schlecht.

Gleich zu Anfang sah ich im Programm nach, wann Mr und Mrs He auftreten würden. Ihre Darbietung war gegen Ende der Show an der Reihe. Wie sich herausstellte – und was mich aufmerken ließ –, waren die Eltern des vermissten Mädchens ausgezeichnete Schlangenmenschen und konnten sich in sämtliche Himmelsrichtungen verbiegen. Allerdings fügte sich dieses akrobatische Talent goßartig in meine hässliche kleine Gleichung ein. Das bedauernswerte Mächen im Pizzaofen hatte sich nämlich zusammengeklappt wie ein Gartenstuhl aus Alu.

Nachdem ein ganz und gar nicht angenehmes Bild besagten Küchenmordes vor meinem geistigen Auge erschienen war, gab ich es auf, mich an den bunt umherwirbelnden Akrobaten und den Trommlern zu erfreuen, saß neben Black und dachte gründlich über meinen Fall nach. Ich wollte unbedingt mit den beiden zierlichen und so überaus gelenkigen Menschen sprechen, die ich gerade auf der großen hell erleuchteten Bühne gesehen hatte, und erfahren, was sich hinter ihrem breiten Bühnenlächeln tat. Die Show musste weitergehen, ganz gleich, was auch geschah, selbst wenn die eigene Tochter verschwunden war. Und so lächelten sie und verbogen sich dabei, dass Brezelbäcker daneben wie Amateure ausgesehen hätten.

Als das Ende endlich kam, der große Vorhang fiel und die Lichter angingen, stemmten wir uns gegen den dem Ausgang zustrebenden Zuschauerstrom und steuerten auf eine Tür zu, die wir – hauptsächlich wegen des schwarzweißen Schildes mit der Aufschrift PRIVAT: ZUTRITT VERBOTEN – für den Bühneneingang hielten. Ich beseitigte dieses Hindernis, indem ich dem chinesischen Wachmann, der dort stand und in seinem schwarzen Pyjama wie ein waschechter Ninja aussah, meine Dienstmarke zeigte.

Wir beharrten darauf zu bleiben, während er den Hes mitteilte, dass ich sie zu sprechen wünschte. Fünf Minuten später kehrte der Wachmann zurück und meldete, es ginge in Ordnung. Also folgten wir Ninja-Joe einen langen Flur entlang, der von begabten Akrobaten in schimmernden, eng anliegenden Spandexanzügen wimmelte. Ihre Make-up-Schichten hätten sogar Gnade vor den Augen von Pamela Anderson gefunden. Überall wimmelte es von Bühnenarbeitern, und alle redeten auf Mandarin oder in einem anderen asiatischen Kauderwelsch durcheinander. Ich hätte den Unterschied jedenfalls nicht erkannt. Sie beäugten uns neugierig, als hätten sie noch nie einen leibhaftigen Amerikaner hinter der Bühne gesehen.

Der Ninja klopfte und kündigte uns erst auf Chinesisch, dann in einem mit starkem Akzent behafteten Englisch an. Beim Eintreten graute mir vor dieser Begegnung mehr als vor einer Dosis Strychnin. Black, der hinter mir stand, empfand vermutlich das gleiche Widerstreben. Li Hes Eltern saßen nebeneinander auf einem kleinen, elegant mit Damast bezogenen Sofa an einer Ende des kleinen Raums. Das Sofa hatte die Farbe einer reifen Aubergine. Die Wände waren rot. Überhaupt waren die meisten Gegenstände in diesem Theater entweder auberginenlila oder rot, offenbar Farben, die in China Glück brachten. Außerdem gab es hier einen niedrigen schwarz lackierten Couchtisch und ein Bücherregal an der Wand, auf dessen obersten Brett ein kleiner Fernseher stand, und einen Schminktisch, lang genug, dass sich beide mit Make-up bekleistern konnten. Darüber hing eine Leiste mit vielen leuchtenden Glühbirnen. Die beiden Artisten waren noch geschminkt und trugen ihre rotgelben Satinkostüme. Aus der Nähe wirkten sie noch kleiner als auf der Bühne. Allerdings wirkte jeder klein, wenn Black im Raum war.

»Bitte nehmen Sie Platz«, sagte Li Hes Vater auf Englisch, jedoch mit starkem Akzent. Als die beiden uns weiter musterten, sahen ihre Gesichter wegen der starken Schminke gespenstisch aus. Ich hatte das Gefühl, mit zwei japanischen Geishas zu sprechen. Oder mit Bozo, dem Clown, im Doppelpack.

Wir setzten uns auf zwei schwarze Korbstühle, die ein wenig schwächlich geraten schienen. Der von Black ächzte unter seiner Größe und seinem muskulösen Körperbau. Ich zeigte den beiden meine Dienstmarke, eine Höflichkeitsgeste, allerdings eine, die normalerweise Türen und Münder öffnete. Ergebnis war jedoch nur, dass sie mich ängstlich anstarrten. Ich lächelte, um ihnen zu zeigen, dass ich nicht bissig war. »Ich bin Detective Claire Morgan aus Canton County in Lake of the Ozarks«, sagte ich. »Das ist etwa eine Stunde nordöstlich von hier. Und das ist Nicholas Black.«

Offenbar gefiel Black meine zusammengekürzte Personenbeschreibung nicht, aber Pech gehabt. Was hätte ich denn sagen sollen? Das ist mein wundervoller und überaus ausdauernder Liebhaber? Oder vielleicht mein schwerreicher Gönner?

»Wie geht es Ihnen?«, fragte Papa Clown mit starkem chinesischem Akzent. »Haben Sie Neuigkeiten von unserer Tochter Li?«

»Wissen Sie, wo Li ist?« Mama Clown beugte sich vor und musterte mich forschend. Die weiße Theaterschminke und die schwarz umränderten Augen brachten mich ein wenig aus dem Konzept, da ich mich fühlte, als würde ich von zwei Außerirdischen angestarrt. Ihr Alter konnte ich schwer schätzen, nicht sehr alt, glaubte ich, Mitte vierzig vielleicht.

Ich hoffte sehr, dass es nicht ihre Tochter war, die ich gefunden hatte, gab dieses kleine Detail jedoch nicht preis. Noch nicht. »Ich fürchte, ich kann Ihnen, was das Verschwinden Ihrer Tochter angeht, nicht viel Neues sagen, Mrs He. Allerdings möchte ich Ihnen ein paar Fragen über einen Freund von ihr stellen. Als wir Lis Zimmer an der Missouri State durchsucht haben, haben wir in ihrem Adressbuch den Namen eines Mannes entdeckt. Dieser Mann spielt eine Rolle in einem Fall am See, in dem wir derzeit ermitteln. Deshalb haben wir gehofft, Sie könnten uns vielleicht etwas über seine Beziehung zu Ihrer Tochter erzählen. Er heißt Michael Murphy. Kennen Sie ihn zufällig?«

Mom ergriff wieder das Wort. Sie hatte einen noch stärkeren Akzent als Dad.

»O ja. Er guter Freund von Li. Sehr gut. Er trifft sich mit ihr zu …« Sie suchte nach dem richtigen Ausdruck; offenbar war ihr Wortschatz geringer als der ihres Mannes. *»Date,* nennt man das so?«

Ich nickte. »Also sind Li und Michael Murphy miteinander gegangen. Wie lange lief das schon? Wissen Sie das?«

»Sie hat ihn sehr gern«, verkündete Mr He. Er hielt die Hände etwa einen Meter auseinander, wie um das Ausmaß ihrer Zuneigung zu verdeutlichen. »Li geht oft zu ihm in sein Pizzahaus, isst dort. Sie ihn kennt von Feier zu Ihrem Neujahr.«

Gut, dann war sein Englisch also auch nicht viel besser als ihres. Außerdem kristallisierte sich immer mehr heraus, dass Li tatsächlich unser Opfer war. Ich schluckte kräftig und versuchte, meine Trauer zu unterdrücken. Black schwieg. Die Hes beobachteten abwartend mein Gesicht, während ich versuchte, mir meine Gefühle nicht anmerken zu lassen.

»Haben Sie Michael Murphy je kennengelernt, Mr He?«

Er nickte. »Er dreimal in Vorstellung. Und einmal bei uns zu Hause zum Essen. Er ein netter Junge.«

»Also verstanden er und Li sich gut?«

»Ja, sie sagt, er gut, aber viel Pech gehabt.«

Okay, Zeit Nägel mit Köpfen zu machen und das Thema einzukreisen. »Hat sie erzählt, was für ein Pech das genau war?«

»Sie sagt, er keine gute Familie wie Li. Sie sagt, er nicht gut mit Mutter und Vater.«

»Es ist schrecklich, wenn man nicht gut mit Mutter und Vater«, mischte Mrs He sich ein. »Li sagt, sein Vater redet am Telefon mit ihm, aber seine Mutter ihn hasst. Sie sagt, er hier drin Schmerzen.« Sie wies auf ihr Herz. »Li versucht, ihm zu helfen.«

»Hat sie erwähnt, warum er sich nicht mit seinen Eltern versteht?«

»Li sagt, sie gegen Pizzahaus, und das gefällt ihm nicht. Sie sagt, Eltern wollen, dass er wird Anwalt. Aber er lieber kocht und hat Haus für Essen.«

»Ist Li Michaels Eltern je begegnet?«

»Sie sagt, sie war einmal im Haus. Es ist wie Palast. Sie sagt, nicht gemütlich Haus.«

»Ist ihr an der Familie Murphy etwas Seltsames oder Zweifelhaftes aufgefallen? Oder an Michaels Gewohnheiten?«

Diesmal schüttelte Mr Li den Kopf. »Sie sagt, er will China kennenlernen und hinfahren und vielleicht Pizzahaus aufmachen. Sie sagt, er will ganz weit weg und nie zurückkommen.«

»Das schlecht«, ließ sich Mrs He vernehmen. »Schlechtes Omen, wenn Sohn Familie hasst. Wir weit weg von zu Hause, aber immer zusammen.«

Im nächsten Moment fiel Mrs He ein, dass sie eigentlich nicht zusammen waren, weil Li ja vermisst wurde. Sie senkte den Kopf. Ich spürte, wie eine düstere Vorahnung mir widerlich die Kehle hinunterrutschte und sich in meiner Magengrube festsetzte.

»Sie nicht wissen, was mit Li?«, fragte Mr Li.

Ich sagte ihm die Wahrheit, es ging einfach nicht anders, auch wenn ich einige Fakten lieber für mich behielt. »Noch nicht. Aber die Polizei von Springfield tut alles, um sie zu finden. Und ich verspreche Ihnen, dass ich sie dabei nach Kräften unterstützen werde.«

Als die beiden zufrieden nickten, kam ich mir vor wie eine elende Lügnerin. Es krampfte mir den Magen zusammen, und alles in mir schrie, dass Li das Mädchen im Ofen sein musste. Doch ich wollte es nicht glauben. Denn ich hatte nicht das geringste Bedürfnis, ihnen zu erklären, auf welche grausige Weise ihre geliebte Tochter zu Tode gekommen war. Geschweige denn, dass ich ihnen ihr seltsames Verhalten schildern wollte, das zu ihrem Ende geführt hatte. Wie gerne hätte ich das Gespräch abgebrochen und mich aus dem Staub gemacht, doch dann fielen mir das blaue Perlenarmband und der geheimnisvolle Schlüssel ein. Also holte ich beides aus meiner neuen roten *Grace-Kelly-die-NICHT-aussieht-wie-ich*-Krokotasche, für die angeblich eine ellenlange Warteliste existierte, weshalb sie bei eBay sicher großen Anklang gefunden hätte. Nicht, dass ich an einer Fixierung auf diese Tasche leiden würde, Ehrenwort.

»Ach, noch etwas, wissen Sie vielleicht, was das für ein Armband ist?«, fragte ich.

Als die beiden gleichzeitig nickten, fühlte ich mich an zwei bemalte chinesische Marionetten erinnert. »Das Böse-Blick-Armbänder. Li hat viele. Ihr Freund auch.«

»Können Sie mir sagen, woher sie sie haben?«

Wieder nickte Mrs He bejahend. »Li sagt, ist aus Khur-Vays Studio und Geschenkshop in Hauptstraße. Madam Khur-Vay unterrichtet Yoga und Bauchtanz.«

Das war wirklich eine spannende Kombination. Aber vermutlich musste man auch zum Bauchtanzen gelenkig sein. Außerdem war der Name Khur-Vay schon einmal gefallen, und zwar während meiner Gespräche in der Klinik. Mr He gab mir den Schlüssel in seinem Plastikbeutel zurück. Fehlanzeige.

»Wissen Sie, warum sie Böse-Blick-Armbänder heißen?«, erkundigte ich mich.

Beide schüttelten den Kopf. Sie waren wirklich ein perfekt aufeinander eingespieltes Team, fast so gut wie Bud und ich. Dad verdarb den synchronen Eindruck, indem er zusätzlich mit den Schultern zuckte. »Wir nicht haben in China. Madame Khur-Vay kann es Ihnen erklären. Sie Lis Freundin.«

Nun, das war endlich einmal eine gute Nachricht in einem Fall, der in dieser Hinsicht ansonsten ein wenig schwach auf der Brust war. Möglicherweise sollte ich mir eine oder zwei Bauchtanzstunden gönnen. Yoga konnte ich schon.

»Vielen Dank, Mr He, Mrs He. Sie waren mir eine große Hilfe. Ich gebe Ihnen Bescheid, sobald ich etwas Neues über Li weiß.«

Sie standen auf und verbeugten sich gleichzeitig, ein sehr höfliches Paar. Ich vollführte ebenfalls eine leichte Verbeugung, allerdings nicht annähernd so elegant.

»Wir haben Ihre Vorstellung sehr genossen«, meldete sich Black zu Wort. »Ich hatte schon einige Male das Vergnügen, Ihr Land zu besuchen. Es ist wirklich ausgesprochen interessant. Ich plane, bald wieder hinzureisen.« Er bedachte mich mit einem vielsagenden Blick, um mich darauf hinzuweisen, dass ich mit von der Partie sein würde, mit oder ohne Pistole.

Die Hes plauderten kurz mit Black über die Provinzen, in denen er gewesen war, und was er dort besichtigt hatte. Doch während des ganzen Gesprächs wanderte Mrs Hes Blick immer wieder zu mir, als ahne sie, dass ich ihr etwas verschwieg. Ich versuchte es zwar mit einem aufmunternden Lächeln, glaube aber nicht, dass es eine durchschlagende Wirkung hatte. Als wir gingen, verbeugten sie sich noch einmal. Ich wartete, bis wir wieder draußen an der frischen Luft und im hellen Sonnenschein waren, bevor ich das Wort ergriff.

»Sie ist es ganz sicher, Black. Das sagt mir mein Bauch. Li He ist unser Opfer.«

»Hoffentlich nicht. Möchtest du diese Madame Khur-Vay suchen und herausfinden, ob sie etwas weiß?«

»Ja, am besten erledigen wir das gleich, wenn wir schon einmal hier sind. Ich habe den Verdacht, dass diese Armbänder ein wichtiger Hinweis sind. Vielleicht kann Khur-Vay uns ja erklären, was sie mit dem Mord an Mikey zu tun haben.«

Berauscht von der Macht, die er so mühelos auf seine Umgebung ausübte, machte Tee sich wie ein Besessener daran, im Internet nach Techniken der Manipulation und Gehirnwäsche zu suchen. Erwartungsgemäß stieß er auf jede Menge spannende Seiten, die sich seinem neuen Lieblingsthema widmeten. Fasziniert von den aufregenden Informationen, recherchierte er zuerst zum Thema Hypnose und stellte erfreut fest, dass es viele Seiten mit Anleitungen gab, welche die Prozedur Wort für Wort beschrieben. Besonders interessierte er sich für Methoden, um das Denken anderer Menschen zu beeinflussen, denn darauf kam es ihm hauptsächlich an. Es war wirklich ein Kinderspiel. Und hinzu kam, dass ihm ein ganzer Stall armer Irrer als Versuchskaninchen zur Verfügung stand.

So wurden die Tage zu Monaten, in denen er weiter vorgab, den Tod seiner Mom noch nicht verkraftet zu haben, damit er bleiben konnte, anstatt nach Hause zurückkehren zu müssen. Am liebsten wollte er gar nicht mehr nach Hause. Und so büffelte er wie ein Wilder und lernte alles auswendig, was ihm in Sachen Psychohypnose, Psychiatrie und Gehirnwäsche in die Finger kam. Es war ein Traum, eine echte Herausforderung. Die größte seit Langem, ja, eigentlich in seinem ganzen Leben. Außerdem gelang es ihm, die Ärzte auszutricksen. Sie waren hingerissen von ihm. Er war ihr Musterschüler. Tee hätte Luftsprünge machen können.

Alles klappte wie am Schnürchen. Die Ärzte waren ja so leichtgläubig und liehen ihm gern ihre Fachbücher und Aufzeichnungen. Sie setzten sich sogar mit ihm zusammen, um Theorien, Behandlungsmethoden und Gefahren zu erörtern, wobei ihn Letztere besonders fesselten. Sie lobten ihn, er sei ein sehr guter Schüler, doch das war ihm ja nicht unbedingt neu, denn das Auswendiglernen fiel ihm noch immer ausgesprochen leicht. Wenn er etwas einmal gelesen hatte, prägte es sich für immer in sein Gedächtnis ein. Und dass er Charisma hatte, brauchte ihm niemand eigens zu bestätigen. Die Menschen fühlten sich von ihm angezogen wie Fliegen, was eigentlich ein passender Vergleich war, denn er würde sie in seinem Netz fangen, daran bestand kein Zweifel. Sein großer Plan würde aufgehen.

Nach einer Weile beschloss er, einige andere Jugendliche in ein Programm einzubeziehen. Er hatte bereits zwei Freundinnen, und zwar gleichzeitig. Eine benutzte in der Klinik den Namen Blossom, und er hatte vor Kurzem herausgefunden, dass sie eine Halbschwester von Lotus und Yang Wei war. Die andere hieß Orchid, eine scharfe Braut mit echt tollen Titten. Keine der zwei schien es zu stören, dass er mit ihnen beiden ging; offenbar genügte es ihnen, dass der beliebteste Junge der Schule etwas von ihnen wollte. Und natürlich hatte er auch noch Buddy. Die drei waren Tee treu ergeben und folgten ihm auf Schritt und Tritt wie ein Welpentrio.

Aber Tee brauchte weitere Versuchskaninchen, denn er wusste, dass er noch an seiner Technik feilen musste. Und der beste Weg dazu war, einen neuen, exklusiven Geheimclub zu gründen, in den man nur auf Einladung aufgenommen wurde. Die Idee dahinter war, den Mitgliedern weiszumachen, er habe eine neue und bessere Methode gefunden, sie zu therapieren. Sogar noch besser als die der Ärzte. Und der Clou daran war, dass es eine Ehre bedeutete, von ihm als Clubmitglied, das hieß, als Versuchsperson, ausgewählt worden zu sein. Da er inzwischen gelernt hatte, wie er andere dazu ermuntern konnte, zu denken, was er wollte, war es nicht schwer, sie zu überreden. Sie kamen zu ihm wie Lämmer zur Schlachtbank.

In einer sorgfältig im Voraus geplanten Nacht wies er seine Jünger an, sich in sein Zimmer zu schleichen, nachdem Maggie und die übrigen Schwestern und Pfleger die Nachtschicht angetreten hatten, und es in der Klinik so still wurde wie in einem Grab. Sie gehorchten prompt und standen, die meisten in Pyjama, Morgenmantel und Pantoffeln, einer nach dem anderen bei ihm auf der Matte. Als er den Blick über die Runde aus aufgeregten jungen Gesichtern schweifen ließ, wurde er von einem berauschenden Machtgefühl durchströmt. *Wie dumm ihr doch seid,* dachte er. *Schwache, verblödete Loser.*

»Tretet ein in unsere eigene geheime Welt, meine Freunde. Ihr seid die Elite dieser Klinik, die Besten, Klügsten und Begabtesten. Deshalb seid ihr auserwählt worden. Doch zuerst müsst ihr beweisen, dass ihr mir und der Gruppe treu ergeben seid. Wir werden hier und jetzt einen Eid schwören, dass wir niemals über die geheimen Dinge sprechen werden, die in diesem Zimmer geschehen. Versteht ihr das? Sollte ich jemanden dabei erwischen, wie er einem Nicht-Mitglied von diesen Treffen erzählt, fliegt er raus, so einfach ist das. Ich werde einfach alles abstreiten. Und wem werden die Ärzte dann wohl glauben? Verrat es mir, Buddy. Werden sie euch glauben oder mir?«

»Dir«, erwiderte Buddy, als sei er bereits in Trance.

»Natürlich werden sie das. Und was noch wichtiger ist, ich kann euch helfen. Ich kann euch helfen, das loszuwerden, was euch belastet und euch überhaupt erst in diese Klinik gebracht hat. Das kann ich. Glaubt ihr mir?« Die Jugendlichen nickten, und zwar ohne Ausnahme. Tee schmunzelte in sich hinein und fuhr fort. »Ich habe neue Techniken und Methoden entdeckt, die tatsächlich wirken, und ich verspreche, dass ich mit jedem von euch nacheinander und einzeln arbeiten werde. So kann ich mich absolut auf die Person konzentrieren, die ich behandle, und dem Patienten meine ganz Aufmerksamkeit schenken. Sind alle einverstanden? Seid ihr bereit, mir zu vertrauen und mit mir zusammenzuarbeiten?«

Tee betrachtete sein kleines Grüppchen handverlesener Spinner. Alle hoben die Hände, als müssten sie in der Schule die Frage des Lehrers beantworten. Manchmal erstaunte es ihn sogar selbst, wie leicht er andere dazu bringen konnte, zu tun, was er wollte. Nun jedoch würde er sich auf ein neues Gebiet vorwagen. Er würde versuchen, das menschliche Denken zu beeinflussen. Und dazu würde er erst einmal ein bisschen mit den Grundlagen der Hypnose herumexperimentieren.

»Gut, und jetzt schwören wir unseren Eid. Bitte hebt die rechte Hand und legt die linke aufs Herz. Und nun sprecht mir nach. Ich werde niemals Informationen über dieses Treffen oder die Namen der Teilnehmer preisgeben.«

Alle wiederholten es leise und ehrfürchtig. Mann, das würde ein Heidenspaß werden.

»Ich schwöre bei meinem Leben, dass ich niemals etwas weitertragen werde, das Tee gesagt oder mir über unseren Geheimclub erzählt hat.«

Wieder sprachen sie den Text nach, als hätte er nicht gerade gedroht, sie umzubringen, wenn sie redeten. Hey, das würde ja sogar noch einfacher werden, als er gedacht hatte. Sie waren wie große feuchte Tonklumpen, die er nach Belieben formen konnte. Wie Adam und Eva. Und er war wie Gott.

»Gut, es funktioniert folgendermaßen. Ich werde jedem von euch mitteilen, wann ich so weit bin, an seinem Fall zu arbeiten. Es wird so ablaufen wie heute Nacht, also spät und bei Kerzenschein. Keiner wird erfahren oder danach fragen, was in meinen Sitzungen mit den anderen Mitgliedern passiert. Alles bleibt absolut vertraulich und unter uns. Ich werde niemals jemandem verraten, was einer der anderen mir gesagt hat oder was in diesem Zimmer geschieht. Ich mache mir weder Notizen noch filme ich die Sitzungen mit. Habt ihr verstanden?« Das mit dem Filmen war natürlich gelogen. Natürlich würde er die Sitzungen aufzeichnen, um sie später analysieren zu können.

Alle nickten und schienen von dem feierlichen Moment beeindruckt.

»Okay, wer will zuerst?«

Alle Hände hoben sich. Das war wirklich ein gutes Zeichen.

»Ich freue mich sehr, dass ihr alle versteht, wie wichtig Geheimhaltung ist. So schwer mir die Entscheidung auch fällt, werde ich jetzt den ersten aus unserer Gruppe aussuchen.« Tee blickte sich um, als dächte er wirklich über die Frage nach. In Wahrheit jedoch hatte er bereits beschlossen, wer sein erstes Opfer werden sollte. Er würde Freundin Nr. 1 nehmen, Blossom, denn er hatte Lust auf Sex, und sie war immer bereit. Nachdem er ein bisschen Chaos in ihrem Kopf angerichtet hatte, konnten sie es ja noch miteinander machen.

Die Jugendlichen saßen mit angehaltenem Atem da und warteten auf seine Entscheidung. Er ließ sich noch ein wenig Zeit, um die Anspannung zu steigern, und lächelte dann. »Blossom, ich möchte, dass du heute bleibst. Ihr anderen könnt zurück in eure Zimmer gehen. Passt auf, dass euch niemand sieht, und sprecht mit keiner Menschenseele über diese Zusammenkunft. Wenn wir uns wieder treffen müssen, schicke ich Buddy mit einer Benachrichtigung herum.«

Buddy grinste dämlich, offenbar vor Stolz, als Bote fungieren zu dürfen.

»Buddy, du musst heute Nacht anderswo schlafen. Du darfst bei meiner Sitzung mit Blossom nicht dabei sein.«

»Okay, Tee, ich übernachte bei Denny.« Denny war ein kleiner Streber, mit dem Buddy gerne abhing. Sein Hobby war, Schmetterlinge zu fangen und sie an seine Fenster zu kleben, damit er sehen konnte, wie das Sonnenlicht durch ihre Flügel schien. Absolut neben der Spur, der Psycho.

Die Gruppe trollte sich. Nachdem der letzte draußen war, ging Tee zur Tür und schloss ab. Blossom lächelte, als er auf sie zukam, doch es war ein nervöses Lächeln.

»Hast du Angst, Blossom?«

»Nein, ich vertraue dir.«

»Gut. Also, ich möchte, dass du jetzt Folgendes tust. Zieh dich nackt aus und leg dich auf mein Bett.«

Als Blossom gehorchte, war Tee dann doch ein kleines bisschen schockiert. Sie war nämlich eigentlich recht schüchtern; bis jetzt hatte er sie nur bei Dunkelheit und unter der Bettdecke gevögelt. Nun, im Kerzenschein, schimmerte ihre glatte gebräunte Haut. Ihr langes dunkles Haar lag rings um ihren Kopf ausgebreitet auf dem weißen Kissen. Asiatische Mädchen waren so zierlich und wunderschön. Tee rang um Beherrschung. Am liebsten hätte er sich sofort auf sie gestürzt und es ihr besorgt, doch das musste warten. Das hier war sein erster echter Hypnoseversuch. Er brannte darauf, anzufangen und zu sehen, was geschehen würde.

»Schließ die Augen, Blossom. Entspanne alle Muskeln in deinem Körper.« Er hielt inne und arbeitete dann langsam die auswendig gelernte Liste ab, um ihr die Zeit zu geben, jede der Anweisungen zu befolgen. »Fang mit den Zehen an. Entspanne sie. Dann weiter zu den Füßen. Zu den Knöcheln. Die Beine hinauf. Sie sind jetzt so locker, dass sie einfach auseinander fallen. Du fühlst dich ganz wunderbar. So entspannt und angenehm. Nun entspannst du deinen Bauch, die Arme und die Finger. Es fühlt sich so gut an. Du bist ruhig und friedlich und so glücklich. Du wirst alles genießen, was wir miteinander tun. Jetzt sind wir bei deinem Hals, Blossom. Er ist ganz entspannt. Und nun zu Kinn, Nase und Stirn. Du fühlst dich ganz frei, glücklich und entspannt. Du vergisst alle deine Schwierigkeiten.« *Bis auf mich,* dachte er. *Ich werde dir Schwierigkeiten machen, dass dir Hören und Sehen vergeht.*

Und Blossom gehorchte. Einfach so. Er stellte fest, dass sich alle Muskeln ihres Körpers lockerten. Ihre Augen blieben geschlossen. Außerdem atmete sie tief, genauso wie es sein sollte. Mann, vielleicht konnte er sich das Hypnotisieren bei diesem Mädchen ja sparen. Sie war ohnehin schon wie ein dressierter Affe.

Bevor die anderen zur Sitzung erschienen waren, hatte er eine versteckte Videokamera und einige kleine Kerzen mit Vanilleduft auf seinem Nachttisch aufgebaut. Während Blossom weiter entspannt dalag, zündete er die Kerzen mit einem Feuerzeug an. Seine Recherchen hatten ergeben, dass die Beleuchtung wichtig war. Der Raum, in dem die Sitzung stattfand, durfte weder zu hell noch zu dunkel sein. Er war überzeugt, dass die Kerzen diesen Zweck wunderbar erfüllten. Außerdem verliehen sie der Szene etwas Geheimnisvolles und Romantisches, und er war sich nicht zu fein, die Romantik-Karte auszuspielen. Er schaltete den CD-Spieler ein, der auf einem Eichenbrett über seinem Bett stand.

Tee hatte gelesen, dass es beim Hypnotisieren einer willigen Versuchsperson nützlich war, Musik zu spielen, die den menschlichen Herzschlag nachahmte, zum Beispiel ein Lied, das ständig denselben Refrain wiederholte. Da er nicht sicher war, welches Stück sich für seinen ersten Versuch eignete, war es ein Experiment, als er sich für Enya entschied. Das Lied hieß »The Orinoco Flow«. Die Musik war leise und außerdem eines von Blossoms Lieblingsstücken. Blossom entspannte sich noch mehr. Er konnte buchstäblich sehen, wie sie in Trance fiel.

»Blossom, jetzt bist du so entspannt, dass du dich leicht fühlst. Du bist so leicht, dass du ganz nach oben und über den Wolken schweben kannst. Dort bist du in Sicherheit. Ich werde nicht erlauben, dass dir jemand etwas tut. Lass deine Gedanken frei. Denk an deinen liebsten Platz auf der ganzen weiten Welt. Stell dir vor, dass du an einem Ort bist, wo du sehr glücklich warst und gelacht hast. Du hast mir von dem hübschen See bei euch in der Nähe erzählt. Geh dorthin und treibe auf einer Luftmatratze im weichen grünen Wasser. Treibe unter den Bäumen mit den grünen Blättern hindurch, die sich im Wasser spiegeln. Jetzt hörst du, wie sich die Wellen mit einem leisen, beruhigenden Plätschern am Ufer brechen. Du hörst das Rauschen der Äste über dir, und die sanfte Brise fühlt sich auf deiner nackten Haut so gut an. Wie eine Liebkosung. Du bist ganz entspannt und fühlst dich wundervoll, sicher, geborgen, glücklich und zufrieden.«

Tee hielt inne und beobachtete, wie sich ihre nackte Brust hob und senkte. Inzwischen ging ihr Atem tief und langsam. Ihre rosigen Brustwarzen faszinierten ihn. Mann, sie war ja noch toller gebaut als Lotus. Und nun lag sie einfach so da, reglos, ja, vielleicht sogar ohne Bewusstsein. Mein Gott, er hatte es getan. Und das schon beim ersten Versuch. Aber warum auch nicht? Schließlich hatte er sich lange genug mit der Methode beschäftigt, alles auf Band aufgenommen und stundenlang für diesen Moment geübt.

»Blossom, kannst du meine Stimme hören?«

»Ja.«

»Sag mir, wo du bist, Blossom.«

»Ich bin unten am See.«

»Was tust du?«

»Ich liege auf einer Luftmatratze und treibe auf dem weichen, grünen, wunderschönen Wasser.«

»Ist jemand bei dir?«

»Nein, ich bin allein. Und über mir in den Ästen singen Vögel. Ein Rotkehlchen.«

»Warst du schon mal dort?«

»Nein, mein Vater hat mir nicht erlaubt, ins Wasser zu gehen.«

»Oh, wie schade. Warst du deshalb wütend auf ihn?«

»Ja.«

»Liebst du ihn?«

»Ja.«

»Liebt er dich?«

»Ich weiß nicht.«

»Warum nicht? Hat er es dir nie gesagt?«

»Nein.«

Tee hatte zwar einen Blick in ihre Krankenakte geworfen, doch die Ärzte machten wenig Fortschritte, was die Ursache ihrer Depression und ihre Selbstmordphantasien anging. Als er ihren nackten Körper betrachtete, bemerkte er, dass ihre Brustwarzen sich verhärteten, und ahnte, welche Dämonen sie plagten. Er berührte ihre Brustwarze mit der Fingerspitze und beschrieb einen Kreis.

»Hat dein Vater dich je so angefasst?«

»Ja.«

Aha. Sie hatte einen Perversen als Vater. Kein Wunder, dass sie so promisk war. Er hatte gelesen, dass einige sexuell missbrauchte Frauen als Erwachsene total geil wurden und es praktisch mit jedem trieben.

»Hat er dir je wehgetan?«

»Nein, hat er nie.«

»Was hat er gemacht?«

»Er hat mich gestreichelt und gesagt, er will, dass ich schöne Gefühle habe, dass ich mich gut fühle.«

Sehr interessant. Er musste zugeben, dass er so etwas noch nie zuvor gehört hatte. »Und wie hat es dir gefallen?«

»Es hat mir gefallen. Ich dachte, dass er es tut, weil er mich liebt.«

»Wollte er auch, dass du andere Sachen mit ihm machst?«

»Nein, das musste meine Halbschwester tun.«

»Meinst du Lotus?«

»Ja.«

Aha, nun würde er endlich erfahren, warum sich Lotus so Knall auf Fall umgebracht hatte. »Er wollte, dass Lotus ihn anfasst?«

»Ja. Er hat sie nicht so geliebt wie mich.«

»Woher weißt du das?«

»Weil er ihr wehgetan hat. Ich habe gehört, wie sie geweint und geschrien hat, wenn er mit ihr in den Keller gegangen ist.«

»Ist er mit dir auch in den Keller?«

»Ja, aber er hat mich nicht geschlagen oder mir wehgetan. Nur ihr.«

Tee musterte das reglose Mädchen stirnrunzelnd. Das war wirklich seltsam, aber auch ziemlich faszinierend. Er überlegte einen Moment.

»Wo war deine Mutter?«

»Sie war tot. Er hat sie umgebracht.«

Tee blieb vor Überraschung fast das Herz stehen. »Er hat sie umgebracht?«

»Ja, doch niemand außer mir und Lotus wusste davon.«

»Wie hat er sie umgebracht?«

»Er hat sie niedergeschlagen, und sie hat sich den Kopf an der Gartenmauer gestoßen.«

»Und daran ist sie gestorben?«

»Ja.«

»Das hast du gesehen?«

»Ja.«

»Und was geschah dann?«

»Er hat sie in den Wald geschleppt.«

»Waren Lotus und du auch dabei?«

»Ja. Wir mussten Laternen mitnehmen und sie hochhalten, damit er ein Loch graben konnte, um sie reinzulegen.«

Uff, der Typ war offenbar völlig durchgeknallt. Ein Mann nach Tees Geschmack.

»Und was haben die Leute gesagt?«

»Sie wussten nichts. Er hat ihnen erzählt, dass sie mit einem anderen Mann davongelaufen ist und ihn mit den Kindern sitzen gelassen hat.«

»Und es hat nie jemand Fragen gestellt?«

»Nein.«

»Hat er danach angefangen, dich und deine Schwester mit in den Keller zu nehmen?«

»Nein, er brauchte es ja nicht mehr zu verstecken. Er kam einfach in unser Zimmer, und eine von uns musste zuschauen.«

Mann, der Kerl war wirklich krank im Kopf.

»Wo ist dein Vater jetzt?«

»Tot.«

»Wie ist er gestorben?«

»Er ist mit mir mit dem Ruderboot rausgefahren. An der tiefsten Stelle hat er dann angehalten. ›Ich liebe dich, Tochter‹, hat er gesagt.«

»Und dann?«

»Dann hat er eine Kette genommen, sie sich umgewickelt und sie an einem großen Betonklotz befestigt. Er hat ihn genommen und ist damit ins Wasser gesprungen.«

»Das hast du gesehen?«

»Ja.«

»Und was hast du gemacht?«

»Ich habe runter ins Wasser geschaut und beobachtet, wie sein Kopf immer tiefer in der Dunkelheit verschwunden ist. Danach bin ich zurück zum Ufer gerudert.«

»Hast du je jemandem davon erzählt?«

»Nein. Aber Lotus wusste es.«

»Was ist mit Yang Wei? Wusste der etwas?«

»Nein, Yang Wei wurde schon als kleiner Junge von zu Hause weggeholt und in eine Sportakademie für die Basketball-Olympiamannschaft gesteckt, weil er so groß war. Lotus auch, doch erst später.«

Tee wurde von einem ungeahnten Machtgefühl ergriffen. Keinem der Ärzte war es bis jetzt gelungen, diesem Mädchen seine Geschichte zu entlocken. Aber ihm. Und das beim ersten Versuch. Er beschloss, es mit einer anderen Technik zu versuchen, über die er etwas auf seiner Lieblingsseite im Internet gelesen hatte. »Okay, Blossom, ich möchte jetzt, dass du so tust, als hättest du eine große rote Truhe. Sie ist im Keller deines Hauses versteckt, wo nie ein Mensch hingeht. Und jetzt legst du alles, was du mir über deinen Vater erzählt hast, dort hinein, knallst den Deckel zu und schließt sie gut ab. Es sind etwa ...« – Tee zuckte mit den Schultern – »zwanzig Vorhängeschlösser. Schließ ganz fest ab und lauf dann weit weg, damit du sie nie wieder sehen oder daran denken musst.«

Blossom schwieg.

»Hast du das getan, Blossom?«

»Ja. Ich laufe noch.«

Tee lachte auf. Das war ja unfassbar. Selten hatte er sich so amüsiert. »Du kannst jetzt aufhören zu laufen.«

Nun waren ein paar der posthypnotischen Suggestionen an der Reihe, von denen er gelesen hatte. Er war schon sehr neugierig, ob es klappen würde.

»Nun, Blossom, werde ich dir ein paar Dinge sagen und möchte, dass du sehr, sehr aufmerksam zuhörst.«

»Okay.«

»Immer wenn du meine Stimme hörst, wirst du dich glücklich und geborgen fühlen und mir eine Freude machen wollen. Du wirst wissen, dass du dich sehr gut fühlen wirst, wenn du das tust.« Grinsend hielt Tee inne. »Du wirst dann Lust bekommen, Sex mit mir zu haben. Und zwar sobald ich sage, dass ich es will.«

»Okay.«

Mann. Er fragte sich, wie weit er wohl gehen konnte. Tee hatte erst gestern einen langen Text über posthypnotische Suggestionen gelesen und beschloss, es mit einem konkreten Befehl zu versuchen. »Ich sage jetzt zwei Wörter, Blossom. Eine Geheimformel, und wenn ich die ausspreche, nur ich, mit meiner Stimme, wird dich das so anmachen, dass du Sex mit mir haben willst. Du wirst gar nicht anders können, verstehst du? Du wirst dich danach sehnen, es wollen und alles tun, um es zu kriegen. Verstehst du?«

»Ja.«

So weit so gut. Er überlegte sich die Wörter und dachte daran, dass er nun Sex haben konnte, so viel und so oft er wollte. Allerdings durften es keine Wörter sein, die er zu oft benutzte. Oder die häufig in Gesprächen fielen. Also etwas Ungewöhnliches. Er dachte an ein Lied seiner Lieblingsrockband, der aus Deutschland. Die meisten kannten die Band nicht, aber er stand wirklich auf die Jungs.

Tee lächelte. »Der Code lautet ›Enter Evil‹. Wenn ich ›Enter Evil‹ sage, wirst du alles tun, was ich will.«

»Okay.«

Okay klang gut. Und es war nie zu spät, es auszuprobieren.

»Ich wecke dich jetzt auf, Blossom. Dann wirst du dich an nichts mehr erinnern, was während dieser Sitzung passiert ist. Auch nicht an unser Gespräch. Verstehst du das? Und du wirst dich nicht erinnern, was passiert, wenn ich ›Enter Evil‹ sage, und trotzdem freiwillig und sofort tun, was ich von dir verlange. Aber, ohne dich an die Wörter oder daran zu erinnern, warum du es tust.«

»Okay.«

»Also gut. Dann zähle ich jetzt ab fünf rückwärts. Wenn ich bei eins bin, machst du die Augen auf und fühlst dich besser als in deinem ganzen bisherigen Leben.« Das hatte er alles von der

Internetseite eines studierten Psychiaters. Zumindest hoffte er, dass der Typ echt war.

»Fünf … vier … drei … zwei … eins …«

Tee hielt den Atem an. Fast befürchtete er, dass sie nicht mehr aufwachen könnte, denn dann würden ihm die Ärzte ordentlich einheizen. Doch sie kam wieder zu sich, machte die Augen auf und sagte: »Wann hypnotisierst du mich denn endlich?«

Du heiliger Strohsack, das war ja wirklich ein Spaß. *»Enter Evil.«*

Blossom sah ihn verdattert an. »Was?«

Oh. *»Enter Evil.«*

»Was bedeutet das?«

Ach, Mist. Offenbar hatte er etwas falsch gemacht. »Das ist nur der Name von einem Song.«

Blossom schnitt ein Gesicht und zog die Bettdecke hoch. »Mir ist kalt.«

»Kann ich mir denken. Lust auf Sex? Davon wird dir warm.«

»Klar.«

Tee schlüpfte aus dem Hemd und kroch zu ihr unter die Decke. Gut, daran musste er noch arbeiten. Ein Glück, dass Blossom normalerweise sowieso Lust auf Sex hatte. Sonst wäre sein erster Versuch in Sachen posthypnotische Suggestion ein echter Reinfall gewesen.

## *Vierzehn*

Khur-Vays Studio und Geschenkshop befand sich, wie fast alles andere in der Stadt, in der Hauptstraße von Branson. Und natürlich stockte wieder einmal der Verkehr, während die Touristen die Ankündigungen an den Theatern und die Läden begafften. Insbesondere die, welche spannende Dinge wie Hillbilly-T-Shirts, Kaffeetassen mit der Aufschrift »I-Herzchen-Branson« und Dolly-Parton-Perücken im Angebot hatten. Wir parkten etwa einen Häuserblock entfernt vom Studio, gingen den Rest zu Fuß und blieben verdattert vor dem ziemlich großen Schild im Fenster stehen.

»Hier heißt es ›Bauchtanzunterricht. Männer. Verboten‹«, stellte ich fest.

»Ich glaube nicht, dass das erlaubt ist«, erwiderte Black.

»Da steht es in meterhohen, dicken schwarzen Buchstaben, Black. Also meint Khur-Vay es vermutlich ernst. Offenbar muss ich mir die Dame allein vorknöpfen.«

»Ich bin nicht sicher, ob man Männer am Betreten öffentlicher Räume hindern kann.«

»Du willst doch nur ein paar Bauchtänzerinnen angaffen.«

»Manchmal finde ich Bauchtanz erotisch.«

»Soll ich ein paar Stunden nehmen, um unser Liebesleben aufzupeppen?«

»Da will ich dir nicht widersprechen. Vor allem, wenn ich mich daran erinnere, was ich letztens auf meinem Boot beobachten musste.« Black zeigte beim Grinsen tiefe Grübchen und dass er mich nur veräppeln wollte.

»Jetzt bin ich aber beleidigt.«

»Frag doch nach, ob sie auch Stangentanz anbieten, wenn du schon mal dort bist«, schlug Black vor.

»Ich tanze nicht an der Stange, weder für dich noch für sonst jemanden«, entgegnete ich. Allerdings wusste ich, dass er mich nur auf den Arm nehmen wollte.

Wieder sah Black auf seine elegante, schicke und, ja, protzige Rolex und ließ dann den Blick die belebte Straße entlang schweifen, wo die Autos dahinkrochen wie Schnecken zu einer Schlammpfütze im Garten. »Gut, wenn es sein muss. Ich schaue, ob es hier eine Driving-Range gibt und schlage ein paar Bälle, während du da drinnen bist.«

»Du spielst Golf?« Ich musste zugeben, dass mich das wunderte. Ich hätte nicht gedacht, dass er der Typ dazu war.

»Meistens habe ich keine Zeit, doch ich nutze jede Gelegenheit.«

»Ich fasse es nicht. Ich wusste gar nicht, dass du Golf spielst.«

»Ein paar Geheimnisse habe ich noch. Nicht so viele wie du, aber immerhin.«

»Gut, ich suche dich, wenn ich fertig bin. Keine Ahnung, wie lange es dauert.«

»Ich muss auch noch ein paar Telefonate erledigen. Geschäftlich. Lass dir Zeit. Ich komme zurück und hole dich ab.«

Ich blickte ihm nach, als er sich durch den zähflüssigen Verkehr schlängelte und dabei in eines seiner Mobiltelefone sprach. Dabei zwängte er sich zwischen einen silbernen Minivan von Ford und einen weinroten Cadillac älteren Baujahrs mit drei weißhaarigen Paaren darin, die Männer vorne, die Frauen hinten. Dann drehte ich mich zu meinem neuen exotischen Ziel um und betrachtete Khur-Vays Etablissement. Die Glasscheibe war mit einer Spezialfolie beschichtet, durch die man zwar nach draußen sehen konnte, aber nicht hinein, zweifellos, um die Identität der Schönheiten zu schützen, die sich mit freigelegten Bäuchen zum Klang von klimpernden Tamburinen und Flöten wanden. Auf der Tür prangte die einsachtzig hohe aufreizende Abbildung einer besonders gut ausgestatteten und mit zahlreichen Armreifen geschmückten Bauchtänzerin, die mich mit anmutig erhobener Hand in ihr Allerheiligstes winkte. Ich musste an das Sprichwort von der Spinne denken, die die Fliege in ihren Salon bittet, und ein leichter Schauder lief mir den Rücken hinunter. Nein, der Fall von damals war längst abgeschlossen.

Ich seufzte auf und atmete tief durch. Ach, herrje, würde das denn niemals aufhören? Als ich die Tür öffnete, wehten mir sofort ein Schwall durchdringender Sandelholzduft und klimpernde Musik entgegen, sodass ich mich schlagartig wie in Mustafas Bar irgendwo in einer schmalen Seitengasse von Bagdad fühlte. Rasch schloss ich die Tür hinter mir, damit auch kein männliches Wesen einen Blick auf das Innere des Ladens und die zehn bis fünfzehn Damen erhaschte, die sich, begleitet von näselnden Klängen, auf der Tanzfläche verrenkten. Der Teil des Ladens, der als Studio diente, befand sich an der Seite, war mit einer halbhohen Wand abgetrennt und nahm beinahe drei Viertel des großen Raums ein. An den kobaltblauen Wänden prangten nicht sonderlich realistische Darstellungen von Palmen, Moscheen und weiteren sich wiegenden barbäuchigen Araberinnen mit winzigen Tüchlein vor dem Gesicht, die Mund und Nase verdeckten, die dick mit Kajal umrandeten Augen jedoch freiließen.

Die Tänzerinnen waren eindeutig keine Anhängerinnen der Burka, sondern zeigten mehr Haut als Mariah Carey, was bei manchen um einiges besser wirkte als bei anderen. Die meisten schienen zwischen zwanzig und dreißig zu sein, einige waren über vierzig, und wieder andere standen offenbar schon mit einem Fuß im Grab. Vielleicht sogar mit anderthalb Füßen. Khur-Vay selbst sah ziemlich verführerisch aus. Sie hatte einen super durchtrainierten Körper, dessen Sonnenbräune durchaus aufgesprüht sein konnte. Ihr hübsches Gesicht mit den asiatischen Zügen verschwand fast unter der viel zu dicken Make-up-Schicht, und an ihrem mit goldenen Pailletten bestickten, knapp unterhalb der Taille sitzenden Gürtel waren Millionen von fließenden durchscheinenden Tüchern befestigt. Ihre Füße waren nackt und pedikürt, die Nägel feuerwehrrot lackiert. Außerdem war sie mit Armbändern und Knöchelkettchen behängt. Ich fragte mich, ob sie vielleicht wirklich Fatima war, die auf ihren Scheich wartete, wie in dem alten Lied. Weitere Armbänder zierten ihre Oberarme, und mir fiel sofort auf, dass viele von ihnen denen ähnelten, die Mikey und seine bedauernswerte Freundin so mit Begeisterung erfüllt hatten. Aha, Volltreffer.

Khur-Vay winkte mir zwar freundlich zu, hielt aber nicht lange genug im Hüftenkreisen inne, um das Wort an mich zu richten. Ach, herrje, sie hatte wirklich beneidenswerte Bauchmuskeln und konnte sich sogar noch preisverdächtig in den Hüften wiegen, wenn sie dabei auf einer Zehenspitze stand. Ich musste an die Wackelpuppen im Bastrock denken, die sich manche Leute auf die Hutablage ihres Autos stellen. Nachdem ich mich vergewissert hatte, dass niemand hinter einer Palme lauerte, um mich anzufallen, ging ich in den Geschenkshop mit Theke und Kasse am anderen Ende der Tanzfläche.

An Ständern hingen orientalische Accessoires jeder erdenklichen Art, sogar weiße flatternde Wüstengewänder wie die, in denen Laurence von Arabien herumstolziert war. Außerdem die verschiedensten Utensilien, Kastagnetten, Schmuck und Bauchtanz-CDs für arabisch inspirierte Menschen, alles geschmackvoll arrangiert. Rasch stellte ich fest, dass es eine ganze Glasvitrine voll mit den Armbändern und Amuletten aus blauweißen Perlen gab, die mich interessierten. Jetzt redeten wir endlich Tacheles, ja, ein Durchbruch stand kurz bevor.

Neugierig geworden, bummelte ich noch ein wenig durch den Laden und entdeckte T-Shirts, auf denen Khur-Vays kurvenreiche Gestalt oder ihr Konterfei prangte, Badesalze und Kerzen für die orientalische Aromatherapie sowie Bücher zum Thema Feng-Shui, ebenfalls mit passenden Kerzen. Außerdem Kristalle in verschiedenen Formen und Größen, Windspiele, bestehend aus chinesischen Glücksbringermünzen an roten Kordeln, gehäkelte muslimische Gebetskäppchen und eine Vielzahl weiterer New-Age-Gerätschaften und Spielzeuge. Schließlich stieß ich auch auf die Quelle des aufdringlich süßlichen Geruchs im Raum. Er wurde von einem schwarzen Buddha verströmt, der in einer kleinen Nische saß und eine starke Ähnlichkeit mit dem in Mikeys Wohnung aufwies. Ich konnte mich des Eindrucks nicht erwehren, dass Khur-Vay in meinen Ermittlungen eine wichtige Rolle spielen würde. Wie genau, wusste ich nicht. Noch nicht.

Nachdem ich einige mit goldenen und roten Pailletten bestickte bauchfreie Gewänder begutachtet hatte, setzte ich mich auf eine unbequeme Bank aus schwarzem Eisen neben dem CD-Spieler und beobachtete das Treiben. Inzwischen hatten die Damen kleine Zimbeln an ihren Daumen und Zeigefingern befestigt und wirbelten unter lautem Geklapper in ihren durchscheinenden Tüchern herum wie fröhliche Flamencotänzerinnen auf einem Platz in Barcelona. Zu meiner eigenen Überraschung fand ich es ziemlich spannend, was sie da machten, und ich überlegte, ob ich eine oder zwei Stunden nehmen sollte, nur um Black mit einem Tanzmädchenkostüm zu überraschen, meine Anmut zu schulen und dadurch meine erotische Ausstrahlung zu steigern. Vielleicht ließ sich das sogar mit meinen Pistolen und Halftern vereinbaren und würde ihn lehren, mich nicht mehr mit Elaine, der miserablen Tänzerin aus dem Fernsehen zu vergleichen, wer immer die Frau auch sein mochte.

Eine Viertelstunde später endete der Kurs; die Tänzerinnen waren atemlos und offenbar in Hochstimmung. Sie lachten und plauderten, und zwar hauptsächlich darüber, wie gut der Unterricht bei ihren Freunden, Ehemännern oder anderen besseren Hälften ankäme. Es wurden auch einige sexuelle Details erwähnt, die zwar unterhaltsam waren, jedoch hinter verschlossene Türen gehörten, glauben Sie mir. Man hat Menschen schon aus weitaus geringeren Gründen den Mund mit Seife ausgewaschen. Die meisten Damen fuhren mit bloßen Füßen in ihre Flipflops und rauschten mit wehenden Tüchern und nackten Bäuchen hinaus. Nur einige etwas konservativere Mädels zogen Shorts und T-Shirts mit Khur-Vays Konterfei über ihre Fähnchen.

»Hallo. Vielen Dank, dass Sie gewartet haben. Ich bin Khur-Vay.« Die Inhaberin näherte sich, getragen von einer exotischen Parfümwolke, und hielt mir mit einem freundlichen Lächeln die Hand hin. Sie war zumindest zum Teil Asiatin und hatte einen Akzent, den ich nicht einordnen konnte, und zudem eine ungewöhnlich glockenhelle Stimme, die fast wie die eines kleinen Mädchens klang. Aus der Nähe betrachtet, war Khur-Vay noch kurvenreicher, als ich zunächst gedacht hatte. Dazu war sie von Kopf bis Fuß genau richtig proportioniert und hatte nicht die das bei halb verhungerten Hollywood-Sternchen so beliebte Äußere einer Magersüchtigen. Stattdessen sah sie gesund, muskulös und sehnig aus. Dieses Mädchen stemmte Gewichte, darauf wäre ich jede Wette eingegangen.

»Kein Problem. Ich bin Detective Claire Morgan aus Canton County.«

Ihre lebhaften grünen Augen weiteten sich. Blacks hinreißende Ex-Frau Jude, ein Model, hatte auch grüne Augen. Allerdings waren die von Khur-Vay nicht sinnlich jadegrün und mandelförmig, sondern groß und offen und hatten die Farbe von Gras im Sommer. Ich konnte keine Arglist darin erkennen, was mich bei einer Bauchtänzerin überraschte. Vermutlich habe ich Vorurteile gegen Frauen, die auf ihren Nabel fixiert sind. Am Make-up hatte sie jedoch nicht gespart, offenbar begegnete ich in letzter Zeit ständig Leuten mit dieser Marotte.

»Stecke ich in irgendwelchen Schwierigkeiten, Officer?« Sie breitete die Hände aus und fing im nächsten Moment zu lachen an. Es war ansteckend.

Ich lächelte zwar, blieb aber angemessen professionell. »Noch nicht. Aber ich muss zugeben, dass ihr Kurs waffenscheinpflichtig ist.«

»Danke. Möchten Sie sich anmelden? Sie haben die richtige Figur dafür.«

Ich überlegte. Black würde sich freuen. Sehr sogar. Nein, der hatte keine gesonderte Aufforderung nötig. Dann würden wir beide wahrscheinlich gar nichts mehr erledigt kriegen. »Momentan nicht. Doch Sie sind wirklich gut mit den Tüchern und diesen winzigen Zimbeln.«

Khur-Vay hob die Arme, gab extra mir zu Ehren eine kleine Klick-Vorführung und lachte dann wieder. Ich mochte sie auf Anhieb. Das passiert selten.

»Sie sollten es ausprobieren, wirklich, Detective. Alle machen sich über Bauchtanzkurse lustig, aber Männer werden davon richtig scharf. Sie wissen schon, es weckt alle möglichen Phantasien über Scheichs, die mitten in der Nacht Frauen aus Zelten in der Wüste entführen. Rudolph Valentino und diese Typen. Sehr, sehr sexy.«

Ich hatte *Lawrence von Arabien* gesehen und fand den Mann mit seinen weißen Gewändern und dem funkelnden Krummsäbel wirklich beeindruckend. Allerdings war mir das Filmschaffen dieses Rudolph nicht wirklich ein Begriff. Vielleicht würde ich einen Abstecher zu Hollywood Video machen und mich informieren. Gut, aber jetzt genug geplaudert. Zurück zu Mord und Blutvergießen.

»Eigentlich wollte ich Ihnen ein paar Fragen zu einem Ihrer Kunden stellen.«

»Klar, ich helfe Ihnen gern.«

Die Frau wurde mir immer sympathischer. Sofortige Bereitschaft zur Mitarbeit durfte man nicht unterschätzen. »Wie gut kennen Sie eine junge Frau namens Li He?«

»Oh, Li. Wir sind eng befreundet. Sie hat doch nicht etwa Probleme?«

»Sie ist verschwunden. Haben Sie das noch nicht gehört?«

Ihr Erstaunen schien echt zu sein, aber vielleicht nahmen Bauchtänzerinnen ja auch Schauspielunterricht. Ihre plötzlich ängstliche Miene war vermutlich ebenfalls kein Theater. »Ist das Ihr Ernst? Vermisst?«

»Ja, Ma'am, es tut mir sehr leid, Ihnen das sagen zu müssen.«

»Seit wann?«

»Einer knappen Woche. Niemand hat sie gesehen oder weiß, wo sie ist.«

»Mann, das ist ja furchtbar. Ich hatte gleich so ein komisches Gefühl, als sie heute nicht zum Unterricht gekommen ist. Sie lässt nie eine Stunde ausfallen. Li ist ein Naturtalent, sehr anmutig und gelenkig. Außerdem auch noch eine ausgezeichnete Akrobatin, wussten Sie das? Das liegt bei ihr in der Familie.«

Ich nickte, erwiderte aber nichts. Ich hatte zwar schon Pfeifenputzer gesehen, aber noch nie versucht, einen zu verdrehen.

»Was könnte passiert sein? Glauben Sie, dass ihr etwas zugestoßen ist? Oder ist sie vielleicht einfach nur weggefahren und hat vergessen, Bescheid zu sagen?«

»Genau das wollen wir ja herausfinden. Können Sie sich vorstellen, wo sie steckt?«

»Nun, ich würde zuerst bei ihrem Freund nachfragen. Sie fährt manchmal mit ihm weg.« Sie musterte mich forschend. »Wissen Sie was, der wohnt doch irgendwo am See! Mikey Murphy heißt er. Haben Sie schon mit ihm geredet?«

Ich wollte ihr noch nicht sagen, was aus Mikey Murphy geworden war. »Fahren sie oft zusammen weg?«, fragte ich stattdessen.

»Hin und wieder. Soweit ich es mitgekriegt habe, etwa drei Mal, oder vielleicht vier. Übers Wochenende oder so.« Sie warf einen Blick auf die Eingangstür. »Der nächste Kurs fängt erst in einer knappen Stunde an. Was halten Sie davon, wenn wir uns setzen? Ich mache Ihnen einen grünen Tee. Ich muss zugeben, dass ich ziemlich besorgt bin. Li ist eine gute Freundin. Sie kommt häufig hierher.«

In einer kleinen Ecke des Studios standen einige Hochtische, um die Barhocker gruppiert waren, und außerdem eine Theke mit einer Cappuccinomaschine mit Heißwasserdüse und dazu Teller mit Kleie- und Blaubeermuffins, Haferkeksen mit Rosinen und in Fett ausgebackene, mit einer Pfirsichmasse gefüllte Teigtaschen unter Glasglocken. Jede war mit einer kleinen Messingplakette versehen. Ich liebe Pfirsich-Teigtaschen.

»Möchten Sie etwas essen? Ich backe alles selbst. Jeden Morgen frisch.«

Anstelle einer Antwort jaulte mein Magen auf und legte einen kleinen Tobsuchtsanfall hin. Ja, es war später Nachmittag, und ich hatte, wie ich zugeben musste, schon wieder Hunger. »Ich hätte gern eine Pfirsich-Teigtasche. Und könnten Sie mir welche zum Mitnehmen einpacken, für meinen Freund, den Sie hier nicht reinlassen?«

Khur-Vay lachte auf. Sie war eindeutig ein freundlicher Mensch. Ich wünschte nur, dass sie ein wenig von dem Make-up abgewischt hätte, damit ich sie besser hätte sehen können. »Gute Wahl. Das Rezept ist von meiner Mutter. Sie ist die beste Köchin der Welt.« Mann, das behaupteten alle von ihrer Mom, sogar Joe McKay. Da ich meine Mutter nie kennengelernt hatte, konnte ich mir in dieser Hinsicht kein Urteil erlauben.

Khur-Vay nahm eine der halbmondförmigen Teigtaschen mit einem kleinen Stück weißen Küchenpapiers auf und legte sie auf einen goldenen Pappteller, der am Rand mit kunstvoll verschlungenen schwarzen Linien verziert war. Nachdem sie ihn vor mich auf den Tisch gestellt hatte, gab sie ein wenig Puderzucker aus einem Metallstreuer mit Griff darauf und forderte mich auf, Stopp zu sagen, wenn es genug war. Ich tat es und sah dann zu, wie sie zwei weitere Teigtaschen ebenfalls zuckerte und sie in eine kleine weiße Bäckertüte legte. Black würde begeistert sein. Er isst leidenschaftlich gern Pfirsiche. Als nächstes förderte sie zwei winzige dunkelblau und golden gemusterte orientalische Tassen zutage und stellte sie mit Untertassen auf ein Messingtablett. Anschließend legte sie einen kleinen Teebeutel in jede Tasse und goss heißes Wasser hinein. Eigentlich trinke ich lieber Kaffee, insbesondere Cappuccino mit Vanillearoma. Doch ich wollte nicht unhöflich sein. Wenn Not am Mann war, brachte ich auch grünen Tee hinunter.

»Wohnt Ihre Mutter in der Gegend?«

»O nein, wir sind aus Kalifornien. Los Angeles. Ich vermisse sie wirklich. Bei uns finden immer große Familienfeiern mit der ganzen Verwandtschaft statt, doch ich habe meistens nicht die Zeit, dabei zu sein.«

»Sie sind weit weg von zu Hause. Warum sind Sie hierher gezogen?« Da redete genau die richtige. Schließlich war ich auch aus L. A. hierher gezogen. Genau genommen sogar gezwungenermaßen. Doch darüber wollte ich lieber nicht sprechen.

»Ich habe gehört, dass Branson ein sicheres Pflaster ist und dass man hier gut verdienen kann«, erwiderte Khur-Vay. »In L. A. gibt es Bauchtanzstudios wie Sand am Meer. Waren Sie schon mal dort?«

O ja, das war ich, was ich inzwischen bitterlich bereute. Mehr schlechte Erinnerungen, als mir lieb war. »Ich kenne es aus dem Fernsehen. Ich habe mir sogar O.J. Simpsons lahme Verfolgungsjagd angeschaut.«

Khur-Vay lächelte zwar, doch sie betrachtete mich ausgesprochen neugierig. »Ja, ich auch. Wenn ich Heimweh bekomme, sehe ich mir Filme an, die dort gedreht worden sind, was ja beinahe für alle gilt.« Stirnrunzelnd wechselte sie das Thema. »Ich mache mir wirklich Sorgen um Li. Sie war in letzter Zeit so bedrückt.«

Aha. So damenhaft wie möglich nippte ich an meinem Tee. »Wissen Sie, was sie belastet?«

»Ich bin nicht sicher. Bestimmt wegen Mikey. Sie haben oft Streit, aber dann versöhnen sie sich wieder, und alles ist gut. Sie lieben einander sehr.«

»Dann kennen Sie Mikey persönlich?«

»Ja, schon seit einer ganzen Weile. Ich habe die beiden in der Therapie kennengelernt.«

Meine Antenne vibrierte und richtete sich dann kerzengerade auf. »Therapie?«, wiederholte ich, nachdem ich einen Bissen Pfirsich-Teigtasche heruntergeschluckt hatte.

»Ja, da gibt es so eine Klinik in Jefferson City. Oak Haven. Wir waren damals in derselben Therapiegruppe. Kennen Sie die Einrichtung?«

Ich nickte und aß noch einen Bissen. Da es taktlos gewesen wäre nachzubohren, wartete ich ab, in der Hoffnung, dass sie mir etwas Hilfreiches verraten würde. Zu meinem Glück war es ihr nicht peinlich, dass sie in einer psychiatrischen Klinik Hilfe gesucht hatte.

»Ja, ich war einmal ganz unten. Mein Mann hat mich so richtig verarscht, mir mein Geld geklaut und mich mit Drogen in Kontakt gebracht. Aber inzwischen bin ich absolut clean«, fügte sie hinzu, denn immerhin war ich ja Polizistin. »Der Typ hat mich wirklich total fertiggemacht. Nach der Trennung hat er das Gericht überredet, ihm das alleinige Sorgerecht für meine kleine Tochter zu übertragen. Jedenfalls bin ich davon depressiv geworden und nur noch rumgehangen, bis Li mir von ihrem tollen Therapeuten erzählt hat. Also bin ich auch hingegangen.«

»Hätten Sie etwas dagegen, mir den Namen dieses Arztes zu sagen?«

»O nein. Ich lobe ihn in den Himmel, sobald sich die Gelegenheit ergibt. Es ist ein Dr. Collins. Vorname Boyce.«

»Ich verstehe.« Doch in Wirklichkeit dachte ich daran, dass man ihr das Kind weggenommen hatte. Ich wusste, wie es war, plötzlich ein Kind zu verlieren, und kannte die Verzweiflung und den Wunsch, einzuschlafen und nie mehr aufzuwachen. Ich fragte mich, ob sie ihr kleines Mädchen inzwischen zurückbekommen hatte. »Konnte er Ihnen helfen?«

»Ja, er hat mir klargemacht, dass mein Leben nicht vorbei ist und dass ich stark genug bin, mich ihm zu stellen.«

»Haben Sie Ihr Kind mittlerweile wieder?« Ich konnte mir die Frage nicht verkneifen.

Tränen traten ihr in die Augen. »Noch nicht, aber ich gebe nicht auf. Dr. Collins hat versprochen, mir zu helfen. Sie lebt bei ihrem Dad und seiner neuen Frau in Hawaii. Oahu. Ihr Name ist Chloe, und sie ist sieben.«

Plötzlich ertappte ich mich bei dem Bedürfnis, ihr meine eigene traurige Geschichte anzuvertrauen, was mich, gelinde gesagt, sehr erstaunte. Allerdings hielt der Wunsch nur wenige Sekunden an, bis ein heftiger Schmerz mich zwischen den

Schulterblättern traf und mir wie eine Messerklinge bis tief ins Herz drang. Ich schob das Gefühl beiseite und wandte mich wieder dem Geschäftlichen zu.

»Eines würde ich Sie gerne noch fragen, Khur-Vay. Mich interessieren die Armbänder da drüben. Die, die einzeln in der Vitrine liegen, wissen Sie? Die blauweißen mit den schwarzen Punkten. Wozu sind die da?«

»Die Armbänder gegen den bösen Blick? Die sind in letzter Zeit sehr beliebt. Li hat welche und Mikey auch. Fragen Sie deshalb?«

»Warum heißen sie Böse-Blick-Armbänder?«

»Das ist eine alte Sitte aus dem Mittleren Osten, hauptsächlich aus den Mittelmeerländern. Die Menschen wollen sich damit vor Neid schützen. Die meisten Leute denken, dass man dadurch das Böse abwehrt, und in gewisser Weise stimmt das vermutlich.«

»Und wie beschützen sie einen vor Neid.«

»Nun, das Prinzip funktioniert so, dass die Augen am Armband das Gefühl auf den Betrachter zurückwerfen, wenn jemand einen mit Neid im Herzen ansieht. Viele Mütter hängen sie ihren Neugeborenen um. Ich führe auch Amulette, die man im Haus anbringt. Einige glauben, dass sie böse Menschen abschrecken. Möchten Sie vielleicht eines?«

Ich dachte an die Mordfälle, mit denen ich in letzter Zeit zu tun gehabt, und die wahnsinnigen Serienkiller, die verstümmelten Opfer und die Krankenhausaufenthalte, die ihr Treiben mir und meinen Freunden eingebracht hatte. »Wissen Sie was?«, erwiderte ich. »Ich nehme eines. Sogar zwei.« Eins für mich und eins für Black. Dann fielen mir Bud und Harve ein. »Oder besser vier. Ach, dann machen wir gleich ein halbes Dutzend.« Allmählich verstand ich Mikeys Fixierung.

»Okay, dann suchen Sie sich welche aus. Ich habe lauter unterschiedliche hier.«

Ich traf rasch meine Wahl und wartete, während Khur-Vay die Armbänder nahm und kassierte. Sie reichte mir eine schwarze Tüte, auf der eine Pyramide mit einem schimmernden Auge an der Spitze abgebildet war. »Danke. Hoffentlich kommen Sie bald zu einem Kurs. Jeden Tag um elf, zwei, vier und sechs, nur nicht sonntags.« Sie zögerte. »Könnten Sie mir Bescheid geben, sobald Sie Li gefunden haben? Ich bin sicher, dass sie irgendwo mit Mikey unterwegs ist. Vielleicht sitzt sie auch in einer Bibliothek und schreibt an einer Seminararbeit. Sie ist sehr fleißig und hat immer Bestnoten. Mit dem Wunsch, Ärztin zu werden, ist es ihr sehr ernst.«

»Ich rufe Sie an, sobald ich etwas weiß.«

Khur-Vays Blick wanderte zum Schaufenster. »Mann, schauen Sie sich mal den Typen da draußen an.«

Ich drehte mich um, in der Erwartung einen Handtaschenräuber zu sehen, der gerade eine alte Dame überfiel. Doch stattdessen erkannte ich Black, der auf dem Gehweg herumlungerte, hin und wieder einen Blick auf das Fenster warf und ein ziemlich finsteres Gesicht machte. Ich konsultierte meine Armbanduhr. Ich hatte über eine Stunde bei Khur-Vay verbracht. Bei einem Tässchen grünen Tee fliegt die Zeit nur so dahin.

»Echt scharf, finden Sie nicht?«, meinte Khur-Vay.

Ich bemühte mich zwar um Gelassenheit, doch ein selbstzufriedenes Grinsen drohte in mir aufzusteigen. »Er ist mit mir zusammen.«

»Etwa Ihr Freund oder so?«

»Ja, irgendwie schon.«

Khur-Vay betrachtete mich mit neuem Respekt. »Mann, da haben Sie ja echt den Jackpot geknackt, was?«

Das vermutete ich auch, obwohl ich das normalerweise nur ungern zugab. »Nun ja, Khur-Vay. Er scheint ziemlich genervt zu sein, also mache ich mich jetzt besser auf den Weg. Hätten Sie was dagegen, dass ich wiederkomme, wenn ich noch Fragen habe?«

»Überhaupt kein Problem. Bringen Sie ihn ruhig mit. Das wäre wirklich in Ordnung.«

Khur-Vay lachte über ihr eigenes Angebot. Ich wusste, dass

sie weder Black an die Wäsche noch mir Konkurrenz machen wollte, und stimmte deshalb ein. Ich mochte diese Frau wirklich, war allerdings nicht sicher, warum. Vielleicht würde bei mir ja der Groschen fallen, wenn ich eines ihrer magischen Armbänder trug.

## *Fünfzehn*

Wird aber langsam Zeit. Noch ein paar Minuten, und ich hätte die Tür eingetreten und einen Blick in Khur-Vays Ofen geworfen.«

Black machte nicht unbedingt einen Hehl aus seiner Ungeduld. Allerdings hatte ich den Eindruck, dass das eher an seiner Neugier auf die Vorgänge im Ladeninneren lag. Und daran, dass es ihn wurmte, ausgeschlossen worden zu sein. Nicholas Black war es nicht gewöhnt, sich Vorschriften machen zu lassen.

»Du hast etwas Tolles verpasst. Da drin war eine ganze Horde aufregender halb nackter Frauen.«

»Ich habe sie gehen gesehen. Übrigens war das vor einer halben Stunde.«

»Wenn du derjenige gewesen wärst, der reingedurft hätte, hätte ich auch auf dich gewartet.«

»Nein, hättest du nicht.«

»Deine Bemerkung kränkt mich.«

Er grinste. »Hast du was rausgekriegt?«

»Eine ganze Menge. Komm, wir verschwinden. Ich erzähle dir alles unterwegs. Hier sind übrigens ein paar Pfirsich-Teigtaschen und ein Armband gegen den bösen Blick, um dich zu beschützen.«

»Danke. Vielleicht solltest du alle Armbänder selbst behalten. Wir wissen ja, wie du bist.«

»Die vielen Armbänder haben Mikey auch nichts genützt.«

Das ernüchterte uns schlagartig, wie es der Gedanke an ein Mordopfer meistens tut. »Ich dachte, wir essen irgendwo nett zu Abend und sehen uns noch eine Show an, bevor wir nach Hause fliegen«, schlug Black auf dem Weg zum Auto vor.

»Ich würde lieber sofort nach Hause fliegen und bis zum

Schlafengehen ausdauernden, scharfen tantrischen Sex haben wie Sting.«

»Also los.«

Natürlich war der Stau mörderisch. Trotz unseres wichtig und offiziell aussehenden Autos wurden wir angehupt, während Rentner eine Viertelstunde zum Linksabbiegen brauchten. Oder sogar zum Rechtsabbiegen. Als wir endlich im Hubschrauber saßen, schilderte ich Black mein Gespräch mit Khur-Vay. Er hörte aufmerksam zu und verspeiste dabei eine der Teigtaschen. »Ich finde es interessant, dass so viele dieser Leute Patienten von Boyce Collins waren«, stellte er fest.

»Genau mein Gedanke. Und meiner Erfahrung nach summieren sich Zufälle normalerweise zu einem Gesamtbild. Das Problem ist nur, dass die meisten auch von Martin Young behandelt worden sind. Nicht zu vergessen Happy Pete, der mit seinem Grinsen Zahnpastawerbung machen sollte.«

»Wie du selbst sagst, sind es immer noch Zufälle«, hallte seine Stimme in meinem Ohr. Ich nickte nur, weil ich bei Starts und Landungen immer ein wenig nervös bin. Ich wusste zwar, dass Black ein guter Pilot war, doch Unfälle waren immer möglich. Helikopter stießen mitten in der Luft mit kleinen Cessnas oder Gänseschwärmen zusammen. Manchmal bin ich eben eine hoffnungslose Pessimistin.

Doch wir hoben mühelos und wohlbehalten vom Boden ab, und schon wenige Minuten später schwebten wir über den Bäumen wie ein aus *Jurassic Park* entflohener ziemlich lauter, aber eleganter Pterodactylus. »Glaubst du, Boycie-Boy hat etwas mit den Morden zu tun?«

»Nach dem Plural zu urteilen, bist du offenbar zu dem Schluss gekommen, dass Mikey ebenfalls ermordet wurde.«

»Wir haben zwar die Autopsieergebnisse von Buck noch nicht, aber ich würde mein Haus darauf verwetten. Und du weißt, wie sehr ich mein Haus liebe.«

»Ich denke, die Möglichkeit ist überlegenswert. Hast du die Krankenakten der betroffenen Jugendlichen schon?«

»Wir haben sie angefordert, sie sind aber noch nicht da. Ich werde wieder hinfahren und mir den guten Dr. Collins vorknöpfen, sobald es menschenmöglich ist. Und falls ich dazu eine richterliche Anordnung brauche, soll es daran nicht scheitern.«

»Vor diesem Typen würde ich mich vorsehen.«

Überraschung! Black warnte mich ständig, ich sollte in Deckung gehen, Haken schlagen und auf der Hut sein, und überhäufte mich mit Glücksbringern. Dennoch war ich neugierig, was genau er diesmal damit meinte. »Hast du etwa eine böse Vorahnung?«

»Für mich liegt es durchaus im Bereich des Möglichen, dass jemand dort in dieser Klinik gefährliche Spielchen mit den Köpfen anderer Leute treibt.«

»Ach, mehr nicht?«

»Ich meine es ernst, Claire. Falls sich herausstellen sollte, dass wir es nicht mit Selbstmorden, sondern mit sehr schlau geplanten Morden zu tun haben, sprechen wir hier von einem Psychopathen, und zwar von einem der ganz besonders bösartigen Art. Mein Gott, immerhin hat er ein junges unschuldiges Mädchen in einen Ofen gesteckt.«

»Deine Theorie hinkt nur in einem Punkt. Sie ist selbst in diesen Ofen geklettert, erinnerst du dich?«

»Ich möchte damit nur sagen, dass dort möglicherweise irgendwelche manipulativen Machenschaften von Arzt zu Patient laufen. Der Täter hat offenbar eine Methode entwickelt, seine Opfer dazu zu bringen, sich anders zu verhalten als sonst.«

»Meinst du etwa Gehirnwäsche?«

Black verzog das Gesicht und machte sich an einem Hebel auf der Instrumententafel zu schaffen. Ich muss noch einmal betonen, dass mir stets mulmig wird, wenn er am Steuer eines Fahrzeugs das Gesicht verzieht, sei es nun im Humvee, im Hubschrauber oder in einem gemieteten Lincoln. Allerdings ist es im Hubschrauber am schlimmsten. Im nächsten Moment warf er mir einen Blick zu. »Es könnte tatsächlich eine Art Gehirnwäsche sein, obwohl das im wirklichen Leben um einiges schwieriger ist als im Film. Kurz bevor sie in den Ofen gestiegen ist, hat sie einen Anruf erhalten, weißt du noch? Das war wie in *Der Manchurian Kandidat.* Allerdings ist es nicht ganz einfach, wenn nicht gar unmöglich, jemanden so zu beeinflussen, dass er sein eigenes Leben riskiert. Der Mörder hätte seine Chancen zwar durch einen Medikamentencocktail erhöhen können, aber eine Garantie wäre das noch lange nicht gewesen.«

»Wir haben am Fundort von Mikeys Leiche auch ein Mobiltelefon entdeckt. Was für Medikamente meinst du?«

»Natriumpenothal oder Natriumamytal. Vielleicht würde es sogar mit einer posthypnotischen Suggestion klappen. Doch wie bereits erwähnt, ist das eine ziemlich heikle Angelegenheit. Allerdings gibt es dokumentierte Fälle, in denen es einem sehr erfahrenen Hypnotiseur gelungen ist, seine Patienten anzuweisen, Dinge zu tun, die aus der Art schlagen.«

»Sprichst du von so etwas wie einem Wahrheitsserum?«

»Ja.«

»Hast du das schon einmal ausprobiert?«

»Ich habe es gelegentlich mit Hypnotherapie versucht und fand sie sehr hilfreich. Doch ich greife nur ungern zu dieser Methode. Sie ist ziemlich gefährlich.«

»Liegt es vielleicht daran, dass ich dir ständig auf Schritt und Tritt folge? Hast du mir irgendeine posthypnotische Suggestion eingeimpft, damit ich dir aufs Wort gehorche?«

Er lachte leise auf. »Ich bezweifle, dass du sehr leicht zu beeinflussen bist, weil du mir eben leider nicht immer aufs Wort gehorchst. Aber wer weiß? Manche Menschen sind sehr empfänglich dafür, während andere von niemandem hypnotisiert werden können, und wenn man es ein ganzes Jahr lang versucht. Meiner Ansicht nach gehörst du zur zweiten Kategorie.«

»Verwendest du in deiner Praxis wirklich Hypnotherapie?«

»Wie ich schon sagte, nur ungern. Ich bin auch kein Experte auf diesem Gebiet. Allerdings gab es Situationen, in denen es bei einem Patienten gewirkt hat, nachdem alles andere fehlgeschlagen war.«

Während ich über die Tragweite von Blacks Worten nachdachte, spielte mein Mobiltelefon plötzlich seine fröhliches lateinamerikanische Weise. Bud rief an. Er klang gehetzt und aufgeregt, worauf mir sofort ein Schauder den Rücken hinunterlief.

»Wo zum Teufel bist du, Claire? Du musst sofort herkommen! Wo steckst du?«

Nun war es an mir, das Gesicht zu verziehen. »Ich bin mit Black auf dem Heimweg. Was ist denn passiert?«

»Der Chef der Feuerwehr hat gerade die Polizei verständigt und gemeldet, ein Mädchen drohe am Bagnell Dam mit Selbstmord. Angeblich hat sie eines dieser Kinderplanschbecken mit Benzin gefüllt, steht jetzt mittendrin und fuchtelt mit einem Feuerzeug rum. Sie will sich anzünden. Die Kollegen haben die Straße gesperrt und reden beruhigend auf sie ein, aber sie lässt sich nicht davon abbringen. Außerdem fordert sie, mit dir zu sprechen. Also solltest du eintrudeln, bevor sie die Geduld verliert.«

»Verdammter Mist. Wie heißt sie?«

»Das wissen wir noch nicht. Wann kannst du hier sein?«

»Wie lange dauert es noch, bis wir zu Hause sind?«, fragte ich Black.

»Etwa zehn Minuten. Warum?«

»Bud, ich brauche noch mindestens zehn Minuten. Könnt ihr sie so lange hinhalten?«

»Beeil dich, Clair. Die Sache ist ernst. Charlie sagt, ein Fernsehteam von KY3 sei bereits vor Ort gewesen, eigentlich, um eine Meldung über diesen Unfall mit dem Hausboot letztens zu drehen. Sie wollen es in den Sechs-Uhr-Nachrichten bringen. Sogar Steve Grant ist hier.«

Steve Grant war der bekannteste Nachrichtensprecher in Springfield, ein attraktiver silberhaariger Mann und ein Vollprofi. Ich war ein wenig erleichtert. Er würde ganz sicher nichts Dummes sagen oder tun, so viel stand fest. »Können wir dort irgendwo landen?«

»Denke, dafür werden wir einen Parkplatz räumen müssen. Ich bin gleich da. Halt Ausschau nach mir, dann winke ich dich ein. Mein Gott, lass uns hoffen, dass wir die Sache noch stoppen können.«

»Und es weiß wirklich niemand, wie sie heißt?«

»Ich weiß nur, dass sie jung ist. Bitte Black, auf die Tube zu drücken. Sonst haben wir gleich noch eine Leiche.«

Ich legte auf. »Wie schnell fliegt denn die Kiste?«, erkundigte ich mich.

»Auf diese Frage habe ich gewartet, Baby«, entgegnete Black.

Wie sich herausstellte, flog Blacks Helikopter sogar verdammt schnell. Und da Black es außerdem liebte, seine Spielzeuge bis an die Geschwindigkeitsgrenze zu treiben, schafften wir es in Rekordzeit nach Hause. Unterwegs erklärte ich ihm die Situation, doch als wir Bagnell Dam knapp zehn Minuten später erreichten, wurde die Zeit allmählich knapp. Rasch kreisten wir über der Stelle und suchten nach dem Landeplatz. Ich erkannte ein kleines blaues Auto auf dem Seitenstreifen an der Kreuzung kurz vor dem Damm und auch das Mädchen am Heck. Streifenwagen umzingelten die Szene. Die Polizisten waren hinter den offenen Autotüren in Deckung gegangen. Gerade traf ein Löschzug ein. Auch ein Ü-Wagen von KY3 war vor Ort und filmte alles mit. Nicht gut, überhaupt nicht gut.

Im nächsten Moment bemerkte ich Bud in der Mitte eines leeren Parkplatzes, etwa einen halben Häuserblock entfernt. Er winkte uns mit beiden Armen zu. Ich wies Black darauf hin. »Lande da drüben«, sagte ich ins Mikrofon. »Kannst du Bud sehen?«

»Ja. Los geht's. Offenbar kommen wir gerade noch rechtzeitig.«

Black setzte auf, als würde er einen Kleinwagen in eine Parklücke manövrieren. Er war ein verdammt guter Pilot, was nicht weiter erstaunte. Schließlich hatte er bei den Special Services Hubschrauber geflogen. Das war ihm einmal im Halbschlaf herausgerutscht, und ich vermute, dass er schon mehr als einmal an Orten gelandet war, wo es um einiges gefährlicher zuging als hier.

Sobald wir Bodenkontakt hatten, öffnete ich meine Tür und sprang hinaus, ohne zu warten, bis Black die Rotoren abgeschaltet hatte. Bud erwartete mich am Rand des Parkplatzes, und dann eilten wir zusammen zum Schauplatz der Krise. Charlie kauerte hinter seinem weißen SUV, das quer über der Straße stand. Er hatte ein Megafon in der Hand.

»Gott sei Dank sind Sie da«, fuhr er mich an. »Wer zum Teufel ist denn diese Kleine? Kein Mensch kann sie identifizieren. Glauben Sie, dass sie bewaffnet ist? Und warum will Sie nur mit Ihnen reden?«

»Keine Ahnung. Ich schaue mal, ob ich sie erkenne.« Ich spähte über das Autodach und wusste sofort, wer sie war. Cleo, das nette junge Mädchen, das ich in Oak Haven befragt hatte. Was für ein Mist wurde da gespielt?

Ich ging neben Charlie in die Hocke. »Sie heißt Cleo. Ich habe in Oak Haven wegen des Murphy-Falls mit ihr gesprochen.«

»Warum zieht sie hier diese Sache ab?«

»Keine Ahnung. Als ich mit ihr geredet habe, war noch alles in Ordnung. Ich bezweifle, dass sie außer dem Feuerzeug noch eine Waffe hat.«

»Nun, das ist schon eine zu viel. Nehmen Sie die Flüstertüte und reden sie ihr die Schnapsidee aus, sich selber zu frittieren.«

Widerstrebend griff ich zum Megafon, versuchte, mein klopfendes Herz zu beruhigen, und richtete mich auf. »Hallo, Cleo, ich bin es, Claire Morgan. Was soll das hier werden?«, sagte ich.

Schweigen. Dann schaute das Mädchen in meine Richtung. »Sind Sie es wirklich, Detective Morgan?«, rief sie.

»Ja, ich bin es. Wo liegt das Problem? Ich kann dir helfen, ganz gleich, was los ist. Du musst das nicht tun.«

Cleo stand tatsächlich in einem kleinen blauen Kinderplanschbecken mit aufgedruckten Goldfischen. Ich hatte bei

Wal-Mart genauso eines gesehen, und zwar draußen bei den Körben mit blühenden Sommerblumen. Wenn sie sich bewegte, schwappte das Benzin um ihre Knöchel. In ihrem offenen Kofferraum standen drei rote Benzinkanister aus Metall. In der rechten Hand hatte sie ein Bic-Feuerzeug. Es war gelb. Mit der anderen Hand hielt sie sich ein Telefon ans Ohr. Ebenfalls gelb. Sie telefonierte mit jemandem. Oh, Gott, das würde ein schlimmes Ende nehmen. Das spürte ich in meinen Knochen. Ganz genau, obwohl ich es nicht spüren wollte. Aber ich wusste es, und das hörte man mir auch an.

»Cleo, komm rüber und sprich mit mir. Niemand wird dir etwas tun. Du musst nicht ins Gefängnis oder so, Ehrenwort. Du willst das doch gar nicht. Lass dir von mir helfen. Ich kann dir helfen, wenn du mich lässt.«

Meine Worte hallten durch das Megafon. Die Videokameras liefen, und alle hielten den Atem an. Cleo schwieg eine Weile, schien jedoch dem Menschen am anderen Ende der Leitung zuzuhören. Ich hoffte, dass es jemand war, der sie liebte und ihr das Vorhaben ausreden konnte. Doch kurz darauf warf Cleo, von allen starr vor Angst beobachtet, plötzlich das Telefon in das Benzin, das ihre Füße umspülte. Dann bückte sie sich rasch und hielt das Feuerzeug an die Flüssigkeit.

»Nein, Cleo, nein, tu es nicht!«, rief ich, aber sie tat es trotzdem.

Das Feuerzeug flammte orangefarben auf, und im nächsten Moment fing das Benzin mit einem gewaltigen Zischen und Dröhnen Feuer. Grausige Schreie gellten, als die Flammen sie bei lebendigem Leibe einhüllten. Die Feuerwehrleute standen bereit und richteten in Sekundenschnelle ihre Schläuche auf sie. Allerdings nicht, bevor das Feuer den Tank des Autos erreichte. Die Explosion warf uns alle um. Ich fiel auf die Knie und schloss die Augen, denn ich wollte nicht sehen, was aus der armen, kleinen, freundlichen, sympathischen sommersprossigen Cleo geworden war. Gott stehe uns bei, wir lebten in einem Albtraum.

Das nächste Experiment, an dem Tee sich versuchte, bezeichnete man als das Einpflanzen falscher Erinnerungen. Er hatte in einigen Büchern davon gelesen und beschloss, es an Orchid, seiner anderen Freundin, auszuprobieren. Sie zog ihn häufig im Bett und auch sonst auf. Sicher war sie eine geeignete Kandidatin. Die Sitzung mit ihr verlief ziemlich ähnlich wie die mit Blossom. Auch sie ließ sich leicht hypnotisieren, und es dauerte nicht lange, sie in Trance zu versetzen. Tee beschloss, eine Technik anzuwenden, auf die er bei seinen Recherchen gestoßen war.

»Orchid, ich möchte, dass du ganz weit in deine Kindheit zurückgehst, als du etwa sechs Jahre alt warst. Kannst du das?«

»Ja.«

Er wurde mit jedem Mal besser. Es war wirklich einfacher als gedacht. Offenbar würde er sich für die Zukunft eine größere Herausforderung einfallen lassen müssen.

»Sag mir, wo du bist.«

»Zu Hause in meinem Zimmer, mit meiner Schwester.«

»Und was tust du?«

»Daddy liest uns eine Gutenachtgeschichte vor.«

»Was für eine Geschichte?«

»Aschenputtel.«

Er grinste in sich hinein. Und jetzt würde er in ihrem Köpfchen ein ordentliches Chaos anrichten. »Erinnerst du dich, was dann geschah? Als Daddy dich mit hinaus in den Schuppen genommen hat?«

»Nein. Er liest nur aus dem Buch vor. Danach gibt er uns einen Gutenachtkuss und geht rauf in sein Zimmer.«

»Nein, er nimmt dich mit in den Schuppen und macht schlimme Sachen mit dir. Erinnerst du dich nicht mehr?«

»Nein.«

»Überleg mal. Dort haut er dich mit seinem großen schwarzen Gürtel und fasst dich an Stellen an, wo du es nicht willst. Versuch, es zu sehen.«

»Ich sehe es aber nicht.«

»Du liegst im Bett und hörst der Gutenachtgeschichte zu. Deine Schwester schläft ein. Und dann nimmt er dich an der Hand und hilft dir beim Aufstehen. Er hebt dich hoch und trägt dich raus. Du musst dich doch daran erinnern. Er trägt dich zum Schuppen. Und dort missbraucht er dich.«

»Er missbraucht mich.«

»Richtig. Dort fasst er dich an und schlägt dich mit seinem Gürtel. Jetzt siehst du es auch, wenn du es versuchst. Er zieht den Gürtel aus den Schlaufen, und du musst dich über einen alten, wackeligen grünen Klapptisch legen. Jetzt siehst du, wie es passiert, oder?«

»Ja.«

»Denk immer daran, Orchid, in Schuppen passieren schlimme Dinge. Immer. Sprich mir nach: In Schuppen passieren schlimme Dinge.«

»In Schuppen passieren schlimme Dinge.«

»Immer wenn du den Satz *In Schuppen passieren schlimme Dinge* hörst, wirst du dich daran erinnern, wie dein Vater dich dort geschlagen und missbraucht hat. Du wirst dich an den Schmerz erinnern, wenn der Lederriemen deine Haut traf, und daran, wie er dich angefasst hat. Verstehst du?«

»Ja.«

Drei Tage später beschloss er, die allererste eingepflanzte falsche Erinnerung seines Lebens in einer regulären Gruppensitzung auszuprobieren. Der Arzt hörte zu, während alle von ihrem Tag berichteten, bis Tee fand, dass es an der Zeit war, ein bisschen Leben in die Bude zu bringen. Hier musste endlich mal wieder etwas Aufregendes geschehen.

Endlich war er an der Reihe. »Ich weiß noch, dass wir einen alten Schuppen im Garten hatten«, begann er. »Ich hatte wirklich Angst dorthin zu gehen, weil er am Waldrand stand und voller Spinnweben und von Efeu überwuchert war. Unser Hausmeister hat immer dort gearbeitet und Möbel repariert oder so.«

»Und warum, glaubst du, hattest du Angst, Tee?«, fragte der Arzt.

»In Schuppen passieren schlimme Dinge«, erwiderte Tee, ohne Orchid anzusehen.

Er brauchte nicht lange auf das Feuerwerk zu warten. Orchid stieß ein leises, erstauntes Aufstöhnen aus. Im nächsten Moment verzerrten sich ihre Züge vor Schmerz und Furcht, und sie brach in Tränen aus. Alle starrten sie an, als hätte sie den Verstand verloren. Doch sie schlug nur bitterlich schluchzend die Hände vors Gesicht. »Daddy hat mich im Schuppen missbraucht«, wiederholte sie ein ums andere Mal. »Er hat es getan. Gerade habe ich mich daran erinnert. Er hat mir wehgetan.«

Der Arzt stand erschrocken auf. »Orchid, versuch, dich zu beruhigen«, sagte er leise. »Reg dich bitte nicht so auf.«

Aber Orchid hörte nicht auf seine Phrasen. »Ja, er hat es getan, ja, er hat es getan. Ich erinnere mich genau. Ich sehe es. Ich sehe seinen großen schwarzen Gürtel und spüre, wie er mich mit den Händen anfasst.« Ihr Weinen steigerte sich zu einem hysterischen Ausbruch, bis der Arzt eine Schwester rufen musste, die sie in ihr Zimmer brachte und ihr ein Beruhigungsmittel gab.

Tee gelang es zwar, keine Miene zu verziehen, doch innerlich lachte er sich halb tot. Er hatte es geschafft, er hatte es wirklich geschafft. Er war in ihr Denken eingedrungen und hatte dort alles durcheinandergebracht. Er war Gott der Allmächtige. Nun stand es fest.

# *Sechzehn*

An dem Tag, an dem ich mit Dr. Boyce Collins verabredet war, traf ich eine halbe Stunde zu früh und allein in der Oak Haven Clinic ein, in der Hoffnung, in seinem Büro herumschnüffeln zu können, bevor er aus seiner Therapiesitzung kam. Bud war zu Hause und schlug sich im Auftrag des Sheriffs mit den Idioten von der Presse herum. Die Reporter stürzten sich wie die Geier auf Cleos grausigen Selbstmord am Damm, forderten Erklärungen und waren inzwischen sogar schon auf einige Informationen über Mikey gestoßen. Zum Glück ahnten sie nichts von dem Mädchen im Ofen, zumindest noch nicht. Unterdessen versuchte ich vergeblich, das Bild von Cleo, wie sie das Feuerzeug ans Benzin hielt, aus meinem Kopf zu vertreiben, aber ich hatte ständig die züngelnden Flammen vor Augen und ihre schrecklichen Schreie im Ohr. Also unternahm ich einen neuen Anlauf und konzentrierte mich auf den Grund meines Besuchs in der Oak Haven Clinic, bewaffnet und bereit zum Kampf. Mary, die krimibegeisterte Empfangsdame, erinnerte sich an mich und vertraute offenbar darauf, dass ich nichts anrühren würde, denn sie schickte mich in Dr. Collins' Büro und kehrte zu ihrem Kriminalroman zurück. Ein schwerer Fehler. Ich bin nun einmal die geborene Schnüfflerin. Und außerdem auch noch in dieser Kunst ausgebildet.

Und so ging ich ganz allein und vogelfrei den stillen Flur zu besagtem Büro hinunter, wobei ich rasch durch das Türfenster jedes Therapieraums spähte. Mich erinnerten die Szenen an geordnet ablaufende Seminare am College; die jungen Leute saßen an Pulten, tranken Cola oder Wasser und kritzelten in nach Fächern unterteilten Notizbüchern herum, während die Lehrer Vorträge hielten. Es war schwer vorstellbar, dass sie alle emotionale Probleme hatten, denn sie wirkten völlig normal. Doch das hatte Cleo auch getan. Ich schob den Gedanken wieder beiseite und setzte meinen Weg fort.

Collins' Büro war nicht abgeschlossen, ich kleiner Glückspilz, und außerdem menschenleer. Deshalb trat ich ein, als hätte ich alles Recht der Welt dazu, was sich genau genommen auch so verhielt, und machte die Tür wieder zu. Nach einem Blick auf die Uhr ging ich genüsslich und mit Feuereifer ans Werk. Zuerst suchte ich die Bücherregale nach den obligatorischen versteckten Kameras ab und entdeckte überall im Raum sogar mehrere dieser Geräte. Anscheinend war es inzwischen groß in Mode, private Therapiesitzungen mitzufilmen, auch wenn ich diese Praxis nicht in Bausch und Bogen verdammen wollte. Schließlich vertrat Black ebenfalls die Ansicht, dass diese Filme für die meisten Seelenklempner notwendig und hilfreich waren.

Und so schaute ich mich nach Herzenslust um, wobei ich versuchte, einen harmlosen und wegen der Wartezeit leicht gelangweilten Eindruck zu machen, nur für den Fall, dass irgendwo unbemerkt eine Kamera lief oder dass ich einen einseitigen Spiegel und/oder einen getarnten Bilderrahmen übersehen hatte. Ja, mittlerweile litt ich an einer ausgewachsenen Paranoia und hatte in Sachen Boycie-Boy ein ungutes Gefühl, das sich einfach nicht legen wollte.

An einer Wand stand eine riesige Glasvitrine voller Pokale und Trophäen. Einige stammten noch aus den Zeiten von Highschool und College: Leichtathletik und Schwimmen. Außerdem waren da einige Journalistenpreise für herausragende Leistungen in einer Mannschaftssportart und eine beachtliche Anzahl Medaillen aus der Studentenzeit. Doch zum Großteil handelte es sich bei den Trophäen um hohe goldene Skulpturen, deren Spitze ein Schwimmer, ein Golfspieler oder ein Baseballer mit erhobenem goldenen Schläger zierte. Offenbar war dieser Mann stolz auf seine sportlichen Erfolge und seinen Körper. Und er hatte auch allen Grund dazu. Der Typ hatte eine tolle Figur, nicht, dass mir so etwas normalerweise auffallen würde.

Offen gestanden verabscheue ich Kerle, die nur um ihre Optik kreisen, herumstolzieren und allen ihre im Fitnessstudio modellierten Muskeln zeigen. Insbesondere dann, wenn sie ärmellose T-Shirts tragen, um ihren Körper zu präsentieren. Natürlich stellt Black eine Ausnahme zu dieser Regel dar, auch wenn er sich nur über seine Leiche in einem ärmellosen T-Shirt blicken lassen würde. Eigentlich gefällt mir seine Brust immer, ganz gleich, was er trägt oder nicht trägt. Ich hatte einen kleinen Kassettenrecorder in die Tasche meiner Jeans gesteckt, nur um festzustellen, ob Boyce etwas dagegen hatte, für eine eventuelle Gerichtsverhandlung auf Band aufgenommen zu werden. Hoffentlich nicht, denn dann konnte Black sich das Band anhören und mir bestätigen, dass der Mann zwar ein hoch dekorierter Psychiater, aber gleichzeitig ein psychopathischer Spinner war.

Lässig schlenderte ich hinter seinen Schreibtisch und hielt Ausschau nach dem Einschaltknopf, den ich natürlich rasch fand. Vermutlich waren alle Büros gleich ausgestattet, etwas, das ich mir merken musste. Der Schreibtisch selbst war recht ordentlich. Die Papiere waren ordentlich geschichtet oder lagen in gestapelten Drahtkörben rechts von einem Telefon mit drei Leitungen. Keines der Lämpchen blinkte. In Oak Haven schien selten jemand anzurufen. Ich griff zum Hörer und schaute die eingegangenen Anrufe durch. Von mir war da keiner dabei, doch ich hatte meine Nummer ja auch unterdrückt. Außerdem hatte er einige Male bei den Murphys in Jefferson City angerufen, was ich mehr als interessant fand. Offenbar würde ich den guten Collins nach den genauen Hintergründen dieses Kontakts ausquetschen müssen.

Auf der anderen Seite des Raums stand ein sehr großes, rechteckiges Aquarium mit zwei Sesseln direkt davor. Eine seltsame Möblierung, aber anscheinend diente das Arrangement der Unterstützung einer Entspannungsmethode à la Collins. Hinter den Fischen blitzten in regelmäßigen Abständen Lichter auf, sehr langsam und in verschiedenen Farben. Ich fragte mich, ob seine schwarzen Mollys und der einsame rote chinesische Kampffisch wohl davon Kopfschmerzen oder nervöse Kiemenzuckungen bekamen, oder ob sie vielleicht auf der Seite oder im Kreis herum schwammen und therapiebedürftig waren. Doch sie schwebten alle dicht unter der Oberfläche und schienen sich zu langweilen. So wie ich. Möglicherweise warteten sie auch nur auf die Fütterung.

Ich nahm in einem der tiefen, mit marineblauem Velours bezogenen Drehsessel Platz, starrte eine Weile in die blitzenden Lichter und überlegte, ob ich mich merkwürdig, hypnotisiert oder sonst irgendwie anders fühlte. Nichts. Allerdings habe ich mich schon immer für Hypnose interessiert, und Boyce Collins vertrat in seinem Buch einige ziemlich abgehobene Thesen. Ich hatte es rasch überflogen und zugegebenermaßen ziemlich spannend gefunden. Hauptsächlich war ich neugierig darauf, was man alles tun konnte, wenn ein Patient in Trance war.

Der Polizeipsychologe in L. A. hatte mich nach dem Vorfall, bei dem Zach getötet und Harve verwundet worden war, hypnotisieren wollen, um mein Unbewusstes zu erforschen. Doch ich hatte mich geweigert, stattdessen meinen Abschied genommen und die Stadt verlassen. Ich habe zwar keine Erklärung dafür, aber es war mir schon immer wichtig, im vollen Besitz meiner geistigen Kräfte zu sein. Seit ich wusste, dass Black so etwas konnte, spielte ich mit dem Gedanken, mich von ihm hypnotisieren zu lassen, in der Hoffnung, dass er vielleicht mit einem Teil der Trauer aufräumen könnte, die sich tief in meinen grauen Zellen eingenistet hatte. Dann jedoch fiel mir ein, dass er mich auf diese Weise in eine der Frauen aus Stepford verwandeln könnte, die rund um die Uhr seinen Befehlen gehorchte. Das war zwar eher unwahrscheinlich, da er keine unterwürfigen Frauen mochte, aber wer weiß? Manchmal ging ihm mein Unabhängigkeitsdrang und mein Bedürfnis, mein eigenes Leben zu führen und in meinem eigenen Haus zu wohnen, ziemlich auf die Nerven.

In dem Raum gab es einige Zonen, bei denen es sich meiner Ansicht nach eindeutig um hypnosefördernde Kabinen, Bereiche, Beeinflussungsmodule, oder wie man sie auch immer nennen wollte, handelte. Einer war hinter einem Wandschirm, einem verschiebbaren, gepolsterten Raumteiler, versteckt, wobei »gepolstert« das Schlüsselwort war. Ich umrundete die Abtrennung und entdeckte einen ziemlich großen rechteckigen Leuchtkasten an der Wand. Er war nicht eingeschaltet. Der Sessel davor, ein voluminöser Schaukelstuhl aus dunkelbraunem Wildleder, hatte eine höhere Lehne als die Sessel vor dem Aquarium. Auf einem niedrigen weißen Tisch vor dem Sessel stand ein Laptop mit Achtzehn-Zoll-Bildschirmdiagonale, in den ein kleiner Kopfhörer eingestöpselt war. Schon gut, ich bin ein böser Mensch, zu neugierig, und was es sonst noch der schlechten Eigenschaften mehr gibt. Das weiß ich selbst.

Ich ging zum Leuchtkasten und betätigte den Hebel auf der rechten Seite. Sofort begannen Lichter zu pulsieren, ein regelrechtes Feuerwerk, bestehend aus beweglichen Mustern, wie man sie beim Drehen eines Kaleidoskops sieht, nur dass die Abfolge schneller wechselte. Ich griff zum Kopfhörer und hielt mir die eine Hälfte ans linke Ohr. Seltsame Geräusche drangen heraus; die Frequenzen waren anscheinend verzerrt. Offen gestanden klang das Ergebnis ziemlich nervenzerfetzend.

»Möchten Sie es einmal testen, Detective?«

Als ich die Stimme so dicht hinter mir hörte, zuckte ich zusammen. Ich drehte mich um und entdeckte Collins neben dem Wandschirm. Ich hatte sein Eintreten nicht bemerkt, was sehr untypisch für mich ist. Normalerweise achte ich nämlich aufmerksam darauf, was sich in Räumen, in denen ich mich aufhalte, so tut. Ein heimtückischer kleiner Schleicher.

Er lachte über meine Reaktion. »Hoppla, tut mir leid, ich wollte Sie nicht erschrecken, Detective.«

»Das haben Sie auch nicht.« Selbstverständlich war das gelogen, denn er hatte mich wirklich ein wenig überrumpelt. Doch es gefiel mir nicht, dass er mich auslachte. Ich legte den Kopfhörer auf den Tisch. »Wie ich annehme, ist das hier die neue Technik, die Sie in Ihrem Buch beschreiben, richtig, Doctor? Schallwellen, posthypnotische Suggestion und so weiter?«

»Nun, es ist nicht allein mein Verdienst. Dr. Young hat schon lange vor meiner Zeit angefangen, auf diesem Gebiet zu experimentieren, und ist viel erfahrener als ich. Allerdings fasziniert mich diese Therapiemethode, weshalb ich meine Doktorarbeit darüber geschrieben habe. Darum auch das Buch, das Nick freundlicherweise gekauft hat.«

Ach, herrje, was für eine Ansprache. »Bitte setzen Sie sich doch«, fuhr Boyce Collins mit einem freundlichen Lächeln fort, das diesmal sogar seine Augen erreichte. »Ich zeige Ihnen, wie es funktioniert. Es könnte Sie interessieren.«

Ich erinnerte mich an Blacks ziemlich eindringliche Warnung und beschloss, sie ernst zu nehmen. »Das würde es ganz sicher. Aber leider habe ich nicht viel Zeit und dafür jede Menge Fragen an Sie.«

»Ach, kommen Sie, Detective, seien Sie kein Frosch und tun Sie mir den Gefallen. Lassen Sie mich meine Waren vorführen.«

Waren? Für wen hielt er sich denn? Etwa für Simple Simon aus dem Kinderreim? Außerdem war es eine seltsame Art, sich auszudrücken. Doch offen gestanden war Collins auch ein seltsamer Vogel. Deshalb schlug ich die Vorsicht in den Wind, wie immer, wenn mir jemand so auf die Nerven fällt wie Boycie-Baby. Also setzte ich auch ein breites Lächeln auf. »Gut, wenn Sie mir versprechen, mich nicht dazu zu bringen, etwas Dummes zu tun, zum Beispiel, dass ich hier den Affen spiele oder mir wie eine Katze die Pfote lecke.«

Collins lachte zwar nicht, lächelte aber kurz. Allerdings eher herablassend, wie ich vermutete. Er schüttelte den Kopf. »Ach, das alte Ammenmärchen reckt wieder einmal sein hässliches Haupt. Lassen Sie mich eines klarstellen, Detective. Ich kann Sie zu überhaupt nichts bringen, was Sie nicht auch unter gewöhnlichen Umständen tun würden. Und ganz sicher zu nichts, was gegen Ihre persönlichen Moralvorstellungen verstieße. Außerdem habe ich den Eindruck, dass Sie ohnehin keine geeignete Kandidatin für eine Hypnose wären.«

Genau das gleiche hatte Black auch gesagt, doch ich stellte mich dumm. »Oh? Wie kommen Sie denn darauf?«

»Natürlich kenne ich Sie nicht sehr gut, aber wenn ich Sie richtig einschätze, wirken Sie auf mich wie eine starke, tüchtige und entschlossene Frau. Als Polizistin sind Sie immer auf der Suche nach Fakten. Sie sind dafür ausgebildet, der Wahrheit auf den Grund zu gehen und es zu erkennen, wenn jemand lügt. Eigentlich unterscheidet sich das nicht sehr von meinem Beruf. Setzen Sie sich doch einen Moment, damit ich Ihnen demonstrieren kann, wie dieses Gerät funktioniert.«

Okay, ich würde mitmachen, um dem guten Doctor einen Gefallen zu tun. Also nahm ich auf dem Schaukelstuhl Platz. Collins stellte sich an den Leuchtkasten, betätigte ein paar Knöpfe und drückte einige Tasten auf einem Computer. Das Licht wurde heller und ging in unregelmäßigen Abständen an und aus. »Das hier ist alles noch sehr experimentell, verstehen Sie? Dr. Young und ich sind bis jetzt die Einzigen, die diese Methode verwenden. Allerdings stößt sie seit Veröffentlichung meines Buches auf großes Interesse. Das Patent ist angemeldet, und ich kann zu meiner Freude melden, dass ich bei einigen unserer Patienten ein paar Erfolge hatte.«

»Warum erklären Sie es mir nicht einfach in Worten? Das wäre sicher der schnellste Weg. Schließlich sind wir beide sehr beschäftigt.«

»Gewiss, wenn Sie möchten. Was Sie hier sehen, ist der Leuchtkasten. Im Grunde genommen handelt es sich um nichts anderes als um ein repetierendes Lichtspektrum, in dem vielfarbige Symbole in willkürlicher Abfolge aufleuchten.«

»Gut. Es erinnert mich an ein Kaleidoskop«, bestätigte ich, um die Sache zu beschleunigen. Ich war zwar bereit, ihn und seine Therapiespielzeuge noch eine Weile zu bewundern, hatte aber Wichtigeres zu tun.

»Genau. Jedes Kind liebt sie. Erwachsene auch. Es würde Sie

wundern, wie viele erwachsene Männer und Frauen es angenehm und entspannend finden, ein Spielzeugkaleidoskop zu drehen. Ich habe auch Spaß daran. Und Sie?«

»Möglich. Ich habe es nicht mehr getan, seit ich drei war.«

»Hier, setzen Sie den Kopfhörer auf und hören Sie sich die Geräusche an.« Während er sie mir hinstreckte, lächelte er, eine offene Herausforderung, das Spiel mitzuspielen. Meiner Erfahrung nach hieß das, dass ich besser die Finger davon lassen sollte. Doch diesmal war die Neugier stärker, als gut für mich war. »Okay, aber ich behalte mir das Recht vor, diesen Gehirnwäscheversuch abzubrechen, wann immer ich will.«

Als Boyce Collins grinste, sah er plötzlich sehr jungenhaft und charmant aus. Sehr alt konnte er noch nicht sein. »Wie Sie möchten, Detective. Sie können den Kopfhörer abnehmen, sobald Sie genug haben. Kein Problem. Aber ich glaube, es wird Ihnen gefallen. Die meisten Menschen empfinden es als sehr entspannend. Viele schlafen dabei sogar ein.«

Klar, das würde bestimmt eine tolle Party werden. Also setzte ich zwar den Kopfhörer auf, behielt dabei aber Collins' grinsende Visage im Auge. Er wandte sich wieder dem Leuchtkasten zu und drückte noch ein paar Knöpfe auf dem Computer. Eigenartige Töne drangen an mein Ohr. Ich beobachtete, wie Collins sich neben dem Leuchtkasten an die Wand lehnte und mich beobachtete. Also richtete ich den Blick auf die beweglichen gelben, grünen, blauen und roten Formen, die flackerten, umherwirbelten und vor meinen Augen miteinander verschmolzen. Schon im nächsten Moment spürte ich, wie meine Muskeln sich entspannten. Ich spannte sie sofort wieder an, nur für den Fall, dass ich empfänglicher für Hypnose sein sollte, als alle glaubten. Allerdings musste ich zugeben, dass dieses Treiben einen Menschen sehr locker machen konnte, selbst jemanden, der so verkrampft war wie vermutlich der Großteil seiner Patienten.

Noch erstaunlicher fand ich es, dass diese Therapie, wenn ich die Erläuterungen aus Collins' Buch noch richtig im Kopf hatte, hauptsächlich darauf aufbaute, wie verschiedene Frequenzhöhen das Gehirn beeinflussten. In seinem Buch hatte er es damit verglichen, wie Klangschalen aus Kristall auf die Chakras des Körpers einwirkten. Was waren eigentlich Chakras des Körpers? Kalt erwischt. Aber, ob Sie es glauben oder nicht, kannte ich mich ein wenig mit Klangschalen aus Kristall aus. Das lag daran, dass Harve und ich in unserer Zeit als Streifenpolizisten in L. A. zu einem Raubüberfall in einem Laden für buddhistische Kultgegenstände gerufen worden waren. An diesem Tag hatte ich zum ersten Mal eine Klangschale zu Gesicht bekommen. Nachdem der Räuber die Flucht ergriffen hatte, hatte die Frau des Inhabers versucht, sich mithilfe dieser klaren Kristallschalen in verschiedener Größe zu beruhigen, die wirklich wundervolle, ans Herz gehende Töne von sich gaben, wenn sie mit einem weichen Spatel über die Ränder fuhr. Ich weiß, dass das wie Spinnerei klingt, aber es stimmt. Ich würde Khur-Vay einen Besuch abstatten müssen, damit sie mir erklärte, wie es genau funktionierte, was diese Klänge zu bedeuten hatten und was ein Chakra war. Wenn jemand so etwas wusste, dann sie. Vielleicht hatte sie sogar solche Schalen auf Lager, damit Black mir welche zum Geburtstag schenken konnte.

Ich lehnte den Kopf an das weiche Polster und tat, als hätte ich die Augen geschlossen. Doch in Wahrheit spähte ich unter meinen Wimpern hervor und beobachtete Dr. Jekyll, nur für den Fall, dass er noch einen Knopf drückte, um mein Gehirn mit Gammastrahlen zu durchbohren und mich in einen Zombie oder ein anderes willenloses Geschöpf zu verwandeln. Sicher verstehen Sie, was ich meine. Allerdings stand er nur da und lächelte mich an, als wisse er, was ich da trieb. Plötzlich wirkte er viel entspannter, als ich mich fühlte.

»Tja, das war wirklich ein Spaß, Doc«, meinte ich, nachdem ich die eingängigen außerirdischen Geräusche einige Minuten auf mich hatte wirken lassen. »Es war sehr angenehm. Jetzt fehlen mir nur noch eine Liege, eine Decke und vielleicht noch ein Schnuller.«

Mit inzwischen ernster Miene nahm Collins mir den Kopfhörer ab und legte ihn wieder auf den Tisch. »Sie ziehen die Dinge gern ins Lächerliche, Detective Morgan. Aber wissen Sie was? Ich habe Sie gerade in Trance versetzt und alle möglichen persönlichen Dinge über Sie herausgefunden. Dann habe ich Ihnen gesagt, Sie sollten sich nach dem Aufwachen nicht mehr daran erinnern. Und Sie erinnern sich nicht, richtig?«

»Ja, schon gut. Selten so gelacht, Doctor. Sie sind ein echter Komiker im weißen Kittel.«

Mit einem wissenden Lächeln schaltete er den Leuchtkasten ab und drehte sich wieder zu mir um. »Schauen Sie auf Ihre Armbanduhr. Dann werden Sie sehen, dass Sie einfach so eine Viertelstunde verloren haben. Dann haben Sie Ihren Beweis.«

Ich warf einen Blick auf die Uhr, die, wie ich glaubte, genau die richtige Zeit anzeigte. Allerdings wusste ich nicht genau, wie lange ich mich eigentlich schon in seinem Büro aufhielt. Außerdem hatte er sich möglicherweise daran zu schaffen gemacht. Also entschloss ich mich zu einem Bluff. »Tut mir leid, Sie enttäuschen zu müssen, Dr. Collins, aber ich habe keine Zeit verloren. Vielleicht brauchen Sie eine neue Batterie.«

»Und welche Zeit würde Ihnen glaubhaft erscheinen, wenn ich Ihnen sagen würde, wie lange Sie in Trance waren?«

Als ich ihn einen Moment verunsichert anstarrte, lachte er auf. »Erwischt, Detective.«

»Oh, schon verstanden. Ein Psychiaterwitz, damit kriegt man mich immer wieder.« Allerdings wirkte er nicht amüsiert. Plötzlich war mir dieser Kerl mit seinen ständigen gönnerhaften Frotzeleien zutiefst zuwider. Einen miesen Trick wie den gerade beschriebenen durchzuziehen, hätte ich ihm durchaus zugetraut. Bei mir und auch bei seinen Patienten. Außerdem gefiel es mir nicht, wie er mich nun musterte. Und seine nächsten Worte vergifteten die Stimmung endgültig.

»Ach, da richtig«, sagte er. »Sie sind ja Nicholas Blacks neueste Gespielin. Vermutlich kennen Sie alle unsere Insiderwitze schon.«

Hoppla, nun mal langsam, junger Mann. Plötzlich verteilte er Schläge unter die Gürtellinie. Ich betrachtete ihn von Kopf bis Fuß und mit hartem Blick. Seine Ausdrucksweise ging mir sehr gegen den Strich, doch ich wusste auch, dass er die beleidigenden Worte mit Bedacht gewählt hatte. Die viel wichtigere Frage war die nach dem Warum. Um mich zu provozieren, vielleicht? Allerdings konnte ich keinen triftigen Grund dafür erkennen, noch nicht. Für ein Gefühl wie Hass kannten wir einander noch nicht gut genug, auch wenn starke Abneigung durchaus im Bereich des Möglichen lag. Ich spürte bereits, wie diese leicht anstieg.

Ich beschloss, mich nicht lumpen zu lassen. »Offen gestanden, Dr. Collins, bin ich niemandes *Gespielin,* weder neu oder alt«, entgegnete ich. »Und jetzt würde ich mich freuen, wenn Sie mit dem Theater aufhören und meine Fragen beantworten würden.«

»Ich wollte Sie nicht kränken.«

*Oh doch, das wolltest du sehr wohl, du Blödmann!* Unsere knospende Beziehung hatte schon auf dem falschen Fuß angefangen. Offen gestanden wies sie sogar bereits starke Bruchstellen auf und versank inzwischen so schnell wie die *Titanic.* Doch ich gab mich großzügig. »Keine Ursache.«

»Ich merke Ihnen an, dass ich Sie beleidigt habe. Offenbar haben Sie sich über mich geärgert«, sagte er.

»So schnell ärgert man mich nicht. Fangen wir jetzt endlich an?«

Von einem Moment zum anderen verwandelte sich Collins in den formvollendeten Gentleman. »Bitte setzen Sie sich. Darf ich Ihnen etwas zu trinken bringen? Ich habe Kaffee da. Oder Wasser, Tee, Cola?«

Diese Docs in Oak Haven betrieben in ihren Büros offenbar kleine Starbucks-Filialen. »Ich hätte gern eine Flasche Wasser. Wasser ist ja so gesund.«

»Ganz Ihrer Ansicht. Ich glaube, ich nehme auch eines.«

Er holte die mit Kondenswasser beschlagenen Flaschen aus

einem Kühlschrank, der dem von Marty Young glich wie ein Ei dem anderen, und reichte mir eine. Da ich ihm ebenso wenig über den Weg traute wie Young, untersuchte ich die Flasche verstohlen auf Anzeichen von Manipulation. Allerdings hatte ich großen Durst, öffnete sie deshalb und trank einen Schluck. Meine ausgedörrte Kehle bedankte sich bei mir. Vielleicht hatten wir ja inzwischen genug voneinander und brauchten einen Vorwand, um nicht mehr reden zu müssen. Möglicherweise lag es aber auch einfach nur daran, dass wir draußen vierzig Grad und deshalb eben Durst hatten. Jedenfalls verzichteten wir zumindest darauf, uns mit unseren Plastikflaschen zuzuprosten und einen Trinkspruch auszubringen.

»Okay, Doctor, wenn es Ihnen nichts ausmacht, würde ich das freundliche Geplauder und die köstlichen Erfrischungen jetzt gerne lassen und auf den Punkt kommen.«

Collins grinste mir zu. Selbst ganz Gentleman, wartete ich ab, bis er seinen Schreibtisch umrundet und sich gesetzt hatte. Nachdem er wohlbehalten saß, ließ ich mich auf seinem weichen Ledersofa nieder, stellte die Wasserflasche auf den Tisch und förderte Notizblock und Stift zutage. »Sie haben Michael Murphy behandelt, richtig?«

»Ja, Ma'am.«

Ich blickte auf, um festzustellen, ob er mich auf den Arm nehmen wollte. Schwer zu sagen. Allerdings hatte ich den starken Verdacht. Die Quecksilbersäule meines *Ich-hasse-dich-wie-die-Pest*-Barometers schnellte in beängstigender Geschwindigkeit nach oben, obwohl ich zugeben muss, dass ich manchmal zu Überreaktionen neige.

»Wann haben Sie mit Mr Murphys Therapie begonnen?«

»Vor schätzungsweise zwei Jahren. Ja, es war fast genau vor zwei Jahren.«

»Damals war Michael etwa neunzehn, korrekt?«

»Ja. Nick, Ihre bessere Hälfte, hat ihn selbst überwiesen. Wir haben uns gefreut, dass ein Arzt seines Formats so viel Vertrauen in Oak Haven hatte.« Er hielt inne. »Sind Sie sicher, dass ich

Sie nicht verärgert habe? Das wäre mir wirklich unangenehm. Das sollte nur ein Scherz sein.«

Ich ignorierte den Seitenhieb mit der besseren Hälfte. Genau genommen hatte Black Michael auf die Bitte seiner Eltern hin nach Oak Haven überwiesen. Und die hätten es wegen der verwandtschaftlichen Beziehung zu Martin Young so oder so getan, was ich jedoch lieber nicht erwähnte. »Glauben Sie mir, ich bin dickfellig wie ein Walross«, entgegnete ich stattdessen. »Können Sie mir etwas über die ersten Therapiesitzungen erzählen?«

»Hier bei uns sind wir an die ärztliche Schweigepflicht gebunden. Sicher haben Sie Verständnis dafür.«

»Ach, ja? Nun, drüben bei uns haben wir für solche Fälle so etwas wie richterliche Anordnungen. Dafür haben Sie sicher auch Verständnis. Ich kann Ihnen gerne eine zeigen, wenn Sie möchten.«

Er kicherte, anscheinend leicht amüsiert. Ich sah ihn unverwandt an. Offenbar legte er sich mächtig ins Zeug, um mir entweder auf die Nerven zu fallen oder mich mit seinem Charme um den Finger zu wickeln. Ich hatte nur Schwierigkeiten zu ergründen, welches von beidem zutraf. Warum er sich diese Mühe überhaupt machte, war eine weitere spannende Frage.

»Also gut, Detective Morgan. Sie brauchen sich keine richterliche Anordnung zu besorgen, da der Patient ja verstorben ist. Was möchten Sie denn wissen?«

Erleichtert darüber, dass er weniger störrisch als witzig war, stellte ich meine erste Frage. »Was war denn sein größtes Problem, als er hierher zur Behandlung kam?«

»Er litt an einer klinischen Depression. Vermutlich war der Grund, dass seine Freundin ihn wegen eines guten Freundes verlassen hatte. Damals glaubte er, in sie verliebt zu sein.«

»Das klingt, als sei er Ihrer Ansicht nach nicht in sie verliebt gewesen.«

»Er war davon überzeugt. Das zu verstehen, war für uns wichtig.«

»Kam er freiwillig her?«

»Ich glaube, seine Eltern haben mehr oder weniger darauf bestanden, dass er in die Klinik ging. Sie können ja Dr. Black fragen, ob er aus freien Stücken in seiner Praxis vorgesprochen hat.«

»Danke, das werde ich. Kennen Sie den Namen des Mädchens, das ihm einen Laufpass gegeben hat?«

»Sie hieß Sharon. Ich fühle mich nicht sehr wohl dabei, Ihnen ihren Nachnamen zu nennen.«

»Vielleicht sollten Sie Ihre Gefühle noch einmal überdenken.«

»Richmond. Sharon Richmond.«

Nun, das klang wie ein echter Name, nicht wie ein spontan erfundener, weshalb ich nicht weiter nachhakte. Ich konnte mir ja jederzeit auch eine richterliche Anordnung für die Einsicht in seine Akten beschaffen und mich vergewissern, ob es diese Ms Sharon Richmond wirklich gab. »Haben Sie je mit ihr über Mikeys Probleme gesprochen?«

»Einmal. Am Telefon. Mikey war damit einverstanden, dass ich mit ihr redete, nachdem sie nach Tennessee gezogen war. In eine Kleinstadt namens Dyersburg.«

»Und wie hat sie die Situation beurteilt?«

»Sie meinte, Mikey sei wirklich ein netter Kerl, doch die Chemie zwischen ihnen habe nicht für eine feste Beziehung gereicht. Außerdem wollte sie wieder in der Nähe ihrer Eltern wohnen. Mikey sei dagegen gewesen, dass sie so weit wegzieht.«

»Ich dachte, Sie hätten gesagt, dass sie mit einem Freund von ihm gegangen ist.«

»Genau genommen war sie zuerst mit diesem Freund zusammen. Mikey hat ihr Avancen gemacht, und dann waren sie ein paar Monate lang ein Paar. Später ist sie zu ihrem Exfreund zurückgekehrt. Er stammt auch aus ihrer Heimatstadt. Nach ihrem Umzug hat sie ihn geheiratet. Mikey hat es schwerer genommen, als gut für ihn war. Natürlich fühlte er sich zurückgewiesen.«

»Ich verstehe. Wie hat Ihre Behandlung bei ihm angeschlagen?«

»Gut. Deshalb ist die Sache für alle seine Therapeuten hier auch so ein Schock.«

»Kam er damals mit seiner Familie zurecht?«

Zum ersten Mal zögerte Collins und blickte hinaus auf die Rasenfläche, wo drei Jungen in Shorts und T-Shirts einen Football von NERF hin und her warfen. Einige Mädchen saßen an einem Picknicktisch aus Beton und beobachteten sie dabei. Offenbar warteten sie darauf, dass sie endlich fertig wurden, um mit ihnen zu flirten.

»Haben Sie Mikey Murphys Eltern kennengelernt, Detective?«, erkundigte sich Collins.

»Ja, ich hatte die traurige Pflicht, ihnen die Nachricht von Mikeys Tod zu überbringen.«

»Sicher keine sehr angenehme Aufgabe.«

Ich nickte wortlos.

Collins fuhr fort. »Er stand seinem Dad verhältnismäßig nah. Er und Mary Fern verstanden sich nicht so gut.«

»Ist Ihnen bekannt, dass Dr. Young Michael Murphys Cousin ersten Grades ist?«, fragte ich, weil es mich wunderte, dass er es nicht von selbst angesprochen hatte. Schließlich handelte es sich nicht um ein Staatsgeheimnis.

»Richtig. Ihre Väter sind Brüder.«

»Lebt Dr. Youngs Familie auch hier in der Nähe?«

»Ja. Sie wohnen in Lebanon, Missouri, das ist nur ein Stück die Straße hinauf.«

»Ach, da war ich auch schon mal.« Genauer gesagt hatte ich vor langer Zeit dort eine Prostituierte gespielt, um einen Mädchenhändlerring an einem Rastplatz auffliegen zu lassen. Dabei war ich zufällig ein paar hirnverbrannten Farmerjungen in die Arme gelaufen, die versucht hatten, die Situation auszunutzen. Sie hatten es bitter bereut.

»Wollten seine Eltern deshalb, dass Mikey hier behandelt wird?«

»Wahrscheinlich. Sie sind in Familienangelegenheiten sehr diskret, weil Joseph enge Beziehungen zum Gouverneur pflegt. Die Sache passierte während es letzten Wahlkampfes, weshalb nichts an die Presse oder die Wählerschaft durchsickern durfte.«

»Das wird es jetzt aber, glauben Sie mir.«

»Ja, vermutlich haben Sie recht. Marty sagt, einige Reporter hätten sich bereits mit ihnen in Verbindung gesetzt. Aber Sie wissen ja sicher, wie sich das anfühlt.«

»Und was genau soll das heißen?«

Wieder machte er ein erstauntes Gesicht, als habe er keine Ahnung, dass er gerade mit einem glühenden Schüreisen in den offenen Wunden meines Privatlebens herumstocherte. Zumindest tat er sein Bestes, um diesen Eindruck zu erwecken. Ich wurde den starken Verdacht nicht los, dass er sich jedes Wort zurechtlegte, um mich zu manipulieren oder mich aus der Ruhe zu bringen. »Es heißt, dass Sie in letzter Zeit in einige sehr sensationsträchtige Fälle verwickelt waren, und zwar mit dem Ergebnis, dass sämtliche Zeitungen in diesem Bundesstaat Ihr Foto gebracht haben. Ganz zu schweigen, dass die Beziehung mit Nick Black Sie ja schon fast zur Prominenten macht.«

»Sie scheinen ziemlich viel über mich zu wissen, Dr. Collins.«

»Nicht mehr als jeder andere. Sie sind eine Frau, die man nicht so leicht vergisst, insbesondere wenn man das Vergnügen hatte, Ihnen persönlich zu begegnen.

Ich hielt seinem Blick stand. Sein Augenausdruck war warm und seelenvoll, ja, er sah beinahe wie ein schmachtender Jüngling aus. Da ich nun einmal ein direkter Mensch bin, sprach ich ihn sofort darauf an. »Wollen Sie zufällig etwas von mir, Doctor?«

Endlich einmal wirkte Collins überrascht, allerdings hielt sich der Ausdruck nicht lange. »Sie nehmen kein Blatt vor den Mund, was?«

»Genau, dafür bin ich berüchtigt.«

»Okay, wollen Sie die Wahrheit hören? Wenn ich nicht so

viel Achtung vor Nicholas Black hätte, würde ich Sie zu einer Tasse Tee einladen.«

*Und willst du die Wahrheit hören? Mit dir würde ich nicht für alle Tassen Tee in China ausgehen,* dachte ich. Ich hielt inne und überlegte, warum ich eigentlich so überaus ablehnend auf ihn reagierte. Im nächsten Moment fiel es mir wieder ein: Er war ein arroganter Schnösel.

»Nun, Ihr Interesse schmeichelt mir, Doctor. Könnten Sie mir jetzt bitte erklären, welche Therapie Sie bei Mikey angewendet haben? Haben Sie dieses neumodische Dingsda mit den vielen Pfeifen und Glöckchen benutzt, das da hinter dem Wandschirm steht?«

Seine schmalen Lippen bogen sich nach oben. Man hätte es als Lächeln auslegen können, nur dass seine Augen diesmal nicht mitmachten. Oh, nein, jetzt wollte er sicher keinen Tee mehr mit mir trinken. Schluchz. Ich war geknickt.

»Genau das habe ich. Er sprach sehr gut auf Klangtherapie und Hypnotherapie an und ließ sich leicht in Trance versetzen. Etwa dreißig Prozent der Probanden sind überdurchschnittlich empfänglich für Hypnose.«

»Und was haben Sie ihm gesagt, als er hilflos und in Ihrer Macht war?«

»Dass er hilflos und in meiner Macht war, trifft nicht im eigentlichen Sinne zu. Aber um Ihre Frage zu beantworten: Ich habe mich erkundigt, was ihn bedrückte. Genau genommen handelte es sich um ein Gemeinschaftsprojekt. Mikey gehörte zu den ersten Patienten, bei denen wir meine experimentellen Techniken angewendet haben. Dr. Young und ich arbeiten normalerweise zusammen, und Pete unterstützt uns meistens dabei.«

»Ich verstehe.« Also war Happy Pete auch mit von der Partie gewesen. Ich notierte es mir rasch in meinen Block und wandte mich wieder an Collins. »Schildern Sie mir, wie es bei einem Patienten wirkt. Bitte in einfachen Worten, damit ich es auch als Laie verstehe.«

»Natürlich. Wenn Mikey entspannt und in Trance war, befragten wir ihn nach seinen Ängsten. Wir erwähnten Sharon und sagten, sie sei nun glücklich, weshalb er sich für sie freuen und ebenso sein Leben weiterführen sollte wie sie. Es schien zu klappen. Ziemlich bald änderte er sein Verhalten und fing an, sich mit anderen Frauen zu treffen.«

»Aha. Mit wem hat er sich denn getroffen? Können Sie mir Namen nennen?«

»Nicht wirklich. Ich weiß, dass er sich mit einigen Asiatinnen verabredet hat, die in einem Theater drüben in Branson auftraten. Er hatte eine Schwäche für Orientalinnen, sie gefielen ihm. Allerdings kann ich Ihnen nicht mehr über sie erzählen. Vielleicht können einige seiner Freunde hier Ihnen ja weiterhelfen.«

»Wie viele Patienten sind einverstanden, mit mir zu reden?«

»Mehr oder weniger alle. Dr. Young und ich haben sie ermutigt, Sie nach Kräften zu unterstützen. Alle hatten Mikey gern. Er war bei seinen Altersgenossen sehr beliebt.«

»Hatte er noch andere Freunde, die für meinen Fall von Bedeutung sein könnten?«

»Ja, in Branson gibt es eine Frau, die sich Khur-Vay nennt. Bei ihr hat er auch die Armbänder gekauft, die er so gerne trug. Er sagte, er habe sie gern, und sie sei eine gute Freundin, daran erinnere ich mich.«

Das deckte sich mit Khur-Vays Version der Dinge. Ich schien in diesem Fall immer wieder über sie zu stolpern. Dennoch stellte ich mich dumm. »Khur-Vay? Das ist aber ein ungewöhnlicher Name. Was können Sie mir über sie erzählen?«

»Sie war eine Weile hier, weil sie das Sorgerecht für ihr Kind verloren hatte und es nicht verkraftete. Doch das war, bevor ich an Bord kam.«

Der Satz traf mich, als hätte er einen Mauerstein nach mir geworfen. Ich starrte Collins an und achtete darauf, mir nichts anmerken zu lassen. Wieder musste ich daran denken, dass ich auch ein Kind verloren hatte, allerdings nicht wegen eines Sorgerechtsstreits, sondern für immer. Also hatte ich viel Übung darin, diese Erinnerungen zurückzudrängen. Ja, ich hatte sogar eine Wissenschaft daraus gemacht.

Nach einer kurzen Pause fuhr Collins fort. »Sie unterschied sich von den Frauen, für die Mikey sich sonst interessierte, ein paar Jahre älter als er und vielleicht auch lebenserfahrener. Doch es funkte offenbar wirklich zwischen den beiden. Da sie angefangen hatte, Drogen zu nehmen, hatte das Gericht das alleinige Sorgerecht ihrem Exmann und seiner neuen Frau zugesprochen. Sie hatte keinen Kontakt mehr zu dem Kind, machte sich deshalb Vorwürfe, verweigerte die Nahrung und wäre beinahe verhungert, bevor wir sie hier behandelten. Sie gehörte zu den besten Probanden in unserer Klang-Licht-Therapie.« Er musterte mich, bevor er weitersprach. »Wenn ich mich recht entsinne, hieß es in den Nachrichten, dass Ihr kleiner Sohn gestorben ist. Also verstehen Sie sicher, wie so etwas einen Menschen in die Verzweiflung treiben kann.«

Ich erstarrte, bemühte mich aber um eine gleichmütige Miene. Es kommt nicht alle Tage vor, dass mein Gegenüber so mir nichts, dir nichts mein gebrochenes Herz ans Licht zerrt und eine Spitzhacke hineinrammt. Ich spürte, wie Zacharys Geist sich in mein Bewusstsein drängte, und diesmal war ich machtlos dagegen. Ich wollte die nächste Frage nicht stellen. Collins saß einfach nur da, als wisse er, was ich gerade durchmachte. Als habe er das Thema absichtlich angeschnitten, um mir wehzutun.

»Soll das bedeuten, dass Khur-Vays Therapie erfolgreich war?«

»O ja. Sie hat wundervoll darauf angesprochen. Inzwischen führt sie, soweit ich weiß, ein normales und glückliches Leben.«

»Sie kommt mit dem Verlust ihres Kindes zurecht?«

»Ja, jetzt schon seit einem Jahr. Sie ist wie ausgewechselt.«

»Können Sie mir den Ablauf der Therapie erläutern?«

»Nun, wir haben ihr hilfreiche Anregungen gegeben, um die

Verzweiflung zu überwinden, weil sie ihre Tochter nicht sehen kann. Wir haben sie ermutigt, sich Fotos von dem Kind anzuschauen und sie sogar im Haus aufzuhängen, ihre Sachen zur Hand zu nehmen und mit Menschen, die verständnisvoll zuhören, über sie zu sprechen. Das fällt den meisten Müttern nämlich sehr schwer. Sie hat sehr gut auf Pete reagiert. Er ist ein sehr empathischer Mensch.«

Beim bloßen Gedanken, Zachs Babysachen zu berühren, breitete sich ein ängstliches Zittern in mir aus, und ich versuchte, es zu unterdrücken, während das Gespräch weiterging. Allerdings mit wenig Erfolg.

Collins war noch mitten im Redefluss. »Im Grunde genommen blieb ihr nichts anderes übrig, als sich mit den Gegebenheiten abzufinden und den Verlust zu akzeptieren. Natürlich haben wir unsere Techniken, um dieses Ziel zu erreichen, ohne jemandem unnötig Leid zuzufügen.« Zu meiner Erleichterung hielt er inne. »Ist Khur-Vay auch in diesen Fall involviert?«

»Ich darf Ihnen leider keine Einzelheiten verraten, Doctor. Nur so viel, dass Mikey die Armbänder, die er an seinem Todestag trug, bei ihr gekauft hat.«

»Meinen Sie die blauweißen Perlen? Mir fiel auf, dass er nach einiger Zeit hier Unmengen dieser Dinger umhatte. Ich glaube, das ganze hat einen kulturellen Hintergrund. Khur-Vay kann Ihnen das sicher erklären. Wissen Sie, wo sie wohnt? Ich glaube, ich habe ihre Adresse, und könnte Ihren Besuch ankündigen.«

Ich fragte mich, warum ihn das alles so interessierte. Fast war es, als wolle er, dass ich mit Khur-Vay sprach. Sehr spannend und auch sehr verdächtig. Andererseits finde ich alles verdächtig, deshalb bin ich ja Detective geworden. »Ich spüre sie schon auf, wenn es nötig wird.«

Collins musterte mich, als sei er plötzlich neugierig geworden. »Ich habe den Eindruck, dass Sie bei diesem Selbstmord einen ungewöhnlich hohen Aufwand treiben. Steckt mehr hinter dem Fall, als ich ahne?«

Als ob ich ihm das unter die Nase gebunden hätte. »Genau das ist ja der springende Punkt, Dr. Collins.«

»Also wieder zurück zur förmlichen Anrede. Aha.«

»Daran hatte sich nie etwas geändert, Doctor.«

»Ich hoffe wirklich, dass ich Sie nicht verärgert habe.«

»Ganz und gar nicht.«

»Gut.«

Eigentlich wollte ich das nächste Thema weder ansprechen noch überhaupt daran denken. Aber es blieb mir nichts anderes übrig. »Was ist mit Cleo? Haben Sie die auch behandelt?«

Zum ersten Mal machte Collins ein trauriges, ja, wirklich todtrauriges und niedergeschlagenes Gesicht. »Das war ein schwerer Schock. Ich fasse noch immer nicht, wie sie so etwas Drastisches tun konnte.«

»Nicht nur, dass sie es getan hat, sondern auch noch vor laufenden Fernsehkameras.«

»Ich weiß. Nichts wies auf einen drohenden Zusammenbruch hin. Sie hatte sich sehr gut erholt.«

»Offenbar doch nicht so gut. Haben Sie Ihre neuen Techniken bei ihr angewendet?«

»Nein«, erwiderte er, aber ein kleines Zögern vor der Antwort verriet mir, dass er vermutlich log.

»Sind Sie sicher?«, hakte ich nach.

»Natürlich.«

Ich glaubte ihm trotzdem nicht. »Die richterliche Anordnung würde auch ihre Krankenakte einschließen, das ist Ihnen sicher klar. Nur für den Fall, dass Sie sich entscheiden, sie mir unaufgefordert auszuhändigen, da die Patientin inzwischen auch verstorben ist.«

»Natürlich.«

»Könnten Sie vielleicht nachsehen, ob Dr. Young eine Liste der Patienten hat, die bereit sind, mit mir zu sprechen? Mein Partner wird später vorbeikommen, um sie zu vernehmen.«

»Selbstverständlich. Ich werde dafür sorgen, dass Mary ihm die Liste gibt.«

Ich erhob mich, Collins ebenso.

»Danke, dass Sie mir Ihre Zeit geopfert haben, Doctor«, sagte ich.

»Es war mir ein Vergnügen, mit Ihnen zu plaudern. Schade, dass ich Ihnen nicht besser behilflich sein konnte«, entgegnete er.

»Nun, das können Sie, Doctor, wenn Sie es schon erwähnen. Sie könnten für mich Kopien Ihrer Mitschriften und anderer Aufzeichnungen im Zusammenhang mit Mikeys Therapie anfertigen. Auch der Videoaufzeichnungen von Sitzungen und der Therapieunterlagen. Insbesondere von der Schall-Licht-Therapie. Es würde mich sehr viel weiterbringen.«

Das schien ihn nicht zu erschrecken. »Einverstanden. Ich kümmere mich darum.«

»Könnte ich die Sachen vielleicht mitnehmen, wenn ich fahre? Auch Dr. Youngs Akten über Mikey?«

»Es wird wohl ein wenig länger dauern, das alles zusammenzutragen. Und was Dr. Youngs Akten angeht, muss ich zuerst mit ihm sprechen.«

»Ich habe eine richterliche Anordnung bei mir, die Sie zur Herausgabe dieser Unterlagen verpflichtet. Möchten Sie sie sehen?«

Er warf mir einen kurzen Blick zu. »Ja, möchte ich.«

Ich reichte sie ihm. »Ich lasse die Sachen an Ihr Büro faxen oder per FedEx schicken, sobald alles beisammen und kopiert ist«, antwortete er, nachdem er sie rasch gemustert hatte. »Einverstanden?«

»Ausgezeichnet. Und noch einmal vielen Dank, dass Sie Zeit für mich hatten.«

Sein Telefon läutete, was mir Gelegenheit gab, meine Wasserflasche zu stibitzen und mich unauffällig hinauszuschleichen. Der Mann hatte Zach erwähnt, und dazu hatte er nicht das geringste Recht. Ich konnte und wollte jetzt nicht daran denken. Und außerdem hatte er mich als Blacks neueste *Gespielin* bezeichnet. Der Typ ging mir auf den Wecker.

Sein nächstes Projekt war ein Junge namens Jeff. Jeff benutzte seinen echten Namen und neigte ein wenig zur Besserwisserei. Dennoch war er bei den meisten beliebt. Sogar Tee mochte ihn. Er hatte Humor und brachte einen zum Lachen, auch wenn man eigentlich gar nicht so gut drauf war. Insbesondere in der Gruppentherapie, doch in der Akte des Arztes stand, dass er seinen Schmerz hinter Gelächter verbarg. Hauptsächlich litt er an Depressionen, aber es steckte möglicherweise auch eine Art bipolare Störung dahinter. Jedenfalls hatte Jeff seine spaßige Seite, so viel stand fest.

Tee hatte Jeff ausgesucht, weil er so unheimlich gerne Gras rauchte. Und was noch besser war: Jeff hatte einen Lieferanten in der Universitätsstadt Columbia ganz in der Nähe. Jeff und sein Lieferant trafen sich zur Übergabe stets mitten in der Nacht draußen am Tennisplatz. Tee hatte im Internet und auch in einigen Büchern gelesen, dass Cannabis die Empfänglichkeit bereitwilliger Probanden erhöhte. Und Tee hatte nur bereitwillige Probanden. Sie schlugen sich regelrecht darum, als Versuchskaninchen herhalten zu dürfen, und wurden sauer, wenn er sie nicht schnell genug drannahm. Das Leben war ein Paradies.

Im Moment lag Jeff auf Tees Bett, hatte einen Jointhalter in der Hand und sog einen tiefen Zug von dem Rauch ein. Er behielt ihn so lange in der Lunge, bis er husten musste. Jeff hatte das Grasrauchen wirklich zu einer Kunstform entwickelt, und er brauchte nicht lange, um high zu werden. Tee hatte den kleinen Entlüftungsventilator in der Fensterscheibe auf rückwärts gestellt, sodass der Geruch des Marihuanas restlos nach draußen gepustet wurde. Da er ein solcher Musterpatient war, schauten die Nachtschwestern ohnehin kaum noch nach ihm. Er hatte die meisten von ihnen ausgetrickst.

»Okay, Jeff. Fangen wir an?«

»Ja, es geht mir echt prima.«

Tee ging zur Tür. Sie war bereits abgeschlossen, draußen war alles still.

Er schaltete die Deckenbeleuchtung ab. Dann setzte er sich auf die Bettkante, und griff nach dem Blinklicht, das er bestellt hatte, nachdem er im Internet darauf gestoßen war. Das www. war wirklich eine der besten Erfindungen der Welt. Natürlich waren einige der Seiten, die er besucht hatte, nichts als Betrug und gehörten Möchtegernpsychiatern und ähnlichen Gestalten. Aber viele Seiten waren seriös und basierten auf wissenschaftlichen Erkenntnissen. Er hatte sogar Ausbildungsvideos und DVDs gefunden, die einem beibrachten, andere Menschen zu hypnotisieren.

Zum letzten Geburtstag hatte er von seinem Dad eine eigene Kreditkarte geschenkt bekommen. Und, was noch besser war, Dad bezahlte vor lauter schlechtem Gewissen, weil sein Sohn so viele Familientragödien hatte miterleben müssen, weiter die Klinikrechnungen. Pünktlich wie die Uhr erschien er jeden Sonntag, um Tee zu besuchen, und brachte alle seine Geschwister mit. Doch Tee hatte inzwischen festgestellt, dass er nicht die geringste Lust hatte, nach Hause zurückzukehren und mit ihnen zusammenzuleben. Hier hatte er seinen eigenen kleinen Spielplatz mit jeder Menge Spielgefährten, die ihm aufs Wort gehorchten. Nun begann Tee, wie er es in der letzten DVD gesehen hatte. »Okay, Jeff«, sagte er. »Ich möchte, dass du genau in das Blinklicht schaust, nachdem ich die Lampen ausgeknipst habe.«

»Wird gemacht, Tee.«

In Jeffs Akte stand, dass er leicht zu beeinflussen war, weshalb Tee ziemlich große Hoffnungen in ihn setzte. Vielleicht würde Jeff ihm ja den lange erwarteten Durchbruch liefern. Die bisherigen Versuche in Sachen posthypnotische Suggestion hatten Tee nämlich enttäuscht, denn sie waren gescheitert. Bei Jeff und unterstützt vom Marihuana, würde er vielleicht Glück haben.

»Bleib liegen und entspann dich, Jeff.«

»Entspannter als jetzt geht es gar nicht, Mann.« Jeff kicherte wie ein Mädchen.

»Also gut, dann los. Vergiss nicht, immer in die Lichter zu schauen. Richte die Augen darauf. Nicht blinzeln und die Augen auch nicht zumachen.«

»Schon kapiert, Mann.«

Tee streckte die Hand nach der Nachttischlampe neben sich aus und löschte sie. Dann drückte er auf den Knopf des Blinklichts. Als er Jeffs Gesicht im flackernden Lichtschein betrachtete, stellte er fest, dass seine Pupillen geweitet waren. Jeff war stoned, das sah ja ein Blinder. Also blieb Tee einfach abwartend sitzen. Kurz darauf kippte Jeff endgültig weg, und ihm fielen die Augen zu.

Nach etwa einer Minute schaltete Tee das Blinklicht ab, verharrte in der Finsternis und hoffte, dass es diesmal endlich klappen würde. »Jeff, kannst du mich hören?«, fragte er schließlich.

»Hmmm.«

»Wie geht es dir?«

»Gut.«

»Wo bist du?«

»Nirgendwo.«

»Schau dich um und such dir einen Ort, wo du hingehen kannst. Einen, der für dich eine Bedeutung hat.«

Jeff lag weiter schweigend da.

Tee verzog das Gesicht. »Wo bist du jetzt?«

»In der Scheune.«

»Welcher Scheune?«

»Der Scheune eben.«

»Warum bist du dort?«

»Weil mir dort nichts passieren kann.«

»Wie alt bist du?«

»Neun.«

Tee fuhr hoch. Aufregung stieg in ihm auf, bis hinein in seinen Kopf, sodass ihm beinahe schwindelig wurde. Er hatte den

Jungen in seine Kindheit zurückversetzt, mein Gott. Sogar, ohne es bewusst zu versuchen. Mann, das würde ein wirklicher Durchbruch werden.

»Und was machst du in der Scheune?«

»Ich kauere hinter einem Heuballen, um mich zu verstecken.«

»Bist du allein?«

»Ja. Die anderen sind im Haus.«

»Und was machen die da?«

»Gras rauchen.«

Daher hatte Jeff also seine Schwäche für Drogen, dachte Tee, ganz zu schweigen von der gekonnten Anwendung. »Das gefällt dir sicher gar nicht.«

»Nein. Sie zwingen mich mitzurauchen, und dann muss ich Sachen tun, die ich nicht will.«

»Wer zwingt dich?«

»Meine Mom und ihr Freund Jazz.«

»Was musst du denn tun?«

»Sie anfassen. Mit ihnen ins Bett gehen. Das mag ich nicht.«

Gott, was ist das nur für eine kranke Welt, dachte Tee. Sogar der arme Jeff war sexuell missbraucht worden. Waren solche Perversionen denn so weit verbreitet? Herrje, verglichen damit war seine eigene Scheißsippe ja eine Bilderbuchfamilie.

»Kommen sie dich je suchen?«

»Nein. Ich verstecke mich zu gut. Und dann sind sie irgendwann zu stoned, um sich an mich zu erinnern.«

»Erzähl mir von deiner Mom.«

»Sie ist ein Junkie und den ganzen Tag hackedicht. Außerdem bringt sie Männer mit nach Hause. Sie geht mit ihnen ins Bett, und dann geben sie ihr Geld. Und danach kauft sie mehr Dope.«

»Und wie fühlst du dich damit?«

»Ich hasse sie wie die Pest.«

Tee lehnte sich zurück und dachte eine Weile über das Gehörte nach. Da er Jeffs Akte gelesen hatte, wusste er, dass seine

Mutter eines Nachts gestorben war. Jeff war mit ihr allein zu Haus gewesen. Beim Essen in der Cafeteria hatte er die Narben an den Innenseiten von Jeffs Handgelenken gesehen. Offenbar in diesem Laden die beliebteste Methode, sich vom Acker zu machen. Was waren die Leute doch unkreativ.

»Hast du versucht, dich umzubringen?«

»Ja.«

»Und wie?«

»Ich habe den Rasierer meiner Mom genommen und mir die Handgelenke aufgeschlitzt.«

»Doch du bist nicht gestorben.«

»Richtig. Aber sie.«

»Wer?«

»Meine Mom.«

»Wie ist sie gestorben?«

»Ich habe sie umgebracht.«

Tee blieb buchstäblich der Mund offen stehen. Verdammt, damit hatte er nicht gerechnet. Er konnte seine Aufregung kaum verbergen und hatte Mühe zu verhindern, dass seine Stimme zitterte.

»Du hast deine Mom umgebracht?«

»Richtig. Ich habe ihr die Handgelenke bis auf den Knochen aufgeschlitzt, bevor ich es auch bei mir selber gemacht habe. Nach dem, was sie mir angetan hat, hatte sie es nicht mehr verdient weiterzuleben.«

»Warum bist du dann nicht gestorben?«

»Zufällig kam die Frau vom Jugendamt vorbei. Die Nachbarin hatte angerufen und gemeldet, dass sie mich wieder schlagen. Ich habe gesagt, meine Mom hätte erst mich geritzt und dann sich selbst.«

»Das war ziemlich gerissen von dir.«

»Ja. Niemand glaubt, dass ich es in mir habe, doch sie irren sich.«

»Was hast du denn in dir?«

»Das Böse. Einfach nur das Böse. Es macht mir Spaß. Es hat

mir Spaß gemacht, sie umzubringen. Ich würde gern noch mehr Leute umbringen.«

Mann, die volle Härte, das wurde ja immer besser. Vielleicht würde Jeff sich ja zum Killer entwickeln. Jeff mit der blutigen Hand. Oder noch besser, er konnte Tees persönlicher Killer werden. Tee überlegte kurz. »Macht es dir wirklich Spaß, Leute umzubringen?«, fragte er dann.

»Ja, es törnt mich an.«

»Dann kannst du ja für mich jemanden umbringen. Würdest du das tun?«

»Klar.«

Ein kleiner Schauder lief Tee den Rücken hinunter. Jeffs Reaktion auf den Vorschlag, einen Mord zu begehen, war eiskalt gewesen. Wer hätte das gedacht? Der gute, alte, freundliche Jeff: ein Mörder. Aber auf wen sollte Tee ihn ansetzen? Wen wollte er loswerden?

Im nächsten Moment fiel ihm jemand ein. Ein Lächeln spielte um seine Lippen. »Ich möchte, dass du eine Schwester namens Maggie umbringst, die mir ständig auf den Wecker geht. Du weißt schon, die mit den blondierten Haaren und dem Pferdeschwanz, die eine Gleitsichtbrille mit rotem Gestell aufhat. Sie hasst mich wie die Pest und umgekehrt. Ich will, dass du wartest, bis sie nach ihrer Schicht in den Pausenraum hinten im Wohnheim geht, um Tasche und Jacke zu holen. Wenn sie aus dem Pausenraum auf den offenen Flur kommt, schubst du sie die steile Treppe runter, die zum Parkplatz führt. Dann wird es aussehen wie ein Unfall, so als wäre sie gestolpert und hingefallen.«

»Okay.«

Das war also erledigt. Tee lehnte sich zurück und überlegte, was alles schieflaufen konnte. Bei seinen Recherchen war er darauf aufmerksam geworden, dass Menschen nach Auffassung der Experten unter Hypnose nichts taten, was sie nicht wollten oder was gegen ihre moralischen Grundsätze verstieß. Also hatte Tee wirklich Glück gehabt. Jeff war offensichtlich ein geborener Killer. Jeff wollte töten und genoss es sogar. Aber würde es auch mit der posthypnotischen Suggestion klappen? Tee beschloss, es darauf ankommen zu lassen und dann in aller Ruhe das Ergebnis abzuwarten.

»Jeff, kannst du mich hören?«

»Ja.«

»Ich will, dass du die blonde Schwester namens Maggie genauso umbringst, wie ich es dir erklärt habe, wenn du mich die Wörter ›Enter Evil‹ aussprechen hörst. Hast du mich verstanden?«

»Ja.«

»Und du wirst dich nicht daran erinnern, dass ich dich damit beauftragt habe und dass du die Frau geschubst hast. Du musst darauf achten, dass dich niemand sieht und dass du wieder in deinem Zimmer im Bett liegst, bevor sie sie finden. Hast du verstanden?«

»Ja. Kein Problem.«

Tee wurde von einem unbeschreiblichen Glücksgefühl ergriffen, einem Gefühl der Macht, wie er es noch nie erlebt hatte. Mein Gott, wenn das klappte, was es wahrscheinlich nicht tun würde – aber vielleicht ja doch. Nicht auszudenken, wozu er dann in der Lage sein und welchen Einfluss er so auf andere Menschen ausüben konnte. Das war eine Goldmine, eine Goldmine, die ihn reich machen würde. Er beschloss, sich eine Weile zu gedulden, um festzustellen, wie Jeff sich verhielt und ob er Anzeichen davon zeigte, dass er sich an die Anweisung erinnerte oder Angst hatte. Wenn alles funktionierte, würde er dafür sorgen, dass der Junge die Frau in zwei Tagen über den Jordan gehen ließ.

Ein Lächeln der Vorfreude auf den Lippen, holte er Jeff wieder aus der Trance.

»Also? Was ist passiert?«, fragte Jeff.

»Nicht viel. Aber du hast es gut gemacht.«

»Klar, warum auch nicht?«

Jeff drehte sich mit dem Gesicht zur Wand und schlief, immer noch schwer und benommen vom Drogeneinfluss, auf der Stelle ein. Tee legte sich in Buddys Bett und malte sich das Ableben von Maggie, der Hexe, in allen Einzelheiten aus. Es war selten, dass ein Erwachsener Tee nicht mochte, denn er gab sich große Mühe, sich einzuschmeicheln. Nur bei Maggie biss er auf Granit. Sie konnte ihn nicht ausstehen, beobachtete ihn mit Argusaugen und schien ihn zu durchschauen, so als wisse sie, dass er meistens etwas Böses im Schilde führte. Und diesmal stimmte es auch. Und sie würde dabei die Hauptrolle spielen.

## *Siebzehn*

Auf der Heimfahrt von Oak Haven nahm ich ohne nachzudenken den Umweg über die Landstraßen nördlich vom See. Und dann bog ich zu meiner eigenen Überraschung in die Staubstraße ein, die zu Joe McKays Haus führte. Fragen Sie nicht, warum. Ich hatte es wirklich nicht geplant; es geschah einfach von selbst. Als ich das letzte Mal mit knirschenden Reifen über diesen zugewucherten Kiespfad gerollt war, hatte ich neben Black im Humvee gesessen. Joe McKay hatte bei unserem Anblick sofort die Beine in die Hand genommen, was uns direkt zu einigen in schwarze Plastiksäcke verpackten verwesenden Leichen geführt hatte. Heute brauchte ich mir in dieser Hinsicht keine Sorgen zu machen. Mich ängstigte eher, warum ich plötzlich das Bedürfnis hatte, ihm einen Besuch abzustatten. Das Seltsame war, dass ich mich überhaupt nicht an die bewusste Entscheidung erinnerte, einen Hellseher mit einer Stippvisite zu beehren.

Joe McKay wohnte in einem alten Farmhaus. Ich stellte fest, dass er es seit unserer Verfolgungsjagd durch sein Maisfeld ziemlich aufgemöbelt hatte. Er hatte es ausgerechnet himmelblau gestrichen. Genauer gesagt, war er noch immer damit beschäftigt, als ich anhielt und den Motor abschaltete. Er stand auf einer Leiter neben der Veranda, und ich konnte nicht umhin zu bemerken, dass er das Hemd ausgezogen hatte. Nach seinen Muskeln zu urteilen, hatte er mindestens eine Million Hanteln gestemmt. Das lange Haar hatte er zu einem Pferdeschwanz im Nacken zusammengefasst, und seine Grübchen waren deutlich zu sehen.

Als ich ausstieg, kam er von der Leiter herunter. Elizabeth spielte in einem Sandkasten, einige Meter entfernt im Schatten einer großen, knorrigen Eiche. Sie trug ein rosa gestreiftes Sommerkleid und kleine weiße Sandalen. McKay hatte eine seiner Baseballkappen so eng wie möglich zusammengezogen und sie ihr auf den Kopf gesetzt, vermutlich, um ihr Gesicht vor einem Sonnenbrand zu schützen. Doch da darauf zwei rote Kardinale auf einem Baseballschläger prangten, fand die Kappe Gnade vor meinen Augen – wie vor denen aller anderen Einwohner von Missouri.

»Gut, Officer, ich ergebe mich.« McKay stützte sich mit den Handflächen an die Hauswand und nahm die Beine auseinander, als solle er durchsucht werden. »Tasten Sie mich ab, aber bitte gründlich.«

»Ha, ha, ha, McKay.«

Grinsend drehte er sich um und ging auf mein Auto zu. Er schwitzte, und seine nackte Brust glänzte in der Sonne. Aus Rücksicht auf Blacks Gefühle, und weil sich mein Puls leicht beschleunigte, wandte ich mich ab.

»Wow, Claire, ich hätte nicht gedacht, dass ich diesen Tag noch erlebe. Welchem Ereignis verdanke ich das Vergnügen? Und das mit dem Vergnügen meine ich ernst. Mit diesem großen Polizeilogo auf dem T-Shirt siehst du übrigens verdammt sexy aus.«

»Selten so gelacht.«

Wir sahen einander abwartend an.

»Also willkommen in meinem bescheidenen Zuhause. Was kann ich für dich tun? Oder ist es nur ein Freundschaftsbesuch?«

Rasch stellte ich fest, dass ich darauf keine Antwort hatte. Deshalb erfand ich eine. »Ich war gerade in der Gegend und dachte, ich schaue mal nach Lizzie.«

McKay lachte auf. »In der Gegend? Was hast du denn hier gemacht? Jagd auf Waschbären?«

Natürlich hatte er recht. Hier draußen in der Einöde gab es nicht viel außer dichtem Wald, wilden Tieren und Joe McKay, den man hin und wieder auch als wildes Tier bezeichnen konnte.

»Danke, McKay, du kannst einem Menschen das Gefühl vermitteln, dass er hier unerwünscht ist.«

»Au contraire.«

*Au contraire?* »Seit wann wirfst du denn mit Fremdwörtern um dich, McKay?«

»Ich wollte dir zeigen, wie weltmännisch ich bin. Das habe ich beim Landgang in Marseille gelernt.« Er grinste. »Was hältst du von einem kalten Bier?«, fügte er hinzu.

»Ich kann nicht. Ich bin im Dienst.«

»Also ist es doch ein offizieller Besuch?«

»Nein.« Ich sah mich um und dachte an den Schnee, die Verfolgungsjagd über die Felder und all die schrecklichen Ereignisse in den Tagen danach. »Offen gestanden weiß ich nicht, warum ich hier bin. Ich bin einfach an deinem Briefkasten abgebogen und habe beschlossen weiterzufahren.«

McKay musterte mich zweifelnd und runzelte die Stirn. »Das passt irgendwie nicht zu dir, Claire.«

Ein wenig beklommen beschloss ich, das Thema zu wechseln. »Nette Farbe, dein Haus. Aber ein bisschen ungewöhnlich.«

»Ich wollte, dass es zu deinen Augen passt.«

»Das ist plumpe Anmache, McKay.«

»Schon gut, das ist bei mir meistens so.«

Wir lachten. »Wie geht es Lizzie?«, erkundigte ich mich. »Ich denke oft an sie.«

»Nun, komm und sieh selbst. Sie spricht mit jedem Tag mehr und wiederholt ständig, dass sie deinen Hund besuchen will. Den alten Jules Verne. Sie hat sich sogar den Namen gemerkt. Ich glaube, ich muss einen eigenen Hund für sie anschaffen.«

»Hey, das ist ja spitze, Joe.«

»Ja, ich glaube, sie ist auf dem Weg der Besserung. Sie wird sogar richtig redselig. Komm, setz dich auf meine neuen Gartenstühle. Ich habe die ganze Garnitur bei Lowe's für zweihundert im Sonderangebot gekriegt. Der Schirm war nicht dabei.«

Gehorsam machte ich es mir auf den rot-grün geblümten, bequem gepolsterten Stühlen gemütlich. McKay griff in eine mit Eiswürfeln gefüllte Kühlbox und holte eine Flasche Corona heraus. Dann förderte er eine Pepsi zutage und reichte sie mir. Ich nahm die Dose, öffnete sie und trank einen großen Schluck. Sie schmeckte köstlich und weckte meine Lebensgeister wieder ein wenig. Ich beobachtete, wie Lizzie zu ihrem Daddy hinüberging. Er gab ihr auch eine Pepsi, und ich sah ihr beim Trinken zu. Sie umfasste die Dose mit beiden Händen, ohne etwas zu verschütten. Dann betrachtete sie mich über den Rand der Dose hinweg, reagierte allerdings nicht.

»Sag Hallo zu Claire, Lizzie. Du weißt doch noch, wer sie ist, oder?«

»Hallo. Wo ist denn Jules?« Sie betrachtete mich, als hätte ich den Hund in meiner Handtasche versteckt.

»Tut mir leid, Kleines, den habe ich zu Hause gelassen. Aber du kannst ihn bald besuchen, okay?«

Das Kind lächelte sogar. »Okay.«

»Siehst du, was ich meine, Claire? Also wird doch alles wieder gut.« Mit einem stolzen Lächeln hob McKay das kleine Mädchen auf seinen Schoß. Ich stellte fest, dass das Sonnenlicht Muster auf sein Gesicht und Lizzies blondes Haar malte. Und im nächsten Moment verwandelte sich das Kind vor meinem geistigen Auge in Zach. Der heftige Schmerz, der auf mich einstürmte, brachte mich beinahe zum Taumeln. Was war nur los mit mir?

»Was hast du?«, fragte McKay, der ein ziemlich aufmerksamer Mensch ist. Er musterte mich eindringlich.

Ich biss die Zähne zusammen, ließ den Blick über die Weiden schweifen und versuchte, mich zusammenzunehmen. »Es ist so friedlich hier. Hast du noch immer vor, deine Zelte abzubrechen und nach Springfield zu ziehen?«

Er nickte und schaute in dieselbe Richtung wie ich. »Nächste Woche stehen die Verträge für das viktorianische Haus. Ich habe einfach zugegriffen. Doch dieses Haus werde ich behalten. Ich bin hier aufgewachsen. Hier habe ich meine Wurzeln. Und Lizzie auch.«

Wurzeln. Ich wünschte, ich hätte auch welche gehabt. Aber Fehlanzeige. Außerdem wünschte ich, ich hätte meinen kleinen Jungen zurück, damit er auch auf meinem Schoß sitzen und Pepsi hätte trinken können. Doch auch das war nicht möglich. Es schnürte mir so die Kehle zu, dass ich kaum noch Luft bekam. Ich stand auf.

McKay musterte mich stirnrunzelnd und fragte sich offenbar, was mit mir los war. »Ganz ruhig. Du machst mich ganz nervös. Habe ich dir was getan?«

»Nein. Ich muss wieder an die Arbeit. Hier draußen verplempere ich meine Zeit.«

»Danke.«

»War nicht persönlich gemeint. Ich trete mit meinem Fall auf der Stelle.«

»Setz dich. Gib mir deine Hand. Lass mich helfen.«

Ich sah ihn an und fragte mich, ob ich mich aus diesem Grund hierher verirrt hatte. Weil ich hellseherische Unterstützung brauchte. Die hatte ich wirklich bitter nötig. Vielleicht konnte er mich ja wirklich auf die richtige Spur führen. Schaden würde es sicherlich nicht. Also setzte ich mich wieder und hielt ihm die Hand hin, die er mit seinen großen, von der Arbeit schwieligen Handflächen umfasste. Dann schloss er die Augen. Ich kannte die Prozedur schon.

Kurz darauf öffnete er die Augen wieder und ließ meine Hand los. »Du musst auf der Hut sein.«

»Oh? Was hast du gesehen?«

»Nichts Gutes. Ich hatte kurz das Bild vor Augen, wie du im Wasser zappelst. Es war dunkel. Nacht. Aber mehr war da nicht. Sonst, Mann, das sage ich dir jetzt nur ungern, habe ich nur ein Foto von deinem kleinen Jungen gesehen. Glasklar, in einem weißen Rahmen mit Winnie-Puh-Muster. Und ich habe eine große Anspannung in deinem Körper gespürt. Brütest du vielleicht etwas aus? Eine Sommergrippe?«

Im ersten Moment starrte ich ihn entgeistert an und versuchte dann, seine Worte durch einen Scherz zu entschärfen. »Seit wann heißt es denn Dr. McKay? Black nervt mich schon genug mit solchem Zeug.«

»Du solltest auf ihn hören. Möglicherweise hast du ja irgendein gesundheitliches Problem. Manchmal steckt so etwas dahinter, wenn ich eine solche Anspannung wahrnehme.«

»Organisch oder von außen zugefügt?«

»Entweder oder. Vielleicht auch alles beide, wie ich dich kenne. Was macht übrigens der Fuß?«

Bei meinem letzten Fall hatte ich eine leichte Schussverletzung am Fuß davongetragen. Und eine in der Schulter, beides eigentlich nur Kratzer. »Alles verheilt und in bester Ordnung.«

»Sehr gut.«

»Nun, ich muss jetzt los. Kümmere dich um Lizzie, versprochen?«

»Sie ist mein Leben.« Ich wusste, dass er den schlichten Satz ernst meinte. McKay war ein guter Vater, ein besserer als die meisten.

»Okay, ich bin dann mal weg. Bis bald.«

»Das nächste Mal musst du zum Abendessen kommen. Ich backe dir dann wieder einen leckeren Apfelkuchen.«

»Versuchst wohl immer noch, Mrs Smith Konkurrenz zu machen, was?«

»Darauf kannst du wetten.«

Während ich zum Auto ging, hob er Lizzie auf eine Hüfte und trug sie zur Veranda. Sie war müde, brauchte ihren Mittagschlaf, lehnte den Kopf an seine Schulter und ließ die Beinchen zu beiden Seiten herunterbaumeln. Wieder stürmten Erinnerungen auf mich ein. Kurz schloss ich die Augen, um sie zu vertreiben. Dann gab ich Gas, wendete den Explorer und verschwand, so schnell ich konnte.

Auf dem Heimweg konnte ich an nichts anderes als an Zachary denken. Die Wälle und Schleusen, die ich errichtet hatte, um sein Gesicht wegzuschieben, wurden eingerissen, und meine Schutzmechanismen hielten dem Ansturm nicht stand. Sein niedliches Gesichtchen, der Albtraum, ihn in seinem winzigen Sarg zu sehen, die langen schwarzen Wimpern an Augen, die mir für immer verschlossen sein würden, die weichen blonden Locken, die ihm in die Stirn fielen, die abgewetzte blaue Decke mit dem Winnie-Puh-Muster über ihm, der kleine braune Teddy, unter seinen rechten Arm geschoben, wie er ihn immer mit sich herumtrug. Und der Bilderrahmen, den McKay so haargenau beschrieben hatte.

Und ich dachte an mein Grauen und das abgrundtiefe Schuldgefühl, als ich davongegangen war und ihn auf diesem riesigen, schattigen, einsamen Friedhof im Westen von Los Angeles ganz allein gelassen hatte. Seit jenem Tag war ich nicht mehr dort gewesen; nie hatte ich mir gestattet, mir vorzustellen, dass er dort begraben lag. Nun wurde ich den Gedanken einfach nicht mehr los, und das Herz in meiner Brust schwoll auf die Größe eines Basketballs an.

Als ich endlich den Kiesweg zu meinem Haus erreichte, legte ich einen Zwischenstopp bei Harve ein und traf ihn in seinem Büro an. Bei meinem Anblick winkte und lächelte er zwar, wandte sich aber wieder seiner Telefonkonferenz zu. Nachdem er jemanden am anderen Ende der Leitung um einen Moment Geduld gebeten hatte, hielt er die Hand übers Telefon. »Hallo, Claire, schön, dich zu sehen. Tut mir leid, aber ich habe gerade Kunden von der Ostküste an der Strippe.«

»Hallo, Harve. Ich will dich ja nicht beim Telefonieren stören, aber erinnerst du dich noch an die Kiste, die ich bei dir gelassen habe, als ich hier eingezogen bin? Die bräuchte ich.«

»Na klar, hol sie dir einfach. Sie steht im Gästezimmer im Wandschrank, im obersten Regal, glaube ich. Willst du nicht vielleicht zum Abendessen bleiben? Ich müsste in zwanzig Minuten fertig sein.«

»Nein, heute nicht. Telefonier nur in Ruhe zu Ende. Außerdem wartet Black zu Hause auf mich.«

»Wie du meinst.«

»Dann verschieben wir es. Bis bald, Harve.«

Harves Gästezimmer war geräumig und hellblau gestrichen. Die Holzvertäfelungen waren weiß. Ansonsten wimmelte es von roten und weißen Farbtupfern. In einer Vitrine über der Kommode war eine in Dreiecksform gefaltete amerikanische Flagge ausgestellt. Sie hatte auf dem Sarg seines Vaters gelegen, der als Polizist in L. A. im Dienst niedergeschossen worden war. Sein Vater war ebenso ein Held gewesen wie Harve.

Ich streckte den Arm aus, griff nach der kleinen roten Kiste und versuchte, nicht an den Inhalt zu denken. Sie war nicht schwer. Ich trug sie nach draußen zum Explorer, klappte den Kofferraum auf und legte sie hinein. Öffnen würde ich sie erst später. Wenn überhaupt.

Mein Haus stand einige Minuten weiter die Straße hinauf. Ich freute mich sehr, dass Blacks Cobalt 360 neben meinem kleinen Steg im Wasser tanzte. Er selbst war jedoch nirgendwo zu sehen. Ich fuhr in die Garage und merkte auf, als nicht sofort das schrille, fröhliche Willkommensgekläff meines kleinen Pudels Jules Verne ertönte.

»Hey, Claire! Hier unten bin ich!«

Blacks Stimme kam aus dem Wasser. Ich entdeckte seinen Kopf etwa zwanzig Meter vom Ufer entfernt draußen auf dem See. Der kleine Kopf von Jules Verne schwamm dicht neben ihm. Der Anblick brachte mich zum Lachen, was genau das war, was ich jetzt brauchte. Also marschierte ich zum Ende meines wackeligen kleinen Bootsstegs.

Als Black näher heranschwamm, paddelte Jules wie ein Wilder hinter ihm her. Zum Glück gab es hier einen kleinen Strand, wo der Hund ohne Hilfe wieder an Land gehen konnte, doch normalerweise hob Black ihn auf den Steg. Was soll ich sagen? Der Mann liebte diesen Hund eben.

»Komm rein, das Wasser ist klasse!«, rief Black mir zu.

Ich überlegte lächelnd. Black sah mit seinem zurückgestrichenen nassen schwarzen Haar und den herausfordernd funkelnden blauen Augen einfach hinreißend aus. Der Abend dämmerte. Es wurde langsam dunkel, das Wasser war ruhig, und es war kein Boot in Sicht. Um diese Uhrzeit würde vermutlich auch keines mehr kommen. Nach kurzem Zögern kam ich zu dem Schluss, dass ich gefahrlos die Waffen ablegen konnte. Obwohl ich wegen meiner jüngsten Beinahe-Begegnungen mit Gevatter Tod ein wenig Bedenken hatte, nahm ich das Schulterhalfter ab, wickelte die Riemen darum und deponierte es an den Rand des Bootsstegs, wo ich es im Notfall rasch erreichen konnte. Dann tat ich das gleiche mit der .38er, die ich um den Knöchel trug, schnürte die Basketballstiefel auf und zog sie aus.

»Komm schon, trödle nicht rum!«, rief Black.

Ich sprang voll bekleidet in den See und tauchte zu Black hinüber, der Wasser trat. »So lob ich mir das Leben«, meinte er, als ich dicht vor seiner Brust auftauchte.

»Das Wasser ist toll.«

»Du auch.« Seine Lippen streiften meinen Hals, während sich seine Hände am Reißverschluss meiner Jeans zu schaffen machten.

»Hey, für diese Levi's habe ich achtzehn Dollar im Sonderangebot bezahlt. Die landet mir nicht auf dem Grund des Sees.«

Nachdem er mir die Jeans mit einigen Mühen ausgezogen hatte, warf er sie auf den Steg und tat dann, ein wenig schneller, das gleiche mit meinem T-Shirt. Es landete mit einem Platschen auf dem Steg, unsere Körper trafen sich. Dann unsere Lippen, und alle Gedanken an Zach waren schlagartig wie weggeblasen. Ich dachte nur noch an Black, an das, was wir miteinander machten, und daran, wie gut es sich im kühlen Wasser anfühlte, während die Grillen zirpten, hinter uns am Nachthimmel der Mond aufging, und wir beide endlich einmal allein waren. Und so ließen wir uns fallen, und es war wunderschön.

# *Achtzehn*

Um halb vier Uhr morgens schreckte ich aus einem grauenhaften Albtraum hoch und saß aufrecht im Bett. Ich schwitzte vor Angst, das Herz klopfte mir bis zum Halse und meine Haut war klamm und feucht. Ich hatte wieder von Zack geträumt. Wieder war er zum millionsten Mal in meinen Armen gestorben. Ich biss die Zähne zusammen und zog das Laken hoch, um mir den Schweiß vom Gesicht zu wischen. Dann verharrte ich eine Weile auf der Bettkante in der Dunkelheit und wartete darauf, dass sich die übermächtigen Gefühle auflösten und mich freigaben. Nur, dass es nicht mehr funktionierte. Black bezeichnete das als meine Schutzmechanismen, aber was war aus ihnen geworden? Warum hatten sie nachgelassen? Seit Kurzem musste ich ständig an Zach denken, ganz gleich, ob ich wach war oder schlief, im Auto oder im Büro, einfach überall. Weshalb ausgerechnet jetzt?

Hinter mir lag Black tief und fest schlafend unter der Decke auf dem Rücken. Jules Verne schlief ebenfalls. Der Hund hatte sich an Blacks rechte Seite gekuschelt, streckte sich zu ganzer Länge aus und reckte alle vier Pfoten in die Luft. Die beiden ruhten in Morpheus' Armen. Froh, dass ich niemandem eine Erklärung abgeben musste, stand ich auf, verharrte reglos neben dem Bett und versuchte, ruhig durchzuatmen. In meinem Bauch rumorte eine leichte Übelkeit. Sonst wachte Black immer auf, wenn ich einen Albtraum hatte, doch diesmal murmelte er nur etwas, drehte sich um und kehrte mir den Rücken zu.

Ich nahm die Waffe vom Nachttisch und ging nach unten, ohne Licht zu machen. Der weiße Schein des Vollmondes strömte durchs Wohnzimmerfenster herein, tauchte den kleinen Raum in einen dunstigen Schimmer und malte schräge Linien auf Sofa und Küchenschränke. Draußen in der dunklen Nacht schimmerte der See wie ein weißer Spiegel, glatt, ruhig, wunderschön und verlockend. Ich musste laufen, um die Anspannung loszuwerden. Ich brauchte Bewegung und frische Luft.

Ich zog Shorts, ein T-Shirt und die Nikes an, befestigte die .38er mit einem leichten Klettband an meinem Knöchel und machte mich auf den Weg zum Strand. Dort hatte ich bei meinen unzähligen Joggingrunden bereits einen Weg ausgetreten, dem ich nun im Mondlicht folgte. Die kühle Nachtluft trocknete meinen Schweiß. Bis auf das sanfte Plätschern der Wellen war es totenstill. Nach anderthalb Kilometern kehrte ich um und lief die Strecke zurück. Die letzten hundert Meter legte ich im Sprint zurück und ließ mich dann hinter meinem verbeulten Gartentisch ins Gras fallen. Als ich durch die Äste der Bäume den Mond betrachtete, der wie ein riesiger weißer Ball am schwarzen Himmel schwebte, wusste ich, was ich tun musste.

Der Zeitpunkt war genau der richtige, wie mir plötzlich klar wurde. Heute Nacht würde ich es tun, obwohl ich geschworen hatte, die Finger davon zu lassen. Vielleicht würde ich ja nachts wieder ruhig schlafen können. Ohne quälende Träume, ohne dass Zach in meinen Gedanken herumgeisterte, und ohne Erinnerungen an sein Babygesicht und sein niedliches Lächeln, die mir das Herz in blutige Streifen rissen. Ich brauchte jetzt einfach nur ins Haus zu gehen und mich den Dämonen zu stellen.

Ich rappelte mich auf, öffnete die Garagentür und holte die Maglite aus dem Explorer. Es war stockdunkel und still in der Garage. Nicht einmal Jules Verne hatte meine Abwesenheit gespürt und sich auf die Suche nach mir gemacht. Doch genauso wollte ich es auch. Ich wollte mit dieser Sache allein sein. Es ging nicht anders.

Rasch klappte ich den Kofferraum des Explorers auf, bevor mich vielleicht doch noch der Mut verließ. Der Lichtstrahl der

Taschenlampe richtete sich auf die kleine rote Kiste. Eine böse Vorahnung überlief mich wie ein kalter Schauder, sodass ich Gänsehaut bekam. Aber ich holte tief Luft und legte die Taschenlampe so ab, dass ihr Lichtkegel schräg auf den Kofferraum fiel. Dann öffnete ich den Deckel. Mein Herz krampfte sich tatsächlich zusammen, ein so scharfer und heftiger Schmerz, dass ich einen Schritt zurückwich.

Ich nahm all meine Kraft zusammen. Es dauerte zwar einen Moment, doch schließlich griff ich hinein und nach der Babydecke, die ganz oben lag. Sie war noch genauso weich und blau wie an dem Tag, als ich sie gekauft hatte. Ich hielt sie mir an die Nase und schnupperte den süßen Duft von Zach, Babypuder, Milch, Johnson's Babyshampoo und all die wundervollen Kindergerüche, an die ich mich mit so viel Trauer erinnerte. Sie waren noch immer da, so als sei er weiterhin in diese Decke gewickelt. Zum ersten Mal seit Jahren spürte ich, wie Tränen hinter meinen Augenlidern brannten. Nach der Decke kamen die Fotos. Porträts, die ich bei Wal-Mart oder Penney's hatte anfertigen lassen. In verschiedenen Lebensphasen, stets im Abstand von sechs Monaten, allerdings nur vier Stück, bevor er mir für immer weggenommen worden war. Ich holte den von McKay so haargenau beschriebenen Winnie-Puh-Rahmen heraus. Es schnürte mir die Kehle zu, und ich hörte, wie ein langgezogener, dumpfer Klagelaut in mir hochstieg.

Als sich die Verbindungstür zum Haus plötzlich öffnete, und ich in einen Lichtstrahl getaucht wurde, bückte ich mich blitzartig, riss meine Waffe aus dem Halfter und richtete sie so schnell auf Black, dass dieser abwehrend die Hände ausstreckte. »Nein, nicht, Claire, ich bin es«, sagte er.

Im nächsten Moment begann ich, am ganzen Leibe zu zittern. Ich ließ die .38er sinken, bis sie auf Beinhöhe baumelte. »Verschwinde, Black. Ich will allein sein.«

Einige Sekunden herrschte Totenstille. »Okay«, meinte er dann.

Ich sah zu, wie die Tür sich schloss und mich wieder die

Dunkelheit umfing. So war es besser. Die Tränen brannten noch ein wenig, fielen aber nicht. Vor langer Zeit hatte ich gelernt, dass ich es nicht so weit kommen lassen durfte, wenn ich nicht daran zerbrechen wollte. Also drängte ich sie, um Beherrschung ringend, zurück.

So stand ich da, schnappte nach Luft und wartete darauf, dass meine Fassung zurückkehrte. Allerdings hatte sich etwas verändert, etwas, das ich nicht verstand, aber verstehen musste. Daran führte kein Weg vorbei. Ich nahm die Kiste, klemmte sie unter den Arm und trug sie zur Tür. Black war in der Küche und machte Kaffee. Der aromatische Duft stieg mir in die Nase und ich hörte, wie das Wasser in die Glaskanne tropfte.

Black drehte sich zu mir um und lehnte sich mit der Hüfte an die Arbeitsplatte. »Alles in Ordnung, Babe?«

»Ja, tut mir leid, ich bin nur so schrecklich schreckhaft.«

Er nickte bloß und wartete darauf, dass ich weitersprach. Das tat er immer in Situationen wie diesen, wenn ich mich den Geistern und Gespenstern meiner so völlig verbauten Vergangenheit stellte. Er mischte sich weder ein noch drängte er mir seine professionelle Meinung auf, geschweige denn eine Therapie, obwohl ich wusste, dass er genau das für nötig hielt. Ich war ihm dankbar dafür, dass er es nicht tat und mir die Entscheidungen, ganz gleich ob gut oder schlecht, selbst überließ.

Endlich brach er das Schweigen, allerdings beiläufig, während er sich eine Tasse Kaffee einschenkte. »Also, was ist in der Kiste?«

»Nichts.«

Wir starrten einander an, beide wohl wissend, dass das eine dicke, fette, unglaubwürdige Lüge war. Ich ging zum hellbraunen Wildledersofa und setzte mich ans eine Ende. Die Kiste hielt ich auf dem Schoß und schloss beide Arme darum. Er nahm eine zweite Tasse aus dem Hängeschrank über der Spüle.

»Da sind Zachs Sachen drin. Die einzigen, die ich behalten habe.«

Black hielt beim Einschenken inne und stellte die Kaffeekanne zurück auf die Wärmeplatte. »Ich verstehe. Es tut weh, sich die Sachen eines Menschen anzuschauen, den man verloren hat.«

Wäre ich nie drauf gekommen, dachte ich. »Ja«, antwortete ich jedoch nur. Meine Stimme klang nicht wie meine, sondern heiser und erstickt, eben wie die einer trauernden, emotional angeschlagenen Mutter. Weil mir das peinlich war, blickte ich zu Boden. Doch das war überflüssig. Black musterte mich nicht wie ein Forschungsobjekt, sondern schaute aus dem Fenster hinaus auf den See und trank dabei seinen Kaffee.

»Ich wollte mich nicht in dein Privatleben einmischen. Das würde ich niemals tun«, meinte er.

»Ich weiß.« Aber ich war froh, dass er das gesagt hatte und dass er es offenbar verstand. Als ob das jemand könnte, der nicht selbst ein Kind verloren hat.

Ich drückte mir die Kiste noch immer vor die Brust und schwieg. Er auch. Dann brachte er mir meine Kaffeetasse, stellte sie vor mich auf den Tisch und setzte sich neben mich. »Möchtest du eine Weile allein sein? Du brauchst es nur zu sagen«, fragte er.

Ich dachte darüber nach. »Ich glaube nicht«, erwiderte ich dann.

»Ich kann wieder raufgehen, wenn es dann leichter für dich ist.«

»Nein. Bleib hier.«

Wortlos tranken wir unseren Kaffee und schmunzelten ein wenig, als Jules auf der Treppe erschien. Der Hund wirkte schlaftrunken und ein wenig verstört, weil wir ihn ganz allein im Bett zurückgelassen hatten. Als er Black auf den Schoß sprang, streichelte dieser sein weiches weißes Fell.

Und dann sprach ich etwas aus, von dem ich nie gedacht hätte, dass es mir je über die Lippen kommen würde. »Möchtest du ein Foto von Zachary sehen? Mein Sohn«, fügte ich überflüssigerweise hinzu.

»Sehr gerne. Ja.«

Ich öffnete wieder den Deckel, holte die Decke heraus und

drückte sie mir schutzsuchend vor die Brust. Dann suchte ich das letzte Foto von Zach heraus. Es war das in dem kleinen weißen Rahmen, der am Rand mit Bildern von Winnie-Puh verziert war. Der, den McKay vor seinem geistigen Auge gesehen hatte. Zach hatte Winnie-Puh regelrecht angebetet.

Black nahm ihn, und nun war ich es, die auf den mondbeschienenen See hinausblickte.

»Er ist ein hübscher Junge«, meinte Black. »Er sieht aus wie du.«

»Ja.« Black hatte im Präsens gesprochen, nicht in der Vergangenheitsform, und das bedeutete mir aus irgendeinem Grund sehr viel. Ich weiß, wie albern das ist, aber so war es nun einmal.

Mit einem Seufzer wurde mir klar, dass ich ihm erzählen wollte, was sich in meinem Kopf abspielte. Vielleicht war ja genau das mein Problem. Der Grund, warum ich Zachs Tod inzwischen immer wieder so intensiv und schmerzlich durchlebte wie an dem Tag, als es geschehen war. Weshalb konnte ich nicht aufhören, an ihn zu denken? Was war nur los mit mir?

Ich holte tief Luft und atmete wieder aus. Black wartete ab.

»In letzter Zeit denke ich ständig nur noch an Zach. Wirklich, Black. Früher konnte ich solche Dinge wegdrücken und sie in eine geistige Schublade ganz tief in mir einsperren. Doch das klappt nicht mehr. Sobald ich die Augen zumache, träume ich von ihm. Ich frage mich, wie er jetzt wohl aussehen würde, wie es gewesen wäre, wenn er die Milchzähne verloren hätte, ob er wohl gern in den Kindergarten gegangen und wie groß er jetzt wäre. Ich stelle mir vor, dass ich ihm das Schwimmen beibringe und wie man einen Baseballschläger schwingt und ein guter Verlierer ist. An all diese Dinge denke ich, immer, den ganzen Tag, jeden Tag. Wenn das so weitergeht, drehe ich noch durch.«

Black legte die Hand auf meine. »Vielleicht ist der Grund ja, dass du jetzt bereit bist. Bereit zu akzeptieren, was ihm zugestoßen ist. Es könnte eine positive Entwicklung sein. Ein Zeichen dafür, dass deine Wunden endlich heilen.«

»Es ist keine positive Entwicklung.« Aufgebracht sprang ich

hoch und lief im Zimmer hin und her. »Es kann nicht positiv sein, wenn es mich verrückt macht. Ich habe keinen Einfluss mehr auf das, was ich denke. Ständig steigen wellenförmige Bilder von ihm in mir hoch. Immer wieder, Tag und Nacht. Etwas ist mit meinem Verstand nicht in Ordnung. Ich kann kaum noch klar denken. Ich kann mich nicht mehr auf meinen Fall konzentrieren. So darf es nicht weitergehen.«

»Mit dir ist alles in Ordnung, Claire. Du bist die stärkste Frau, der ich je begegnet bin, und das weißt du. Außerdem weißt du, dass du dein ganzes Leben lang mit schrecklichen Dingen konfrontiert worden bist. Doch nichts konnte dich brechen. Du stehst immer wieder auf. Du machst deine Arbeit. Allerdings ist der Tod eines Kindes eine der schwersten Prüfungen, die das Leben einem auferlegen kann. Manche Menschen können so eine Tragödie niemals akzeptieren und kommen nicht darüber hinweg. Andere schaffen es, wenn sie sich die nötige Zeit lassen. Ich halte es für ein gutes Zeichen. Ein Zeichen dafür, dass du bereit bist, dich nicht mehr davor zu verstecken und dich damit auseinanderzusetzen.«

Ich sah ihn an. »Ich bin nicht bereit, mich damit auseinanderzusetzen. Ich will nicht. Ich ertrage es nicht, dass es nach all den Jahren wieder über mich herfällt. Erklär mir den Grund, Black. Warum jetzt? Warum habe ich plötzlich eine Schraube locker?«

»Erstens hast du keine Schraube locker.« Er zögerte. »Ich weiß nicht, warum das Problem ausgerechnet jetzt auftritt, aber wir können darüber reden, wenn du möchtest. Lass alles raus und unterdrück es nicht länger. Oft sehen die Dinge dann gleich viel rosiger aus.«

Ich wandte mich ab, stand am Fenster und schaute hinaus aufs Wasser. Sonst wirkte das auf mich immer beruhigend, sodass ich mich wieder normal fühlte. Aber nicht heute Nacht. Es war, als tobte ein Sturm in meiner Brust, der sich einen Weg durch meine inneren Organe und Nervenenden bahnte. Ich war noch nicht bereit. Aber es geschah, ganz gleich, ob ich nun wollte oder nicht.

»Ich glaube, das schaffe ich noch nicht, Black.«

»Doch, du schaffst es. Lass uns über Zach reden. Erzähl mir von ihm.«

Black stand auf, stellte sich hinter mich, legte beide Arme um mich und zog mich an seine Brust. Ich schloss die Augen. Ich musste es ihm erzählen. Ich musste ihm erzählen, dass Zachary das wundervollste kleine Baby der ganzen Menschheitsgeschichte gewesen war. Doch ich fand die richtigen Worte nicht. Ich brachte keinen Ton heraus.

Offenbar ahnte Black, wie gelähmt ich war. »Hast du etwas dagegen, wenn ich einen Blick in die Kiste werfe?«, fragte er deshalb. »Ich würde deinen Sohn gerne ein bisschen kennenlernen, wenn es dich nicht stört.«

Ich nickte. Ich spürte, wie seine Wärme sich entfernte, und schlang die Arme um den Leib. Nachdem er sich gesetzt hatte, drehte ich mich um und beobachtete, wie er die Decke nahm. »Die riecht gut.«

Ich schwieg.

Black kramte einen kleinen blauen Teddy heraus. Zachs absolutes Lieblingsstofftier. Er hatte ihn in der Nacht, als er in meinen Armen gestorben war, bei sich gehabt. Am rechten Fuß des Bären befand sich ein Spritzer von Zachs kostbarem Blut. Ich hatte nie versucht, ihn zu entfernen, wusste, dass er da war, und hätte den Bären deshalb nie wegwerfen können. Nicht, wenn ein Teil von Zach daran haftete.

»Wie niedlich. Hat Zach ihm einen Namen gegeben?«

Ich biss mir auf die Lippe. Sag es ihm. Das hier war gut für mich, sonst hätte Black es nicht getan. Schließlich war er ein Star unter den Seelenklempnern. »Winnie.« Ich zögerte und schluckte den Kloß in meiner Kehle hinunter. »Er hat alle seine Stofftiere Winnie genannt. Jedes, das er hatte.«

Schmunzelnd platzierte Black den Bären aufrecht auf den Couchtisch und blickte mich an. »Warum kommst du nicht her und setzt dich neben mich?«

Ich schüttelte den Kopf. Es war besser für mich Abstand zu

halten, das wusste ich aus irgendeinem Grund. Black griff nach einem winzigen Bilderbuch. *Der kleine Kuschelhase,* auch eines von Zachs Lieblingsbüchern.

»Das hat meine Mutter mir vorgelesen, als ich klein war«, sagte Black. »Hast du das auch gemacht?«

Jeden Abend, dachte ich, jeden Abend auf dieser Welt. Doch ich sprach es nicht aus. »Ich kann das nicht, Black, ich kann nicht. Tu die Sachen wieder in die Kiste und mach sie zu. Ich muss sie zurück zu Harve bringen.«

»Gut, dass du sie mit nach Hause genommen hast. Vielleicht war dir das unbewusst klar.«

»Für dich vielleicht.«

»Ich spreche hier von dir.«

»Das weiß ich.«

Wir verstummten. Reglos saßen wir da und sahen einander einfach nur an. Black unternahm einen neuen Anlauf. »Auch wenn es wehtut, ist es ein sehr gutes Zeichen, Claire. Du musst es so betrachten. Es ist nichts Schlechtes, dass du an deinen Sohn denkst. Mir ist klar, dass es schmerzhaft ist, aber es ist auch positiv. Es wird dir helfen, den Verlust zu verarbeiten und dein inneres Leid zu beenden.«

Ich griff nach meiner Tasse und trank einen Schluck Kaffee, nur um etwas zu tun zu haben und mich abzulenken. Der Kaffee war gut. Black hatte einen ziemlich starken gekocht, und zwar aus gutem Grund.

»Konnte er schon laufen?«

Ich sah Zach, wie er hin und her wackelte und lachte, wenn er auf den Po fiel. Ich sah, wie er sich mir freudig juchzend in die Arme warf, wenn ich vom Dienst nach Hause kam. Ich konnte nicht sprechen, ja, ich versuchte es nicht einmal.

Black nahm weiter Gegenstände aus Zachs Kiste. »Du hast einen Schnuller behalten. Gehörte er zu den Kindern, die lange einen benutzen?«

»Ich habe ihm den Schnuller mit einem Stück Schnur um den Hals gehängt, damit er ihn nicht verliert.«

»Wahrscheinlich ging es ziemlich hektisch zu, wenn du ihn nicht rechtzeitig gefunden hast.«

»Ja, aber er hat mir immer beim Suchen geholfen.«

»Er war ein lieber Junge.«

»Der beste.« Gerne hätte ich ihm mehr erzählt, doch ein merkwürdiges Gefühl warnte mich, ich würde damit ein Sakrileg, einen Verrat begehen. Also versuchte ich, wie immer, alles zu unterdrücken, und diesmal gelang es mir einigermaßen.

»Lass uns wieder ins Bett gehen«, sagte ich. »Wir müssen morgen früh aufstehen und zu Mikey Murphys Beerdigung fahren.«

»Ja, müssen wir. Soll ich die Sachen für dich wegpacken?«

Ich nickte, froh, dass er Zachs Habe aufräumen würde, griff nach meiner Waffe und ging nach oben, wo ich mich unter die Decke kuschelte und darauf wartete, dass Black zurück ins Bett kam. Ich hörte, wie er den Deckel zuklappte und die Riegel einrasten ließ. Es klang wie eine Art Abschluss. Alles war zu Ende und erledigt. Nur, dass es weder zu Ende, erledigt noch vorbei war. Unten wurde das Licht ausgeknipst, und wenig später lag Black wieder neben mir unter den schwarzen Satinlaken. Er vergeudete keine Zeit und zog mich sofort in seine Arme; ich wehrte mich nicht.

»Ich werde nie so tun, als wüsste ich, wie es sich anfühlt, ein Kind zu verlieren, Claire. Aber ich bin für dich da. Ich werde dir helfen, eine Erklärung zu finden, und ich bleibe so lange, wie du es willst.«

Ich schwieg, doch eine Antwort war überflüssig. Seine Worte trösteten mich und auch, wie sich sein starker, harter Körper an mich presste. Wir hatten keinen Sex, sondern teilten nur die Wärme und Vertrautheit miteinander. Es dauerte eine sehr lange Zeit, bis ich einschlief. Wieder träumte ich von Zachary, seinem runden Gesichtchen, den großen blauen Augen, dem blonden Haar, das sich im Nacken lockte, und den pummeligen Ärmchen und kurzen Beinchen, die so schnell laufen konnten. In diesen dunklen Träumen durfte ich ihn wieder im Arm halten, mit ihm spielen und seine rosigen kleinen Wangen küssen. Und ich konnte lange und bitterlich weinen und ihn an mich drücken, wie es im wirklichen Leben niemals mehr möglich sein würde. Im Schlaf konnte ich alles betrauern, was unwiederbringlich fort und verloren war.

### *Mein Name ist Trouble*

In der vereinbarten Nacht saßen Tee und Jeff gut versteckt zwischen einigen dichten Hydrangeabüschen hinter dem Wohnheim. Maggie, die Hexe, machte während ihrer Schicht stets nach einem unverrückbar festgelegten Zeitplan ihre Runden, was einen Überfall auf sie um einiges erleichterte. Niemals änderte sie ihren Ablauf, und sie vergewisserte sich unweigerlich gleich mehrfach, ob Tee auch wirklich in seinem Zimmer war. Sie hatte unmissverständlich klargestellt, dass sie ihm und seinem breiten Grinsen nicht traute. Und so hatte er bei ihrem zweiten Rundgang um Punkt elf auch brav in seinem Bett gelegen. Aber nun nicht mehr. Nun war er bereit zur Rache, und die würde fürchterlich sein.

Jeff ahnte nichts von der Bedeutung des Augenblicks. Er lehnte entspannt an einem Baumstamm in der Nähe und zog kräftig an seinem Joint. Tee hatte so getan, als rauche er mit, als sie ihn hin und her reichten, doch natürlich hatte er es nicht getan. Er hatte vor ein paar Jahren ein wenig damit experimentiert, doch bald verstanden, dass es zu gefährlich für ihn war, nicht bei klarem Verstand zu sein, und deshalb die Finger von sämtlichen Drogen gelassen. Insbesondere jetzt während dieser wichtigen Versuchsreihe. Dafür musste er im Vollbesitz seiner geistigen Kräfte sein und sich haarklein an jede Einzelheit erinnern, um sie später in seinen geheimen Aufzeichnungen festhalten zu können. Jeff war zwar ziemlich wirr im Kopf, aber noch nicht so fertig, dass er Mist gebaut hätte. Zumindest hoffte Tee das. Es würde ein gewaltiger Durchbruch werden. Wenn es klappte.

Exakt zwei Minuten nach Ende ihrer Spätschicht trat Maggie aus der Tür zum Gang im Erdgeschoss und machte sich auf den Weg nach oben in den Pausenraum der Mitarbeiter, wo ihr Spind stand.

»Okay, Jeff, hör zu. Da ist sie.«

»Ich hasse diese blöde Schnepfe«, sagte Jeff. »Du kannst dir gar nicht vorstellen, wie sie mich bei meinem Doc reingeritten hat. Überall hat sie rumerzählt, sie hätte an meinen Klamotten Gras gerochen.

»O doch, das kann ich. Die Frau ist einfach nur bösartig. Und mich hat sie ganz besonders auf dem Kieker.«

Okay, nun war der große Moment da. Tee platzte fast vor Aufregung und versuchte, seine angespannten, verkrampften Muskeln zu lockern. So, jetzt ging es los. Alles oder nichts. Er wartete, bis Jeff noch einen Zug genommen hatte, den Rauch zwanzig oder dreißig Sekunden in der Lunge behielt und ihn dann hinauf in das Geäst der Bäume über ihnen pustete. Tee hoffte nur, dass der Wind den Geruch nicht hinüber zur bösen Hexe wehen und sie vor der Gefahr warnen würde.

Tee machte einen tiefen, reinigenden Atemzug und sagte dann, sehr langsam und deutlich: *»Enter Evil.«*

Jeff zögerte keine Sekunde, sprang auf und rannte über den Rasen auf die steile Treppe zu.

»O mein Gott«, flüsterte Tee. »Es funktioniert tatsächlich. Alles klappt wie am Schnürchen.« Leise kicherte er in sich hinein. Dann hob er das Nachtsichtgerät. Sein Dad hatte es ihm geschenkt, weil er ihm weisgemacht hatte, er wolle nachts Vögel beobachten – herrje, sein Dad kaufte einem auch jedes Märchen ab. Er richtete es auf den Treppenabsatz, wo Maggie, die Hexe, sich immer eine Zigarette und eine kleine Pause gönnte, bevor sie sich auf die lange Heimfahrt machte.

Inzwischen hatte Jeff die unterste Treppenstufe erreicht. Tee beobachtete, wie er in die oberste Etage hinaufschlich und mit den Schatten entlang der Mauer verschmolz. Tee schüttelte den Kopf, noch immer ein wenig ungläubig, dass wirklich alles genau nach Plan lief. Dass eine posthypnotische Suggestion sogar die Möglichkeit bot, jemanden zu unmoralischem Handeln anzustiften, faszinierte ihn. Überall in der Literatur hatte es geheißen, dass das nicht funktionierte. Ein Trugschluss. Wenigstens bis jetzt. Allerdings war er nervös. Es konnte noch immer etwas schiefgehen. Und dann waren sie beide fällig. Das war gar nicht gut.

Als die verhasste Krankenschwester oben auf dem Treppenabsatz erschien, beschleunigte sich Tees Herzschlag. Sie legte ihre Jacke übers Geländer und holte ein Bic-Feuerzeug und eine Schachtel Camel aus der Handtasche. Dann ging sie zum Anfang der Treppe, wo sie sich mit dem Rücken an das stabile Metallgeländer lehnte und sich eine Zigarette anzündete. Es wunderte Tee immer wieder, wie leicht vorhersehbar sich manche Menschen verhielten. Er selbst tat nie etwas in einer immer gleichbleibenden Reihenfolge, ja, er achtete sogar bewusst darauf, dass sich keine Gewohnheiten einschlichen. Das Einzige, was bei ihm feststand, war seine Unberechenbarkeit.

Natürlich konnte Maggie Jeff nicht sehen. Tee wusste, dass er warten würde, bis sie zu Ende geraucht hatte und sich nach ihrer Handtasche bückte, bevor er zuschlug, denn so lauteten seine Anweisungen. Bange Erwartung und Druck bauten sich unter Tees Brustbein auf, bis er kaum noch Luft bekam. Möglicherweise stand er kurz vor dem wirklichen Durchbruch, auf den er so lange gewartet hatte. Dann würde er im Besitz der optimalen Methode sein, die Menschen in seinem Umfeld nach seiner Pfeife tanzen zu lassen, insbesondere diejenigen, in denen etwas Böses angelegt war. Und das war, wie er in letzter Zeit festgestellt hatte, bei vielen der Fall. Nach seiner Sicht der Dinge waren einige Menschen nur dazu geboren, um von ihm benutzt zu werden. Und alle anderen musste er eben auf die eine oder andere Weise aus dem Weg räumen. Gleich würde Maggie, die Hexe, einen riesigen Tritt in den Hintern kriegen. Die Vorstellung brachte ihn zum Schmunzeln.

Und dann war es so weit. Maggie steckte ihre Zigarette in

einen mit Sand gefüllten Metallaschenbecher, griff nach ihrer Tasche und ging die Treppe hinunter. Nachdem sie ein paar Stufen weit gekommen war, stürmte Jeff aus der Dunkelheit auf sie zu. Doch schon im nächsten Moment erstarrte Tee. Es lief doch nicht nach Plan. Maggie, die Hexe, hatte nämlich gehört, dass Jeff sich von hinten näherte. Sie vollführte eine halbe Drehung und hielt sich mit der rechten Hand am Geländer fest, als Jeff sich auf sie stürzte und ihr aus Leibeskräften einen Stoß versetzte. Sie stolperte rückwärts und fiel etwa ein Drittel der Strecke nach unten, schaffte es aber, sich ans Geländer zu klammern und den Schwung so abzubremsen. Doch das Schlimmste daran war, dass sie dabei die ganze Zeit schrie wie am Spieß.

Erschrocken, wie er sich so verschätzt haben konnte, sprang Tee auf, blieb aber in seinem Versteck. Inzwischen stand Jeff oben an der Treppe und starrte auf die schreiende Frau hinunter, als begreife er nicht ganz, was da gerade geschehen war. Tee hoffte mit aller Kraft, dass sich das tatsächlich so verhielt. Offenbar konnte Maggie nicht aufstehen, denn sie lag, mit dem Kopf nach unten, auf der Betontreppe. Nur mit ihrer Lunge schien alles in Ordnung zu sein. Sie rief aus voller Kehle um Hilfe; jemand solle schnell kommen, weil Jeff sie umbringen wolle.

Es dauerte nicht lang, bis sie die gesamte Klinik zusammengeschrien hatte. Einige Pfleger kamen angelaufen und packten Jeff, der sich weder wehrte noch zu fliehen versuchte. Inzwischen hörte Tee seine Stimme. »Ich hab doch nichts gemacht. Ich hab doch nichts gemacht«, wiederholte er eins ums andere Mal.

Maggie, die Hexe, vertrat da eine völlig andere Ansicht, und zwar laut und deutlich. »Jeff wollte mich umbringen! Er hat mich die Treppe runtergestoßen und wollte mich umbringen. Da bin ich ganz sicher! Wenn ich mich nicht am Geländer festgehalten hätte, wäre ich jetzt tot!«

Inzwischen atmete Tee wieder ruhiger, denn Jeff erwähnte

mit keiner Silbe, dass er sich im Gebüsch versteckte oder den Plan ausgeheckt hatte. Er erinnerte sich an nichts mehr, genauso wie Tee es ihm unter Hypnose befohlen hatte. Und wenn Tee Glück hatte, würde es ihm auch nicht wieder einfallen. Allerdings konnte noch jede Menge schiefgehen. Also musste Tee sich jetzt beeilen, schnell wieder durchs Fenster in sein Zimmer klettern und dann, genauso schlaftrunken und verwirrt wie die anderen, hinaus auf den Flur schlurfen, um nötigenfalls ein Alibi zu haben.

Trotzdem hatte Tee Grund, sich zu freuen, denn schließlich war die Aktion beinahe erfolgreich gewesen, auch wenn die Dinge eine unerwartete Wendung genommen hatten. Zufrieden beobachtete er, wie Maggie auf einer Trage in den aus Jefferson City herbeigerufenen Krankenwagen geschoben wurde. Zumindest war er sie und ihre ständigen Verdächtigungen nun eine Weile los, was hieß, dass sich die Mühe gelohnt hatte. Vielleicht hatte sie ja auch eine Rückgratverletzung oder Ähnliches davongetragen und würde ihren Beruf aufgeben müssen. Das wäre einfach zu schön gewesen, um wahr zu sein.

Wie sich herausstellte, hatte Maggie sich nur die Hüfte gebrochen, irgendetwas mit Osteoporose und mangelnder Knochendichte. Allerdings hatte sie Jeff angezeigt, doch der stritt alles ab, und zwar so glaubhaft, dass die Ärzte die Möglichkeit eines Unfalls nicht ausschlossen. Also war die Welt wieder in Ordnung. Es hieß, Jeff würde eine Weile in der geschlossenen Abteilung einer psychiatrischen Klinik verbringen müssen, aber auch das war nicht weiter schlimm. Jeff hatte keinen Nutzen mehr für Tee. Sollte er seine Strafe ruhig anderswo absitzen. Und falls er sich jemals an Tees Hypnoseexperiment erinnern sollte, brauchte Tee nichts weiter zu tun, als standhaft zu leugnen. Darin war er gut. Schließlich hatte er jede Menge Erfahrung.

Das Wichtigste war, dass sich in seiner Versuchsreihe die ersten Erfolge abzeichneten. Er war auf dem richtigen Weg, der ihn früher oder später ans Ziel führen würde. Gehirnwäsche. Er liebte das Wort, ließ es sich gern auf der Zunge zergehen und dachte nur noch daran, wozu er in der Lage sein würde, wenn es ihm erst gelang, die Kunst, seine Mitmenschen zu manipulieren, zu verfeinern. Außerdem wimmelte es hier von Jugendlichen, um als Versuchskaninchen herzuhalten. Eines Tages würde er seine Techniken vielleicht sogar an andere Seelenklempner verkaufen können und berühmt werden. Oder er würde zur CIA gehen und seine Fähigkeiten zu Spionagezwecken einsetzen wie in den Thrillern, die er im Kabelfernsehen gesehen hatte. Möglicherweise konnte er ja bei einem Geheimdienst einsteigen und in die Gehirne der Todfeinde der guten alten USA eindringen. Ja, das war eine tolle Idee. Dann würde er der heimliche Held seines Landes sein. Selbst der Präsident würde ihn bewundern und ihm unter der Hand den einen oder anderen Orden zustecken.

# *Neunzehn*

Der einzige freudige Anlass, der am nächsten Tag auf dem Programm stand, war Mikeys Beerdigung, und dreimal dürfen Sie raten: Ich war nicht unbedingt in der richtigen Stimmung, um einer Trauerfeier für den verstorbenen Sohn anderer Leute beizuwohnen. Außerdem würde noch eine weitere Beerdigung folgen: die der armen kleinen Cleo. Ihr Tod war mir sogar noch näher gegangen. Sie war so jung, reizend und unschuldig gewesen. Man hatte auf Selbstmord als Todesursache erkannt, doch ich glaubte das keine einzige Sekunde lang. Jemand hatte an ihrem gelben Telefon mit ihr gesprochen und sie dazu ermutigt, genauso wie jemand Mikey und Li He dazu angestiftet hatte, sich das Leben zu nehmen. Ich würde dieses Schwein finden und hinter Gitter bringen, und wenn es bis zum Sankt-Nimmerleinstag dauern sollte.

Hinzu kam, dass mir dieser plötzliche und unerklärliche Ansturm von Trauer um Zachary und meine völlige Überforderung mit diesem Thema emotional zu schaffen machten. Obwohl Black mich und meine Psyche behutsam mit liebevoller Seelenklempnerfürsorge überschüttete, war mein Kopf ein schwarzes Loch, belagert von düsteren Gedanken und schrecklichen Erinnerungen, die sich zu einem Wirbel verdichteten und von meinem zerrissenen blutenden Herzen aufgesogen wurden. Allerdings hatte mein so genannter Durchbruch von letzter Nacht offenbar doch eine Wirkung gehabt. Wenigstens funktionierte ich wieder und konnte mich besser auf meinen Fall konzentrieren als in den letzten Tagen.

Die Beerdigung fand um eins in einer alten, idyllischen und sehr exklusiven presbyterianischen Kirche in Jefferson City statt. Das Gebäude bestand aus grauem Granit. Das Hauptportal wurde von zwei hohen Glockentürmen flankiert, und unzählige aus Stein gemeißelte Kreuze zierten die Fassade. »1914« stand auf der Bronzeplakette neben dem Eingang. Die Kirche befand sich nur wenige Häuserblocks vom Kapitol und dem Missouri River entfernt. Black und ich warteten draußen an der frischen Luft. Da mich nur wenig an der Vorstellung reizte, den Duft von Nelken und Rosen zu schnuppern, der diesen Kultstätten des Todes unweigerlich anhaftet, lungerten wir vor dem Gebäude herum wie zwei elegant gekleidete Obdachlose. Zumindest galt das für Black, der einen makellosen anthrazitfarbenen Anzug, ein graues Hemd und eine Krawatte in einem dunkleren Grauton trug, unauffällig und dem feierlichen Anlass angemessen.

Ich hatte mich für einen ebenso konservativen schwarzen Hosenanzug entschieden, den ich in einem Anfall von Vernunft bei JCPenney gekauft hatte, da Beerdigungen in Zukunft offenbar auch weiterhin auf meiner Liste der Dinge stehen würden, die ich hasste, aber nicht vermeiden konnte, *also reiß dich zusammen und bring es hinter dich*. Wagenladungen von Trauergästen trafen ein. Die meisten waren in Schwarz, trugen düstere oder mitfühlende Mienen zur Schau und hasteten an uns vorbei zu den langen Sitzreihen aus gebleichtem Eichenholz. Mir schoss durch den Kopf, dass Black und ich seit dem Anfang unserer Beziehung schon viele Beerdigungen besucht hatten, genau genommen waren es die einzigen gesellschaftlichen Ereignisse, die wir überhaupt mit unserer Anwesenheit beehrten. Doch dem Ruf der Pflicht musste man eben gehorchen.

Nach einer Weile, im allerletzten Moment und kurz nachdem die deprimierende Musik verklungen war, betraten wir die Kirche und stellten uns in die offenen Türen, die ins gewaltige Kirchenschiff führten. Als die Familie schließlich aus einem seitlich gelegenen Warteraum hereinkam, fiel mir sofort auf, dass Mikeys Mom ganz in Weiß gekleidet war. Für mich sah das ganz nach einer geschmacklosen demonstrativen Geste aus.

Vielleicht aber glaubte sie ja auch, in China zu leben, wo Weiß die Farbe für Beerdigungen ist. Black kannte viele der Anwesenden, insbesondere auch den Gouverneur, persönlich, und als Edward Stanton eintraf, ging er zur Seitentür hinüber, um den großen Mann zu begrüßen, der dort auf seine Showeinlage wartete. Ich beobachtete, wie die beiden Männer sich lächelnd die Hand schüttelten, als seien sie die besten Freunde. Dann wechselten sie mit leiser Stimme ein paar Worte. Dabei wurden sie die ganze Zeit von einem Trupp von Polizisten von der Missouri Highway Patrol und anderen Babysittern umringt, die alle einen Eid geschworen hatten, den mächtigsten Mann im Staate Missouri zu beschützen. Ihre Anzüge erinnerten mich sehr an meinen eigenen.

Als die Orgelklänge, alias Trauermusik, von ehrfürchtigem Schweigen abgelöst wurden, huschte Black wieder zu mir hinüber, und wir schlüpften so unauffällig wie möglich in die hinterste Reihe, mein Lieblingsplatz bei fast allen Veranstaltungen. Sie wissen schon, um alles im Blick zu haben und bösen Buben mit Messern oder Pustepfeilen nicht den Rücken zuzukehren. Der Gouverneur hingegen hielt offenbar nicht viel von bescheidenen Auftritten. Gefolgt von seinem Tross aus Sicherheitsleuten schritt er den Mittelgang entlang, als gelte die ganze Veranstaltung ihm. Zu meiner Erleichterung versperrte mir eine große weiße Säule die Sicht auf den Sarg. Glauben Sie mir, das war auch besser so. Ich hatte im Leben schon genug Särge gesehen und wusste, dass der hier offen war, und dieser Anblick ist für mich das Allerschlimmste.

Inzwischen war es totenstill in der Kirche, verzeihen Sie mir das ungeschickte Sprachbild. Alle waren ernst, ergriffen, ehrfürchtig, emotional und was der E-Wörter noch mehr sind. Ein Mann stand auf, um eine Rede zu halten. Er war der erste in einer langen Reihe von Freunden und Verwandten, die etwas Gutes über Mikey Murphy zu sagen hatten. Lustige Anekdoten. Was für ein niedlicher kleiner Junge er gewesen war. Wie er schon mit acht Monaten laufen gelernt hatte. Wie er ein erfolgreicher Geschäftsmann geworden war, der die beste Pizza westlich von Neapel buk. Sicher verstehen Sie, was ich meine.

Nach einer Weile hörte ich nicht mehr zu und beobachtete stattdessen die anderen Anwesenden, von denen viele sich mit einem Taschentuch die Tränen abtupften. Ich kam zu dem Ergebnis, dass es eine ziemlich große Trauergemeinde war. Als ich mich ein wenig in den Gang hinausbeugte, stellte ich fest, dass der Gouverneur bei der Familie saß. Ich erkannte auch seine hübsche, elegante und aschblonde First Lady, die offenbar vor ihm eingetroffen war. Außerdem waren verschiedene Verwaltungsassistentinnen, Sekretärinnen, Drosklaven und Sachbearbeiter erschienen, deren Anzahl an den Hofstaat von Madonna oder Elvis erinnerte. Die Frau von Gouverneur Stanton hieß Violet, wurde aber nur Vi genannt. Sie trug einen gewaltigen schwarzen Hut, den größten in der ganzen Kirche. Ich stellte fest, dass auch Debbie Winters da war. Sie saß in der dritten Reihe und sah in Schwarz natürlich hinreißend aus. Bud hätte mitkommen sollen, anstatt sich zu drücken. Eigentlich war es seine heutige Aufgabe, Khur-Vays Vergangenheit unter die Lupe zu nehmen. Doch vermutlich lag er noch, ein Kissen über dem Gesicht, im Bett und verpasste so die schöne Debbie. Also war an dem Sprichwort, dass der frühe Vogel den Wurm fängt, doch etwas dran – nicht dass ich Ms Winters als Wurm eingestuft hätte.

Die Zeit schleppte sich in demselben Tempo dahin, mit dem man einen Elefanten hinter sich herzieht. Nach einer Weile beugte Black sich zu mir hinüber. »Nach der Beisetzung findet in der Villa des Gouverneurs ein Empfang mit Büffet statt«, flüsterte er mir ins Ohr. »Er hat uns eingeladen, und ich habe zugesagt. Ist das für dich in Ordnung?«

»Klar, nichts lieber als das.« Hauptsächlich deshalb, weil das eine Gelegenheit zum Sammeln von Informationen war, die mir sonst verwehrt geblieben wäre. Wieder wünschte ich, Bud wäre mit von der Partie gewesen, denn sein Charme wirkte bei solchen Anlässen Wunder. Auch bei Hochzeitsempfängen konnte er wunderbar den Salonlöwen mimen. Doch vielleicht war er ja schon fertig mit Khur-Vay und wie geplant unterwegs nach St. Louis, um die noch immer verschollene Mitbewohnerin Melanie Baxter aus Fenton zu finden, denn die war bis jetzt weder an die MSU zurückgekehrt noch hatte sie auf unsere Nachrichten auf ihrer Mailbox reagiert.

Außerdem wollte sich Buckey Boyd heute bei mir melden und mir mitteilen, ob zwischen der DNA im Haar aus Li Hes Bürste und der des toten Mädchens im Ofen eine Übereinstimmung bestand, was schon viel zu lange dauerte. Auch das bei Cleos Selbstverbrennung geschmolzene Telefon lag im Labor. Ich glaubte zwar nicht, dass sich daran noch etwas finden ließ, doch es bestand immer die Möglichkeit. Falls Buck tatsächlich eine schlechte Nachricht in Sachen Haaranalyse für uns hatte, würden Bud oder ich die Eltern des armen Mädchens in ihrem Theater in Branson aufsuchen müssen, um ihnen das Herz zu brechen. Und so drückte ich mir selbst ganz fest die Daumen, dass Bud als erster aus St. Louis zurückkommen würde, damit der Auftrag an ihm hängen blieb.

Froh, in der letzten Reihe zu sitzen, reckte ich den Hals, bis ich Mikeys jüngere Geschwister im Blick hatte. Auf Anhieb war klar, dass sein Tod ihnen alle sehr nah zu gehen schien. Ganz im Gegensatz zu Mom. Diese Frau, seine Mutter, war mir ein Rätsel, und zwar eines, das mir auf die Nerven ging. Wusste sie etwas über Mikey, was sonst niemandem bekannt war? Was hatte der Junge getan, um ihr Herz in einen schmutzigen Eisklumpen zu verwandeln? Vielleicht würde ich diese wichtige Frage zu meiner Mission des heutigen Nachmittags machen. Ich würde mir Momma Bär allein vorknöpfen und sie durch miese Tricks dazu bringen, es sich von der Seele zu reden. In Dinge wie diese kann ich mich verbeißen. Buchstäblich und im übertragenen Sinne.

Endlich war der Gottesdienst aus, und ich beschloss, mir die Spaßveranstaltung zu sparen, mich in die Schlange vor dem Altar einzureihen, um die sterblichen Überreste des armen Jungen zu begutachten und die trauernden Angehörigen mitfühlend anzugaffen. Ich hatte diese Folterqual nämlich bereits selbst durchgemacht, war in einer ähnlichen ersten Bankreihe gesessen und hatte stumpf zu Boden geblickt, während meine Kollegen bei der Polizei von Los Angeles und einige Freunde an dem winzigen weißen Sarg mit dem knienden goldenen Engel darauf vorbeidefilierten. Ich schloss die Augen und hatte noch mehr Mühe als sonst, den Schmerz zurückzudrängen. Wie konnte Mary Fern Murphy nicht um den bedauernswerten Jungen trauern, der da in diesem mit Satin ausgekleideten Sarg lag?

»Fehlt dir etwas?«

Blacks Aufmerksamkeit ließ niemals nach. Oh, ja, er beobachtete mich mit den sprichwörtlichen Argusaugen und wusste, dass ich nah am Rande des Abgrunds stand und mich sogar schon über die Kante lehnte. »Nein, alles bestens. Ich hasse eben Beerdigungen. Ich gehe raus, frische Luft schnappen.«

Black folgte mir nach draußen. Zusammen standen wir unter einer gewaltigen Ulme, die neben der Kirche wuchs und ihren kühlenden Schatten auf die Vortreppe warf. Der feuchte, erdige Geruch von Moos und Efeu, die am Baumstamm wucherten, stieg uns in die Nase. In der Ferne, irgendwo auf dem Missouri River, hörte ich eine Schiffssirene. In dem Wildkirschenbaum auf der anderen Straßenseite veranstaltete ein laut schnatternder Vogelschwarm ein Festmahl. Rings um uns herum strömten die Trauergäste aus der Kirche. Inzwischen sprachen sie wieder in Normallautstärke und steuerten auf ihre Autos zu, um sich der Fahrzeugkolonne zum nahe gelegenen Friedhof anzuschließen.

Black und ich waren in meinem Explorer gekommen. Sein riesiger Humvee passte einfach nicht zu einer Beerdigung, denn er wäre größer gewesen als der Leichenwagen. Ich öffnete die Türen, nahm auf dem Fahrersitz Platz und klappte mein Telefon auf, um festzustellen, ob Bud angerufen hatte. Fehlanzeige. Kein Mensch hatte sich gemeldet, was ich ein wenig ungewöhnlich fand. Vielleicht lief in Canton County ja endlich einmal alles reibungslos. Das wäre eine hübsche Abwechslung gewesen.

Die Fahrt zum Friedhof dauerte nicht lang. Wir stiegen aus und blieben neben meinem SUV auf dem geteerten Weg stehen, anstatt den mit Gras bewachsenen Hügel hinunter zu Mikeys letzter Ruhestätte zu gehen. Über unsere Gründe dafür sprachen wir nicht, denn wir kannten sie beide. Der Gouverneur stand neben der schneeweiß gewandeten Momma und hatte den Arm um ihre Taille gelegt. Mir erschien das ein wenig suspekt, denn Mikeys Dad weinte bitterlich, während Momma einen ausgesprochen gefassten Eindruck machte. Dann legte der Gouverneur auch Joseph die Hand auf die Schulter, und alles war wieder gut.

Endlich, etwa zwanzig Minuten später, saßen wir wieder im Explorer und waren unterwegs zum Mittagessen beim Gouverneur. Ich parkte etwa einen Häuserblock entfernt am Randstein vor einem alten, zweistöckigen zitronengelb gestrichenen Holzhaus, dessen Balkon in der oberen Etage mit verschnörkelten weißen Kanten abgesetzt war. Auf dem Weg den Hügel hinauf hielten wir kurz inne, um den Kindern gewidmeten großen Bronzebrunnen vor der Villa zu bewundern. Dann folgten wir einem Grüppchen plaudernder Frauen die Stufen zur Veranda hinauf, die den Amtssitz des Gouverneurs des Staates Missouri zierte. Die Villa stand neben dem Kapitol, was vermutlich recht praktisch war. Sie war aus rotem Backstein im viktorianischen Stil erbaut und wurde von einem quadratischen Türmchen gekrönt, das vermutlich eine tolle Aussicht auf die geschwungenen Hügel von Missouri bot. Wirklich ein wunderschönes altes Haus.

Die Tür wurde von Sicherheitsleuten bewacht. Überhaupt wimmelte es von Officers der Missouri Highway Patrol, doch ich kannte keinen von ihnen. Die Frauen vor uns präsentierten ihre Einladungen zur Beerdigung mit Mikeys Foto darauf. Aber ich zeigte nur meine Dienstmarke vor, damit auch ja keine Missverständnisse aufkamen. Nein, ich würde meine Waffen nicht abgeben, auch nicht für den Gouverneur. Ein kahlköpfiger, muskelbepackter Hüne beugte sich vor, begutachtete meine Dienstmarke und musterte dann prüfend mein Gesicht, als sei ich Lizzie Borden und würde jeden Moment eine Axt hervorzaubern. Dann kontrollierte er Blacks Führerschein, als hätte er es mit Jack the Ripper im Maßanzug zu tun. Black zog zwar ein leicht gereiztes Gesicht, verkniff sich aber die lästerliche Bemerkung. Er musste sich nicht oft ausweisen, falls er das überhaupt je nötig gehabt hatte. Die meisten Leute erkannten ihn nämlich.

Wir wurden ins Haus gewinkt und traten in einen Raum, der, wie ich gehört hatte, als Great Hall bezeichnet wurde. Und es war wirklich eine Halle, und dazu eine ziemlich große, zumindest soweit ich es beurteilen konnte. Blassgelbe Wände, hübsch geschnitzte dunkle Holzvertäfelungen und schimmernde Parkettböden. Wie hoch mochte die Decke sein? Sieben oder acht Meter? Außerdem strotzte der Raum von antiken Möbelstücken; zum Beispiel war da ein recht großer Tisch mit rot aufgepolsterten Stühlen vor einem Kamin, über dessen Sims ein riesiger Spiegel hing. Sie kennen doch sicher diese Art von Stühlen. Die, auf die sich niemand zu setzen wagt. Das erklärte auch, warum alle Gäste ihre Umgebung grüppchenweise und im Stehen bewunderten. Zweietagige Kronleuchter hingen an der Decke. Da es im Raum ziemlich dämmrig war, waren sie eingeschaltet. Beide wiesen unzählige große Glaskugeln auf, unter denen Tautropfen aus Kristall baumelten. Ja, das hier war eindeutig der Palast des ersten Mannes im Staate.

Wir setzten unsere ehrfürchtigsten Mienen auf und schlängelten uns durch die Menschenmenge. Die meisten Anwesenden waren wieder in eine gedämpfte Tonlage zurückgefallen. Doch hin und wieder hallte Gelächter im Raum wider, sodass alle zusammenzuckten. Ich verstand diese Menschen nicht, doch vermutlich glaubten manche, dass eine leutselige Art und eine gelegentliche Lachsalve die Trauernden davon ablenkt, dass ihr geliebter Angehöriger nun tot und kalt unter der Erde liegt. Ich würde von dieser Strategie eher abraten.

Links von uns entdeckten wir eine Art Bibliothek, ausgestattet mit viel grüner und goldener Seide. Sehr viktorianisch. Dazu noch ein marmorner Kamin, ebenfalls mit einem großen Spiegel darüber, in dem sich ein nicht minder großer Kronleuchter reflektierte. Außerdem gab es hier einige antike Bücherschränke voller Bücher, zweifellos Erstausgaben der Werke wortgewandter Bürger Missouris. Mir fiel zu diesem Thema nur Mark Twain ein. Es befanden sich noch ein oder zwei Ehepaare im Raum, die alles betrachteten. Der Raum, der rechts von der Vorhalle abging, diente offenbar als Salon. Die Wände waren altrosa, die viktorianischen Möbel ebenfalls rot. Vielleicht war das ja die einzig akzeptable Farbe für die Möbel jener Zeit.

Es gab hier sogar ein Möbelstück, das mir gefiel; es war wirklich recht ungewöhnlich, eine Art rundes Sofa, mit abgetrennten Sitzen auf allen vier Seiten. Darüber hing wieder ein Kronleuchter. Ich hatte einen solchen Sofasessel in einem alten Western mit Alan Ladd gesehen. Vielleicht in Shane. In Hotelhallen aus dem neunzehnten Jahrhundert. Allerdings wusste ich nicht, wie man die Dinger nannte. Der Raum wurde von einigen hohen mit Gold verzierten Säulen aus weißem Marmor unterteilt. Einige Leute saßen tatsächlich in kleinen Gruppen vor den Fenstern, an denen kostbare Vorhänge mit Fransen hingen. Joseph Murphy oder ein anderes Mitglied der Familie hatte ich noch immer nicht gesehen. Vielleicht waren sie ja nach Hause gefahren, weil sie keine Lust auf diese Sause hatten.

Wir machten uns auf den Weg zum Esszimmer, das sich, wie Black wusste, hinter der Great Hall befand. Offenbar waren wir hier richtig. Der Raum war riesengroß, blau ausgestattet und ebenfalls ein Meer aus Kronleuchtern und Spiegeln. Außerdem gab es hier ein Büffet, das sich nur so unter den erlesensten Speisen bog. »Ich habe Hunger«, sagte Black. »Komm, wir stellen uns an.«

Herrje, Black wurde in Sachen Essen allmählich so schlimm

wie Bud. Vielleicht hatte ich ja diese Wirkung auf Männer, die sich zu lange in meiner Gegenwart aufhielten. Doch offen gestanden konnte ich auch einen Happen vertragen. Ich hatte weder gefrühstückt noch zu Mittag gegessen und am Vortag auch das Abendessen ausfallen lassen. Also griff ich nach einem der schicken rotweißen Teller und folgte einer Gruppe von vier Verwaltungsassistentinnen um den Büffettisch. Sie tuschelten miteinander, weshalb ich versuchte, sie zu belauschen, da Sekretärinnen normalerweise die schmutzigen Geheimnisse sämtlicher Kollegen kennen, mag es nun in einer Behörde, in der Privatwirtschaft oder im Büro des Sheriffs sein. Und außerdem erfuhren sie natürlich immer alles zuerst.

»Der arme Joseph«, sagte eine von ihnen. »Er kommt einfach nicht darüber hinweg.«

»Ja.« Ihre Freundin senkte die Stimme, worauf ich erst richtig die Ohren spitzte. »Aber hast du Mary Fern gesehen? Sie hat keine einzige Träne vergossen.«

»Jeder trauert auf seine Weise«, meinte die dritte, die offenbar verständnisvoller war. Eine wie sie gibt es in jeder Gruppe. Vermutlich kannte sie Mary Fern nicht persönlich. »Schließlich war Mikey nicht ihr leiblicher Sohn und hat der Familie viel Ärger gemacht.«

Ich erinnerte mich, dass Happy Pete in Oak Haven auch etwas in dieser Richtung erwähnt hatte. Vielleicht erklärte das ja ihre Gefühlskälte. Im nächsten Moment jedoch fragte ich mich, ob nicht auch noch andere Kinder der Murphys nicht Mary Ferns leiblicher Nachwuchs waren. Oder war Mikey ihr einziges Stiefkind? Hoffentlich. Herrje, da hatte es Aschenputtel mit seiner bösen Stiefmutter ja noch besser getroffen. Ich angelte mir ein Stück glasierten Schinken, einen Löffel Kartoffelsalat, ein knuspriges Croissant und ein paar schwarze Oliven vom Büffet. Black häufte sich den Teller voll. Dann setzten wir uns an einen der weiß gedeckten runden Tische, die dicht an dicht entlang der Wände aufgereiht waren. Sehr gut, so konnte ich besser lauschen.

Nach einer Weile entdeckte ich die Familie. Alle saßen zusammen an einem rechteckigen Tisch, ein Stück abseits von den anderen. Die Kinder waren stumm und hatten vom Weinen gerötete Augen. Einige schnieften noch. Joseph hatte sich zwischen dem Gouverneur und dessen Frau niedergelassen. Er weinte zwar nicht mehr, sah aber aus, als würde er jeden Moment wieder damit anfangen. Mary Fern thronte auf der anderen Seite des Gouverneurs, ganz in Weiß gehüllt und die Ruhe in Person. Unsere Blicke trafen sich, und sie starrte mich eine Sekunde lang an, bevor sie mich mit einem kaum merklichen Nicken zur Kenntnis nahm. Ich hatte den Eindruck, dass das bereits eine große Ehre gewesen war.

»Wirst du versuchen, noch einmal mit ihnen zu reden?«, erdkundigte sich Black.

»O ja, darauf kannst du dich verlassen. Insbesondere mit Mary Fern.«

»Ich habe den Eindruck, dass sie es mit Fassung trägt.«

»Mit zu viel Fassung, wenn du mich fragst.«

»Hast du was dagegen, wenn ich zuhöre?«

»Nein, aber ich habe das Gefühl, dass ihr das gar nicht gefallen wird. Mit mir muss sie sprechen, doch du zählst nicht.«

»Vielen Dank auch«, entgegnete Black.

Ein junges Mädchen in Kellnerinnenkluft, bestehend aus einer schwarzen Hose und einer gestärkten weißen Bluse mit schwarzer Fliege, schwebte heran und präsentierte uns eine Auswahl an Eistee, Kaffee oder Gläsern mit Weißwein oder Rotwein auf einem Silbertablett von der Größe einer XXL-Pizza. Ich entschied mich für Kaffee, Black nahm Rotwein. Während ich an dem heißen Gebräu nippte, die Wirkung des Koffeins genoss und mich nach der ganzen Kanne, nein, eher zweien, verzehrte, beobachtete ich meine Umgebung und spitzte die Ohren. Unterdessen tat Black sich an dem Essen gütlich und sagte, es sei ausgezeichnet. Ich fand den Schinken in Ordnung, wenn auch ein wenig nelkenlastig.

Als sich die Gelegenheit ergab, winkte ich einen der kräftig gebauten Sicherheitsleute von der Highway Patrol heran, die bemüht unauffällig herumstanden. Er war einsachtzig groß, hatte graue Schläfen und wirkte, als könne er gut auf sich aufpassen. Wahrscheinlich ein alter Recke, der sich den gemütlichen Posten als Leibwächter des Gouverneurs hart erarbeitet hatte, sodass er nun tagein, tagaus in dieser Luxusvilla herumlungern konnte. Ich zeigte ihm meine Dienstmarke, erklärte ihm meinen Auftrag und bat ihn, Mary Fern zu fragen, ob sie kurz mit mir sprechen könne, bevor ich ginge. Er erwiderte, es sei ihm ein Vergnügen, mir behilflich zu sein. Ich war nicht sicher, ob er das sarkastisch meinte. Doch da er lächelte, ging ich eher nicht davon aus.

Ich schaute ihm nach, als er sich ihr näherte, und erwartete eigentlich, dass sie verärgert reagieren oder noch mehr starre Eiseskälte verbreiten würde als sonst. Aber zu meinem Erstaunen hörte sie ihm zu, blickte durch den Raum und nickte zustimmend. Nachdem sie leise ein paar Worte mit dem Mann gewechselt hatte, kehrte er an unseren Tisch zurück. »Sie sagt, sie redet mit Ihnen, aber nur allein, unter vier Augen oben im Ballsaal, wenn die Kinder aufgegessen haben. Doch ich soll Ihnen ausrichten, dass ihr Mann noch nicht in der Lage für eine weitere Befragung ist.«

»Okay, klingt gut. Wo ist denn der Ballsaal?«

»Im zweiten Stock. Sobald sie fertig ist, kommt sie zu Ihnen und geht mit Ihnen nach oben.«

Aber, aber, Mary Fern kannte sich ja sehr gut im Haus des Gouverneurs aus. »Vielen Dank.«

Der Mann trollte sich mit einem Nicken.

»Nun, wenigstens ist sie kooperativ«, stellte Black fest.

»Oder sie tut nur so.«

»Glaubst du, sie ist in die Sache verwickelt?«

»Ich behaupte nicht, dass sie Mikey selbst die Schlinge um den Hals gelegt hat. Allerdings traue ich ihr durchaus zu, jemanden in den Selbstmord zu treiben.«

Black warf noch einen Blick auf Mom. Diesmal glomm

Neugier in seinen Augen auf, so als betrachte er einen seltenen todbringenden Schmetterling, den er in einem Netz gefangen hatte, durch eine Lupe. Ich fragte mich, ob sie spürte, dass sie mit einem riesigen blauen Vergrößerungsauge eindringlich gemustert wurde. Manchmal sah er auch mich an wie seinen neuesten Psychofall; insbesondere gegen Anfang unserer Beziehung war das so gewesen. Hin und wieder tat er es immer noch, zum Beispiel letzte Nacht in der Garage und heute Morgen beim Kaffee.

»Offenbar darfst du wieder nicht mitspielen, Black, so wie letztens bei Khur-Vay. Die Dame will nur mit mir zu tun haben, persönlich und vertraulich und ohne Zeugen. Vermutlich soll niemand mitkriegen, wie sie mir die Leviten liest.«

»Du bist bewaffnet, richtig?«

»Ja, alles dabei. Mir kann nichts passieren. Außerdem bin ich größer und stärker als sie.«

Black schmunzelte. Doch im nächsten Moment berührte ihn seine Sitznachbarin, eine gut aussehende junge Frau mit ultraglatt gebügeltem rotem Haar, am Arm. »Verzeihung, aber sind Sie nicht Nick Black, der Psychiater, der so oft bei Larry King auftritt?«

Black nickte, machte jedoch ein leicht argwöhnisches Gesicht. »Ja, der bin ich. Kennen wir uns?«

»Nein, aber ich höre Sie wirklich gern im Fernsehen sprechen.« Sie schleuderte die feuerrote Mähne zurück. *Und außerdem habe ich dir in Gedanken schon sämtliche Kleider vom Leibe gerissen und all meine geheimen sexuellen Phantasien mit dir ausgelebt,* fügten ihre großen braunen Augen hinzu. Sehen Sie, ich habe feine Antennen für diese Dinge.

Ich schaltete die Ohren auf Durchzug. Allmählich war ich daran gewöhnt, dass andere Frauen Blacks erotischer Ausstrahlung erlagen. Solange sie ihn nicht anrührte, würde ich darüber hinwegsehen. Inzwischen plauderte sie über ihren seltsamen Onkel Sammy, der an einer bipolaren Störung litt und ihre Katze mit gerösteten Erdnüssen bewarf, ein Gespräch, das nicht spannend genug war, um jede Silbe davon verfolgen zu müssen. Also lehnte ich mich zurück und ließ, ganz aufmerksame Polizistin, meine Umgebung auf mich wirken. Inzwischen redeten Mikeys Geschwister zwar, doch sie waren noch immer ziemlich blass um die Nase und wirkten, als durchlebten sie gerade einen Horrorfilm. Ich musste auch mit ihnen sprechen, vielleicht mit den beiden Ältesten. Allerdings bezweifelte ich, dass Mamma Mia das gestatten würde. Außer, sie waren, so wie Mikey, nicht ihre leiblichen Kinder, denn in diesem Fall würde es Mary Fern vermutlich nicht weiter kümmern, wenn sie von mir traumatisiert wurden und sich danach an einer Brücke aufhängten.

Meine Beobachtungen endeten nach genau elf Minuten, da ich um 15:30 den ersten Blick auf die große antike Uhr mit dem schwingenden Pendel geworfen hatte. Nicht, dass ich dazu neige, ständig auf die Uhr zu starren, doch um Punkt 15:41 steuerte Mary Fern, begleitet vom Rascheln weißen Leinens, auf mich zu. Sie beugte sich herunter, wodurch ich eine Wolke Red Door abbekam, und meinte: »Passt es Ihnen jetzt, Detective? Vi sagt, wir könnten uns in den Ballsaal zurückziehen.«

»Okay«, erwiderte ich, ganz die pflegeleichte Polizistin. Doch von Rückzug konnte keine Rede sein.

# *Zwanzig*

Der Ballsaal befand sich im zweiten Stock. Mary Fern sparte sich die Mühe mit dem Aufzug, sondern ging zu Fuß, drei lange Treppen, um genau zu sein, und das in einem Tempo, das nicht nur beeindruckend war, sondern ans Lächerliche grenzte. Offenbar wollte sie die Sache unbedingt hinter sich bringen und die lästige Polizistin loswerden, die ihr so beharrlich folgte. Ich musste zugeben, dass sie ziemlich gut in Form war. Vermutlich hatte sie einen persönlichen Fitnesstrainer. Aber auch ich geriet nicht außer Atem, weit gefehlt. Auf dem Weg nach oben wechselten wir kein Wort und lächelten einander auch nicht freundlich zu. Auch das Händchenhalten, die Küsse auf die Wange und die lustigen Anekdoten fielen flach.

Als sie mich in den Ballsaal führte, war ich ziemlich beeindruckt. Er war gewaltig und riesengroß und ebenfalls mit teuren antiken Möbeln ausgestattet. Sie ging zu einem Tisch mit Stühlen hinüber und nahm Platz. Ich fragte mich, was in diesem Museum wohl erlaubt war, und setzte mich zwei Stühle entfernt von ihr. Nicht, dass ich sie unsympathisch gefunden hätte, doch wenn ich mich zu nah an einen Eisblock wie sie heranwagte, riskierte ich vielleicht noch Gefrierbrand im Gehirn.

»So, hier drin haben wir unsere Ruhe und sind unter uns«, verkündete Mary Fern.

»Ja, sieht ganz danach aus«, entgegnete ich.

»Ich weiß, dass Sie mich nicht mögen, das merke ich Ihnen an.« Sie betrachtete mich, als rechne sie damit, dass ich diesen Vorwurf abstreiten würde.

»Ganz und gar nicht.« Mir war klar, dass sie das auf verschiedene Weise verstehen konnte, und hoffte, dass sie es auf die schlimmstmögliche tat.

»Ich weiß, dass Sie mich nicht mögen.«

Hey, hatte sie das nicht gerade schon einmal gesagt? »Meine persönliche Meinung zu Ihrer Person ist hier nicht das Thema, Mrs Murphy. Ich will herausfinden, wer Ihren Sohn umgebracht hat und warum, denn ich habe den Verdacht, dass er unter der Brücke nicht allein war.«

»Stiefsohn«, verbesserte sie mich rasch.

Nun verriet sie es mir. Und leider hatte sie nichts zu meiner Theorie zu sagen, dass Mikey womöglich ermordet worden war. »Ja, es ist mir bekannt, dass Mikey nicht Ihr leiblicher Sohn war.«

Mary Fern betrachtete ihre Hände. Sie hatte lange Finger mit perfekt manikürten, perlrosa lackierten Nägeln. Ich fragte mich, ob sie echt oder in einem professionellen Nagelstudio aufgeklebt worden waren, und tippte auf Letzteres. Ihre große Armbanduhr hatte ein schwarzes Zifferblatt und ein schwarzes Lederband. An ihrer Hand prangten Verlobungsring und Ehering mit riesigen Diamanten, die im Schein des Kronleuchters funkelten. Allerdings trug sie keinen anderen Schmuck, nicht einmal Ohrringe. Ihre Ohrläppchen waren auch nicht durchstochen. Ihr Haar sah fantastisch aus, wundervoll gestuft, makellos geschnitten, jedes einzelne Härchen an seinem Platz, und das ganze mit fachmännisch colorierten Strähnchen.

»Ich habe ihm alle Möglichkeiten gegeben, Detective.«

»Was meinen Sie mit Möglichkeiten?«

»Ein Mitglied unserer Familie zu sein. Sich unter die anderen Kinder einzufügen.«

»Ich verstehe.« Ich holte Block und Stift heraus und legte sie auf den Tisch, was mir ein oder zwei Sekunden Zeit gab, um mir zu überlegen, wie ich sie am besten zur Strecke bringen konnte. »Und offenbar ist ihm das nicht zu Ihrer Zufriedenheit gelungen.«

»Er war ein seltsamer Junge, vermutlich von allen möglichen Dämonen getrieben, einfach ein Außenseiter, bei dem mir nicht wohl war.«

»Warum war Ihnen nicht wohl?«

»Er hat sich merkwürdig verhalten und Menschen absichtlich verletzt. Außerdem hatte er einen schlechten Einfluss auf meine eigenen Kinder.«

»Wie viele sind Ihre?«

»Die drei jüngsten. Die anderen drei sind die von Joseph und seiner ersten Frau. Plus Mikey.«

Der arme Mikey. Selbst jetzt war er nur ein Anhängsel.

»Hat eines Ihrer anderen Stiefkinder Sie je enttäuscht?«

»Nein, keines von Ihnen benimmt sich so daneben wie Mikey.«

»Sie sagen, er habe einen schlechten Einfluss gehabt. Wie das?«

»Er hat ihnen in jeder Hinsicht ein negatives Beispiel gegeben. Außerdem hat er ihnen wehgetan.«

»Meinen Sie das körperlich?«

»Manchmal, aber er hat immer einen Unfall vorgeschützt. Ich habe ein schlechtes Gewissen, weil ich jetzt, wo Mikey tot ist, so über ihn rede, doch ich kann nicht anders. Wenn Sie die Wahrheit hören wollen, sage ich sie Ihnen. Ich konnte ihn nicht ausstehen, Detective, wirklich nicht. So offen durfte ich nicht sein, solange mein Mann daneben saß und jedes Wort mithörte. Er hat diesen Jungen geliebt und alles Menschenmögliche getan, damit er endlich erwachsen und vernünftig wurde. Doch es war vergeblich.«

Ich beobachtete ihre Mimik. Inzwischen waren ihr tatsächlich Gefühle anzumerken. Ein Fortschritt. »Ist es zwischen Ihnen und Mikey zu offenen Feindseligkeiten gekommen?«

»Manchmal ließ es sich einfach nicht vermeiden. Er war für mich ein Ärgernis, seit ich Joseph geheiratet habe. Wie ein Dorn in meinem Fleisch, den ich einfach nicht loswerden konnte.«

Eine nette Beschreibung für das eigene Kind. So würde Mary Fern niemals einen Orden als »Mutter des Jahres« bekommen. »Ist Mikey je ernsthaft in Schwierigkeiten geraten?«

Mary Fern bedachte mich mit einem Blick, den man nur als herablassend und spöttisch bezeichnen konnte. »Sein Vater hat es jedes Mal geschafft, ihn rauszupauken.«

»Und dabei ging es um …?«

»Tja, einmal hat er einer meiner Freundinnen Geld gestohlen, als wir bei ihnen zum Essen eingeladen waren. Georgias Mann hat ihn dabei ertappt, wie er im Schlafzimmer die Kommodenschubladen durchwühlt hat.«

»Wurde die Polizei verständigt?«

»Nein, Joseph hat alles geregelt. Er hat die Wogen geglättet und es auf Mikeys Trennung von seiner Freundin geschoben. Damals haben wir ihn endlich davon überzeugen können, nach Oak Haven zu gehen.«

»Und dort hat sich sein Zustand gebessert?«

»Ja, es muss wohl so gewesen sein. Jedenfalls waren alle dieser Ansicht, sonst hätten sie ihn doch wahrscheinlich nicht entlassen. Allerdings habe ich es nicht geglaubt, keine einzige Sekunde lang. Nicht, seit er versucht hat, unser Kätzchen im Pool zu ertränken. Ich war schockiert und so außer mir, dass ich ihm nie wieder über den Weg getraut habe.«

»Sie haben beobachtet, wie er das Kätzchen ertränken wollte?«

»Nun, direkt beobachtet habe ich es nicht. Doch ich habe ihn am Pool herumlungern sehen, kurz bevor die anderen Kinder das Kätzchen paddelnd im Schwimmerbereich gefunden haben.«

»Also haben Sie es nicht mit eigenen Augen gesehen?«

Ach, herrje, so eine Empörung, die sich da in ihren aristokratischen Zügen malte, so ein Entsetzen, weil ich an ihrer Wahrhaftigkeit zweifelte. Sie schnaubte sogar durch die Nase. »Nein, aber ich weiß, dass er es war.«

»Okay.«

»Hoffentlich glauben Sie mir. Sonst tut es ja offenbar niemand.«

Ich beschloss, das Thema zu wechseln. »Gut, Mrs Murphy,

dann möchte ich Ihnen jetzt eine Frage stellen. Denken Sie, dass sich Ihr Stiefsohn das Leben genommen hat? Wie ich schon sagte, bin ich nicht sicher, dass es ein Freitod war. Ich habe die Vermutung, er könnte in den Selbstmord getrieben worden sein. Vielleicht hat sogar jemand Hand angelegt.«

Ihre Antwort kam wie aus der Pistole geschossen, ihre Miene blieb ruhig. »Nein, das habe ich von Anfang an nicht gedacht. Meiner Meinung hat ihn jemand umgebracht, weil er demjenigen etwas Schreckliches angetan hat. Wahrscheinlich einer der Dealer, die er so kannte.«

»Können Sie mir Namen nennen?«

»Nein. Sie hatten alle nur Spitznamen.«

»Erinnern Sie sich an die Spitznamen?«

»Nein. Aber als mir klar wurde, dass er dealte und diese zwielichtigen Gestalten in unser Haus einlud, mein Haus, in dem auch meine anderen Kinder wohnen, habe ich ihn aufgefordert, auszuziehen und sich eine andere Unterkunft zu suchen, um seine schmutzigen Geschäfte abzuwickeln. Ich werde nicht dulden, dass auf meinem Grundstück und vor den Augen meiner Kinder Drogenübergaben stattfinden. Joseph war endlich einmal meiner Ansicht.«

»Es hieß, es sei besser mit ihm geworden, nachdem er seine Pizzeria eröffnet hatte.«

»Ja, besser, allerdings habe ich da meine Zweifel. Wie bereits gesagt, und ich kann es leider nicht anders ausdrücken, habe ich ihm nie über den Weg getraut.«

»Was ist mit seinen Freundinnen? Könnte eine von ihnen ein Mordmotiv haben?«

»Keine Ahnung. Da ich mich geweigert habe, sie kennenzulernen, hat er, nachdem er ausgezogen war, nie eine hierher mitgebracht.«

»Und Sie sind nie einem Mädchen namens Li He begegnet?«

»Nein, nie.«

Ich machte mir einige Notizen, wusste jedoch, dass ich nicht viel mehr von ihr erfahren würde als giftige Tiraden gegen einen jungen Mann, den sie offenbar gehasst hatte wie die Pest. »Haben Sie mir sonst noch etwas mitzuteilen? Etwas, das Sie nicht sagen wollen, wenn Ihr Mann und Ihre Kinder dabei sind?«

»Ich möchte nur noch hinzufügen, dass Mikey nicht ganz normal war. Irgendetwas lief in seinem Kopf nicht rund. Er war häufig depressiv, und dann hatte er wieder diese Wutanfälle, die mich wirklich ängstigten. Und das schlimmste war …«

Sie hielt inne und wirkte zum ersten Mal ziemlich zögerlich. Als ich ihr Gesicht beobachtete, stellte ich fest, dass in ihren Augen widerstreitende Gefühle aufleuchteten wie gegabelte Blitze an einem nächtlichen Himmel. Sie brauchte eine geraume Weile, um zu entscheiden, ob sie sich mir anvertrauen sollte. Aber schließlich sprudelte sie es, den Blick gesenkt und mit leiser Stimme, hervor.

»Es passierte kurz nach seinem achtzehnten Geburtstag. Joseph war mit Ed auf Wahlkampftour. Es war schon sehr spät, bereits nach Mitternacht, als Mikey endlich zu Hause erschien. Die anderen Kinder schliefen bereits.«

Ich wartete ab. Ich ahnte, dass gleich etwas Schreckliches kommen würde, und war nicht sicher, ob ich es hören wollte. Doch sie sprach weiter, sodass mir nichts anderes übrig blieb.

»Er kam nach oben ins Schlafzimmer und sagte, er wolle mir eine gute Nacht wünschen, nur dass er noch mehr wollte als das. Er hatte viel getrunken und stank nach Alkohol und irgendeiner Droge, die er geraucht hatte.«

Ich zuckte zusammen, denn inzwischen konnte ich mir denken, wie es weiterging. Und ich behielt recht.

»Er ist mir zu nahe getreten, sexuell, meine ich. Und als ich ablehnte, hat er mich aufs Bett gestoßen, sich auf mich geworfen und mich festgehalten. Er sagte, dass er mich liebt, dass er in mich verliebt sei und ähnliche abscheuliche Dinge. Dann hat er versucht, mich zu küssen und mir den Morgenmantel vom Leibe zu reißen. Aber ich habe ihn geohrfeigt. Da hat er zurückgeschlagen, und zwar kräftig. Ich war noch nie im Leben geschlagen worden, Detective. Ich habe die Panik bekommen.

Endlich habe ich es geschafft, mich zu befreien und mich im Bad einzuschließen. Ich hatte Todesangst.«

Mit gutem Grund. Nun verstand ich endlich, dass sie allen Grund gehabt hatte, ihren Stiefsohn zu hassen. Vorausgesetzt, dass ihre Geschichte stimmte, und Mikey Murphy war der einzige weitere Zeuge für diesen angeblichen Übergriff, und der war tot und begraben. »Haben Sie die Polizei verständigt, Mrs Murphy?«

»Nein. Ich habe gehört, wie er ins Auto stieg und mit quietschenden Reifen die Auffahrt entlangraste.«

»Was ist mit Ihrem Mann?«

»Ich habe es ihm erzählt, doch er meinte, der Junge sei nur betrunken gewesen. Er werde ihm ins Gewissen reden.«

Oh, wie großzügig von ihm. »Und hat er es getan?«

»Ja, natürlich. Aber Mikey hat alles abgestritten, und es war in der fraglichen Nacht ja niemand wach gewesen, um meine Version der Dinge zu bestätigen. Mein einziger Beweis war ein kleiner Bluterguss an der Wange.«

Interessant, dass sie es als *ihre Version der Dinge* bezeichnete, nicht als die Wahrheit. Ich machte mir noch ein paar Notizen. Meine Gedanken überschlugen sich. Ich wusste noch nicht, worauf sie hinauswollten.

»Das war sicher sehr schwer für Sie«, sagte ich.

»Ich habe im Leben schon viele schwere Dinge überstanden. Nach diesem Vorfall konnte ich Mikey nicht mehr ertragen und habe darauf geachtet, nie allein mit ihm im selben Raum zu sein. Noch schwerer fiel es mir allerdings, meinem Mann zu verzeihen, weil er es auf die leichte Schulter nahm, dass sein Sohn mich in meinem eigenen Bett überfallen hatte.«

Lange blickten wir einander an. Ich hörte draußen Autos vorbeifahren. Ein Eichhörnchen saß hoch in einem riesigen Baum vor dem Fenster und unterhielt sich schnatternd mit seinen puschelschwänzigen Freunden. Mary Fern hatte recht. Es war wirklich nicht leicht, über so etwas hinwegzusehen. Ich hielt Ausschau nach Tränen oder unterdrückten Gefühlen, doch ihre

Augen blieben trocken. Andererseits fixierten sie mich mit einem offenen, klaren Ausdruck, der normalerweise nicht auf Lügen hinwies und keinen Raum für Halbwahrheiten ließ.

»Ich hatte Angst, er könnte meine Töchter belästigen«, fuhr sie fort, ohne den Blick von mir abzuwenden. »Das durfte ich nicht zulassen. Ich konnte erst wieder ruhig schlafen, als er aus dem Haus und in der Psychiatrie war. Ich dachte, die Ärzte könnten ihm helfen. Insbesondere sein Cousin. Sie waren schon immer gute Freunde gewesen. Mikey hat ihn bewundert, glaube ich. Nach der Therapie in Oak Haven standen sie einander für eine Weile sogar noch näher. Er meinte zu uns, Mikey würde seiner Ansicht nach wieder auf den richtigen Weg zurückfinden, nachdem er das Restaurant eröffnet hatte und in geordneten Verhältnissen lebte. Das Mädchen, mit dem Mikey damals zusammen war, sei auch Patientin in der Klinik gewesen und habe einen guten Einfluss auf ihn.«

»Ich verstehe. Sie sprechen von Martin Young, richtig?«

»Ja. Marty ist ein netter Mensch und wollte Mikey wirklich helfen. Hoffentlich glauben Sie mir, Detective. Ich sage die Wahrheit, das schwöre ich bei Gott.« Sie wartete auf meine Antwort, doch ich schwieg, da sich fast alle Leute, die ich vernehme, auf den lieben Gott berufen. Also sprach sie weiter. »Wahrscheinlich hat Mikey sich unter seinen drogensüchtigen Freunden viele Feinde gemacht. Und ich wiederhole noch einmal, dass ich Ihnen zustimme. Ich denke nicht, dass er sich umgebracht hat. Es war die größte Sorge meines Mannes, dass Mikey lieber Selbstmord begehen würde als weiterzuleben. Allerdings glaube ich nicht, dass er je mit diesem Gedanken gespielt hat. Dazu war er viel zu ichbezogen und egoistisch. Er baute auf sein gutes Aussehen und seine Intelligenz und hielt sich schon immer für klüger als seine Mitmenschen.«

Aber offenbar war da jemand noch klüger gewesen. Jemand, der ihn getötet hatte und dem es beinahe gelungen war, es als Selbstmord durch Erhängen darzustellen.

Mary Fern, inzwischen der Inbegriff der Kooperation, wartete auf die nächste Frage, doch das Läuten meines Telefons unterbrach uns. Ich holte es aus meiner roten Krokotasche, klappte es auf und studierte das Display. Buckeye Boyd von der Gerichtsmedizin.

»Verzeihung, Mrs Murphy, aber ich habe auf diesen Anruf gewartet. Ich muss ihn annehmen.«

Sie stand auf und strich ihren Rock über den Hüften glatt. »Ich muss jetzt wirklich wieder nach unten, um für meine Kinder da zu sein. Einige von ihnen hat es sehr schwer getroffen. Können wir ein andermal weitermachen?«, sagte sie.

Ich fragte mich, ob sie für alle Kinder da sein würde oder nur für ihre eigenen. »Ja, natürlich. Ich glaube, ich habe jetzt alle Informationen, die ich brauche. Ich rufe Sie an und vereinbare einen Termin, wenn mir noch etwas einfällt.«

»Danke, Detective. Ich hoffe, Sie verstehen mich jetzt ein bisschen besser.«

Schon, aber was nützte mir das?

»Übrigens eine sehr schöne Handtasche, die Sie da haben. Hermès, richtig?«

»Ja, danke.«

Offenbar kannte sich Mary Fern ausgezeichnet mit teuren Designertaschen aus. Aber warum wunderte mich das nicht? Nachdem sie kehrtgemacht und sich entfernt hatte, drückte ich auf den Knopf. »Buck?«

»Ja, ich bin's.«

»Einen Moment bitte, okay?«

»Klar.«

Ich erhob mich, wartete, bis Mary Fern auf dem Flur verschwunden war, und ging dann zu einem Fenster mit Blick auf den Rasen. Etwa dreißig Personen wimmelten, mit Tellern, Tasse und Weingläsern bewaffnet, dort herum. Black konnte ich nirgendwo entdecken. Vermutlich beriet er noch die scharfe Rothaarige mit dem durchgedrehten Onkel.

»Okay, jetzt kann ich reden. Was hast du über das Mädchen rausgekriegt?«

»Einiges, aber es wird dir nicht gefallen.«

»Öfter mal was Neues.«

»Wir haben die Haare aus der Bürste getestet und sie mit denen von der verkohlten Leiche verglichen.«

»Und?«

»Keine Übereinstimmung. Dein Opfer ist nicht Li He.«

»Soll das ein Scherz sein?« Ich verstand die Welt nicht mehr.

»Das gleiche habe ich auch gesagt. Ich weiß noch immer nicht, wer sie ist. Natürlich besteht immer die Möglichkeit, dass jemand anderer ihre Bürste benutzt hat. Doch die Haare in der Bürste waren alle identisch, was diese Möglichkeit mehr oder weniger ausschließt. Bist du sicher, dass es ihre Bürste ist?«

»Ja. Sie war in ihrem Zimmer, und Dee, ihre Mitbewohnerin, hat sie als ihre identifiziert. Hast du sonst noch was gefunden?«

»Das Opfer ist Asiatin. Sie ist eindeutig jung, doch ihre DNA ist nicht in unserer Datenbank. Ich habe zwar einen Fingerabdruck genommen, aber der ist wegen der Verbrennungen vermutlich nicht brauchbar. Vielleicht kannst du ihn ja mit AFIS abgleichen. Ich schreibe gerade den Bericht. Willst du vorbeikommen oder soll ich ihn dir ins Büro faxen?«

»Fax ihn in Blacks Büro. Ich bin in Jefferson City, doch später heute Abend fahre ich zurück nach Cedar Bend. Dann lese ich ihn. Verdammt, ich dachte, wir hätten sie identifiziert. Jetzt können wir wieder von vorne anfangen.«

»Leider ja.«

»Was ist mit Mikey?«

»Todesursache war eine Würgefessel um den Hals. Ersticken. Tod durch Erhängen.«

»Mehr hast du nicht?«

»Nein. Aber ich muss mir noch das Mädchen mit der Benzinexplosion vornehmen. Doch bei der werde ich nicht viel entdecken, das kann ich dir jetzt schon verraten.«

»Okay.«

»Ich muss Schluss machen. Hier ist die Hölle los. Viel Glück.«

Ich gab ihm Blacks Faxnummer. Als er auflegte, sah ich zwei Jugendliche, die ich sofort als Mitglieder des Murphy-Clans erkannte, am anderen Ende des Ballsaals stehen.

Ich ging ihnen entgegen. »Hallo, kann ich etwas für euch tun?«, fragte ich, obwohl »könnt ihr mir vielleicht helfen?« es wohl besser getroffen hätte.

»Ja, Ma'am«, erwiderte das Mädchen und schaute hinter sich in den Flur. Sie war ebenso nervös wie ihr Bruder. Mein Bauch sagte mir, dass das, was sie mir mitzuteilen hatten, für meine Ermittlungen von großer Wichtigkeit sein würde. Wieder zögerten sie und sahen einander zweifelnd an. Offenbar war das Mädchen die Sprecherin. »Ich bin Mitzi Murphy, und das ist mein kleiner Bruder Robert Murphy.«

»Ich bin nicht klein«, protestierte Robert.

Allerdings war er das wirklich, sowohl was seine Statur als auch sein Alter betraf. Er sah aus wie zwölf. Seine Schwester schien sechzehn oder siebzehn zu sein. Sie achtete nicht auf seinen Einwand. »Mom möchte nicht, dass wir mit Ihnen reden. Sie denkt, es wäre zu belastend für uns. Außerdem hat sie Ihren Sheriff angerufen und ihm gesagt, sie wolle nicht, dass wir Geschwister befragt werden.« Wieder zögerte sie. »Wegen der Sache mit Mikey.«

Ihre Augen füllten sich mit Tränen. Die ihres Bruders ebenso. Die beiden hatten ihn zweifellos geliebt.

»Das mit eurem Bruder tut mir wirklich leid.«

Da sie schwiegen, fuhr ich fort: »Es ist nicht leicht, in eurem Alter so etwas zu erleben.«

»Stimmt«, bestätigte Mitzi.

»Vielleicht will eure Mom euch ja nur beschützen, weil es euch wehtun könnte, über euren Bruder zu sprechen«, schlug ich vor, obwohl ich es nicht ernst meinte. Mom war so eiskalt wie die Karottennase von Frosty dem Schneemann.

»Kann sein, aber sie ist sehr stark. Sie hat nicht einmal geweint, als sie es uns erzählt hat.«

Es geschahen noch Zeichen und Wunder. Warum überraschte mich das nicht? Meiner Einschätzung nach hatte die Frau noch nie im Leben eine Träne vergossen, außer vielleicht wegen eines abgebrochenen Fingernagels. »Habt ihr mir etwas zu sagen, Mitzi? Etwas, das für den Fall wichtig sein könnte?«

»Ich weiß nicht genau. Aber ich möchte Ihnen helfen herauszufinden, was passiert ist. Daddy glaubt, dass Sie eine sehr gute Polizistin sind und dass Sie den Fall bestimmt im Handumdrehen aufgeklärt haben werden.«

»Seid ihr sicher, dass ihr mit mir reden wollt?«

Die zwei nickten. »Gut, dann setzen wir uns und unterhalten uns kurz, einverstanden?«

Sobald wir saßen, warf ich einen Blick zur Tür, um mich zu vergewissern, dass die Wachmutti nicht hinter mir her war. Die Luft war rein. »Wann habt ihr euren Bruder zuletzt gesehen?«

»An dem Wochenende, bevor er, nun, gestorben ist.«

Das Gespräch strengte sie sehr an, und es wurde nicht besser. Das stand ihnen in die jungen Gesichter geschrieben. Sie hatten noch nicht gelernt, ihre Gefühle zu verbergen. Vielleicht hatte die Eiskönigin ja recht und es war nicht gut, dass sie darüber redeten. »Und wo?«

»In seiner Pizzeria. Wir sind hingefahren, so oft wir konnten, und bei ihm und seiner Freundin abgehangen. Aber Mom wollte nicht, dass wir uns mit ihm trafen. Deshalb mussten wir es heimlich tun. Wir haben nicht richtig gelogen, sondern es ihr nur nicht erzählt.«

»Warum wollte sie das nicht?« Als ob ich das nicht längst gewusst hätte.

Robert ergriff das Wort. »Sie sagte, er hätte viele falsche Entscheidungen gefällt und die Familie unnötig in Verlegenheit gebracht. Aber so schlimm war Mikey gar nicht. Zu uns war er immer supernett. Er hat uns zu Pizza und Cola eingeladen und ist mit uns nach Bagnell Dam gefahren, wo die Videospiele sind.«

»Wie hieß denn seine Freundin?«

»Li He. Sie ist Chinesin und auch total nett.«

Mein Herz machte vor Freude einen Satz. Alles hatte darauf hingedeutet, dass Li He unser Opfer war. Doch nun hatte sich das als Irrtum entpuppt, sodass ich diesen beiden nervösen, trauernden Kindern nicht sagen musste, dass auch sie tot war. Jetzt brauchte ich die Frau nur noch zu finden, was inzwischen ganz oben auf meiner Liste stand.

»Ja, sie ist echt super und sieht außerdem spitze aus. Ziemlich klein, sehr zierlich eben. Sie reicht mir kaum bis zum Kinn. Mikey ist total verliebt in sie, oder er war es, meine ich. Sie wird sehr traurig sein, wenn sie es erfährt. Haben Sie es ihr schon erzählt?«

Ich schüttelte den Kopf und wechselte das Thema. »Ich habe noch nicht mit ihr gesprochen, aber das werde ich noch. Haben sich die beiden gut verstanden.«

»Ja, die waren voll verliebt. Li hat mir gesagt, sie würde ihn eines Tages heiraten, aber er hätte ihr noch keinen Antrag gemacht. Sobald er es täte, würde sie sich ganz schnell einen Pfarrer suchen, bevor er es sich anders überlegt. Ja, das hat uns sehr gefreut, weil wir Angst hatten, dass Mikey nie über Sharon hinwegkommen könnte.« Mitzi lächelte kurz, doch es war rasch wieder verflogen.

Sharon Richmond, wie ich vermutete. »Und wer ist Sharon?«

»Das war seine allererste Freundin. Seine erste wahre Liebe. Sie waren lange zusammen. Nach der Trennung ist sie zurück nach Tennessee und hat was mit einem anderen Typen angefangen. Ich glaube, inzwischen sind sie verheiratet.«

»Wie hieß Sharon mit Nachnamen?«

»Richmond.«

Bis jetzt passte alles. »Wie hieß denn ihr neuer Freund? Erinnert ihr euch?«

Sie schüttelte den Kopf. »Ich weiß nur noch, dass Mikey sich umbringen wollte, als sie weg ist.« Entsetzt wurde ihr klar, was sie da gerade gesagt hatte.

Geschickt wechselte ich das Thema. »Li He studiert an der Missouri State, richtig?«

»Ja, Ma'am. Sie ist im dritten Jahr.«

»Wo haben sich die beiden denn kennengelernt?«, erkundigte ich mich.

Die Geschwister wechselten wieder einen Blick. Ich schloss aus ihrem Blick, dass sie unsicher waren, ob sie es mir sagen sollten. »Sie waren beide gleichzeitig Patienten in der Oak Haven Clinic. Dort sind sie sich begegnet«, antwortete Mizzi schließlich.

»Warum war Mikey dort?«

»Nachdem Sharon weg ist, hat er sich vollkommen verändert. Und außerdem war er manchmal ohne jeden Grund total niedergeschlagen und fand sein Leben ohne Sharon zum Kotzen. Dann lag er nur im Bett und sagte, dass er sich selbst und alle anderen hasst. Vor allem Sharon. Ständig hat er mit Mom und Dad gestritten, und sie haben beide auf ihm herumgehackt und behauptet, dass etwas mit ihm nicht stimmt. Vor allem Mom.«

»Ja, sie haben rumgemotzt, er hätte einen schlechten Einfluss auf uns andere Kinder, doch das hat nicht gestimmt«, fügte Robert hinzu.

»Was für einen schlechten Einfluss?«

»Sie sagten, er würde Gras rauchen und sich ständig in Schwierigkeiten bringen, und wenn wir weiter mit ihm abhängen würden, würden wir irgendwann auch damit anfangen«, erwiderte Mitzi.

»Aber das tun doch alle manchmal«, ergänzte Robert errötend und zog ein sehr schuldbewusstes Gesicht.

»Nun, Drogen zu nehmen ist grundsätzlich keine gute Idee«, entgegnete ich. »So macht man sich sein Leben kaputt und landet womöglich noch im Gefängnis.«

»Wir fassen so was nicht an, echt nicht.«

Ich hatte da meine Zweifel; schließlich mussten sie mit dieser Mutter leben. »Nun, dann muss ich euch auch nicht festnehmen«, sagte ich jedoch nur.

Sie lachten zwar, aber es klang ziemlich zittrig. Offenbar waren sie nicht sicher, wie sie mich einschätzen sollten. Ich musterte sie, einen nach dem anderen, um festzustellen, was hier in Wirklichkeit gespielt wurde. Die beiden hatten sich bestimmt nicht grundlos diese Mühe gemacht, zögerten nun aber, mit der Sprache herauszurücken. Ich wollte endlich wissen, was los war. Und ich gelte nicht umsonst als gradliniger Mensch. »Okay, und jetzt macht den Mund auf«, meinte ich. »Ihr seid doch sicher die vielen Treppen hochgestiegen, um mir etwas zu erzählen.«

Wieder unschlüssige Blicke. Ich wartete ab. Offenbar wollten sie mir ihr Herz ausschütten, hatten jedoch Angst vor der eigenen Courage.

Endlich ergriff Mitzi das Wort. »Mikey sagte, dass möglicherweise jemand hinter ihm her ist.«

Okay, gedankt sei Gott dem Herrn, jetzt redeten wir Tacheles. »Wann hat er das gesagt?«

»Am letzten Wochenende, als wir in seinem Restaurant am Tisch saßen und Pizza gegessen haben.«

»Was hat er sonst noch gesagt?«

»Dass er das Gefühl hätte, von jemandem beobachtet zu werden. Er hätte auch gesehen, dass ihm jemand folgt.«

»Vermutlich hat er euch keinen Namen oder Grund genannt.«

»Nein, bloß, dass er nicht wirklich jemanden erkannt, sondern es nur gespürt hat. Li war auch dabei und meinte, sie hätte das gleiche Gefühl gehabt. Sie hat ihm zum Schutz ein paar von diesen blauweißen Armbändern geschenkt.«

»Gegen den bösen Blick, richtig?«

»Ja, so hat sie sie genannt. Wissen Sie davon?«

Ich nickte. »Also hat sie sich ziemlich erschreckt, was? Hat es in der Pizzeria einen Einbruch oder etwas Ähnliches gegeben?«

»Nein, glaube ich nicht. Aber er hat ständig gesagt, so viele seiner Freunde aus der Therapiegruppe seien gestorben, und er hätte Angst, als nächster dran zu sein.«

»Sind denn wirklich so viele seiner Freunde in Oak Haven gestorben?«, hakte ich nach.

»Ja. Wissen Sie, es war eine Gruppe für Jugendliche, die halt so drauf waren, nun, dass sie sich umbringen wollen. Einige hatten es sogar schon versucht. Mikey hat manchmal auch solche Sachen gesagt. Meistens zu meiner Mom. Dass er sterben wollte und so. Aber ich glaube nicht, dass er es je getan hätte.«

»Ja, als er noch zu Hause gewohnt hat, hat er einmal oben in seinem Zimmer so etwas erzählt, bis ich zu weinen angefangen habe«, ergänzte Robert. »Später ist er dann in mein Zimmer gekommen und meinte, er würde es nie wirklich tun. Er hätte Mom nur Mist erzählt, und ich solle mir keine Sorgen machen. Dann hat er es mir versprochen. Er hat die Hand auf eine Bibel gelegt und bei Gott geschworen, dass er es nicht tut.«

Wieder stiegen dem Jungen Tränen in die Augen und liefen ihm diesmal die Wangen hinunter. Ich berührte ihn an der Schulter. »Es ist in Ordnung, Robert. Wein nur, wenn du dich dann besser fühlst. Es ist wirklich schlimm, was eurer Familie passiert ist.«

Ich wandte mich an Mitzi. »Erinnerst du dich, wer in Oak Haven sein Arzt war?«

»Ja, er heißt Dr. Young. Er ist unser Cousin. Aber Mikey ist dort von verschiedenen Ärzten behandelt worden.«

»Hat Mikey je über Dr. Young geredet? Gesagt, ob er ein guter Arzt ist oder nicht? Oder etwas Ähnliches?«

»Die beiden waren ziemlich gut befreundet. Mikey sagte, er hätte immer Zeit für ein Gespräch gehabt, wenn er wegen Mom und Dad etwas auf dem Herzen hatte. Li mochte die Ärzte ebenfalls. Sie hat mir erzählt, sie hätte von ihnen viel über ihre Gefühle gelernt.«

»Weißt du, warum Li dort war?«

»Mikey sagte, sie hätte mit Selbstmord gedroht, falls sie wieder zurück nach China müsste, wenn die Akrobatikshow ihrer Eltern drüben in Branson zu Ende ist. Sie wollte hier bei Mikey bleiben und amerikanische Staatsbürgerin werden. Er hat versprochen, ihr zu helfen und ihr einen Anwalt zu besorgen und so.«

»Wussten eure Eltern, dass er ihr helfen wollte?«

»O nein, daran hätten sie bestimmt auch wieder was auszusetzen gehabt. Sie mochten Li nicht und waren dagegen, dass Mikey mit ihr zusammen war. Sie wollten, dass er eine Frau heiratet, die besser in unsere Kreise passt.«

»Li passt zu uns«, ergänzte Robert. »Sie ist echt nett.«

Ich hatte den Eindruck, dass Robert und Mitzi sich trotz ihrer durchgedrehten Eltern ziemlich normal entwickelt hatten. Als wir fertig waren, hasteten sie wieder nach unten, damit ihre Mutter nicht Lunte roch. Ich hoffte, dass sie diese Tragödie überstehen würden, denn sie litten beide sehr darunter, und das würde sich nicht so einfach wieder legen. Das wusste ich aus eigener Erfahrung.

Etwa zwei Minuten nach ihrer Flucht erschien Black in der Tür und sah sich im Ballsaal um.

»Nicht gerade schäbig hier, was?«, meinte er.

Ich ging ihm entgegen. »Hast du genug von der Rothaarigen und ihrem Onkel?«

»Das hat nicht lange gedauert. Ich wollte mich nur vergewissern, dass du nicht ohne mich verschwunden bist.«

»Warum sollte ich so was tun?«

»Das hast du bereits, wenn ich mich recht entsinne.«

»Nur in Notfällen.«

»Ich würde mich gern aus dem Staub machen. Was ist mit dir?«

»Nichts lieber als das. Hast du unten etwas Interessantes aufgeschnappt?«

»Nein. Mikey wurde kaum erwähnt. Alle haben nur darüber geredet, was für gute Menschen seine Eltern sind und dass sie so etwas nicht verdient haben. Mikeys Name ist in keinem der Gespräche gefallen, die ich mitgehört habe.«

»Das ist offenbar die allgemeine Auffassung. Ich frage mich, wo Mikeys Freunde sind.«

»Vermutlich hinter Schloss und Riegel in Oak Haven.«

Erst in diesem Moment wurde mir richtig klar, dass keiner von Mikeys Freunden bei der Beerdigung gewesen war. Auch nicht Doctor Young und Doctor Collins, Happy Pete oder einer der Patienten. Das war ein wenig seltsam, so wie alles an diesem Fall. Rasch verließen wir die Villa, gingen zu meinem Explorer und verdrückten uns. Endlich konnte ich mich auf das Wiedersehen mit den Eltern des Mädchens freuen. Vielleicht würde ja auch Bud das Vergnügen haben. Denn diesmal hatten wir gute Nachrichten. Wir konnten ihnen mitteilen, dass ihre Tochter nicht zu Tode geröstet worden war. Leider jedoch würden wir hinzufügen müssen, dass wir noch immer keine Ahnung hatten, wo sie steckte.

### *Mein Name ist Trouble*

Tee fing an, sich noch eingehender mit seinen Büchern und den Internetrecherchen zu befassen. Er gierte förmlich nach neuen Methoden der Gedankenmanipulation und Gehirnwäsche und war wie besessen von diesem Thema und zufrieden mit seinem Erfolg. Für einen Anfänger schlug er sich ziemlich wacker. Wirklich. Er konnte seine Lakaien dazu bringen, nahezu alles zu tun, was er wollte, und zwar zu jedem beliebigen Zeitpunkt, ohne dass ihm jemand auf die Schliche gekommen wäre. Nicht einmal die studierten Psychiater, die diesen Laden leiteten, konnten sich erklären, warum sich der Zustand aller Patienten stetig verschlechterte. Inzwischen mussten fast alle seine Freunde Psychopharmaka nehmen. Das hieß, dass Tee der derzeit einzige Therapieerfolg war, weshalb sich die Ärzte angesichts seiner Fortschritte förmlich vor Begeisterung überschlugen. Dass sie keine Einsteins waren, stand eindeutig fest.

Und eines Nachts gegen drei knackte Tee endlich den Jackpot, denn er begegnete in einem der Psycho-Chatrooms, die er frequentierte, einem Chinesen, einem Mann, der Experte auf dem Gebiet der Indoktrinierung war. Bald mailten sie einander häufig, und irgendwann gelang es Tee, dank seiner ausgesprochen ehrerbietigen Haltung und ständigen Komplimente, das Vertrauen des Chinesen zu gewinnen. Der Mann mailte ihm

Kopien seiner Versuchsreihen mit drastischen Gehirnwäschemethoden, von denen viele gesetzlich verboten waren. Der chinesische Wissenschaftler hatte in heimischen Gefängnissen mit Häftlingen und Dissidenten experimentiert, war also einer der Leute, von denen Yang Wei Tee erzählt hatte. Offenbar hatte er von der Regierung die Genehmigung erhalten, nach Gutdünken vorzugehen. Alles gab er zwar nicht preis, da er sich vor den Konsequenzen fürchtete, doch Tee las alle seine Abhandlungen sowie das einzige Buch, das er veröffentlicht hatte. Es handelte sich um ein von der Fachwelt nicht weiter beachtetes, kurzes Pamphlet, verfasst während seiner Studienzeit. Doch es reichte, um Tee zu neuen Taten anzuspornen.

Tee war fasziniert und hingerissen und fühlte sich in seinen Bemühungen ermutigt. Nach einer Weile machte er den Ärzten klar, dass er geheilt war, kehrte der Klinik und seinen Jüngern den Rücken und schrieb sich an der besten Universität ein, die er finden konnte, und zwar einer, deren psychiatrische Fakultät hohes Ansehen genoss. Er stürzte sich mit Feuereifer in die Seminare zum Thema Psychologie und Verhaltensauffälligkeiten und spezialisisierte sich auf Hypnotherapie. Rasch hatte er seinen Abschluss in der Tasche, was ihm dank seines hohen IQ nicht weiter schwerfiel. Er legte sich mächtig ins Zeug, um all die benötigten Zertifikate und Diplome in Rekordzeit zu erwerben, während er gleichzeitig seine streng geheimen Versuche in Sachen Gehirnwäsche fortsetzte. Allmählich wuchsen seine Kenntnisse, und eines Tages bot man ihm eine Stelle an derselben Klinik an, wo seine Laufbahn begonnen hatte. Konnte es etwas Schöneres geben?

Es war ein Traum. Er konnte sein Glück kaum fassen. Mittlerweile galt er als Koryphäe auf dem Gebiet der modernen Hypnotherapie und Gruppentherapie und hatte Zugriff auf fast alle Patientenakten. Es hätte gar nicht schöner kommen können, denn nun brauchte er nur noch auszuwählen wie aus einer Speisekarte voller Lieblingsgerichte. Dann jedoch scheiterten einige seiner Experimente, und seine Probanden fingen an, unangenehme Fragen zu stellen und ihm nachzuspionieren. Und eines Tages kam es zum großen Knall: Sie stahlen einige seiner geheimen Bandaufnahmen, weshalb er die Diebe beseitigen musste. Allerdings war das nicht weiter schwer, denn er hatte sie bereits hypnotisiert und die nötigen Trigger einprogrammiert. Sie brachten sich beide wie geplant selbst um, der eine durch Erhängen, die andere in einem Backrohr mit eingestellter Zeitschaltuhr, ein hübscher und noch nie dagewesener Trick, der gleichzeitig sämtliche Spuren in Rauch aufgehen ließ. Danach war alles wieder gut, nur dass er die gestohlenen Bänder nicht mehr wiederfand. Und dass sich, was noch schlimmer war, die Polizei mit der Sache befasste. Ergebnis war, dass er sich nun mit einem ziemlich gerissenen weiblichen Detective herumärgern musste. Er hatte diese Frau auf Anhieb gehasst wie die Pest, denn sie erinnerte ihn an Maggie, die Hexe, nur dass sie um einiges besser aussah.

Tee brauchte nicht lange, um zu bemerken, dass diese Frau klüger war als die Menschen, mit denen er sonst spielte. Außerdem hatte sie ihn offenbar im Verdacht, er könnte etwas ausgefressen haben. Und so schmiedete er sorgfältig einen Plan, um sie aus dem Weg zu räumen. Nach ihrer ersten Begegnung recherchierte er sie, im guten alten Internet, um etwas gegen sie in der Hand zu haben. Und, Mann, hatte die eine schräge Vergangenheit! Die Frau musste in ihrem hübschen kleinen Köpfchen jede Menge Schrauben locker haben. Den Nachrichten zufolge pflasterten massenweise tote Angehörige und andere traumatische Erfahrungen ihren Lebensweg. Außerdem zahlreiche grausige Fälle, weshalb sie sicher ziemlich viel aufgestaute Wut mit sich herumtrug. Für einen Wissenschaftler mit bösen Absichten, wie er einer war, war sie das gefundene Fressen. Und als er erfuhr, dass sie ihren einzigen Sohn noch im Kleinkindalter verloren hatte, waren die Würfel gefallen. Nun wusste er, wie er sie kriegen konnte.

Und so hatte er nachgeforscht und geplant und sie sich geschnappt, als sie am wenigsten damit gerechnet hatte. Er hatte sie ausgetrickst, und zwar mühelos. Sie war in die Klinik gekommen, um Zeugen zu befragen, und er hatte durch einen gut getarnten Einwegspiegel beobachtet, wie sie das Büro durchsuchte. Offenbar interessierte sie sich für seine revolutionären Techniken, denn sie hatte viele Fragen dazu, wie sie funktionierten. Und so hatte er sie drangekriegt. Es war ja so leicht gewesen, viel leichter als er bei einer so willensstarken Frau erwartet hätte. Er hatte ihr etwas zu trinken angeboten, eine harmlose Geste, und sie hatte die Wasserflasche angenommen wie auf ein Stichwort.

Allerdings hatte sie nicht geahnt, dass er das Wasser mithilfe einer Injektionsspritze mit Natriumpentothal versetzt hatte, das er sonst bei seinen jungen Patienten verwendete, mit denen er experimentierte. Und jetzt war die nette kleine Polizistin eine Todeskandidatin, ohne zu wissen, dass er ihr einige falsche Erinnerungen und Ängste tief in ihren wirren Verstand gepflanzt hatte. Am wirkungsvollsten war die Suggestion gewesen, sie solle sich gründlicher mit dem Tod ihres kleinen Sohns befassen, was sie auch prompt tat. Dann hatte er dafür gesorgt, dass noch eine Jugendliche Selbstmord am Bagnell Dam beging, eine gewaltige Ablenkung für sie und außerdem ein weiterer Fall auf ihrem Schreibtisch. Es war eine Sensation gewesen. Er hatte auf KY3 zugesehen, wie Cleo sich in die Luft gejagt hatte. Mann, echt eine Wucht.

Doch am besten war, dass er Miss Detective eine ausgesprochen gute Methode suggeriert hatte, um sie für immer aus dem Weg zu räumen. Falls sie ihm zu sehr auf die Pelle rückte und seine Pläne störte, musste er nur das Zauberwort aussprechen, damit sie starb und ihn nie wieder belästigte. Wenn ihn seine Menschenkenntnis nicht täuschte, würde sie nicht lockerlassen, bis sie ihn hatte. Also würde er ihr zuvorkommen müssen.

## *Einundzwanzig*

Die großen Ditigalziffern der Uhr auf dem Nachttisch zeigten in großen grünen Buchstaben 3:30 an. Schlaftrunken blinzelnd drehte ich die Uhr zu mir hin und starrte benommen darauf, nur um sicherzugehen, dass ich auch richtig gelesen hatte. Was sollte dieser ständige Mist mit halb vier? Allmählich hatte ich den Eindruck, dass jede Uhr, auf die mein Blick fiel, halb vier anzeigte. Black schlief neben mir, nur dass wir nun in seinem riesigen Bett in seinem riesigen Penthouse in der riesigen Cedar Bend Lounge lagen. Ich wünschte, ich hätte auch geschlafen, denn es dauerte keine zwei Sekunden, bis Zachs Gesicht wieder durch die dunkelsten Korridore meiner Erinnerungen bis mitten hinein in mein Gehirn raste. Gut, dann würde ich eben aufstehen, mich mit dem Fall beschäftigen, die Fakten ordnen und Zach vergessen. Ebenso wie die Frage, warum er nach so vielen Jahren, die er, still und verdrängt, unter einem zarten Leichentuch in meiner Seele gelegen hatte, nun ständig in meinen Gedanken herumspukte.

O Mann, Black war offenbar im Koma, und das mit gutem Grund, denn wir hatten uns zuvor am Abend wild und hemmungslos geliebt. Einige meiner Körperteile prickelten immer noch. Ja, wir standen wirklich unbeschreiblich aufeinander. Man hätte meinen können, dass der erotische Funke zwischen uns nach einiger Zeit nachlassen würde, doch er wurde nur stärker und loderte hoch empor wie ein Lagerfeuer. Eindeutig eine gute Sache.

Black rührte sich nicht einmal, als ich mich auf die Bettkante setzte. Aber ich wusste, dass er morgen einen langen Tag vor sich hatte. Patiententermine, einige wichtige geschäftliche Besprechungen und eine oder zwei transatlantische Telefonkonferenzen, der Hauptgrund, warum wir bei ihm und nicht bei mir übernachteten. Also schlüpfte ich vorsichtig unter der schwarzen Satindecke hervor, um ihn nicht zu stören. Jules lag nicht bei uns im Bett, was seltsam war, aber Jules war eben auch ein seltsamer Hund. Es machte ihm Spaß, Blacks palastähnliches Zuhause zu erforschen, denn es hat mehr Ecken und Nischen als mein gemütliches Häuschen am See. Außerdem waren die Möbel weicher und mit teuren Stoffen ausgestattet, die Namen wie Chenille oder Damast trugen. Wie Sie sich sicher erinnern, ist Jules Franzose.

Die beiden Autopsieberichte – der des weiblichen Opfers im Ofen und der von Mikey Murphy – waren vor unserer Rückkehr von der Beerdigung per Fax eingetroffen. Ich hatte sie durchgeblättert, allerdings nichts entdeckt, was mir ins Auge gestochen und Licht auf diese bizarren Verbrechen geworfen hätte. Ich steckte den Arm in meinen Morgenmantel, griff nach der Glock 9 mm und ging nach unten. Tut mir leid, doch selbst in Blacks gut abgesichertem und mit Argusaugen bewachtem Hotel bewegte ich mich nicht ohne Waffe. Man konnte ja nie wissen.

Ich traf Jules schlafend an. Auf einem Haufen von Kissen mit Samttroddeln, um genau zu sein. Er wusste es nicht sonderlich zu schätzen, dass ich Licht machte und seinen Schlummer auf dem butterweichen teuren Sofa aus schwarzem Samt und Damast störte, stand auf, gähnte und streckte sich theatralisch, umkreiste erwähnte Kissen einige Male, ließ sich wieder darauf nieder und schloss mit einem entnervten Seufzer die Augen. Ich fragte mich, ob Zach der lustige kleine Hund wohl gefallen hätte, und bereute diesen Gedanken sofort. Mein Sohn hätte ihn geliebt, mit ihm gespielt und alles an ihm gern gehabt, genau wie Lizzie.

Ich ging in Blacks gewaltige, luxuriös ausgestattete Küche mit ihrem blitzblanken Edelstahldekor, den schimmernden Schränken aus Kirschholz und den Arbeitsflächen aus schwarzem Granit und steuerte auf den Kühlschrank zu, der meiner Schätzung nach groß genug für die Vorräte einer sechsmonatigen Militärexpedition in die Antarktis war. An die offene Tür gelehnt, betrachtete ich die Wasserflaschen, kein Ozarka, wie wir es im Büro des Sheriffs tranken und überall in der Oak Haven Clinic herumstand, sondern irgendeine superschicke Marke, zweifellos gewonnen aus einem ganz besonders sauberen und klaren Bach in den Hochlagen der Alpen. Zumindest schloss ich aus dem bärtigen Jodler in Lederhosen auf dem Etikett, dass es von dort stammte. Außerdem gab es da unzählige Flaschen Apfelsaft, Orangensaft und Granatapfelsaft, den ich zugegebenermaßen echt fies finde. Wo zum Teufel bewahrte er nur sein Pepsi auf? Natürlich hätte ich unten anrufen und einen kalten Sechserpack bestellen können. Aber, nein, ich wollte doch nicht die Leute von der Nachtschicht aufscheuchen, nur weil ich Lust auf eine Cola hatte. Also würde ich mich ausnahmsweise mit etwas Gesundem begnügen. Es war ja nichts anderes da.

Ich schnappte mir eine kleine Flasche V-8-Gemüsesaft und goss ein wenig davon in eine weiße Kaffeetasse mit dem Emblem der Cedar Bend Lodge. Der Saft schmeckte gut und nach ausgewogener Ernährung. Vielleicht würde er ja die letzten einundzwanzig Tage ohne Obst und Gemüse ausgleichen. Black mochte Grünzeug und hatte mir sogar einen Obstkorb mitgebracht. Das Obst stand noch immer, die gelbe Folienverpackung unversehrt, auf der Küchentheke. Black machte sich viel zu viel Gedanken um meinen Magen und darüber, ob ich auch genügend Vitamine abbekam.

Ich schaltete die schicke Lichterleiste über dem glänzenden schwarzen Küchentisch an, setzte mich und breitete die beiden Autopsieberichte vor mir aus. Vielleicht hatte ich ja etwas übersehen. Die Tatortfotos waren kein hübscher Anblick. Keines davon. Insbesondere die von dem weiblichen Opfer. Bei ihr standen wir wieder ganz am Anfang, und ich fragte mich, ob meine neue Freundin und seit Kurzem potenzielle Verdächtige Khur-Vay mir da wohl weiterhelfen konnte. Offenbar kannte sie jedes einzelne Mitglied der asiatischen Bevölkerungsgruppe in Branson in- und auswendig. Außerdem hatte sie etwas an sich, das meinen Argwohn weckte, auch wenn ich nicht ganz dahinter kam, insbesondere deshalb, weil sie mir ursprünglich sympathisch gewesen war. Eigentlich hatte ich sonst einen Riecher für Bösewichte und Mörderinnen und verabscheue sie auf Anhieb – allerdings nicht in ihrem Fall.

Ich las beide Berichte erst einmal, dann zum zweiten Mal durch, weil ich noch immer überhaupt nicht schläfrig war. Dabei fragte ich mich, ob Bud bei seinen Nachforschungen vielleicht mehr Glück gehabt hatte, und fing an, seine Nummer zu wählen, bis mir einfiel, wie viel Uhr wir hatten. Beim Gedanken an Bud bekam ich Hunger und ging zur Theke, wo eine Unmenge von Apothekergläsern voller Knabbereien standen. Black hat eine Schwäche für Knabbereien, die man einfach so in den Mund stecken kann. Leider war der Großteil davon gesund und deshalb ungenießbar für mich. Ich betrachtete die Reisplätzchen in verschiedenen Geschmacksrichtungen, die Rosinen, die Pecannüsse und das Studentenfutter, bis mein Blick auf Oreos, Päckchen mit M&Ms und Mini-Snickers fiel, die alle zusammen in einem großen Glas ganz am Ende lagen. Wahrscheinlich eigens für mich angeschafft. Endlich etwas Richtiges. Nach einem Viertelliter Sellerie-Tomaten-Saft gab es nichts Besseres als Schokolade. Eine Dosis Zucker war dringend angesagt. Vielleicht würde mich das ja aufmuntern.

Ich kippte mir ein ganzes Päckchen M&M-Schokolinsen in die Handfläche, stopfte mir ein paar davon in den Mund und ließ mir den Geschmack einer meiner Lieblingssüßigkeiten auf der Zunge zergehen. M&Ms liebe ich beinahe genauso wie Snickers. Als ich bemerkte, dass Black in der Küchentür stand, blickte ich auf.

»Ich habe dein Telefon läuten gehört«, sagte er. »Ist wieder etwas passiert?«

»Nein, hast du nicht. Mein Telefon hat nicht geläutet.«

»Hat es doch. Es hat mich geweckt. Du bist rangegangen und hast gesprochen.«

»Nein, habe ich nicht. Bestimmt hast du das nur geträumt.«

Black verzog das Gesicht und sah mich finster an. Also hielt ich ihm die Hand mit den M&Ms als Friedensangebot hin. Dass er schlechte Laune hatte, weil er gerade geweckt worden war, konnte ich verstehen.

»Nein, danke, ich brauche keine, mir geht es gut.«

Darüber musste ich lachen. »Nun, brauchen tue ich sie auch nicht, aber sie sind lecker.«

»Wovon zum Teufel redest du?«, fragte Black. »Und wie viele von den Dingern willst du noch nehmen? Du musst ja schreckliche Kopfschmerzen haben.«

Wir redeten eindeutig aneinander vorbei. Ich steckte noch eine Schokolinse in den Mund. »Ich habe eben Appetit auf Schokolade. Mehr nicht. Du weißt doch, dass ich immer die ganze Packung verschlinge.«

»Was für Schokolade?«

»Black, was ist los mit dir? Spritz dir kaltes Wasser ins Gesicht.«

Als ich zum nächsten M&M griff, fasste Black mich am Handgelenk.

»Du hattest genug, Claire.«

»Herrgott, Black, was soll der Mist. Ich habe jetzt Lust auf M&Ms. Seit wann bist du die dämliche Gesundheitspolizei?«

»Was redest du da? Das sind keine M&Ms, sondern die Darvocets, die ich dir gegen Schmerzen gegeben habe. Und du nimmst zu viele.«

»Darvocets?«

Er packte mich am Handgelenk und hielt mir meine Handfläche vor die Augen. »Ja, Darvocets. Deine Hand ist voll davon.«

Ich betrachtete meine offene Hand und erkannte entsetzt das Häufchen kleiner weißer Tabletten. »Wo kommen die denn her? Wo ist die Schokolade geblieben?«

»Da ist keine Schokolade, Claire. Was zum Teufel hast du?«

Lange starrten wir einander schweigend an. Dann kippte er

meine Hand über dem Spülbecken aus. Ich sah zu, wie die Tabletten in das schimmernde Edelstahlbecken rieselten. Black spülte mit Wasser nach. »Wolltest du die ganze Dose voll schlucken und dich verabschieden?«

»Ich dachte, es wären M&Ms, Ehrenwort. Sie haben nach Schokolade geschmeckt.«

»Wer war am Telefon?«, fragte Black.

»Es hat nicht geläutet.«

»Warum behauptest du das? Ich habe genau gehört, dass dein Telefon geläutet hat. Dann hast du mit jemandem gesprochen, nur ein paar Worte, und wieder aufgelegt.«

Mit einem kurzen Auflachen schüttelte ich den Kopf. Allerdings klang es eher verunsichert, das können Sie mir glauben. Der Zwischenfall machte mir Angst. »Ich verstehe kein Wort.«

»Ich auch nicht. Aber eines steht fest: M&Ms schmecken eindeutig nicht wie Darvocets. Zeig mir dein Telefon.«

Ich reichte es ihm, lehnte mich an die Arbeitsfläche und beobachtete, wie er die kürzlich eingegangenen Anrufe abfragte. »Der letzte Anrufer hat seine Nummer unterdrückt.«

»Was?«

»Hier heißt es, dass der Anruf vor exakt sechs Minuten eingegangen ist.«

»Du willst mich auf den Arm nehmen, richtig? Das ist ein Scherz.«

»Ganz und gar nicht.«

Ich griff nach meinem Telefon und klickte den letzten Anruf an. Im nächsten Moment wich ich erschrocken ein paar Schritte zurück.

»Also, was wird hier gespielt?«, erkundigte sich Black.

»Keine Ahnung. Ich bin wieder um halb vier aufgewacht, was übrigens gut zu dieser *Twilight-Zone*-Episode passt, und bin runtergegangen, um die Autopsieberichte zu lesen.«

»Und du erinnerst dich nicht, dass das Telefon geläutet hat oder dass du die Tabletten genommen hast?«

»Nein. Es ist nicht passiert.«

Black umrundete die Theke und streckte die Hand nach der Dose mit Darvocet aus. Er hatte sie mir wegen der Schusswunde im Fuß gegeben, doch ich hatte sie nicht geschluckt, weil ich ausgesprochen ungern Medikamente nehme. Allerdings hatte ich sie für alle Fälle immer in der Handtasche mit mir herumgetragen. Black schüttelte die Dose und machte sie auf. »Nun, offenbar hast du nicht sehr viele erwischt, wenn man die mitrechnet, die du noch in der Hand hattest. Die Dose ist noch fast voll. Also können wir uns das Magenauspumpen sparen.«

Ich beschloss, die Sache als Scherz zu betrachten, bis ich wusste, was wirklich dahintersteckte. Also grinste ich. »Freut mich, das zu hören. Zumindest dürfte ich jetzt von Zipperlein verschont bleiben, bis ich den Fall aufgeklärt habe.«

Black hingegen schien da ein Problem zu sehen, denn er verzog das Gesicht. »Das ist kein normales Verhalten, Claire.«

»Tja, ich war eben noch nie normal. Gut, zugegeben, das kommt sogar mir etwas seltsam vor.«

Black setzte sich auf einen der Barhocker aus Mahagoni und schwarzem Leder und starrte mich an. Vielleicht war es ja auch ein finsterer Blick. Ja, es war eindeutig ein finsterer Blick.

Ich zuckte mit den Schultern. »Verdammt, ich weiß es nicht Black. Vielleicht war ich nicht richtig wach und unkonzentriert und habe daneben gegriffen. Ich bin von dem Fall abgelenkt und war in Gedanken bei den Berichten.«

»Ja, das ist eine gute Theorie, nur dass wir momentan keine M&Ms im Haus haben und du gesagt hast, die Darvocets hätten nach Schokolade geschmeckt. Ich kann mir vorstellen, was da gerade mit dir passiert, und das gefällt mir ganz und gar nicht.«

»Mir auch nicht, aber nur zu. Hau es mir um die Ohren.«

»Du verhältst dich wie jemand, der hypnotisiert worden ist.«

Ich musste schmunzeln. »Jetzt mach mal einen Punkt. Ich bin noch nie im Leben hypnotisiert worden.«

»Was, wenn du es nicht bemerkt hast? Du hast doch schon einmal von posthypnotischer Suggestion gehört, oder?«

»Klar, darum geht es doch in Collins' Buch. Aber dass ich es nicht bemerkt haben soll, ist unmöglich. Ich bin doch nicht blöd, Black. Außerdem würde ich mich nicht einmal von dir in Trance versetzen lassen.«

»Überleg mal, Claire. Wenn ich das Telefon nicht gehört hätte und runtergekommen wäre, hättest du womöglich das ganze Tablettendöschen leer gemacht, ohne zu wissen, was du tust. Es ist die einzige Erklärung.«

»Ich bin nicht hypnotisiert. Das ist doch absoluter Schwachsinn.«

»Erzähl mir von deinen Besprechungen in Oak Haven. Das ist ein Fachgebiet dieser Leute. Hat einer der Ärzte sich merkwürdig verhalten oder dich etwas Seltsames tun lassen?«

»Nein, natürlich nicht.« Ich geriet ins Stocken. »Nun, du kennst ja Collins' neues Spielzeug, du weißt schon, das mit den blinkenden Lichtern und Schallwellen.«

»Hattest du damit Kontakt?«

»Ja, aber nicht lange genug, um in Trance zu fallen. Glaube mir. Das hätte ich doch mitgekriegt.«

»Dazu braucht man nicht viel Zeit.«

»Welchen Grund hätte er denn haben sollen?«

»Claire, offenbar begreifst du noch immer nicht ganz. Du hättest tot sein können, wenn ich nicht zufällig nach dir gesehen hätte. Du wärst an einer Überdosis Tabletten gestorben, und wir hätten es für einen Unfall oder für Selbstmord gehalten.«

Allmählich nahm das Bild Gestalt an, und es stellte eindeutig keine Rosen dar. »Das würde er nie wagen. Nicht bei einer Polizistin.«

»Wirklich? Warte nur ab, bis ich den Schweinekerl in die Finger bekomme. Wenn er das getan hat, werde ich dafür sorgen, dass er die Zulassung verliert und dass die gesamten Vereinigten Staaten erfahren, was für ein Betrüger und Quacksalber er ist. Und anschließend prügle ich ihn windelweich.«

»Falls das stimmt, was ich noch immer nicht glaube – was hätte er dann mit mir machen können?«

»Erinnerst du dich an den Film, von dem ich dir erzählt habe, Claire? *Der Manchurian Kandidat?* Es gibt zwei Versionen, die alte mit Frank Sinatra und ein Remake. In beiden geht es um Gehirnwäsche und Hypnose und darum, wie man Patienten dazu anstiftet zu morden.«

»Ich habe den Film nicht gesehen. Bud hat der neue gut gefallen, daran erinnere ich mich. Denzel Washington spielt darin mit, das ist Buds Lieblingsschauspieler.«

»Verdammt, Claire, vergiss Denzel Washington. Das hier riecht eindeutig nach Gedankenmanipulation. Die Chinesen forschen schon seit Jahrzehnten auf diesem Gebiet.«

»Die Chinesen? Das passt ja großartig zu meinem Fall. Mein Gott, haben sie Mikey so dazu gebracht, sich aufzuhängen? Es wäre auch eine Erklärung dafür, warum das Mädchen in den Ofen geklettert ist.«

»Ja, das könnte alles hinhauen. Sie haben da draußen mit allen möglichen noch nicht getesteten Drogen und der Licht-Klang-Therapie experimentiert. Es ist eine schwierige, wenn nicht gar unmögliche Angelegenheit, unwahrscheinlich, aber die einzige Erklärung für das, was gerade passiert ist. Allerdings macht mir die größte Sorge, wie du davon betroffen sein könntest. Wenn er dich so manipulieren kann, dass du etwas tust wie heute Nacht, könnte er dich als Marionette benutzen.«

Immer noch skeptisch, runzelte ich die Stirn. »Ich kann das nicht ganz glauben. Vielleicht war es ja wirklich nur ein Zufall. Ich hätte im Halbschlaf etwas verwechseln können. Kannst du beweisen, dass er etwas mit meinem Kopf angestellt hat?«

»Keine Ahnung. Ich finde es bedenklicher, dass du diese Dinge getan hast, ohne dich daran zu erinnern, und anschließend nach Ausflüchten suchst. Was, wenn es wieder vorkommt und ich nicht da bin, um dich aufzuhalten?«

Ich setzte mich. Darauf hatte ich keine schlagfertige Antwort parat. »Komm schon, Black. Das ist doch alles an den Haaren herbeigezogen. Du weißt doch genau, dass mich niemand hypnotisieren kann, ohne dass ich es bemerke. Ich habe sorgfältig darauf geachtet, nicht zu lange in seinen Leuchtkasten zu schauen. Auf so etwas falle ich nicht herein.«

»Etwa ein Drittel der Bevölkerung ist sehr empfänglich für Hypnose. Womöglich gehörst du ja dazu. Ein weiteres Drittel ist durchschnittlich empfänglich, und die dritte Gruppe fällt vermutlich gar nicht in Trance.«

»Ich bin hinter Tür Nummer drei, glaube mir.«

»Das ist nicht komisch.«

»Ich weiß.«

»In Las Vegas gibt es sogar Shows zu diesem Thema. Unterhaltungskünstler picken sich jemanden aus dem Publikum heraus und lassen ihn alberne, aber harmlose Dinge tun. In Branson findet auch so eine Show statt.«

»Wirklich? Dann sollte ich die Darsteller vielleicht auf die Liste der Verdächtigen setzen und überprüfen.«

»Ich möchte versuchen, dich in Trance zu versetzen und nötigenfalls zu deprogrammieren.«

Ich schüttelte den Kopf. »Auf gar keinen Fall. Ich lasse mich nicht hypnotisieren.«

»Dir bleibt nicht viel anderes übrig. Immerhin hat er es schon einmal beinahe geschafft. Beim nächsten Mal hat er womöglich Erfolg, wenn er beschließt, dass du dich umbringen sollst.«

»Du kannst einem wirklich Mut machen.«

Er betrachtete mich wortlos.

»Du meinst das offenbar ernst, richtig? Ich fasse es nicht, dass du glaubst, er könnte mich so manipuliert haben.«

»Was kann es schaden, wenn ich versuche, es herauszufinden? Ich möchte nur wissen, ob du dich noch an weitere Einzelheiten dessen erinnerst, was während deines Besuchs dort geschehen ist. Daran, was er, wenn überhaupt, mit dir angestellt hat. Vielleicht war es ja gar nicht so, und ich irre mich. Aber warum das Risiko eingehen? Denk an Mikey. Denk an das arme Mädchen im Ofen, wer immer sie auch gewesen sein mag. Wir haben uns doch gefragt, aus welchem Grund sie in einen Ofen klettern sollte, richtig? Nun, das hätte sie nie gemacht, wenn sie nicht so programmiert gewesen wäre, dass sie glaubte, etwas Harmloses zu tun.«

Als ich die Gelegenheit nicht sofort beim Schopf ergriff, ihn in meine Gedanken eindringen und daran herumspielen zu lassen, fügte er hinzu: »Ich kann die Sitzung auch aufnehmen. Dann kannst du genau sehen und hören, was du und ich sagen. Du vertraust mir doch, oder?«

»Schon, aber ich verstehe nicht, wie er das geschafft haben soll. Die Zeit reichte nicht. Ich habe noch jede einzelne Minute dort gut im Gedächtnis. Und ich habe ihn ganz genau beobachtet, weil ich ihm nicht über den Weg getraut habe.«

»Claire, lass es mich versuchen. Was kann es schaden? Dann werden wir wissen, wie empfänglich du bist.«

»Das ist doch verrückt.«

»Tu mir den Gefallen. Vielleicht rettet es dein Leben.«

»Warum sollte er mich töten wollen?«

»Weil du kurz davor stehst aufzudecken, dass er seine Patienten einer Gehirnwäsche unterzieht. Wenn er hinter dem Tod von Mikey und den beiden Mädchen steckt, kannst du ihn für immer hinter Gitter bringen. Sollte er Menschen dazu angestiftet haben, sich das Leben zu nehmen, ist das vorsätzlicher Mord.«

»Du bist schon zu lange Seelenklempner, Black. Niemand steigt wegen der posthypnotischen Suggestion irgendeines Arztes in einen Ofen und verbrennt sich selbst.«

»Ich habe in medizinischen Fachzeitschriften genug Artikel gelesen, in denen genau das Gegenteil steht, und zwar abhängig von den verwendeten Medikamenten und der Einstellung des Probanden.«

Ungläubig schüttelte ich den Kopf. Ich traute meinen Ohren nicht. »Warum habe ich dann immer gehört, dass man niemanden gegen seinen Willen hypnotisieren kann?«

»Richtig, so lautet die allgemeine Auffassung. Allerdings ist es möglich, Menschen dazu anzuregen, vermeintlich alltägliche

Dinge zu tun. Du hast nicht gewusst, dass du dich mit diesen Tabletten umbringst, sondern geglaubt, deine Lieblingssüßigkeit zu essen.«

So ungern ich es auch zugab, klang es allmählich plausibel. Und was noch wichtiger war, es passte großartig zu meinem Fall. Obwohl ich nur äußerst ungern das Versuchskaninchen spielte, musste ich wissen, ob es machbar war. Und wenn ich jemandem vertraute, dann Black.

»Okay, doch ich bin noch immer sicher, dass du dich diesmal irrst. Vielleicht hat er in den Köpfen von Mikey und den Mädchen herumgepfuscht, aber niemals bei mir. Ich war nur ein einziges Mal bei ihm, und das nicht lange. Und ich habe gut aufgepasst.«

»Wenn er dich dazu verleiten konnte, die Tabletten zu nehmen, hat er sicher auch dafür gesorgt, dass du alles vergessen hast, was passiert ist und was er unter Hypnose zu dir gesagt hat.«

»Das kann nicht sein.«

Anstelle einer Antwort hielt Black nur die Tablettendose hoch.

»Gut, aber mach bloß keinen Mist, wenn du in meinem Kopf bist.«

»Komm, wir wollen uns vergewissern, dass ich mich irre, damit ich wieder ruhig schlafen kann.«

»Das ist albern.«

»Wir erledigen das in meiner Praxis. Die Kameras sind schon aufgebaut.«

Zehn Minuten später saß ich in Blacks schicker Praxis in einem Sessel und wartete darauf, dass er mit dem Hokuspokus begann. Er nahm mir gegenüber Platz.

»Du bist doch richtig dafür ausgebildet, Black? Du wirst mich nicht in eine Marionette oder in eine Nymphomanin verwandeln, oder?« Ich lächelte zwar, aber der Scherz legte eine Bauchlandung hin. Wir waren beide nicht zum Witzereißen aufgelegt.

Er verzog keine Miene. »Letzteres wäre keine schlechte Idee.

Vielleicht solltest du versuchen, dich zu entspannen. Du bist total verkrampft.«

»Mehr Entspannung kriege ich nicht hin. Ich habe dir doch gesagt, dass ich mich nicht für solchen Kram eigne.«

»Okay. Dann schau einfach auf die Lampe über dir und hör mir ganz genau zu.«

»Das klappt nie und nimmer.«

»Hör mir zu, Claire. Blende alles andere aus und höre nur auf meine Stimme.«

»Da ist nichts anderes. Ob du das Radio anmachen solltest?«

»Du gibst dir keine Mühe.«

»Okay, aber wundere dich nicht, wenn ich einschlafe.«

»Tu es einfach, Claire.«

Mit einem tiefen, schicksalsergebenen Seufzer, weil das alles wirklich lächerlich war, lauschte ich seiner dunklen, beruhigenden Stimme und dem albernen Geschwätz, wie entspannt ich sei, wie locker meine Muskeln seien, etcetera pp., bla, bla, bla.

Als ich aufwachte, saß Black noch an seinem Platz. Da ich im Sessel zurückgesackt war, richtete ich mich auf.

»Ich hab es dir doch gleich gesagt. Es hat nicht geklappt, richtig?«

»Doch, hat es. Du bist hoch empfänglich, tut mir leid.«

Ich starrte ihn an und bemerkte sein ernstes Gesicht. »Soll das heißen, du hast mich in Trance versetzt?«

»Stimmt. Allerdings habe ich nicht viel erfahren. Möchtest du es dir anschauen?«

»Worauf du dich verlassen kannst.«

Er ging zum DVD-Recorder, nahm die CD heraus und legte sie in das Abspielgerät unter dem großen Plasmabildschirm hinter seinem Schreibtisch ein. Der Film lief an, und da saß ich, während Black freundlich und beruhigend auf mich einredete. Argwöhnisch lauschte ich, als er mich nach meinem Namen und meinem Geburtsdatum fragte, was ich alles korrekt beantwortete. Ich stand auf und näherte mich dem Bildschirm. So etwas Schräges hatte ich noch nie erlebt.

Die Kamera blieb auf mich gerichtet, doch ich konnte Blacks Beine sehen und hörte seine Stimme. Er gab noch einige Entspannungssätze von sich. »Fühlst du du dich wohl, Claire?«, erkundigte er sich nach einer Weile.

»Ja«, sagte ich, konnte mich aber weder an die Frage noch an die Antwort erinnern.

Ich warf Black einen zweifelnden Blick zu. »Ich erinnere mich nicht daran.«

»Du bist absolut in Trance. Schau zu.«

Auf dem Bildschirm sprach Black mit derselben sehr leisen, sanften Stimme weiter. »Ich möchte, dass du ein paar Tage zurückgehst. Geh zurück zu dem Tag deines Besuchs in der Oak Haven Clinic.«

»Okay«, erwiderte ich auf dem Bildschirm.

Ich schüttelte den Kopf. »Mann, das macht mich nervös.«

Black fuhr fort. »Was hast du zuerst getan?«

»Bud und ich sind reingegangen und haben gefragt, ob Dr. Young zu sprechen ist.«

»War das dein einziger Besuch dort?«

»Nein, ich bin noch einmal hingefahren.«

»Was ist beim ersten Mal passiert?«

»Wir haben einige Vernehmungen durchgeführt.«

»Mit wem?«

»Dr. Young und Happy Pete und dann Cleo und Roy.«

»Hat einer der Ärzte dich hypnotisiert?«

Auf dem Bildschirm verfiel ich in Schweigen. »Ich erinnere mich nicht.«

»Denk nach. Warst du irgendwann mit einem der Ärzte allein?«

»Ich erinnere mich nicht.«

»War Bud die ganze Zeit bei dir, als du bei Dr. Young warst?«

»Ich erinnere mich nicht.«

»Hat er dich aufgefordert, in irgendeine Lichtquelle zu schauen?«

»Ich erinnere mich nicht.«

»Hat er dir Medikamente gegeben?«

»Ich erinnere mich nicht.«

»Hat er dir gesagt, dass du dich nicht erinnern sollst?«

»Ja.«

»Wer hat dir das gesagt?«

»Ich erinnere mich nicht.« Ich starrte Black an. »O mein Gott!«

Wieder war Blacks Stimme zu hören. Inzwischen klang er zornig. »Was ist mit deinem zweiten Besuch in der Klinik? Ist da etwas geschehen?«

»Ich war allein dort. Ich fand Boyce Collins unsympathisch. Er hat mich angebaggert und wollte mich zu einer Tasse Tee einladen.«

»Wirklich?«, klang Blacks Stimme vom Band. »Was hast du geantwortet?«

»Ich habe ihn gefragt, ob er mich anbaggern will, und er erwiderte, er würde gerne mit mir ausgehen, wisse aber, dass ich mit Black zusammen bin.«

»Gut. Hat er während des Gesprächs etwas Ungewöhnliches getan?«

»Er hat seine Theorien zum Thema pulsierende farbige Lichter und Schallwellen erklärt.«

»Hat er dich gebeten, ihm bei der Vorführung zu helfen?«

»Ich erinnere mich nicht.«

»Hat er dir gesagt, er werde dich anrufen und dir mitteilen, was du tun sollst?«

»Ich erinnere mich nicht.«

»Hat er dich angefasst?«

»Er hat die Hand unter mein T-Shirt geschoben und meine Brüste berührt.« Nach Luft schnappend, sah ich Black an.

Black drückte auf PAUSE. »Aha«, stellte er fest. »Dafür wird der Dreckskerl büßen, wenn ich ihn das nächste Mal sehe.«

Ich drehte mich zu Black um und schüttelte den Kopf. »Das kann nicht passiert sein. So etwas hätte ich nie zugelassen.«

»Das will ich schwer hoffen.«

»Ich fasse es nicht, Black. Ich kann nicht glauben, dass das wirklich geschieht.«

»Hypnose kann in den falschen Händen eine sehr gefährliche Angelegenheit sein. Nun müssen wir ihm nur noch nachweisen, dass er solche Dinge auch mit seinen Patienten treibt.«

»Hältst du Collins für unseren Mann?«

»Ja, aber es könnte auch Young sein. Du hast nie einen Namen genannt. Den hat der Betreffende aus deinem Gedächtnis gelöscht. Wer weiß, vielleicht waren sie es ja beide. Sie haben schon immer unter einer Decke gesteckt.«

»Ich besorge mir eine richterliche Anordnung, und dann haben wir sie.«

»Auf welcher Grundlage? Dieses Videos? Ich denke nicht, dass ein Richter das unterschreiben würde. Du erinnerst dich an zu wenig. Außerdem ist es kaum aussagekräftig.«

»Ich möchte den Rest sehen. Schalt den Recorder wieder ein.«

Ich konzentrierte mich auf die DVD und hörte mich selbst, angeblich in Trance, sprechen.

»Hat er dir gesagt, du sollst an deinen Sohn denken und über seinen Tod nachgrübeln? An Zach?«

»Ich erinnere mich nicht.«

Mir blieb der Mund offen stehen. Plötzlich passte alles zusammen. Die Hand vors Gesicht geschlagen, schaute ich auf den Bildschirm.

Im Video sprach Black weiter. »Claire, hör mir jetzt gut zu. Ich möchte, dass du alles vergisst, was einer der anderen Ärzte, außer mir, von dir verlangt hat. Geh zurück, erinnere dich an das, was sie gesagt haben, und lösche ihre Anweisungen aus deinem Gedächtnis. Wenn du einen Anruf bekommst und ihre Stimmen oder irgendeine andere Stimme hörst, die dir sagt, was du tun sollst, leg auf, ohne darauf zu achten. Verstehst du mich? Du wirst niemals etwas tun, was sie von dir verlangen. Hast du mich verstanden?«

»Ja.«

»Okay, dann hole ich dich jetzt zurück. Ich zähle von zehn an rückwärts. Und wenn ich bei eins bin, öffnest du die Augen.«

Bis ins Mark erschrocken, beobachtete ich, wie es geschah. Ich war völlig verwirrt.

»Wird der Schluss verhindern, dass ich mir oder sonst jemandem etwas antue?«

»Das hoffe ich, doch ich kann es nicht garantieren. Das sind sehr gefährliche Spielchen, die sie da treiben.«

»Ich habe geantwortet, dass ich mich nicht erinnern kann. Vielleicht bedeutet das ja auch, dass es nicht passiert ist.«

»Kann sein, kann aber auch nicht sein.«

»Du machst mir Angst, Black.«

»Und du hast allen Grund, dich zu fürchten. Du musst dir einen Durchsuchungsbeschluss für ihre Häuser besorgen, wenn nicht wegen dieser Sache, dann wegen einer anderen Straftat. Erfinde einen Grund, irgendeinen. Wenn wir die Videos in die Finger bekommen, die zeigen, wie sie dich oder ihre Patienten manipulieren, kannst du sie wenigstens wegen einer beruflichen Verfehlung drankriegen.«

»Das müsste sich machen lassen.«

»Aber beeil dich.«

Ich setzte mich und starrte auf den dunklen Bildschirm. All das deckte sich zwar großartig mit gewissen Aspekten meines Falls, war jedoch kaum zu beweisen.

»Diesen Perversen knöpfe ich mir vor«, stieß ich mit vor Wut zusammengebissenen Zähnen hervor, als mir klar wurde, wie angreifbar ich war, wenn sich unsere Vermutung als richtig erweisen sollte.

»Und ich helfe dir, sofern ich den Kerl nicht zuerst mit bloßen Händen umbringe.«

Ich sah Black an, um festzustellen, ob das ein Scherz gewesen war. War es nicht.

## *Zweiundzwanzig*

Am folgenden Nachmittag musste Black in Cedar Bend eine Notfallsitzung mit einem Patienten abhalten. Er ließ mich zwar nur ungern allein, hatte aber keine andere Wahl. Bud war in Fenton, um Dees dritte Mitbewohnerin, die noch immer verschwundene Melanie Baxter, zu suchen. Ich hatte Bud bei unserem Telefonat nichts von dem nächtlichen Zwischenfall mit den Darvocets erzählt, weil ich selbst nicht daran denken wollte. Allerdings bekam ich es einfach nicht aus dem Kopf. Wegen der Tabletten, die ich bereits intus gehabt hatte, hatte ich tief und traumlos geschlafen, als Black und ich endlich wieder zu Bett gegangen waren. Da mich die Situation jedoch noch immer ziemlich beunruhigte, beschloss ich, ins Büro zu fahren, mich an meinen Schreibtisch zu setzen, den Nachmittag in Gesellschaft von mindestens einem Dutzend bewaffneter Sheriffs zu verbringen und mich gründlich mit den bis jetzt ermittelten Fakten zu befassen, so wenige es auch sein mochten.

Die meisten Jungs machten gegen sechs Feierabend, und so war das Revier bis auf den Kollegen von der Nachtschicht am Empfang praktisch menschenleer. Als es draußen dunkel wurde, schaltete ich die Schreibtischlampe an und verfasste weitere Ermittlungsberichte im Mordfall Murphy, wohl wissend, dass mir bald eine Standpauke von Charlie blühen würde, wenn ich sie nicht endlich abgab. Außerdem las ich Cleos Autopsiebericht, eine wirklich amüsante Lektüre. Bald kam ich zu dem Schluss, dass der Täter keine belastenden Beweismittel hinterlassen hatte, über die ich stolpern konnte, falls unsere drei Opfer tatsächlich von einem ihrer Ärzte ermordet worden waren.

Die Kiste mit den Asservaten war unter meinem Schreibtisch versteckt. Als ich die Plastikbeutel mit Mikeys persönlicher

Habe herausholte, fiel mein Blick auf den unbekannten Schlüssel. Ich nahm ihn, legte ihn vor mich auf die Schreibtischunterlage und musterte ihn. Niemand wusste, zu welchem Schloss er passte. Wir hatten Nachforschungen angestellt und jeden Menschen, den ich vernommen hatte und der möglicherweise über diese Information verfügte, danach gefragt. Fehlanzeige. Vielleicht sollte ich ja sämtliche Banken, Busbahnhöfe, Sportvereine und Fitnesscenter abklappern, um dort die Schlösser von Spinden und Schließfächern auszuprobieren. Das war zumindest eine verlockendere Aussicht, als hier grübelnd herumzusitzen. Ich steckte den Schlüssel vorsichtshalber in meine Handtasche.

Mein Mobiltelefon begann zu jubilieren. Ich schreckte zusammen, voller Angst, einer der Psychodocs könnte an der Strippe sein. Dennoch griff ich danach und klappte es auf, in der Hoffnung, Bud könnte sich mit guten Nachrichten wegen Li Hes verschwundener Mitbewohnerin melden. Doch er war es nicht. Auf dem Display leuchtete der Name M.F. Murphy auf. Die Eiszapfenmutti persönlich. Spitze.

»Claire Morgan.«

»Hier spricht Mary Fern Murphy.«

»Ja, Ma'am. Was kann ich für Sie tun?«

»Sie wollten doch, dass ich anrufe, wenn mir etwas zu Ohren kommt oder einfällt, das Ihnen bei Ihren Ermittlungen hilft.«

Ja, darum hatte ich sie tatsächlich gebeten.

»Tja, ich weiß nicht, ob es Sie weiterbringt, aber ich habe mich an etwas erinnert, was ich vor einigen Wochen gehört habe und was Ihnen vielleicht nützt. Vielleicht auch nicht. Es geht um eine der Exfreundinnen meines Sohnes. Diejenige, die Schluss mit ihm gemacht hat, wodurch das alles erst anfing.«

Ich spitzte die Ohren und richtete mich auf. »Sie meinen Sharon Richmond, richtig?«

»Ja, woher haben Sie ihren Namen?«

»Ich bedaure, aber ich darf Informationen wie diese nicht weitergeben, Mrs Murphy. Doch ich interessiere mich sehr dafür, was Sie mir zu sagen haben.«

»Ja, das kann ich mir denken. Soweit ich im Bilde bin, treten die Ermittlungen auf der Stelle.«

»So würde ich es nicht ausdrücken. Wir geben uns große Mühe, die Fakten zusammenzutragen.«

»Nun, es ist nicht viel, nur eine Kleinigkeit, die ich rein zufällig aufgeschnappt habe, und zwar beim Friseur. Ich gehe zu Cyd's Hair and Nails, weil das der absolut beste Salon ist. Und während Cyd mir die Haare gerichtet hat, saß auf dem Stuhl neben mir eine Dame, die sich Strähnchen färben ließ. Sie und ihre Friseurin unterhielten sich über die ehemaligen Mitschüler ihrer Kinder und was inzwischen aus ihnen geworden ist. Die Dame sagte, sie sei in Branson gewesen und dort Sharon Richmond über den Weg gelaufen. Das hat mich sehr überrascht, denn ich dachte, sie sei schon vor langer Zeit nach Tennessee gezogen.«

Ich war nicht minder überrascht. »Ich verstehe. Hat sie gesagt, wo sie sie gesehen hat?«

»Ja, offenbar betreibt Sharon dort einen Laden. Einen ziemlich komischen, wie sie findet. Mit jeder Menge Räucherstäbchen, Kerzen und ähnlichen Dingen. Das Mädchen war schon immer ein wenig eigenartig und hat auch Drogen genommen. Ich war froh, als sie ging und Mikey in Ruhe ließ.«

Zuerst wollte ich es nicht sagen. Nein, wirklich nicht. Doch, ich tat es trotzdem. »Obwohl sie Ihrem Sohn so das Herz gebrochen hat, dass er in der Psychiatrie gelandet ist?«

»Tja, das war natürlich recht unerfreulich.«

»Haben Sie die Adresse des Ladens, Mrs Murphy?«

»Oh, daran habe ich gar nicht gedacht. Außerdem sollte es nicht aussehen, als hätte ich gelauscht.«

»Ich verstehe.«

»Aber ich habe aufgeschnappt, dass sie sich inzwischen anders nennt.«

Musste ich dieser Frau denn alles einzeln aus der Nase ziehen? Wo war die Brechstange, wenn ich eine brauchte? »Und sie heißt jetzt ...?«

»Khur-Vay. Was das auch immer zu bedeuten hat.«

Oho. Das war eine Information, mit der ich eine Menge anfangen konnte. »Khur-Vay? Sind Sie sicher, dass das der Name war, Mrs Murphy?«

»Ja, Detective. Ganz sicher. Wer könnte so einen Namen vergessen?«

Ich ganz bestimmt nicht. Allerdings hatte die liebe kleine Miss Khur-Vay ihrerseits offenbar vergessen zu erwähnen, dass sie einmal mit Mikey zusammen gewesen war, etwas, worauf ich nie gekommen wäre. »Danke, Mrs Murphy. Sie haben mir sehr geholfen. Ich werde der Sache sofort nachgehen.«

»Nun, ich möchte Sie unterstützen, so gut ich kann. Joseph hat die Sache sehr schwer getroffen. Er war seitdem nicht mehr im Büro, aber Ed ist wirklich verständnisvoll.«

»Es freut mich, das zu hören. Wenn Ihnen noch etwas einfallen sollte, rufen Sie mich bitte an.«

»Das mache ich.«

Nach dem Telefonat kramte ich Khur-Vays Visitenkarte aus den Tiefen meiner Handtasche hervor. Keine Privatadresse oder Telefonnummer, sondern nur die des Bauchtanzstudios. Ich wählte und wartete, während es sechsmal läutete. Dann meldete sich ein Anrufbeantworter mit Khur-Vays unverwechselbarer Stimme.

»Hallo, hier ist Khur-Vay. Leider ist mein Laden zwei Wochen lang geschlossen. Am 22. August bin ich wieder für Sie da. Bitte hinterlassen Sie Ihren Namen und Ihre Telefonnummer, wenn Sie sich für einen Kurs anmelden wollen. Wir sehen uns am 22.«

Ich fragte mich, wohin Khur-Vay wohl so plötzlich verschwunden war. Bei meinem Besuch hatte sie keine Urlaubsreise erwähnt. Argwöhnisch und, ja, auch verärgert wählte ich Harves Nummer.

»Hallo, Claire, wurde langsam Zeit, dass du dich meldest.«

»Glaubst du, du könntest mir eine Privatadresse und Telefonnummer beschaffen?«

Harve lachte auf. »Klar, nichts leichter als das.«

»Okay, es geht um eine Frau, die in Branson arbeitet. Ihr wirklicher Name ist Sharon Richmond, doch sie nennt sich Khur-Vay. Das schreibt sich K-H-U-R-Bindestrich-V-A-Y. Sie ist Inhaberin eines Bauchtanzstudios in der Hauptgeschäftsstraße dort. Ihren Highschoolabschluss hat sie in Jefferson City gemacht. Ich würde sie auf Mitte dreißig schätzen. Dunkles Haar, grüne Augen. Ungefähr einsfünfundsechzig, fünfzig Kilo, vielleicht auch weniger. Ich glaube, sie ist Asiatin, wenn nicht, hat sie zumindest eine große Schwäche für den Orient.«

»Dauert nicht lange.«

»Du bist ein Genie.«

»Ich rufe dich zurück. Gib mir etwa zehn Minuten.«

Ich klappte mein Telefon zu und sagte mir zum wohl millionsten Mal, wie praktisch es war, einen Computerfachmann unter meinen Freunden zu haben. Harves verschiedene Online-Firmen eröffneten ihm Möglichkeiten, die den meisten Menschen verwehrt blieben. Er war ein wirkliches Ass in seinem Beruf.

Während ich wartete, saß ich da und dachte über diese neue Entwicklung nach. Bei meinem Besuch in Khur-Vays Studio hatten wir über Mikey gesprochen. Warum hatte sie die Karten nicht auf den Tisch gelegt und mir verraten, wer sie wirklich war und dass sie früher eine Beziehung mit Mikey gehabt hatte? Oder hatte sie etwas zu verbergen?

Gestern, am späten Nachmittag, waren endlich die Patientenakten von Young und Collins aus der Klinik gekommen und lagen nun gestapelt vor mir auf dem Schreibtisch. Ich überlegte noch immer, wie ich an eine Durchsuchungsanordnung für ihre Privatwohnungen herankommen sollte, aber mir fiel einfach kein gesetzlich stichhaltiger Grund ein. Vielleicht war ja ein nächtlicher Einbruch angesagt. Jedenfalls eignete sich dieser Zeitpunkt so gut wie jeder andere, um alles zu lesen und festzustellen, wie sie ihre schmutzigen Tricks schönredeten. Eigentlich hätte Bud mir dabei helfen sollen, doch er war noch immer nicht zurück. Vermutlich saß er gerade im Auto. Obwohl die richterliche Anordnung nur die Akten von Mikey und später auch die von Cleo umfasst hatte, hatten die Ärzte freiwillig die einiger anderer Patienten dazugelegt, die während desselben Zeitraums behandelt worden waren. Doch was ich wirklich brauchte, waren die Akten aller Patienten der Klinik, und zwar zwei Jahre vor und nach dieser Zeit. Keine Chance. Ich betrachtete die dicken Papierstapel. Was für ein Spaß! Ich hatte den Verdacht, dass ich die ganze Nacht mit der Lektüre von Texten verbringen würde, die auch aus einem Horrorfilm-Drehbuch von Wes Craven hätten stammen können.

Mit Boyce Collins' Patienten fing ich an, hauptsächlich deshalb, weil der Mann mir so auf die Nerven ging und mich wahrscheinlich sogar sexuell belästigt hatte. Zuerst nahm ich mir Mikeys ziemlich umfangreiche Akte vor. Bei ihm war eine Paranoia diagnostiziert worden. Ach, ja? Dreihundert Armbänder und Amulette gegen den bösen Blick, entweder an seiner Person oder in seiner Wohnung drapiert, wiesen stark in diese Richtung. Rückblickend betrachtet, hatte er natürlich allen Grund gehabt, sich zu fürchten. Ich las weiter: die verschiedensten Therapien, hauptsächlich Gruppentherapien mit den anderen Patienten. Er war zurückhaltend und aufmerksam und machte keine Schwierigkeiten, fürchtete sich jedoch vor seinem eigenen Schatten. Vermutlich lag das an der Eiskönigin des Universums. Ausnahmsweise musste ich Freud und seinen Theorien zum Thema Mütter recht geben.

Zwanzig Minuten vergingen. Kein Harve. Kein Bud. Okay, dann also weiterlesen. Je weiter ich kam, desto auffälliger erschien mir, wie viele dieser Jugendlichen sich entweder in der Klinik selbst oder nach ihrer Entlassung das Leben genommen hatten. Gut, es handelte sich um eine Einrichtung für suizidgefährdete Patienten, von denen einige sicher schon einen gescheiterten Selbstmordversuch hinter sich hatten. Doch obwohl diese Häufung für eine solche Klinik vermutlich nicht außergewöhnlich war, machte Oak Haven dadurch nicht unbedingt den Eindruck eines sicheren Zufluchtsorts für Lebensmüde. Ich fragte mich, ob die problembeladenen Jugendlichen einander nicht vielleicht hinter verschlossenen Türen in ihrem Vorhaben bestätigten und Wetten abschlossen, wer zuerst ernst machen würde. Obwohl viele der Fälle laut Akte ein glückliches Ende genommen hatten, wurde ich das Gefühl nicht los, dass da etwas nicht stimmte. Ich wusste einfach, dass die Ärzte dort bei diesen Morden die Hände im Spiel hatten.

Ich las weiter. Anscheinend hatten sich mehr Mädchen als Jungen während ihres Aufenthalts umgebracht. Ich blätterte die Faxe durch und suchte nach Sharon Richmond. Nicht dabei. Dann hielt ich Ausschau nach Li He. Sie war von beiden Ärzten behandelt worden, und zwar wegen einer Zwangsstörung und Selbstmordneigung. Ersteres erklärte ihr übernatürlich ordentliches Zimmer im Wohnheim.

Der Mexican Hat Dance durchbrach die Stille. Widerstrebend griff ich nach dem Telefon. Vielleicht war es das beste, wenn ich nur noch auf Anrufe von Freunden reagierte, denen ich vertraute. Es war Harve. Rasch drückte ich auf Annehmen.

»Das Mädchen war schwieriger aufzuspüren als gedacht. Sie zieht häufig um. Inzwischen lebt sie in Ozark. Sie ist vor einigen Jahren aus Dyersburg, Tennessee, hierher gekommen.«

Ozark war eine Kleinstadt auf halbem Wege zwischen Branson und Springfield. »Hast du ihre Adresse?«

»Ja. Sie wohnt am State Highway W. Briefkastennummer 1550.«

»Verstanden. Dann fahre ich mal hin und schaue, was sie mir zu sagen hat.«

»Jetzt? Ist es nicht ein bisschen spät?«

»Ach was. Ich habe sowieso nichts Besseres zu tun. Wenn ich warte, erwische ich sie vielleicht nicht mehr. Ich habe so ein Gefühl, dass die Dame für eine Überraschung gut ist.«

»Sei vorsichtig. Wo ist Black?«

»Er arbeitet.«

»Und Bud?«

»Vermutlich auf dem Heimweg von Louisiana.«

»Also sei auf der Hut. Falls du einen Krankenwagen brauchst, ruf mich an.«

»Ha, ha, ha, Harve.«

Er lachte, ich auch, obwohl ich es nicht wirklich lustig fand. Ich war im Leben schon einige Male im Krankenwagen mitgefahren und zog Blacks Humvee jederzeit vor.

Nach dem Telefonat nahm ich meine Handtasche, vergewisserte mich, dass alle meine Waffen geladen waren, und machte einen Abstecher zum Pausenraum, wo ich mir eine vom Vormittag übrig gebliebene Tasse Kaffee einschenkte, dessen Beschaffenheit inzwischen an den Schlamm im Mississippi erinnerte. Ich würgte ein paar Schlucke hinunter, was ich wörtlich meine, und sagte am Empfang Bescheid, wohin ich wollte und warum. Danach rief ich Black an, der noch bei einem Patienten war, und teilte seiner Mailbox dasselbe mit. Und zu guter Letzt machte ich mich auf den Weg ins gut anderthalb Autostunden entfernte Ozark, Missouri. Pass nur auf, Sharon Richmond, alias Khur-Vay, hier komme ich, ob es dir nun passt oder nicht.

### *Mein Name ist Trouble*

Die Polizistenschlampe wurde bei Tee zur fixen Idee. Da sein Anruf sie, anders als geplant, nicht dazu gebracht hatte, eine Überdosis zu nehmen, schnüffelte sie noch immer herum. O ja, die Frau musste dringend weg. Es wimmelte nur so von Zeitungsartikeln über sie, sodass er nicht lange brauchte, um ihre Achillesferse zu finden. Vor einer Weile war sie Opfer eines schwer gestörten Stalkers geworden, ein wahres Geschenk des Zufalls für Tee. Überdies hatte dieser Stalker auch noch ein Faible für Frauenkleidung, und er hätte die Polizistin beinahe ermordet, bevor man ihn in die Psychiatrie gesteckt hatte. Tee konnte sich ein Schmunzeln nicht verkneifen. Nun musste der Typ nur noch auf freien Fuß kommen, damit er den Rest erledigte. Dann würde sich Tee nicht die Hände schmutzig machen müssen, um es einmal so auszudrücken.

Der Stalker hieß Thomas Landers, war jedoch als Frau unter dem Namen Dottie aufgetreten. Früher einmal war Thomas ein sehr guter Kumpel der Polizistin gewesen, und wenn es nach Tee ging, würde er nun wieder ihr Busenfreund sein, und das sehr bald. Und das beste daran war, dass der Mann in einer Einrichtung ganz hier in der Nähe saß und dass Tee von Berufs wegen die Möglichkeit hatte, Kontakt zu ihm aufzunehmen und ihn zu befragen. Und falls der Psycho Tees Anforderungen entsprach, wovon auszugehen war, würde er ihm vielleicht zur Flucht verhelfen. Wenn sich Thomas Landers dann die lästige kleine Polizistin noch einmal vorknöpfte, umso besser. Sollten die beiden doch zusammen in der Hölle glücklich werden. Das wäre Tee nur recht gewesen.

Tee grinste. Es war machbar. Und er konnte dafür sorgen, dass es geschah.

Das Gespräch mit Thomas Landers zu vereinbaren, war ein Kinderspiel. Tees Kollegen in Thomas' Klinik freuten sich über sein Interesse. Thomas sei ja so ein interessanter Fall, so intelligent und so psychisch gestört, mache aber von Tag zu Tag Fortschritte. Inzwischen habe sich sein Zustand sehr gebessert, sodass man sogar überlege, ob man ihm begleiteten Ausgang gestatten sollte. Die Meinung eines renommierten Kollegen wie Tees sei natürlich hoch willkommen. Und so war im Handumdrehen alles in die Wege geleitet.

Tees erste Begegnung mit Thomas fand unter vier Augen in einem Besprechungszimmer statt. Sein neuer Proband war zierlicher als erwartet. Er saß ruhig und die Hände vor sich auf dem Tisch verschränkt da und sah aus, als könnte er keiner Fliege etwas zuleide tun. Allerdings wusste Tee aus den Akten, dass der Mann fähig war, jemandem ohne mit der Wimper zu zucken mit einem Fleischerbeil den Kopf abzuschlagen. Umso besser. Nichts war Tee lieber als ein geborener Mörder.

»Hallo, Thomas.«

»Hallo, Doctor. Sind Sie hier, um meinen Kopf zu untersuchen? Ich habe nämlich eine Schwäche für Köpfe.«

Tee lachte, weil er die Bemerkung recht witzig fand. Er hatte seinen neuen Patienten schon ins Herz geschlossen. Landers' hatte eine sehr ruhige und gebildete Sprechweise. Allerdings schien ihn Tees Reaktion ein wenig zu überraschen, und offenbar freute er sich darüber.

»Das habe ich schon gehört«, entgegnete Tee.

»Sie sind nicht schockiert wie die anderen Ärzte?«

»Nicht wirklich.«

»Dann haben Sie offenbar andere Pläne.«

»Ja, in der Tat. Möchten Sie mir helfen?«

Thomas musterte ihn mit wachen großen blauen Augen. In den Berichten stand, sein Haar sei blondiert gewesen, als er sich als Frau kostümiert hatte. Aber inzwischen war es dunkelbraun, der Kurzhaarschnitt offenbar Werk des Krankenhauspersonals. Er verhielt sich sehr still und zurückhaltend und schien äußerst interessiert an dem, was Tee ihm zu sagen hatte.

»Vielleicht. Was kann ich tun?«, erwiderte Thomas nach einer geraumen Weile und einem Blick zur Gitterglasscheibe an der Tür.

Auch Tee schaute zur Tür, obwohl er sich vergewissert hatte, dass der Raum weder mit Mikrofonen noch mit Kameras ausgestattet war. »Wir haben eine gemeinsame Freundin, Thomas«, meinte er dann.

»Wirklich? Und wer könnte das sein?«

»Claire Morgan, Sie kannten Sie als Annie Blue.«

Die Worte verfehlten die Wirkung auf Thomas nicht. Der Mann versuchte zwar, seine Gefühle zu verbergen, allerdings vergeblich. Er senkte den Blick, und einige Minuten vergingen. »Sie kennen meine Annie?«, fragte Thomas schließlich.

»In der Tat.«

»Wie geht es ihr? Niemand erzählt mir etwas über sie.«

»Oh, ausgezeichnet. Sie vermisst Sie. Das hat sie mir selbst gesagt.«

Zum ersten Mal lächelte Thomas. »Vermutlich ist das eine Lüge.«

»Nein, ist es nicht.«

»Warum sind Sie wirklich hier? Sie wollen doch sicher etwas von mir.«

»Nein, ich halte den Zeitpunkt nur für gekommen, dass Sie Annie wiedersehen, mit ihr sprechen und ein wenig Zeit mit ihr verbringen. Meiner Ansicht nach ist das die Therapie, die Ihnen am meisten helfen wird. Natürlich sind Ihre übrigen Ärzte anderer Ansicht. Also muss es unter uns bleiben. Sicher verstehen Sie das.«

Thomas betrachtete ihn und verschränkte dann die Arme vor der Brust. Er war ziemlich muskulös und machte einen kräftigen Eindruck. »Die lassen mich hier nicht raus, um mich mit ihr zu treffen. Das ist das Letzte, was sie mir erlauben würden. Ich darf nicht einmal ein Foto von ihr in meinem Zimmer haben.« Er seufzte auf.

»Sie werden es nicht erfahren«, erwiderte Tee. »Ich denke mir etwas aus, damit Sie hier rauskommen. Und dann verabreden wir uns, und ich bringe Sie zu ihr.«

»Ich mache mir Sorgen um sie«, antwortete Thomas. »Sie hat einen gefährlichen Beruf.«

»Ja, ich weiß. Ich verstehe, warum Sie sie bewundern. Sie ist eine tolle Frau.«

»Was soll ich tun?«

»Wenn Sie einfach nur das tun, was ich Ihnen sage, hole ich Sie hier raus, ohne dass es jemand bemerkt. Und dann verhelfe ich Ihnen zu einem Gespräch unter vier Augen mit Annie.«

Thomas musterte ihn forschend. »Abgemacht, Doctor. Wann geht es los?«

# Dreiundzwanzig

Die kleine Miss Sharon, alias Khur-Vay, wohnte ganz weit draußen am Stadtrand von Ozark, Missouri. Viele Bäume und Hügel und schmale Teerstraßen, allerdings keine Straßenbeleuchtung. Nachdem ich die lange Fahrt hinter mich gebracht hatte, hoffte ich, dass sie auch zu Hause war. Doch ich hatte sie nicht anrufen wollen, um ihr nicht die Gelegenheit zu geben, ihre Sachen zu packen und zu verschwinden, bevor ich bei ihr läutete. Unterwegs telefonierte ich eine Weile mit Black, der vor Wut kochte, weil ich ohne ihn losgefahren war. Dass ich mich allein im dunklen Wald herumtrieb, gefiel ihm ebenso wenig, weshalb ich ihm Khur-Vays Adresse gab und ihm anbot, nachzukommen und mitzufeiern, falls er sich dann besser fühlen sollte. Er bejahte das mit Nachdruck und wies mich an, mein GPS einzuschalten, damit er mich finden konnte, und außerdem keine Anrufe von Unbekannten anzunehmen. Ich stimmte beiden Vorschlägen gerne zu. Telefonfreunde, ja, Telefonfeinde, nein. Nicht, dass ich die kleine Bauchtänzerin als besonders bedrohlich empfunden hätte, solange sie mich nicht mit einem kräftigen Hüftstoß k.o. schlug.

Endlich stand ich vor der richtigen Briefkastennummer in Khur-Vays stockfinsterer und kurviger Straße. Sie war an einem nagelneuen, silbern blitzenden Briefkasten befestigt und reflektierte golden. Doch der phosphoreszierende Name fehlte. Der Zugang zur mit Kies bestreuten Auffahrt wurde zwar von einem verriegelten Tor versperrt, aber es war kein Zaun vorhanden. Wenn ich gewollt hätte, hätte ich das Tor über die Wiese umrunden und das Haus auf diesem Weg erreichen können, weshalb sich mir der Zweck von Fatimas Tor nicht erschloss. Allerdings hatte ich keine Lust zu riskieren, dass meine ehrenwerten Kollegen von der Polizei von Ozark mich wegen Hausfriedensbruchs ins Kittchen steckten, und parkte meinen Explorer deshalb am Straßenrand. Ich sah, dass im Haus am Ende der Auffahrt, etwa fünfzig Meter weiter den Hügel hinauf, Licht brannte. Es sah aus wie eine kleine Ranch, umgeben von einem Hain hoher Nadelbäume. Vor dem Haus standen zwei Autos.

Ich stieg aus, schloss den Wagen auf und watete durch das hohe Gras am Straßenrand. Da ich seit Kurzem stets mit Schusswaffengebrauch rechnete, zögerte ich und überlegte, ob ich Verstärkung anfordern sollte. Aber wozu? Ich war bewaffnet, und Sharon Richmond machte auf mich nicht den Eindruck einer gefährlichen Zeitgenossin, die eine Pistole zücken und mich abknallen würde. Außerdem hatte ich inzwischen einen Riecher für solche Leute. Ich wollte ihr doch nur einen Freundschaftsbesuch abstatten. Schließlich hatte sie mir selbst gesagt, ich solle sie anrufen, wenn ich lernen wollte, Black mit meinem Bauch zu verführen. Also, hey, vielleicht wollte ich ja nur einen Bauchtanzkurs belegen und konnte vor lauter Feuereifer nicht warten, bis sie ihren Laden wieder öffnete.

In einem anderen Szenario, das sich nicht so sehr an einem Micky-Mouse-Idyll orientierte, hatte sie jedoch womöglich eine ganze Horde von Ärzten à la Jekyll und Hyde zu grünem Tee und Pfirsich-Teigtaschen eingeladen, weshalb ich, nur für alle Fälle, die Glock aus dem Schulterhalfter nahm. Mit der schweren Waffe in der rechten Hand fühlte sich die Sache schon viel angenehmer an.

Der Fußmarsch zum Haus dauerte einige Minuten, hauptsächlich deshalb, weil ich keine Aufmerksamkeit erregen wollte und im dichten Gebüsch Ausschau nach Meuchelmördern hielt. Die Auffahrt war länger, als es von der Straße aus den Anschein hatte. Nichts regte sich in der dunklen Nacht. Nur gefühlte eine Million Grillen veranstalteten im Gebüsch ein Konzert und trainierten ihre Hinterbeine. Doch im Geäst der Bäume war kein Vogel zu hören. Vermutlich machten sie alle

Urlaub in Fort Lauderdale. Vor dem Haus parkten zwei Autos, ein älterer, ziemlich verbeulter olivgrüner Dodge-Kombi und ein neuerer weißer Concorde. Ich bekam das Bedürfnis, den Schwarzen Mann, dem ich normalerweise um diese Uhrzeit begegnete, mit erhobener Waffe zu empfangen. Kein gutes Zeichen. Allerdings empfing ich keine meiner üblichen Gefahrenwarnungen, bei denen ich es so richtig mit der Angst zu tun bekomme. Ich hatte gelernt, stets meinen Instinkten zu vertrauen. Bis jetzt hatten sie mir gute Dienste geleistet. Schließlich war ich noch am Leben, richtig?

Ich näherte mich der Vortreppe, nicht verstohlen, allerdings auch nicht begleitet vom Getrampel beschlagener Stiefel. Dort blieb ich stehen und betrachtete das Haus. Die Fenster, die nach vorne hinausgingen, waren zwar einladend gelb beleuchtet, wurden jedoch von Jalousien mit senkrechten Lamellen verdeckt, sodass ich nicht sehen konnte, wer sich dahinter verbarg. Ich öffnete die Fliegengittertür und klopfte leise mit dem Fingerknöchel an. Es war seltsam totenstill. Aus dem Haus war kein Geräusch zu hören, und es kam auch niemand an die Tür. Also ging ich die Stufen wieder hinunter und berührte die Motorhaube des Kombis mit der Handfläche. Sie war kühl. Ebenso wie die des Concordes.

Eine Brise fuhr, offenbar auf der Suche nach den verschollenen Vögeln, durch die obersten Äste der Bäume rings um das Haus. Es roch nach Regen, und die Luft wurde nach dem sehr heißen Tag plötzlich kühler. Im nächsten Moment hörte ich, wie, durch Wind und Grillenradau, Stimmen zu mir hinüber wehten. Gut, offenbar war jemand im Garten und tat dort das eine oder andere. Und dieses eine oder andere war es, für das ich mich ganz besonders interessierte. Die Glock neben meinem rechten Oberschenkel auf den Boden gerichtet, pirschte ich mich um die Ecke. Nicht, dass ich annahm, die zierliche, kleine Khur-Vay würde mich mit Kastagnetten angreifen oder mich mit ihren durchsichtigen Tüchern fesseln. Allerdings hätte Sharon Richmond, ihr alter ego, beschließen können, mich mit einem scharfkantigen, glänzenden Gegenstand zu attackieren und ihn mir, gar kein Spaß, in die Brust zu rammen.

Noch mehr wucherndes Gestüpp säumte die Seite des Hauses, und ich musste mich durch hohe Unkräuter kämpfen, die einen schwefelartigen, stechenden Gestank verbreiteten. Sicher würde er auch noch nach zwei Waschgängen an meiner Jeans haften bleiben. Allerdings dämpften sie die Geräusche meines zunehmend lautlosen Vorrückens. Inzwischen konnte ich hinter dem Haus einen seltsamen dämmrigen Schimmer erkennen. Vorsichtig schlich ich weiter und blieb immer wieder lauschend stehen, weil mir nicht ganz wohl dabei war, die Hausecke zu umrunden und so womöglich jemandem in die Schusslinie zu geraten. Es ist immer ratsam zu wissen, wie viele Leute über einen herfallen könnten, bevor man sich bemerkbar macht. Dennoch fühlte ich mich noch immer nicht körperlich bedroht. Was das wohl heißen mochte?

Inzwischen konnte ich zwei Stimmen, beide weiblich, ausmachen. Sie sprachen in Normallautstärke, keine schimpfte oder stieß Schmerzensschreie aus, immer ein gutes Zeichen. Die Frauen klangen, als säßen sie nur da und plauderten gemütlich. Ich konnte zwar nicht verstehen, was gesprochen wurde, doch es hörte sich nicht unbedingt lebensbedrohlich an. Nur zwei Mädchen, die sich unterhielten. Also laut meiner kleinen Anschleichfibel absolut in Ordnung.

Meine Bedenken legten sich ein wenig, allerdings nur, bis ich das leise, aber unverkennbare Klicken einer Waffe hörte, die irgendwo hinter mir entsichert wurde, und eine Männerstimme sagte: »Waffe weg, sonst haben Sie gleich ein Loch im Kopf.«

Nun, ja, Künstlerpech. Doch da mir nicht unbedingt an einem Loch im Kopf gelegen war, nahm ich all meinen Mut zusammen und bluffte, was das Zeug hielt. »Ich bin Polizistin und ermittle in einem Fall. Also bleibt die Waffe oben. Außerdem ist Verstärkung unterwegs.«

Zum Glück änderte das seine Einstellung. »Hören Sie, Officer, ich will keinen Ärger. Legen Sie die Waffe weg, dann können wir reden.«

»Tut mir leid, geht nicht.«

Raschelnde Schritte in der Dunkelheit. Die Stimme näherte sich. »Entweder tun Sie es jetzt, oder ich schieße. Das ist kein Scherz.«

Mist. »Was halten Sie davon, wenn wir noch mal darüber sprechen?«

»Ein bisschen plötzlich, Lady, sonst puste ich Ihnen die Scheißrübe weg.«

Dass er das mit zusammengebissenen Zähnen hervorstieß, überzeugte mich vom Ernst der Lage. Er wollte offenbar höflich sein, sonst hätte er mich nicht Lady genannt, hatte mir eine Chance gegeben, ohne mich gleich abzuknallen, und außerdem handelte es sich um eine Stimme, die ich nicht kannte, also eindeutig nicht um die eines der Medizinmänner aus Oak Haven. »Gut, wenn Sie unbedingt darauf bestehen«, erwiderte ich deshalb.

Langsam ging ich in die Hocke und legte meine Waffe auf den Boden. Dabei war ich sehr zufrieden mit mir, weil ich meine praktische kleine .38er gut erreichbar am Knöchel hatte und der Kerl nichts davon wusste. Außerdem hatte ich eine Dose Pfefferspray in der Hosentasche, die auch recht nützlich sein kann, wenn man von fremden Leuten angesprochen wird. Falls er also davon Abstand nahm, mich an Ort und Stelle niederzuschießen, war ich aus dem Schneider. Zum Glück vibrierte oben erwähnte Antenne, mit der mein sechster Sinn mich normalerweise vor Gefahren warnte, noch immer nicht. Ich spürte nicht die geringste Spur von Unbehagen. Allmählich fragte ich mich, ob sie kaputt oder ob die Batterie leer war.

»Wenn Sie jetzt so gut sein würden, vor mir her in den Garten zu gehen.«

Ich beschloss, ihm den Gefallen zu tun. Ach, herrje, was für höfliche Gewalttäter es doch gab. Normalerweise schlugen sie mir einfach einen Gegenstand auf den Kopf. Als ich um die

Ecke kam, sah ich die beiden Frauen. Sie saßen auf einer kleinen betonierten Terrasse, wo unzählige Lichterketten gespannt waren. Die Lämpchen schwankten im Wind, hingen wie Eiszapfen von den umliegenden Bäumen und verbreiteten, je nach Stimmung des Betrachters, ein gespenstisches oder romantisches Leuchten. In meiner momentanen misslichen Lage tendierte ich eher zu gespenstisch. Ich erkannte Khur-Vay sofort, denn sie sprang auf. »Ach, Sie sind es, Detective Morgan«, sagte sie. »Was für eine angenehme Überraschung. Was machen Sie denn hier?«

»Im Moment werde ich mit der Waffe bedroht, Khur-Vay. Könnten Sie vielleicht etwas dagegen tun?«

Heute war Khur-Vay nicht als Bauchtänzerin verkleidet, sondern eher so angezogen wie ich, also schwarzes T-Shirt und schwarze Jeans, oder in ihrem Fall eine schwarze Caprihose. Sie war barfuß, ich trug Basketballstiefel von Nike, nur für den Fall, dass ich mit einer Schlange in Konflikt geriet. Sie sah den Mann an, der hinter mir stand, wer immer der Kerl auch sein mochte. »Yang-Wei«, sagte sie. »Sie ist in Ordnung. Ich kenne sie. Sie ist Polizistin.«

Mein höflicher Bewacher kam in Sicht und zeigte mir seine ziemlich bedrohlich wirkende Waffe. Meine Pistole hielt er in der anderen Hand. »Sie werden mich nicht erschießen oder verhaften, wenn ich sie Ihnen zurückgebe, oder?«

Selten so gelacht, du Scherzkeks. »Ich werde mir Mühe geben, mich zu mäßigen, aber es wird nicht leicht sein.«

Mit einem schüchternen Grinsen trat er vor und reichte mir meine Pistole. Ich stellte fest, dass er Asiat war. Außerdem war er ziemlich groß und mager und trug sein langes schwarzes Haar zu einem Pferdeschwanz zusammengebunden. Damit meine ich keinen tief im Nacken sitzenden wie bei einem Hippie, sondern hoch oben am Kopf von einem Gummiband zusammengehalten, was mich an ein Vorschulkind erinnerte. Allerdings fehlte die rosa Schleife.

»Vielen Dank, Yang Wei«, sagte ich, was von Herzen kam.

Schließlich hätte er mich erst über den Haufen schießen und dann die Fragen stellen können. So gehen nämlich die meisten meiner Gegner vor. Mit Ausnahme von Young und Collins oder wer auch immer von Oak Haven aus Leute umbrachte. Die hätten vermutlich dafür gesorgt, dass ich mich selbst erschoss.

»Gern geschehen.«

Eine Weile herrschte Schweigen. »Wie haben Sie mich gefunden?«, erkundigte Khur-Vay sich schließlich.

»Ich habe ein Händchen für diese Dinge.«

»Offenbar. Ich dachte, ich wäre hier in Sicherheit.«

»Sicherheit?«

Die zweite Frau hatte bis jetzt kein Wort von sich gegeben. Als sie nun aufstand, beleuchteten die blinkenden Lämpchen ihr Gesicht. Ich bemerkte, dass sie weinte. Und ich stellte fest, dass ich Li He vor mir hatte.

Vermutlich hatte Khur-Vay meine völlig entgeisterte Miene bemerkt, denn sie meinte: »Ja, das ist Li He. Sie war die ganze Zeit bei mir.«

»Ich habe Sie gesucht, Li He«, erwiderte ich. »Genauso wie Ihre Eltern, die Polizei von Springfield und noch viele andere Leute.« So ärgerlich ich es auch fand, dass sie sich hier draußen versteckt hatte, war ich gleichzeitig erleichtert. Immerhin konnte ich mich nun mit eigenen Augen vergewissern, dass sie nicht das verkohlte Opfer in dem schrecklichen Ofen war. Nein, nun war sie eine wichtige Zeugin, an die ich jede Menge Fragen hatte.

»Setzen Sie sich, Detective«, forderte Khur-Vay mich auf. »Ich schenke Ihnen ein Glas Limonade ein, und dann erkläre ich Ihnen, warum ich Li He hier bei mir aufgenommen habe.«

»Das klingt wie ein Plan.« Nach einem Blick auf Yang Wei steckte ich die Glock zurück ins Halfter und nahm bei den beiden Frauen am Tisch Platz, während Yang Wei wieder in der Nacht verschwand, vermutlich um weitere Polizisten abzufangen, die möglicherweise hier herumlungerten. Er bewegte sich ziemlich lautlos, das musste ich ihm lassen. Normalerweise gelang es Menschen nicht so einfach, sich an mich anzuschleichen. Ein Glück, dass er auf meiner Seite war, wie immer die auch aussehen mochte.

»Eigentlich bin ich froh, dass Sie hier sind«, fuhr Khur-Vay fort. »Ich fand es schrecklich, Sie im Studio anlügen zu müssen. Was ich Ihnen jetzt sage, ist streng vertraulich. Das verstehen Sie doch, oder?«

»Falsch. Wenn ich ermittle, ist nichts vertraulich, außer ich beschließe, es so zu halten.«

»Ich denke, Sie werden mir zustimmen, nachdem Sie meine Geschichte gehört haben.«

Li He schluchzte immer weiter. Ich fragte mich nach dem Grund, hatte aber das Gefühl, dass ich ihn bald erfahren würde.

Khur-Vay machte sich am Tisch zu schaffen, schenkte mir Limonade ein und füllte ihr Glas und das von Li He nach. Dann schob sie, ganz Gastgeberin, einen Plätzchenteller zu mir hinüber. »Bedienen Sie sich.«

Da ich ein höflicher Mensch bin und obendrein, dem Tod knapp von der Schippe gesprungen, ein wenig Hunger hatte, nahm ich eines. »Okay, dann raus mit der Sprache, Khur-Vay, oder soll ich Sie lieber Sharon nennen? Warum haben Sie mich angelogen und warum versteckt sich Li He hier draußen?«

»Sie versteckt sich, weil sie nicht zurück nach Peking will. Yang Wei und ich helfen ihr, den chinesischen Behörden aus dem Weg zu gehen. Irgendwann werden sie sie suchen kommen, nämlich wenn ihnen klar wird, dass sie nicht zurückkehrt.«

»Und das tun Sie weshalb?«

»Yang Wei ist Chinese und hat sich vor vielen Jahren bei einem Basketball-Austauschprogramm abgesetzt. Nun unterstützt er andere Flüchtlinge und besorgt ihnen politisches Asyl. Ich spreche hier von denen, die von der Einwanderungsbehörde abgelehnt worden sind.«

»Und warum mischt eine kleine Bauchtänzerin wie Sie dabei mit?«

»Mikey.«

»Mikey Murphy?«

»Ja.«

»Sie waren mal mit ihm zusammen, stimmt das?«

»Ja, für eine Weile. Bis ich wieder in meinen Heimatstaat gezogen bin.«

»Okay, erzählen Sie weiter.«

»Ich bin nach Dyersburg, und zwar wegen eines Typen, von dem ich dachte, dass ich ihn heiraten will. Doch wir haben uns getrennt, ich kam zurück und habe das Studio in Branson eröffnet. Da hat Mikey mich gefragt, ob ich seiner neuen Freundin helfen könnte, in den Staaten zu bleiben.«

»Warum Sie?«

»Weil ich sie bereits durch das Studio kannte.«

Ich wandte mich an Li He. »Warum konnten Sie kein Einwanderungsvisum beantragen?«

Während sie antwortete, weinte sie immer weiter und wischte sich mit einer schwarzen Papierserviette, auf die ein weißes Yin-Yang-Symbol aufgedruckt war, die Augen ab. In Wirklichkeit war sie noch zierlicher als auf den Fotos. »Weil sie mir nicht erlaubt hätten, zu bleiben. Ich bin seit meinem dritten Lebensjahr dafür ausgebildet worden, mit meinen Eltern in der Show aufzutreten, und gelte deshalb als Investition. Ich muss wieder nach Hause.«

»Mikey hätte Sie begleiten können. Das Verhältnis zwischen unseren Ländern hat sich inzwischen geändert.«

»Das hatte Mikey anfangs auch vor«, erwiderte Khur-Vay. »Doch dann beschloss er, dass er doch nicht in China leben wollte.« Sie warf einen langen Blick auf Li He und zögerte, bevor sie weitersprach. »Und sie kann nicht zurück. Sie ist schwanger.«

Okay, nun verstand ich. »Das Baby ist von Mikey?«

»Ja«, schluchzte Li He. »Und dann hat ihn jemand umgebracht.«

»Aber, aber, Liebes«, sagte Khur-Vay zu Li He, tätschelte dem Mädchen den Rücken und wandte sich dann wieder an mich. »Li He ist erst neunzehn. In China zu jung, um eine Heiratsgenehmigung zu bekommen. Frauen müssen mindestens zwanzig sein, Männer einundzwanzig. Und ohne Trauschein gibt es keine Geburtsurkunde. Wenn sie tut, was man von ihr verlangt, und nach China zurückkehrt, und das wäre vor der Geburt, müsste sie das Baby entweder verkaufen, es abtreiben lassen oder eine hohe Geldstrafe bezahlen. So funktioniert das in China. Mikey wollte die Strafe übernehmen, doch nun ist er tot, und sie steht ganz allein da.«

»Also wird sie einfach hier in den Staaten untertauchen?«

»Richtig. Yang Wei hat ein Netzwerk geknüpft, so ähnlich wie die Underground Railway zu Zeiten der Sklaverei, aber unter Amerikanern asiatischer Herkunft. Mikey wollte seine Pizzeria verkaufen und ihr folgen, nachdem das Baby da ist und man aufgehört hat, nach ihr zu suchen.«

»Und Ihre Eltern kennen die Wahrheit nicht?«, fragte ich Li He.

Noch mehr Tränen. »Nein, wenn die Einwanderungsbehörde erfährt, dass sie wissen, wo ich bin, kriegen sie Schwierigkeiten. Doch jetzt ist Mikey tot, alles ist schiefgegangen, und ich werde hier ganz allein sein.«

Khur-Vay legte den Arm um die Schultern des zarten Mädchens. »Nein, das wirst du nicht, Li He, das wirst nicht. Yang Wei bringt dich bei einer netten Familie unter, die dir helfen wird, neu anzufangen. Niemand wird wissen, wer du bist und wo du bist. Und niemand wird dir das Baby wegnehmen.«

Das war ja alles schön und gut, bis auf eine offene Frage: Wer war dann das Mädchen in Mikeys Ofen?

Als ich sie stellte, löste ich bei den beiden noch mehr Bestürzung aus. »Es könnte meine Mitbewohnerin Mel sein«, sagte Li He. »Seit es passiert ist, kann ich sie nicht mehr erreichen.«

Ebenso wenig wie wir. »Warum glauben Sie das?«

»Weil sie mir erzählt hat, sie und Mikey hätten etwas über

einen Arzt in Oak Haven herausgefunden, als sie dort Patienten waren, und nun habe sie Angst.«

»Welchen Arzt?«

»Das hat sie mir nicht verraten. Damals habe ich mich schon hier versteckt, und es wäre zu gefährlich gewesen, mit jemandem zu telefonieren. Auch nicht mit Mikey. Ich habe mich nicht einmal von ihm verabschieden können.« Wieder Tränen.

»Also denken Sie nicht, dass sich einer der beiden das Leben genommen hat?«

»Oh, nein. Mikey hätte mir das niemals angetan. Wir wollten heiraten, sobald Mikey sein Lokal verkauft hatte und zu mir gekommen wäre.«

»Wir sind nicht sicher, ob das andere Opfer Mel ist«, fügte Khur-Vay hinzu. »Hoffentlich nicht. Wissen Sie schon, um wen es sich handelt?«

»Nein, aber mein Partner kümmert sich gerade darum. Ich muss ihm Bescheid geben.«

Ich ging ein paar Schritte von der Terrasse weg, holte mein Telefon heraus und wählte Buds Nummer. Er meldete sich nach dem zweiten Läuten. Ich sprach leise und behielt dabei Khur-Vay und Li He im Auge, damit sie sich nicht aus dem Staub machten. Inzwischen telefonierte Khur-Vay ebenfalls.

»Wo bist du, Bud?«

»Ich stehe vor dem Haus von Mel Baxters Eltern. Sie haben keine Ahnung, wo sie steckt. Sie haben sie nicht hier erwartet, und die Hochzeit einer Cousine hat es nie gegeben. Sie haben seit zwei Wochen nichts von ihr gehört. Und jetzt kommt es: Sie haben sie mit fünfzehn aus China adoptiert, und sie ist in Oak Haven behandelt worden.«

»Ich glaube, sie ist unser Opfer im Ofen.«

»Durchaus möglich.«

»In diesem Fall brauchen wir etwas fürs Labor. Kannst du noch mal reingehen und ihre Eltern um eine Zahnbürste oder Haarbürste von ihr bitten, um Proben davon zu nehmen. Buck wird sie dringend brauchen.«

»Und was bringt dich darauf, dass sie es sein könnte?«, fragte Bud.

»Vielleicht die Tatsache, dass Li He hier quicklebendig vor mir sitzt?«

»Echt? Wie hast du sie aufgespürt?«

Ich fasste die Geschichte kurz für ihn zusammen, kurz hauptsächlich deshalb, weil ich selbst noch nicht viele Einzelheiten kannte.

»Ich erledige das sofort. In zweieinhalb bis drei Stunden müsste ich zu Hause sein.«

Wir legten auf, und ich gesellte mich wieder zu den Damen, die sich in besorgtem Tonfall unterhielten. Sie rangen zwar noch nicht die Hände, waren aber kurz davor.

Khur-Vay sah mich an. »Wir müssen Li He noch heute Nacht von hier wegbringen. Es ist nicht mehr sicher. Wenn Sie uns gefunden haben, werden andere es auch schaffen.«

»Sie haben gerade einer Polizistin mitgeteilt, dass Sie eine illegale Einwanderin verstecken. Das ist Ihnen doch klar, oder?«

»Bitte. Sie bekommt ein Baby. Sie will es nicht hergeben.«

Ich hatte von der Ein-Kind-Politik gehört, die China vor einigen Jahrzehnten eingeführt hatte, kannte jedoch die juristischen Details nicht. Jedenfalls würde ich das Mädchen nicht melden. Khur-Vay wusste das. Und ich auch.

»Vielleicht kann ich Ihnen helfen, etwas über diese Ärzte in Erfahrung zu bringen«, versuchte Khur-Vay, mir die Entscheidung zu versüßen. »Und darüber, was Mikey und Mel herausgefunden hatten. Eine Hand wäscht die andere.«

»Und wie wollen Sie mir helfen?«

»Ich weiß viel mehr über Mikey als die meisten anderen. Wir waren zusammen. Er hat mir vertraut. Wäre er sonst zu mir gekommen, als Li He jemanden brauchte, obwohl wir schon seit Langem getrennt waren?«

Das klang plausibel. Im nächsten Moment fiel mir ein, dass sie oder Li He möglicherweise etwas zu Mikeys geheimnisvollem Schlüssel zu sagen hatten. Ich holte das Plastiktütchen, das ihn enthielt, aus der Tasche und zeigte es den beiden. »Weiß eine von Ihnen, zu welchem Schloss er gehört?«

Li He beugte sich vor, um den Schlüssel zu mustern, und schüttelte den Kopf. Ihre Miene war traurig, ihre Wangen waren tränennass. Ich hatte die Vermutung, dass sie schon sehr lange weinte. »Keine Ahnung. Orchid hätte es vielleicht gewusst.«

»Wer ist Orchid?«

»Das war Mels Name in der Klinik. Einige Patienten haben falsche Namen benutzt, wenn sie ihre wahre Identität geheim halten wollten.«

Das erklärte einige der seltsamen Namen, die ich auf den Deckblättern von Dr. Youngs und Dr. Collins' Akten gelesen hatte. »Hatte Mikey auch einen falschen Namen?«

»Nein, er nannte sich einfach nur Mikey. Ihm war es egal, dass die Leute wussten, wer er war. Jeder durfte frei entscheiden, wie er heißen wollte.«

»Ich verstehe.«

Khur-Vay betrachtete den Schlüssel. »Ich erkenne ihn auch nicht.« Sie runzelte die Stirn und zögerte offenbar weiterzusprechen, tat es aber schließlich doch. »Aber da war ein Haus, wo er häufig hinfuhr. Er hat dort einige Möbelstücke und andere Sachen gelagert, nachdem seine Eltern ihn rausgeschmissen hatten.«

Ich sparte mir die Mühe, meine Aufregung zu verbergen. »Was für ein Haus? Wo ist es?«

»Es ist ein altes Lagerhaus mit Anlegesteg am Finley River. Ich glaube, er hatte es von seinen Großeltern geerbt. Mikey hat mir erzählt, Rumschmuggler hätten dort zu Zeiten der Prohibition Alkohol an Land gebracht. Ich habe ihm geholfen, seine Sachen dorthin zu schaffen. Bevor wir gegangen sind, hat er abgeschlossen. Vielleicht passt der Schlüssel ja dort.«

»Ja, vielleicht. Wo genau ist denn dieses Haus?«

»Nicht weit von hier. Etwa zehn oder fünfzehn Minuten. Gleich nach dem Restaurant Riverside Inn fährt man rechts und dann über eine kleine, schmale einspurige Brücke. Ein Stück dahinter führt ein Kiesweg nach links.«

»Könnten Sie es mir zeigen?«

»Ja, wenn Sie warten, bis ich Li Hes Sachen gepackt und sie auf den Weg geschickt habe. Ich möchte, dass Yang Wei sie noch heute Nacht in ein anderes sicheres Haus bringt. Es dauert nicht lange.«

»Okay, aber beeilen Sie sich.«

Khur-Vay und Li He gingen ins Haus. Ein paar Minuten später kehrte Khur-Vay, noch immer die perfekte Gastgeberin, mit einem neuen Krug Limonade und einem Teller mit Pfirsich-Teigtaschen zurück. Nachdem sie mein Glas gefüllt hatte, verschwand sie wieder im Haus. Ich trank die Limonade und wünschte, sie würde auf die Tube drücken. Außerdem fragte ich mich, wo Black war, und überlegte, welche Erkenntnisse mir der Schlüssel in meiner Hand wohl eröffnen würde. Hoffentlich Beweise, die für einen Haftbefehl wegen vorsätzlichen Mordes in mehreren Fällen genügten. Ich griff zum Telefon, um Black anzurufen, hielt aber inne, als Yang Wei plötzlich zwischen den Bäumen erschien.

Er trug eine schwarze Baumwolltunika und eine Hose im chinesischen Stil. Vermutlich wollte er wie ein Ninja-Krieger ausssehen, wenn er hier in der Dunkelheit herumschlich. Er setzte sich zu mir an den Tisch. Offenbar hatte er beschlossen, mich doch nicht unsympathisch zu finden. Allerdings saß er nur verstockt schweigend da. Ich auch. Im verstockten Schweigen macht mir niemand etwas vor.

»Ich glaube, dass jemand in der Klinik meine Schwester umgebracht hat. Ihr Name war Lotus«, sagte er plötzlich und, wie ich fand, ziemlich unerwartet.

»Ach ja?«

»Das ist mein voller Ernst. Ich habe das schon immer angenommen.«

»Wer?«

»Ich kann es nicht beweisen, doch damals wurde er Tee genannt. Er war Patient dort, aber ich habe keine Ahnung, was aus ihm geworden ist. Jedenfalls hat sie sich kurz nach seiner Ankunft in der Badewanne die Pulsadern aufgeschnitten. Alles war voller Blut.« Er regte keine Miene, als er diese Worte aussprach, doch ich erkannte den Schmerz in seinen Augen, bevor er den Blick abwandte.

Die grausige Szene, die er beschrieben hatte, rief ein Trauma aus meiner eigenen Vergangenheit in mir wach, ein Bild, das ich rasch beiseitezuschieben versuchte. Alles passte zusammen. Inzwischen war ich ganz nah an der Wahrheit, bekam sie aber noch immer nicht zu fassen.

»Wie sah dieser Tee denn aus?«

»Kräftig gebaut, sportlich, braunes Haar, breites Lächeln, immer freundllich. Ich weiß, dass er etwas mit Lotus' Tod zu tun hat. Ich weiß es hier drin.« Feierlich sah er mir wieder tief in die Augen und legte die Hand aufs Herz.

Die Beschreibung klang verdächtig nach Collins, richtig? Und, bei Gott, wenn er es war, würde ich es beweisen. Allerdings hätte sie, wenn auch nicht so gut, aber immerhin, auch auf Happy Pete und Young gepasst. Ich musste noch einen Blick in die Klinikakten werfen. Den meisten lagen Fotos der Patienten bei. Vielleicht konnte Yang Wei diesen Tee ja für mich identifizieren. Inzwischen war ich zu allen Schandtaten bereit. Falls Yang Weis Vermutung, was den Tod seiner Schwester anging, richtig war, trieb jemand in der Oak Haven Clinic Jugendliche gezielt in den Selbstmord, und das womöglich schon seit Jahren. Inzwischen war die Spur so heiß, dass es mir die Füße versengte.

# *Vierundzwanzig*

Schau, Claire, da ist das Riverside Inn. Mikey sagte, es sei in den Zwanzigern eine illegale Kneipe gewesen.«

Inzwischen sprachen wir uns beim Vornamen an. Khur-Vay zeigte nach links, wo ein lang gestrecktes weißes Gebäude, das wie ein ehemaliges Motel aussah, ein Stück unterhalb des Straßenniveaus stand. Aus allen Fenstern strömte Licht, und auf dem asphaltierten Parkplatz drängten sich die Autos. Offenbar war das Essen hier gut.

»Hier gibt es das beste Brathuhn des Universums«, verkündete Khur-Vay wie auf Stichwort.

»Muss ja echt lecker sein«, erwiderte ich. Doch wenn ich ehrlich bin, habe ich noch keines vom Mars oder vom Jupiter gekostet, weshalb die Probe aufs Exempel noch ansteht.

»Fahr einfach der Straße nach und über die Brücke.« Inzwischen war Khur-Vay ziemlich gesprächig, vermutlich aus Nervosität, aber ich machte ihr keinen Vorwurf daraus. Schließlich hatten wir uns mit gefährlichen Leuten angelegt, die in den Köpfen ihrer Mitmenschen üble Dinge trieben. Also konnten wir nicht sagen, was uns in Mikeys altem Lagerhaus erwartete. Ich erschauderte beim bloßen Gedanken. Hoffentlich war es nur jede Menge belastender Beweise, die den Mörder für immer hinter Gitter bringen würden.

Die alte Brücke, einspurig und aus Eisen, führte gleich nach dem Restaurant über den Finley River. Es war zu dunkel, um das Wasser unter uns zu sehen. Doch vermutlich war es hoch und reißend, da es hier vor Kurzem eine Überschwemmung gegeben hatte. Als ich langsam über die Brücke rollte und dabei betete, dass uns kein schnelleres Fahrzeug entgegenkommen würde, hörte ich die Strömung rauschen. In der heutigen Zeit gab es kaum noch einspurige Brücken, und das aus gutem Grund. Ich fragte mich, warum diese hier vom Fortschritt übersehen worden war. »Wie weit ist es noch, Khur-Vay?«

»Nicht mehr weit, glaube ich. Es ist schon lange her, und ich war nur einmal dort. Hoffentlich finde ich es noch. Die Straße, die wir suchen, führt nach links und macht dann eine Kurve zurück zum Fluss. Ich denke, sie endet nach der Brücke einige Kilometer stromaufwärts am Lagerhaus.«

Mittlerweile redete die Bauchtänzerin wie ein Wasserfall. Ich fuhr die einsame Teerstraße entlang durch die Wildnis. Meine Scheinwerfer beleuchteten das dichte, staubige braungrüne Gebüsch und die Baumstämme am Straßenrand. Als mir plötzlich komisch wurde, trat ich auf die Bremse. Ich fühlte mich schwindelig und benommen, so als schalte mein Verstand auf einmal einen Gang zurück. Als ich versuchte, das seltsame Gefühl durch Blinzeln zu vertreiben, rührte es sich nicht von der Stelle. Ich fuhr rechts ran und stellte den Schalthebel auf Parken.

»Was ist los? Warum hältst du an?«, fragte Khur-Vay mit einer Stimme, die wie eine langsam rotierende Windhose in meine Gehörgänge einsickerte.

Ich drehte mich zu ihr um und versuchte, wach zu bleiben und sie nicht doppelt, sondern nur einmal zu sehen. »Mir ist schlecht. Es hat aus heiterem Himmel angefangen.« Meine Hände erschlafften, und meine Muskeln verwandelten sich in Gelee. Schlagartig wurde mir klar, dass es sich nicht nur um einen kleinen Schwindelanfall handelte, sondern um die Wirkung einer Droge. Einer Droge, die Khur-Vay mir verabreicht hatte, vermutlich in der Limonade. Oh, Gott, sie war in dieses Durcheinander verwickelt und hatte mich unter Medikamente gesetzt.

»Washassumirgegeben?«, fragte ich und bemerkte selbst, wie verwaschen meine Sprache klang. Ich schloss die Augen, weil ich sie nicht mehr offen halten konnte, hörte jedoch ihre Stimme.

»Nur ein paar von meinen Schlaftabletten. Ich habe sie in das letzte Glas Limonade getan. Es war nicht genug, um dir zu schaden, aber wahrscheinlich wirst du jetzt eine Weile schlafen. Oh, Gott, es tut mir so leid, Claire, doch ich musste es tun. Er hat mir gedroht und mich dazu gezwungen, ich schwöre.«

Mit Schlaftabletten kannte ich mich aus, insbesondere damit, was geschah, wenn man mehr als eine nahm. Black hatte mir einmal welche verschrieben, um mir über meine Albträume hinwegzuhelfen. Eigentlich hätte ich davon schneller einschlafen sollen, doch sie hatten nicht richtig gewirkt, denn ich hatte trotzdem eine Ewigkeit wach gelegen. Vielleicht würde ich es ja schaffen, dagegen anzukämpfen und fit zu bleiben. Allerdings fühlte ich mich benommen und verwirrt, und außerdem war mir übel. Khur-Vays Stimme entfernte sich immer mehr, während das Medikament durch meinen Blutkreislauf raste. Außerdem ließ meine Konzentrationsfähigkeit drastisch nach, sodass meine Gedanken wie tanzende Schmetterlinge in meinem Kopf herumschwebten. Ich wollte sprechen und sie fragen, wer sie denn dazu gezwungen hatte, doch meine Zunge bewegte sich nicht mehr und fühlte sich an, wie ein dicker, warmer Wurm, der in meinem Mund ruhte. Ich war dabei, das Bewusstsein zu verlieren, so sehr ich mich auch dagegen wehrte. Ich durfte nicht einschlafen. Ich durfte ihr das nicht durchgehen lassen.

Khur-Vay redete immer noch. »Er hat gesagt, er würde sich an meine kleine Tochter Chloe halten, wenn ich ihm nicht helfen würde herauszufinden, was du weißt. Er hätte Leute, die sie aufspüren und umbringen würden, er müsste ihnen nur den richtigen Trigger liefern. So hat er es genannt, Trigger. Er sagte, du würdest ihm zu sehr auf die Pelle rücken. Er wolle nur mit dir reden und erfahren, was du weißt. Danach lässt er dich frei, Claire, ich schwöre. Deshalb habe ich ihn angerufen, als ich mit Li He ins Haus gegangen bin. Er hat mir gesagt, er sei mit ein paar Freunden in Mikeys Haus, und ich sollte dich hinbringen. Er wird dir nichts tun. Er hat mir versprochen, dass er dir nichts tun wird.«

Selten so gelacht, dachte ich. Das war in etwa so wahrscheinlich wie die Landung eines Raumschiffs auf meinem Autodach. Ich lehnte den Kopf an die Kopfstütze und schloss die Augen.

Während ich halbherzig gegen den Schlaf ankämpfte, hörte ich, wie Khur-Vay ausstieg und zur Fahrerseite lief. Ich spürte, dass ich über den Sitz und aus dem Weg geschoben wurde, bis mein Kopf am Beifahrerfenster lehnte. Noch immer bemühte ich mich, wach zu bleiben und den Geschehnissen zu folgen. Ich durfte nicht bewusstlos werden. Als der Motor ansprang, blinzelte ich, schüttelte den Kopf und zwang mich, die Augen zu öffnen. Sie fuhr eine Weile die Hauptstraße entlang und bog dann scharf links ab.

Weiter ging es, und wir holperten über unebenen Untergrund. Kies knirschte unter den Reifen, und kurz wurde ich vom Schlaf übermannt, bis das Auto wieder stehen blieb. Ich riss mich lange genug aus meinem Dämmerzustand, um im grellen Licht der Scheinwerfer ein verwittertes graues Lagerhaus zu erkennen. Als Khur-Vay die Tür öffnete und ausstieg, hörte ich wieder das laute Rauschen des Flusses, der unter lautem Plätschern und Gurgeln stromabwärts floss. Im nächsten Moment kam jemand aus dem Haus, und ich versuchte die Person zu erkennen, die sich dem Auto näherte. Doch ich konnte nicht lange genug die Augen offen halten, und endlich gewannen die Tabletten die Oberhand.

Ich wachte auf, als sie mich aus dem Auto zerrten. Immer wieder schlief ich ein, doch den Großteil der Zeit war ich nur halb bei Bewusstsein. Ich spürte, wie das Adrenalin in mir hochkochte, als die Hände eines Mannes mich berührten und hochhoben, und ich schickte ein Stoßgebet zum Himmel, dass mir etwas einfallen würde, um mich gegen die Wirkung der Schlaftabletten zu wehren. Dann waren wir im Gebäude, in einem dämmrig beleuchteten Zimmer, und ich hörte Stimmen, konnte jedoch nicht richtig verstehen, was sie sagten. Ich wurde auf den Boden geworfen, und danach spürte und sah ich eine Weile gar nichts mehr.

Später, ich wusste nicht, wie viel Zeit vergangen war, wurde ich von lauten Stimmen geweckt. Ich zwang mich, die Augen zu öffnen und klar zu sehen, was mir allerdings sehr schwerfiel. Inzwischen hing ich in einer Art Liegestuhl und konnte einige andere im Kreis aufgestellte Stühle ausmachen. Menschen saßen darauf, doch ihre Gesichter blieben in den dunklen Schatten am Rande des Raums verborgen. In der Mitte stand eine alte Kiste. Die elektrische Laterne darauf war die einzige Lichtquelle im Raum. Ich hörte Khur-Vay weinen. »Bitte, Tee, bitte, tu mir nichts. Ich habe dir gehorcht. Ich mache alles, was du willst«, sagte sie.

»Ja, Blossom, das wirst du ganz bestimmt.«

Die Stimme kam mir bekannt vor. Ich wusste, wem sie gehörte, konnte meinen Verstand aber nicht dazu bringen, sie einzuordnen. Doch ich sah den Mann, der sich bückte und Khur-Vay mit Klebeband an einen Stuhl fesselte. Er richtete sich auf, nahm meine rote Krokotasche vom Boden, kramte darin herum und holte das Asservatentütchen mit Mikey Murphys Schlüssel heraus.

Er lachte triumphierend auf. »Da haben wir ja den Schlüssel zu Mikeys kleinem Versteck, wo immer es auch sein mag. Jetzt müssen wir nur noch herausfinden, was er und Orchid mit meinen Videos gemacht haben. Eins sage ich dir, Blossom, unser lieber Freund Mikey hat sich als richtiger Held erwiesen. Für so tapfer hätte ich ihn gar nicht gehalten. Er hat mir nicht verraten, wo die Bänder sind, nicht einmal als ich ihm die Schlinge um den Hals gelegt habe. Sogar als ich ihn von der Brücke gestoßen habe, hat er noch gedroht, mich fertigzumachen. Du hättest hören sollen, wie sein Genick geknackt hat, aber er hat noch eine Weile gezappelt, bevor Schluss war.«

Ich versuchte, klar zu denken. Meine Waffe steckte nicht mehr im Schulterhalfter, so viel war klar. Ganz vorsichtig bewegte ich den rechten Fuß, um festzustellen, ob der .38er noch an meinem Knöchel befestigt war. Ich spürte kein Gewicht, also hatte er ihn mir ebenfalls abgenommen. Als er hörte, dass ich mich rührte, griff er nach der Laterne und kam näher. »Ach, ausgezeichnet, unsere berühmte kleine Polizistin ist wach. Ich habe hier die Überraschung ihres Lebens für sie.«

Da fiel es mir wie Schuppen von den Augen. Es war Pete, der immer so hilfsbereite Happy Pete. O Gott. Er grinste wie ein Kind, das ein neues Spielzeug bekommen hat. Mir wurde klar, dass er mich noch nicht gefesselt hatte, vermutlich, weil er mich für zu betäubt hielt, um mich zu wehren. Falsch. Ich blinzelte und versuchte auszusehen, als sei ich benommen und müsse erst wieder einen klaren Kopf bekommen. Er beugte sich tief hinunter und leuchtete mir mit der Laterne ins Gesicht. Ich hielt die Augen halb geschlossen und bemühte mich, meine verworrenen Gedanken zu ordnen. Ja, es war eindeutig Happy Pete, der mich nun mit einem breiten Grinsen ansah. Er lächelte und freute sich offenbar wie ein Schneekönig, weil er jetzt so viel Macht über mich hatte.

Als er ein Stück Klebeband abriss, sträubte ich mich, aber er hielt mich fest und heftete meine Unterarme an die Armlehnen und meine Waden an die Stuhlbeine. Dann richtete er sich auf und sah mich an.

»Nur eine kleine Sicherheitsmaßnahme, damit Sie auch hübsch brav sind. Ein paar schnell wirkende Schlaftabletten reichen offenbar nicht, um Sie schachmatt zu setzen, was, Detective? Sie hätten endlich Ruhe geben sollen, aber trotzdem danke, dass Sie so nett waren, mir den Schlüssel zu bringen. Sie verstehen mich doch sicher, oder? Wenn die Videoaufnahmen meiner Experimente in die falschen Hände gerieten, würde man mich wegen Verstoßes gegen die Standesregeln belangen, und mit meiner Karriere wäre es vorbei, noch ehe sie richtig angefangen hat. Und das, obwohl ich gerade dabei bin, mir einen Namen zu machen. Selbst Ihr Liebhaber ist beeindruckt von meinen Therapien. Ich habe sie nämlich entwickelt, wussten Sie das? Collins wollte mit seinem neuen Buch auf meine Kosten berühmt werden. Doch das bereut er bereits. Niemand betrügt mich ungestraft.«

Als ich etwas erwidern wollte, klang meine Stimme belegt

und wie die einer Betrunkenen. »Sie sind am Ende. Leute wissen, wo ich bin. Damit kommen Sie nicht durch.«

»Na klar.« Er kauerte sich neben mich und schlug einen Plauderton an, als genehmigten wir uns bei Starbucks einen Kaffee. »Ich habe Sie gegoogelt, Detective Morgan, Sie würden nicht glauben, wie viele Zeitungsartikel über Sie im Umlauf sind. Es ist erstaunlich, wie magisch Sie Schwierigkeiten anziehen, und wissen Sie was? Heute ist es schon wieder so weit. Allerdings werden Sie diesmal nicht so glimpflich davonkommen. Jetzt ist es aus mit Ihnen. Niemand wird kommen. Niemand weiß, dass Sie hier sind. Oder sonst jemand von uns. Es ist eindeutig vorbei.«

Bis auf Black, dachte ich, während Happy Pete sich erhob. Er lachte auf. »Das haben Sie sich ganz allein selbst eingebrockt. Ich hätte Sie heute Nacht nie hierher locken können, wenn Sie nicht zufällig bei Blossom erschienen wären. Ein schwerer Fehler, Detective. Eigentlich bin ich hergekommen, um noch einige Dinge zu klären, bevor ich weiterziehe. Doch ich hätte nie daran gedacht, dass ich Gelegenheit haben würde, Sie ebenfalls loszuwerden. Offenbar Schicksal. Ich war eben schon immer ein Glückspilz.«

*Rede nur weiter, du Dreckskerl. Vergeude nur recht viel Zeit, damit Black mich aufspüren kann.*

»Ich habe noch eine kleine Überraschung für Sie, Detective«, sagte Happy Pete zu mir. Alle Wörter klangen in die Länge gezogen und vibrierten wie eine Pauke. »Wir sind hier, um unsere letzte Therapiesitzung abzuhalten. Und raten Sie mal, wer neu in der Gruppe ist. Ein alter Freund von Ihnen. Aber zuerst möchte ich Sie allen vorstellen.«

Happy Pete machte einen Schritt nach rechts und leuchtete den Mann an, der neben mir saß. Entsetzt erkannte ich Martin Young. Seine Miene war ausdruckslos, seine Augen waren starr. Entweder stand er unter Drogen oder war in Trance. Vielleicht auch beides.

Happy Pete sah aus, als würde er sich schadenfroh die Hände

reiben. »Ich denke, den alten Marty kennen Sie bereits, richtig? Er war mein bester Freund, seit ich nach Oak Haven gekommen bin. Und jetzt dürfen Sie raten. Er war auch einer der besten Probanden in meinen Gehirnwäscheexperimenten. Auch jetzt ist er in Trance, so wie alle anderen hier in diesem Raum. Meine ganz private kleine Mörderbande, die nur auf meine Anweisung wartet, wen sie umbringen soll. Wir sind besser organisiert als die CIA.«

Mir wurde klar, dass er prahlte. Er wollte mir zeigen, wie viel Macht er über andere hatte und was für ein Genie er war. Doch das war mir nur recht, weil es mir mehr Zeit gab, um ihn aufzuhalten. Black würde kommen. Er hatte ein GPS im Humvee und würde meinen Explorer finden. Selbst wenn er zuerst zu Khur-Vays Haus fuhr, würde er uns irgendwann hier draußen aufspüren. Es war noch nicht so viel Zeit vergangen, jedenfalls glaubte ich das. Inzwischen fühlte ich mich wieder deutlich wacher. Khur-Vay weinte nicht mehr, doch ich erkannte im Dämmerlicht, dass sie völlig verängstigt war. Wie hatte er sie genannt? Blossom?

Happy Pete warf sich noch immer in die Brust. Ich wurde von Minute zu Minute kräftiger. Doch als ich an dem Klebeband zog, stellte ich fest, dass ich es niemals schaffen würde, mich loszureißen. Black musste kommen.

»Möchten Sie einen anderen meiner großen Erfolge kennenlernen? Er heißt Roy, aber mit ihm haben Sie ja auch schon gesprochen, oder?«

Im Lampenlicht war Roys junges Gesicht zu sehen. Er starrte mit genau demselben tranceartigen Ausdruck in den Raum wie Marty Young. Wie hatte Happy Pete das geschafft? Wie hatte er sie dazu gebracht, herzukommen und bei diesem Wahnsinn mitzumachen?

Anscheinend hatte Happy Pete meine Gedanken gelesen, denn er beantwortete beide Fragen. »Sie vertrauen mir alle, wissen Sie, und waren bereit, mich meine Therapien an ihnen ausprobieren zu lassen. Sie sind gekommen wie Lämmer zur

Schlachtbank, die armen Idioten. Nehmen Sie es nicht persönlich, aber Sie doch auch. Ich hätte Sie wirklich für klüger gehalten. Aber machen Sie sich nichts draus, selbst Boyce ist bis über beide Ohren in die Sache verwickelt. Er sitzt gleich da drüben. Es war ein schwerer Fehler von ihm, die Versuche und die ganze Arbeit mir zu überlassen und dann alles als seine eigene Leistung auszugeben. Auch er war empfänglich für meine Lichter und Schallwellen, ebenso wie Sie. Erinnern Sie sich, als er Ihnen den Leuchtkasten gezeigt hat. Sie waren sofort weg vom Fenster. Und dann hat er mich reingerufen, und ich habe ein paar Zaubertricks in Ihrem Kopf veranstaltet. Bei Ihnen ging es ganz leicht. Nur ein paar Suggestionen, die mit Ihrem Sohn zu tun hatten, und schon war alles in Butter. Da Sie sowieso schon mächtig eine Schraube locker hatten, war es nicht sonderlich schwierig.«

Happy Pete lächelte mich an. »Und heute Nacht, Detective, ist Großreinemachen angesagt. Und das Beste daran ist, dass alle meine Freunde hier mir vertrauen. Ich brauchte sie nur anzurufen, das Schlüsselwort auszusprechen und sie zu bitten, sich wieder zu einer unserer besonderen Gruppentherapiesitzungen zusammenzufinden. Sie waren alle schon öfter hier, Mikey auch. Er hat uns von diesem Haus erzählt und mir erlaubt, es zu benutzen. Ein Jammer, dass er mir nicht verraten hat, wozu dieser Schlüssel passt, doch das spielt jetzt keine Rolle mehr. Nicht, wenn ich heute Nacht hier fertig bin. Ja, Ma'am, ich hatte nämlich den brillanten Einfall, alle auf einen Streich loszuwerden. Vielleicht zünde ich die Bude sogar an, damit die Polizei eine Ewigkeit damit beschäftigt sein wird herauszufinden, wer wer ist. Doch zuerst sollen Sie sehen, was ich in all den Jahren Forschung an verschiedenen Gehirnwäschetechniken zustande gebracht habe. Sie haben bei Ihren Ermittlungen kaum an der Oberfläche gekratzt und ahnen ja nicht, was ich alles kann.«

Ich schwieg. Allerdings stieg allmählich Panik in mir hoch und versuchte, sich einen Weg nach oben zu bahnen. Ich war nicht sicher, wozu er diese Leute anstiften würde, doch es würde bestimmt kein schöner Anblick werden.

»Ach ja, ich habe noch etwas vergessen. Ich möchte Sie noch mit meinem neuesten und allerbesten Probanden bekannt machen. Es ist der alte Freund, von dem ich Ihnen erzählt habe. Sie werden sicher überglücklich sein, ihn wiederzusehen. Glücklicherweise ist es mir gelungen, ihn beim Ausbruch aus dem Krankenhaus zu unterstützen, in das Sie ihn eingesperrt haben. Gewiss ist er deshalb ziemlich unzufrieden mit Ihnen. Er hat sich als sehr empfänglich entpuppt, wie alle anderen auch. Sehen Sie, ich musste mir meine Probanden sehr sorgfältig aussuchen. Nicht alle Patienten wollten mit mir arbeiten. Ihr Freund ist momentan noch in Trance, aber nicht mehr lange. Sind Sie bereit? Zeit für ein Wiedersehen.«

Ich schauderte. Angespannt wartete ich ab, denn ich wusste genau, von wem er redete. Und dennoch rann mir die Galle so bitter wie Säure die Kehle hinunter, als er die Lampe auf das Gesicht von Thomas Landers richtete. Thomas Landers, der Hauptdarsteller der meisten meiner Albträume, der Freund aus Kindertagen, der mich jahrelang verfolgt, meine Angehörigen getötet, sie mit einem Fleischerbeil enthauptet und mich beinahe umgebracht hatte, ehe es mir gelungen war, ihm zu entrinnen und ihn zu all den anderen psychisch kranken Straftätern wegsperren zu lassen. Und nun war er wieder draußen und starrte geradeaus. Sein attraktives Gesicht war völlig reglos, so wie auch die Mienen der übrigen Opfer von Happy Pete. Wie machte er das nur? Hatte er es bei mir auch geschafft? Oder war es Black gelungen, seinen vergiftenden Einfluss aus meinem Kopf zu vertreiben? Oh, Gott, ohne Blacks Hilfe wäre dieser Wahnsinnige in der Lage gewesen, mich alles tun zu lassen, was er wollte. Absolut alles. Er hätte mich dazu bringen können, andere Menschen zu töten. Oder mich selbst.

»Sehen Sie, Detective, nachdem ich all die Schlagzeilen gelesen hatte, in denen es um Thomas ging, ist mir klar geworden, dass ich endlich den optimalen Killer gefunden hatte. Sicher verstehen Sie, was ich meine. Ihr Freund Thomas ist ein Mörder aus Leidenschaft, und ich muss zugeben, dass er außergewöhnlich begabt ist. Es geht doch nichts über ein Fleischerbeil. Ja, es ist schwierig, jemanden aufzutreiben, der solchen Spaß daran hat, anderen Leuten die Köpfe abzuschlagen und sie als Souvenirs zu horten. Ja, der Mann ist Gold wert. Wir beide werden in Zukunft noch viel Freude aneinander haben. Wir werden gemeinsam reisen, und wenn mich jemand stört, sage ich einfach das Zauberwort. Jemand wie Sie zum Beispiel, denn Sie stören mich gewaltig. Ich habe ihm bereits erklärt, dass er Ihren Kopf behalten darf, wenn er möchte. Ach, die Köpfe aller hier, falls er Lust darauf hat. Mir ist das einerlei. Er hat mir anvertraut, dass er Sie liebt, und solange Sie nur bei ihm sind, tot oder lebendig, wäre er glücklich. Und wenn er glücklich ist, wird er mir gehorchen und weiter für mich töten. Allein der Gedanke, dass Sie uns, wenn auch indirekt, miteinander bekannt gemacht haben – dafür danke ich Ihnen. Thomas und ich werden ein tolles Killerteam abgeben.«

Happy Pete bedachte mich mit einem eiskalten Lächeln, und ich erkannte den Inbegriff des Bösen in seinem jungenhaften Gesicht. Thomas Landers hatte wahre Gräueltaten auf dem Gewissen, so viel stand fest. Allerdings war er nicht ganz richtig im Kopf, deformiert nach jahrelangem sexuellem Missbrauch in der Kindheit. Ganz im Gegensatz zu Happy Pete. Der war einfach der geborene skrupellose Psychopath.

»Okay, dann zeige ich Ihnen mal, wie es funktioniert, Detective. Sie sind eine kluge Frau. Das bewundere ich an Ihnen, und ich finde es wirklich schade, dass Thomas Sie gleich umbringen muss. Wie gerne würde ich ein bisschen in Ihrem Kopf herumspielen und noch mehr Chaos anrichten, als dort sowieso schon herrscht. Doch etwas hat mir gesagt, dass ich Ihnen einen letzten Blick auf Ihren Unglücksboten gestatten sollte. Keine Angst. Solange ich ihm keinen Trigger gebe, ist er recht harmlos.«

Ich wurde von Angst ergriffen. Was hatte er vor? Inzwischen

war ich hellwach und voller Panik. Black hätte längst hier sein sollen. Was war los mit ihm? Offenbar brauchte ich nicht mehr auf ihn zu warten und war nun auf mich allein gestellt. Wenn ich nicht bei der ersten Gelegenheit etwas unternahm, würden alle hier sterben, und zwar bald.

Happy Pete ging in die Mitte des Raums und stellte die Laterne auf die Kiste. Als er den Docht auf die höchste Stufe drehte, erkannte ich die Waffen, die dort lagen. Meine Glock 9 mm, meinen kleinen .38er Revolver, ein fünfundzwanzig Zentimeter langes Fleischerbeil und eine Garrotte. Daneben standen drei Benzinkanister. Alle Requisiten waren bereit. Nun konnte die Show beginnen.

»Ich kann Sie in Trance versetzen, wann immer ich will, das wissen Sie doch, Detective. Aber noch nicht. Dennoch möchte ich Sie davor warnen, Dummheiten zu machen. Ich brauche nur Ihr Zauberwort auszusprechen, und schon sind Sie ein Zombie wie alle anderen armen Seelen hier. Schauen Sie, ich zeige Ihnen, wie einfach es ist.« Er beugte sich über Khur-Vay und flüsterte ihr etwas ins Ohr.

Ich sah, wie Khur-Vay, einfach so, in Trance fiel. Wie die anderen starrte sie geradeaus. Oh, Gott, konnte er das auch mit mir machen? Ich schluckte die aufsteigende Todesangst herunter.

»Okay, es geht los. Wir fangen mit ein wenig leichter Unterhaltung an, nur um Ihnen eine Vorstellung davon zu vermitteln, was ich bei meinen Probanden im Laufe der Jahre erreicht habe. Warum wählen Sie nicht den ersten Teilnehmer aus?«

Ich schwieg.

»Also gut, dann nehmen wir Roy. Er ist ein ganz besonders empfänglicher junger Mann. Schauen Sie zu und lernen Sie etwas, Detective, denn bald dürfen Sie auch mitspielen.«

Happy Pete griff nach meinem .38er und entlud ihn. Dann hielt er eine Patrone hoch, damit ich sie sehen konnte, legte sie ein, drehte den Zylinder und schloss ihn. »Schon mal von Russisch Roulette gehört, Detective?«

»Nicht, Roy ist doch noch ein Kind.«

»Ach, das sind die meisten meiner Probanden. Allerdings gehört er auch zu den unerledigten Dingen, von denen ich Ihnen erzählt habe. Ihnen ist es zur verdanken, dass mir in der Klinik der Boden zu heiß wird, weil Ihre Kollegen in unseren Akten herumschnüffeln und nach Belastungsmaterial suchen. Deshalb habe ich beschlossen, weiterzuziehen. Nur ich und Thomas. Allerdings darf ich diese traurigen Gestalten nicht zurücklassen, damit Sie sie in den Zeugenstand stellen können, oder?« Er kniete sich vor den Jungen, der neben mir saß, und flüsterte: »Nimm die Waffe, Roy, halte sie dir an die Schläfe und drück ab.«

»Nicht, Roy, tu es nicht!«, rief ich, doch ich wusste, dass er es dennoch tun würde.

Roy griff nach dem Revolver und setzte ihn ohne zu zögern an. Ich schloss die Augen, als er den Abzug betätigte. Als die leere Kammer klickte, sackte ich erleichtert zusammen.

»Roy war schon immer ein Glückspilz, das muss ich ihm lassen«, verkündete Happy Pete. »Okay, jetzt kommt Plan B. Dafür nehmen wir meine hübsche kleine Blossom.« Er durchtrennte das Klebeband, mit dem sie gefesselt war, mit einem Taschenmesser und drückte ihr den .38er in die Hand. »Nimm die Waffe, Blossom, und schieß Detective Morgan in die Stirn.«

Ich erstarrte. Mit ausdrucksloser Miene erhob sich Khur-Vay und kam auf mich zu. Sie starrte mich aus stumpfen grünen Augen an, ohne mich zu sehen, und drückte mir ohne zu zögern den Lauf an die Stirn. Ich spürte, wie mir der Schweiß ausbrach und die Schläfen hinunterrann. Von Todesangst benebelt saß ich da und beobachtete, wie ihr Finger den Abzug zurückzog. Wieder klickte es, und ich erschlaffte in meinen Fesseln.

»Tja, Sie haben offenbar auch verdammt viel Glück. Mann, anscheinend haben Sie ein reines Gewissen. Okay, was jetzt? Schauen wir mal.« Happy Pete ging zu Boyce Collins hinüber, sprach aber weiter mit mir. »Collins war anfangs auch einer meiner Ärzte. Der elende Wicht hat mir gesagt, ich sei ein Genie, was auch stimmt, aber leider ist er selbst keines. Schauen Sie nur, was aus ihm geworden ist. Marty würde mit seinen Patienten nie etwas Ungesetzliches anstellen, ganz im Gegensatz zu Boyce. Er hat lange Zeit mitgemacht und mir dann meine Forschungsergebnisse für sein Buch geklaut. Und jetzt ist der miese Angeber auch nur noch jemand, der wegmuss.«

Er wandte sich an Collins. »Geh und schieß unserem alten Freund Marty in den Kopf.«

Gehorsam stand Collins auf, näherte sich Marty, hielt ihm die Waffe an die Schläfe und drückte ab. Der ohrenbetäubende Knall ließ den Raum erbeben, und der Geruch von Rauch und Kordit stieg mir scharf in Nase und Mund, als die Kugel Martin Youngs Kopf durchschlug, sodass die Wand hinter ihm mit Blut und Fetzen seines Gehirns bespritzt wurde. Ich musste würgen, und Brechreiz brannte mir in der Kehle, doch niemand im Raum rührte sich. Ich wollte die Verheerung und die sterblichen Überreste von Martin Young nicht ansehen. Oh, Gott, ich würde wirklich sterben. Wir alle würden sterben.

»Vermutlich wird es Ihnen allmählich ein wenig langweilig, Detective Morgan. Also gut, dann bringen wir es hinter uns. Ich denke, Sie haben verstanden, wie es läuft. Hey, Thomas, du bist dran.«

Er wies Boyce Collins an, sich zu setzen, und befahl dann: »Thomas, bring Collins da drüben mit dem Fleischerbeil um.«

Sofort stand Thomas auf und nahm das Beil von der Kiste. Gerne hätte ich weggeschaut, als er weit ausholte und das Beil mit voller Wucht auf Collins' Kopf niedersausen ließ. Der Schlag spaltete den Schädel des Mannes vom Scheitel bis zu den Augenbrauen. Collins fiel auf die Knie und kippte dann bäuchlings zu Boden. Blut spritzte aus seinem Kopf.

»Sehr gut, Thomas. Wirklich eine Meisterleistung. Und jetzt wird es ernst, Thomas. Bring zuerst die Polizistin um und dann die anderen. Wie ich sagte, kannst du ihren Kopf behalten, wenn du möchtest. Aber schneide ihn erst ab, nachdem du die anderen umgelegt hast.«

Thomas kam auf mich zu. In seinem attraktiven Gesicht regte sich keine Miene. Happy Pete kniete sich neben mich und legte mir die Finger aufs Handgelenk. »Ach, herrje, Ihr Puls rast ja förmlich. Jetzt wissen Sie, was wahre Angst ist, oder? Okay, Thomas, du bist dran.«

Das war es also. Ich würde sterben. Hier und jetzt. Der Sensenmann hatte mich endlich aufgespürt. Thomas würde mich nun doch ermorden, wie er es immer geplant hatte. Ich beobachtete, wie er wieder das Beil hob, und schloss die Augen, als er damit zuschlug. Ein grausiger schriller Schrei ertönte. Ich machte die Augen wieder auf und sah, dass Happy Pete auf die Knie gefallen war. Er brüllte vor Schmerzen und hielt den Stumpf seines rechten Arms, den Thomas ihm mit gewaltiger Wucht abgehackt hatte. Das Blut spritzte in alle Richtungen. Der abgetrennte Unterarm mit Hand fiel auf den Boden. Ich schob meinen Stuhl zurück, um dem grausigen Anblick zu entkommen, während Thomas das Beil noch einmal heruntersausen ließ, diesmal in einem seitlichen Bogen, der Happy Petes Kopf vom Hals trennte. Der Kopf rollte polternd über den Boden, und eine heiße Blutfontäne ergoss sich über mich.

Voller Panik stemmte ich mich verzweifelt gegen die Fesseln. Im nächsten Moment war Thomas neben mir, als wäre nichts geschehen, und tätschelte mir tröstend die blutige Wange. Ich wich entsetzt zurück. Sein Gesicht war dicht vor mir, und aus der Nähe sah er völlig anders aus als bei unserer letzten Begegnung. Sein Haar war nicht mehr blond, und er hatte ziemlich stark zugelegt, allerdings hauptsächlich Muskelmasse. Aber er war es, o Gott, und er war völlig übergeschnappt und hatte mich wieder wehrlos in seiner Gewalt. Genau wie beim letzten Mal. Und ich wusste, was er vorhatte und was schon immer sein Plan gewesen war. Er würde mich mit in seine Hölle auf Erden nehmen, wo immer das auch sein mochte, und mich für immer dort gefangen halten.

»Thomas, bitte«, stieß ich hervor. »Tu mir nichts. Lass mich frei.«

»Ich will dir nichts tun, Annie, verstehst du? Deshalb musste ich Pete töten.« Er nannte mich bei dem Namen, unter dem er mich in unserer Kindheit gekannt hatte. Als er fortfuhr, verfinsterte sich seine Miene. »Er hat sich für so klug gehalten und gedacht, er könnte mich hypnotisieren. Ausgerechnet.« Er lachte auf, als sei diese Vorstellung absolut albern. Er hatte das Beil noch in der Hand, die allerdings inzwischen auf meinem Schoss lag. Das Blut seiner Opfer tropfte daran herunter. Unterdessen sprach er ernst weiter. »Seit ich in dieses Krankenhaus gesperrt wurde, habe ich mich mit Psychiatrie beschäftigt. Ich weiß, wie es funktioniert und wie die Ärzte denken. Es war einfach nur lächerlich, dass Pete meinte, mich manipulieren zu können. Ein schlechter Scherz. Ich habe schon bessere Psychiater als ihn reingelegt, und alle haben es bei mir mit Hypnotherapie versucht. Ich weiß, wie man tut, als wäre man in Trance, ganz im Gegensatz zu den Leuten, mit denen Pete seine Spielchen getrieben hat.« Während ich in wachsender Verzweiflung aufstöhnte, redete er weiter, als wäre nichts geschehen und als wäre der Boden um uns herum nicht mit verstümmelten Leichen bedeckt. »Tee hat mir einen Schlüssel besorgt und mir bei der Flucht aus dem Krankenhaus geholfen. Das war nett von ihm. Aber das ist nicht wichtig. Es zählt nur, dass wir beide wieder zusammen sind. Wie geht es übrigens Harve?«

Als er mich das letzte Mal in die Falle gelockt hatte, war es mir gelungen, ihn auszutricksen. Doch nun konnte ich nicht klar genug denken, um etwas zu unternehmen. Ich saß nur da, starr vor einer grausigen und überwältigenden Angst. Ein kleiner Fehler nur, und ich würde einen entsetzlichen, qualvollen Tod sterben. Jetzt konnte mich nichts mehr retten.

»Komm, Annie, lass uns verschwinden. Wir müssen Pläne schmieden, zum Beispiel, wo wir wohnen wollen. Ich dachte, vielleicht in Florida, Pensacola oder so. Die schneeweißen Strände würden dir gefallen. Oder vielleicht Alabama? In den

Südstaaten sind die Leute wirklich freundlich. Außerdem muss ich meine Mutter noch ausgraben. Mein Gott, ich liebe dich so. Es ist so lange her, dass ich dich zuletzt gesehen habe. Warum hast du mich nicht im Krankenhaus besucht? Jeden Tag habe ich am Fenster auf dich gewartet.«

Steif saß ich da und sah zu, wie er mit dem blutigen Fleischerbeil das Klebeband an meinen Beinen durchschnitt. Inzwischen waren meine Kleider von Petes Blut durchtränkt und fühlten sich auf der Haut klamm an. Thomas schnitt das Klebeband an meinen Handgelenken durch, fesselte sie wieder aneinander und zog mich hoch. Ich wurde von einem schrecklichen Schwindelgefühl ergriffen, offenbar Nachwirkung des Schlafmittels. Er zerrte mich hinter sich her zur Rückseite des Lagerhauses, wo die anderen ihre Autos geparkt hatten. Roy und Khur-Vay ließ er einfach mitten unter den Leichen sitzen, als hätte er sie vergessen. Kurz darauf saßen wir in Happy Petes blitzblankem, nagelneuem, schickem Avalanche-Pickup und fuhren den schmalen Kiesweg hinauf in Richtung Teerstraße. Wir holperten über Wurzeln und mähten gnadenlos das Gebüsch am Straßenrand nieder. Ich versuchte, die Wagentür zu öffnen, doch sie war von der Fahrerseite her verriegelt. Also war es meine einzige Chance, zu warten, bis er glaubte, dass er mich so sehr eingeschüchtert hatte, dass ich mich nicht mehr zu rühren wagte. Und dann würde ich fliehen.

Thomas war aufgekratzt und redete wie ein Wasserfall. Wie toll es sei, dass wir wieder zusammen seien, und dass wir am Strand Muscheln sammeln könnten. Dabei bog er so schwungvoll in die Teerstraße ein, dass sich das Auto beinahe überschlagen hätte. Dann raste er mit Vollgas zur Brücke, und als wir gerade viel zu schnell über den schmalen Überweg fuhren, durchschnitten Autoscheinwerfer die Dunkelheit. Ein Fahrzeug umrundete die Kurve am Riverside Inn, sodass uns das grelle Licht in den Augen blendete.

Als ich den Wagen als Humvee erkannte, wusste ich dass es Black war. Ich musste etwas unternehmen. Also fing ich an zu schreien und schlug mit gefesselten Händen auf Thomas ein. Gleichzeitig versuchte ich, das Pfefferspray aus der Hosentasche zu holen, doch er versetzte mir einen heftigen Fausthieb auf die Schläfe, sodass ich gegen das Beifahrerfenster geschleudert wurde. Dann legte er den Rückwärtsgang ein und versuchte, gefährlich hin und her schwankend, auf der Brücke zurückzustoßen. Black hielt mit dem Humvee dröhnend auf uns zu wie ein Panzer, während Thomas am anderen Ende der Brücke das Steuer herumriss, um zu wenden, sodass der Avalanche zur Seite schleuderte. Doch Black kam immer näher, worauf Thomas Gas gab und wir den Humvee seitlich rammten. Der Aufprall war gewaltig. Glas splitterte, Metall knirschte, und die Wucht der Kollision ließ den Avalanche mit quietschenden Bremsen über den Rand der Brücke kippen. Wir stürzten die Uferböschung hinunter und blieben kurz vor dem Wasser auf der Seite liegen.

Ich wurde mit Schwung gegen das Beifahrerfenster geknallt. Meine Schläfe durchbrach die Scheibe, als der Wagen einige Male hin und her schwankte, sich dann, begleitet vom Kreischen zerknickenden Metalls aufs Dach stellte und kopfüber im Fluss landete. Der zweite Stoß brachte meine Stirn in heftigen Kontakt mit der Windschutzscheibe. Ein unglaublicher Schmerz durchschoss mich, und ich verlor das Bewusstsein, bis das kalte Wasser des Flusses meine Lebensgeister wieder weckte. Ich konnte das hereinströmende Wasser zwar nicht sehen, aber hören und spüren, kalt, beängstigend und schwarz. Die Scheinwerfer leuchteten noch und warfen unter Wasser helle Lichtkegel. Ich stellte fest, dass Thomas versuchte, sich durch das Beifahrerfenster zu retten. Ich folgte seinem Beispiel, denn die reißende Strömung füllte rasch das Wageninnere.

Geschwächt und aus zwei Kopfwunden blutend, gelang es mir dennoch, in dem versunkenen Auto die Luft anzuhalten, mich aus dem verbeulten Wrack zu befreien und mich durch das zerbrochene Fenster an die Oberfläche zu kämpfen. Ich schwamm nach oben und tauchte, nach Atem ringend, auf.

Die tosende Strömung drückte mich kräftig zur Seite. Ich drehte mich auf den Rücken, erhaschte einen kurzen Blick auf die Sterne am schwarzen Nachthimmel und hörte, dass jemand meinen Namen rief. Und dann gab ich auf. Das war das Ende. Meine Zeit war gekommen. Ich versank im dunklen Wasser und ließ mich von ihm flussabwärts tragen und langsam von seinen tintenschwarzen, schweigenden Tiefen verschlingen.

# *Epilog*

*Springfield News Leader – Springfield, Missouri*

**MORD UND MORDVERSUCH IN OZARK**

Ozark, Missouri – Die Entführung und der versuchte Mord an zwei Frauen durch einen entflohenen psychisch kranken Straftäter hat drei prominente Psychiater das Leben gekostet. Der Zustand eines weiblichen Detectives vom Büro des Sheriffs ist noch immer kritisch. Laut Aussage der Polizisten von der Dienststelle in Ozark, die zuerst am Tatort eintrafen, ist der Psychiatriepatient entkommen und möglicherweise ertrunken, als sein Auto von einer Brücke in den Finley River stürzte.

Ein weibliches Opfer, Sharon Richmond aus Ozark, berichtete der Polizei, das Martyrium habe begonnen, als sie und Detective Claire Morgan, Detective aus Canton County, gemeinsam mit einigen weiteren Geiseln in einem verlassenen Lagerhaus etwa drei Kilometer stromaufwärts gefangen gehalten wurden.

Die drei männlichen Toten am Tatort wurden als Dr. Boyce Collins, Dr. Martin Young und Dr. Peter Parsons identifiziert. Alle drei waren angesehene Psychiater in der Oak Haven Clinic in Jefferson City. Laut Aussage eines Zeugen am Tatort versuchte der Täter, Thomas Landers, Morgan zu entführen, wobei ihr Wagen in den Fluss stürzte. Morgan erlitt schwere Kopfverletzungen und wird derzeit im Cox Medical Center in Springfield behandelt, wo sie noch immer im Koma liegt. Ihr Zustand wird als kritisch bezeichnet. Richmond und ein nicht näher benannter Jugendlicher wurden ebenfalls zur Beobachtung stationär aufgenommen.

* * *

Ich war nicht sicher, wo ich war und wer ich war, und es interessierte mich auch nicht. Alles war milchig grau, kühl und nicht greifbar, so als schwebte ich in der hübschesten Wolke, die jemals geschaffen worden war. Ich ließ mich einfach sanft treiben, schwankte leicht hin und her, und es gefiel mir so. Es war still und friedlich, kein Lärm, keine Sorgen, keine Angst. Ich spürte, dass ich irgendwo mit dem Boden verankert war, ganz weit weg am Ende einer silbrigen Schnur. Sie verschwand in den Wolken, die sich wie riesige weiche Wattebäusche unter mir ballten. Doch das spielte keine Rolle. Ich wollte nicht darüber nachdenken, sondern nur ganz ruhig daliegen und das kaum merkliche Schaukeln der sanften Brise genießen. Die Wolken sollten mich höher empor tragen, bis ganz nach oben zu dem strahlenden weißen Licht, das die Schicht über mir zum Leuchten brachte. Es winkte mich zu sich, doch es gelang mir einfach nicht, die silberne Schnur zu lösen, die mich festhielt, um hinauf zu diesem wunderschönen Ort zu schweben.

Ich schloss die Augen und nahm nichts mehr wahr, bis mich eine Männerstimme weckte. Sie war dunkel und heiser und klang verängstigt, beharrlich und entschlossen. Ich mochte sie nicht, und dennoch erschien sie mir ein wenig vertraut, und ich wusste, dass ich auf sie achten musste.

»Komm schon, Baby, ich weiß, dass du mich hören kannst. Das weiß ich genau. Du kannst zurück. Du musst es nur wollen. Versuch einfach, die Augen aufzumachen und meiner Stimme zurück zu folgen.« Im nächsten Moment erstarb die Stimme und ein ersticktes Geräusch war zu hören. Dann sah ich, wie vor meinem geistigen Auge ein Gesicht erschien, mit blauen Augen und schwarzem Haar, aber ich erkannte es nicht richtig. Also achtete ich nicht weiter darauf und ließ mich in den Schlaf wiegen.

Doch die Stimme kam immer wieder und ermüdete mich, weil mir die Stille lieber war. Außerdem waren da auch noch andere Stimmen, nicht so häufig wie die des blauäugigen Gesichts, doch oft genug, um mich zu stören und aufzuwecken.

»Ich bin es Claire, Bud, los, mach schon, das kannst du uns doch nicht antun. Die Docs sagen, dass du wieder gesund wirst, wenn du einfach aufwachst. Du bist im Koma, das ist das Problem. Um gesund zu werden, musst du aufwachen. Charlie ist auch hier, wir sind alle hier.«

Diese Stimme klang nicht einmal vertraut. Auch nicht die, die ich danach hörte. Ich schlief wieder ein und wünschte, sie würden mich einfach in Ruhe lassen und mir meinen Frieden gönnen. Aber sie taten es nicht, sie gaben einfach nicht auf. Tag und Nacht waren da Stimmen.

»Ich bin es, Black. Claire, hör mir zu, hör mir zu, verdammt. Du schaffst das. Alle haben dich besucht. Es ist okay, wenn du aufwachst. Ich habe dich zurück nach Hause geholt und ich rühre mich nicht von der Stelle, bis du die Augen aufmachst. Du wirst gesund. Es ist vorbei. Ich habe die besten Ärzte der Welt auf deinen Fall angesetzt. Du brauchst nur zu mir zurückzukommen. Du musst einfach. Tu es, Claire.«

Ich schlief wieder eine Weile. Die Stimme ließ nicht locker. Inzwischen las sie mir vor. Sei still und verschwinde, dachte ich. Lass mich in Ruhe. Immer wieder hatte ich dasselbe Gesicht vor Augen. Es kam mir bekannt vor, aber ich erkannte es noch immer nicht. Ich wollte es nicht erkennen.

Seine Stimme schien immer da zu sein und auf mich einzureden. »Der Sheriff braucht dich, Claire. Du bist doch gern Detective, schon vergessen? Du bist gut in deinem Job. Du hast viele Verbrecher hinter Gitter gebracht. Du hast sie alle erwischt. Sie sind tot. Sie werden nie wieder jemanden ermorden. Charlie braucht dich. Ich brauche dich.«

Dann, lange Zeit später, wurde ich von einer anderen Stimme aus dem Schlaf gerissen. Sie sprach langsam und gedehnt. »Ich bin es, Joe McKay, Claire. Was hast du denn jetzt vor? Willst du uns zu Tode ängstigen? Beweg deinen hübschen kleinen Hintern. Lizzie ist auch hier. Sie will Hallo sagen.«

Je öfter ich die Stimmen hörte, desto näher erschienen sie mir. Sie zogen mich durch die hübschen Wolken nach unten, dorthin, wo die silberne Schnur verankert war. Aber ich wollte nicht runter. Ich wollte, dass sie das ließen. Ich wollte hier in der watteweichen Stille bleiben. Und so wehrte ich mich und versuchte zu verhindern, dass ich weiter sank. Ich schaltete die Ohren auf Durchzug. Warum gaben sie einfach keine Ruhe?

Und dann nahm ich eine Kinderstimme wahr, sehr undeutlich und ganz weit weg. Eigentlich war es nur ein Flüstern. »Ich und Jules sind traurig, weil du krank bist.«

Schlagartig stieg ein Bild in mir hoch, ein kleiner blonder Junge mit runden Wangen und pummeligen Ärmchen und einer Angelrute, an der ein kleiner Fisch hing. Ich kannte seinen Namen nicht, wusste aber, dass er mich brauchte. Ich hatte ihn so lange nicht gesehen. Ich musste zurück und ihn suchen. Irgendwo hatte ich ihn vergessen, konnte mich jedoch nicht erinnern, wo. Ich musste zu ihm. Ohne mich würde er sich fürchten, das war sicher.

Und so gelang es mir, aus dem wunderschönen, idyllischen, perlweißen und friedlichen Bett aufzustehen. Ich griff nach der silbernen Schnur und fing an, mich langsam abzuseilen. Immer tiefer nach unten. Dabei horchte ich auf die Stimme des kleinen Kindes, bis sich auch die anderen Stimmen näherten, und die Stimme namens Black sagte: »Oh, Gott sei Dank, sie kommt zu sich. Sie versucht aufzuwachen.«

Und dann schlug ich endlich die Augen auf.